insel taschenbuch 4326
Fanny Blake
Eine italienische Affäre

FANNY BLAKE

EINE ITALIENISCHE AFFÄRE

Roman

Aus dem Englischen
von Katharina Förs und
Thomas Wollermann

Insel Verlag

Die Originalausgabe erschien 2013 unter dem Titel
The Secrets Women Keep bei Orion Books, London
Umschlagfotos: Sarah Ketelaars/Trevillion Images;
Panoramic Images/Getty Images

insel taschenbuch 4326
Deutsche Erstausgabe
Erste Auflage 2014
© der deutschen Ausgabe Insel Verlag Berlin 2014
Copyright: © Fanny Blake, 2013
Alle Rechte vorbehalten, insbesondere das
des öffentlichen Vortrags sowie der Übertragung
durch Rundfunk und Fernsehen, auch einzelner Teile.
Kein Teil des Werks darf in irgendeiner Form
(durch Fotografie, Mikrofilm oder andere Verfahren)
ohne schriftliche Genehmigung des Verlages reproduziert
oder unter Verwendung elektronischer Systeme verarbeitet,
vervielfältigt oder verbreitet werden.
Vertrieb durch den Suhrkamp Taschenbuch Verlag
Umschlaggestaltung: Cornelia Niere, München
Satz: Satz-Offizin Hümmer GmbH, Waldbüttelbrunn
Druck: CPI – Ebner & Spiegel, Ulm
Printed in Germany
ISBN 978-3-458-36026-1

EINE ITALIENISCHE AFFÄRE

Für meine Mutter und meine Schwester, in Liebe

Aber wir wissen nie, was in andrer Leute Herzen verborgen ist, und wenn wir Glasfenster davor hätten, so müssten, kann ich Ihnen versichern, manche von uns die Läden vorlegen!

Charles Dickens, *Martin Chuzzlewit*

SEPTEMBER

I

Die dunkle Umrisslinie der Tür rahmte einen Teil des sonnendurchfluteten Gartens ein, dessen leuchtende Farben einen starken Kontrast zum schattigen Innern des Hauses bildeten. Rose sah die lebhaften Farbtupfer der Bougainvillea, Geranien und Rosen, das silbrige Grün der Olivenbäume in der Ferne, das eindrucksvolle Blau des Himmels. Aber sie war froh, im Haus zu sein. Selbst hier war die Hitze noch zu spüren, obwohl sie die Läden geschlossen hatte, da es seit dem Morgen sehr viel wärmer geworden war.

Eve und Terry wollten um die Mittagszeit in Pisa ankommen und dann gleich zu ihnen herausfahren, das sprach für ein einfaches, spätes Mittagessen. Rose schlang sich die Bänder der Schürze um die Hüften und knotete sie vor ihrem Bauch zusammen, der nicht mehr ganz so sportlich flach war wie noch vor ein paar Jahren. Aber bei zwei Kindern und ihrem gesunden Appetit hätte es schlimmer sein können. Sie wählte ein paar Zwiebeln und Knoblauchzehen aus dem von der Decke hängenden Drahtkorb, dazu die reifsten Tomaten aus einer Schüssel. Das alles legte sie neben die kleinen Bündel von Oregano und Thymian, die sie im Garten geschnitten hatte. Die begann sie nun kleinzuhacken, wozu sie leise vor sich hin summte. Es schien wieder einmal ein paradiesischer Tag zu werden.

»Was gibt's zum Essen?« Daniel war plötzlich hinter ihr aufgetaucht, hatte seine Arme um sie gelegt und ihr einen Kuss in den Nacken gedrückt.

Rose drehte sich um und sah lächelnd zu ihm auf. »Wart's einfach ab!«

»Spielverderberin!« Er legte eine Hand auf ihre Wange und küsste sie noch einmal, diesmal auf die Lippen. Langsam und liebevoll. Sie schloss die Augen und schmiegte sich an ihn.

Als sie schließlich voneinander abließen, warf Rose einen

Blick auf die große Uhr über dem Herd. »Schon so spät! Ich muss anfangen.« Sie löste seine Hände von ihren Hüften. »Sonst werde ich nie rechtzeitig fertig!«

Daniel zog in übertriebener Enttäuschung die Mundwinkel nach unten und griff nach dem Badehandtuch, das er über die Lehne eines Stuhls geworfen hatte. »Wenn ich dir hier wirklich nicht helfen kann, gehe ich eine Runde schwimmen.«

Sie stellte sich auf die Zehenspitzen, um ihn auf die Wange zu küssen. »Keine Sorge. Alles unter Kontrolle. Hauptsache, du bist bereit, wenn sie kommen.«

Er schlenderte aus dem Haus, den Hügel hinunter, und verschwand durch das Tor zum Pool. Erst da wandte Rose ihre Aufmerksamkeit wieder dem Essen zu.

In der Küche herumzufuhrwerken war eine ihrer Lieblingsbeschäftigungen, besonders hier in der Casa Rosa, dem renovierten Bauernhaus. Es war schon ein paar Jährchen her, dass sie es gekauft hatten. Damals war es eine halbe Ruine gewesen, aber die Lage auf einer Anhöhe hatte sie sofort begeistert. Sie hatten sich beim nächsten Bauern erkundigt, sich dann auf die zeitraubende Suche nach den Mitgliedern der Familie gemacht, denen das Haus gehörte, und einen nach dem anderen überredet, bis es schließlich ihnen gehörte. Rose lächelte. Damals hatte Daniel noch Geduld gehabt. Heute würde er niemals so lange auf etwas warten. Gemeinsam hatten sie nach und nach dem Haus neues Leben eingehaucht und jeden Sommer die Familie hierher eingeladen, inzwischen schon mehr Jahre, als sie zurückdenken konnten; allesamt schöne Erinnerungen.

Beim Gedanken an ihre Töchter entfuhr Rose ein liebevoller Seufzer. Anna, die Ältere, wurde für den späten Nachmittag erwartet, sie brachte sicher einen Wust von Plänen und Problemen mit. Was Jess betraf … es war fraglich, ob sie überhaupt kommen würde, nachdem sie neulich so mit ihrem Vater aneinandergeraten war. Voller Groll hatte sie verkündet, dass sie dieses Jahr überhaupt nicht kommen werde. Sie, ihr Mann Adam und das Baby Dylan würden zuhause bleiben.

»Dylan! Was für ein lächerlicher Name! Wir sind doch nicht aus Wales!« Rose erinnerte sich noch gut daran, wie Daniel losgeschimpft hatte, als er hörte, dass ihr Enkel nach Bob Dylan benannt werden sollte, den Adam als genialen Musiker verehrte. Aber natürlich, was Adam mochte, konnte Daniel nur verabscheuen.

Sie tröstete sich damit, dass Jess und Daniel sich am Ende noch immer wieder versöhnt hatten. Sie konnte den Gedanken nicht ertragen, dass ihre Jüngere beim traditionsreichen Familientreffen nicht dabei sein sollte; für sie war es ein heiliges Ritual, auch wenn die Mädchen längst erwachsen waren und ihr eigenes Leben führten. Außer Weihnachten war es die einzige Gelegenheit im Jahr, zu der sie alle in entspannter Atmosphäre zusammenkamen. Rose wollte sich gar keine Alternative zu ihrem gewohnten Familientreffen vorstellen. Jedenfalls hatte sie ein Bett für Jess und Adam gerichtet und eine kleine Matratze für Dylan daneben auf den Boden gelegt. Das Kinderstühlchen, das Daniel für Jess zu ihrem vierten Geburtstag gebaut und das Rose mit Figuren aus *Alice im Wunderland* bemalt hatte, stand ebenfalls bereit. Vorerst vertagte sie das Problem. Darüber würde sie später mit Daniel reden, in einem passenden Augenblick. Jetzt wollte sie lieber an ihren kleinen Enkel denken und sich darauf freuen, ihn wiederzusehen.

Sie griff nach dem Kanister auf der angeschlagenen Kachel ganz hinten auf der Arbeitsplatte, gab einen Schuss Olivenöl in die Pfanne und drehte das Gas auf. Im nächsten Augenblick schob sie die Zwiebeln und den Knoblauch hinein, die sogleich zu brutzeln begannen, und rührte sie um. Der Duft erfüllte sofort die ganze Küche. Als sie die geschnittenen Tomaten hinzugab, vibrierte das iPhone: Eine SMS. Sicher Eve, die mitteilen wollte, dass sie etwas später ankommen würden. Rose wischte etwas Tomatensaft an der Schürze ab und griff nach dem

Handy, das halb verborgen zwischen den Schalen mit Früchten und Gemüse auf dem Tisch lag. Mit dem Handrücken strich sie sich die Haare aus der vor Hitze feuchten Stirn und las die SMS.

Sie zog die Brauen hoch und las sie noch einmal. Das war auf keinen Fall von Eve.

Du fehlst mir. Ich liebe dich. Komm bald wieder. S

Sie kannte eigentlich niemanden, der ihr so etwas schreiben würde.

Wahrscheinlich hatte sich jemand in der Nummer vertan. Sie legte das Handy wieder auf den langen Küchentisch aus Eichenholz zurück und schob es zwischen zwei irdene Schüsseln, eine mit einer Ladung Fleischtomaten, Auberginen und Zucchini, die andere voller Feigen, die sie am Morgen selbst gepflückt hatte, und ein paar missgestalteten Birnen und Äpfeln, die sie am Tag zuvor auf dem Markt gekauft hatte. Sie drehte das Gas unter der Tomatensoße kleiner und ließ sie köcheln, während sie die Arbeitsplatte aufräumte und abwischte. Alles, was in die Spülmaschine durfte, wanderte dort hinein, den Rest wusch sie ab. Sie zog die Schürze aus, hängte sie an die Tür, überlegte, für wen die Nachricht wohl bestimmt war, und fragte sich, welche Folgen es haben mochte, dass sie nicht angekommen war. Sie schob sich die aufgekrempelten Ärmel über die Ellbogen. Vielleicht sollte sie etwas Leichteres anziehen, bevor die anderen kamen. Aber die SMS ging ihr nicht aus dem Kopf, es zog sie an den Tisch zurück. Sie griff noch einmal nach dem Handy und drehte es um.

Auf der glänzenden schwarzen Rückseite waren der bekannte Kratzer und das aufgeklebte Goldsternchen, das es von ihrem unterschied. Es war Daniels Handy. Ihr Herz begann zu rasen, als ihr klar wurde, dass die Nachricht für ihn bestimmt sein musste.

Sie schüttelte ungläubig den Kopf und schaute noch einmal hin. Die Worte flimmerten vor ihren Augen, und sie atmete schwer. Sie schob die Früchteschale ein wenig beiseite und legte das Handy wieder an seinen Platz. Wäre da nicht die tickende Wanduhr gewesen, sie hätte geglaubt, die Zeit wäre stehengeblieben.

Sie stürzte zum Spülbecken und würgte über den Kaffeebechern, die sie dort abgestellt hatte. Noch vor einer halben Stunde hatten sie hier beisammengesessen und über die kommende Woche geredet. Sie ging das Gespräch in Gedanken durch. War da irgendetwas Merkwürdiges gewesen, etwas Ungewöhnliches, irgendein kleiner Hinweis darauf, dass etwas zwischen ihnen nicht stimmte? Nicht dass sie sich erinnern konnte. Weder jetzt noch während der letzten Wochen. Sie drehte das kalte Wasser auf und benetzte ihr glühendes Gesicht und ihren Hals.

Doch schon als sie sich mit einem Geschirrhandtuch abtrocknete, fand sie ihre Reaktion absurd. Daniel eine Affäre? Unmöglich. Undenkbar. Die SMS musste von einem Kollegen oder einer Kollegin stammen. Natürlich. Bestimmt gab es irgendein Problem in einem der Hotels, das nur er lösen konnte. Wie schnell sie Schlussfolgerungen gezogen hatte. Sie vertrauten einander uneingeschränkt. Oder etwa nicht? Ein leichter Zweifel beschlich sie. Ich liebe dich. Wer schrieb ihm so etwas?

Sie griff wieder nach dem Handy.

Da waren sie immer noch, die Worte. Du fehlst mir. Ich liebe dich. Komm bald wieder. Wer immer sie geschrieben hatte, musste doch bedacht haben, dass jemand anderes als Daniel sie vielleicht lesen würde. Es musste also eine harmlose Erklärung geben. Aber wenn es kein Kollege war, wer dann? Sie rieb den Daumen am Mittelfinger, betrachtete eingehend ihre quadratischen, ans Zupacken gewöhnten Hände, ihre ordentlich rundgefeilten Fingernägel. Vielleicht war die SMS nur ein Scherz. Die Initiale S: Unterschrift und einziger Hinweis auf die Identität des Absenders, die sie gleichzeitig wahrte. Das Verlangen, das sie im ersten Moment hineingelesen hatte, musste eine Fehlinterpretation sein. Jede Faser in ihr sträubte sich gegen den Gedanken, ihr Ehemann könnte sie betrügen. Und doch ... Passierte nicht genau das dauernd in Ehen? Betrogene Ehefrau findet verräterische Rechnung, Notiz, SMS. Panisch ging sie noch einmal die möglichen Erklärungen durch. Kollege, Kollegin? Ein Scherz? Falsche Nummer? Eine andere Frau? Diese letzte Möglichkeit setzte sich in ihrem Kopf fest, und es schnürte ihr die Kehle zu ...

Die Glocke des Klosters schlug die volle Stunde. Eve und Terry konnten jeden Augenblick hier sein. Besser, sie klärte das zuvor noch, um wieder einen halbwegs klaren Kopf zu bekommen. Spannung legte sich wie ein eisernes Band um ihren Kopf, ihre Verwirrung schlug in Panik um. Sie setzte sich hin und barg das Gesicht in den Händen. Was wenn?

Draußen bellte ein Hund, dann hörte sie, wie Daniel ins Wasser sprang, um seine obligatorischen hundert Bahnen zu schwimmen.

Daniel war ein Frauenschwarm. Das hatte Rose schon immer gewusst. Wenn er einen Raum betrat, wandten sich die Köpfe nach ihm um. Mit seiner Energie und seinem Charisma gewann er leicht Freunde. Von etwaigen Feinden hatte sie noch nie etwas mitbekommen. Ob er Geliebte gehabt hatte ... Sie glaubte es nicht. Sie war immer für ihn da gewesen, würde immer für ihn da sein. So wie er für sie.

Sie schenkte sich ein halbes Glas Wasser ein und leerte es hastig. Was immer sie durchmachen musste, nichts sollte die Familienferien trüben. Sie versuchte ihre Gedanken zu sammeln, füllte den großen Nudeltopf mit Wasser und stellte ihn auf der Herdplatte bereit. Dann nahm sie das Messer und stach es so heftig durch die letzte Tomate, dass die Spitze im Schneidebrett steckenblieb. Es gab bestimmt eine harmlose Erklärung. Sie musste einfach fragen.

Sie schnitt die Tomaten in die Pfanne und drehte das Gas ab. Dann nahm sie wieder das Handy und ging nach draußen. Jeder Schritt war eine Qual. Eine grünschwarze Eidechse huschte über den Weg und verschwand im Schatten des Topfs mit den rosa Geranien. Die drückende Sommerhitze umhüllte sie wie eine Decke, wärmte sie aber nicht und verlangsamte auch nicht ihre rasenden Gedanken. Auf der Terrasse, die im Schutz der Weinranken lag, hielt sie kurz inne, um ihren Strohhut aufzusetzen. Ihr Blick wanderte an dem ausladenden Walnussbaum vorbei, in dessen Schatten der Tisch stand, an dem sie essen wollten, weiter durch die Olivenbäume und hinunter zum Pool. Dort konnte sie hören, wie Daniel mit kräftigen Armschlägen durchs Wasser pflügte. Ein paar orangefarbene Schmetterlinge tänzelten vorbei, als sie über den Rasen schritt, der unter ihren Füßen federte, bis sie den Pfad erreichte, der zum Pool führte. Sie sah, wie Daniel am anderen Ende eine Wende machte und sein grauer Haarschopf zwischen Luftblasen unter Wasser verschwand. Er wirkte ganz in seinem Element, wie er sauber durchs Wasser schnitt. Die Sonne glitzerte auf den Wellen, die sich als Schatten auf dem blauen Beckengrund fortpflanzten. Tränen traten ihr in die Augen.

Rose ging über den Fliesenboden zum Beckenrand und blieb eine Sekunde am flach auslaufenden Ende stehen, bevor sie auf die erste Stufe trat und die jähe Kühle des Wassers sie ins Hier und Jetzt zurückholte. Sie verscheuchte eine Fliege, die sich auf ihre Schulter gesetzt hatte. Nur noch ein paar Züge, und Daniel war neben ihr. Sie trat einen Schritt zurück aus dem Wasser. Er hielt sich am Beckenrand fest und sah auf, schüttelte den Kopf, neigte ihn erst auf die eine Seite, dann auf die andere, wobei er sich leicht aufs Ohrläppchen schlug, nahm seine Schwimmbrille ab und warf sie neben ihre Füße. Die Augen gegen die Sonne zusammengekniffen, schaute er zu ihr hoch.

»Alles in Ordnung?«

Selbst sein Lächeln tat ihr weh. Sie bemerkte einen Tomatenfleck auf dem Saum ihrer rosa Leinenshorts und kratzte geistesabwesend daran herum.

Die Jagdhunde der Nachbarn im Zwinger unter der Eiche schlugen wieder an.

»Alles bestens.« Ihre Stimme klang leicht gebrochen, aber er bemerkte es nicht. »Du hast eine SMS bekommen.«

Er schien überrascht.

Das Herz schlug ihr bis zum Hals, als sie ihm das Handy reichte, dessen Oberfläche in der Sonne glitzerte.

»Wirklich? Ich erwarte nichts. Wer immer das sein mag, es kann warten. Dafür hättest du nicht rauskommen brauchen.« Er stemmte sich aus dem Wasser und setzte sich auf den Beckenrand. Sie registrierte seinen Bauchansatz, den er entschlossen mit Sport bekämpfte, und die grauen Locken auf seiner Brust. Wasser lief über sein Gesicht und klatschte ihm die Haare an den Kopf, bis er sie mit einer Hand rubbelte, so dass sie wild abstanden. Auch jetzt noch fand sie, dass er etwas von einem griechischen Gott hatte. Und braungebrannt sah er wirklich gut aus. Kein Zweifel, ihr Mann war immer noch ziemlich ... nun, für einen Mann seines Alters wirklich noch zum Anbeißen. Vielleicht war sie nicht die Einzige, die so empfand. Ihr Magen drehte sich um. Sie suchte in seinem Gesicht nach Anzeichen von Schuld, aber da war nichts.

»Man kann ja nie wissen. Vielleicht ist es wichtiger, als du denkst.« Sie legte das Handy neben sein Handtuch, einen Augenblick lang gerührt, weil er gar nicht auf die Idee zu kommen schien, sie könnte die SMS gelesen haben, und sogleich erschrocken darüber, dass sie es getan hatte. »Eve und Terry werden gleich da sein, und ich dachte, du wolltest dich fertigmachen.«

Er stöhnte. »Es ist so schön hier, wenn wir alleine sind.«

Ja, schön war es gewesen. Bis vor zehn Minuten.

Frag ihn einfach, drängte sie eine innere Stimme. Frag ihn.

Aber sosehr sie sich auch wünschte, sofort bestätigt zu bekommen, dass die SMS ganz harmlos war, so sehr fürchtete sie sich auch vor dem Gegenteil. Also blieb sie stumm und versuchte nur, die Fassung zu bewahren. Ihn jetzt damit zu konfrontieren, wenige Minuten, bevor die anderen eintrafen, war keine gute Idee. Sie tastete nach ihrem Halskettchen, bis sie das zierliche goldene Herz fühlte, das er ihr zum Hochzeitstag geschenkt hatte. »Du hast doch gerne Gäste. Und heute Abend kommt Anna«, sagte sie.

Der Name ihrer Tochter zauberte ein Lächeln auf sein Gesicht. »Mit welchen durchgeknallten Ideen sie diesmal wohl wieder anrückt?«

Rose schaute zum Himmel und schüttelte in gespielter Verzweiflung den Kopf. Sie bekam keinen Ton heraus.

Daniel lachte und strich mit einem Finger über ihre Wade. »Komm schon, so schlimm ist sie auch wieder nicht.«

Sie erstarrte bei seiner Berührung, dann trat sie einen Schritt beiseite, um nicht dem plötzlichen Drang nachzugeben, ihm einen Fußtritt zu versetzen. Wie kam es, dass er solche Gefühle in ihr auslöste? »Ich hatte gehofft, sie wäre endlich zur Vernunft gekommen. Mit dieser Gartenbau-Ausbildung.«

»Unsere Anna? Träum weiter, altes Haus.« Er wandte mit geschlossenen Augen sein Gesicht der Sonne zu und stützte sich auf die Arme.

»Nenn mich bitte nicht alt«, sagte sie, ohne zu überlegen. »Zumindest verhalte ich mich meinem Alter entsprechend.« Sogleich bedauerte sie ihre Worte und schluckte rasch den Kloß in ihrem Hals herunter, um es zurückzunehmen.

»Was soll denn das heißen?« Aber seine Augen blieben geschlossen, und er klang höchstens amüsiert.

»Nichts.« Sie hielt die Worte im Zaum, die ihr über die Zunge galoppieren wollten, und grub die Fingernägel in ihre Handflächen. Der Schmerz half ihr, sich zu beherrschen. Selbstkontrolle: Das war jetzt das Wichtigste. Sie musste sich zusammenreißen, das Gespräch hinausschieben, bis sie ungestört waren. Solange er seine Schuld nicht eingestanden hatte, war alles wie immer. »Ich muss mit dem Essen weitermachen. Wenigstens einer von uns beiden sollte fertig sein, wenn sie kommen.«

Daniel sprang auf die Füße. »Zu spät!« Er schlang sich das rote Handtuch um die Hüften und beide wandten sich zum Haus um, wo man einen Wagen über die holprige Einfahrt kommen hörte.

»Wie oft habe ich Marco schon gesagt, dass er das blöde Tor zumachen soll. Ist der eigentlich taub? Dann können wir uns ja gleich den ganzen Zaun sparen.«

Sprachen waren nicht Daniels Stärke, doch er konnte es nicht lassen, sich lautstark darin zu versuchen, obwohl viele Einheimische sein Englisch besser verstanden hätten. Marco hatte vor ewiger Zeit drei Jahre in Cricklewood gelebt, und wenn man ihn davon erzählen hörte, gewann man den Eindruck, es sei für ihn immer noch der Nabel der Welt. Heute schlug er sich als zuverlässiger Gärtner, Poolwart und Mann für alles bei einer Reihe englischer Hausbesitzer in der Gegend durch. Er sprach fließend Englisch, aber Daniel bestand darauf, in jedem Gespräch dröhnend sein ziemlich hoffnungsloses Anfänger-Italienisch hervorzukramen. Wer ihm je dabei zugehört hatte, war ebenso beeindruckt von seiner Beharrlichkeit wie von seiner hölzernen Zunge. Meist musste Rose hinterher erklären, was er gemeint hatte.

Sie folgte ihm durch den Garten. Selbstsicher, lässig und sorglos schritt er vor ihr her. Sosehr sie sich bemühte, die Angst unter Kontrolle zu bekommen, sie schnürte ihr doch derart die Kehle zu, dass sie kaum noch etwas um sich herum wahrnahm. Sie wollte sich nur noch ins Bett legen, sich eine Decke über den Kopf ziehen, der ganzen Welt entfliehen und versuchen, mit den schrecklichen nagenden Zweifeln fertig zu werden, die unerbittlich von ihr Besitz ergriffen hatten. Aber das ging nicht. Sie musste sich zusammenreißen, koste es, was es wolle. Als sie ums Haus bogen, parkte gerade ein kleiner schwarzer Wagen rückwärts neben ihrem ein. Ein Arm mit einem in der

Sonne glitzernden Reif reckte sich aus einem Wagenfenster und winkte grüßend. Kaum stand das Auto, da flog schon die Beifahrertür auf und Eve stürzte heraus.

»Endlich! Ich dachte schon, wir kommen nie an. Terry musste unbedingt so eine lahme, kleine Kiste mieten. Aber ihr wisst ja, er will unbedingt unseren Planeten retten!« Sie umarmte Rose herzlich, Rose erwiderte die Umarmung und atmete dabei den vertrauten blumigen Duft ihrer Freundin ein. Immerhin, die Kavallerie war schon da.

Eve wandte sich an Daniel. »Lass dich drücken, du Prachtstück von einem Mann.«

Als sie ihn umarmte, konnte Rose nicht umhin, amüsiert festzustellen, wie unpassend Eve für das einfache Leben in der Villa gekleidet war. Sie war in ihrer Garderobe keine Kompromisse eingegangen. Kein Modeguru hätte je etwas an ihr auszusetzen gefunden. »Wenn ich morgen von einem Bus umgenietet werde, dann wissen die Leute wenigstens, dass ich Geschmack hatte«, hatte sie einmal im Scherz zu ihren Freundinnen gesagt. »Ton in Ton« war ihr Motto, diesmal umgesetzt in braunen Sandalen, cremefarbenen Caprihosen, einem bauschigen, wild gemusterten Top in verschiedenen Schattierungen von Braun und Korallenrot und jeder Menge Goldschmuck. Rose wünschte, sie hätte etwas Schickeres angezogen als bloß Shorts und eine Bluse. Sie strich sich mit der Hand ihr kurzes Haar hinters Ohr. Im Vergleich zu Eves teuren Strähnchen sieht es sicherlich stumpf aus, dachte sie. Aber stundenlang beim Friseur zu sitzen war nicht ihre Sache.

»Rose! Du siehst bezaubernd aus«, sagte Eve. Daniel hatte einen Arm locker um ihre Schulter gelegt.

Terry stand vor Rose und streckte ihr erwartungsvoll die Arme entgegen. Er war unrasiert, für ihn untypisch, und sein Gesicht wirkte etwas ausgezehrt, was seine schmale Nase und seine abstehenden Ohren betonte. Mein Bruder sollte sich besser nicht in kurzen Hosen zeigen, dachte sie, schämte sich aber sogleich für diesen Gedanken. Er hatte nie seine Schlaksigkeit verloren, die ihn trotz aller Begeisterung schon in seiner Jugend für eine Sportkarriere disqualifiziert hatte. Vielleicht war sie aber einfach nur zu sehr daran gewöhnt, ihn in seiner Buchhalteruniform mit Anzug und Krawatte zu sehen. Sie setzte ihr Begrüßungslächeln auf, bevor sie in seiner ungeschickten Umarmung landete und sich ihr Gesicht an seinen Stoppeln aufrieb. Obwohl Bruder und Schwester, war ihnen beiden zu viel Nähe nicht angenehm. So schnell es ging, löste sie sich von ihm und trat einen Schritt zurück. Doch dann gab sie sich einen Ruck.

»Schön, dass ihr beide da seid«, sagte sie. »Sollen wir gleich euer Gepäck reinbringen?« Terry hatte bereits den Kofferraum geöffnet und einen kleinen Koffer herausgehoben.

»Das ist alles? Ihr reist doch sonst nicht so spartanisch.«

Terry zog ein Gesicht. »Einer ist verloren gegangen. Aber …«

»Nicht einfach einer, Terry«, unterbrach ihn Eve. »Meiner!«

»Sie haben gesagt, um neun Uhr heute Abend ist er da«, erklärte er. Er klang beschwichtigend, so, als hätten sie bereits einen längeren Disput darüber gehabt. »Sie schicken ihn mit dem letzten Flieger, der von Stansted abhebt.«

»Wir werden es ja sehen«, murmelte Eve. »Was für eine chaotische Klitsche von einem Flughafen. Jedenfalls muss ich mich so lange mit dem begnügen, was ich am Leib trage.«

Rose gab ein paar mitfühlende Laute von sich. Sie ahnte bereits, wie viel Firlefanz sich am Abend auf den Luftweg zu ihnen machen würde.

Eve sah ihren Gesichtsausdruck und hakte sich bei ihr ein. »Du weißt doch, dass ich nicht ohne meine Brennschere, meine Trockenhaube und meine Cremes und Lotionen verreisen kann, und natürlich Garderobe für alle Gelegenheiten. Man darf sich niemals gehenlassen, ich jedenfalls denke nicht daran. Das Zeug nimmt allerdings viel Platz in Anspruch, das räume ich ein.«

»Wohl wahr«, sagte Rose. Sie fühlte sich etwas besser, jetzt, da Eve da war. Vielleicht würde sie mit ihr über die SMS reden. Eve wusste sicher, was zu tun war, sie würde ihr bestimmt versichern, dass sie alles falsch verstanden hatte. »Verlorene Koffer tauchen fast immer wieder auf. Lass dir davon nicht den Tag verderben. Zieh einfach was von meinen Sachen an.«

Eve prustete los. »Von deinen? Danke für das Angebot, Schwägerinnenherz, aber in deine Kleider passt von mir höchstens ein Bein.«

Rose lachte. »Unsinn. Komm erst mal rein, ich schaue mal, was sich finden lässt.« Sie nahm den Koffer auf. »Habt ihr denn ansonsten eine angenehme Reise gehabt?«

»Einfach schrecklich.« Eve war direkt hinter ihr. »Letztes Jahr habe ich mir geschworen, nie mehr einen Billigflieger zu nehmen, aber du weißt ja, wie Terry ist, wenn er ein Schnäppchen wittert. Wir sind mal wieder wie Vieh an Bord getrieben worden, und dann hockten wir geschlagene anderthalb Stunden auf der Startbahn, weil in Pisa die Hölle los war. Vor der Landung mussten wir dann eine halbe Stunde lang Schleifen drehen, so tief, dass wir fast die Ziegel von den Dächern gekratzt haben. Man bekam es mit der Angst zu tun. Haben die denn gar keine Organisation hier in Italien?«

»Ach, du weißt doch, wie das hier ist«, sagte Rose abwehrend und führte sie um das Haupthaus herum zu den Nebengebäuden. »Ihr schlaft diesmal im alten Stall. In Ordnung?«

»Wenn es Moskitonetze an den Fenstern gibt und die Pferde rausgebracht worden sind, ist mir alles recht.«

»Ich habe es nicht vergessen, ich habe dir sämtliche Insektensprays bereitgestellt, die ich im Dorfladen finden konnte, und für den Fall der Fälle auch noch eine Salbe gegen Juckreiz.« Sie öffnete die Tür des alten Stalls, der nun ein sparsam, aber komfortabel möbliertes Wohnzimmer, ein Schlafzimmer und ein Badezimmer barg. »Packt doch einfach aus, was ihr habt, und

dann kommt ihr auf die Terrasse und wir trinken ein Glas, ja?«
Sie hatte das überwältigende Bedürfnis, allein zu sein, denn eines war ihr schlagartig klar geworden: Eve würde ihr nicht helfen können, denn Daniel hatte ganz bestimmt eine Affäre. Es konnte keine andere Erklärung geben.

»Das hört sich nach einem guten Plan an. Ich komme in ein paar Minuten.« Eve betrachtete das nicht besonders breite Bett – ein größeres hatte nicht in den Raum gepasst. »Keine Einzelbetten?«

Rose überhörte geflissentlich Eves enttäuschten Seufzer und schüttelte den Kopf. Mit dem Liebesleben ihres Bruders und ihrer Schwägerin wollte sie sich gar nicht erst befassen. »Wenn du irgendetwas brauchst, ruf mich einfach.«

»Alles in Ordnung mit dir?« Eve legte eine Hand auf Roses Arm.

»Ja, natürlich. Warum?« Zu ihrem eigenen Entsetzen spürte Rose, dass ihr Tränen in die Augen traten.

»Ich weiß nicht, du wirkst ein bisschen … ich weiß nicht … abgespannt.« Sie zog Rose an sich. »Sieh mich mal an.«

»Sei nicht albern.« Rose wandte das Gesicht ab und blinzelte. »Ich gehe jetzt rüber und rette das Essen, und dann suche ich ein paar Klamotten für dich zusammen.« Sie schob sich an Terry vorbei, der in der Tür stand. Dabei vermied sie es, ihn anzuschauen, denn er sollte auf keinen Fall merken, dass etwas nicht stimmte. »Bis gleich«, rief sie mit gekünstelt fester Stimme.

Eve entgegnete irgendetwas, aber Rose verstand es nicht. Ihr Kopf fühlte sich an, als hätte man ihr den Schädel mit Beton ausgegossen. Mit bleischweren Gliedern machte sie sich auf den Weg zur Küche. Daniel. Eine Affäre. Die Worte pochten in ihrem Schädel. Diese SMS, so leidenschaftlich, so sehnsuchtsvoll, hatte ihr endlich ins Bewusstsein gebracht, was sie bisher immer verdrängt hatte. Es gab andere Frauen, die noch immer etwas von ihm wollten. Und nun hatte er sich mit einer von ihnen eingelassen. Sie erschauerte. Plötzlich war ihr so kalt, als wehte ein eisiger Wind um ihr Herz. Was um alles in der Welt sollte sie bloß tun?

2

Rose wünschte sich sehnlich, das Essen wäre schon vorüber. Nur sporadisch nahm sie am Gespräch teil, antwortete lediglich, wenn sie direkt angesprochen wurde, um sofort wieder in Gedanken darüber zu versinken, was aus ihren Familientreffen werden würde, wenn sie und Daniel sich trennten. Lustlos stocherte sie in den Nudeln und dem Salat herum. Das flaue Gefühl in ihrem Magen ließ keinen Appetit aufkommen. Die anderen überboten sich mit Vorschlägen, was sie in den kommenden Tagen unternehmen könnten, blieben aber im Unbestimmten, ohne für etwas richtig Feuer zu fangen: Ein paar Tage einfach ausruhen, Spaziergänge durch die Landschaft, Ausflüge nach Arezzo, Cortona, San Gimignano, Siena oder zum Lichterfest in Lucca. Schließlich wandte sich das Gespräch wie immer dem eigentlichen Thema zu: ihren Familien.

Eve hatte bereits ihr übliches Loblied auf ihre vier Kinder gesungen und im selben Atemzug verzweifelt die Hände ob ihrer Flatterhaftigkeit gerungen – Charlie, Tom, Luke und, Gott sei Dank, doch noch ein Mädchen, Millie. Charlie hatte nun immerhin eine Stelle, während die Zwillinge, Tom und Luke, problemlos durch Schule und Studium gekommen waren, ohne dabei die geringste Idee zu entwickeln, was sie mit ihrem Leben anstellen wollten. Sie verbrachten ihre Zeit mit unbezahlten Praktika, hofften darauf, dass sich etwas aus irgendwelchen Kontakten ergab, und lagen ihren Eltern auf der Tasche. Millie studierte noch – Medienwissenschaften, was immer das war –, und hatte ähnlich ungenaue Vorstellungen von ihrer Zukunft wie ihre Brüder. Aber es ging ihr gut, und das war doch die Hauptsache, oder etwa nicht?

Den Baumwollkaftan, den Eve trug, hatte sich einst Daniel bei einem Urlaub in Marokko gekauft. Er war alles andere als leicht und keineswegs kleidsam. Eve fächelte sich heftig mit der Hand Luft zu. »Und was ist mit Jess und Anna? Was treiben die beiden denn so?«

»Anna müsste jeden Augenblick hier sein«, antwortete Daniel mit einem Blick auf die Uhr. »Wann soll ihr Flieger noch mal landen, Schatz?«

»So um halb sieben, glaube ich«, antwortete Rose, nahm ein Messer zur Hand, um sich eine Scheibe Taleggio abzuschneiden, legte es aber wieder hin. Sie konnte Daniel nicht in die Augen sehen. »Sie wollte zum Abendessen hier sein.« Anna würde mit Sicherheit willkommene Zerstreuung bieten. Ihre Ältere zog immer die Aufmerksamkeit auf sich, manchmal mehr, als man sich wünschte. Sie konnte sehr unterhaltsam sein und steckte voller Ideen, genau wie ihr Vater, aber sie war durchaus auch in der Lage, mit ihrem Dickkopf, ihrer Ruppigkeit und ihrer Egozentrik zu glänzen.

»Was macht sie denn zurzeit?« Eve griff über den Tisch nach der Weinflasche und schenkte sich nach. Terrys vernehmliches Räuspern wurde von allen geflissentlich überhört.

»Ihr Café hat vor anderthalb Jahren dichtgemacht, seitdem macht sie eine Gartenbau-Ausbildung. Sie lebt in einer Art Kommune. Mit dreißig!« Rose schloss für einen Augenblick die Augen. Ihre Kopfschmerzen wurden schlimmer. »Ich hatte so darauf gehofft, dass sie endlich eine richtige Arbeit annimmt.«

»Charlie hat erzählt, dass er sie getroffen hat.« Eve sprach über ihren ältesten Sohn stets mit einem gewissen Respekt, so als sei ihr immer noch ein Rätsel, wie sie etwas so Großartiges hatte in die Welt setzen können. »Er sagte, sie hätte irgendwas im Visier.« Sie hob das Glas an die Lippen und nippte mit leicht zusammengekniffenen Augen daran.

Daniel stöhnte auf. »Was wird das wohl wieder sein? Sie hat es als Lehrerin versucht, mit einem Marktstand, mit einem Teppichimport, einem Café, als Kursleiterin …«, zählte er an den Fingern ab. »Sie hat so viel Stehvermögen wie eine welke Primel. Wie läuft es denn mit Charlies Kursen?«

»Ach, um den muss man sich keine Sorgen machen«, versicherte Terry sogleich. »Er findet es toll in Gresham Hall und alle dort finden ihn toll. Nicht dass ich erwartet hätte, dass er so etwas macht, ich hatte eher gehofft, dass er in meine Fußstapfen tritt, aber es läuft.« Sein väterlicher Stolz drückte sich in einem flüchtigen Lächeln aus.

Rose verstand vollkommen, warum ihr Bruder so stolz auf seinen Sohn – ihren Neffen – war. Sie wünschte, ihre eigenen Kinder wären auch so erfolgreich. Das würde ihnen immerhin eine gewisse Sicherheit geben, wenn es sie auch nicht unbedingt glücklich machte. Charlie hatte sich den Erwartungen und dem Druck der Familie entzogen. Das Familienhotel, das nun Daniel führte, war nichts für ihn, genauso wenig wie der biedere Beruf des Buchhalters, den sein Vater erlernt hatte. Nein, er wollte etwas Eigenes, und der Lehrerberuf schien ihm dafür genau das Richtige. Einst hatte sie gehofft, Anna würde denselben Weg einschlagen. Nach dem Abbruch ihres Studiums hatte ihre Ältere eine pädagogische Ausbildung begonnen, die Rose für sie organisiert hatte. Anna war ihr dafür nicht sonderlich dankbar gewesen, und kaum hatte sie die Ausbildung mit Ach und Krach abgeschlossen, hatte sie einen Marktstand angemietet und angefangen, Modeschmuck zu verkaufen. Keineswegs das, was sich Daniel und Rose für sie erhofft hatten. Allerdings war es mit dem Marktstand bald wieder vorbei gewesen, weil es Anna zu langweilig wurde – wie alles andere zuvor auch.

»Und Jess?« Eves Frage riss Rose aus ihren Gedanken, aber sie schaltete nicht schnell genug, um verhindern zu können, dass Daniel antwortete.

»Einfach großartig. Sie macht ihre Sache als Geschäftsführerin von Trevarrick wirklich großartig – eigentlich ist sie nur stellvertretende Geschäftsführerin, aber das ist bloß eine Frage der Zeit. Wenn da nur nicht –«

»Will noch jemand Obst oder Käse?«, unterbrach ihn Rose.

Schweißperlen waren ihr auf die Stirn getreten, und sie fächelte sich mit der Serviette Luft zu. Wie würden die Mädchen wohl darauf reagieren, wenn sie erfuhren, dass ihre Eltern sich trennten? Sofort rief sie sich zur Ordnung. Vielleicht war die Affäre (wenn es denn überhaupt eine war) doch nicht so ernsthaft, wie es die SMS vermuten ließ.

»Alles in Ordnung mit dir? Du siehst blass aus.« Eves Worte drangen wie aus weiter Ferne an ihr Ohr.

»Alles okay. Ist wahrscheinlich nur die Hitze.« Mit einer Handbewegung wischte Rose jeden Gedanken an Krankheit beiseite. Sie wollte nur noch eins: Sich hinlegen und nachdenken. Allein sein.

»Habt ihr nicht gesagt, es sei nicht mehr so heiß wie letzte Woche?«, bemerkte Eve vorwurfsvoll zu Daniel. »Das ist ja der reinste Glutofen.« Sie nahm ihren BlackBerry zur Hand und checkte ihre E-Mails.

Terry warf seiner Frau über den Tisch einen finsteren Blick zu und hüstelte wieder missbilligend. »Muss das sein?«

»Was denn?«, meinte sie mürrisch und scrollte mit dem Finger. »Sie können ja nichts fürs Wetter, Terry. Ich beklage mich auch nicht über das Haus. Ihr wisst alle, wie gern ich hier bin. Ich ziehe es nun mal vor, nicht gebraten zu werden, das ist alles.« Sie hielt beide Arme in die Höhe, um einen nicht vorhandenen Luftzug ihre Achseln kühlen zu lassen, und schüttelte das Haar von ihrem Nacken.

»Du weißt genau, was ich gemeint habe. Kannst du nicht wenigstens im Urlaub mal deinen BlackBerry in Ruhe lassen? Zumindest, wenn wir hier alle zusammensitzen.«

»Werd nicht albern, Schatz«, sagte Eve mit angespanntem Lächeln, die Betonung ganz auf das letzte Wort legend. »Das stört die beiden doch nicht. Sie wissen, dass ich immer auf dem Laufenden sein muss. Eine Agentin ist rund um die Uhr im Einsatz. Und ich erwarte eine Nachricht von Rufus.« Damit wandte sie ihre Aufmerksamkeit wieder ihrem Handy zu.

Terry schüttelte den Kopf, sagte aber nichts mehr, sondern verkniff bloß gereizt den Mund.

Zu Roses Erleichterung hatte Daniel über diesem kleinen Disput vergessen, was er sagen wollte. Sie hätte jetzt keine Schimpfkanonade über Adam ertragen können: Unverbesserlicher Hippie, zehn Jahre älter als Jess, ohne Karriereaussichten, und so weiter. Nun ging er wieder ganz in seiner Rolle des leutseligen Gastgebers auf. »Es ist aber wirklich nicht mehr so heiß«, beharrte er lächelnd. »Ihr müsst einfach früh aufstehen und um die Mittagszeit Siesta halten.«

»Dafür ist es heute schon zu spät.« Eve erwiderte sein Lächeln. »Es ist fast vier Uhr. Zeit, ein bisschen im Pool zu planschen, würde ich sagen. Ich kriege sowieso keinen Bissen mehr runter.« Zufrieden damit, dass daheim offenbar nichts Dringendes anlag, stand sie auf und half Rose, den Tisch abzuräumen.

»Ich auch nicht.« Terry erhob sich ebenfalls und verscheuchte eine zudringliche Wespe. »Ich verziehe mich mit meinem Buch irgendwo in den Schatten.«

Die anderen blickten rasch unter sich. Die ganze Familie hatte sich im letzten Jahr darüber erheitert, wie Terry stets friedlich vor sich hin geschnarcht hatte, auf der Brust ein Buch mit dem Titel *Globale Auswirkungen der Techniken des Mikromanagements*, immer auf derselben Seite aufgeschlagen.

»Halt bloß den Mund!«, meinte er drohend zu Rose, die eine Augenbraue hob. »Diesmal habe ich mir einen Hatlan Coban mitgebracht.«

»Nur weil ich dich überredet habe, was anderes als diese Wirtschaftsschwarte mitzunehmen, die du schon bereitgelegt hattest«, rief ihm Eve über die Schulter zu. Im Flüsterton steckte sie Rose zu: »Er war fuchsteufelswild deswegen.«

»Mich interessiert das nun mal. Ist ja wohl kein Verbrechen.« Nachdem er so das letzte Wort gehabt hatte, verließ er den Tisch.

Rose lächelte still vor sich hin. Die ganze Familie riss schon seit Jahren über Terry ihre Witze. Als seine Schwester fragte sie sich manchmal, ob sie ihn nicht mehr in Schutz nehmen sollte, aber er schien es geradezu darauf anzulegen und konnte am Ende meist sogar mitlachen. Er bot einfach zu viel Angriffsfläche.

Die beiden Frauen gingen über die Terrasse in die Küche, wo es im Vergleich zu draußen angenehm kühl war.

»Ich mache uns einen Kaffee.« Rose, die immer noch wie auf Autopilot geschaltet war, griff nach dem fleckigen Espressokocher. »Dan will natürlich keinen. Er will den Tempel seines Körpers nicht beflecken.« Sie schraubte den kleinen Apparat auseinander, dessen obere Hälfte laut scheppernd auf die Arbeitsplatte fiel.

Eve sah auf. Weder die bissige Bemerkung noch der Krach waren ihr entgangen. »Was ist los mit euch beiden? Da stimmt doch was nicht, das merke ich deutlich.«

»Tut mir leid, dass ich dich enttäuschen muss, Miss Marple.« Die Worte gingen beinahe unter, so laut ließ sie das Wasser in die Spüle rauschen, um das Unterteil zu füllen.

Während Rose die Kaffeebohnen mahlte, hielt Eve die Hände unter den Wasserhahn, benetzte sich Gesicht und Hals und feuchtete das Oberteil ihres Kaftans an. Sie wirkte nachdenklich. »Wie du willst. Aber wenn du reden möchtest, mir kannst du vertrauen.«

»Klar. Danke, ich weiß das zu schätzen.« Als der Kaffee auf dem Herd stand, begann Rose mit dem Abwasch. Eve stand neben ihr, ein zerknülltes Küchentuch in der Hand. »Aber es ist nichts. Jedenfalls nichts, worüber ich im Augenblick reden möchte.« Sie knallte einen Stieltopf auf die Abtropffläche.

Eve blickte sie fragend an, hielt es aber für klüger, nichts mehr zu sagen.

Rose traute Eve durchaus zu, ein Geheimnis in der Familie bewahren zu können, aber würde sie auch Terry gegenüber ihren Mund halten? Die Ehe von Eve und Terry war für Rose immer ein Rätsel gewesen. Sie hatte sich riesig gefreut, als Eve Terrys Antrag angenommen hatte. Eve war seit ihrer Zeit in Edinburgh, wo sie und Daniel studiert hatten und Rose die Kunsthochschule besucht hatte, ihre beste Freundin gewesen. Gleichzeitig hatte sie das Gefühl gehabt, dass Eve ihre gleich nach dem Studium geschlossene Ehe mit Will, die nur von kurzer Dauer gewesen war, noch nicht überwunden hatte. Von außen betrachtet passten Eve und Terry gut zusammen. Eve war ein offener, quirliger, fröhlicher Mensch. Keines dieser Adjektive traf auf ihren Bruder zu, beim besten Willen nicht. Doch trotz aller Zweifel, die Rose gehegt hatte, waren Eve und Terry all die Jahre zusammengeblieben, anscheinend glücklich miteinander, obwohl sie oft zankten. Die Beziehungen ihres Bruders waren ihr immer ein Buch mit sieben Siegeln gewesen. Er hatte nie über seine Gefühle geredet. Für Eve musste das doch eigentlich frustrierend sein. Aber vielleicht verhielt er sich ihr gegenüber auch ganz anders, und die beiden führten unter vier Augen die Gespräche miteinander, die eine Ehe zusammenhalten. Woher sollte Rose das wissen?

Sie und Daniel erzählten einander alles. Immer schon. Jedenfalls hatte sie das geglaubt. S: Der Buchstabe zischte böse in ihren Gedanken auf, wand sich um die Sarahs, Susans, um Samantha und Sally aus ihrem Bekanntenkreis, blieb aber an keiner hängen.

Was würde dies für ihre Ehe bedeuten? Alles, worauf ihr Leben aufgebaut gewesen war, stand nun in Frage. Wenn Daniel diese Frau vor ihr verheimlicht hatte, was dann noch? Was mochte er ihr alles gesagt haben, ohne es ernst zu meinen? An diesem Punkt hielt sie mit ihren Fragen inne. Es gab keine Garantie, dass Terry nicht davon erfahren würde, falls sie sich Eve anvertraute, und da Terry nicht gerade ein Ausbund an Diskretion und Takt war, musste man damit rechnen, dass er sich gegenüber Daniel verplapperte.

»Also gut. Reden wir eben nicht darüber.« Eve stellte den abgetrockneten Topf an seinen Platz und schlug einen Plauderton an. »Anna hat Charlie erzählt, dass Jess und Daniel sich mächtig gezofft haben. Stimmt das?«

Rose schnalzte missbilligend mit der Zunge. Nein, in dieser Familie konnte man nicht damit rechnen, dass jemand etwas für sich behielt. Irgendwer erlag immer der Versuchung, eine Neuigkeit auszuposaunen, die der andere vielleicht noch nicht kannte. Nicht, dass sie selbst in dieser Hinsicht ohne Fehl und Tadel gewesen wäre. Nie hatte sie vergessen, wie sie bei einem Familientreffen mal ausgeplaudert hatte, dass Eve Zwillinge erwartete. Wie schrecklich es ihren Bruder gekränkt hatte, dass er es nicht als Erster erfahren hatte! Und sehr zu Recht, wie Rose, nicht zum ersten Mal, nun dachte.

Falls Eve einen Verdacht hegte, dann war es Roses Pflicht, ein wenig Schadensbegrenzung zu betreiben, bevor ihre Schwägerin mit ihrer lebhaften Phantasie und ihrer Lust, in den Problemen anderer herumzustochern, alles noch schlimmer machte.

»Es ist wegen Adam, stimmt's?« Eve hatte aufgehört, abzutrocknen, und sich auf die Tischkante gesetzt. Ihr Gesicht war röter als zuvor und runde Schweißflecken zierten die Achseln ihres Kaftans. »Du musst mir nichts vormachen. Daniel hat nie einen Hehl aus seinen Gefühlen gemacht. Er hätte beim Essen beinahe was gesagt. Bloß weil Adam nicht die Art von Ehemann ist, den er sich für Jess gewünscht hat. Warum muss er denn unbedingt genauso alt sein wie sie und einen normalen ›Beruf‹ haben?« Dabei malte sie mit den Fingern Anführungszeichen um das Wort »Beruf«. »Schließlich haben Leute mit Tischlern oder Drechseln oder was er da macht, schon viel länger ihr Geld verdient als mit dem Vermieten von Hotelbetten. Und außerdem hat Jess doch einen ganz ordentlichen Job. Wo ist also das Problem?«

Rose ergriff die Gelegenheit, über etwas anderes zu reden.

»Eine ganz dumme Geschichte. Du weißt ja, Männer und ihr Stolz. Dan hat Adam einen Job angeboten, eine Tischlerarbeit für das Trevarrick. Er dachte, Adam kann den Auftrag gebrauchen, und er wollte ihn ganz normal bezahlen. Er hat versucht, ihn zu unterstützen«, verteidigte sie Daniel. »Adam hat ihm vorgeworfen, er wolle ihn bevormunden, hat abgelehnt und meinte ihm außerdem erklären zu müssen, dass ein Drechsler ganz andere Arbeiten macht.«

»Brauchte er denn den Auftrag tatsächlich nicht?« Eve pickte an einem ihrer Fingernägel herum, dessen melonenfarbener Lack abblätterte. »Mist! Ich wusste doch, dass diese Maniküre nichts taugt.«

»Ich hätte auch gedacht, dass er ihn brauchen kann. Aber er ist sehr stolz und will nicht protegiert werden, am allerwenigsten von seinem Schwiegervater.«

Eve zog einen Stuhl unter dem Tisch hervor und klopfte einladend auf das grüngestreifte Polster. Rose hob den Espressokocher vom Herd, nahm zwei Espressotassen mit Untertellern aus einem Schrank und ließ sich mit einem Seufzer nieder.

»Seufz nicht so. Das klingt, als wärst du hundert Jahre alt.« Eve nahm die Espressokanne und goss die schwarze, ölige Flüssigkeit in ihre Tassen.

»Ich fühle mich auch wie hundert.« Rose lehnte sich zurück. Sie spürte, wie sie sich endlich doch ein wenig entspannte. »Familie! Kann man sich was Schlimmeres vorstellen?« Sie setzte sich gerade hin und nahm einen Schluck. »Huch, der ist aber stark.« Sie stellte die Tasse ab. »Entschuldige. Das Problem ist, Adam kann machen, was er will. Dan kann ihn einfach nicht ausstehen, er findet ihn nicht gut genug für Jess – Gott weiß, wieso –, und außerdem ist er der Meinung, Adam sollte das Geld für die Familie verdienen, nicht Jess. Andererseits weiß Adam, was er vom Leben erwartet. Er will sich von niemandem Vorschriften machen lassen – erst recht nicht vom Vater seiner Frau.«

»Das kann man ihm kaum ankreiden. Wie auch immer, Jess arbeitet gerne für das Hotel, schon immer. Ich kann mir gar nicht vorstellen, dass sie anderswo arbeitet oder gar nicht.«

»Aber Dan hat diese vorsintflutliche Vorstellung, dass man seinen Töchtern ein Leben bieten muss wie einer ... ach, du weißt schon.« Rose machte eine wegwerfende Handbewegung. Sie alle wussten, wie sehr Daniel seine Töchter liebte und dass er nur das Beste für sie wollte. Allerdings das Beste, wie er es sich vorstellte. Gehörte dazu etwa, dass ihr Vater eine Geliebte hatte?, schoss es ihr durch den Kopf, und sie spürte sofort wieder einen Stich im Herzen. Und sie kannte auch seinen Dickschädel, den Jess von ihm geerbt hatte. »Langer Rede kurzer Sinn, Jess hat sich auf Adams Seite geschlagen, wie du dir denken kannst. Sie und Dan haben einander die Meinung gegeigt, und das nicht zu knapp, und nun hat sie verkündet, dass sie dieses Jahr nicht kommen will.«

»Aber das geht doch nicht! Ich habe Dylan seit Monaten nicht gesehen.«

»Ich muss mit Dan darüber reden, aber wie gewöhnlich ist es eine Frage des richtigen Zeitpunkts. Er muss einfach nachgeben. Du weißt ja, wie Jess ist, wenn es um ihre Familie geht. Und wir alle wissen genau, woher sie das hat.« Roses Magen verkrampfte sich noch mehr. »Wann kapiert Dan endlich, dass die Mädchen erwachsen sind und ihr eigenes Leben führen? Ich habe es satt, hinterher immer die Scherben zusammenzukehren.« Zu ihrem Entsetzen kullerte ihr eine der vielen Tränen, die sie seit dem Morgen zurückhielt, die Wange hinunter.

Eine Eidechse huschte über die Wand neben der Tür und blieb auf halber Höhe reglos sitzen.

»He, mach keine Sachen.« Eve schlang einen Arm um Roses Schulter. »Das passt doch gar nicht zu dir. Wenn du mir jetzt nicht erzählen willst, was wirklich los ist, haben wir ja noch ein paar Tage Zeit, vielleicht überlegst du es dir anders.«

»Was denn?« Daniel stand plötzlich in der Tür und warf seinen Schatten in die Küche. »Was brütet ihr beiden denn da wieder für Unheil aus?«

»Nichts.« Eve rückte von Rose weg. »Du bist immer so misstrauisch, Dan. Ich habe nur gefragt, wann wir denn Jess erwarten können.«

Rose entging nicht der fast unmerkliche Anflug von Verärgerung, der über Daniels Gesicht huschte, und wie er sich mit einem Finger hinter dem linken Ohr kratzte – beides sichere Anzeichen, dass er sich nur mit Mühe beherrschte. Sie machte sich daran, die Töpfe und Pfannen wegzuräumen.

»Jess?«, sagte er. Für Eve war die Anspannung in seiner Stimme vielleicht gar nicht wahrnehmbar. »Sie kann jeden Tag hier eintreffen, denke ich. Rose weiß am besten Bescheid.« Er durchquerte die Küche Richtung Flur.

Der Ärger, der schon die ganze Zeit in ihr kochte, brodelte hoch. Dass er sich so ganz und gar nicht mit dem Problem befassen wollte, das er selbst geschaffen hatte, war grotesk. »Ich denke, sie wartet darauf, dass du dich bei ihr meldest«, rief sie ihm mit schneidender Stimme hinterher. »Dann überlegt sie es sich vielleicht.« Rose wusste natürlich, dass Jess und Adam bereits Tickets für einen Flug in drei Tagen gekauft hatten, aber sie wusste auch, dass Jess absolut in der Lage war, das Geld dafür in den Wind zu schießen, wenn ihr Vater sich nicht mit ihr aussöhnte.

»Wirklich?« Er klang überrascht. »Ich hätte nicht gedacht, dass wir uns noch etwas zu sagen haben.«

»Ach Daniel!« Rose holte tief Luft. Sie spürte, wie Eve sie beobachtete und jedes kleinste Detail in sich aufnahm. Sie wollte ihrer Schwägerin nicht die Befriedigung geben, Zeugin eines Ehekrachs zu werden und damit ihre Vermutungen bestätigen. Zumal sie Angst hatte, dass sie die Kontrolle verlieren könnte und das wer weiß wohin führte. Doch so gern sie während der Ferien diese Konfrontation vermieden hätte, sie mussten über Jess und Adam sprechen, bevor es zu spät war.

»Nun, wir können ein andermal über die beiden reden. Ich lege mich jetzt ein Weilchen hin.« Damit entschwand er Richtung Schlafzimmer und entzog sich so jeder Diskussion.

Es kam selten vor, dass er so spät am Tag noch einmal Siesta hielt. Sie blickte ihm wütend, enttäuscht und traurig hinterher.

»Und du willst mir weismachen, zwischen euch sei alles in Ordnung«, sagte Eve und zupfte ihren Kaftan an den Schultern zurecht.

»Eve, bitte.« Rose stand auf, um die Gazehaube über das Käsebrett zu stülpen und ein paar lästige Fliegen aufzuscheuchen. »Ich habe gesagt, ich rede mit dir, wenn ich so weit bin. Und das tue ich dann auch.«

»Du bist genauso halsstarrig wie er, weißt du. Aber okay. Wenn das so ist, dann gebe ich jetzt der Versuchung des Pools nach und suche mir dort einen Sonnenschirm. Falls es einen gibt, der so viel Schatten spendet, wie ich ihn brauche.«

Rose gestattete sich ein Lächeln. »Red keinen Unsinn. Du siehst einfach riesig aus!«

»Genau was ich sage! Aber wenn ich mich erst mal in den alten Umstandsbadeanzug von Jess gezwängt habe, wird sich das ändern. Wart's ab.«

Dieses Kleidungsstück, das Jess im letzten Jahr hier zurückgelassen hatte, war das Einzige, das überhaupt für Eve in Frage kam.

»Wir sehen uns später am Pool. Ich versuche mal, Dan noch zu erwischen, bevor er einschläft.«

»Keine gute Idee, Schwesterherz. Ich warne dich.« Eve verließ kopfschüttelnd die Küche.

Wahrscheinlich hat sie Recht, dachte Rose, aber die Sache mit dem Besuch von Jess zu klären, war wichtig. Sonst war es irgendwann zu spät, und sie würde definitiv nicht kommen. Sobald das erledigt war, würde sie sich darauf konzentrieren, was sie mit dieser SMS machen sollte, deren Worte immer noch in ihrem Kopf herumschwirrten. *Du fehlst mir. Ich liebe dich. Komm bald wieder.* Schweren Herzens stieg sie langsam im Halbdunkel die Treppe zum Schlafzimmer hinauf.

3

Eve stellte die Liege ein, breitete das Badehandtuch darauf aus und rückte den Sonnenschirm so, dass er genug Schatten warf. Schnarchlaute ließen sie aufblicken. Dort, zwischen zwei Olivenbäumen, schlummerte Terry in einer Hängematte, auf dem Rücken, mit offenem Mund. Sein Buch lag neben ihm auf dem Erdboden. Nicht einmal Harlan Coben war spannend genug gewesen, um ihn wachzuhalten.

Der Himmel über ihnen war von ungetrübtem Kornblumenblau. Sie legte all ihre unerlässlichen Utensilien – Sonnencreme, Kindle, BlackBerry und Sonnenbrille – auf dem Tischchen bereit und ging dann zum Wasser, um die Hand hineinzutauchen, nur um sie augenblicklich wieder zurückzuziehen. Sie hatte eine einladendere Temperatur erwartet. Dann fiel ihr ein, dass Daniel eine spartanische Ader besaß. Alles, was mit Sport zu tun hatte, musste einen an die eigenen Grenzen bringen. Beheizter Pool? Nichts für ihn! Plötzlich sah sie ihn wieder in den Speisesaal des Studentenheims in Edinburgh kommen, nachdem er schon vor dem Frühstück um den Arthur's Seat gejoggt war. Damals joggten noch nicht viele Leute, und um diese Tageszeit schon gar nicht, erst recht keine Studenten. Wie anders damals alles gewesen war. Sie beide hatten nie den Fehler gemacht zu glauben, es wäre die große Liebe, aber intensiv war es doch gewesen, und im Nachhinein betrachtet erfreulich erfüllend, wenn auch nur von kurzer Dauer. Und dann war Will aufgetaucht. Und Rose. Aber das war alles lange her.

Sie schalt sich selbst für ihre Zimperlichkeit und ging zum Ende des Pools, genoss die Sonne auf ihrer blassen Haut und spürte die sittsamen Rüschen des Umstandsbadeanzugs an den Oberschenkeln. Einen Moment lang hielt sie inne, um anschließend die Arme nach vorn zu schwingen und sich mit den Zehen abzustoßen. Ein technisch perfekter Kopfsprung. Der Kälteschock betäubte ihre Nerven. Nach einer halben Bahn begann die plötzliche Taubheit nachzulassen. Luftschnappend tauchte sie auf und trat im Wasser auf der Stelle, während sie sich umsah: der Olivenhain unterhalb des Pools, der leicht abfallende Garten zwischen ihr und dem alten Bauernhaus. Alle hatten sie Rose und Dan für verrückt erklärt, als sie das halb verfallene Gebäude erworben hatten. Aber die beiden hatten über die Jahre so viel Liebe und Sorgfalt hineingesteckt, dass es nun für sie alle zum Zufluchtsort geworden war.

Konzentriert pflügte sie durchs Wasser. Dan hatte sie in jenem Sommer im Meer vor Musselburgh ein bisschen ins Kraulen eingewiesen, nachdem sie ihm gestanden hatte, dass sie in der Schule im Schwimmunterricht nichts gelernt hatte außer einem behäbigen Bruststil mit aus dem Wasser gerecktem Kopf. Damals hatte die Kälte ihr die Lust genommen. Er hatte gelacht und ihr beigebracht, durch das Wasser vorwärtszugleiten, gleichmäßig bei jedem dritten Zug den Kopf zur Seite zu wenden und zu atmen, die Arme zu benutzen und mit den Beinen zu strampeln. Nach ein paar Längen drosselte sie ihr Tempo, rollte sich auf den Rücken und hielt sich mit sanften Arm- und Beinbewegungen über Wasser. Der Kondensstreifen eines Flugzeugs, das sich hoch, hoch oben wie ein starrer Vogel dahinbewegte, zerschnitt die weite blaue Kuppel über ihr.

Sie schloss die Augen, versuchte, einfach an nichts zu denken, sich auf die Hitze in ihrem Gesicht, auf das Gefühl der Schwerelosigkeit zu konzentrieren. Doch es war nutzlos. Eines nach dem anderen traten ihre Kinder – die eigentlich längst keine mehr waren – vor ihr geistiges Auge, belagerten sie mit diesen und jenen trivialen Sorgen. Sie wollte nicht über die verwahrloste Wohnung nachdenken müssen, in der die Zwillinge lebten, oder darüber, ob sie jemals genug verdienen würden, um ihren Lebensunterhalt zu bestreiten, ob es für Charlie mit Gresham Hall klappen würde oder ob Millie ihren bedeutungslosen Abschluss schaffen und was sie damit anfangen würde.

Darüber hinaus gab es noch ihre eigene Zukunft. Die kleine Agentur für Autoren und Illustratoren von Kinderbüchern, die sie vor einigen Jahren gegründet hatte, machte angesichts der Wirtschaftslage schwere Zeiten durch.

Sie ließ die Augen gegen die Sonne geschlossen, nahm das Hundegebell in der Ferne wahr, das Summen eines Insekts dicht vor ihrem Gesicht. Schwerelos, getragen, allein.

Mit geschlossenen Augen ging sie die Liste ihrer Klienten durch. Nieten waren eigentlich keine darunter. Die große Literaturagentur in London, in der sie ausgebildet worden war, hatte sie verlassen, als sie mit Charlie schwanger und in ein Dorf bei Cambridge gezogen war. Nicht lange nach seiner Geburt hatte sie ihre eigene Agentur gegründet und dabei nicht mehr Autoren und Illustratoren angenommen, als sie auf verantwortungsvolle Weise vom Küchentisch aus betreuen konnte. Als die Kinder heranwuchsen, hatte sie ein Büro gemietet, ihren Autorenstamm erweitert und schließlich vor drei Jahren Amy Fraser als Assistentin eingestellt. Vor nur drei Monaten hatte sie Amys Engagement honoriert und sie zur Agentin befördert.

Amy Fraser: gebildet, gut gekleidet, wortgewandt, mit allen Wassern gewaschen. Was trieb sie bloß? Seitdem Eve am vergangenen Freitag aus dem Büro gegangen war, hatte Amy keine Einzige von Eves E-Mails beantwortet. Am Arbeitseinsatz der jungen Frau war nichts auszusetzen, doch manchmal hatte Eve sie im Verdacht, hinter ihrem Rücken noch ganz andere Absichten zu verfolgen.

Ein Platschen schreckte sie auf. Sie öffnete abrupt die Augen, genau in dem Moment, als eine Welle über sie hinwegschwappte und sie aus dem Gleichgewicht warf. Als sie wieder auftauchte und sich prustend aufrichtete, hörte sie Gelächter. Sie rieb sich die Augen. Am Rand des Pools entdecke sie Terry.

»Konnte nicht widerstehen. Du hast so friedlich ausgesehen.«
»Das wäre für die meisten Menschen ein Grund, mich auch

in Frieden zu lassen.« Nur ein paar Züge, dann war sie am Ende des Beckens, ging die Treppe hinauf und schüttelte ihr nasses Haar aus. »Nur du findest so was lustig.«

»Tut mir leid, aber das ganze Geplansche hat mich geweckt.« Als er auf sie zukam, konnte sie sich wieder einmal des Eindrucks nicht erwehren, dass er mit seinen etwas abstehenden Ohren aussah, als wehte ein Windhauch ihn auf sie zu, so, als wären sie füreinander bestimmt. Er strich mit den Fingern ihre Wirbelsäule entlang. »Entspann dich. Wir sind im Urlaub.«

Sie gab keine Antwort, sondern konzentrierte sich darauf, den Sonnenschirm umzustellen, um sich anschließend wieder auf der Liege niederzulassen.

»Himmel, bin ich erschöpft.« Sie holte lang und tief Luft, spürte, wie die Sonne ihre Glieder wärmte, und dann überkam sie ein überwältigendes Verlangen zu schlafen.

Er setzte sich auf die Nachbarliege und nahm sich von der teuren Sonnencreme, die sie sich im Duty-free-Shop geleistet hatte. Sie beobachtete ihn aus dem Augenwinkel, verärgert, dass er nicht seine Nivea benutzte.

»Das überrascht mich nicht«, erklärte er, während er das Zeug dick auf seine käsigen Waden schmierte.

Sofort war sie hellwach. »Was soll das heißen?«

»Das weißt du doch genau.« Mit einem hörbaren Laut der Befriedigung lehnte er sich zurück, die Hände hinter dem Kopf verschränkt, die Beine gespreizt.

Eng anliegende Badehosen sehen an Männern ab einem gewissen Alter einfach nicht gut aus, dachte sie unwillkürlich. An Tom Daley, das war etwas anderes, aber warte mal ein paar Jahre … Sie hatte Terry für diesen Urlaub eigentlich etwas dezentere Badeshorts kaufen wollen, das aber über allem anderen vergessen.

»Musst du eigentlich so viel trinken? Es ist gerade kurz nach Mittag, Himmel noch mal.« Er sagte es leise, als fürchtete er, jemand könnte mithören.

»Deshalb legst du dich neben mich? Um mir das zu sagen?« Beim Gedanken an das Mittagessen setzte Eve sich auf. Der Wein hatte wunderbar zum Essen gepasst. Ein leichter, trockener Weißer, von Daniel mit der für ihn typischen Sorgfalt ausgewählt. Vielleicht habe ich ein Glas zu viel getrunken, dachte sie und erinnerte sich etwas peinlich berührt daran, wie sie sich immer noch nachgeschenkt hatte, als alle anderen schon nichts mehr tranken, und wie unangemessen laut sie über einen von Daniels Witzen gelacht hatte. Sie wusste, dass Terry sie beobachtet hatte, sie hatte auch bemerkt, wie er sie unter dem Tisch bisweilen mit dem Fuß angestupst hatte, aber das hatte sie höchstens noch weiter angestachelt. Eine Art Trotz hatte sich ihrer bemächtigt, auch wenn es »erst Mittag« gewesen war.

»Es tut dir nicht gut, und ich kann es nicht ausstehen, wenn du dich lächerlich machst.«

»Hab dich nicht so«, protestierte Eve. »Es sind bloß deine Schwester und ihr Mann, alte Freunde, die mich besser kennen als ... irgendwer sonst.« Sie verkniff es sich gerade noch, »als du« zu sagen. Das hätte ihm dann doch wehgetan. Wenn es auch die Wahrheit war.

»Vielleicht, aber du solltest auch mal einen Gang runterschalten. Deiner Leber eine Verschnaufpause gönnen.« Er griff nach ihrer Hand, um ihr zu versichern, dass er es nur gut mit ihr meinte.

Sie zog ihre Hand weg. »Wenn meine Leber Hilfe brauchen würde, dann wüsste ich das. Trinken ölt das Getriebe, das ist alles. Und überhaupt, ich genieße es.« Es stieg ihr selbst unangenehm ins Bewusstsein, dass sich das langsam anhörte wie die Rechtfertigungstiraden eines Alkoholikers. »Du vielleicht nicht, aber andere Leute kennen den Unterschied zwischen einem Trinker und jemandem, der Spaß hat.« Da hatte er es. Sie wartete auf seine Antwort.

Doch Terry war bereits aufgestanden und ging zurück zur

Hängematte. Sie boxte ins Kissen. Manchmal konnte er sie wirklich auf die Palme bringen. Ihm reichte es immer, seinen Standpunkt klarzumachen. Was sie zum jeweiligen Thema dachte, war irrelevant. Die angenehme Schläfrigkeit, hervorgerufen durch die Kombination von Sonne, Bewegung, gutem Essen und Alkohol ging in ihrem Ärger unter. Sie beobachtete seinen vertrauten, dynamischen Gang, seine schlanke Figur. Dann griff sie nach der Sonnencreme und begann sie in ihr Dekolleté einzumassieren. Dabei wurde ihr wieder einmal schmerzlich bewusst, dass an ihrem Körper die Zeit und die Strapazen der Geburten nicht spurlos vorübergegangen waren, während seinem Körper die Jahre kaum anzusehen waren. Trotzdem, diese Badehose war ein Fehler. Sie hatten sie bei einer gemeinsamen Reise nach Südfrankreich vor ein paar Jahren gekauft. Aber wenn er aussah wie immer, warum fand sie ihn dann nicht mehr so attraktiv wie einst? Während sie darüber noch nachsann, nahm sie ihren BlackBerry zur Hand und checkte die Mails. Immer noch nichts von Amy.

Sie rief Amys Adresse auf und tippte rasch:
Probleme? Eve

Sie zögerte. Das hieß, dass sie erwartete, es könnte welche geben, und das war unfair. Das Wochenende nicht mitgerechnet, war sie noch nicht einmal einen Tag dem Büro fern. Vielleicht klang es zu schroff. Sie fügte hinter ihrem Namen ein x hinzu – den Kuss, der jeder Mail den Stachel nahm. Dann löschte sie es als zu wenig geschäftsmäßig und fügte hinzu:

Bitte kontaktiere mich wegen Rufus' Vertrag. Und hast du schon Zeit gefunden, dir die neuen Illustrationen von Alasdair King anzusehen?

Sie las die Nachricht noch einmal. Zu autoritär? Und wenn schon. Es war wichtig klarzustellen, wer von ihnen das Sagen hatte und was nach wie vor von Amy erwartet wurde, welchen Titel sie auch tragen mochte. Aber trotzdem ... Sie fügte wieder das x hinzu und schickte dann ohne weiteres Nachdenken die Mail ab. Anschließend widmete sie sich den dringendsten eingegangenen Nachrichten, schrieb ein paar Antworten. Alles andere hatte Zeit. Sie legte das Telefon in den Schatten unter der Liege, schloss die Augen und überließ sich ganz dem Moment.

Auf halbem Weg zur Treppe überlegte Rose es sich anders. Sie war so verwirrt und aufgebracht, so unsicher, wie sie am besten mit ihrer Entdeckung umgehen sollte. Wenn sie richtig lag, wenn Daniel eine Affäre hatte, dann wagte sie es nicht, jetzt mit ihm allein zu sein. Nicht einmal, um über Jess zu reden. Sie hatte Angst vor dem, womit sie in der Hitze des Gefechts vielleicht herausplatzen würde, und mehr noch davor, was er zur Antwort geben könnte.

Stattdessen verkroch sie sich in dem kleinen Atelier, in dem sie ihre Malutensilien aufbewahrte. Sie zog sich aus, hängte ihre Klamotten an die Tür und streifte den Rock und den Kittel über, die daneben hingen. Diese Kleidungsstücke waren so tröstlich vertraut, wie ein Talisman, und sie hätte in keinem anderen Gewand malen mögen. Sie nahm einen großen Skizzenblock und ihre Tasche, setzte den Hut auf und verließ das Haus.

Vom Pool drangen Stimmen zu ihr. Terry und Eve. Wahrscheinlich zankten sie sich. Ihre Beziehung schien auf der Basis ihrer Meinungsverschiedenheiten zu gedeihen, was Rose sich für sich selbst nicht vorstellen konnte. Von außen betrachtet hätte ihre Ehe mit Daniel nicht unterschiedlicher als Terrys und Eves sein können. Doch jetzt war sie nicht mehr so sicher. Ein Sog von Traurigkeit zerrte an ihr, gepaart mit Angst vor der Zukunft. Nie mehr würde es so sein wie immer.

Sie folgte einem Pfad zwischen Feldern mit sterbenden Sonnenblumen, deren große, sich schwarz färbende Köpfe von der Sonne abgewandt geknickt herunterhingen, die Blätter blass und welk. Doch sie nahm ihre Umgebung gar nicht wahr, bis sie zu dem Feld mit den glänzenden schwarzen Sonnenkollektoren gelangte. Gleich dahinter wandte sie sich hügelan, vorbei an einem kleinen Weingarten, bis an den Rand eines Eichenwäldchens. Hier wurde der Weg zu einem schmalen, weniger steinigen Pfad, dem sie weiter aufwärts und an den Bäumen vorbei folgte, bis sie eine Lichtung erreichte, wo sich die Baumgrenze hinter eine felsige Stelle zurückzog. Diesen Ort suchte sie immer auf, wenn sie Zeit für sich brauchte, und mit jedem Jahreszeitenwechsel entdeckte sie ihn neu.

Von ihrem Aussichtspunkt aus konnte sie das ganze Tal überblicken, die Weingärten in perfekten Reihen, und auch die beiden Bauernhäuser, die in der Sonnenglut dalagen. In der Ferne ein kleines mittelalterliches Dorf auf einem Hügel, dessen Kirchturmspitze den Gipfel markierte. Kindergeschrei wurde zu ihr emporgeweht, dann das getragene Läuten der Klosterglocke – immer zur vollen Stunde. Sie ließ sich auf ihrem Lieblingsfelsen nieder, dem, der sich gegen einen höheren neigte und so eine natürliche Sitzgelegenheit bildete, und holte Skizzenblock, Wasserfarben und Pinsel hervor.

Zehn Minuten später war sie vollkommen darin vertieft, die Landschaft, die Bäume, das Licht und die Schatten einzufangen, in die die sich bereits neigende Sonne das Tal tauchte. Daniel und ihre Ehe rückten langsam in den Hintergrund, während sie sich auf das Malen konzentrierte. Als die Glocke die nächste Stunde schlug, kam sie wieder zu sich, fast überrascht, ihren Geist so erfolgreich zur Ruhe gebracht zu haben. Sechs Uhr. Sofort richtete sich ihr Fokus wieder auf zuhause. Bald würde Anna eintreffen und sie musste da sein, um sie zu begrüßen. Daniel würde aufwachen und sich fragen, wo sie steckte. Und dann: *Du fehlst mir. Ich liebe dich. Komm bald wieder.* Jedes Wort ein Messerstich in ihr Herz.

Kaum hatte sie den Block auf den Boden gelegt, da waren ihre Gedanken schon wieder bei ihrer Ehe. Doch als sie den Pinsel reinigte und das Farbwasser wegschüttete, entdeckte sie neben der Ungläubigkeit, dem Schmerz und der Verwirrung, die sie seit dem Morgen empfunden hatte, noch ein anderes Gefühl: Zorn begann sich in ihr zu regen und unter alles andere zu mischen. Nach all diesen Jahren, wie konnte er es wagen? Nach allem, was sie gemeinsam durchgestanden hatten, war Daniel bereit, alles hinzuwerfen.

Geständnisse, so weit kannte sie ihn, fielen ihm schwer. Wie lange hatte es gedauert, bis er zugegeben hatte, dass er und Eve ein Paar gewesen waren, wenn auch nur für kurze Zeit? Ein ganzes Jahr lang hatte er es ihr verschwiegen. Ein Jahr, in dem ihre Freundschaft mit Eve einen blinden Fleck gehabt hatte. Auch Eve hatte nichts verraten. Als Daniel ihr schließlich reinen Wein eingeschenkt hatte, waren sie sich schon so nahe gekommen, dass Rose nicht alles zunichtemachen wollte. Sie liebte Daniel und fühlte sich von ihm geliebt. Eve war inzwischen ihre engste Freundin und fest mit Will liiert. Dass Eve auch mal was mit Daniel gehabt hatte, brachte sie einander höchstens noch näher. Es war letztlich zu ihrem Besten gewesen, dass sie nicht alles gewusst hatte, und die Affäre gehörte der Vergangenheit an. Anders als diese jetzt. Nun, so sei es. Sie würde warten, bis er keine andere Möglichkeit mehr hatte, als zu gestehen. Und dann würde sie vorbereitet sein.

Sie warf die Tasche über die Schulter und machte sich schweren Herzens auf den Heimweg. Als sie zuhause eintraf, saßen die anderen auf der Terrasse. Noch bevor sie ins Haus schlüpfte, ihre Sachen im Atelier ablud und ins Schlafzimmer hinaufging, hörte sie das Klicken von Dominosteinen, Eves Stimme und dann Daniels Lachen. Sie warf ihre Malklamotten aufs Bett, ging ins Bad und drehte die Dusche auf. Während das Wasser warm wurde, putzte sie sich die Zähne und starrte dabei ihr Spiegelbild an. Eine Frau mittleren Alters starrte zurück, auch wenn man dicht unter der Oberfläche immer noch das jungenhafte Mädchen ahnen konnte, das sie einst gewesen war: kurzgeschnittenes Haar rahmte ihr sommersprossiges Gesicht ein, in dem sich die ersten feinen Fältchen zeigten.

Wie wohl »S« aussah?, fragte sie sich und fröstelte ein wenig, obwohl es noch heiß war. Welche Frau hatte geschafft, woran, so vermutete sie, viele gescheitert waren? Ihr Gegenteil in allen Dingen? Sie ging die Klischeevorstellungen von Sexgöttinnen durch: hochgewachsen, großbusig, mit prallen Armen und Beinen und wallendem Haar, mit breiten Gesichtszügen, schwarz umrahmten Augen, vollen Lippen. Ihr stockte der Atem, während sie ihre eigenen, weniger voluminösen Lippen aufeinanderpresste und ihr die Tränen in die Augen schossen. Schnell wandte sie den Blick ab und trat in die Duschkabine, ließ sich das Wasser auf den Kopf prasseln und dann ins Gesicht, bis sie nichts mehr fühlte als tiefe, wütende Verzweiflung.

Nach dem Duschen ging sie zum Schrank und zerrte eine Auswahl an Kleidern von den Bügeln. Was trägt eine betrogene Frau? Nachdem sie sich für eine weiße Leinenhose und ein aquamarinblaues T-Shirt entschieden hatte (genauso unpassend wie alles andere, was sie besaß), hängte sie den Rest zurück, schlüpfte in die Sandalen und ging zurück ins Bad. Unterwegs rubbelte sie sich die Haare trocken. Gerade als sie einen Hauch Make-up auflegte – warum ihn nicht daran erinnern, was er sich entgehen ließ –, hörte sie, wie die Tür geöffnet wurde. Sie hielt den Atem an.

»Mum!«

Anna. Sie eilte ins Schlafzimmer und zog ihre ältere Tochter an sich. »Ich habe das Auto gar nicht gehört.« Dann schob sie sie ein Stück weg, um sie betrachten zu können. »Du siehst einfach toll aus!«

Annas Kleidungsstil war äußerst eigenwillig. Sie war größer als ihre Mutter und trug einen langen, mit Volants besetzten Blumenrock, ein knappes Top, das ihre schlanke Figur betonte, und zahllose Halsketten und Armreifen, die bei jeder Handbewegung aneinanderklirrten. Ihr langes, dunkles Haar wurde am Hinterkopf von einer Spange zusammengehalten, die eine Hibiskusblüte zierte. Ihr elfenhaftes Gesicht mit den feinen Zügen war blass. Ein Nasenpiercing mit einem pinkfarbenen Saphir zog die Aufmerksamkeit auf ihren geschwungenen Nasenflügel.

»Und du siehst aus wie, na ja ... ich weiß nicht. So wie immer wahrscheinlich.«

Rose lachte. »Hast du den anderen schon Hallo gesagt?«

»Natürlich nicht. Zuerst wollte ich dich begrüßen, und ich habe richtig geraten, dass du hier bist. Die Dusche vor dem Aperitif und so weiter.« Sie hatte die Familiengewohnheiten, die sich im Laufe der Jahre etabliert hatten, nicht vergessen.

»Du kennst mich zu gut.« Rose ergriff ihre Hand. »Gehen wir zu ihnen. Oh!« Sie hob Annas einstmals hübsche Hand, an der jetzt die Nägel bis zum Nagelbett abgebissen waren, ins Licht. »Was soll ich dazu sagen? Dad wird es schrecklich finden.«

»Sein Pech.« Anna drehte das Handgelenk, um den großen Silberring in Totenkopfform zu betrachten, der das gesamte unterste Glied ihres Mittelfingers einnahm. »Ich bin dreißig, lieber Himmel. Es ist mein Leben, vergessen?«

»Ich weiß.« Rose mimte Resignation. »Also dann komm. Ich muss dich so vieles fragen.«

»Ist Onkel Terry schon da? Und Eve?« Anna setzte sich an den Bettrand und ließ ihre Armreifen über den Unterarm klimpern.

»Klar. Ich hatte dir doch gesagt, dass sie vor dir eintreffen, oder? Eve ist außer sich, weil ihr Koffer nicht angekommen ist.«

Anna lächelte. Sie wusste, was das für einen Wirbel bedeutete. »Hast du wahrscheinlich, und ich hab's vergessen. Ich hatte gehofft, Dad allein zu erwischen, bevor sie da sind.« Sie sah ihre Mutter an, hob eine Hand an den Mund und rieb die Spitze des Daumennagels an einem Schneidezahn – ein nervöser Tick.

Rose verkniff sich jeden Kommentar. *Sie ist kein Kind mehr. Sie ist eine erwachsene Frau.*

»Na, ich werde schon eine Gelegenheit finden.«

Etwas in Annas Blick versetzte Rose in Sorge. Offenbar wollte sie Daniel etwas abschmeicheln, das er nicht so leicht hergab. Schon wieder. Rose streckte die Hand aus, um die klirrenden Armreifen zur Ruhe zu bringen. Fragen wollte sie nicht. Besser erst einmal abwarten, worin die Bitte bestand, statt gleich wieder Schlimmes zu vermuten. Mit dem Daumen fuhr sie die blassen, aber unübersehbaren weißen Narben an Annas Unterarm entlang.

Anna zog den Arm weg und arrangierte ihre Armreifen neu. »Streiten sie sich schon?«

»Anna, wirklich!« Rose versuchte missbilligend zu klingen. »So schlimm sind sie auch wieder nicht.«

»Sind sie wohl. Immer zanken sie sich. Zum Glück sind Dad und du nie so gewesen.«

»Manche Menschen kommen besser miteinander aus, wenn sie ab und zu streiten. Ein bisschen Regen macht den Sonnenschein danach umso schöner.« Sie war nicht sicher, ob sie selbst daran glaubte. »Wer weiß schon, was eine Ehe lebendig hält. Nicht einmal die Ehepartner …« Sie ließ den Satz unvollendet.

»Mum!«

Annas Stimme brachte sie wieder in die Realität zurück. Sie musste sich besser zusammennehmen. »Was?«, fragte sie schnell. Ihre Töchter durften nichts erfahren, bis sie und Daniel die Sache geklärt hatten.

»Ein bisschen philosophisch für einen Montagabend.« Anna sah verdutzt aus, als fragte sie sich, was in ihre Mutter gefahren war.

»Du kennst mich, mein Schatz. Immer für eine Überraschung gut.« Rose stand auf und kämpfte gegen den drängenden Wunsch an, einfach davonzulaufen. »Jetzt komm, sie werden sich schon fragen, wo ich bleibe. Und du musst dich auch mal zeigen.«

»Auftreten, meinst du?« Anna lachte. »Wenn du darauf bestehst.« Dann folgte sie ihrer Mutter aus dem Zimmer.

4

»Mit dir kann man echt nichts anfangen, Dad.« Anna setzte ihr Glas ab und warf das Haar über die Schulter zurück, wobei sie den Kopf schüttelte, damit es glatt herunterfiel. Die Hibiskusspange lag auf dem Tisch. »Du willst doch, dass Jess kommt, so wie wir alle hier. Ohne sie und ihren Anhang fehlt was. Ruf sie endlich an.«

Daniel blickte von seiner Feigentarte auf und legte den Löffel weg. Seine Augen unter den gerunzelten Brauen wurden vor Überraschung darüber, dass sich jemand einer von ihm getroffenen Entscheidung widersetzte, ganz groß. »Anna, du weißt nicht, wovon du redest. Adam hat abgelehnt, für mich zu arbeiten.« Seine Stimme war ruhig, aber fest, und er lehnte sich mit über der Brust verschränkten Armen in seinem Stuhl zurück. »Wenn Jess beschlossen hat, wegen des Wortwechsels darüber nicht zu kommen, ist das ihre Angelegenheit.« Sein Fuß klopfte auf den Boden. Einmal. Und noch einmal. Er kratzte sich hinter dem Ohr.

Sie saßen zu fünft im Schutz der weinberankten Pergola am einen Ende des großen Bauerntisches auf der Terrasse. Durch die offene Küchentür fiel ein Lichtstrahl, aber zu weit entfernt, um den Tisch zu beleuchten. Doch die Außenbeleuchtung über der Wohnzimmertür ergänzte das Kerzenlicht. Rose und Anna hatten ein Risotto mit Kastanien und Kürbis zubereitet, gefolgt von Saltimbocca alla Romana, zarten Kalbsschnitzeln mit Schinken und Salbei. Alle hatten das Essen in den höchsten Tönen gelobt. Bis jetzt war die Atmosphäre heiter und entspannt gewesen.

Rose erkannte die Warnsignale und schritt prompt ein. »Ich werde mit ihr sprechen«, sagte sie. »Ich werde ihr alles erklären, und dann werden sie mit dem geplanten Flieger kommen.«

Eve gähnte. »Tja, irgendwer von euch muss schon was tun,

sonst ist der Zug endgültig abgefahren.« Sie lachte über diesen schwachen Scherz, offenbar ohne das eisige Schweigen der anderen zu bemerken. »Oder das Flugzeug gestartet – wie bei meinem unglückseligen Koffer!«, schob sie nach.

Vor dem Abendessen hatte Terry eine geschlagene Stunde dem verlorenen Gepäckstück hinterhertelefoniert. Unverständlicherweise war es nach Rom umgeleitet worden. Die Fluggesellschaft hatte versprochen, es am kommenden Tag zu liefern. Inzwischen behalf sich Eve mit dem, was sie sich leihen konnte. Gerade trug sie ein weit geschnittenes Kleid in feinem, blau- und grüngestreiftem Jersey von Rose; so lässig angezogen sah man sie sonst nicht.

Jenseits des Pools fiel die Landschaft steil zum Tal hin ab. Orangefarbene und weiße Lichter sprenkelten die tiefschwarzen Silhouetten ferner Hügel – Dörfer oder Einödhöfe. Die Kerzenflammen flackerten in der Brise und warfen Schatten auf ihre Gesichter. Rose zog ihren Paschminaschal fester um die Schultern.

Daniel schob seinen Stuhl zurück, der geräuschvoll über den Steinboden schabte. »Ich muss noch ein paar Mails erledigen, entschuldigt mich bitte. Bis morgen.«

Als er ins Haus verschwand, sahen die vier anderen einander an. Es war untypisch für ihn, eine gesellige Runde früh zu verlassen. Rose spekulierte unglücklich über die möglichen Gründe, sagte jedoch nichts. Stattdessen holte sie tief Luft in der Hoffnung, der Beklemmung Herr zu werden, die ihr wie ein Stein auf dem Herzen lag. Die Familie war jetzt noch keine vierundzwanzig Stunden beisammen, und nichts war so, wie sie es sich vorgestellt hatte.

Immerhin bedeutete Daniels Abwesenheit, dass eine Auseinandersetzung über Adam abgewendet war, bevor die Alarmglocken schrillten und alle in Deckung stürzen mussten. Daniels schlimmste Wutausbrüche waren einzig seiner Familie vorbehalten. Menschen von außerhalb waren selten betroffen.

Rose schob ihren halb gegessenen Nachtisch weg.

»Los, Mum, hinterher. Das ist die Gelegenheit.«

Ihre vielen Therapiestunden hatten bei Anna dazu geführt, dass sie zu wissen meinte, wie andere Menschen tickten. Darum glaubte sie das Recht zu haben, ihnen zu sagen, was sie tun sollten. Doch Rose, Eve und Terry wussten besser als jeder andere, wie unberechenbar Daniels Stimmungen waren. Seine Wut war ebenso schnell entflammt, wie sie wieder verrauchte, trotzdem war es besser, sie gar nicht erst zu provozieren.

»Ich halte das für keine gute Idee. Du weißt, wie er ist. Wenn ich jetzt gehe, verschanzt er sich erst recht. Warten wir lieber bis morgen.«

»Adam ist vielleicht nicht der Ehemann, den Dad für Jess ausgesucht hätte, aber er sollte ihm zumindest eine Chance geben.« Anna zog einen kleinen, blauen Tabaksbeutel aus ihrer Handtasche. »Ich werde nie heiraten, wenn er sich dann auch so verhält.«

»Irgendwer am Horizont?«, sprang Eve auf den Themawechsel an.

Insgeheim war Rose dankbar für die unstillbare Neugier ihrer Schwägerin.

»Kaum.« Anna grinste, während sie ein Blättchen herauszog. »Ich hatte da was mit einem Typen, der in London arbeitet, aber es hat nicht funktioniert. Er trägt Anzüge, besitzt mehrere Autos und Wohnungen. Er singt sogar in einem Chor, mit noch nicht mal fünfunddreißig. Und ich bin ... na ja, so bin ich eben nicht. Es passte ihm überhaupt nicht, wie ich mich anziehe, und wir waren in nichts einer Meinung.« Sie wirkte nachdenklich. »Eigentlich ist es mir rätselhaft, wie wir überhaupt zusammengekommen sind. Aber im Bett lief es recht gut.« Sie krümelte etwas Tabak auf das Blättchen und drehte sich die kümmerlichste Zigarette, die Rose je gesehen hatte. Es wäre ihr lieber gewesen, Anna hätte ihr Privatleben nicht so ausführlich am Abendbrottisch ausgebreitet.

Eve lachte. »Klingt nach genau der Art Mann, die Dan sich für seine Töchter wünschen würde.«

»Oh, bitte.« Anna holte ihr Feuerzeug aus der Tasche. »Ein Leben voller verpasster Gelegenheiten, an eine Küchenspüle gekettet, hinter unseren rotznasigen Kindern herräumen und bei Bürofeten an seinem Arm hängen. Nein, danke.« Sie tat, als müsste sie sich übergeben.

Rose war schmerzhaft bewusst, wie nah diese Beschreibung ihrem eigenen Eheleben kam, einem Leben, mit dem sie bis heute Morgen nicht unzufrieden gewesen war. »Anna, hör auf.« Sie zog energisch Annas Hand von ihrem Mund weg und nahm sie schützend in ihre eigenen Hände. »Das ist ekelhaft.«

»Das findest nur du, liebe Mutter.« Anna wischte sich die Hand am Rock ab und zündete sich die Zigarette an. Lose Tabakkrümel glühten auf und schwebten durch die Nachtluft.

Rose brauchte niemandem zu erklären, warum sie so reagiert hatte. Die Tage, an denen Anna nach dem Essen vom Tisch aufgestanden war, die Badezimmertür hinter sich zugeschlagen und anschließend die Toilettenspülung betätigt hatte, waren – Gott sei Dank – Vergangenheit. Aber Rose hatte sie noch lebhaft in Erinnerung, diese Tage und die niederschmetternde Angst und das Ohnmachtsgefühl, das sie auf Schritt und Tritt begleitet hatte. Was gab es Schlimmeres, als das Leben seines Kindes durch eine Krankheit bedroht zu sehen, die zu heilen man außerstande war? Jedenfalls konnte sie sich nichts Schlimmeres vorstellen. Und nichts, was Dan tun könnte, würde ihr je so wehtun wie das.

Terry hustete.

»Und du vielleicht auch, Onkel Terry. Tut mir leid. Aber Eve stört es nicht, stimmt's, beste aller Tanten?«

»Deine einzige Tante«, korrigierte Eve stolz. »Aber wenn du das so siehst, wie stellst du dir dein weiteres Leben dann vor?«

Anna schenkte sich Wasser ein. »Ach, ich habe meine Pläne.

Männer sind momentan Nebensache, bis ich alles zum Laufen gebracht habe.« Sie schaute geheimnisvoll, aber dann ging ein Strahlen über ihr Gesicht, das in jedem, der sie kannte, Besorgnis auslösen musste.

»Wirklich? Kann man dich irgendwie unterstützen?« Es war Verlass darauf, dass Terry sich dann in ein Gespräch einschaltete, wenn es eine Wendung zum Geschäftlichen nahm. Unterhaltungen im größeren Kreis waren nicht sein Ding, nie gewesen. Er zog es vor, unter vier Augen zu reden. Darin waren er und Rose sich ähnlich, wobei sie gelernt hatte, geselliger zu sein.

»Vielleicht irgendwann, aber jetzt noch nicht. Erst muss ich Dad davon überzeugen, dass meine Idee brillant ist. Und kein …« Sie sah ihre Mutter an. Rose war ganz Ohr und voller Interesse, doch wenn sie es zeigte, das war ihr bewusst, würde Anna sofort zumachen. »Ich werde nichts weiter verraten, bis es konkreter ist. Und Dad gegenüber erwähnt es vorerst bitte nicht. Ich werde ihn mir morgen vorknöpfen, wenn er zugänglicher ist.«

Rose spürte, wie Eve unter dem Tisch leicht ihren Oberschenkel berührte. Eve kannte Daniel ebenso gut wie alle anderen, und genau wie Rose war ihr klar, wie die Antwort ausfallen würde, wenn Anna nochmals um Geld bat. Rose tastete nach der Hand ihrer Schwägerin und drückte sie, dankbar, eine Verbündete zu haben, die begriff.

»Aber Eve hat morgen Geburtstag«, sagte sie ausweichend. »Und wir fahren nach Arezzo.«

»Ja, am Vormittag.« Wenn Anna sich etwas in den Kopf gesetzt hatte, war sie nicht aufzuhalten. »Ich werde schon eine Gelegenheit finden, und dann haben wir abends doppelt Grund zu feiern.« Sie klatschte in die Hände. »Ihr werdet begeistert sein!«

»Das hoffe ich.« Wieder leichter Druck von Eve. Schon spulte sich die Liste anderer großartiger Ideen, die im Handumdrehen zu Katastrophen geworden waren, vor Roses innerem Auge ab. Wann auch immer Daniel eine von Annas Unternehmungen – den Marktstand, Teppichimport aus Marokko, das Café – unterstützt hatte, am Ende hatte er die Schulden begleichen müssen. Aus welchen Gründen auch immer – schlechtes Timing, oder weil Anna das Interesse verloren hatte – war jedes der idiotensicheren Projekte, die Vater und Tochter ganz viel Geld einbringen sollten, ein Schlag ins Wasser gewesen. Nach der Sache mit dem Café hatte sich Daniel geschworen, sie das letzte Mal unterstützt zu haben. Daraufhin hatte sie angefangen zu gärtnern und Kindern Nachhilfe in Englisch, Mathe und Französisch zu erteilen, um die Gartenbauausbildung zu finanzieren.

»Weißt du was«, schlug Eve vor. »Wenn du es uns nicht erzählen willst, dann hol doch das Scrabble, während wir abräumen? Oder nein, Rose, *ich* räume ab und du rufst Jess an.« Eve folgte Rose in die Küche, das Backblech mit dem Rest der Feigentarte in der Hand. »Dann kannst du wenigstens das eine Drama abwenden, bevor sich das nächste anbahnt. Länger als ein paar Stunden dauert es nicht, wenn du mich fragst.« So leise, dass Anna es nicht hören konnte, fügte sie hinzu: »Sieht aus, als würden das ganz besonders interessante Wochen werden.«

»Oh Gott. Muss ich sie jetzt gleich anrufen? Es ist schon spät. Ich wünsche mir nichts weiter als vierzehn Tage ohne Probleme, die jeder wirklich genießen kann. Ist das denn zu viel verlangt?« Sie stellten die Sachen, die sie hineingetragen hatten, auf dem Küchentisch ab.

»Viel zu viel.« Eve wandte sich Rose zu und legte ihr die Hand auf die Schulter. »Du hast wirklich ein gnädiges Gedächtnis. Familienurlaub wäre nicht komplett ohne gelegentliche Streitereien. Weißt du nicht mehr, wie Anna letztes Jahr fast die Garage abgefackelt hat? Entspann dich einfach und lass dich drauf ein.«

»Wenn ich dich nicht hätte …«

»Ich weiß. Aber umgekehrt wird auch ein Schuh draus. Du hast mir immer geholfen, wenn es zwischen mir und Terry mal nicht so gelaufen ist.«

»Weil mein Bruder so ein Dummkopf sein kann. Manchmal frage ich mich, wie du es so lange mit ihm ausgehalten hast.« Sie warf Eve einen Blick zu. War sie zu weit gegangen?

Doch Eve lächelte. »Fangen wir bloß nicht davon an. Könnte sein, dass wir es bereuen.«

Rose meinte einen Anflug von Traurigkeit zu spüren. Nicht auch noch Eve und Terry.

»Na los. Geh und ruf Jess an. Ich spiele für dich, wenn es zu lange dauert.«

Eves Begeisterung für Scrabble brachte alle Jahre wieder zum Vorschein, wie vollkommen unfähig Rose in diesem Spiel war. Sie ergab sich der Tatsache, dass sie auch jetzt wieder vernichtend geschlagen werden würde, zögerte den Moment aber hinaus, indem sie das Aufräumen Eve überließ und ins Wohnzimmer ging. Dort ließ sie sich auf das rote Sofa fallen, sah sich um. Die Atmosphäre des Raums beruhigte sie. Eines Tages würde sie all die Italien-Romane, Reiseschilderungen, Memoiren und Geschichtsbücher lesen, die sie über die Jahre angesammelt hatte. Zeit, das war alles, was sie brauchte. Aber würde sie es tatsächlich tun? Wenn Daniel sie verließ, was passierte dann mit der Casa Rosa? Am besten gar nicht darüber nachdenken.

Sie blickte flüchtig auf die botanischen Illustrationen, die sie vor Jahren nach einem Kurs in den Chelsea Physic Gardens angefertigt hatte, inspiriert von den Abbildungen in den Büchern, die ihr Vater sammelte. Ihre Fortschritte von der ersten krakeligen Nieswurz zu den immer souveräneren Tulpen, Iris und Rosen waren beachtlich. Als sie den Hörer zur Hand nahm, fragte sie sich kurz, ob sie es vielleicht wieder einmal probieren sollte. Eine Arbeit, die höchste Präzision erforderte und überraschend viel Zeit verschlang, sie aber mit fast rauschhafter Befriedigung erfüllt hatte.

Ein Blick zur Uhr über dem Kamin sagte ihr, dass es halb zehn war. In England also eine Stunde früher. Dylan war um diese Zeit wohl schon im Bett, oben in seinem kleinen, blauen Schlafzimmer mit dem Mobile, das sich zum Glöckchenklang von »Greensleeves« bewegte. Adam und Jess – erschöpft nach dem langen Tag im Hotel – setzten sich bestimmt unten in ihrem Bauernhaus gerade zum Abendessen hin, das Adam gekocht hatte. Daniel könnte sich ruhig etwas mehr Mühe mit ihm geben. Rose fand, dass Adam ein aufmerksamer und liebevoller Ehemann war. Was konnten sich Eltern für ihre Tochter Besseres wünschen? Aber Daniel reichte das ja nicht. War was dran an seinem Verdacht, dass Adam ihre Tochter aus ganz banalen Motiven geheiratet hatte? Heutzutage heiratete doch niemand mehr des Geldes wegen, oder? Das gehörte in die Zeit von Jane Austen. Außerdem stellten drei bescheidene Hotels wohl kaum ein Vermögen dar. Aber Daniel war sich so sicher …

Sie wählte die Nummer und lauschte dem Klingeln. Während sie die zerlesenen Zeitschriften in dem Korb neben ihr glättete, fiel ihr darunter eines von Dylans Pappbüchlein auf. Jess musste es im Frühling hiergelassen haben. Sie legte es in ihren Schoß, fuhr die Umrisse der großen grünen Raupe mit dem Finger nach und wartete darauf, dass jemand abhob. Schließlich schaltete sich der Anrufbeantworter ein. Adams Stimme forderte sie auf, eine Nachricht zu hinterlassen. Sie war sich sicher, dass sie absichtlich nicht ans Telefon gingen, was ihr ein ungutes Gefühl gab.

»Jess, hier ist Mum.« Sie zögerte, unsicher, was sie sagen sollte, um nicht alles noch schlimmer zu machen, und sich der Tatsache bewusst, dass sie vielleicht zuhörten. »Bitte ruft mich an und lasst mich wissen, wann ihr voraussichtlich hier sein werdet. Ich liebe euch …« Sie legte auf. Das musste reichen. Besser, so zu tun, als sei alles in Ordnung, dann regelte es sich vielleicht von selbst. Eine Lösung für Feiglinge, die sich aber oft bewährte.

Sie sank tiefer in die Polster. Plötzlich erschien es ihr unendlich mühevoll, aufzustehen und sich wieder zu den anderen zu gesellen. Schon jetzt forderte das Bemühen, den Schein zu wahren, seinen Tribut. Doch wenn sie nicht zurückkam, würde Eve noch misstrauischer werden und sie würde zugeben müssen, dass etwas nicht stimmte, noch bevor sie selbst Klarheit hatte. Mit diesen Gedanken im Kopf schob sich Rose an den Rand des Sofas und stand auf, aller Abgespanntheit zum Trotz.

Auf dem Weg nach draußen kam sie an Daniels Arbeitszimmer vorbei und hörte ihn reden. In seiner Stimme lag etwas, das sie nicht einordnen konnte – Ruhe, Vertraulichkeit, aber doch mit einem Unterton. Besorgnis? Nervosität? *Du fehlst mir. Ich liebe dich. Komm bald wieder.* Sie ertappte sich dabei, wie sie angestrengt versuchte, seine Worte zu verstehen. »Niemals«, hörte sie, dann, einen Moment später: »Das können wir nicht.« Ihr Magen überschlug sich. Wir? Hätte sie die SMS nicht gelesen, hätte sie sich bei einem solchen Gespräch überhaupt nichts gedacht. Jetzt suchte sie in allem, was er sagte, eine verborgene Bedeutung.

Die Gefühle, die sie zu ignorieren versucht hatte, stiegen ihr brausend in den Kopf, allen voran die Wut. War *das* nicht der rechte Moment? War ihre Ehe nicht wichtiger als alles andere? Sie brauchte doch nur die Tür aufzureißen und ihn zur Rede zu stellen. Auf frischer Tat ertappt im Gespräch mit »S«. Daniel würde die Wahrheit gestehen müssen. Dann läge die Angelegenheit offen und sie würden damit umgehen müssen – gemeinsam. Sie legte die Hand an die schwere Holztür und hielt den Atem an.

»Mum! Kommst du?« Annas Ruf ließ sie innehalten. Ihr Arm sank herab. Nein. Sosehr sie auch litt und sich wünschte, dass alles herauskam (obgleich sie es auch fürchtete), sie würde doch an ihrem ursprünglichen Plan festhalten. Sie hatte Angst vor einer Konfrontation, denn … was dann?

Als sie das Pappbüchlein aufhob, das ihr aus der Hand gerutscht war, flog die Tür auf. Flackerte da nicht Schuldbewusstsein in seinem überraschten Blick?

»Ich dachte, ich hätte etwas gehört. Was in aller Welt tust du hier?«

»Ich wollte gerade wieder rausgehen, aber das hier ist mir runtergefallen.« Sie reichte ihm das Büchlein und sah, wie seine Züge weicher wurden. »Ich habe Jess angerufen, aber niemanden erreicht.«

Der liebevolle Ausdruck verschwand aus seinem Gesicht, und er gab ihr das Buch zurück. »Ich muss noch ein paar Sachen erledigen, bevor ich ins Bett gehe. Wir sehen uns dann oben.« Er wandte sich ab, um wieder ins Arbeitszimmer zu gehen. »Eine Tasse Tee könnte aber nicht schaden, wenn das nicht zu viel Mühe ist.«

»Ich mach dir eine.« Ihre Standardantwort; selbst wenn sie innerlich die Zähne fletschte, dies war eine der vielen Familientraditionen, welche die Schienen bildeten, auf denen ihre Ehe so reibungslos dahingefahren war.

»Danke, mein Schatz.« Und die Tür schloss sich zwischen ihnen.

Hatte er mit *ihr* telefoniert? Waren die Worte, die sie mitgehört hatte, von Bedeutung? In all den gemeinsamen Jahren war sie nie auf die Idee gekommen, er könnte ein Doppelspiel treiben. Soweit ihr bewusst war, hatte er stets darauf bestanden, sich im Berufs- wie im Privatleben fair zu verhalten.

Rose marschierte durch die Küche, ohne den Teekessel und das Keramikgefäß mit den Teebeuteln oder die farbigen Becher, die an Haken am Schrank hingen, zu beachten. Sie ging einfach hinaus zu den anderen, wo das Scrabble-Brett aufgebaut war. Zwei Wörter waren bereits gelegt: LÜGEN, und senkrecht dazu: BEZIEHUNG. Terry brütete gerade über seinen Buchstaben, Eve wartete ungeduldig, an die Reihe zu kommen. Anna starrte zu den Hügeln hinüber, rauchte und träumte zweifellos von ihrem neuesten Projekt und der Frage, wie sie ihrem Vater am besten die Unterstützung entlocken konnte, die sie benötigte. Jemand hatte Rose Wein nachgeschenkt. Sie setzte sich und nahm einen Schluck. Daniel sollte sich seinen blöden Tee selber machen.

5

Daniel hatte einen hochroten Kopf, und er umklammerte krampfhaft das Lenkrad. »Verdammte Touristen«, presste er zwischen den Zähnen hervor. »Das war ja klar.« Er probierte es in einer weiteren Seitenstraße, doch auch hier parkten die Autos dicht an dicht. Nirgends eine Lücke in Sicht. Mit knirschendem Getriebe stieß er rückwärts in eine Einfahrt, wendete und fuhr zurück.

Sie hatten das Haus früh am Morgen verlassen und die Panoramastraße nach Arezzo genommen, die durch Weinberge, Felder mit prallem Zuckermais, halb verdorrten Sonnenblumen und Reihen von erntereifen Tomaten führte. Nach einer Weile hatten sie das Gewirr der Ausfallstraßen erreicht, das sich um die Stadt zieht. Der Beschilderung folgend, waren sie im Stadtzentrum angekommen, nur um festzustellen, dass der Parkplatz, den sie üblicherweise ansteuerten, komplett besetzt war. Straßensperrungen und Umleitungsschilder hatten sie in ein Wohngebiet geführt, wo sie nun die Orientierung verloren hatten. Daniel hielt an und tat so, als würde er den schimpfenden Fahrer des Lieferwagens, dessen Ausfahrt er blockierte, gar nicht hören.

»Ich mache euch einen Vorschlag, steigt doch einfach hier aus. Ich versuche es am Bahnhof, und dann treffen wir uns in zwei Stunden auf der Piazza Grande.« Er bedeutete dem Lieferwagenfahrer mit ungehaltener Geste, sich doch gefälligst etwas zu gedulden, was ihm mit einem Schwall ausdrucksstarker, aber unverständlicher italienischer Schimpfwörter gedankt wurde.

»Ich bleibe bei dir, Dad. Ich habe die Fresken schon so oft gesehen, dass es mir für den Rest des Lebens reicht. Wir können einfach ein bisschen herumspazieren und irgendwo einen Kaffee trinken.« Anna stieg aus, um Eves Platz auf dem Beifahrersitz einzunehmen, ohne auf Daniels Beteuerung, dass er alleine bestens zurechtkäme, einzugehen. Sie winkte, als sie davonfuhren, und hob den Daumen in Richtung Rose und Eve.

»Keine Sorge, die weiß schon, wann der richtige Augenblick gekommen ist.« Rose überquerte mit Eve im Schlepptau die Straße.

»Der arme Dan. Er hat ja keine Ahnung, was ihm da blüht.«

»Ach, ich denke, es ist ihm halbwegs klar.« Auf dem Bürgersteig angekommen, wandte sich Rose um. »Schließlich ist das ja nicht das erste Mal. Hier entlang.«

Eve folgte Rose durch die Via Francesco Crispi und bog dann mit ihr hügelaufwärts auf den Corso Italia ein, vorbei an glitzernden modernen Läden. Sie nützte jedes Fleckchen Schatten aus, und wo es keinen gab, hatte sie das Gefühl, von der Sonne versengt zu werden. Vor einer Reihe von Boutiquen blieb sie stehen – italienische Mode war immer interessant – doch dann erblickte sie sich in einem Spiegel, verschwitzt und unförmig in Daniels Trekkinghosen. Die Hosenbeine, die sich mittels Reißverschluss abtrennen ließen, hatte sie zuhause gelassen, was für sie sehr unvorteilhafte Shorts ergeben hatte. Der Hosenbund und der Gürtel waren nicht zu sehen, zeichneten sich aber unter dem etwas zu engen ärmellosen schwarzen T-Shirt ab, das sie sich aus der Schwangerschaftsgarderobe von Jess stibitzt hatte. Sie zupfte es sich vom Rumpf und ließ es wieder zurückschnalzen. Im Gegensatz zu ihrem Spiegelbild schauten sie von der anderen Seite der Scheibe spindeldürre Schaufensterpuppen an, die winterlich in graue Wollsachen, Wildleder, lila Kunstpelz und hohe schwarze Stiefel gekleidet waren. Nein, das war wirklich nicht der richtige Moment zum Shoppen. Als sie sich abwandte, fiel ihr Blick auf Leute, die aus einem Laden kamen und lächelnd buntes Eis aus überquellenden Waffeln schleckten oder aus Bechern löffelten. Sie spähte in den cool aufgemachten Laden hinein, wo eine ganze Palette Eissorten in fröhlichen Farben lockte, aber Rose, die sich eilig durch die Passanten schob, war schon zu weit voraus, um sie zurückzurufen.

Die Augen auf das rote Sommerkleid ihrer Schwägerin geheftet, folgte ihr Eve um eine Ecke und ging dann hinter ihr her ein paar Stufen hinauf zu der rauen Steinfassade der Basilica San Francesco. Mittlerweile klebte ihr das Haar an der Stirn und im Nacken, Schweiß rann ihr über den Rücken. Rose hingegen wirkte noch so frisch wie beim Aufbruch.

»Wollen wir vielleicht da drüben im Café kurz was trinken?«, schlug Eve vor. Vor ihrem inneren Auge erschien ein großes Glas Tee mit vielen Eiswürfeln und einer Zitronenscheibe am Rand, so kalt, dass Kondenswasser daran herabperlte.

»Besser nicht, die Tickets haben eine Zeitbegrenzung.« Rose schaute sie entschuldigend an. »Aber hinterher gerne. Du willst die Fresken doch sehen?«

»Natürlich! Ich hätte bloß nicht gedacht, dass es um diese Uhrzeit schon so heiß ist.« Eve fächelte sich mit dem Reiseführer, den sie vor ihrem Aufbruch aus der Casa Rosa noch rasch eingesteckt hatte, Luft zu.

»Genau deshalb sind wir jetzt hier. Richtig heiß wird es erst, wenn wir wieder zuhause ankommen.«

Eve nickte resigniert. Das hieß, dass sie sich den ganzen Tag wie ein ausgewrungenes Geschirrhandtuch vorkommen würde. »Ich bin einfach noch nicht akklimatisiert, das ist alles.«

Im Innern der scheunenartigen Capella Baci gab es zumindest Schutz vor der sengenden Sonne. Von irgendwo draußen drang Musik in die ehrfurchtsvolle Stille. Vor den dunklen Gemälden an den Wänden standen kleine Trauben von Menschen, die im Flüsterton miteinander sprachen. Weihrauchduft lag in der Luft. Eve spürte, dass sich an ihrem Fuß eine Blase bildete, und warf sehnsüchtige Blicke in Richtung der Kirchenbänke. Wenn sie doch nur ihre bequemen und obendrein noch modischen Sandalen hätte, die immer noch mit ihrem Koffer unterwegs waren. Vor dem Chor zeigte Rose dem Wärter, der das eine Ende des roten Absperrseils hielt, ihre Tickets.

In dem eher kleinen Raum, der sich hinter dem Altar öffnete, betrachtete Eve bewundernd die Fresken von Piero della Francesca, die die *Legende vom Wahren Kreuz* erzählten. Rose hatte ihr schon ausgiebig davon vorgeschwärmt, aber nun war sie wirklich beeindruckt. Mit leiser Stimme begann Rose ihr den Gemäldezyklus zu erklären. Schon nach zehn Minuten verließ Eve allerdings die Konzentration. Der stechende Schmerz in ihrem Fuß ließ sich nicht mehr verdrängen, und ihr Nacken wurde steif, weil sie dauernd in die Höhe blicken musste. Die Scheinwerfer heizten den kleinen Raum unerträglich auf. Als sie ihre Kameratasche öffnete, ratschte der Klettverschluss so laut, das sich alles nach ihr umdrehte. Ein Mann hob missbilligend den Zeigefinger. Rose schüttelte den Kopf. Also schloss Eve die Tasche wieder, auch wenn rundherum alle anderen unverdrossen drauflos knipsten. Sie lehnte sich gegen die Wand des Altars, rutschte in eine halb sitzende Position und zog ihren BlackBerry hervor. Warum sollte sie nicht checken, ob Amy ihr eine E-Mail geschrieben hatte, wenn sie ohnehin nichts mehr aufnehmen konnte. Nein, keine Mail.

»Habe ich dich gelangweilt?«, flüsterte Rose, die sich neben sie gekauert hatte. »Vielleicht habe ich ein bisschen viel erzählt.«

»Ach nein, ganz und gar nicht. Ich wollte nur mal schauen, ob sich Amy gemeldet hat.«

»Wozu hast du denn eine Assistentin, wenn es nicht auch mal ohne dich geht?« Rose stand auf, sichtlich verärgert über Eves mangelndes Interesse.

»Jetzt hab dich nicht so.« Eve verstaute den BlackBerry wieder in ihrer Handtasche und erhob sich. »Ich finde die Bilder wunderbar. Ehrlich.«

»Also ich gehe jetzt weiter.«

»Ich auch, keine Frage.« Eve stöhnte, so sehr stach sie die

Blase. »Ich musste einfach mal einen Augenblick sitzen. Los, erzähl mir was zu den beiden letzten Bildern. Es interessiert mich wirklich«, betonte sie, als sie Roses skeptischen Blick sah.

Drei englische Jungs standen in Habtachtstellung vor ihrem Vater, der ihnen darlegte, wie der Künstler die Perspektive eingesetzt hatte, genau dasselbe, was Rose ihr auch erklärte. Eve versuchte bei der Sache zu bleiben, aber ihre Gedanken schweiften ab. Bald malte sie sich aus, wie es wäre, mit Terry, Charlie, Tom, Luke und Millie hierherzukommen. Nach höchstens zwei Sekunden würden die vier vor Langeweile durchdrehen. Falls es ihr überhaupt gelänge, Terry in eine Kirche zu zerren. Renaissancemalerei zählte nicht gerade zu seinen Interessensgebieten. Italien, das war für ihn Dolce Vita pur. Am wohlsten fühlte er sich am Pool oder in der Hängematte, in der er sich gerne in Erwartung der nächsten Mahlzeit oder des nächsten Drinks ausruhte. Und wenn Eve ehrlich zu sich war, stand sie ihm darin kaum nach.

»Na schön.« Rose lächelte. »Ich gebe mich geschlagen. Komm, lass uns ins Café gehen.«

Eve, die vor Erleichterung beinahe losgeheult hätte, humpelte neben ihr her zum Ausgang, der auf eine kleine Piazza führte, wo sie sich vor einem Café gegenüber an einem Tisch im Schatten niederließen.

»Glaub mir, mich interessiert das alles brennend und ich finde es toll, dass du die Führerin machst.«

Das entsprach durchaus der Wahrheit – bloß nicht bei dieser Hitze.

»Ist schon in Ordnung. Wirklich.« Rose winkte den Kellner herbei. »*Un tè freddo e un caffè macchiato, per favore.* Es war wirklich warm da drin.«

Es dauerte nicht lange, bevor sie um die Rechnung bat. »Wir gehen besser los. Ich will dir noch einen della Francesca in der Kathedrale zeigen, bevor wir uns mit den anderen treffen.«

»Du bist ja wirklich unermüdlich!« Eve stöhnte auf. Ihr Fuß winselte um Gnade.

»Wenn du lieber darauf verzichtest …« Rose kramte ihre Geldbörse aus der Handtasche und legte sie auf den Tisch.

»Ich habe nur Spaß gemacht«, beeilte sich Eve zu versichern. »Wo hast du denn deinen Sinn für Humor gelassen?«

»Ich bin vielleicht ein bisschen empfindlich im Moment. Ohne besonderen Grund.« Rose fingerte an ihrem Ehering herum. »Tut mir leid.«

»Da wir schon bei den anderen sind, was ist eigentlich mit Dan los?« Eve konnte sich die Frage nicht verkneifen. Wenn Rose nicht über sich sprechen wollte, dann vielleicht über ihren Ehemann.

»Nichts, soweit ich weiß. Wieso?« Rose zählte klimpernd ein paar Euros in die Untertasse.

»Er ist hier sonst immer so entspannt, aber dieses Mal … Ich weiß nicht.« Eve beobachtete Rose, die ihre Geldbörse wegsteckte. Der verschlossene Gesichtsausdruck ihrer Freundin verriet ihr, dass sie einen wunden Punkt getroffen hatte. Wenn ihr so etwas einmal gelungen war, gab sie normalerweise nicht so schnell auf. Rose vertraute sich anderen meist nicht so leicht an, sie brütete gern in der Hoffnung über ihren Problemen, sie würden sich von alleine lösen, ohne dass sie jemanden um Hilfe bitten musste. Aber es hatte auch mal eine Zeit gegeben, in der Rose ihr über etlichen Gläsern Wein von Annas Essstörung und ihrer Neigung zu Selbstverletzungen erzählt hatte. Später hatte sie auch zugegeben, dass es ihr in dieser schwierigen Zeit, in der sie sich mit Daniel oft uneins war, wie sie mit diesen Problemen umgehen sollten, sehr geholfen hatte, einmal darüber reden zu können. Allerdings hatte sie sich anschließend wieder ganz in das Schneckenhaus ihrer Ehe zurückgezogen, wie es ihr und Daniel am liebsten war.

Eve hätte liebend gerne alles getan, um den beiden zu helfen, wenn irgendetwas ihren Ehefrieden störte. Die Beziehung zwischen Rose und Daniel erschien ihr als die ideale Mischung zwischen Unabhängigkeit und Nähe. Offenbar zweifelten sie niemals daran, dass sie füreinander geschaffen waren. Gewiss, sie hatten ihre Meinungsverschiedenheiten, aber was machte das schon? Ein kleines Gewitter ab und zu brachte den Sonnenschein nur noch mehr zur Geltung. Wer wusste das besser als sie. Und so gerne Dan Leute um sich hatte, Eve hatte immer das Gefühl, dass sie eigentlich gar niemanden brauchten. Das Vertrauen von Rose in ihre Ehe und ihr unerschütterlicher Glaube, dass sie ewig halten würde, waren beneidenswert. Die Zweifel, die Eve im Hinblick auf ihre eigene ständig plagten, schien sie nicht zu kennen.

»Bitte, Eve. Du brauchst deine Angel gar nicht auszuwerfen. Da beißt heute nichts an.«

Eve war nicht überzeugt. Sie hatten einander untergehakt und gingen durch die Gässchen den Hügel hinauf. Am Hauptportal der Kathedrale schien etwas los zu sein. Ziemlich herausgeputzte Leute liefen dort herum.

»Eine Hochzeit«, sagte Rose. »Lass uns rasch einen Blick auf La Magdalena werfen und dann zurückkommen.« »Rasch einen Blick werfen« – ein Ausdruck, den Eve aus dem Mund der kunstbesessenen Rose nicht ernst nehmen konnte. Aber sie folgte ihr brav zum Altar.

Nachdem sie sich das kleine Fresco angesehen hatten – »Hände wie eine Preisboxerin«, war der Kommentar von Eve gewesen, was ihr einen finsteren Blick und ein Achselzucken eingetragen hatte –, drängte sich eine Gruppe von Menschen vor der hell erleuchteten Seitenkapelle. Die Hochzeitsgäste schritten zum Klang der Orgel plaudernd über den roten Teppich, blieben stehen, suchten sich einen Sitzplatz. Die Unruhe am Eingang der Kathedrale verstärkte sich, als sich die Menge teilte, um den Bräutigam durchzulassen, einen schmächtigen jungen Mann, der in einem viel zu großen Anzug aus blau schimmerndem Stoff steckte. »Der soll da wohl noch reinwachsen«, flüsterte Rose. Sein Haar war mit Gel frisiert, und in seinen Augen lag die nackte Angst. Neben ihm marschierte eine ältere Frau – Eve fragte sich, ob es seine Mutter war –, die strahlend lächelte und nach links und rechts grüßte. Sie führte ihn über den roten Teppich bis zum Altar, wo er stehenblieb.

»Wie ein Lamm, das man zum Schlachter führt«, kommentierte Eve.

»Da kommt ja die Glückliche.« Rose nickte in Richtung der Braut, die nun am Arm ihres Vaters die Kathedrale betrat. Im Unterschied zu ihrem Bräutigam wirkte die vollbusige junge Frau wie ein gut gepolstertes weißes Satinkissen. Sie strahlte erwartungsvoll.

»Schau dir mal die Schuhe an«, murmelte Eve, als die Braut an ihnen vorbeirauschte. Der Saum des Hochzeitskleids hob sich gerade genug, um ein Paar Stöckelschuhe mit turmhohen Absätzen zu enthüllen, die der Braut die imposante Größe von annähernd einem Meter neunzig gaben. Die Orgel setzte kurz aus, als ein mittelalterlich gekleideter Herold ihre Ankunft verkündete. Kaum war seine Posaune verklungen, setzte die bekannte Melodie von Händels Hochzeitsmarsch ein. Der Bräutigam wandte sich mit einem nervösen Lächeln um.

»Die haben ja keine Ahnung, was auf sie zukommt.« Eve hatte sich bereits zum Ausgang gewandt.

»Sei nicht so zynisch! Hast du denn gar keinen Funken Romantik im Leib?« Rose löste sich nur widerstrebend von der Zeremonie.

»Die hat mir das Leben schon vor etlichen Jahren ausgetrieben.« Die Träume, die sie in ihre Ehe mit Terry gelegt hatte, waren längst zerstoben oder im Lauf der Jahre verblasst. »Erzähl mir bloß nicht, dass du noch so romantisch bist wie einst im Mai. Das nehme ich dir nicht ab.«

Draußen war es trotz des Schattens in den engen Gässchen heißer als zuvor. Sie hielten sich dicht an den Häusern, bis sie die Loggia auf der höher gelegenen Seite der Piazza Grande erreicht hatten. Sie klapperten die belebten Cafés ab, bis sie Daniel erspähten, der den Blick über den abschüssigen Platz schweifen ließ, wo nun ein anderes Hochzeitspaar auf den Stufen des alten Justizpalastes für den Fotografen posierte. Anna, die irgendetwas zu erklären schien, gestikulierte neben ihm wild herum. In einer Hand hielt sie eine ihrer ultradünnen Selbstgedrehten, und ihrem Mund entströmten kleine Rauchwölkchen. Daniel schien im Gegensatz zu ihr die Ruhe selbst.

Als sie zu reden aufhörte, zuckte Daniel nur unbeeindruckt mit den Achseln. Rose legte ihm eine Hand auf die Schulter, und als er sich umwandte, huschte ein vielsagendes Lächeln über sein Gesicht. Eve wunderte sich, wie rasch Rose ihre Hand zurückzog.

»Das errätst du nie«, sagte er. »Anna hat mich gefragt, ob ich ihr bei ihrem neuesten Projekt helfe. Sie will eine Schule aufmachen.«

Eve sah, wie Rose nach Luft schnappte, während David in keiner Weise durchblicken ließ, dass er die Idee absurd fand.

»Im Ernst?«, entfuhr es ihr leise.

»Ist das nicht super?« Anna strahlte sie herausfordernd an. »Aber ich brauche eine kleine Finanzspritze, um die Sache zu starten.«

»*Eine kleine Finanzspritze?*«, fiel Dan ein. »Du hast mich um eine Komplettfinanzierung von ein paar Tausend Pfund gebeten!«

»Aber Anna«, warf Rose erschrocken ein. »Hast du denn genug Erfahrung als Lehrerin?«

»Wie bitte?« Ihre Tochter blickte sie irritiert an. »Was meinst du damit?«

»Eine Schule zu eröffnen heißt …« Rose sah Daniels breites Grinsen und hielt inne. Anna zappelte nervös an seiner Seite, die Augen fest auf sie geheftet.

»Sie meint eine Baumschule oder ein Gartencenter oder so was«, erklärte Daniel. »Keine Schule für Kinder, Schatz.« Es klang, als wolle er einem Kleinkind etwas erklären. »Und ich darf sie dabei unterstützen ... wieder einmal.«

Eve unterdrückte ein Lachen. Das war sicherlich nicht der passende Augenblick.

»Ach, das heißt wohl, du willst nicht? Hätte ich mir denken können.« Anna zog einen Schmollmund wie eine Zehnjährige, kreuzte die Arme vor der Brust und warf entrüstet den Kopf in den Nacken.

»Habe ich das gesagt?« Daniel trank seinen Kaffee aus. »Nein. Ich habe bloß gesagt, ich will einen soliden Finanzplan sehen, der mir zeigt, dass das Projekt machbar ist. Und ich will diesen Rick kennenlernen, der dein Partner sein soll, und mir anhören, was er zu sagen hat.«

»Na also. Du willst nicht.« Sie fischte ihr Zigarettenpapier aus dem Tabaksbeutel.

»Anna, jetzt hör mir mal zu«, sagte Daniel eindringlich. »Niemand, der auch nur halbwegs was von Finanzen versteht, würde dir das Geld einfach so leihen. Ich kann mich nur wundern, dass du das von mir erwartest. Du bittest mich um eine nicht unerhebliche Investition, nicht um eine Tafel Schokolade. Außerdem, was ist mit Jess? Ich kann sie schließlich nicht benachteiligen. Nein, das läuft nur, wenn es ein richtiges Geschäft zwischen uns ist.«

»Das ist doch bloß eine Ausrede. Du bist aus Prinzip dagegen, weil ich eine Pechsträhne hatte. Aber diesmal habe ich eine wirklich gute Idee und jemanden, der mich unterstützt. Ich bin älter geworden und habe aus meinen Fehlern gelernt. Es kann gar nicht schiefgehen. Du wirst sehen.« Mit verkniffenem Mund und angespannten Schultern drehte sie sich die nächste Zigarette. »Von mir aus können wir gehen.«

»Ist vielleicht das Beste«, pflichtete Rose ihr bei, die sich fragte, wer eigentlich dieser Rick war. Aber das würde sie noch früh genug herausfinden. »Ich muss auf dem Rückweg nur noch rasch ein paar Kleinigkeiten für heute Abend besorgen.«

Daniel ging ins Lokal, um den Kellner zu suchen. Anna erhob sich. »Ich gehe dann schon mal vor. Er ist so ein Sturkopf!« Sie hängte sich ihre Handtasche um und verschwand mit klimpernden Armreifen.

»Kannst du nicht mal versuchen, mit ihr zu reden und sie zur Vernunft zu bringen?«, bettelte Rose. »Auf mich hört sie ja nicht. Ich muss ein paar Lebensmittel einkaufen, wir treffen uns dann alle beim Auto.«

»Ich kann's probieren«, versprach Eve, auch wenn unwahrscheinlich war, dass sie bei Anna mehr Einfluss hatte als Rose.

Anna ging über den abschüssigen Platz in Richtung der Kirche in der entfernteren Ecke. Als Eve sich den Weg durch eine Gruppe von Radfahrern in bunten Sportklamotten gebahnt hatte, die ihre Räder einfach hingeworfen hatten, wo sie abgestiegen waren und sich nun gegenseitig aus ihren Wasserflaschen besprenkelten, war Anna zwischen den Häusern verschwunden. Eve hinkte ihr mit zusammengebissenen Zähnen hinterher. Sie überlegte, ob sie nicht besser ihre Sandalen einfach ausziehen sollte, denn inzwischen war auch ihr anderer Fuß lädiert.

Unter den Stoffdächern eines Markts holte Eve Anna schließlich ein. Sie verhandelte mit einem Verkäufer, der inmitten von Vogelkäfigen saß. Als Eve kam, händigte ihre Nichte dem Verkäufer gerade Geld aus und erhielt dafür einen Käfig mit zwei Zebrafinken.

»Was machst du da, Anna? Die kannst du nicht im Auto mitnehmen. Unmöglich! Die armen Tiere.« Eve, die ausgeschickt worden war, alles ins Lot zu bringen, hatte das Gefühl, dass ihre Mission scheitern würde.

Anna warf ihr nur einen schwer geprüften Blick zu und beachtete sie nicht weiter. Nicht sonderlich überrascht von so wenig Reaktion (sie hatte schließlich vier Kinder großgezogen und so manches mitgemacht), beobachtete Eve, wie Anna den Käfig auf den Boden stellte, das Türchen öffnete und hineingriff, um eines der Vögelchen herauszuholen. Sie hielt es eine Weile schützend in ihren hohlen Händen. Ein paar Passanten blieben neugierig stehen, aber Anna schien das nicht zu bemerken. Plötzlich hob sie den Vogel hoch, schaute ihm in seine kleinen, verängstigten Knopfaugen, küsste seinen orangenen Schnabel und warf ihn in die Luft.

Die Passanten, die sich um sie versammelt hatten, jubelten und klatschten. Als sie nach dem zweiten Vöglein griff, klickte eine Kamera. Sie produzierte sich einen Augenblick vor ihrem wachsenden Publikum, drehte sich nach allen Seiten, zeigte das Tier herum und wiederholte dann den Befreiungsakt. Der Vogel flatterte dem ersten hinterher, der sich auf einem Zweig niedergelassen hatte. Einen Augenblick lang sahen die beiden auf die Menge herab, bevor sie durch die Baumkrone in den Himmel entschwanden.

»Freiheit, Eve. Darauf haben wir doch alle ein Anrecht.« Anna reichte dem Vogelhändler, der mit offenem Mund dastand, den Käfig zurück und wischte sich die Hände am Rock ab. Sie schien sehr zufrieden mit sich.

Eve sagte nichts. Vielleicht war das nicht der günstigste Augenblick, um Anna an Raubvögel, die Grausamkeit der Natur und die Tatsache zu erinnern, dass Freiheit ihren Preis hat.

6

Roses harmonischer Familienurlaub schwebte in höchster Gefahr. Sie hätte es aufgrund früherer Erfahrungen ahnen können, hatte aber erfolgreich alle Katastrophen vergangener Ferien verdrängt. Umso heftiger stürmten sie nun ihre Gedanken: Wie sie, mit nichts als einem unvollständigen Puzzle, in einer kalten Hütte in Wales festgesessen hatten, während der Regen gegen die Scheiben trommelte; wie sie an einem überfüllten Strand Anna verloren hatte; wie Jess sich die Hand an einer Gaslampe verbrannt hatte, die wegen eines Stromausfalls aufgestellt worden war; wie das gemietete Boot gekentert war, weil Dan unbedingt einen Kopfsprung versuchen musste – alles Anlass für Verstimmungen und Vorwürfe. Aber damals hatte man Streit schlichten, schlechte Stimmung aufhellen, einen Arzt rufen, ein Spiel anfangen oder den Fernseher einschalten können. Jetzt hingegen ... jetzt war alles anders.

Sie saß zusammengesunken am Küchentisch. Wie kam es bloß, dass ihnen ihre beiden Töchter nach all den Jahren immer noch so großen Kummer bereiteten? Was hatten sie in der Erziehung falsch gemacht? Daniel ... kaum dachte sie an ihn, da meldete sich das flaue Gefühl, das seit dem Vortag in ihrem Magen nistete. Ach, wären doch bloß schon alle abgereist, dann könnten sie endlich miteinander reden. Vielleicht war es noch nicht zu spät. Vielleicht hatte sie überreagiert und es war gar nicht so viel passiert, wie sie befürchtete.

Jess hatte immer noch nicht zurückgerufen. Nicht einmal eine SMS geschickt. Natürlich hatte sie mit der Leitung des Trevarrick alle Hände voll zu tun, aber war das nicht auch eine bequeme Ausrede, um sich nicht zu melden? Hatte Daniel es endlich geschafft, dauerhaft einen Keil zwischen sie zu treiben? Jess musste doch klar sein, dass ihr Vater letztlich einlenken würde.

Unterdessen lag Anna, die auf der Rückfahrt von Arezzo kein Wort geredet und dann nicht mit ihnen zu Mittag gegessen hatte, schmollend am Pool. Rose war sogar zu ihr gegangen und hatte sie zu überreden versucht, doch eine Kleinigkeit zu essen, aber Anna, die Kopfhörer in den Ohren, hatte sich nur mit fest geschlossenen Augen weggedreht. Eine klare Ansage.

Daniel war seit ihrer Rückkehr ungewöhnlich schweigsam gewesen. Sobald wie möglich hatte er sich unter dem Vorwand, dringend irgendwelchen Papierkram erledigen zu müssen, in sein Arbeitszimmer zurückgezogen. *Du fehlst mir. Ich liebe dich. Komm bald wieder.* Rose quälte sich unablässig mit diesen Worten herum.

Ihr war nicht entgangen, wie überrascht Terry auf Daniels Rückzug reagierte. Ihr Bruder verdarb sich seinen Urlaub nicht mit Arbeit. Nie und nimmer. Sein Leben war bis aufs i-Tüpfelchen durchorganisiert, jeder Bereich sorgfältig vom anderen abgetrennt. Allerdings mussten Terry und Eve seit ihrer Rückkehr irgendeinen Disput gehabt haben, denn sie waren jetzt beide sehr wortkarg. Er hatte sich im Wohnzimmer vor den Fernseher geklemmt und schaute sich Sportsendungen an. Die überdrehte Stimme des Kommentators war bis in die Küche zu hören. Eve hatte sich hinlegen müssen, nachdem sie beim Mittagessen zu Terrys offensichtlichem Missfallen einige Gläser Weißwein geleert hatte – nicht zum ersten Mal.

Rose nahm ihr Handy und starrte auf die Nummer von Jess. Natürlich konnte sie ihrem Kummer selbst ein Ende machen und sie einfach anrufen. Einen Moment lang schwebte ihr Finger über dem Display, dann drückte sie die Home-Taste. Was könnte schlimmer sein als eine nörgelnde Mutter? Nicht dass sie selbst so eine gehabt hätte. Ihre Mutter hatte sich nicht allzu viel um ihre Kinder gekümmert, sondern sich gerne zu einem »Nickerchen« ins Bett zurückgezogen, oft, weil sie zu tief ins Glas geschaut hatte, manchmal auch, weil sie sich einfach nicht auf der Höhe fühlte. Als Jess heiratete, hatte sich Rose eine Liste all dessen gemacht, was sie unbedingt vermeiden wollte.

Nicht nörgeln.
Nicht beunruhigen.
Nicht einmischen.
Nicht jammern.
Nicht vergleichen.
Nicht hinterher immer klüger sein.
Nicht mit ihr reden wie mit einem Kind.

Sie fürchtete, in all diesen Punkten schon versagt zu haben.

Sie steckte das Handy in ihre Schürzentasche und machte sich wieder daran, das Mehl für die Brownies abzuwiegen, die es am Abend zur Feier von Eves Geburtstag geben sollte. Jahr für Jahr bat Eve, doch bloß keine Umstände zu machen, und Jahr für Jahr hielt sich Rose nicht daran. Eve wäre schwer enttäuscht, wenn es nicht wenigstens eine klitzekleine Geburtstagsparty gäbe. Außerdem tat es Rose gut, etwas zu tun. Kochen und Backen war eine so tröstliche Beschäftigung. Sie schlug die Eier in den Zucker, stellte die Schüssel auf ein feuchtes Tuch, damit sie einen festen Stand hatte, und begann die Zutaten mit kräftigen, regelmäßigen Bewegungen zu verrühren. Der Rhythmus beruhigte sie, und ihre Gedanken wanderten zu Daniel und Terry zurück.

Obwohl Terry sich nun schon so viele Jahre lang um die Finanzen der Hotels kümmerte, hatte seine pragmatische Einstellung zum Geschäft nicht auf Daniel abgefärbt. Ihr Ehemann hatte nie eine klare Trennlinie zwischen Arbeit und Freizeit gezogen und würde das auch nie können. Terry verstand es wunderbar, zu delegieren, wohingegen es Daniel schwerfiel, Verantwortung abzugeben. Das galt selbst für seinen Schwager und seine Tochter, obwohl sie die beiden Menschen waren, zu denen er sicherlich das größte Vertrauen hatte. Kein Wunder, dass er rund um die Uhr und an sieben Tage die Woche im Einsatz war. Rose war es gewohnt, dass er urplötzlich verschwand, weil es irgendwo brannte, und dann irgendwann wieder auftauchte. Sie selbst hatte vor vielen Jahren beschlossen, hauptsächlich Mutter zu sein und sich aus dem Geschäftlichen zurückgezogen. Sie war dankbar, dass Daniel sich so engagiert um das Erbe ihrer Eltern kümmerte. Aber ihre jüngste Entdeckung hatte den Schatten des Zweifels über seine Abwesenheiten geworfen. Zum ersten Mal war ihr Vertrauen in Daniel erschüttert.

Roses einzige Gesellschaft war eine kleine Eidechse, die reglos auf halber Höhe der Wand saß. Sie packte ein paar Walnüsse in ein Geschirrtuch und knackte sie mit einem Nudelholz. Es war heiß in der Küche, obwohl die Sonne zu keiner Tageszeit bis in die hintersten Winkel des Raums drang. Der Lichtfleck, der durch die Tür hereinfiel, diente ihr als Sonnenuhr. Wenn er schmaler wurde und im rechten Winkel auf den Küchenschrank zukroch, dann wusste sie, dass es auf fünf Uhr zuging. Sie wischte sich das Gesicht mit einem Schürzenzipfel ab.

»I Vow to Thee My Country«, eines ihrer alten Schullieder, vor sich hin summend schob sie die Brownies schließlich in den Ofen und machte alles sauber. Obwohl in einem halbwegs gläubigen Elternhaus aufgewachsen, war sie eigentlich nicht religiös. Dennoch hatten die Lieder ihrer Kindheit immer etwas Beruhigendes, auf das sie, ohne nachzudenken, zurückgriff, wenn sie ein wenig Balsam für ihre Seele brauchte.

»Was ist denn hier los? Jemand gestorben oder was?«

Beim Klang von Annas Stimme hob Rose den Kopf. »Ich summe bloß vor mich hin.«

»Tut mir leid, Mum.« Anna legte einen Arm um Roses Schulter, leckte sich den Mittelfinger ab und wischte ihr über die Wange. »Du hast das ganze Gesicht voller Mehl!«

Die Geste erinnerte Rose an frühere Zeiten, als sie auf ein Taschentuch gespuckt hatte und ihren sich unter Protestgeheul windenden Kindern damit das Gesicht gesäubert hatte. Hastig schrubbte sie mit der Hand auch über die andere Wange.

»Schau mal, was ich mitgebracht habe. Reicht das als Entschuldigung dafür, dass ich so viel schlechte Laune verbreitet habe?« Anna reichte ihr eine kleine, bunt gestreifte Papiertüte.

Rose öffnete sie und lachte. »Die sind ja toll! Wo hast du die denn aufgetrieben?« In ihrer Hand lagen zehn Kuchenkerzen: Zehn pummelige rosa Wachsfigürchen auf Steckerchen, fünf davon vollbusig in lachsrosa Miedern, weißen Strümpfen und Strapsen, fünf mit Herren-String, Fliege und Manschetten.

»In einer dieser Geschenkboutiquen, in denen es lauter Ramsch gibt, den kein Mensch braucht – außer so was eben.«

»Die werden Eve bestimmt gefallen.« Rose ließ sie wieder in die Tüte gleiten und legte sie neben das Kuchengitter.

»Kann ich dir irgendwie helfen?« Das war Annas Art, etwas wiedergutzumachen.

Rose war erleichtert, dass Anna wieder bei Laune war. »Eigentlich nicht. Doch, du könntest die Happy-Birthday-Girlande raussuchen und aufhängen.«

»Im Ernst? Ist Eve für so etwas nicht ein bisschen zu alt?« Doch sie merkte gleich, dass sie schon wieder bissig klang, und korrigierte ihren Ton. »Können wir nicht etwas weniger Kindisches auftreiben?«

»Wenn dir was einfällt, nur zu.« Aber Rose wusste, dass Anna wie sie selbst auch an solchen Traditionen hing. Es gehörte einfach zu den geliebten Familienritualen, die sie alle durchs Jahr begleiteten.

Anna stöberte bereits im Küchenschrank herum. »Ach du liebe Zeit. Das hast du aufgehoben?« Sie zog eine zerrupfte Piñata hervor – ein Esel aus grünem, gelben und rosa Papier mit einem hängenden Ohr, ein nutzloses Überbleibsel ihrer Party zum einundzwanzigsten Geburtstag, das wegzuwerfen Rose aus Sentimentalität nicht übers Herz gebracht hatte. Während Anna weiter nach der Girlande kramte, fragte sie vorsichtig:

»Du findest aber die Idee mit dem Gartencenter nicht verrückt, oder?«

Rose war gerührt über dieses Bedürfnis nach Bestätigung, das sie an früher erinnerte.

»Nein, verrückt eigentlich nicht«, antwortete sie bedächtig.

»Was hast du dann daran auszusetzen?« Sofort ging Anna wieder in Verteidigungsstellung. »Genau so etwas fehlt bei uns in der Gegend. Jeder hat einen Garten, aber nirgends kann man Pflanzen kaufen. Das Problem ist eigentlich nur, ein geeignetes Gelände zu finden.«

»So?«, warf Rose beiläufig hin, während sie versuchte, die zerknitterte Happy-Birthday-Girlande zu glätten. Warum hatte sie nicht daran gedacht, eine neue zu kaufen? »Ich kann mir schon vorstellen, dass das laufen würde. Aber weißt du …«

Anna fiel ihr ins Wort. »Nun, dann muss Dad uns doch einfach helfen! Du redest mit ihm, versprochen?«

Das war also der Grund für die Entschuldigung gewesen. Typisch Anna, nie verlor sie ihr Ziel aus den Augen.

»Schatz, es besteht gar keine Notwendigkeit, dass ich mit ihm rede. Du brauchst ihm bloß die Papiere vorzulegen, die er von dir verlangt hat.«

»Ich hätte mir gleich denken können, dass du dich auf seine Seite schlägst.« Anna erhob sich. Einer ihrer Espadrilles verfing sich im Saum ihres Rocks, der bei ihrem ungeduldigen Befreiungsversuch zerriss. »Mist!« Ihre Armreifen klimperten.

»Ich bin auf niemandes Seite«, wehrte sich Rose, aber ihre Worte erreichten ihre Tochter, die schon im Flur verschwunden war, nicht mehr.

Rose seufzte, schloss die Augen, stützte die Daumen gegen die Wangenknochen und massierte sich mit kreisenden Fingerspitzen die Schläfen. Anna kam bestimmt gleich zurück. So rasch gab ihre Tochter nicht auf. Warum konnte sie nicht wenigstens ein bisschen was von Jess haben, immer musste sie gegen den Strom schwimmen. Die beiden waren schon seit jeher völlig unterschiedlich gewesen. Jess hatte in den Ferien an der Hotelbar oder als Zimmermädchen gejobbt, Anna lieber die Reitschule ausgemistet oder sich etwas auf der nahe gelegenen Kartbahn verdient. Und während Jess gerne zuhause gespielt oder gelesen hatte, war Anna stundenlang mit ihrem Border Terrier namens Button am Strand oder in den Wäldern unweit des Hotels herumgestromert. Beide waren stets gut ohne weitere Gesellschaft zurechtgekommen. Wie einfach damals doch alles gewesen war.

Rose musste nicht lange warten. Der Duft der Brownies breitete sich schon in der Küche aus, da kam Anna wieder herein. Offenbar hatte sie sich genügend gefasst, um einen zweiten Anlauf zu wagen.

»Wenn es euch bloß darum geht, ob es Jess gegenüber fair ist – darüber braucht ihr euch keine Gedanken zu machen.«

»Ich vermute, das ist nicht Dads Hauptsorge.« Rose ließ die Girlande auf dem Tisch liegen, nahm die Brownies aus dem Ofen und testete mit einem Holzspieß, wie weit sie waren.

»Sie hat schließlich das Hotel bekommen.«

Rose begutachtete das Holzstäbchen, an dem etwas Schokoladenteig klebte, und schien zufrieden. »Von ›bekommen‹ kann keine Rede sein«, antwortete sie schließlich.

»Vielleicht nicht offiziell. Aber es ist nur eine Frage der Zeit. Sie leitet das Trevarrick doch jetzt schon. Ich weiß, dass sie vorerst noch alles von Dad absegnen lassen muss, aber trotzdem.«

»Du wolltest ja nie etwas mit dem Hotel zu tun haben«, erwiderte Rose. »Jess hat dort ihre ganzen Schulferien verbracht und dann eine Ausbildung zur Hotelfachfrau gemacht, um richtig in diesen Beruf einzusteigen. Sie lebt gerne in Cornwall, während du die erste Gelegenheit genutzt hast, ans andere Ende der Welt zu fliegen.« Sie verzichtete darauf, Anna daran zu erinnern, dass auch diese Reise zum größten Teil von Daniel finanziert worden war.

»Genau. Sage ich doch. Ich wollte nicht dort arbeiten,

stimmt, aber Dad hat sie hinten und vorne unterstützt. Jetzt, wo ich endlich etwas gefunden habe, das ich wirklich machen will, etwas, woran ich glaube, bin ich an der Reihe. Das ist nur fair.«

Rose wurde es mulmig. Das steckte also dahinter. Es hatte Anna schon immer gewurmt, dass Jess so zielstrebig und stabil war, auch wenn sie immer den Anschein des Gegenteils zu erwecken versucht hatte. Rose und Daniel hatten sich stets bemüht, ihren Töchtern gegenüber gerecht zu sein. Doch je größer sie wurden, desto schwieriger war das gewesen. Bei Spielzeug war es noch einfach, aber Zeit, Liebe und Unterstützung konnte man nicht so einfach gleichmäßig aufteilen. Sie hatten es sich zu leicht gemacht, wenn sie Anna als eigensinnig und dickköpfig abtaten und Jess für ihr unbeirrbares Engagement und ihren Arbeitseifer lobten. Es dämmerte Rose, dass Anna es tatsächlich nicht als ungerecht empfinden konnte, wenn ihr bloß bei dem einen oder anderen ihrer verrückten Projekte unter die Arme gegriffen worden war, während Jess ihren Platz im Hotel gefunden hatte. Ob auch Dan das nachvollziehen konnte?

»Ich will nicht in das reingezogen werden, was du mit Dad zu besprechen hast. Das macht alles nur noch unklarer.«

»Aber könntest du mal mit ihm reden?« Anna kaute an ihrem Daumennagel.

»Könnte ich. Aber erst muss ich diese blöde Geschichte zwischen ihm und Jess klären. Wenn sie nicht kommen, wird etwas fehlen.«

Die Antwort war nur ein gereiztes »Pah!«

»Wir können mit Dad reden, wenn sie da sind. Eins nach dem anderen. Hab etwas Geduld.« Als ob Anna jemals Geduld haben könnte. *Und unsere Ehe steht wieder mal an letzter Stelle, obwohl sie doch die Hauptsache ist.* Sofort krampfte sich Rose wieder der Magen zusammen. Sie schenkte sich ein Glas Wasser ein.

»Und wenn sie nun nicht kommt? Wir werden es verkraften.« Anna studierte ungerührt ihren Daumennagel.

Ich werde es nicht verkraften, flüsterte eine leise Stimme in Roses Kopf. Ich weiß, ich sollte mich nicht so darauf versteifen, aber es wäre einfach nicht schön.

»Ist doch egal, sie hat Adam und Dylan. Sie ...« Anna setzte zu einer abfälligen Bemerkung an, kriegte aber gerade noch die Kurve und wechselte das Thema. »Wo hängen wir nun die Girlande auf?« Sie hatte auf einmal jedes Interesse an allem verloren, was nicht unmittelbar mit ihr zu tun hatte.

Roses stille Hoffnung, dass Annas jugendliche Egozentrik eines Tages in Selbstlosigkeit umschlagen würde, hatte sich bislang nicht erfüllt. Sie vermisste an Anna die praktische, zupackende Ader, die Jess so manches im Leben viel leichter machte als ihrer älteren Schwester. Bevor Jess etwas unternahm, überlegte sie stets gründlich, wägte das Für und Wider ab, schätzte die Risiken ein. Ihr einziger blinder Fleck war Adam. Sie hielt so treu und unverbrüchlich zu ihm wie Rose zu Daniel. Paradoxerweise brachte gerade diese Eigenschaft, die sie von ihrer Mutter geerbt hatte, Unruhe in die Familie.

Rose und Anna trugen die Girlande nach draußen. Im Westen zogen Wolken auf. Der Walnussbaum ließ in der leichten Brise seine Äste knacken und die Blätter rauschen. Es war von Unwettern die Rede gewesen, als sie in der letzten Woche angekommen waren, aber bislang waren sie ausgeblieben. Schlug das Wetter nun doch um?

Rose kletterte auf einen Stuhl und befestigte die Girlande an den zwei Nägeln der Pergola, die in all den Jahren schon ungezählte Geburtstagsgirlanden gehalten hatten. Sie gab der Terrasse etwas Festliches, und wie sie da oben leicht im Wind schaukelte, war auch kaum zu sehen, dass sie schon etwas zerfleddert war. Als Nächstes musste sie die Kerzenstummel aus den Windlichtern entfernen. Wo waren bloß die neuen Kerzen? Noch die roten Papierservietten, ein gutes Essen und die

Brownies mit den erotischen Wachsfigürchen, und schon wäre für einigermaßen festliche Stimmung gesorgt.

»Und ich mache uns die Cocktails«, verkündete Anna. »Damit dem alten Herrn warm ums Herz wird.«

»Ach Anna, nein. Kannst du das Thema heute Abend bitte lassen? Eve zuliebe, wenn schon nicht unseretwegen. Sie hat heute Geburtstag, und du hast noch zehn Tage, um mit Daniel zu reden. Warum muss alles immer so übers Knie gebrochen werden?«

Anna verharrte einen Augenblick und ließ Roses Worte auf sich wirken. Eve war ihre Tante und Patin, und sie liebte sie. Sie verzog das Gesicht. »Na schön. Aber ich mache uns trotzdem ein paar scharfe Cocktails – Eve steht drauf, weißt du ja. Und ich rede mit ihm, sobald diese blöde Geschichte mit Jess geklärt ist.«

Immerhin, sie nahm mal etwas von ihrer Mutter an. Nicht, dass das noch nie vorgekommen wäre, aber es war doch eine angenehme Überraschung. Rose und Anna gingen ins Haus zurück und bereiteten alles Weitere vor. Rose war gerade dabei, in der Schublade des Küchenschranks genügend zueinander passende Messer und Gabeln zusammenzusuchen, als ihr Handy klingelte. Sie fischte es aus ihrer Schürzentasche. Na endlich, Jess.

»Jess! Ich bin ja so froh, dass du anrufst.« Lass dir bloß nicht anmerken, wie froh.

»Aber du hast mir doch eine Nachricht hinterlassen, oder?« Jess schien verwirrt.

»Habe ich. Aber ich weiß ja, dass du viel zu tun hast.« Als sie im Hintergrund Dylan plappern hörte, meldete sich sofort die Sehnsucht, die beiden zu sehen. Sie wartete darauf, dass Jess weitersprach.

»Die Sache ist die, Mum ... Moment mal. Adam, kannst du bitte nach Dylan schauen? Er macht sich gerade über das Katzenfutter her.«

Rose stellte sich die Szene in der kleinen Küche vor, in der Jess sich nun sicher an die Wand drückte, während ihr stämmiger Ehemann Dylan hochhob und ihn mit seinem Bart kitzelte. Die quietschvergnügten Laute ihres Enkels, den Adam in ein anderes Zimmer trug, wurden leiser.

»Mum, es ist so ...« Da war Jess wieder. Sie klang zögernd und ernst.

»Ja?« Rose fürchtete sich vor dem, was sie nun zu hören bekommen würde, aber unter Annas Blick riss sie sich zusammen.

»Also, ich habe mit Adam gesprochen ...«

Herrje, spuck es endlich aus. Erlöse mich aus meinem Elend. Sag einfach, dass ihr nicht kommt, damit ich mich damit abfinden kann.

Anna nahm eine Dose Cola aus dem Kühlschrank und öffnete sie so ungeschickt, dass es über den ganzen Küchentisch spritzte. Rose, die nach einem Tuch griff, verstand kaum, was Jess sagte.

»Wir sind zu dem Schluss gekommen, dass es besser ist, wenn er diesen Sommer nicht mit nach Italien fährt.«

»Aber ihr kommt doch immer!« Die Worte platzten aus ihr heraus. »Ihr müsst einfach.« Sie spürte Annas Hand auf ihrer Schulter.

»Mum! Du hörst mir nicht zu!« Jess klang ungeduldig. »Ich komme mit Dylan, aber Adam bleibt zuhause. Er muss ein paar Stücke für eine Ausstellung vorbereiten, das ist eine einmalige Gelegenheit, die er sich nicht entgehen lassen kann. Er hat bestimmte Sorten Holz bekommen, die er schon seit Ewigkeiten bearbeiten wollte.«

Rose, der die Knie weich geworden waren, griff nach einem Küchenstuhl und setzte sich. »Ihr kommt? Wirklich?« Die Tränen, mit denen sie schon den ganzen Vormittag gekämpft hatte, stiegen wieder in ihr auf. Als Anna fest ihre Schulter drückte, wischte sie sich die Augen mit einem Zipfel des Küchentuchs ab.

»Ja, wirklich.« Jess lachte. »Ich möchte nicht darauf verzichten, und ich weiß ja, wie gerne du Dylan sehen möchtest.«

»Adam natürlich auch«, sagte Rose schnell.

»Aber Dad muss aufhören, Adam so zu behandeln. Er ist mein Mann, ob es ihm passt oder nicht. Und ich finde es toll, dass er Drechsler ist. Geld ist nicht alles. Das muss Dad akzeptieren.«

»Ich rede mit ihm. Versprochen.« Wie oft hatte sie das in all den Jahren schon gesagt?

»Nein.« Jess klang sehr bestimmt. »Ich werde ihm selbst klarmachen, dass nicht er bestimmt, wie wir leben sollen. Ist er da?«

»Er muss dringenden Papierkram erledigen.« Das war Familienslang für »er darf auf keinen Fall gestört werden«. Was er wirklich tat, war egal. Rose wollte gar nicht darüber nachdenken, mit wem er vielleicht gerade telefonierte.

»Gut, aber ich will unbedingt selbst mit ihm sprechen und ein paar Dinge klarstellen, bevor wir abfliegen.« Jess war hartnäckig. »Heute Abend muss ich arbeiten, ich rufe ihn also morgen an. Sagst du ihm bitte Bescheid, ja?«

»Wäre es nicht besser, zu warten und alles von Angesicht zu Angesicht zu klären?«, fragte Rose, obwohl ihr klar war, dass Jess nicht umzustimmen war.

»Das werden wir auch noch tun. Aber ein paar Dinge will ich ihm gesagt haben, bevor wir kommen. Tut mir leid, Mum, aber es muss sein. Ich kann nicht anders – um Adams willen. Versuch, mich zu verstehen.«

Rose willigte widerstrebend ein, kurz darauf war das Gespräch beendet. Als sie sich wieder den Vorbereitungen für die Geburtstagsfeier zuwandte, spürte sie, dass sie statt der erwarteten Freude darüber, doch noch ihre ganze Familie versammeln zu können, nun ein Gefühl von Bedrohung empfand.

7

An diesem Nachmittag hatte Eve nicht schlafen können. Leicht zugedeckt, hatte sie auf dem Bett gelegen, vor sich hin geschwitzt und sich gewünscht, ihr Koffer möge eintreffen. Wenn Terry nicht einen Billigflieger gebucht hätte, wäre das nicht passiert. Schon wieder ärgerte sie sich über ihn. Sie sah ihren einzigen Schlüpfer, der zum Trocknen draußen auf der Stuhllehne hing. Der Schwangerschaftsschlüpfer von Jess war unförmig und unbequem, richtig schlabberig, aber immerhin passte sie da hinein, in Roses Unterhosen nicht.

Vor der Abfahrt nach Arezzo hatte Rose an ihre Tür geklopft.

»Ich dachte, die kannst du vielleicht brauchen«, hatte sie gesagt und ihr ein Bündel entgegengestreckt. »Sie sind neu. Für den Urlaub gekauft.«

Eve hatte die Gabe entgegen- und auseinandergenommen: drei lächerliche Dessousteile, rosa Satin mit schwarzer Spitze; gold-schwarz getupft; kaffeebraun mit Spitze. Keine Slips, in die jemand mit ihrer Figur hineinpassen würde. Sie hatte sie bloß entgeistert angestarrt und geschluckt beim Gedanken an die einfachen schwarzen Baumwollschlüpfer in ihrem Koffer.

»Sie sind, äh …« Sie rang um die richtigen Worte. »Perfekt. Bloß vielleicht einen Hauch zu klein.«

»Quatsch, die dehnen sich. Egal, nimm sie einfach als nachträgliches Geburtstagsgeschenk.« Rose meinte es vollkommen ernst und nahm offenbar gar nicht wahr, dass Eve ebenso wenig da hineinpasste, wie sie auf den Mond zu fliegen in der Lage war. Sie verließ das Zimmer, wo Eve immer noch die Dinger anstarrte. Was sie aufregte, war nicht die Größe, sondern vielmehr das, was sie über ihr Sexleben aussagten. Sie war der Typ Frau, die ihre Unterwäsche bei Marks and Spencer kaufte – bieder und haltbar, aber nicht sexy. Wohingegen solche Slips doch eher für Verruchtheit, Verführung, Wildheit standen. Vielleicht symbolisierte der Unterschied ihre nachlassende Schlafzimmeraktivität. Nachlassend ... hmmm. Sie dachte darüber nach. In den letzten Monaten hatte es zwischen ihr und Terry ziemlich pausiert. Wobei das Wort »Pause« ja im Grunde hieß, dass die Aktivität irgendwann wieder aufgenommen werden würde. Dafür gab es eigentlich keine Anzeichen. Aber vielleicht würde Terrys Interesse wieder erwachen, wenn sie solche Unterwäsche anzog.

Doch wie stand es mit ihrem eigenen Interesse? Wenn sie ehrlich mit sich selbst war, konnte sie sich nicht mehr erinnern, wann sie zuletzt etwas von Terry gewollt hatte. Vielleicht, als die Birne eines Deckenstrahlers hatte ersetzt werden müssen, eine knifflige Angelegenheit, oder beim Reparieren eines klemmenden Schlosses oder bei irgendwas mit dem Auto oder einem Computer. Abgesehen davon ... kam sie gut ohne ihn aus. Klar konnte sie ihm sein mangelndes Interesse vorwerfen, aber sie war keinen Deut besser. Die frühen Flammen der Leidenschaft waren längst erloschen. Die Kinder und die Arbeit hatten sie auseinandergebracht. Aus Erschöpfung war absolute Interesselosigkeit geworden. Tja, was rastet, das rostet eben, wie man so sagt. Exakt. Und im Laufe der langen Jahre war ihre Ehe mehr oder weniger eingerostet. Aber warum gerade ihre? Daniel und Rose hatten solche Probleme bestimmt nicht. Wahrscheinlich waren sie gerade jetzt dabei – dazu war die Siesta schließlich da, oder?

Zum Schlafen jedenfalls nicht. Schon gar nicht bei dieser Hitze. Sie schob das Laken beiseite, ging zur Terrassentür, wo der Nesselvorhang sich in der Brise blähte, und trat hinaus. Rose würde sicher wieder ein Geburtstagsessen für den Abend vorbereiten, obwohl Eve ihr hundertmal gesagt hatte, sie solle sich keine Mühe machen – schließlich war es doch nur ein Geburtstag mehr. Aber sie wusste, wie sehr Rose Familienfeiern liebte. Eve brachte es nicht übers Herz, darauf zu bestehen, wirklich nicht zu feiern. Die Geburtstage schienen immer häufiger zu werden, die Jahre immer schneller zu vergehen. Sie hatte das Gefühl, der letzte Geburtstag sei gerade erst gewesen. Das war einer der Gründe für diese Reise gewesen – wenn sie außer Landes war, brauchten die Kinder kein Tamtam zu machen, das ihr nur das Gefühl vermittelte, älter zu sein, als sie war. Das war das Problem, wenn man Kinder über zwanzig hatte. Sie konnte sich nicht mehr einreden, selbst noch jung zu sein, wo sie doch schon auf Enkelkinder wartete. Nicht jung, das auf keinen Fall, aber auch noch nicht alt. Nicht wirklich alt.

Sie ließ sich auf der Liege nieder, machte es sich im Schatten bequem, wobei der Schlüpfer herunterfiel, den sie aber einfach auf der Terrasse liegenließ. Ein lautes Miauen schreckte sie auf. Als sie die Augen öffnete, sah sie die rote Katze aus dem Nachbarhof an den Beinen der Liege entlangstreichen, mit Buckel, den Schwanz emporgereckt – sie wollte gestreichelt werden. Geistesabwesend tat Eve ihr den Gefallen.

Dann nahm sie ihren treuen BlackBerry zur Hand und checkte ihre Mails. Überrascht stellte sie fest, dass Amy sich weiter in Schweigen hüllte. Was zum Teufel spielte diese Frau für ein Spiel? Wenn Eve bloß mehr wie Terry gewesen wäre, der in der Lage war, das Unternehmen in seiner Abwesenheit wirklich seinen beiden Partnern zu überlassen. Sie hingegen war es gewohnt, immer selbst die Zügel in der Hand zu halten, und sie hatte kein volles Vertrauen in Amys Fähigkeiten, so selbstbewusst ihre Co-Agentin auch auftreten mochte. Das war vielmehr etwas, das sie an ihr störte – sie handelte oft zu impulsiv und bluffte hemmungslos. Eine moderne junge Frau eben.

Ebenso seltsam war, dass Rufus schon seit vier Tagen nicht geschrieben hatte. Normalerweise verging kein Tag ohne dass sie Kontakt hatten. Rufus Hegarty war ihr erster Autor gewesen, und seine Bildbände hatten immer größere Erfolge erzielt und sich mit der Zeit zu soliden Bestsellern entwickelt. Dass sie so gut ankamen, hatte wesentlich dazu beigetragen, ihre

Agentur am Laufen zu halten. Sie hatte ihn durch Will kennengelernt, ihren damals frischgebackenen Ehemann. Die beiden Männer waren in derselben Werbeagentur angestellt, bevor Will sich ein Herz fasste und sein Glück mit seiner wahren Passion, der Tierfotografie, versuchte. Als Will erst die Agentur und dann sie ohne jede Vorwarnung verließ, hatte Rufus sich auf Kosten seiner Freundschaft mit Will auf ihre Seite geschlagen. Er hatte seinen Erfolg stets Eve zugeschrieben und wurde ihr wie ein Bruder, der wahrscheinlich viel mehr über die Arbeitsweise ihrer Agentur und über ihr Herz wusste, als gut für ihn war.

Eve beschäftigte sich damit, einem Verleger zu antworten, der wegen der verspäteten Lieferung einiger Bilderbuchillustrationen anfragte, außerdem einer Autorin, die Hilfe bei der Werbung für ihr Buch brauchte, und einer zweiten, die über das mangelnde Interesse der Verlage an ihrem Werk verzweifelte. Da war Eve in ihrem Element. Jetzt, wo die Kinder erwachsen waren und ihr eigenes Leben führten, hatten die Autoren den freigewordenen Platz eingenommen. Sie kümmerte sich um sie und ihre Zukunft fast so hingebungsvoll, wie sie sich um das Wohlergehen ihrer Kinder gekümmert hatte. Mit dem Unterschied, dass sie den Autoren wirklich helfen konnte, während ihre Kinder sich längst nicht mehr für ihre Meinung interessierten. Abgesehen davon empfand sie es als ihre mütterliche Pflicht, sie loszulassen und dafür zu sorgen, dass sie auf eigenen Füßen stehen konnten. War das nicht die Aufgabe von Eltern? Die Kinder so weit vorzubereiten, dass sie ohne Hilfe das Nest verlassen konnten? Bei ihren Autoren und Illustratoren war das etwas anderes. Sie brauchten Eve. Sie war verantwortlich für ihr Auskommen, und das beschäftigte sie permanent – was Terry einfach nicht verstehen konnte. Wenn er die Bürotür hinter sich schloss, ließ er alles zurück. Ihre Arbeit war einfach nicht so. Doch je mehr Zeit sie in die unaufhörliche Flut von Anfragen und Problemen und erfreulichen Meldungen investierte, desto weniger Zeit verbrachte sie mit ihm und desto gereizter wurde er. Vielleicht hätte sie sich in den vergangenen Jahren mehr bemühen sollen, Zeit herauszuschinden, die sie gemeinsam verbringen konnten.

Das Knirschen von Autoreifen auf dem Kies brach die Stille. Konnte das sein? Sie sprang auf, schnappte sich einen Baumwoll-Bademantel vom Fußende des Bettes und rannte fast hinaus zur Einfahrt, wo ein weißer Lieferwagen vorfuhr. Wolken beißender Abgase hüllten alles ein. Der Fahrer sprang heraus, ging zum hinteren Teil des Autos und öffnete die Türen. Und da, ganz allein, aber wohlbehalten, war Eves unverkennbarer roter Koffer. Sie platzte fast vor Freude.

Im gleichen Augenblick trat Rose aus der Tür. »Endlich! Gott sei Dank! Als ich auf den Toröffner gedrückt habe, dachte ich, das kann nur der Koffer sein.«

Der Fahrer hievte das riesige Gepäckstück auf den Boden, wo er glänzend und glitzernd in der Sonne stand. Eve unterschrieb schwungvoll die Quittung.

»Ich bringe dich in meine Höhle«, flüsterte sie und begann das Ungetüm in Richtung ihres Zimmers zu rollen. Sie konnte es kaum erwarten, auszupacken, die Umstandsklamotten abzulegen und sich wieder normal anzuziehen. »In einer Minute komme ich dir helfen.«

Rose lachte. »Eine Minute? Es gibt nichts zu tun, ganz ehrlich, und überhaupt, ich weiß, dass du viel länger brauchen wirst. Genieß das Wiedersehen!«

Sie hatte vollkommen recht. Eine Stunde später war Eve fertig. Der Schrank war gefüllt mit ihrer Kleidung. Auf der Kommode lagen ihre Frisierutensilien, Föhn und Haarglätter; im Badezimmer türmten sich sämtliche Beautyprodukte und Pflegemittelchen, die sie besaß. Jetzt fühlte sie sich wohl. Oh ja. Sie vollführte eine kleine schnelle Drehung vor dem Spiegel. Das lange, graue Leinengewand, das sie eigens gekauft hatte, schmeichelte ihrer Figur, die hellrosa Glasperlen passten gut dazu. Sie bürstete sich die Haare und trug eine zarte Schicht Make-up auf. Jetzt konnte die Party steigen.

Als sie den Raum verließ, tauchte auf dem Weg, der zum nächsten Dorf führte – ein paar Häuser und eine Bar mit einem Fernseher, in dem immer Sportsendungen liefen –, Terry auf. Er wirkte erhitzt und müde, den alten Kricket-Hut hatte er in den Nacken geschoben. Als er die Hand zum Gruß hob, eine versöhnliche Geste, wie sie zu erkennen meinte, winkte sie zurück. So schlimm war er eigentlich gar nicht. Sie gingen eben auf unterschiedliche Weise mit ihrer in die Jahre gekommenen Ehe um – so war ihr Zusammenspiel nicht immer das beste.

Als sie im Wohnzimmer ankam, waren die anderen drei bereits dort versammelt und hatten sich für den Abend umgezogen. Daniel und Rose sah man an, dass sie frisch geduscht waren, das feuchte Haar war glatt zurückgebürstet. Eve war erleichtert, dass die Stimmung offenbar harmonisch war, obgleich Rose etwas angespannt wirkte. Jedenfalls war sie blasser als sonst.

»Was trinkst du, Eve? Oder sollen wir auf Terry warten?«, fragte Daniel.

»Wir warten«, entschied Anna und kam Eve, die eigentlich gerne schon mal ein Glas getrunken hätte, damit zuvor. »Wir können nicht ohne ihn anfangen, das ist nicht nett. Kommt auf die Terrasse. Es gibt bestimmt einen wunderschönen Sonnenuntergang.«

Alle zusammen gingen sie hinaus auf die Westterrasse. Fünf Segeltuchstühle waren um einen niedrigen Tisch gruppiert, auf dem Schüsseln mit Pistazien, gesalzenen Mandeln und dicken schwarzen Knoblaucholiven arrangiert waren. Der Himmel sah aus wie auf einem Kinderbild, lange, niedrige Wolkenstreifen in den knalligsten Rot- und Bronzetönen, die Eve je gesehen hatte. Wenn einer ihrer Illustratoren das festgehalten hätte, hätte sie ihn gebeten, die Farben doch bitte ein wenig abzutönen.

»Hast du mit Daniel reinen Tisch gemacht?«, fragte sie Anna, leise genug, dass niemand sonst es hören konnte.

»Nicht so richtig. Ich warte, bis er seinen Mist mit Jess und Adam geklärt hat, dann werde ich zum entscheidenden Schlag ausholen. Nur ein Scherz«, versicherte sie beim Anblick von Eves entsetztem Gesichtsausdruck. »Jedenfalls ist Mum besser drauf, seit Jess angerufen hat.«

»Und?«

»Sie kommt mit dem Prachtkerl von Dylan, aber den alten Herrn lassen sie in Cornwall. Er ist doch wirklich älter«, fügte sie hinzu, weil sie merkte, dass Eve gegen ihre Anspielung auf Adams Alter protestieren wollte. »Und sie hat darauf bestanden, morgen früh mit Dad zu sprechen. Wenn das also geklärt ist und sie hierher unterwegs sind, bin ich an der Reihe.« Sie konzentrierte sich darauf, ihr T-Shirt in den Rockbund zu stecken, um anschließend den breiten, gewebten Gürtel enger zu ziehen.

Plötzlich empfand Eve Mitgefühl mit Rose. Ihre Nichte war wohl eine der selbstsüchtigsten jungen Frauen, die sie je kennengelernt hatte. Entzückend, aber selbstsüchtig. Doch noch bevor sie ihr Vorhaltungen machen konnte, hörten sie Terrys Stimme. Wie aufs Stichwort eilte Anna ins Haus zurück, wo Eve sie die Cocktails mixen sah. Sie wandte sich ab und lehnte sich auf die Balustrade, um die wundervolle Aussicht zu genießen.

»Alles Gute zum Geburtstag.« Rose trat neben sie und hielt ihr ein Glas hin. »Auf dein Wohl. Und jetzt – die Geschenke.« Unter einem der Stühle zog sie ein Päckchen hervor, so schön verpackt und mit Schleifen verschnürt, dass es fast schade war, es zu öffnen. Als Eve das sagte, trat Anna vor.

»Dann mach doch zuerst das hier auf.« Sie reichte ihr ein kleines, in Zeitungspapier gewickeltes Päckchen.

Eve kämpfte mit dem Tesafilm, bis das Papier sich löste und eine kleine Schachtel enthüllte, in der sich ein dunkelrosa Kunstharzring mit abgeflachter Oberseite befand, der an Anna großartig ausgesehen hätte, aber an Eve? Viel zu mädchenhaft für sie.

»Wunderschön.« Sie streifte ihn über einen Finger, wo er sich zwischen ihren eher herkömmlichen Schmuckstücken etwas seltsam ausnahm. Aus dem Augenwinkel sah sie Terry den Kopf schütteln, während die anderen höfliche Laute der Bewunderung ausstießen. Anna machte ein zufriedenes Gesicht.

Eve wandte sich Roses und Daniels Geschenk zu. Ein pinkfarbener Pyjama. »Perfekt.« Sie küsste erst Rose, dann Daniel auf die Wange. »Danke euch.«

»Da muss ich mich ab jetzt durch Hosenbeine vortasten«, murmelte Terry, während er seine eigenen Geschenke überreichte. Die peinliche Stille, die auf seine Bemerkung folgte, nahm er offenbar nicht wahr.

»Taktvoll wie immer, Liebling«, sagte Eve fest, als sie seine Gaben entgegennahm. Wenn sie ihn unbemerkt hätte gegen das Schienbein treten können, hätte sie es getan. Warum spielte er sich als brünstiger Hengst auf, wenn er in Wahrheit so wenig brachte wie ein müder Wallach? Eine müßige Frage.

»War nur ein Scherz. Wollte nicht die Stimmung verderben.« Er setzte sich kleinlaut hin, und Eve zog das Geschenkpapier von dem größeren der zwei Päckchen.

In der Schachtel fand sie einen dieser komplizierten Korkenzieher, die an ein Mini-Folterinstrument erinnern. Auf der beiliegenden Geburtstagskarte war das Parlament in London abgebildet. Sie verstand genau, welche Botschaft er ihr damit vermitteln wollte, und blickte ihn an. Es sollte eine diskrete Erinnerung an die Empfehlungen der Regierung zum Alkoholgenuss sein. Sie ging aber nicht auf die Provokation ein, sondern sagte einfach: »Danke. Genau, was wir brauchen.« Und damit war die Sache gegessen.

In dem anderen Päckchen befand sich ein Paar mit Aquamarinen besetzter Ohrstecker. Für Ohrringe hatte Terry immer schon einen guten Blick gehabt. Zu speziellen Gelegenheiten hatte er stets etwas Schickes gefunden, was sie ihrer Sammlung hinzufügen konnte. Es war inzwischen fast schon ein Ritual, das sie vermisst hätte. Sie drehte sie hin und her und stand dann auf, um ihn auf die Wange zu küssen. »Wunderschön, Liebling. Danke dir.«

Terry hob die Hand, um ihre Wange zu streicheln, griff jedoch daneben, weil Eve sich abwandte, um mit Hilfe des Spiegelbilds in der Glastür die Ohrringe anzulegen. Also kratzte er sich stattdessen am Kopf, als hätte er sowieso nichts anderes vorgehabt.

Kurz darauf verschwanden Rose und Anna ins Haus, um letzte Hand an das Essen zu legen. Terrys Angebot, den Tisch zu decken, nahmen sie an. Allein mit Daniel, begann Eve sich zu entspannen. Sie beide waren nicht oft allein, aber wenn, dann spürte sie deutlich, wie ungezwungen sie immer noch miteinander umgehen konnten. Ob er das auch so empfand?

»Sei nicht so streng mit ihm«, sagte Daniel und nippte an seinem Cocktail. »Er ist kein schlechter Kerl.«

So getadelt zu werden, aktivierte bei Eve das schlechte Gewissen. »Ich weiß. Wirklich. Mein Mann, dein Schwager. Wie ist es bloß dahin gekommen?« Sie stand auf und trat an den Rand der Terrasse.

»Du hast ihn geheiratet, vergessen? ›In guten und in schlechten Zeiten.‹«

Als ob sie daran hätte erinnert werden müssen.

»Natürlich. Aber wenn ich an die Zeit zurückdenke, als du und ich …« Sie hielt inne, als er den Kopf schüttelte.

»Nein«, sagte er fest. »Das ist lange her. Du bist mit Will auf und davon und ich habe Rose kennengelernt und …«

»Und du hast den Blick nicht zurückgewandt.« Sie beendete den Satz für ihn, ein Spiel, das sie in ihrer Jugend gespielt hatten.

»Du schon?«

»Eigentlich nicht.« Wenn sie jetzt nicht aufpasste, konnte das Gespräch leicht eine gefährliche Wendung nehmen. »Aber Will hat es mir so schwer gemacht.« Trotz allem, was seitdem geschehen war, konnte sie den Abend nie vergessen, an dem sie von der Arbeit gekommen war und ihr Mann vor dem Haus das Auto mit seinen Habseligkeiten beladen hatte. So ernst hatte sie ihn noch nie gesehen. »Ich verlasse dich.« Mehr hatte er nicht gesagt. Später hatte sie herausgefunden, dass er ihre zweijährige Ehe beendet hatte, weil er bei einem Klassentreffen die Freundin wiedergetroffen hatte, mit der er vor ihr zusammen gewesen war. Sie hatten noch am selben Abend miteinander geschlafen, während Eve mit ihrem damaligen Chef einen Autor in Manchester besucht hatte. Damals hatte sie ungläubig zugesehen, wie er davongefahren war. Sie wusste noch genau, dass sie wie betäubt ins Haus gegangen war. Der leere Platz auf dem Bett, wo sein Kissen gelegen hatte, hatte ihre Trauer nicht besser gemacht. Dass er es mitgenommen hatte, war ihr so endgültig vorgekommen. Und wie hatte sie gelitten, bis ihr Rose etwa ein Jahr später ihren Bruder Terry vorgestellt hatte.

»Weißt du, was er heute macht?«

»Keine Ahnung. Nach der Scheidung gab es keinen Grund, Kontakt zu halten. Ich wollte auch nicht, ich hatte ja Terry. Und ihr beide wart mir eine solche Stütze.« Rose und Dan hatten sich auf ihre Seite gestellt und, soweit sie wusste, nie mehr mit Will Verbindung aufgenommen. »Alles in Ordnung mit Rose?«

»Hm.« Es klang unaufmerksam, er konzentrierte sich voll und ganz darauf, eine Olive aufzuspießen. »Glaube schon, wieso?«

»Sie ist nicht wie immer.«

»Wahrscheinlich wegen der Mädchen. Rose macht sich zu viel Gedanken über sie – sie sind jetzt erwachsen, Teufel auch.« Er schob ihr die Schüssel mit den Oliven hin. »Die sind von unseren eigenen Bäumen. Gar nicht schlecht.« Er wartete, während sie sich ein paar nahm.

»Euch Vätern fällt das Loslassen leichter.« Nicht, dass Eve da hätte mitreden können. Jedes Mal wenn ihre Kinder in eine neue Lebensphase eintraten, dann tat sie das auch, und darum sah es manchmal so aus, als seien sie ihr egal. Wenn Rose doch auch so damit umgehen könnte. »Autsch!« Sie klatschte sich auf die bloße Wade und kratzte sich. »Blöde Mücken. Ich habe literweise Autan drauf, hilft überhaupt nichts.«

»Das war für die Väter.« Daniel lächelte jenes Lächeln, das eine Eisscholle hätte zum Schmelzen bringen können, jenes, an dem auch seine dunklen Augen beteiligt waren. Er streckte die Beine aus und kreuzte sie übereinander. »Rücksichtslose Mistviecher ohne jede Spur von Sensibilität.« Er warf den Kopf zurück und lachte – ein kurzes, scharfes Bellen. »Ach Evie. Wenn du wüsstest.«

Sofort wanderte ihre Aufmerksamkeit zu hundert Prozent von dem Mückenstich zu Daniel. »Was wüsste?«

Doch seine Miene, die gerade noch einen Anflug von Traurigkeit verraten hatte, war nun verschlossen. »Ich hol dir was dagegen. Rose hat einen ganzen Schrank voller Erste-Hilfe-Kram.«

»Kein Problem.« Sie wollte unbedingt, dass er sich wieder hinsetzte, wollte ihn zum Reden bringen. Sie *wusste*, dass etwas nicht stimmte. »So schlimm ist es nicht. Wirklich.«

»Na, dann wenigstens noch einen Drink. Ich kann auch einen gebrauchen.« Er nahm ihr Glas.

»Oh, gutes Timing.« Rose erschien in der Tür, band sich die Schürze ab und entdeckte ihre leeren Gläser. »Das Essen ist bereit.« Sie knickste wie ein Dienstmädchen. »Wenn ich die Herrschaften zu Tisch bitten darf.«

Enttäuscht über den Abbruch des vielversprechenden Gesprächs sammelte sich Eve und folgte ihnen ins Haus. Sie vergewisserte sich, dass der BlackBerry in der Tasche ihres Kleides steckte. Ohne die Gewissheit, mitzubekommen, wenn sich endlich Amy und Rufus meldeten, hätte sie gar nicht essen können. Wann auch immer das passieren würde.

8

Um sie herum war die Nacht hereingebrochen. Jetzt saßen sie gemütlich im Schein der Windlichter am Tisch. Aus der angenehmen Brise des Tages war jetzt ein stärkerer Wind geworden – möglicherweise war doch endlich ein Gewitter im Anzug. Rose war froh, dass das Essen so gut verlaufen war, wo doch so vieles Ungesagte in der Luft lag, und erleichtert, dass niemand ihren mangelnden Appetit zum Thema gemacht hatte. Jeder Bissen war eine Herausforderung gewesen. Aber alle hatten ihre egoistischen Interessen außen vor gelassen, damit Eve ein schönes Geburtstagsessen bekam. Die Stimmung war entspannt, die Gespräche so ungezwungen, wie sie nur unter alten Freunden sein können. Nach den Ravioli mit Salbei gab es gegrilltes Schweinefleisch, auf italienische Art mit einem Zitronenschnitz garniert, anschließend Salat und Käse. Daniel hatte dafür gesorgt, dass ihre Gläser stets mit spritzigem Soave oder rauchigem Chianti gefüllt waren. Die mit Kerzen gespickten Brownies waren der Höhepunkt des Abends.

»Was um …« Eve beugte sich vor, suchte nach ihrer Brille und lachte dann, bis ihr die Tränen in die Augen schossen.

Anna strahlte vor Zufriedenheit.

»Ich muss sie ausblasen, bevor sie ganz geschmolzen sind. Zu schön, um sie gleich abzubrennen.«

»Ja, feste blasen, wie passend.« Einen Moment lang herrschte Stille, dann lachte Terry ein bisschen zu laut über seinen eigenen Witz. Anna und Daniel stimmten halbherzig und pflichtschuldig mit ein, während Rose sich ein verkniffenes Lächeln abrang, mit dem sie zu kaschieren versuchte, wie schrecklich sie den Pennälerhumor ihres Bruders fand. Keiner wollte die Stimmung verderben.

Eve sagte nichts, ihre Miene alles.

Rose erkannte die Warnsignale – das Neigen des Kopfes, das

Aufblitzen der Augen, den Griff nach dem Glas – und versuchte einzuschreiten. »Ich dachte mir, wir könnten zum Lichterfest nach Lucca fahren.«

Aber es war zu spät.

»Geht es auch mal ohne solche Anzüglichkeiten?« Eves Stimme klang flach, kalt.

»War doch bloß ein kleiner Scherz unter Freunden.« Terry sah sich Beistand heischend um und lief knallrot an.

»Schau hin, Terry. Keiner lacht. Solche Bemerkungen kommen vielleicht bei dir im Büro an, aber nicht hier.«

Plötzlich wehte der Wind kälter. Rose knöpfte ihre Strickjacke zu. Was konnte sie tun, um die Situation zu entschärfen?

»Bleib locker, Eve. Passt schon. Wir sind ja unter uns.« Daniel hob die leere Weinflasche in die Höhe. »Wollen wir einen Kaffee trinken?«

»Es passt nicht, Dan. Alle lassen wir es uns gefallen, seit Jahren schon, aber manchmal habe ich es einfach satt.«

Terry sah verlegen drein, den Blick fest auf die rote Papierserviette gerichtet, die er unter dem Tisch zerknüllte. »Mach keine Szene«, flüsterte er.

Solche Streitigkeiten waren für Rose nichts Neues, aber angesichts der Verlegenheit ihres Bruders und des eisigen Zorns seiner Frau fühlte sie sich hoffnungslos zwischen den beiden hin- und hergerissen. Als sie sie miteinander bekannt gemacht hatte, war Eve noch nicht über die Sache mit Will hinweg gewesen, und Rose hatte keineswegs Amor spielen wollen. Terrys Frauengeschmack hatte sie als große Schwester damals schier zur Verzweiflung getrieben. Die wenigen seiner Freundinnen, die sie kennengelernt hatte, waren alle vom gleichen Schlag gewesen: hübsche, kichernde und einsilbige Püppchen. Doch zu ihrem und Daniels Erstaunen hatten er und Eve sich sofort gut verstanden, auch wenn sie ein klein wenig älter war. Immer fanden sie etwas zu reden, und wenn sie nicht gerade ins Gespräch vertieft waren, konnten sie die Hände nicht voneinander lassen. David Bowie, die Rolling Stones, Jim Callaghan, Kricket und Gummibärchen zählten zu dem Kitt, der sie verband. Eines musste sie Terry lassen: er war nie ein typischer Buchhalter gewesen, obgleich seine gelegentlichen taktlosen Bemerkungen ihr immer schon extrem peinlich gewesen waren. Manchmal hatte sie überlegt, ob er nicht doch irgendwo ein bisschen autistisch war. Wenn, dann jedenfalls nicht genug, als dass ihre Eltern es bemerkt und irgendetwas dagegen unternommen hätten. Damals machte man sich nicht so viele Gedanken. So war Terry durchs Leben gestolpert, immerhin ohne jemals jemanden schwer genug zu beleidigen, um in echte Schwierigkeiten zu geraten. Außer Eve natürlich.

»Ich mach das schon, Dan. Du kannst noch eine Flasche holen.« Rose schob ihren Stuhl zurück. »Anna, hilfst du mir?« Vielleicht beruhigte sich die Lage, wenn sie Eve und Terry einen Moment allein ließen. So war das meistens bei ihren Auseinandersetzungen – sie erloschen so schnell wie sie aufgeflammt waren.

»Klar.« Mit klirrenden Armreifen stand Anna auf und schnappte sich die hölzerne Pfeffermühle und das Salzfässchen, die noch auf dem Tisch standen. Das Haar fiel ihr ins Gesicht, so dass man ihren Ausdruck nicht erkennen konnte.

Inmitten dieser Hektik saßen Terry und Eve wie festgewachsen. Keiner von beiden konnte den Mund aufmachen, ohne dass die Situation noch peinlicher wurde. Da zerriss das schrille Klingeln von Eves Handy die Stille. Dankbar für die Ablenkung nahm sie das Gespräch an, obwohl Terry verzweifelt den Kopf schüttelte.

Entschuldigend hob sie eine Hand und drehte sich vom Tisch weg. »Was? Was hat sie gesagt?« Ihre Stimme wurde lauter, ihre Stirn furchte sich. »Kleinen Moment mal.« Sie sah Rose an, die gerade mit den klappernden Kaffeetassen zurückkam, und bedeutete ihr mit einer Geste, dass sie nichts verstehen könne. »Tut mir leid, wichtiges Gespräch.« Sie ging ans Ende der Terrasse, wo sie im Dunkeln stand und vertraulicher reden konnte. Die anderen setzten sich wieder an den Tisch, Terry entschuldigte sich und die Übrigen beschwichtigten ihn. Einzelne Sätze aus Eves Gespräch wehten zu ihnen herüber, sie konnten nicht vorgeben, nichts zu verstehen.

»Was wollen Sie damit sagen, aus dem Geschäft zurückziehen? ... Das ist absurd. ... Was? Sagen Sie das noch mal ... Natürlich bin ich nicht ...«

Nach einer Weile tat niemand mehr, als bekäme er nichts mit. Alle saßen wie gebannt und versuchten Eves Gespräch mitzuverfolgen. »Sie macht was? ... Aber ich kann nicht, ich bin hier ... Sie hören auf ... Natürlich weiß sie, dass ...«

Endlich hörten sie klar und deutlich: »Ach Scheiße! Verbindung abgebrochen.«

Sie kam zurück, ließ sich auf einen Stuhl fallen, legte die Ellenbogen auf den Tisch und stützte den Kopf in die Hände.

Rose ergriff als Erste das Wort. »Stimmt was nicht?«, fragte sie und hatte gleich das Gefühl, dass das wohl die Untertreibung des Abends sein musste.

Eve ließ ein dramatisches Stöhnen hören. »Nichts stimmt, einfach gar nichts.«

»Um Himmels willen«, murmelte Terry.

Rose sank das Herz, als Eve zum Angriff ausholte. »Um Himmels willen was? Das könnte sehr schwierig für mich werden. Offenbar erzählt Amy meinen Kunden, dass ich mich aus dem Geschäft zurückziehe.«

»Aus dem Geschäft zurückziehen?«, echote Rose. Der Gedanke, ihre Schwägerin könnte die Agentur aufgeben, bevor man sie mit den Füßen voraus hinaustrug, war unvorstellbar. »Davon hast du nie gesprochen.«

»Nein! Weil ich es nicht vorhabe. Wieso sollte ich. Warum tut sie das bloß?«

Terry blickte hinauf zu den Sternen, als könnte er sich damit nicht befassen und sei auch nicht interessiert daran.

Als Rose hörte, wie Eve wütend die Luft einsog, befürchtete sie einen erneuten Ausbruch gegen ihren Bruder und ging hinein, um den Kaffee zu holen.

»Es muss ein Missverständnis sein.« Daniel stand jetzt hinter Eve. Er legte ihr tröstend die Hand auf den Rücken, während er ihr nachschenkte. »Niemand kann auf die Idee kommen, dass du aufs Altenteil gehst. Das ist einfach lächerlich.«

»Das will ich allerdings hoffen.« Eve saß sehr aufrecht, ihre Augen funkelten. »Offenbar ist Mary Mackenzie sauer, weil ihr neuer Vertrag nicht so blendend ist, wie sie es zu verdienen glaubt. Sie hat Belinda, einer anderen Autorin, erzählt, dass Amy sie informiert hat, ich würde die Agentur abgeben. Belinda hat mich bloß angerufen, um zu fragen, ob das wahr ist. Fakt ist, dass ich Amy gebeten habe, sich um Mary zu kümmern – ein Riesenfehler wahrscheinlich –, aber mehr war da nicht. O Gott. Ich müsste jetzt dort sein, um die Angelegenheit zu regeln. Ich hätte ihr nicht vertrauen dürfen.«

»Warum fliegst du dann nicht heim? Ist doch sowieso egal, wo du so viel Zeit mit dem Ding verbringst.« Terry deutete auf ihren BlackBerry.

»Danke für deine tatkräftige Unterstützung, Terry.« Sie drehte das Telefon in langsamen Kreisen auf dem Tisch herum, während sie nachdachte. »Weißt du was? Nachdem dir so wenig daran liegt, dass ich hier bin, werde ich das wohl wirklich tun.«

»Was tun?« Rose kam zurück, die Kaffeekanne in der Hand, und nahm ihren Platz am Tisch wieder ein.

»Mich morgen ins Flugzeug setzen. Vielleicht kann ich mein Ticket umbuchen.«

»Das kannst du nicht machen, Eve.« Rose konnte nicht verhindern, dass ihre Stimme panisch klang. »Dann verpasst du Jess und Dylan!«

Daniel wandte sich ihr zu, die Augenbrauen fragend gehoben. Genau in diesem Moment grollte in der Ferne der erste Donner.

»Außerdem bist du doch eben erst gekommen«, fügte Anna hinzu, ohne von der Zigarette aufzuschauen, die sie sich gerade drehte. Erst als sie das Blättchen anleckte, blickte sie in die Runde, verklebte dann das Papier und legte den Stängel neben den Tabaksbeutel auf den Tisch.

»Jetzt beruhigen wir uns erst mal alle.« Daniel schob seine Brille wieder auf die Nasenwurzel. »Ist das nicht ein bisschen übereilt? Entscheidungen sollte man überschlafen. Morgen früh kannst du in meinem Arbeitszimmer über das Festnetztelefon alles klären, was nötig ist.«

»Ich kann gar nichts klären, wenn diese elende Person meine Mails nicht beantwortet.«

»Hast du versucht, sie anzurufen?« Anna griff nach ihrem Schal, der von der Stuhllehne gerutscht war, und legte ihn sich um ihre knochigen Schultern, ehe sie ihre Zigarette anzündete.

»Natürlich nicht.« Eve war erbost über dieses Ansinnen. »Bisher haben wir immer per Mail kommuniziert, wenn ich unterwegs war. Telefonieren tun wir nur im Notfall.«

»Und was ist das dann gerade bitte?« Anna blies mit verständnislosem Gesichtsausdruck einen langen Rauchstrom in die Nacht. »Für mich klingt es wie einer. Ich würde sie anrufen.«

»Ich bin der Meinung, du solltest dich da raushalten, Anna.« Das Klirren der Kaffeekanne am Tassenrand verriet, dass Rose die Hand zitterte.

»Sprich nicht mit mir wie mit einer Zehnjährigen! Ich habe genauso viel Recht auf eine eigene Meinung wie jeder andere hier am Tisch.« Willenskraft und Durchsetzungsvermögen, und zwar bisweilen in beängstigender Stärke, gehörten zu den Eigenschaften, die man ihr in den teuren Therapiestunden eingeimpft hatte. Rose wünschte, sie hätte den Mund gehalten. Aber da ihre fröhlichen Familienferien gerade wie ein Kartenhaus einzustürzen drohten, hatte sie ohne Nachdenken reagiert.

»Immer langsam, ihr beiden.«

Daniels beschwichtigende Hand auf ihrem Oberschenkel fühlte sich an wie ein glühendes Eisen. Rose drehte die Beine weg und stieß dabei eine der Tassen samt Untertasse zu Boden. Sie zerbrach, und ein Bächlein schwarzen Kaffees lief über die Fliesen. Sie bemerkte die Bestürzung in seinem Blick, als sie sich abwandte. Eine Sekunde lang wünschte sie, sich beherrscht zu haben, dann fiel es ihr wieder ein. *Du fehlst mir. Ich liebe dich. Komm bald wieder.* »Wir können das ausdiskutieren, ohne dass du dich einmischst«, sagte sie scharf.

Nun wirkte er noch fassungsloser. Schließlich zuckte er die Schultern. »Na schön. Dann hole ich mal was, um hier sauberzumachen.«

Eve war aufgestanden, den kurzen Schlagabtausch hatte sie verpasst, und kam um den Tisch herum. »Anna hat vollkommen recht. Ich muss sie anrufen. Wenn sie glaubt, sie kann sich in meiner Abwesenheit breitmachen, wird sie bald eines Besseren belehrt. Autsch!« Schwer sank sie neben Rose auf den Stuhl, hob mit einer Hand ihren nackten Fuß und untersuchte ihn. Zwischen den Zehen sickerte etwas Blut hervor.

»Ach Eve, es tut mir so leid!« Rose beugte sich vor, um die Wunde zu inspizieren. »Rühr dich nicht vom Fleck – ich hole dir ein Pflaster.«

Neben ihnen hockte Daniel am Boden und sammelte die Scherben auf. Seine Art sich zu bewegen verriet Rose, wie verletzt er von ihrer ablehnenden Haltung war. Das freute sie irgendwie, obwohl sie sich dessen zugleich schämte.

»Ich hole es«, bot er an. »Muss sowieso rein wegen einem Lappen.«

Als er im Haus verschwunden war, sah sich Rose Eves Fuß näher an. »Ist nur ein kleiner Schnitt.«

Eve kratzte böse an einem Mückenstich am Fußgelenk. »Mach dir darüber keine Gedanken. Aber ich muss mit Amy sprechen.« Sie entzog ihren verletzten Fuß Roses Griff. Während sie anzurufen versuchte, wackelte sie mit ihrem rechten Bein vor Ungeduld. Ein paar Sekunden später legte sie ihren BlackBerry wieder auf den Tisch. »Sie geht nicht ran. Offenbar lässt sie meine Anrufe bewusst auflaufen.«

»Ich glaube eher, dass sie ausgegangen ist.« Rose bemühte sich angestrengt, die entspannte Atmosphäre des frühen Abends wiederherzustellen.

»Hm. Eher heckt sie etwas aus. Schmiedet Pläne.« Eve griff über den Tisch nach ihrer Tasse, als Daniel mit einer Schüssel zurückkam, der ein Hauch von Desinfektionsmittel entstieg. Außerdem brachte er einen Waschlappen und ein Päckchen Pflaster.

»Sei nicht so misstrauisch«, konterte Rose. »Wahrscheinlich gibt es eine ganz einfache Erklärung.«

Aber sie merkte, dass Eves Gedanken sich mit rasender Geschwindigkeit in eine andere Richtung entwickelten. Nichts würde in der Lage sein, sie aufzuhalten. »Könnte es sein, dass sie etwas Eigenes gründen will? Und ein paar meiner Kunden mitnehmen?«

»Das würde sie nicht tun.« Rose war schockiert, dass Eve ihre Mitarbeiterin eines solchen Schritts für fähig hielt.

»Du siehst immer nur das Gute in den Menschen. Das ist eine deiner großen Gaben.« Eve räusperte sich, zog ein Pflaster aus dem Päckchen und klebte es zwischen den großen und den zweiten Zeh.

»Nicht immer.« Anna, die bisher geschwiegen hatte, hatten sie ganz vergessen. Das Kerzenlicht tanzte auf ihrem Gesicht, verstärkte die scharfen Linien und ließ sie dünner aussehen denn je. Sie saß da mit ihrem Kaffee, zupfte an den Resten ihres Brownies herum, krümelte ihren Teller voll und rauchte dabei. Mit einer trotzigen Geste drückte sie die Zigarette auf dem Teller aus.

Rose entschied sich, ihre Bemerkung ebenso zu ignorieren wie die Zigarette – beides war nur dazu gedacht, sie auf die

Palme zu bringen. Darauf einzusteigen hätte dem Abend den Rest gegeben.

Neben Anna räkelte sich Terry in seinem Stuhl, die Arme hinter dem Kopf, die Augen geschlossen, als wartete er darauf, dass der Abend normal weiterginge. Am liebsten hätte sie die beiden erwürgt. Warum konnten sie nicht dabei mithelfen, das, was von der Feier übrig war, zu retten, anstatt es ganz ihr zu überlassen?

»Was immer sie tut, du wirst es jetzt nicht klären können. Es ist zu spät. Warum vergisst du es fürs Erste nicht einfach und genießt den Rest des Abends?«, schlug Daniel vor und nahm wieder Platz.

»Genießen kann ich ihn jetzt nicht mehr. Diese blöde Kuh hat ihn mir verdorben.« Eve schenkte sich noch ein Glas Wein ein. »Sobald ich zurück bin, werde ich mir irgendwas zur Schadensbegrenzung einfallen lassen müssen.«

»Bitte bleib«, drängte Rose. »Ohne dich wären die Ferien nicht das Gleiche.«

»Ich bin sicher, du kannst das alles von hier aus regeln.« Dan schüttete den Rest Soave in sein Glas. »Ein paar Telefonate und eine Nachricht, die ihr zu verstehen gibt, dass du weißt, was passiert ist.«

»Weiß ich aber nicht«, beharrte Eve. »Ich habe keinen blassen Schimmer.« Sie zerdrückte ein paar Browniekrümel mit dem Finger und leckte sie ab. »Das ist das Problem, wenn man rund um die Uhr erreichbar ist. Ich weiß zu viel, aber nicht genug.« Mit geschlossenen Augen genoss sie den Geschmack der Schokolade.

Geht mir nicht anders, dachte Rose und warf Daniel einen wütenden Blick zu. Er saß mit übereinandergeschlagenen Beinen am Tisch. Da ihn die Mücken nicht stachen, trug er auch abends immer Shorts, heute hatte er dazu ein tiefblaues Leinenhemd an. Er war ganz ruhig und sah sie an, offenbar grübelnd, warum sie sich so ablehnend ihm gegenüber verhielt.

»Tja ... sieht aus, als wär das Fest vorbei.« Terry reckte die Arme in die Luft, so dass sein gestreiftes Polohemd hochrutschte und seinen sonnenverbrannten Bauch enthüllte. »Dann geh ich mal ins Bett.«

»Einfach so? Hast du keine Meinung zu Amy oder dazu, was sie vorhat?« Roses Impuls, ihre Freundin zu verteidigen, gewann nun die Oberhand.

»Ich sehe das wie Daniel.« Er schob seine Füße wieder in die Sandalen. »Morgen sieht alles anders aus. Ist immer so.«

Rose hörte Eves verärgertes Räuspern und machte noch einen Vorstoß. »Und was ist mit Eves Abreise? Das willst du doch bestimmt nicht, oder?« Er würde sich ja wohl dafür aussprechen, dass sie ihre Drohung nicht wahr machte.

Terry lächelte matt und steckte sein Polohemd in die Hose. »Liebes Schwesterlein, du solltest inzwischen wissen – wenn es um die Agentur geht, wird Eve sowieso tun, was sie für richtig hält. Das ist einer der Gründe für ihren Erfolg. Sie tut nicht immer, was man von ihr erwartet.«

Die Art, wie er Eve ansah, sagte Rose mehr, als sie bisher über die Ehe ihres Bruders gewusst hatte. All ihren offenkundigen Differenzen zum Trotz bewunderte er eindeutig Eves Geschäftsmethoden und den Erfolg, den sie errungen hatte.

»Stimmt nicht, mein Liebster«, warf Eve bitter ein. »Ich halte mich an die Regeln. Und darum ist es so gut gelaufen. Da werde ich mich nicht zurücklehnen und zuschauen, wie Amy alles kaputt schlägt.«

»Wenn sie das überhaupt vorhat.« Anna nahm einen Stock, der an der Balustrade lehnte, und ging von der Terrasse zum nächststehenden Feigenbaum. Sie hob den Arm, zielte mit dem Stock und schlug gegen den untersten Ast. Dann las sie die heruntergefallenen Feigen auf und ließ den Stock dort fallen, wo sie stand. »Nacht miteinander.«

»Ich glaube, ich gehe auch. Werde noch ein bisschen lesen.« Daniel küsste Eve und Rose auf die Wangen und machte sich davon. »Schlaf darüber«, riet er noch. »Würde ich jedenfalls machen.«

Eine Stunde später zog sich auch Rose zurück. Sie hatte noch versucht, Eve zu überreden, Terrys und Daniels Rat zu folgen, aber ihre Schwägerin war so angespannt, dass sie nicht auf sie hörte. Am Ende hatte sie aufgegeben und sie der Suche nach einem verfügbaren Rückflug überlassen.

Rose öffnete leise die Schlafzimmertür in der Hoffnung, dass Daniel schon schlief. Stattdessen brannte das Licht und er saß an das Kopfteil des alten Holzbettes gestützt. Als sie hereinkam, blähten sich die Vorhänge, und das Fenster knallte durch den Luftzug zu. Sie ging hinüber, um es zu schließen, da in der Ferne über den Bergen Blitze zuckten.

Daniel legte sein Buch weg und sah sie über den Rand seiner Lesebrille hinweg an. »Und?«

»Und was?« Rose zog ihre Hose aus und hängte sie auf, um dann ins Bad zu gehen. Obwohl sie sich kräftig die Zähne schrubbte und dazu das Wasser rauschen ließ, hörte sie seine Stimme.

»Habe ich dich irgendwie verärgert, Liebes?« Es klang, als sei er wirklich ratlos.

Sie warf ihre übrigen Klamotten in den Wäschekorb. Als sie nach dem Nachthemd griff, das an der Badezimmertür hing, bemerkte sie ein kleines Stückchen abgeblätterter blauer Farbe und zupfte daran, während sie versuchte, den unkontrollierbaren Zorn zu beherrschen, der durch ihre Adern schoss. *Du fehlst mir. Ich liebe dich. Komm bald wieder.*

»Nein.« Sie biss sich auf die Lippe, bis ihre Augen sich mit Tränen füllten. Dabei bürstete sie ihre Haare, wusch sich dann das Gesicht und massierte die Nachtcreme ein, die ungefähr so viel kostete wie die Staatsverschuldung und doch noch keinen merklichen Effekt gehabt hatte. Sie zögerte es so lange wie möglich hinaus, zu ihm zurückzugehen.

»Rose, ich weiß, dass irgendwas nicht stimmt. Ich werde nicht schlafen, bis du kommst und mit mir darüber sprichst.« Daniels Stimme klang begütigend, zuversichtlich, dass er ihr ausreden konnte, was immer sie so erregte. Darin war er wirklich gut.

Sie öffnete die Tür halb und wünschte sich, der Erdboden würde sie verschlucken. Oder besser ihn.

Daniel klopfte auf ihre Seite des Bettes. »Komm schon. Du bist bestimmt genauso erschöpft wie ich. Aber lass uns das jetzt klären.«

In all den gemeinsamen Jahren hatte Rose stets treu einen Rat befolgt, den ihre Eltern ihr am Vorabend ihrer bescheidenen standesamtlichen Trauung gegeben hatten. »Wenn du eine glückliche Ehe führen willst, geh nie ins Bett, solange ein Streit nicht beigelegt ist«, hatte ihre Mutter ihr empfohlen, freilich, ohne es selbst so gehalten zu haben. Tja, dachte Rose, diesmal nicht. Das hier ist nicht so leicht eingerenkt.

»Klären?« Sie merkte, dass sie lauter wurde. »Wie sollen wir das denn klären?«

Daniel wirkte erschrocken. Das hatte er nicht erwartet – und war es auch nicht gewohnt. Er strich sich mit der Hand durchs Haar, die Stirn in Falten gelegt. »Was? Wovon sprichst du?«

»Ich habe diese SMS gelesen. Ich habe sie gelesen.« Nein! Das hatte sie nicht sagen wollen. Aber zu spät.

»Welche SMS? Wovon sprichst du?« Doch als seine Hand von seinem Kopf aufs Bett sank, erkannte sie, dass er es wusste.

»Du weißt ganz genau, welche. Die, die ich dir gestern zum Pool gebracht habe. ›*Du fehlst mir. Ich liebe dich. Komm bald wieder. S*‹« Ihre Stimme überschlug sich. »Genau die.«

Sie holte tief Luft, spürte ihr Herz im Brustkorb hämmern, sah, wie sein Gesicht zerfiel, sein Blick sich trübte. Er schien vor ihren Augen in sich zusammenzufallen. Aber jetzt war es zu spät, ihre Worte zurückzunehmen, so schrecklich sie es fand, dass es nun heraus war. Sie wollte nicht, dass noch ein Schatten auf ihre Ferien fiel, auf ihre Ehe. Wenn sie die Uhr doch bloß hätte zurückdrehen können auf einen Zeitpunkt bevor sie sein Telefon mit ihrem verwechselt und in die Hand genommen hatte. Aber es war zu spät. Die Worte waren heraus.

Daniel war trotz der Sonnenbräune blass geworden. Er saß im Bett und sah aus wie zu Stein erstarrt. »Tatsächlich?« Er sprach so leise, dass sie ihn kaum verstehen konnte.

»Aus Versehen«, rechtfertigte sie sich. Vielleicht war das alles doch ein Missverständnis. »Ich hielt es für mein Telefon.«

Er lachte kurz und verzagt auf. »Ich hätte es mitnehmen sollen.« Dann schwang er die Beine aus dem Bett und ergriff seine Brille.

»Wo willst du hin?« Erstaunt sah Rose ihn zur Tür gehen. Er nahm einen Bademantel von einem der herzförmigen Mantelhaken. »Du kannst jetzt nicht einfach gehen.« Sie rannte durchs Zimmer und packte ihn an einem Zipfel seines Pyjamas. »Wir müssen reden.« Seine Reaktion konnte nur eines bedeuten: Dass ihre schlimmsten Befürchtungen sich bestätigten.

»Das kann ich jetzt nicht. Es tut mir leid.«

Er zerrte ihr den Stoff aus den Händen.

Sie änderte ihre Taktik, umging ihn seitlich, stellte sich mit dem Rücken gegen die Tür, eine Hand am Türrahmen, und weigerte sich, ihn vorbeizulassen. »Das kannst du nicht tun«, beharrte sie. »Wer ist sie? Wer ist ›S‹?« Zu ihrem großen Ärger merkte sie, dass sie weinte, ihr Blick schwamm in Tränen, doch trotzdem nahm sie wahr, dass er bei der Erwähnung der Nachricht zusammenzuckte.

»Scht.« Er streckte eine Hand nach ihr aus, zögerlich. »Bitte nicht weinen.«

»Behandle mich nicht wie ein Kind.« Bei jedem dieser Worte hämmerte sie mit der Faust gegen die Tür. »Erzähl es mir einfach. Das bist du mir schuldig.«

»Ich kann nicht mit dir sprechen, wenn du so aufgeregt bist.«

Niemals hatte Daniel so alt gewirkt. Selbst durch den Tränenschleier erkannte sie, wie abgehärmt sein Gesicht aussah, die Tränensäcke dicker denn je, die Falten tiefer. Eigentlich war er groß, doch nun wirkte er nur noch wie die Hälfte des Mannes, der er vor Minuten gewesen war.

»Ich bin nicht aufgeregt« behauptete sie und wischte sich mit dem Handrücken über die Nase. »Ich bin wütend. Stinkwütend. Ich wollte nichts sagen, bis die anderen weg sind, aber jetzt habe ich es getan und wünschte, ich hätte es gelassen. Aber ich will die Wahrheit wissen. Ich will wissen, dass es nicht zu spät ist.«

»Es ist kompliziert.« Seine Stimme klang flach, sie erkannte sie kaum wieder. »Aber du musst mir glauben, es ändert nichts an meinen Gefühlen für dich.«

»Aber vielleicht an meinen für dich«, würgte sie heraus, während die Tränen über ihre Wangen liefen.

»Rose, bitte, vertrau mir.« Er nahm ihre Hand vom Türgriff. »Heute schlafe ich nebenan. Wir werden reden, aber nicht jetzt. Nicht, wo alle da sind. Nicht, wenn du so bist und es so spät ist. Ich wollte dich niemals verletzen. Du weißt, dass ich das nicht will. Ich bin nicht stolz auf das, was geschehen ist, aber irgendwie werde ich es wiedergutmachen, das verspreche ich dir. Es ist nicht, wie du denkst.«

»Woher willst du wissen, dass es nicht ist, was ich denke? Was ist es denn dann? Daniel, du kannst nicht ...« Fassungslos angesichts seiner Weigerung, mit ihr zu sprechen, zögerte sie, als er die Tür öffnete.

Von unten drang das unverkennbare Klicken des Riegels an der Arbeitszimmertür durch die Stille im Haus. Eve. Sie war als Einzige noch wach. Ob sie etwas mitbekommen hatte? Entsetzt von der Vorstellung, ihr Streit könnte mitgehört worden sein, trat Rose zurück ins Schlafzimmer und gab Daniel Gelegenheit, es zu verlassen. Er drehte sich um, einen Finger auf den Lippen, und schlich auf Zehenspitzen nach nebenan.

Das konnte nicht wahr sein. Der Schock, dass er wegging,

traf sie genauso hart wie sein Betrug. Jetzt war es für sie keine Frage mehr, dass es das war. Die Versuchung, ihm nachzugehen, war fast unwiderstehlich, doch wenn sie ihn bedrängte, würde er sich nur noch sturer stellen. Dass Eve es mitbekommen hatte, war erniedrigend genug. Sie wollte nicht alles noch schlimmer machen, indem sie ihn in Rage brachte.

Auf ihrem gemeinsamen Bett sitzend wischte sie sich die Augen mit einem Zipfel des Lakens und schnäuzte sich in ein altes Taschentuch, das sie unter dem Kissen fand. In ihrem Kopf drehte sich alles, zusammenhängendes Denken war unmöglich. Was war gerade passiert zwischen ihnen? Was hatte sie falsch gemacht? Getrennt schliefen sie sonst nur, wenn einer von ihnen krank war. »Es ist nicht, wie du denkst.« Was konnte das bedeuten? Als der Regen gegen die Fenster zu peitschen begann, ließ sie sich zurücksinken, die Augen weit aufgerissen, starrte den altmodischen Ventilator an und versuchte sich einen Reim auf die Sache zu machen.

Während dieser Nacht, die ihr als längste ihres Lebens erschien, weinte Rose abwechselnd ihr Kissen nass und grübelte dann wieder darüber nach, was Daniel gemeint haben konnte, warum er nicht einfach die Hände gehoben und gestanden hatte. Aber »entschuldige dich nie, erkläre nie etwas« war einer der Leitsprüche in seinem Leben. Und bisher war das auch nie nötig gewesen. Sie hatte ihm immer vollkommen vertraut. Nach Partys, auf denen Frauen mit ihm geflirtet hatten, hatten sie sogar gemeinsam Witze darüber gemacht. In ihren Augen war er der perfekte Ehemann gewesen.

Wie hatte das passieren können? Sie ließ die vergangenen Monate Revue passieren, suchte nach Hinweisen, fand aber keine. Daniels Verhalten hatte sich nicht verändert. Er war beschäftigt gewesen, hatte viel Zeit im Arthur, dem Hotel, das er gerade in Edinburgh eröffnet hatte, verbracht und gelegentlich das Trevarrick besucht, wenn er nicht gerade in seinem Londoner Büro im Canonford war. Wenn er mit ihr telefoniert hatte, mindestens zweimal am Tag, hatte nichts darauf hingedeutet, dass etwas Ungewöhnliches geschehen war. Das wäre ihr nicht entgangen. Sie hätte eine Veränderung in seiner Stimme bemerkt. Sie kannte ihn zu gut. Sie hatten sich darauf gefreut, zusammen nach Italien zu fahren … wie immer. Sie stellte sich vor, wie Daniel jetzt jenseits der Wand wach lag, und konnte nur hoffen, dass er sich ebenso quälte wie sie und dass auch er nicht so leicht einschlafen würde. Er würde am nächsten Tag mit ihr reden müssen. Sie würde dafür sorgen, dass sie Zeit dazu fanden.

9

Am nächsten Morgen war Eve früh auf den Beinen und überlegte, wie sie ihren letzten Sonnentag verbringen wollte. Ein paar Runden im Pool würden sicher den leichten Kopfschmerz besiegen, der hinter ihrem rechten Auge hockte. Sie trat von einem Fuß auf den anderen, während sie sich in ihren Schlankstütz-Badeanzug quetschte. »Acht Pfund weniger in acht Sekunden«, verkündete die Werbung. Es war ihr ein Rätsel, wie jemand das verdammte Ding in dieser Rekordzeit anziehen konnte.

Sie warf die Türen des Stalls auf und blieb enttäuscht auf der Schwelle stehen. Statt des blauen Himmels und der Hitze, die sie erwartet hatte, sah sie – verdammt noch mal – dichte graue Wolken, die komplett die Sonne verdunkelten. Regentropfen schimmerten auf den blassblauen Blüten des Bleiwurzes, der neben der Tür am Haus emporwuchs, und auf den feuerroten Geranien in den Töpfen daneben. Abgebrochene Zweige und Früchte vom Feigenbaum lagen auf dem Pfad, auf dem sich Pfützen gebildet hatten. Sie schauderte in der kühlen Luft und zupfte an ihrem Badeanzug herum, dessen bändigende Stützkraft mit ihrem Hintern Mühe hatte. Resigniert ging sie wieder hinein, um sich umzuziehen.

Terry schnurchelte vor sich hin und drehte sich im Bett um, als sie hereinkam. Zu ihrer großen Erleichterung hatte er tief und fest geschlafen, als sie sich endlich hingelegt hatte, sodass sie nicht mehr mit ihm reden musste. Sie war aufgeblieben, fest entschlossen, ihren Rückflugtermin zu ändern. Nachdem sie das erledigt hatte, war sie so aufgekratzt gewesen, dass an Schlaf nicht zu denken gewesen war. Also hatte sie ihre wichtigsten Autoren mit E-Mails bombardiert, um ihnen zu versichern, dass die Gerüchte über ihren bevorstehenden Rückzug tatsächlich nichts weiter waren als eben dies: Gerüchte.

Im hellen Tageslicht kamen ihr nun Zweifel, ob sie nicht etwas überstürzt gehandelt und zu ernst genommen hatte, was wahrscheinlich nur Gerede war. Vielleicht hatte sie doch zu rasch ihr Flugticket umgebucht? Die schusselige Belinda hatte wahrscheinlich mal wieder alles durcheinandergebracht. Aber Terry hatte sie so verärgert, dass sie überreagiert hatte. Nun war es zu spät.

Als sie sich etwas zum Anziehen aus dem Schrank nehmen wollte, wachte Terry vom Klappern der metallenen Kleiderbügel auf und wälzte sich auf den Rücken. Ein Arm schob sich unter der Decke über ihre Hälfte des Betts. »Komm her.«

Eve hielt den Atem an. Was wollte er denn von ihr? Etwa Sex? Am Morgen? Träum weiter, Schatz.

Zu Beginn ihrer Beziehung hatten sie nicht die Hände voneinander lassen können, aber mit dieser Leidenschaft war es vorbei, als die Kinder kamen. Jahrelang hatten sie keine Nacht durchschlafen können, dann war es jeden Morgen hektisch gewesen, weil die Kinder in die Schule mussten. Als die dann heranwuchsen, hatten sie beide gerne so lange wie möglich geschlafen, um dann eilig und in Angst, zu spät zur Arbeit zu kommen, aus dem Bett zu springen. Die Freude an frühmorgendlichem Sex war mit ihrer Jugend verblasst. Aber war Urlaub nicht auch dazu da, das Liebesleben neu zu entfachen? Sie ging einen Schritt auf das Bett zu, auf einmal doch nicht ganz uninteressiert. Doch da zwickte sie wieder der Badeanzug. Es würde ewig dauern, sich aus diesem Ding zu schälen, und todsicher die Stimmung verderben. Es war ihr peinlich, und so bückte sie sich bloß und legte ihre Flip-Flops auf den Kleiderstapel, den sie in den Armen hatte.

Terry blinzelte und hob kurz den Kopf, ließ ihn aber sogleich wieder auf das Kissen sinken. »Was machst du denn da?« Seine Stimme war benommen vom Schlaf.

»Ich gehe Kaffee machen. Willst du auch eine Tasse?« Der romantische Augenblick, war eindeutig vorüber.

»Nein«, murmelte er und rollte sich mit zufriedenem Stöhnen auf die Seite. »Ich stehe in einer Minute auf.«

In einer Stunde meinst du wohl, dachte sie und verschwand im Badezimmer, um sich anzuziehen. Aber was machte das schon? Als sie das Licht einschaltete, erblickte sie ihr Spiegelbild. Der Badeanzug machte sie tatsächlich schlanker, aber direkt unter ihrem rechten Schulterblatt zeigte sich ein feuerrotes Band Mückenstiche. Kaum hatte sie sie entdeckt, begannen sie auch schon zu jucken. Sie fluchte. Offenbar hatte sie vergessen, vor dem Schlafengehen das Moskitonetz über das Bett zu ziehen. Im vergeblichen Versuch, sich zu kratzen, schlang sie ihren linken Arm um den Körper. Auch mit dem rechten war die Stelle nicht zu erreichen, sosehr sie sich verrenkte, also griff sie zu ihrer Haarbürste. Die Folge war, dass die Stiche wie verrückt zu brennen anfingen. Sie verbarg die Quaddeln unter einer gemusterten Baumwolltunika und schlüpfte in ihre Leinenhose mit dem elastischen Bund. Solche Bequemhosen hatte sie früher verabscheut, aber nun wollte sie nicht mehr ohne leben.

Als sie die Küche betrat, war im Haus kein Laut zu hören. Allerdings war die Kaffeekanne noch warm, es musste also noch jemand bereits aufgestanden sein. Da erinnerte sie sich an die lauten Stimmen, die sie am Abend zuvor gehört hatte, und das Hämmern, als würde jemand auf etwas einschlagen. Daniel und Rose. In all den Jahren, in denen sie die beiden nun schon kannte, hatte sie nie einen Streit zwischen ihnen erlebt. Aber das hatte geklungen wie ein handfester Krach.

Nun war es ihr etwas peinlich, dass sie den Kopf zur Wohnzimmertür herausgestreckt und dann am Fuß der Treppe gelauscht hatte, um herauszufinden, was los war. Sie rechtfertigte sich ihr Verhalten damit, dass Sorge, nicht Neugier ihr Beweggrund gewesen war. Als sie oben dann die Schlafzimmertür hörte, hatte sie sich ins Wohnzimmer zurückgezogen, ohne ein Wort verstanden zu haben. Hatten danach zwei Türen geklappt? Die Vorstellung, dass ihre besten Freunde sich stritten und die Nacht getrennt voneinander verbrachten, machte sie zutiefst unglücklich. Aber ihre Ahnungen hatten sie nicht getrogen. Irgendetwas stimmte hier nicht.

In diesem Augenblick tauchte Rose auf. Sie wirkte müde, ihre Augen waren verschwollen. »Guten Morgen.« Sie wartete nicht auf eine Antwort. »Mistwetter, aber laut Vorhersage klart es bis zum Vormittag auf. Orangensaft?« Sie nahm einige Orangen aus dem Drahtkorb, der von der Decke hing, legte sie auf die Arbeitsfläche und zog den Entsafter hervor.

»Schlecht geschlafen?«, fragte Eve vorsichtig.

»Nicht schlechter als sonst auch.« Rose war kurz angebunden.

»Daniel schon auf?«, versuchte es Eve weiter.

»Ich glaube. Arbeitet vermutlich.«

Wie aufs Stichwort erschien Daniel im Türrahmen zum Garten. »Ich habe nur mal kurz nachgeschaut, ob das Gewitter was kaputt gemacht hat. Sieht nicht so schlimm aus. Ein paar abgebrochene Zweige, und vom Garagendach hat es zwei oder drei Ziegel runtergeweht.«

Die letzten Worte gingen im Geräusch des Entsafters unter.

Seine Stimme klang ganz normal, er sah genauso übernächtigt aus wie Rose. Er war unrasiert, hatte dunkle Ringe unter den Augen und ließ die Schultern hängen, als würde er die Sorgen der ganzen Welt mit sich herumschleppen. »Kann ich was helfen?«, bot er an.

Rose beachtete ihn gar nicht. Daniel grimassierte zu Eve hinüber und hob die Schultern. »Kaffee?«, fragte er, schlurfte durch die Küche und hantierte mit der Kanne. Rose sagte zwar nichts, zeigte aber durch Kopfschütteln und gereiztes Seufzen deutlich ihr Missfallen über sein Auftauchen.

Es war zu kühl, um draußen zu sitzen, also deckte sie drinnen den Frühstückstisch. Nicht dass die Atmosphäre im Haus wärmer gewesen wäre. Besteck und Teller wurden unüberhörbar auf den Tisch gestellt. Eine Packung Cornflakes fiel um, ihr Inhalt verstreute sich auf dem Fußboden und knackte unter den Schritten. Eve verschwand hinter dem Vorhang, der die Besenkammer von der Küche trennte, und tauchte mit Handfeger und Kehrblech wieder auf. Während sie damit über den Boden rutschte, fragte sie sich, ob sie sich nicht lieber verziehen sollte.

»Ich bring mal Terry eine Tasse Kaffee«, murmelte Eve als Entschuldigung.

Rose gab keine Antwort.

Dan schüttelte den Kopf. »Nicht nötig. Ich habe ihn gerade eben gesehen. Er wird gleich hier sein.«

»Wer denn?« Anna erschien, in Jeans und mit einer Strickjacke über dem T-Shirt. Sie hatte sich ihr Haar verwegen mit Essstäbchen aufgesteckt. In der Hand hielt sie eine Tüte mit zwei frischen Broten. Sie warf die Autoschlüssel auf den Tisch.

»Terry«, antwortete Eve und entfloh mit Terrys Kaffee, den sie selbst zu trinken gedachte, ins Wohnzimmer. Sie dachte daran, dass die Kabbeleien zwischen ihr und Terry nie lange dauerten. Sie waren bloß eine Gewohnheit – niemand, nicht einmal sie selbst, nahm sie ernst. Dies hier war etwas ganz anderes. Sie fingerte nach dem unentbehrlichen BlackBerry, um nach der Uhrzeit zu schauen. Fünf nach acht. Zu früh, um Amy anzurufen. Um zehn begann die Bürozeit, vorher hatte es keinen Sinn. Vielleicht sollte sie gar nicht anrufen, sondern sie ohne Vorwarnung mit ihrer Rückkehr überraschen. Eve lächelte bei der Vorstellung, Amy am nächsten Morgen ins Büro spazieren zu sehen. Sie wäre natürlich schon vorher gekommen und würde an ihrem Schreibtisch auf sie warten. Überraschung. Die beste Art des Angriffs. Ein schöner Plan, aber sie musste sie anrufen ... unbedingt.

Sie machte es sich auf dem Sofa bequem, griff nach einer von Roses Zeitschriften und sah sich die Bilder zu einem Artikel über eine Ausstellung des Frühwerks von Caravaggio an. Ganz in die Gesichter der Knaben versunken, die sie aus dem Schatten anschauten, blickte sie erst auf, als sie Schritte hörte. Rose.

»Frühstück – wenn du welches willst.«
»Klar. Ich wollte bloß nicht stören. Stimmt etwas nicht?«
Rose kam ins Zimmer und zog die Tür hinter sich zu. »Eve! Hör endlich auf, mich zu fragen, ob etwas nicht stimmt! Wenn ich dir was erzählen wollte, dann würde ich das tun«, fuhr sie ihre Freundin an.

Sie schauten sich an, beide erschrocken über diesen Ausbruch.

»Entschuldigung.« Eve nippte geistesabwesend an ihrem Kaffee, spuckte ihn aber zurück in die Tasse. »Kein Zucker.«

»Ach herrje, ich bin es, die sich entschuldigen müsste.« Rose hob beide Hände zum Gesicht.

»Nein, ich hätte den Mund halten sollen.« Eve, die das Gefühl hatte, Rose würde gleich losheulen, fühlte sich hilflos.

»Daniel hat eine Affäre.« Die Worte fielen in das Schweigen zwischen ihnen wie ins Wasser geworfene Steine, die auf der Oberfläche immer größere Kreise entstehen lassen.

Eves erster Impuls war es, lauthals loszulachen. Doch dann sah sie ihrer Freundin in die Augen, die verstört, ja sogar verängstigt wirkten. »Nein! Bist du sicher?«

»So sicher, wie ich mir sein kann.« Rose senkte den Blick zu Boden und schüttelte den Kopf. »Ich wollte es dir eigentlich nicht erzählen, aber … mit irgendjemandem muss ich darüber reden. Ich kann es nicht für mich behalten.« Und dann erzählte sie Eve alles.

Nachdem sie eine Nacht lang Gedanken gewälzt hatte, war Rose zu dem Entschluss gekommen, es Daniel nicht so einfach zu machen. Sie würde sich mit ihm einigen – bis zu einem gewissen Punkt. Wenn er es nicht erklären wollte, dann würde sie ihn nicht bedrängen, obwohl sie unbedingt die Wahrheit wissen wollte. Sie würde ihm so gut es ging aus dem Weg gehen und ihn schmoren lassen. Sollte er sich ruhig mit Überlegungen herumquälen, was sie wohl dachte und plante.

Aber als sie in die Küche kam, fiel es ihr schwerer als gedacht, sich ganz normal zu geben. Niemandem konnte entgehen, wie schrecklich sie aussah. Bei jedem Blinzeln hatte sie das Gefühl, dass ihre Lider über ihre Augäpfel scheuerten. Ihre Nase tat weh vom vielen Schnäuzen. Jedes Mal, wenn sie daran dachte, was Dan gesagt hatte, schossen ihr die Tränen in die Augen. Überzeugt, dass es am besten war, sich einfach an die Tagesroutine zu halten, immer eines nach dem anderen, hatte sie begonnen, das Frühstück zu richten.

Als Dan in die Küche trat, war das eine Qual für sie. Doch wie schwierig es auch war, im gleichen Raum mit ihm zu sein, die Konzentration auf das Frühstück half ihr. Ob Anna bemerkt hatte, dass etwas nicht stimmte? Unwahrscheinlich, denn Annas Welt kreiste stets nur um eins: Anna.

Sie hatte eigentlich gar nichts sagen wollen. Nicht zu Eve. Zu niemandem. Aber als Eve sie zum x-ten Mal gefragt hatte, ob etwas nicht stimme, hatte sie sich einfach nicht mehr zurückhalten können.

Als sie von ihrem Streit mit Daniel am Vorabend berichtete – wenn man es denn einen solchen nennen wollte –, war Eve sichtlich erschüttert. Sie rückte auf dem Sofa näher, bis sie eine Hand auf Roses Knie legen konnte. Schweigend saß sie da und ließ Rose alles erklären. Diese kleine Geste war ein wirklicher Trost.

»Mum! Kommt ihr endlich?« Annas Ruf brach den Bann. »Frühstück ist fertig!«

»Gleich.« Rose erhob sich. »Kein Wort, ja? Nicht zu Terry. Zu niemandem. Es geht mir schon besser, jetzt, wo ich es dir erzählt habe, aber Daniel und ich müssen das alleine miteinander klarkriegen, bevor jemand anderes davon erfährt. Versprochen?«

»Du hast mein Ehrenwort.« Eve presste zwei Finger gegen ihre geschlossenen Lippen, bevor sie mit ihr das Zimmer verließ. »Das bleibt zwischen uns.«

10

Außer Terry, der ebenso wenig wie Anna die Spannung zu spüren schien, die in der Luft lag, gingen sich alle anderen an diesem Morgen so gut wie möglich aus dem Weg. Eve zog sich ins Arbeitszimmer zurück, wo sie Amy über das Festnetz anrufen konnte. Sie ließ Rose nur ungern allein, aber geschäftliche Dinge gingen eben vor. Was Rose ihr erzählt hatte, hatte sie ziemlich erschüttert. Dass Dan eine Affäre haben sollte, passte so gar nicht zu ihrem Bild von ihm. Sie wollte von Rose mehr darüber erfahren, aber zuallererst musste sie das Gerücht aus der Welt schaffen, das Amy verbreitet hatte. Rose ging unterdessen in den Garten, um Blumen für das Zimmer von Jess zu pflücken.

Es klingelte ein paarmal, dann hörte Eve ihre eigene Stimme mit der Ansage des Anrufbeantworters. »Wir rufen sie sobald wie möglich zurück.« Aha.

Sie schaute auf ihre Uhr. Wo steckte die dumme Gans bloß? Dass sie im Büro die Stellung hielt und Anrufe entgegennahm, war ja wohl das Mindeste, was sie von ihr erwarten konnte. Trotz Roses Bitten, noch zu bleiben, erschien ihr die Entscheidung abzureisen immer noch richtig, auch wenn sie kein gutes Gefühl dabei hatte, Rose und Daniel gerade jetzt allein zu lassen. Sie versuchte es ein zweites Mal. Als sie schon auflegen wollte, meldete sich Amy doch noch.

»Hallo. Rutherford und Fraser, Literaturagentur.«

Ein Nadelstich fuhr durch Eves Seele. Ihre Mit-Agentin hörte sich völlig atemlos an, so als sei sie gerade die Treppe vom Maklerbüro im Erdgeschoss hochgerannt.

Eve stellte sich vor, wie Amy ihre Tasche auf einen Stuhl fallen ließ, ihren Starbucks-Kaffee absetzte und sich auf die Schreibtischkante setzte, ein Bein gerade, das andere angewinkelt, und die Fingernägel ihrer freien Hand betrachtete. Diese Pose hatte sie wohl aus einer dieser Fernsehshows, die sie so gern schaute. Ihr Haar war sicherlich tipptopp, ihre Nägel frisch in Blassrosa lackiert, ihr Make-up tadellos: Ganz Selbstvertrauen und Effizienz. Ein Ballon, den Eve nun platzen lassen würde.

»Amy?«

»Eve?«, kam es überrascht zurück.

»Als ich das letzte Mal den Namen der Agentur gehört habe, war von ›Fraser‹ keine Rede gewesen. Soweit ich mich erinnere jedenfalls.« Ihre Stimme klang eisig.

»Richtig.« Amy, die sich von ihrer Überraschung erholt hatte, klang beinahe ruhig. »Aber ich dachte, unsere Autoren und Illustratoren hätten in deiner Abwesenheit mehr Zutrauen zu mir, wenn sie denken, du hättest mich zur Partnerin gemacht.«

Die Frau hatte wirklich Nerven. »Ich glaube, unsere Autoren und Illustratoren kennen mich gut genug, um zu wissen, dass es keinen Grund gibt, an der Agentur zu zweifeln. Es sei denn, jemand hat ihnen erzählt, ich sei krank oder würde mich aus dem Geschäft zurückziehen ...«

»Oh.« Wieder Verunsicherung. Aber nur für einen Augenblick. »Ich kann das erklären.«

Es stimmte also. »Das will ich hoffen – und ich bitte darum.«

»Als ich das letzte Mal mit Mary Mackenzie gesprochen habe, hat sie sich über die Agentur beklagt. Sie sagte, du hättest bei ihrem letzten Buch nicht ihren Wunschvertrag ausgehandelt, und sie fragte mich nach neuen Ideen.«

Eve klopfte mit ihrem Bleistift auf den Tisch. Sie hatte sich sehr für Mary ins Zeug gelegt, aber ihre Zugkraft bei den Lesern hatte nun mal nachgelassen. Eves Ansicht nach würde sie es auch nicht schaffen, an ihre früheren Erfolge als Kinderbuchautorin anzuknüpfen, wenn sie nicht irgendwoher einen kräftigen Schuss Phantasie auftrieb. »Aha?«, warf Eve scharf ein. »Und weiter?«

»Sie hat damit gedroht, zu einer anderen Agentur zu gehen, und ich dachte, ich kann sie vielleicht halten, wenn ich ihr sage, dass du dich bald zurückziehst.« Sie schwieg einen Augenblick. »Und es scheint ihr tatsächlich lieber zu sein, von mir betreut zu werden.«

Die Kritzeleien, mit denen Eve das Blatt Papier vor sich bedeckte, wurden immer dichter und die Linien dicker und dunkler, weil sie den Bleistift so fest aufdrückte.

»Wir haben abgemacht, wenn du dich erinnerst, dass wir sämtliche Entscheidungen über *unsere* ...« – das Wort blieb ihr fast im Hals stecken – »Autoren und Illustratoren gemeinsam treffen.«

»Aber du warst –«

Eve ließ sie nicht ausreden, sondern sprach ruhig weiter. »Ich schlage vor, du meldest dich bei ihr, erklärst ihr, dass dir ein Irrtum unterlaufen ist und dass ich nicht die Absicht habe, mich aus dem Geschäft zurückzuziehen. Wenn sie uns dann immer noch verlassen will, können wir überlegen, was wir tun – gemeinsam. Wenn wir als Team zusammenarbeiten wollen, dann müssen wir offen zueinander sein. In jeder Situation.« Sie legte ihren Bleistift ab und strich die Beine ihrer Leinenhose glatt.

Einen Augenblick lang hing ein ungutes Schweigen zwischen ihnen, das Eve nicht richtig einordnen konnte. Dann hörte sie wieder Amys Stimme, die leise, aber deutlich zum Ausdruck brachte, wie wenig sie es schätzte, wenn man ihr sagte, was sie zu tun hatte. »In Ordnung. Ist das alles?«

»Nicht ganz.« Eve ließ sich nicht das letzte Wort nehmen. »Sei so gut und schau dir die E-Mails an, die ich dir geschickt habe, und beantworte sie bitte nach Möglichkeit noch heute Vormittag.«

»Hier ist alles unter Kontrolle, kein Grund zur Sorge.«

»Amy, ich bitte dich lediglich darum, mich über den Stand einiger Projekte in Kenntnis zu setzen. Wäre das zu schaffen? Wenn du unzufrieden damit bist, wie die Geschäfte geführt werden, können wir darüber reden, sobald ich zurück bin.«

Und das wird früher sein, als du denkst!

Sie verabschiedeten sich voneinander, und Eve legte auf. Es versetzte sie in Hochstimmung, wie sie die Sache durchgezogen hatte. Welche Tricks Amy auch auf Lager haben mochte, sie war willens und fähig, sie zu parieren. Sie lehnte sich in Dans Schreibtischstuhl zurück, ließ ihn vergnügt nach links und rechts drehen und stellte sich vor, wie sie überraschend in ihr Büro spazieren würde. Wie zur Selbstversicherung schlug sie sich mit beiden Händen auf die Arme, zufrieden mit ihrer Entscheidung und in Vorfreude auf Amys verblüfftes Gesicht. Nun konnte sie Rose Bescheid sagen.

Sie wollte schon aufstehen, da fiel ihr Blick auf Daniels Schreibtisch. Vielleicht fand sich in den Papieren dort ein Hinweis auf die geheimnisvolle Frau? Sie vergewisserte sich durch einen kurzen Blick, dass die Zimmertür geschlossen war, und blätterte sie kurz durch, sorgfältig darauf bedacht, nichts durcheinanderzubringen. Drei Stapel Geschäftspapiere, für die verschiedenen Hotels: Das Trevarrick in Cornwall, das Arthur in Edinburgh und das Canonford in London. Die Tabellen sagten ihr nicht allzu viel. Sie überließ solche Dinge immer Terry. Immerhin wusste sie zwischen guten und schlechten Zahlen zu unterscheiden, und diese Zahlen sahen eindeutig gut aus. Sie fingerte an dem Briefbeschwerer aus Muranoglas herum und wog ihn prüfend in der Hand.

Ein Geräusch an der Tür. Sie fuhr herum. Daniel.

»Schönes Ding, nicht? Ich wollte nur schauen, ob du alles hast, was du brauchst.«

Ihr Herz raste. Um Haaresbreite wäre sie beim Herumschnüffeln erwischt worden. Doch sie behielt die Nerven. »Ja, alles bestens, danke. Eigentlich bin ich fertig hier.«

»Ich habe da eine kleine Sammlung.« Er deutete auf einen Tisch mit einer Schublade unter einer Glasplatte am Fenster, in dem ungefähr dreißig Briefbeschwerer aus Millefioriglas in den verschiedensten Größen und Formen und allen möglichen

Farben lagen: hellblau und pink, gelb, grün oder weinrot, dunkelblau und weiß.

»Sie sind wunderschön.«

»Ja, nicht?« Er streckte die Hand nach dem aus, den sie hielt. »Den habe ich in Cortona gefunden.«

Als er ihn nahm, berührten sich leicht ihre Hände. Eve, die ein kaum merkliches erotisches Knistern verspürte, stockte der Atem. Dasselbe hatte sie schon bei der Ankunft empfunden, als er sie in den Arm genommen hatte. Ob er es auch wahrgenommen hatte? Jedenfalls hatte er sich ihr gegenüber nichts anmerken lassen. Ihre seltenen flüchtigen Berührungen erinnerten sie stets daran, wie anders ihr Leben hätte verlaufen können. Ihr Schicksal war an jenem Abend besiegelt worden, als sie und Will nach reichlichem Alkoholgenuss den Arthur's Seat bestiegen hatten. Obwohl er ein Freund von Daniel gewesen war, hatte sie ihn kaum gekannt. Als sie die Herausforderung gemeistert hatten, war sie ihm schon viel näher gekommen. In der Folgezeit steckten sie ständig zusammen. Mit Daniel war es ein nettes Techtelmechtel gewesen, doch nun servierte sie ihn kaltschnäuzig ab. Erst als die Kunststudentin Rose in ihrem Kreis auftauchte, hatte sich ihr Verhältnis zu Daniel wieder eingerenkt, und sie unternahmen viel zu viert. In dieser Zeit hatte sie sich mit Rose angefreundet.

Daniel erschien ihr in den vergangenen zwei Tagen richtig gealtert zu sein. Eve entdeckte Falten um seinen Mund und seine Augen, die sie noch nie an ihm bemerkt hatte. Er strich einen Stapel Papier glatt und legte den Briefbeschwerer wieder an seinen Platz.

»Schade, dass du schon abreist«, sagte er. »Kann man dich nicht doch noch irgendwie umstimmen?« Er schwieg einen Augenblick. »Rose würde sich so freuen, wenn du noch bleiben würdest. Ich mich natürlich auch.«

»Sie hat es mir gesagt, Dan.« Draußen klarte es auf. Ihr letzter Tag hier versprach herrlich zu werden. Zwar hatte sie Rose versprochen, Daniel gegenüber nichts zu erwähnen, aber vielleicht konnte sie doch irgendwie helfen.

»Aha. Das habe ich mir gedacht.« Er setzte sich in den abgewetzten Ledersessel in der Ecke des Zimmers und schob eins von Roses bestickten Kissen zur Seite, um sich besser anlehnen zu können. So erschöpft hatte ihn Eve in all den Jahren, die sie ihn nun schon kannte, noch nie gesehen. So hatte er nicht einmal in der schweren Zeit gewirkt, als er und Rose wegen Annas Essstörung und ihrer Selbstverletzungen vor Sorge außer sich waren.

»Du musst ihr die Wahrheit sagen, Dan. Das ist das Mindeste. Es macht sie völlig fertig, nicht zu wissen, was los ist.«

»Das ist schwierig. Ich …« Er legte die Hand an den Mund und rieb sich die Oberlippe.

»Ich will gar nicht hören, wie schwierig es ist«, sagte sie mit Nachdruck. »Und auch keine Rechtfertigungen. Es gibt nur einen Menschen, mit dem du darüber reden musst – Rose. Das geht nur euch beide an.«

»Du hast recht. Ich weiß ja.« Mit gequältem Gesicht zog er das Kissen hinter seinem linken Ellenbogen vor, legte es sich auf den Schoß und fuhr das komplizierte Blumenmuster nach, an dem Rose so lange gearbeitet hatte.

»Nun, dann tu es auch, Dan. Was hält dich davon ab? Du hast doch sonst keine Angst, den Mund aufzumachen. Warum in diesem Fall?«

Ohne den Blick vom Kissen zu heben, sagte er: »Es ist so, ich habe jemanden getroffen …« Er hielt inne. »Jemanden, der … herrje, das ist wirklich schwer … wie soll ich das …«

Eve entfuhr ein ungeduldiger Laut, der Dan zum Verstummen brachte. Er schaute gedankenverloren aus dem Fenster in die Ferne.

Das Läuten des Telefons unterbrach das betretene Schweigen.

»Eve, könntest du bitte rangehen?«

Sie musste sich vorbeugen, um ihn zu verstehen. Seine Stimme war kaum ein Flüstern.

»Ich möchte jetzt mit niemandem sprechen. Ich bin nicht da.« Er vergrub das Gesicht in den Händen.

Eve drehte sich zum Schreibtisch um. »Hallo?«

»Tante Eve? Bist du das?« Die fröhliche Stimme von Jess war eine willkommene Ablenkung. »Seit wann seid ihr denn da?«

»Jess! Schön dich zu hören. Wir sind am Montag gekommen.« Sie schwang den Stuhl herum und blickte zu Daniel, der den Kopf schüttelte und den Finger an die Lippen legte. »Wann dürfen wir denn mit euch rechnen?«

»Genau deswegen rufe ich an. Darüber muss ich mit Dad sprechen. Ist er zufällig in der Nähe?«

Eve überlegte nicht lange und ignorierte Daniels abwehrende Gesten. »Ja. Hier, direkt neben mir.«

Daniel machte große Augen, weil sie sich einfach so über seinen klar erklärten Willen hinwegsetzte. Er war es nicht gewohnt, dass man sich ihm widersetzte, zumindest nicht innerhalb der Familie. Eve wusste das. Noch einmal schüttelte er energisch den Kopf, um ihr klarzumachen, dass sie sich falsch verhielt.

Eve, die seine Reaktion amüsierte und die es genoss, Macht auszuüben, hielt ihm das Telefon hin und sagte laut genug, dass auch Jess es mitbekommen musste: »Jess ist dran, Daniel. Sie möchte dich sprechen.«

Er biss die Zähne zusammen und schleuderte wütend das Kissen auf den Boden. Eve hob die Augenbrauen und legte zum Zeichen, dass sie nicht im Geringsten beeindruckt war, herausfordernd den Kopf schief. Wütend riss er ihr den Hörer aus der Hand. Sie bückte sich, hob das Kissen auf und steckte es ihm hinter den Rücken.

»Jess?«

Wenn sie nicht mit eigenen Augen gesehen hätte, wie wütend er aussah, hätte Eve seinem Tonfall nie entnehmen können, dass etwas nicht stimmte. Mit einer abweisenden Handbewegung bedeutete er ihr zu gehen. Diesem Wunsch entsprach sie, schlüpfte zur Tür hinaus und ließ ihn allein.

Sie fand Rose damit beschäftigt, das Zimmer von Jess auszufegen. Es war genauso sparsam möbliert wie alle anderen Schlafzimmer. Neben dem Bett stand ein Stillsessel, auf dem noch zwei von Roses bestickten Kissen lagen, dazu eine Matratze auf dem Boden mit einem gestrickten Peter Rabbit und dem Paddington-Bär auf dem Kissen. Darüber hing ein Mobile aus kleinen bunten Heißluftballons, die sich in der sanften Brise drehten, die zum Fenster hereinwehte. Daneben stand das Kinderstühlchen mit den Motiven aus Alice im Wunderland, das Rose und Daniel gemeinsam gebaut hatten. Eve lehnte sich gegen den Türrahmen und wartete, während Rose den Staub auf das Kehrblech fegte.

Erst als sie damit fertig war, sah sie auf. »Hast du Amy erreicht?«

Rose hörte gespannt ihrem Bericht über das Gespräch zu. »Ja, da verstehe ich natürlich, dass du nach Hause musst«, meinte sie, als Eve geendet hatte. »Sosehr ich mir wünsche, dass du noch bleibst, aber das muss geklärt werden.«

»Du kommst schon klar. Anna und Jess werden dir beistehen.«

Rose schaute sie entsetzt an. »Mit denen werde ich ganz bestimmt nicht über Daniel reden. Das willst du mir doch nicht etwa vorschlagen?«

»Nicht, solange du nicht weißt, was wirklich los ist. Dann kannst du entscheiden, was sie wissen müssen. Ach übrigens, Jess hat gerade angerufen.«

»Tatsächlich?« Roses Gesicht hellte sich bei dieser Nachricht auf.

»Ich habe sie an Daniel weitergereicht. Er hat nicht gerade freudig den Telefonhörer ergriffen, aber ich habe ihm keine Wahl gelassen.«

Die beiden Frauen gingen zusammen in die Küche zurück. Rose begann die Geschirrspülmaschine auszuräumen, während Eve sich mit einer Zeitung auf die Terrasse setzte. Sie begann, das Kreuzworträtsel zu lösen.

Plötzlich schrie jemand durchs Haus. Eve sprang auf und sah, wie Daniel in die Küche stürmte. Rose fuhr herum.

»Was ist denn los?«, fragte sie, wirkte aber nicht so, als ob sie wirklich eine Antwort hören wollte.

Daniel sah aus, als wollte er ihr an die Gurgel springen, riss sich aber zusammen, als er Eve hereinkommen sah. »Jess hat mir gerade die Leviten gelesen. Was für ein schlechter Vater ich doch sei. Sie wollte vor ihrer Ankunft morgen schon mal die Fronten geklärt haben, hat sie gesagt.«

»Also sie kommt?« Rose war sichtlich erleichtert.

»Ja, sie kommt. Ohne diesen Taugenichts Adam, Gott sei Dank. Aber ich habe keine Lust, mir solche Sachen von meiner eigenen Tochter anzuhören.«

»Was für Sachen denn?« Die laute Stimme hatte Anna angelockt. »Sie ist fast neunundzwanzig, Dad. Wir sind erwachsen, ob's dir passt oder nicht.«

»Jetzt fang du nicht auch noch an!« Daniel fuhr herum. »Ich habe die Nase voll von den Frauen in dieser Familie. Ich verschwinde jetzt von hier.«

»Wohin denn?« Anna, die einen Notizblock in der Hand hielt, hatte ihn offenbar gesucht.

»Eine Runde laufen.«

So hatte er schon immer reagiert, erinnerte sich Eve. Gefühle, die er nicht bewältigen konnte, kämpfte er mit Sport nieder. Wenn Daniel mit einem Problem nicht zurande kam, fand sich immer ein Squashplatz, ein Pool, ein Fitnessstudio.

»Ist es nicht zu heiß zum Laufen? Die Sonne ist wieder herausgekommen.« Rose, die das Besteck in die Schublade sortierte, klang ziemlich desinteressiert. »Warum gehst du nicht lieber schwimmen?«

»Weil ich keine Lust habe, mir sagen zu lassen, was ich tun, wohin ich gehen oder wie ich mich verhalten soll. Mir reicht's davon für heute Morgen.«

Auf Eve wirkte Daniel wie verwandelt. Er reckte sich kerzengerade auf und brachte sein Gesicht wieder unter Kontrolle.

»Aber Dad, ich wollte gerade was mit dir besprechen.« Anna achtete nicht auf Roses diskretes Kopfschütteln in ihre Richtung, sondern hielt ihm ihren Block entgegen. »Ich habe mal skizziert, wie alles aussehen soll.«

Er nahm den Block wie ein heißes Eisen in die Hand. »Später.« Damit knallte er ihn so heftig auf den Küchenschrank, dass ein Tellerstapel bedrohlich ins Wackeln geriet. Eve streckte rasch die Hand aus, um ihn zu retten.

Roses mäßigendes »Daniel, bitte« ging nahezu in Annas wütendem »Dad! Verdammt noch mal. Ich wollte dir nur zeigen, was ich …« unter.

»Ich will das aber nicht sehen. Nicht jetzt.« Er stolzierte an Eve vorbei zur Wäscheleine und riss seine Laufklamotten herunter, dass die Wäscheklammern durch die Gegend schossen. Die drei Frauen sahen sprachlos zu, wie er wieder ins Haus kam, um sich umzuziehen. Er gab keinen Ton von sich, als er mit dem Oberschenkel gegen die Tischkante stieß, sondern rieb sich nur das Bein und ließ sie etwas ratlos zurück. Eve konnte sich als Erste kaum mehr halten. Sie hatte einen solchen Ausbruch nicht mehr erlebt, seit ihre Söhne den Flegeljahren entwachsen waren. Bei diesem Gedanken musste sie gegen ihren Willen lachen, versuchte aber noch, es als Hüsteln zu kaschieren. Zu spät. Auch Anna, die mit bebenden Schultern ihren Block einsammelte, konnte das Prusten nicht mehr unterdrücken. Auf einmal brachen beide in schallendes Gelächter aus. Rose schaute sie entgeistert an. Eve hielt sich im Türrahmen den Bauch und Anna saß mit ihrem Notizblock auf dem Fußboden und lachte drauflos. Wenn eine sich kurz fing, wurde sie von der anderen sofort wieder mit einem neuen Lachanfall angesteckt. Rose, die aussah, als würde sie jeden Moment in Tränen ausbrechen, zog nach einer Weile einen Stuhl herbei und ließ sich kraftlos darauf niedersinken. Doch nach und nach stahl sich in ihr Gesicht ein Lächeln, und auf einmal konnte auch sie nicht mehr an sich halten und stimmte in das Gelächter ein.

11

Anscheinend ist Lachen wirklich die beste Medizin, überlegte Rose. Seit dem Heiterkeitsausbruch, der sie erfasst hatte, als Dan die Küche verließ, fühlte sie sich besser. Mehr noch, Eve hatte sich als ausgezeichnete Zuhörerin erwiesen. Sie traf genau den richtigen Ton, konnte aber auch mal den Mund halten, wenn ihr Ratschlag nicht erwünscht war. Niemandem sonst hätte Rose sich anvertraut. Es fiel ihr nicht leicht, ihre persönlichsten Sorgen und Nöte offenzulegen.

Jetzt lagen sie Seite an Seite im Schatten zweier Sonnenschirme am Pool. Terry hatte sich etwas weiter weg in seine Lieblingshängematte zurückgezogen und ihnen das Feld überlassen. Daniel war noch nicht zurück. Wahrscheinlich hatte er sich eines Besseren besonnen und war, anstatt in der Mittagshitze zu laufen, in dem kleinen Restaurant an der Straße nach Siena eingekehrt. Bestimmt kühlte er sich bei hausgemachten Spezialitäten und einem kühlen Bier ab. Er kehrte manchmal dort ein, wenn er nachdenken oder ein wenig mit Ignazio, dem Inhaber des Lokals, plaudern wollte. Vermutlich spielten sie Karten. Anna war am tiefen Ende des Pools beim Wassertreten, nur ihr Kopf und die knochigen Schultern ragten heraus.

»Sei vorsichtig, Schatz«, riet Rose. »Du verbrennst dich.«

»Mum, ich bin Bräunungsprofi und weiß, was ich tue.« Da war er wieder, dieser Misch-dich-nicht-in-meine-Angelegenheiten-Ton.

Rose warf einen Seitenblick auf die Tube mit der Sonnencreme Faktor 10 und wagte dies zu bezweifeln, hatte aber keine Lust zu streiten.

»Alles bestens?« Eve sah sie an ihrem Kindle vorbei an. Die große, schwarze Sonnenbrille bedeckte ihr Gesicht zur Hälfte. Damit erinnerte sie Rose an eine riesige Schmeißfliege, aber sie war zu höflich, das zu äußern.

»Immerhin besser, als ich erwartet habe«, erwiderte sie. »Ich bewahre die Ruhe und mache weiter. Was soll ich sonst schon tun? Vielleicht empfinde ich anders, wenn Dan zurückkommt, aber jetzt in diesem Moment will ich es genießen, euch alle hier zu haben, und freue mich, dass morgen Jess und Dylan kommen.«

»Gut. So ist es schon besser.« Eve legte ihre Lektüre beiseite und nahm die Sonnenbrille ab, um sich auf den Bauch zu drehen. Sie zupfte den oberen Rand ihres Badeanzugs zurecht, der jetzt, nachdem sie es unter großen Mühen geschafft hatte, ihren linken Arm aus dem einzigen Armloch zu manövrieren, keinen so guten Halt mehr hatte. »Ich bin sicher, es gibt eine vollkommen nachvollziehbare Erklärung.«

»Danke fürs Zuhören.« Rose sah sie nicht an, sondern drehte sich mit geschlossenen Augen auf den Rücken. Sie hatte ihre Zweifel.

Eve wandte ihren Kopf halb herum. »Hör auf mit dem Blödsinn. Jederzeit gern wieder. Du weißt, dass du bloß was zu sagen brauchst. Und nein, ich werde Terry nichts verraten. Ich kenne ihn schließlich!« Lächelnd griff sie nach dem weichen Strohhut, den sie sich aus der Kollektion von Sonnenhüten an der Dielenwand geliehen hatte, und setzte ihn sich auf den Hinterkopf. »Diese Sonne wird mein Haar in Stroh verwandeln.« Sie schloss die Augen und ließ eine Hand zu Boden sinken. »Ich muss meinen letzten Tag hier nutzen«, flüsterte sie.

Rose rührte sich nicht. Sie genoss die Wärme auf ihrem Körper. Vor ihren geschlossenen Augen spulten sich die Jahre ab, führten sie zurück in die Zeit, als sie drei sich kennengelernt hatten: Daniel, Eve und sie. Wie anders das Leben damals gewesen war, voller Träume und Erwartungen. Sie und ihre Mitstudenten an der Kunstakademie von Edinburgh hatten mit denen an der Universität wenig zu tun. Das hatte zumindest für sie gegolten, bis zu jenem Abend, an dem ihre Mitbewohnerin

Morag ihren einundzwanzigsten Geburtstag mit einem kleinen Ballabend – Abendgarderobe erwünscht – gefeiert hatte. Als Morag ihr von den Plänen ihrer Eltern erzählt hatte, war Rose zunächst beklommen zumute gewesen, und das war noch untertrieben. In dem rückständigen Nest in Cornwall, in dem sie aufgewachsen war, hatte es nie eine Einladung zu so etwas Grandiosem gegeben. Doch je näher der Anlass rückte, desto mehr freute auch sie sich darauf, trotz der bangen Frage, was sie denn bloß anziehen sollte.

»Ach, ich habe was, das kannst du haben«, bot Morag an, als Rose ihr diese Sorge in der stillen Hoffnung anvertraute, damit eine Entschuldigung gefunden zu haben, nicht kommen zu müssen. Ihre Freundin stöberte unter den Sachen auf der Kleiderstange, die ihr als Schrankersatz diente, und präsentierte ihr schließlich ein dunkelgrünes Abendkleid aus Satin.

»Ich kaufe mir sowieso was Neues, das kannst du gerne haben. Ich habe es nur ein paar Mal angehabt, und es ist schön«, fügte sie hinzu, als sie Roses zweifelnde Miene sah. »Es wird dir großartig stehen.«

Sie hatte recht. Das Kleid passte wie angegossen und Rose fühlte sich darin wie ein anderer Mensch: selbstsicher, attraktiv, allen anderen ebenbürtig. Wie sehr sie sich gewünscht hatte, ihre Eltern könnten sie so sehen! Im Trevarrick hatte es nie eine Gelegenheit gegeben, so etwas Elegantes anzuziehen.

Sie und Morag waren gemeinsam im Veranstaltungsraum angekommen, aufgeregt und ein bisschen beschwipst von dem Gin Tonic, mit dem sie sich Mut angetrunken hatten. Rose verlor Morag im Trubel der Party sofort aus den Augen und fand sich plötzlich im Gespräch mit einem ihr völlig unbekannten jungen Mann wieder. Er hatte sich aus einer fröhlichen Gruppe gelöst, in der er der Mittelpunkt der Aufmerksamkeit gewesen war, und sie gerettet, als sie etwas verloren am Rand der Tanzfläche stand.

»Du kennst hier anscheinend alle«, hatte sie gesagt, beeindruckt von der Art, wie er nach links und rechts lächelte und grüßend nickte.

»Keine Menschenseele«, hatte er geantwortet und sie angestrahlt. »Ich verrate dir ein Geheimnis. Ich war nicht einmal eingeladen. Wenn ich Wind von einer Gelegenheit bekomme, meine Abendgarderobe auszuführen, lade ich mich manchmal selbst ein.« Er lachte über ihre Verwunderung. »In dieser Verkleidung hält dich keiner auf. Sie glauben immer, dass jemand anderes dich kennt. Ich treffe nette Leute, und Essen und Trinken gibt es immer umsonst – sogar gutes Essen und Trinken.«

Bevor sie sich als Morags Freundin darüber empören konnte, forderte er sie zum Tanzen auf. Als die Musik aufhörte, forderte er sie erneut auf. Und noch einmal. Als während des Abendessens Morag auf sie zukam, um in Erfahrung zu bringen, wer der gutaussehende Eindringling war, stellte Rose ihr Daniel vor, als sei sie seit Jahren mit ihm bekannt. Bevor Morag etwas einwenden konnte, hatte er sie schon in ein Gespräch verwickelt. Worüber, wusste Rose längst nicht mehr. Alle Einwände, die Morag vielleicht hätte haben können, schmolzen dahin. Sie lachte über seine Scherze, und er war so auf sie konzentriert, als sei sie das einzige Mädchen im Raum – abgesehen von Rose, deren Hand er nicht losließ.

Rose jedenfalls war hingerissen. Auf dem Heimweg war sie ganz benommen, wusste nicht recht, wie ihr geschah. Sie konnte den Draufgänger mit dem sonnigen Gemüt, der ihr den Abend gerettet hatte, nicht vergessen. Als er am nächsten Tag anrief, nahm sie seine Einladung ins Kino an, ohne auch nur einen Augenblick zu überlegen. Bald gingen sie überall zusammen hin. In diesem Semester lernte sie Eve kennen.

Sie waren von Daniels Wohnung in der Inverleith Terrace aus in Paddy's Bar gegangen. Der Pub platzte bereits aus allen Nähten. Kaum hatten sie sich einen Weg hinein gebahnt, blieb Dan wie angewurzelt stehen. Rose spürte sofort, dass etwas nicht stimmte, auch wenn er weiterhin lächelte.

»Dan!« Eine junge, strahlende Frau in einem Minirock, der farblich auf die scharlachroten Strähnen in ihrem Haar abgestimmt war, boxte sich zu ihnen durch und hielt dabei ihren exotisch gefärbten Drink in die Höhe. In ihrem Schlepptau folgte wiederstrebend ein Mann. Daniel hielt Roses Hand jetzt fester. Gerade als die Frau bei ihnen angekommen war, stieß jemand sie an, und ihr Drink ergoss sich auf Roses weiße Bluse mit der Lochstickerei.

»O Gott, es tut mir leid.« Sie wedelte mit der Hand, wie um den sich ausbreitenden Fleck wegzuzaubern.

Rose stand regungslos, spürte, wie alle rundherum darauf lauerten, wie sie reagieren würde. Doch die eiskalte Flüssigkeit hatte ihr den Atem geraubt.

»Rose.« Dan stieß einen verzweifelten Seufzer aus. »Das ist Eve … und Will.«

»Ich weiß, ich weiß«, jammerte Eve, die Dans wütenden Blick ignorierte. »Komm mit auf die Toilette. Du kannst die Bluse ausziehen und meine Strickjacke haben. Ich brauch sie nicht.« Die Strickjacke aus rotem Kaschmir, von der sie sprach, war offenbar beim Waschen eingegangen, denn die Wolle sah ziemlich verfilzt aus. Die Ärmel reichten Eve kaum bis zu den Handgelenken.

Wie Rose später klar wurde, brauchte Eve sie nicht, weil es im überfüllten Pub drückend heiß war. Doch als sie es bemerkte, waren die beiden Frauen bereits dabei, Freundschaft zu schließen. Die ausgewaschene Bluse lag zerknittert zwischen ihnen auf der Bank. Später hatte Dan Rose erzählt, dass an jenem Abend er und Will gezwungen gewesen waren, ihre Zwistigkeiten beizulegen. Er hatte weder mit Will noch mit Eve ein Wort gesprochen, seit die miteinander liiert waren. Damals hatte Rose zu ihrem Glück noch keine Ahnung gehabt, was vor sich ging. Dank eines stillschweigenden Pakts zwischen den anderen blieb ihr verborgen, welche Verstrickungen es in deren Leben gegeben hatte.

»Worüber lächelst du?« Anna besprenkelte ihre Mutter mit Wasser, als sie sich neben ihr herabbeugte, um ihr Handtuch auf der dritten Liege auszubreiten.

»Bloß Erinnerungen.« Rose setzte sich auf. »Eigentlich habe ich daran gedacht, wie wir uns alle kennengelernt haben.«

»Als Eve ihren Drink über dir ausgeleert hat?« Die Geschichte gehörte zu den Familienanekdoten.

»Nicht ausgeleert, Anna«, unterbrach Eve und nahm die Sonnenbrille ab, um sie mit gegen die Sonne zusammengekniffenen Augen anzusehen. »Jemand hatte mich angestoßen. Es ließ sich nicht verhindern.«

»War Terry auch dabei?«

Rose war angenehm überrascht, dass Anna Interesse an der Vergangenheit ihrer Eltern zeigte, so verhalten es sein mochte.

»Himmel, nein!« Eve stützte sich auf die Ellbogen. »Den hat mir deine Mutter erst Jahre später vorgestellt. Dazwischen habe ich geheiratet, bin geschieden worden und in den Süden gezogen.«

»Aha, als du einen Lückenbüßer gesucht hast?«

»Anna!«

Hatte ihre Tochter in der Therapie nichts weiter gelernt, als taktlos zu sein, oder war sie einfach so?

Ein Zweig knackte, als Terry sich aus der Hängematte erhob. Er räusperte sich.

Nachdem sie ihr Handtuch ausgebreitet hatte, verrutschte Anna die Liege so, dass sie gleichmäßig von der Sonne bestrahlt wurde, und legte sich auf den Rücken. Rippen und Hüftknochen traten deutlich hervor.

Eve lachte nur. »Ganz und gar nicht. Ich wusste auf den ersten Blick, dass Terry der Richtige war.«

Es klang, als meinte sie es ernst, dachte Rose, dankbar, dass sie sich nichts Negatives über ihren Bruder anhören musste, und auf einmal doch wieder neugierig, wie sich seine Ehe entwickelte. Sie hätte nie geglaubt, dass es zu einem solchen Ausbruch von Feindseligkeit zwischen ihnen kommen könnte, wie sie es am Abend zuvor erlebt hatte. Natürlich war die Zeit des Werbens so lange her, dass Annas Bemerkung sie kaltlassen musste. Allen Gefühlen von damals war es ergangen wie den Spuren im Sand. Was ihnen einst für die Ewigkeit sicher schien, war in Wirklichkeit nur ein flüchtiger Augenblick gewesen.

»Gut zu hören.« Terrys Stimme schwebte über ihren Köpfen. »Solltest du dich nicht fertigmachen? Es ist halb fünf. Um sieben müssen wir los zum Flughafen.«

Eve drehte sich auf die Seite und drückte sich dabei das Oberteil ihres Badeanzugs vor den Busen. »Lieber Himmel, wirklich? Danke, mein Schatz. Bin schon unterwegs.« Sie begann ihre Sachen zusammenzusuchen und in ihre Strandtasche zu stopfen. »Zur Hölle mit Amy Fraser. Ich habe nicht die geringste Lust, jetzt abzureisen.«

»Wir wollen es auch nicht. Bleib doch.« Aber Rose wusste, dass Eves Entschluss feststand.

Die Freundin griff nach ihrer Hand und drückte sie. »Ich kann nicht. Und ihr werdet gut ohne mich zurechtkommen.« Ihr Blick erinnerte Rose an alles, worüber sie gesprochen hatten.

Anna reckte den Kopf. Die Sehnen an ihrem langen Hals traten hervor wie Drähte. »Wo bleibt Dad? Er ist schon seit Stunden verschwunden.«

»Wahrscheinlich hat er den Nachmittag bei Ignazio verbummelt. Aber er will sich sicher von Eve verabschieden, wird also bald kommen.« Rose wurde bang ums Herz, wenn sie sich den Abend vorstellte: bestenfalls peinliches Verhandeln, schlimmstenfalls heftige Auseinandersetzungen. Das Wissen, dass am nächsten Tag wenigstens Jess kommen würde, tröstete sie. Eve hatte recht. Die Affäre musste Symptom irgendeiner Midlife-Crisis sein, nichts von Bestand. Am Abend zuvor hatte sie sich gehen lassen. Sie hatte alles zu ernst genommen, die Situation war ihr entglitten. Trotzdem: *Du fehlst mir. Ich liebe dich.*

Komm bald wieder. Die Worte hallten in ihrem Kopf wie die Klänge einer Totenglocke.

»Ich gehe spazieren. Kommt jemand mit?« Terry lehnte sich über den Holzzaun.

»Ich!« Anna setzte sich auf, packte ihre noch feuchten Haare und drehte sie zu einem Knoten, den sie mit ihrem Kugelschreiber sicherte. »Vielleicht begegnen wir Dad auf seinem Heimweg. Bin sofort wieder da.« Ihre Sachen ließ sie achtlos um die ganze Liege verstreut zurück.

Rose schwang die Beine herum und beugte sich herunter, um sie aufzuheben, froh, etwas zu tun zu haben.

»Lass das«, riet Eve. »Das kann sie später holen. Du musst nicht mehr hinter ihnen herräumen.«

Rose richtete sich auf. »Du hast recht. Reine Gewohnheit. Mach dich doch fertig, dann haben wir noch Zeit für einen Abschieds-Prosecco. Lass uns auf Amys Untergang anstoßen.«

Anderthalb Stunden später saßen Rose und Eve auf der Terrasse. Soeben hatte der Korken geknallt, zwei gekühlte Gläser wurden gefüllt. Die rote Nachbarskatze hatte es sich auf einem der Stühle bequem gemacht. Neben ihnen stand Eves roter Koffer, bereit für den Heimflug.

»Auf die Agentur Rutherford und nieder mit ihren Gegnern!« Rose hob ihr Glas und stieß mit Eve an.

»Auf dich und Dan. Auf dass ihr es hinkriegt.« Sie stießen erneut an.

»Werden wir«, sagte Rose, so zuversichtlich sie es vermochte. »Wir schaffen das schon. Vielleicht brauchen wir ein bisschen Zeit, um alles zu klären. Das ist alles. Jetzt wünschte ich, ich hätte nichts gesagt. Früher oder später hätte er bestimmt Vernunft angenommen und gemerkt, was wirklich wichtig ist.«

»Tja, zu spät.« Auf Eves nüchternen Pragmatismus war Verlass. »Also werdet ihr damit zurechtkommen müssen. Aber ich bin sicher, es wird euch gelingen.« Sie warf einen Blick auf die Uhr. »Terry lässt sich aber Zeit. Wo sie bloß hingegangen sind?«

Wie aufs Stichwort ließen rasche Schritte auf dem Weg sie herumfahren. Es war Anna, allein, halb laufend, ihre Füße rutschten aus den Espadrilles. Von Terry oder Daniel keine Spur.

Später entsann sich Rose, wie ihr als Erstes die blutigen Schrammen an Annas Knien aufgefallen waren, ihre staubbedeckten Beine, der verstörte Ausdruck in ihrem Gesicht, mit dem sie die Schuhe von den Füßen schleuderte und über die Wiese zu ihnen gerannt kam. Ihr Haar hatte sich gelöst und wehte hinter ihr her.

»Was ist passiert?« Aber Rose erwartete keine Antwort.

Beide Frauen waren bereits aufgestanden. Sie waren erst ein paar Schritte weit gekommen, als Anna sich ihrer Mutter entgegenwarf und sie dabei fast aus dem Gleichgewicht brachte. Rose legte instinktiv die Arme um ihre Tochter, die schluchzte und Zusammenhangloses stammelte, und führte sie zu einem Stuhl. Als sie einen heranzog, fiel Eves Koffer um, aber niemand achtete darauf.

»Anna! Was ist los? Was ist passiert?« Sie versuchte zu entschlüsseln, was Anna sagte, aber ihre Worte ergaben keinen Sinn. Sie verloren sich zwischen hektischen Schluchzern und atemlosem Keuchen.

»Wo ist Terry? Was zum Teufel ist geschehen?« Eve klang alarmiert.

»Dad …«, war alles, was Anna herausbrachte. Und dann: »Terry ist bei ihm geblieben. Ihr müsst kommen. Er …«

Während ihre Tochter versuchte weiterzusprechen, spürte Rose, wie sie sich von der Situation distanzierte. Daniel war etwas Schreckliches zugestoßen. Schlimmer als schrecklich. Die Sonne schien immer noch, die Bäume wiegten sich im Wind, ein schwarzer Käfer krabbelte ihr über den Fuß, doch sie war von allem abgeschnitten, weit fort. In ihren Ohren rauschte es, als wäre sie unter Wasser. Sie sah Anna die Lippen bewegen, ihr tränennasses Gesicht, ihre zerwühlten Haare. Nur das laute Weinen ihrer Tochter verband sie noch mit der Realität.

Rose spürte Eves Arm um ihre Schulter. Sie schüttelte ihn ab, versuchte sich auch von Anna zu lösen, wollte nicht hören, was zu formulieren sie sich so anstrengte. Aber Anna klammerte sich an sie, wischte sich die Nase an ihrem Arm ab, weinte, weinte, als würde sie nie wieder aufhören.

»Ihr müsst kommen …« Anna kam taumelnd auf die Füße und zog Rose an der Hand. »Wir …«

Rose starrte sie an, merkte, dass sie die Hände hob, um sich die Ohren zuzuhalten. Sie wollte nichts hören. Sie wollte nicht, dass irgendwas von alledem Wirklichkeit war.

Einen Augenblick lang sah es aus, als sei Anna gar nicht in der Lage zu gehen, aber irgendwie bekam sie sich einigermaßen wieder in den Griff. »Wir haben ihn gefunden.« Sie hielt inne, registrierte, dass zwei entsetzte Augenpaare auf sie gerichtet waren, wartend. »Es ist ungefähr anderthalb Kilometer den Weg runter.«

»Aber er ist auf dem Heimweg?«, versuchte sich Rose verzweifelt zu trösten, während sie ihre Hand dem Griff ihrer Tochter entzog. Sie musste mit Daniel reden. Sie hatten einander so viel zu sagen, so viel zu klären. So viel Unerledigtes.

»Terry hat die Polizei gerufen.«

»Polizei? Warum? Was ist passiert? Geht es ihm gut?« Aber sie wusste es. Sie wusste es.

Anna starrte Rose an. Rose sah die Angst und das Mitgefühl in den Augen ihrer Tochter. Sie sah, wie sehr es ihr widerstrebte, dass ausgerechnet sie die Nachricht überbringen musste. Sie sah, wie sie sich auf die Unterlippe biss. Sie sah die weiße Windpockennarbe über ihrem Mund. Sie beobachtete, wie Anna die Augen schloss und nochmals tief Luft holte. Sie bemerkte die feinen blauen Äderchen auf ihren Lidern. Und dann:

»Er ist zusammengebrochen. Wir haben keinen Puls gefunden. Terry versucht …« Sie hielt wieder inne, während Rose und Eve schweigend warteten. »Mum … ich glaube, vielleicht ist er tot.«

Eve schnappte nach Luft. Dann Stille. Selbst Anna war ruhig. Es war, als warteten alle auf eine Reaktion von Rose, darauf, dass sie etwas sagte, damit alles wieder gut war.

Im Walnussbaum zwitscherte ein Vogel. Ein Schmetterling flog vorbei, dann ein zweiter.

Rose spürte, wie in ihr etwas nachgab. Sie spürte, wie irgendjemand sie in den Armen wiegte. Ein Glas Wasser. Eine Decke um ihre bebenden Schultern. Sie hörte Stimmengemurmel, von ganz weit weg. Sie musste Dan sehen. Sie musste mit ihm reden. Er konnte sie nicht jetzt verlassen, jetzt, wo es noch so viel zu besprechen gab. Sie hörte ein langgezogenes Wimmern, wie es jemand von sich gibt, der schreckliche Trauer leidet. Es hörte gar nicht mehr auf. Überhaupt nicht mehr. Hörte das denn gar nicht mehr auf? Dann merkte sie es. Die Totenklage kam von ihr. Und sie konnte nichts tun, damit es aufhörte.

JANUAR

12

Rose kam zu spät. Eve stand im Theaterfoyer und überlegte bereits, ob sie das Ticket am Schalter hinterlegen und allein hineingehen sollte. Sie sah auf die Uhr. In fünf Minuten ging der Vorhang auf. Die anderen Theaterbesucher strömten zu beiden Seiten der kleinen Bar in den Saal. Das Stück mit dem wenig vielversprechenden Titel *Mist* hatte der Mann einer von Eve betreuten Autorin verfasst. Das als »Klimawandelkomödie« angekündigte Werk hatte sie zunächst eher abgeschreckt. Als ihr jedoch der stolze Autor zwei Freikarten anbot, nahm sie dankend an und überlegte sofort, welche Freundin sie mit sanfter Gewalt dazu bringen konnte, sie zu begleiten.

Rose hatte sie nicht gefragt. Eine Komödie, auch wenn sie noch so politisch inkorrekt war, erschien ihr angesichts der Gedenkfeier für Dan, die zwei Tage später stattfinden sollte, nicht passend. Doch als sie am Telefon geklagt hatte, sie müsse da hingehen, hatte Rose sich freiwillig bereiterklärt, ihr Gesellschaft zu leisten. »Alle behandeln mich immer noch wie ein rohes Ei, laden mich nur zu den ödesten Veranstaltungen ein, aus Angst, ich könnte durchdrehen, wenn ich mitbekomme, dass jemand Spaß hat. Ich komme gern mit.«

Sie hatte darauf bestanden, und jetzt schaffte sie es nicht rechtzeitig. Eve war fast die Letzte im Foyer, als Rose schließlich mit wehendem, langen Mantel in der Tür auftauchte. Sie stopfte die Handschuhe in die Tasche und nahm die Pelzmütze ab, und Eve fiel auf, dass ihr Gesicht ein bisschen voller geworden war. Da Rose nach Dans Tod sehr abgenommen hatte, war Eve erleichtert, dass sie nicht mehr ganz so hager aussah und ihre Augen wieder etwas lebendiger wirkten.

»Es tut mir so leid«, keuchte sie. »Baustellen. Überall. Aber jetzt bin ich da.«

Sie umarmten und küssten sich, um dann mit den übrigen

Nachzüglern den Zuschauerraum zu betreten. Eine gesamte Sitzreihe musste ihretwegen aufstehen, und sie schoben sich dankend zu ihren Sitzen durch. Als die Lichter ausgingen, waren sie noch dabei, ihre Mäntel abzulegen. Während Eve ihre Tasche unter dem Sitz verstaute, merkte sie, dass Rose sich umsah und dann erstarrte, den Blick auf jemanden in den oberen Rängen geheftet.

»Wer ist das?« Eve schaute sich die Reihen Gesichter an, die im Halbdunkel kaum zu erkennen waren.

Rose flüsterte etwas und umklammerte Eves Handgelenk wie ein Schraubstock. Dann fiel ihr wieder ein, wo sie war, und ließ los. In diesem Moment gingen auf der Bühne die Lichter an und ein Mülltonnendeckel fiel zu. Weiterzureden war unmöglich, denn die Schauspieler stürzten sich in ein schrilles, temporeiches Stück, das sehr viel unterhaltsamer war, als der Titel hatte vermuten lassen. Erleichtert, dass sie ihre Anerkennung der Frau des Autors gegenüber nicht würde heucheln müssen, aber besorgt wegen Rose, warf Eve ihr gelegentlich einen kurzen Seitenblick zu, um zu sehen, ob es ihr auch gefiel. Obwohl Roses Blick fest auf die Bühne gerichtet blieb, sah sie aus, als wäre sie Lichtjahre entfernt.

Als in der Pause die Lichter angingen, starrte Rose wieder nach links hinauf. Dann schüttelte sie den Kopf. »Wie dumm von mir«, flüsterte sie.

»Jemand, den du kennst?« Eve hatte ihre Tasche auf dem Schoß, bereit, an die Bar zu gehen. »Ich habe für die Pause schon Getränke bestellt. Ist Merlot in Ordnung?«

»Perfekt«, erwiderte Rose und ging voraus. Im Gang angekommen, hob sie erneut den Blick. »Ich dachte, ich hätte Dan gesehen. Der da.« Sie deutete auf einen Mann, der sein Programm studierte. »Natürlich ist er es nicht, aber er sieht ihm doch ähnlich, oder?«

Eve starrte den Mann an und versuchte eine Ähnlichkeit zu entdecken. Vielleicht die Form der Nase im Profil. Ansatzweise. Vielleicht das Kinn, aus einem bestimmten Blickwinkel. Dan mit einem anderen Haarschnitt, möglicherweise. Aber dunkelhäutiger, grauer, älter. Vielleicht. »Nein, eigentlich nicht«, entschied sie.

»Schau ihn dir im Saal noch mal im Dunkeln an.« Dann ging Rose die Treppe hinauf. »Ich sehe ihn oft.«

Bestürzt betrachtete Eve ihren Rücken. Unter dem lavendelfarbenen Pullover zeichneten sich deutlich die Schulterblätter ab. Hatte der Kummer Rose den Verstand getrübt? Immer noch? Vier Monate waren seit Dans Tod vergangen, und Eve hatte gehofft, dass sie jetzt, nachdem die erste Welle schrecklicher, lähmender Trauer vorüber war, ein bisschen besser zurechtkam.

Sie standen aneinandergedrückt, während sich um sie her immer mehr Menschen sammelten. Rose, die das nicht zu stören schien, sah sich um. »Ist mir nicht aufgefallen«, erwiderte sie auf Eves Kritik an einem der Schauspieler. »Ich kann mich immer noch auf nichts konzentrieren, aber gleichzeitig will ich unbedingt zur Normalität zurückfinden. Na ja, zur neuen Normalität eben. Dan zu sehen hat mich aus dem Konzept gebracht. Sollte es aber nicht«, fuhr sie fort, ohne Eve Gelegenheit zu geben, sie zu unterbrechen. »Ich habe ihn schon öfter gesehen.«

»Ach ja?« Ausnahmsweise einmal wusste Eve nicht, wie sie reagieren sollte. Am liebsten hätte sie Rose, die immer noch so zerbrechlich wirkte, in die Arme genommen, doch selbst wenn Platz genug dazu gewesen wäre, sie hätte es bestimmt nicht gutgeheißen. Rose mochte keine großen Gesten vor Publikum.

»Hmm, ja. Es ist seltsam. Ich finde es nicht verstörend, jetzt nicht mehr. Anfangs war es, na ja ... merkwürdig, denke ich. Ich sah ihn auf der Straße gehen, in einem Auto vorbeifahren oder auf mich warten. Wenn ich dann näher kam, merkte ich, dass er es gar nicht war. Auf eine eigentümliche Art ist es sogar tröstlich.«

»Tröstlich? Ich würde mich zu Tode erschrecken.« Eve nippte an ihrem Wein, den sie jetzt wirklich brauchen konnte.

»Zuhause ist es genauso«, fuhr Rose fort. »Aber anders, denn da ist natürlich keiner. Aber ich erwarte ständig, dass er auftaucht, so wie immer. Ich stelle mir vor, dass eine Tür sich öffnet und er dasteht.«

»Kommst du denn mit dem Alleinleben zurecht?« Eve fühlte sich ein wenig überfordert. »Ich dachte, dass du zu Jess ziehen würdest.«

»Sie hat es mir angeboten, so lieb von ihr.« Beide dachten sie, ohne es auszusprechen, an Anna, die nichts dergleichen getan hatte. »Aber ich wollte sie nicht stören. Sie hat selber so viel zu kämpfen, jetzt wo Dan nicht mehr da ist, der immer den Überblick gehabt hat. Und ehrlich gesagt ist es für mich schwer, lange mit ihr oder Anna zusammen zu sein, solange ich nicht entschieden habe, was mit den Hotels passiert. Natürlich wissen sie, dass Dan mir seinen Anteil am Unternehmen vermacht hat, das heißt, ich besitze jetzt zwei Drittel. Und sie wissen, dass Madison Gadding sein Angebot für alle drei Häuser erhöht hat, Terry sei Dank. Ich muss eine Entscheidung treffen, bevor sie das Interesse verlieren, aber gleichzeitig will ich nichts überstürzen. Ich will sicher sein, das Richtige zu tun.«

»Es heißt, man soll besser ein Jahr lang gar nichts unternehmen«, riet Eve und schob nachdenklich hinterher: »Ich hoffe, Terry hat keinen Druck auf dich ausgeübt?«

Rose schüttelte den Kopf. »Wie geht es ihm?«

»Entmannt, könnte man es wohl nennen«, meinte Eve. »Ich weiß, es ist immer ein schwerer Schlag, wenn man nicht mehr gebraucht wird, aber er nimmt es besonders schwer. Und das ausgerechnet nach Daniels Tod.«

»Es tut mir leid, dass ich mich nicht mehr für ihn eingesetzt habe.« Rose fuhr mit der Fingerspitze am Glasrand entlang.

»Gütiger Himmel, Rose, du hast auch ohne das genug am Hals. Er wird schon darüber hinwegkommen.« Doch wenn sie daran dachte, wie Terry jetzt allein zuhause saß, war sich Eve weniger sicher, als es sich anhörte. »Er hat das überhaupt nicht kommen sehen. Er braucht die Arbeit, vor allem für sein Selbstwertgefühl, aber es gibt keine Jobs. Und der Jüngste ist er ja auch nicht mehr.«

Bevor sie noch mehr sagen konnte, schnitt die Glocke ihr Gespräch ab. Als sie wieder ihre Plätze eingenommen hatten, folgte Eve Roses Blick zu dem Mann im oberen Rang.

»Wie seltsam«, sagte Rose wehmutsvoll. »Er sieht Dan wirklich überhaupt nicht ähnlich.« Sie umschlang ihren Oberkörper mit den Armen, wie um sich selbst zu trösten.

Nach der Vorstellung stapften sie in bitterer Kälte durch den gefrorenen Matsch, die letzten Überreste der Schneestürme, die das Land eine Woche zuvor in Chaos gestürzt hatten, auf das französische Lokal zu, das Eve ausgesucht hatte.

Sie suchten sich eine Nische und erledigten zuerst die Bestellung – zweimal Steak mit Pommes und zwei Gläser vom roten Hauswein –, dann fragte Eve: »Wie geht es dir, Rose? Ganz ehrlich?«

Rose lehnte sich zurück, die linke Hand flach auf dem Tisch, während die rechte mit ihrem Verlobungs- und dem Ehering spielte, die jetzt so locker saßen, dass sie sich mühelos ihren Finger hinauf- und hinunterschieben ließen. »Ich weiß es nicht«, antwortete sie. »Zunächst war ich total verstört, so fassungslos. Mein ganzes Leben schien zum Stillstand gekommen. Jetzt habe ich das Gefühl, langsam wieder zu mir zu kommen. Ich muss einfach einen Schritt nach dem anderen machen; mehr kann ich nicht tun.«

»Wirst du die Gedenkfeier am Mittwoch durchstehen?«

»Ich glaube schon. Ich habe so viele liebe Briefe bekommen, von Leuten, denen ich nie begegnet bin und die alle kommen werden. Das Seltsame ist, dass sie alle von einem anderen Dan sprechen als von dem, den ich kannte.« Sie hörte auf, mit ihren Ringen zu spielen, und wartete, bis der Kellner den Wein eingeschenkt hatte. »Kein einziges schlechtes Wort über ihn! Klar, das tut man nicht, aber sie vermitteln alle den Eindruck, er sei eine Art Heiliger gewesen. Und das war er nicht! Es ist, als hätte es ihn zweimal gegeben. Manchmal glaube ich sogar, ihr Dan gefällt mir besser als der, den ich hatte.«

»Du machst dir doch nicht etwa immer noch Gedanken wegen dieser Affäre? Wenn es überhaupt eine war.« In den vergangenen Monaten hatte Eve sich gefragt, ob die ganze Geschichte mit dieser SMS nicht total aufgebläht worden war.

Sie schwiegen, während der Kellner ihnen das Essen servierte.

»Gedanken nicht, nein. Es ist vorbei. Aber manchmal bin ich so wütend auf ihn, weil er unmittelbar vor seinem Tod alles vermasselt hat. Wie konnte er das bloß tun?« Rose packte ihr Messer so fest, dass ihre Knöchel weiß wurden.

»Er wollte mit dir darüber reden«, erinnerte Eve sie, die an ihr eigenes letztes Gespräch mit ihm dachte. »Dass wir alle da waren, machte es unmöglich. Darüber haben wir doch schon gesprochen.« Und das hatten sie, immer und immer wieder. In den Wirren der Tage nach Dans Tod waren alle Gespräche mit Rose vergebens gewesen. Sie vergaß sie genauso, wie sie getroffene Vereinbarungen vergaß oder zur falschen Zeit zu Verabredungen ging oder das Bügeleisen eingesteckt ließ oder versäumte, der Putzfrau das Geld dazulassen. Anschließend hatte sie Eve immer zum Lachen gebracht, indem sie ihr den neuesten Patzer beichtete. Sie konnte dann selbst nicht fassen, dass sie so schusselig geworden war, und belächelte ihre eigene Hilflosigkeit.

Anschließend hatten sie sich wieder der grässlichen Aufgabe zugewandt, einen Totenschein ausstellen zu lassen, den Leichnam in die Heimat zu überführen und Freunde und Verwandte zuhause zu informieren. Eve war nicht wie geplant nach England zurückgeflogen, sondern hatte es dann doch Amy überlassen, die Agentur zu führen. Irgendwie hatten sie alle vier –

Rose, Eve, Terry und Anna – den grauenhaften Abend zusammen durchgestanden: den Besuch im Krankenhaus, den Albtraum, nicht richtig zu verstehen, was man ihnen sagte, das Warten auf einen Dolmetscher, den Anblick Daniels, der da lag, allein und kalt. Beide hatten keine Ahnung, was zu tun war.

»Ach ja?«, fragte Rose und säbelte an ihrem Steak. »War er nicht einfach bloß ein Mann, der glaubte, er könne sich nebenher eine kleine Affäre leisten, weil ihm niemand auf die Schliche kommt?«

Das war neu. Seit ihrer letzten Begegnung ein paar Wochen zuvor kam die alte Rose offenbar langsam hinter dem Schleier ihrer Verzweiflung wieder zum Vorschein. Unmittelbar nach Dans Tod – eine Hirnblutung, hieß es, als ein Arzt gefunden war, der fließend Englisch sprach, eigentlich also ein schwerer Schlaganfall – hatte sich Rose vollkommen abgeschottet. In diesen ersten schrecklichen Tagen war Eve mit ihrer eigenen Trauer kaum klargekommen und hatte doch versucht, ihre Freundin zu unterstützen. Unterdessen hatte sich Rose mit versteinerter Miene auf den Behördenkram konzentriert, als würde sie das über Wasser halten.

»Ich weiß nicht recht, ob du direkt vor der Trauerfeier so denken solltest!«

»Stimmt«, sagte Rose lächelnd. »Aber sie werden alle da sein, um sich von dem Mann zu verabschieden, den ich zu kennen glaubte, obwohl das offenbar nicht der Fall war. Und jetzt ist es zu spät. Damit muss man erst mal klarkommen.« Da kam ihr plötzlich ein Gedanke, und sie stutzte. »Du meinst doch nicht, dass sie auch kommen wird, oder?«

»Wer? ›S‹? Das wird sie kaum wagen.«

»Aber wir würden es vielleicht gar nicht erfahren. In Filmen passiert so was ständig«, sinnierte Rose. »Sie wird ein schwarzes Kostüm und einen kleinen schwarzen Hut mit Schleier tragen …« Sie nahm ein Pommesstäbchen mit den Fingern und starrte es an.

»Und sie wird verheult aussehen«, fügte Eve, die sich langsam für das Thema erwärmte, hinzu. »Sie wird hinter einem Grabstein hervor zu uns hinüberlugen oder halb versteckt hinter einer Eibe lauern, während wir alle in die Kirche gehen …«

Sie lachten, und Eve hob ihr Glas. »Auf Dan. Wer auch immer er gewesen sein mag.«

»Auf Dan«, wiederholte Rose. »Und den schönen Schlamassel, in den er uns reingeritten hat.«

»Du meinst doch nicht Jess und Anna? Begreifen sie eigentlich je, dass sich die Welt nicht um sie dreht?«

»Das ist unfair. Du weißt, dass Jess glaubt, sie sei schuld an seinem Tod, weil sie sich mit ihm gestritten hat.« Rose schob die Überreste ihres Essens auf dem Teller von der einen auf die andere Seite und legte Messer und Gabel ordentlich daneben.

»Das ist doch verrückt. Isst du die nicht mehr?« Eve langte über den Tisch und nahm sich noch ein paar von den Pommes, die Rose übrig gelassen hatte.

»Ich weiß, ich weiß. Und sie ist untröstlich, dass sie nicht da war. Aber was auch immer ich sage, es hilft alles nichts. Also arbeitet sie unglaublich hart, um sich seiner würdig zu erweisen. Sie will, dass ich die Hotels behalte, damit sie sie schließlich an seiner Stelle führen kann.«

»Und Anna?«

»Sie hat, optimales Timing, gerade das ›ideale‹ Gelände für ihr Gartencenter gefunden und brennt nun darauf, dass ich verkaufe und ihr Geld gebe.« Sie schwieg und nippte an ihrem Wein. »Ehrlich, ich habe keine Ahnung, was ich tun soll.«

»Gar nichts«, meinte Eve nachdrücklich. »Eines Tages wirst du aufwachen und wissen, was das Richtige ist.«

»Momentan fühle ich mich vollkommen durch den Wind. Also hoffe ich, dass du recht behältst.«

Einige Zeit später – Eve war hastig aufgebrochen, um den Zug zurück nach Cambridge zu erwischen – betrat Rose das stille

Haus. Nur das Flurlicht, das sie hatte brennen lassen, hieß sie willkommen. Als sie ihre Jacke aufhängte, zitterte sie in dem bitterkalten Lufthauch, der mit ihr zusammen hereingekommen war. Flur und Treppe waren in Schatten gehüllt, die verschwanden, als sie den Dimmer höher drehte. Sie rieb die Hände aneinander und öffnete die Küchentür, fast damit rechnend, dass Dan dort auf sie wartete.

Sie war allein, hatte niemanden, mit dem sie das einigermaßen amüsante Stück diskutieren konnte. In den Monaten nach der Beerdigung hatten sich die Freunde um sie geschart, doch jetzt hatten sie sich zurückgezogen, als wären sie übereingekommen, sie müsste inzwischen wieder auf eigenen Füßen stehen können. Ihr erschien das als Ding der Unmöglichkeit, aber probieren musste sie es. Ob sie je ohne Daniel auskommen würde?

Sie machte sich daran, Tee zu kochen, merkte dann aber, dass sie gar keinen wollte. Das hatten sie immer zusammen gemacht, als Dan noch lebte. Manchmal hatten sie im Bett ihren Tee getrunken und so den Abend beendet oder einfach dagesessen und geredet, bis einer von ihnen als Erster hinaufging. Nie wieder würde es so sein.

Sie riss ein Stück Küchenrolle ab und schnäuzte sich, dann setzte sie sich an den Tisch. Erschöpft. Allein. Den Kopf in die Hände gestützt, begann sie zu schluchzen.

Als die Tränen versiegten, blickte sie auf. Alles war so vertraut und gleichzeitig seltsam fremd; anders ohne Daniel, der allem Bedeutung verliehen hatte. Sie zog die braune Keramikvase heran und nahm die verwelkten Rosen heraus. Die Knospen waren nie aufgegangen, sondern in der Wärme einfach abgeknickt, die Köpfe hingen traurig herab. Es kostete sie alle verfügbare Energie, durch die Küche zu gehen und sie wegzuwerfen. Zurück am Tisch, hob sie die Vase auf, drehte sie in der Hand, ließ das Licht auf der üppigen Glasur spielen. Sie wusste noch, wie sie und Dan vor Jahren gegen Ende einer Marokkoreise den Bus nach Safi genommen hatten. Irgendwie hatten sie es geschafft, diese Vase heil nach Hause zu transportieren. Der kleine Laden, in dem sie sie gefunden hatten, war von den Küchendünsten erfüllt, die aus dem Hinterzimmer hereindrangen. Als sie das erwähnt hatten, lud man sie ein, zum Essen zu bleiben. Der Kauf der Vase war ihr Dankeschön gewesen. Damals war das Leben so einfach gewesen. Sie konnten hinfahren, wo sie wollten, wann immer sie wollten. Doch dann war Anna gekommen, ihr ersehntes erstes Kind, und kurz darauf hatten sie das Trevarrick geerbt. Roses und Terrys Eltern waren im Abstand von wenigen Monaten gestorben, überraschend, als hätte die Mutter ohne den Vater nicht leben können. Und dann war Jess zur Welt gekommen.

Sie stellte die Vase wieder auf ihren Platz in der Mitte des Tisches. Die Digitaluhr am Herd sprang auf 0:30. Es war spät. Aber sie wollte nicht ins Bett gehen. Nachts wach zu liegen und darauf zu warten, dass die Stunden vergingen – das waren die Momente, in denen alles unerträglich wurde. In denen Daniels Tod und seine Folgen unüberwindbar schienen. Wenn sie so auf dem Rücken lag, wie in ihrem eigenen Sarg, neben sich den kalten Platz, den Dan einst eingenommen hatte, konnte sie einfach keinen Schlaf finden. Aber was hätte sie tun sollen? Als sie mit Dans Leichnam nach England zurückgekehrt war, hatte der Arzt ihr Schlaftabletten verschrieben, doch nach ein paar Monaten hatte sie aufgehört, sie zu nehmen. Sie hatten ihre Wirkung getan, sie über Nacht ausgeschaltet, aber dafür hatte sie morgens, fast bis mittags, nichts Rechtes anfangen können. In jener ersten Zeit der Trauer hatte sie ihr gemeinsames Bett ein wenig getröstet.

Neben ihr in den Regalen standen Bücher und eine Reihe von Familienfotos. Seines bildete zwischen Aufnahmen von Anna, Jess und Dylan den Mittelpunkt. Er hatte es einmal für eine Hotelbroschüre aufnehmen lassen und mit nach Hause gebracht, erfreut, wie gut er darauf aussah.

»Ach, Dan, du musst mir sagen, was ich tun soll«, flüsterte sie.

Er blickte sie an. Sein rätselhaftes Lächeln nahm dem ernsten Blick die Schwere. Er trug einen grauen Anzug, das Haar war kurz geschnitten. Aber das war nicht der Mann, den sie in Erinnerung behalten wollte. Sie nahm den Rahmen, legte ihn mit der Bildseite nach unten auf das Regal und rückte dann eine alte Aufnahme nach vorn, auf der sie beide beim Skifahren zu sehen waren. Die Arme umeinandergelegt standen sie da, Sonnenbrillen in die Stirn geschoben, und lachten über einen Scherz. Dann fielen ihr jene Worte wieder ein. *Du fehlst mir. Ich liebe dich. Komm bald wieder.*

»Scheißkerl.« Sie stellte das Foto wieder hinter die übrige Sammlung. Wer war sie? Was wäre mit uns geschehen, wenn er noch lebte? Diesmal sprach sie die Worte nicht laut aus, aber in ihrem Kopf hallten sie nach, als hätte sie es getan.

Das waren die Fragen, die sie sich seit jenem Tag immer und immer wieder gestellt hatte. Sie war einer Antwort noch nicht näher gekommen. Sie hatte versucht, Eves oft wiederholtem Rat zu folgen und sich die Geschichte mit dieser anderen Frau aus dem Kopf zu schlagen. Natürlich hatte Eve recht. Es hatte keinen Sinn, darauf herumzureiten. Was auch immer Daniel und »S« miteinander gehabt hatten, es war vorbei. Am Ende seines Lebens war Daniel gewesen, wo er hingehörte – bei Rose und seiner Familie. Aber selbst wenn sie es schaffte, diese Frau beiseitezuschieben, es hielt nie lange an. Stunden später war sie wieder da, mit ihrem vollkommenen Körper, den sinnlichen Augen und Lippen, den scharlachroten Fingernägeln, zischte den Buchstaben S und lachte Rose aus vollem Hals aus. Sie hasste das klischeehafte Bild einer Leinwandschönheit, das sie entworfen hatte, aber gerade da sie einfach nichts über sie wusste, verfolgte sie diese Vorstellung einer Sirene. Zu wissen, dass sie tatsächlich irgendwo lebte, wirkte wie chinesische Wasserfolter auf sie – ein unablässiges Tropf Tropf Tropf, das nie enden wollte. Sie hatte sämtliche Anzüge von Dan durchsucht, seine Brieftasche, seine Aktentasche, seine Schubladen, alles. Keine Notiz, keine Hotelquittung, kein wie auch immer gearteter Anhaltspunkt. Nicht einmal in seinem Terminkalender mit den vielen hastig gekritzelten Eintragungen fand sie einen Hinweis. Sie hatte ihn auf ihrem Schreibtisch liegen lassen und gelegentlich versucht, seine Schrift zu entziffern, um den einen oder anderen Termin abzusagen. Zunächst war es gewesen, als erhielte sie ihn damit für sich selbst und andere noch am Leben, doch nach und nach wurden die Einträge spärlicher.

»Quäl dich nicht«, hatte Eve beharrlich gemahnt, als Rose sie gefragt hatte, was dieser oder jener Eintrag heißen könne. »Was auch immer es heißen soll, es hat nichts mehr zu bedeuten. Du musst dich auf das Hier und Jetzt konzentrieren.«

Doch sie konnte die letzten gemeinsamen Momente nicht ausradieren, sie bedauerte den Streit und fragte sich, wie sie besser damit hätte umgehen sollen, ihn zu einer Erklärung hätte überreden können.

Nun zwang sie sich, dem Unvermeidlichen ins Auge zu blicken, und ging hinauf. Sie nahm die Stufen so langsam, als sei es ihr letzter Gang. Sie musste versuchen, ein wenig zu schlafen, denn morgen würden die Mädchen eintreffen. Beim Öffnen der Schlafzimmertür überkam sie das gleiche erwartungsvolle Gefühl wie beim Betreten der Küche. Aber das Zimmer war leer, das Bett akkurat gemacht, über dem Stuhl hingen ein paar Pullover. Einen von ihm hatte sie dort gelassen, wo er ihn zuletzt hingelegt hatte, unbenutzt. Sie fuhr mit der Hand über die raue Aran-Wolle und erinnerte sich. Solche Gefühle waren jetzt ihre ständigen Begleiter, und fast war sie froh darüber. Sie zog sich aus, öffnete den Schrank und hängte ihre Sachen neben seine. Sein vertrauter Geruch hing immer noch dort. Sie nahm den Ärmel einer seiner Lieblingsjacken, dunkelblaue Wolle, in die Hand und hob ihn ans Gesicht. Dann ließ sie ihn fallen.

Sich zum Schlafen vorzubereiten war eine dieser kleinen Alltagsbeschäftigungen, die ihr auch in den dunkelsten Zeiten Halt gaben; gerade dass sie dabei nicht nachdenken musste, half ihr. Im Bad standen noch sein Rasierzeug und die Zahnbürste, unberührt. Diese Sachen wegzuwerfen wäre ihr so endgültig vorgekommen. Vielleicht würde sie nach der Gedenkfeier endlich loslassen können.

13

Umgeben von Freunden, Verwandten und den anderen Trauergästen blickte Rose zum holzgezimmerten Kirchendach empor. Baute man Kirchen absichtlich so, dass man sich in ihnen vorkam wie ein Staubkorn im Universum? Sie jedenfalls fühlte sich gerade vollkommen bedeutungslos und auch allein, trotz der unglaublich vielen Menschen. Neben ihr saß ein korpulenter, asthmakranker Cousin von Daniel mit seiner Familie. Alle fünf hatten sich in eine der vier den nächsten Angehörigen vorbehaltenen Kirchenbänke gezwängt, und als er Rose keuchend sein Beileid ausgesprochen hatte, hatte niemand es übers Herz gebracht, ihn zu bitten, anderswo Platz zu nehmen, damit Anna und Jess neben ihr sitzen konnten, wie es sich eigentlich gehörte. So saßen ihre verdrängten Töchter nun auf der anderen Seite des Ganges. Immer, wenn sie einen Blick hinüber wagte, um zu sehen, wie es ihnen ging, fing Rose die bösen Blicke auf, die Anna dem Cousin zuwarf.

Man wäre kaum auf die Idee gekommen, dass ihre Töchter Schwestern waren. Die eine sah mit den wirren Strähnen, die aus der unordentlich zusammengesteckten Frisur fielen, ziemlich verwahrlost aus; die andere, auf eher klassische Weise attraktiv, mit vollerem Gesicht und üppigerer Figur, da sie das in der Schwangerschaft zugelegte Gewicht noch nicht verloren hatte, trug das straff zurückgekämmte Haar zu einem sauberen Knoten geschlungen. Rose bemühte sich, ihre Töchter nicht zu vergleichen, aber es war unmöglich, über ihre Unterschiedlichkeit hinwegzusehen. Anna hatte keinerlei Zugeständnisse an den Anlass gemacht, obwohl Jess sich am Morgen lauthals darüber beschwert hatte; sie war sich selbst treu geblieben und hatte sich so angezogen, wie ihr Dad es von ihr erwartet hätte. Im krassen Gegensatz zu Jess' förmlichem grauen Kostüm, der schwarzen Strumpfhose und den hochhackigen Schuhen trug

Anna enge Hosen mit Leopardenmuster, ihre Bikerstiefel, ein kurzes, türkisfarbenes Kleid und um den Hals mehrere Ketten aus kleinen bunten Glasperlen. Rose konnte sich gut vorstellen, wie Dan mit seinen Einwänden gegen einen solchen Aufzug bei ihr auf Granit gebissen hätte. Ja, ganz gewiss hätte er es nicht anders erwartet.

Mehr überrascht hätten ihn die Blumen. Rose hatte Anna gebeten, sich darum zu kümmern, während Jess die Bewirtung übernahm. Damit hatte Anna ihrem Dad Ehre gemacht. Die Arrangements von Frühlingsblumen in den zwei großen schwarzen Vasen im Altarbereich und der dritten am Eingang waren einfach phantastisch: Palmkätzchen, Magnolienknospen, purpurne Iris, Mimosen, gelbe und die von Daniel wegen ihres Dufts besonders geliebten weißen Narzissen. Einfach perfekt.

Als der Pfarrer die Trauergemeinde bat, sich zu erheben, blickte Rose auf den gefalteten Bogen, der den Ablauf der Gedenkfeier beschrieb. Auf der Vorderseite war ein Foto zu sehen, das sie im Garten der Casa Rosa aufgenommen hatte. Dan saß am Tisch unter dem Walnussbaum, braungebrannt und lächelnd, einen Teller mit Käse vor sich, und hob sein Glas, um anzustoßen. So sollten alle ihn in Erinnerung behalten: als Menschen, der die Geselligkeit und die schönen Dinge des Lebens liebte, und als den Menschen, der sie geliebt hatte. Sie erinnerte sich an den Hochzeitstag, den sie gefeiert hatten, als sie das Foto aufnahm, und hörte ihn so deutlich, als säße er neben ihr, sagen: »Auf meine geliebte Rose und unsere nächsten neunundzwanzig Jahre. Mögen sie ebenso glücklich sein.« Sie waren gerade rechtzeitig zum Abendessen zur Casa Rosa zurückgekommen, nachdem sie ein paar wunderbare Tage im Val d'Orcia verbracht und es sich in Pienza und Montalcino hatten gut gehen lassen. Er hatte eine Flasche fruchtigen roten Brunello geöffnet, während sie dünne Scheiben von einem Laib Pecorino schnitt.

Wenn sie doch bloß das Rad der Zeit hätte zurückdrehen können. Wie gerne hätte sie jetzt mit Daniel in solchen Erinnerungen geschwelgt. Die Musik verklang. Sie blickte hoch und verließ auf einen Wink des Pfarrers hin ihre Bank, um zu Daniels Gedenken eine Kerze zu entzünden. Dann begann der Gottesdienst.

Während der Zeremonie musste sie immer wieder daran denken, wie sehr Dan damit einverstanden gewesen wäre. Sie hatten einige seiner liebsten Musikstücke ausgewählt, darunter Mahalia Jacksons »Come Sunday«. Bei Ella Fitzgeralds »Every Time We Say Goodby« wurden die ersten Taschentücher gezückt. Anschließend quetschte sich der asthmakranke Cousin aus der Bank, um einen Text von Joyce Grenfall vorzulesen: »Weint, wenn es sein muss; Abschiednehmen ist die Hölle. Aber das Leben geht weiter, also singt bitte auch.« Es folgte eine Aufnahme, auf der Dan zur Gitarre »Blowin' in the Wind« sang und zwischendurch lachte, weil er sich mit dem Text verhaspelte. Rose hatte es so oft gehört, dass sie ziemlich ruhig blieb und ihren Erinnerungen nachhing, obwohl sie hinter sich Schluchzer und Schniefen hörte.

Der Geruch von Brathühnchen holte sie zurück in den Gottesdienst. Zunächst kaum wahrnehmbar, wurde er immer deutlicher. Der Pfarrer hatte ihr vorausblickend erklärt, dass mittwochs in der Krypta immer eine Obdachlosenspeisung stattfand. Sie hatte nicht in Betracht gezogen, was das bedeutete: dass die Essensdünste irgendwann in alle Winkel der Kirche ziehen würden. Ab und zu durchbrach Geschirrgeklapper die Musik. Sie lächelte. Daniel hätte es mit Humor genommen.

Als Nächstes wurde das Gedicht »Trebetherick« von John Betjeman vorgetragen. Sie hatten es ausgewählt, um an Cornwall und die glücklichen Tage zu erinnern, in denen sie dort die Kinder großgezogen hatten. Rose hatte darum gebeten, die Beiträge knapp zu halten. Ein Freund aus Daniels Kindheit sprach darüber, wie ehrgeizig und beliebt der Verstorbene zu Schulzeiten gewesen war. Der Manager des Canonford rief seine Leistungen als Hotelier und Kollege ins Gedächtnis, während Terry ihre lange Freundschaft und geschäftliche Partnerschaft würdigte. Am Ende seiner Rede brach er fast zusammen. Als er seinen Platz hinter ihr wieder einnahm und Rose sich umwandte, sah sie, wie Eve nach seiner Hand griff und ihre andere auf seinen Arm legte.

Schließlich waren Jess und Anna an der Reihe. Mit einem Kloß im Hals verfolgte Rose voller Stolz, wie ihre beiden Töchter abwechselnd Erinnerungen an ihren Vater vortrugen. In ihren Worten wurde Daniel, der liebende Vater und Familienmensch, lebendig. Anna erzählte von seinem fatalen Hang zum Basteln und Reparieren, der darauf hinauslief, dass kaum jemals etwas weggeworfen wurde – »Das kann man vielleicht irgendwann noch gebrauchen«, hatte er immer gesagt. Jess von der Geduld, mit der er ihr die ersten Gitarrenakkorde beigebracht hatte. Anna von ihren Schwimmlektionen im Meer bei Regen. Jess schilderte ihn als Jazzfan. Anna als Naturfreund. An dieser Stelle trat eine ungeplante Pause ein. Jess starrte nur panisch vor sich hin. Rose erschrak und hoffte, die beiden würden zum Ende kommen. Da sprang Anna ein und erzählte eine Anekdote von einem der gefürchteten Versuche Daniels, sich als Koch zu beweisen. Jess blitzte sie mit tränennassen Augen an, bis die Reihe wieder an ihr war. Auf dem Rückweg zu ihren Plätzen sahen sie einander nicht an.

Endlich war es vorbei. Während die Trauergemeinde zu den Klängen von Alan Prices »Don't Stop the Carnival« die Kirche verließ, wurde Rose wieder von der Erinnerung an ihren letzten, schrecklichen gemeinsamen Abend bedrängt. Ihr einziger Trost war, dass »S«, wer immer sie auch sein mochte, es nicht geschafft hatte, sie auseinanderzubringen, und es auch nicht mehr schaffen würde. Auch wenn Rose nun mit seinem Tod leben musste, würden sie und Daniel doch in aller Augen für immer vereint bleiben. Niemand außer ihr und Eve brauchte zu erfahren, was vielleicht geschehen wäre, wenn er am Leben geblieben wäre. Sie schloss kurz die Augen.

Die Gäste strömten aus der Kirche hinaus in den Nieselregen. Mit Anna und Jess an ihrer Seite nahm sie die vielen Beileidsbekundungen entgegen. Nach ein paar Minuten fuhren die drei zum Canonford, wo wiederum viele Leute auf sie warteten. Als die Mädchen sich von ihr lösten und in der Menschenmenge verschwanden, sah Rose sich um. Der Raum war voll, bekannte und weniger bekannte Gesichter, doch obwohl sie alle wegen ihrer Familie da waren, hatte Rose das Gefühl, sie habe mit alldem nichts zu tun, und sah sich nicht in der Lage, etwas beizutragen. In der Vergangenheit hätte sie sich in einer solchen Situation auf Daniel gestützt. Er wäre, wenn schon nicht an ihrer Seite, so zumindest doch im gleichen Raum gewesen, wenn sie Hilfe benötigte.

Aber so sah nun ihre Zukunft aus, und sie würde lernen müssen, damit umzugehen. Anna und Jess würden nicht immer für sie da sein können. Vielleicht war das auch gar nicht so schlecht, wenn sie ihr Verhalten seit der Ankunft hier am Vorabend bedachte. Kaum hatten Adam und Jess ausgepackt, hatten sich Anna und Jess ein Wortgefecht geliefert, worauf Anna dem Abendessen mit der Entschuldigung ferngeblieben war, dass sie am Morgen früh würde aufstehen müssen. Und Jess hatte Rose gebeten, Dylan ins Bett zu bringen. Wahrscheinlich war es um die Zukunft der Hotels gegangen, doch die Mädchen versuchten offenbar, sie nicht mit ihren Streitereien zu belasten. Und als sie auf der Gedenkfeier sprachen, war auch irgendetwas zwischen ihnen vorgefallen, obwohl keine ein Wort darüber verlor. Rose ließ sich nichts vormachen. Die Spannung zwischen den beiden war deutlich spürbar. Sie war bloß dankbar, dass sie nicht die ganze Trauerveranstaltung ruiniert hatten.

Sie betrachtete das Glas Champagner, das sie in der Hand hielt. Die Bläschen perlten an die Oberfläche. Ob *sie* wohl hier war? S? Die Frage überfiel sie. Es gab so viele Frauen, die in Frage gekommen wären. Sie kamen mit ihrem Lippenstiftlächeln und mitleidig verzogenen Gesichtern und reichten ihr die Hand, küssten ihre Wange, berührten ihren Arm. Sie schüttelte den Kopf. So zu denken führte zu nichts. Alle waren gekommen, um gemeinsam Daniels zu gedenken und sie und die Mädchen zu unterstützen. Darauf musste sie ihr Augenmerk legen. Sie holte tief Luft und gesellte sich zur nächststehenden Gruppe, Mitarbeiter aus dem Trevarrick, die sie freundlich in ihrer Mitte aufnahmen.

Terry parkte den Wagen. Er und Eve hatten den Weg zum Hotel schweigend zurückgelegt, beide tief in eigene Erinnerungen an Dan versunken. Die Kinder waren vorausgefahren, alle zusammen in Charlies alter Klapperkiste. Eve zog die Sonnenblende herunter, nahm die Sonnenbrille ab und schaute in den Spiegel. Ihre Augen waren rot und mit Wimperntusche verschmiert.

»So kann ich nicht reingehen. Ich sehe schrecklich aus«, klagte sie und spürte schon, wie wieder die Tränen kamen.

»Ach woher.« Terry reichte ihr ein Taschentuch. »Du siehst hinreißend aus. Und das Schlimmste ist jetzt vorbei.«

»Schau doch meine Augen an! ›Blowin' in the Wind‹ war mein Verhängnis. Dan lachen zu hören …« Sie schnäuzte sich die Nase und zog dann ihre getönte Feuchtigkeitscreme hervor, beugte sich vor, um genauer sehen zu können, und betupfte die schlimmsten betroffenen Stellen. Dann trug sie einen Hauch Lippenstift auf. »Besser geht es jetzt nicht.«

»Und es ist großartig so.« Terry griff hinter sich und zog ihre flachen Schuhe vom Rücksitz. »Brauchst du die?«

»Danke.« Sie zog die Stöckelschuhe aus und steckte sie in ihre Einkaufstasche.

Terry lächelte sie an. »Frauen und Schuhe. Wozu kauft man sich so was, wenn man darin sowieso nicht laufen kann?«

Das war scherzhaft gemeint, doch der Schuss ging nach hinten los.

»Das sagst du nur, weil du für deine nie mehr als fünfzig Pfund ausgibst.« Eve knallte die Tür seines geliebten spritsparenden Hybridautos zu. Es würde dem Weltklima wohl kaum so nachhaltig helfen können, wie es ihrem Kontostand geschadet hatte. »Und so sehen sie dann auch aus.«

Er zuckte beim Knall der Türe zusammen, legte die Hand aufs Dach des Wagens, wie um ihn zu streicheln, verkniff es sich aber, etwas zu dieser rohen Behandlung zu sagen. »Wie viel haben *die* zum Beispiel gekostet?«

Ja, es lag Streit in der Luft.

»Nur einhundertfünfundsiebzig Pfund.« Wenn man die dazu passende Tasche, die sie ebenfalls erstanden hatte, ebenso wenig mitrechnete wie das natürlich unverzichtbare Lederspray.

Sie hätte drei Straßen weiter noch gehört, wie er nach Luft schnappte. »Um Himmels willen, Eve. Wir müssen doch sparen.«

»Nein, Liebling. *Du* musst sparen. Ich verdiene ja schließlich noch.«

Diesen Schlag unter die Gürtellinie verdankte er dem klitzekleinen bisschen Schuldgefühl, das er in ihr geweckt hatte. Doch kaum sah sie den gequälten Ausdruck in seinen Augen, wünschte sie sich sofort, es zurücknehmen zu können. »Tut mir leid, das hätte ich nicht sagen sollen.«

»Nein, hättest du nicht. Der Tag heute ist schwer genug, auch ohne dass wir uns um Banalitäten wie ein Paar Schuhe in die Haare kriegen.« Er stürmte so schnell los, dass sie kaum Schritt halten konnte.

»Dann tun wir es auch nicht«, bat sie und packte ihn beim Ärmel. »Bitte.« Er hatte recht. Die Gedenkfeier war ihr endgültiger Abschied von Dan gewesen. All die Erinnerungen, die ihn für ein paar Minuten wieder hatten lebendig werden lassen, gefolgt von den trostlosen Mahnungen, dass sie ihn nie wieder sehen würden. Der Kummer machte sie reizbar. Sie sollte mehr daran denken, dass sie nicht die Einzige war, die jemanden verloren hatte.

Er verlangsamte seinen Schritt und ließ zu, dass sie sich bei ihm einhängte. »Einverstanden«, sagte er. »Tun wir, was wir können, um die arme Rose zu unterstützen. Heute geht es um sie, nicht um uns.«

Den Rest des kurzen Weges durch die vertraute Sackgasse mit den viktorianischen Häusern legten sie schweigend zurück. An deren Ende stand das Canonford: drei aneinandergebaute typische Londoner Stadthäuser, die zusammengelegt und in eine Luxusoase umgewandelt worden waren. Es war Daniels ehrgeizigstes Bauprojekt gewesen, das Flagschiff seines Unternehmens. Er hatte Ideen, die sich beim Trevarrick bewährt hatten, so weit als möglich auf das Stadthotel übertragen und entsprechend ergänzt und abgewandelt. Zunächst hatte die Familie befürchtet, das Projekt könnte sich als finanzielles Desaster erweisen. Doch mit harter, an Besessenheit grenzender Arbeit hatte Daniel ihnen das Gegenteil bewiesen. Inzwischen lief das Hotel seit fünfzehn Jahren und genoss einen hervorragenden Ruf, genau, wie er es gehofft hatte.

Eve lehnte sich gegen eine der Säulen am Fuß der Treppe, um ihre Schuhe zu wechseln, während Terry zwischen den beiden kugelförmig geschnittenen Lorbeerbäumen hindurch hinauflief und dann mit übertriebener Geduld darauf wartete, ihr die Tür zu öffnen.

»Hübsche Schuhe«, murmelte er, als sie zusammen den Empfangsbereich betraten.

»Danke«, flüsterte sie, und er küsste sie flüchtig auf die Wange. Sie drehte sich auf ihrem teuren Absatz um und wandte sich zum Empfangstresen. Der junge Concierge hätte mit diesen ebenmäßigen Gesichtszügen, den aufgeworfenen Lippen und der schlanken Gestalt als Armani-Model durchgehen können. Daniel hatte immer besonderen Wert darauf gelegt, dass alles auf den ersten Blick einen guten Eindruck machte. Dazu gehörte für ihn auch, im Empfangsbereich für attraktives Personal zu sorgen.

»Weißt du, wo ich Rose finde, John?« Sie arrangierte ihre Kette.

»In der Lounge, glaube ich.« Er zeigte seine wunderschönen Zähne in einem Lächeln, bei dem jede Frau weiche Knie bekam.

Eve erlaubte sich, zurückzulächeln. Zu ihrer Linken lag die Lounge, deren sattgrüne Wände ihre Ergänzung in gelben, roten und türkisfarbenen Möbeln fanden. Inzwischen war der Raum voller Gäste. Sie nickte Terry zu und sie gingen Arm in Arm hinein.

Rose war es in ihrem Kostüm zu warm, aber sie konnte die Jacke nicht ausziehen, weil Dylan unmittelbar vor ihrem Aufbruch zur Kirche die Schulterpartie ihrer hellblauen Bluse mit Marmelade beschmiert hatte. Ein Geschäftspartner von Dan belegte sie gerade mit Beschlag, um ihr sein Beileid zu bekunden. Hinter ihm sah sie Anna und Terry am Erkerfenster in ein ernstes Gespräch vertieft. Sie gaben ein seltsames Paar ab: Terry, seriös in einem dunklen Straßenanzug, nickte zur Antwort auf etwas, das Anna sagte. Ihre Armreifen glitten den Arm hinauf und hinunter, während sie, eine Zigarette in der Hand, gestikulierte. Als endlich Terry redete, hörte Anna konzentriert zu und kaute angespannt an einem Fingernagel. Dann lachten sie beide und steckten die Köpfe zusammen, als hätten sie ein Geheimnis.

Jemand zupfte an ihrem Rock. Als sie hinterblickte, sah sie Dylan, einen Schokoladenkeks in der Hand. Adam, der sich in seinem Anzug nicht wohl zu fühlen schien, lief hinter ihm her und beschützte seinen umhertapsenden Sohn auf seinem Weg durch diesen Wald von Beinen.

»Entschuldigen Sie mich.« Sie unterbrach ihren Gesprächspartner, um ihren Enkel auf den Arm zu nehmen. Mit einer abschließenden Bemerkung zog sich der Mann taktvoll zurück.

»Oma. Ham.« Ein Schokokuss auf Roses Wange, dann zwei schokoladige Patschhändchen zu beiden Seiten ihres Mundes, die ihre Lippen zu einer Schnute drückten.

Sie lachte, schnappte sich eins und begann es sauberzulecken. »Was hast du denn angestellt?«

Adam legte den Arm um Rose, und einen Augenblick lang lehnte sie sich an seinen tröstlich warmen Körper. »Du hast ausgesehen, als müsste man dich retten.« Sein Gesicht war ihrem so nah, dass sein Bart sie ein wenig kitzelte. Seine rötlichgolden behaarten Handgelenke gingen in große Arbeiterhände über, die mit schmalen Narben übersät waren. Sein Atem roch nach Zahnpasta.

»Danke. Aber ich wollte nicht unhöflich sein.« Sie rückte Dylan auf ihrer Hüfte zurecht.

»Warst du nicht. Keine Sorge. Er hat ja mit dir reden können.« Das mochte sie an Adam. Er war immer ruhig, immer fair.

»Du bist so klug.« Als sie ihrem Enkel ein Küsschen gab, drückte ihr Dylan einen dicken Schmatzer auf die Wange, und sie musste lachen. Dann nahm Adam ihr den Jungen ab und zog mit ihm los, um Jess zu suchen.

»Sie sehen wirklich glücklich aus.« Endlich hatte Eve Rose gefunden. Sie hatte in der Menge nach ihr gesucht, um sich zu vergewissern, dass sie zurechtkam, denn sie wusste, dass es für sie kein Leichtes war, im Mittelpunkt zu stehen. Sie beobachtete Jess und Adam, die sich gerade ganz Dylan widmeten.

»Ja, nicht wahr? Wenn bloß Daniel ...« Rose stockte.

»Nicht. Nicht jetzt jedenfalls. Wir müssen uns zusammenreißen. Wer sind all die Leute hier?« Eve zupfte den Ausschnitt ihres Wickelkleids zurecht, der verrutscht war und mehr freilegte, als für die Gelegenheit passend war. Rose merkte es gar nicht.

»All diese Leute! Ich weiß nicht genau, wen Daniel alles geschäftlich kennt. Ich bin froh, dass deine Jungs und Millie es einrichten konnten.« Rose unterbrach sich, um ein älteres Ehepaar, das sich für die wunderbare Gedenkfeier bedanken wollte, zu begrüßen und ein paar Worte mit ihnen zu wechseln. Eve sah sich um. Alte Familienfreunde und Bekannte, ja sogar ein paar Leute, an die sie sich aus Unizeiten erinnerte. Sie hielt inne. Sah noch einmal hin. Sie hatte geglaubt, in der Kirche schon alle Bekannten entdeckt zu haben, aber das stimmte offenbar nicht. Ihn hätte sie überall erkannt, trotz all der Jahre. Rose kehrte an ihre Seite zurück.

»Was ist los?« Sie folgte mit den Augen Eves Blick.

»Du hattest nicht erwähnt, dass Will auch kommt.« Ihre Stimme zitterte kaum wahrnehmbar.

Rose fasste sie am Arm. »Doch, habe ich bestimmt. Er hat sich gemeldet, als er die Todesanzeige gesehen hat.«

Eve spürte, wie ihr die Röte ins Gesicht stieg. »Nein, hast du ganz sicher nicht. Das wüsste ich.« Sie spürte, wie ihr am Haaransatz der Schweiß ausbrach, zog ein Taschentuch hervor und tupfte sich die Stirn ab, jedoch nicht so fest, dass sie ihr Makeup verwischt hätte. Tief durchatmend, versuchte sie sich zu fassen.

»Du musst ja nicht mit ihm reden.«

»Keine Sorge, mach ich auch nicht.« Jetzt schlug ihr das Herz bis zum Hals. Weiterhin bemüht, ruhig und langsam zu atmen, nahm sie ihren Exmann unter die Lupe. Er hatte sich in all der Zeit nicht sehr verändert – abgesehen von den Haaren. Die waren nicht nur grauer und spärlicher, sondern auch so kurz rasiert, dass man ihn aus der Ferne für kahl hätte halten können. Immer noch wirkte er schlaksig und langgliedrig, wie sie es in Erinnerung hatte, doch auf seiner Nase saß eine eckige Brille mit dunklem Rand. Trotz der unvermeidlichen Veränderungen, die das Alter mit sich brachte, war es unverkennbar Will.

Als ein anderes Paar Roses Aufmerksamkeit in Anspruch nahm, sah sich Eve nach Terry um. Er sprach gerade mit Daniels Anwalt, einem ernsten Mann mittleren Alters, den sie seiner absoluten Humorlosigkeit wegen lieber mied. Vielleicht sollten sie jetzt gehen. Allerdings wollte sie Rose nicht im Stich lassen. Wie albern sie sich anstellte. Jahre waren ins Land gegangen, und hier in diesem Hotel war bei weitem genug Platz für sie und Will. Sie würde ihm einfach aus dem Weg gehen.

Sie marschierte an der Rezeption vorbei zur Bar und holte sich unterwegs ein paar Schnittchen mit Roastbeef und Meerrettich. Eine Grundlage schaffen war nie verkehrt. Als sie sich gerade ein zweites Glas Wein besorgte, spürte sie eine Hand auf der Schulter. Sie fuhr herum. Ihr sechster Sinn hatte ihr schon gesagt, wer es war.

»Evie, dachte ich mir doch, dass du das bist.« Die gleiche Stimme, die gleiche schottisch gefärbte, etwas verwaschene Sprechweise. Erinnerungen, die sie vor langer Zeit begraben hatte, klopften von innen an ihren Sarg. »Will!« Sie hörte ihre Stimme zwei Oktaven höher schießen als normal und räusperte sich.

Als sie seinen Namen sagte, glitt das perfekt rohe Roastbeef samt Meerrettich von dem Crostini, das sie schon halb im Mund hatte. Sie hob die andere Hand, um es aufzufangen, aber zu spät. Da stand sie zum ersten Mal seit Jahren von Angesicht zu Angesicht ihrem Exmann gegenüber und die roten Fleischstückchen fielen direkt in die Tiefen ihres Ausschnitts. Ein besonders bösartiges Stück drapierte sich direkt auf ihrem Busen und hinterließ einen neckischen Meerrettichfleck auf dem schwarz gemusterten Kleid.

»Lange her«, brachte er hervor, nahm, sichtlich bemüht, die Fassung zu wahren, vom Barmann ihren Wein entgegen und bestellte sich ebenfalls ein Glas. Er hielt beide Gläser, während sie das Fleisch zwischen ihren Brüsten herausfischte. Mit knallrotem Kopf legte sie ihre Beute zurück auf das Crostini, nahm sich ein Messer vom Tisch und versuchte den Meerrettich abzuschaben. Das Ergebnis wäre sehr viel überzeugender gewesen, wenn die Schneide nicht gezähnt gewesen wäre. Es gelang ihr zwar, einen Teil der Sauce wegzuwischen, doch verhakte sich das Messer in ein paar Stofffäden und blieb am Ausschnitt des Kleids hängen.

»Mist, verdammter!« Ein Schweißtropfen rann ihr die Schläfe hinunter.

Nachdem sie das Messer befreit hatte, glättete sie den unwiderruflich ausgefransten Ausschnitt. Dann legte sie mit dem Rest Würde, der ihr noch geblieben war, das Messer nieder und ergriff ihr Glas. Als sie es an die Lippen hob, sah sie das Zwinkern in seinen Augen und konnte nicht anders. Anstatt all das auszusprechen, was sie ihm hatte sagen wollen, falls sie ihm jemals wieder begegnete, was sie in den ersten Monaten nach seinem Weggehen so unermüdlich einstudiert hatte, begann sie zu lachen.

»Was macht Eve denn da? Wer ist das?«

Rose wandte sich von Anna ab und sah Eve in ihren Ausschnitt hinabtauchen und anschließend mit zurückgeworfenem Kopf lachen.

»Das ist Will, ihr erster Ehemann.« Sie war so sicher, Eve angekündigt zu haben, dass er kam, doch vielleicht hatte sie es im Chaos der Organisation doch vergessen. Mit einer solchen Reaktion hatte sie jedenfalls nicht gerechnet. Vielleicht damit, dass die Fetzen flogen. Dass man sich unterkühlt grüßte. Jedenfalls kaum mit Versöhnung.

»Echt? Sieht ziemlich gut aus für sein Alter. Weiß Terry davon?« Anna schielte zu ihrem Onkel hinüber.

»Anna, also bitte! Aussehen ist nicht alles. Ich glaube nicht, dass Terry ihn je kennengelernt hat.« Rose fühlte sich zutiefst unbehaglich, Zeugin dieser Begegnung zu werden. Sie blickte zu Terry hinüber, der sich zwar gerade unterhielt, mit seiner

Aufmerksamkeit jedoch ebenfalls ganz bei den Geschehnissen auf der anderen Seite des Raumes war. Sie hielt ihn nicht für eifersüchtig, vielleicht hatte er dazu aber auch bloß nie einen Grund gehabt. Doch dieses laute Gelächter und die Art und Weise, wie Eve und Will zusammen die Bar verließen, seine Hand besitzergreifend auf ihrem Kreuz, mit dem anderen Arm die Menge teilend, entging keinem von ihnen.

14

Eve und Will hatten einander seit dem Tag nicht mehr gesehen, an dem sie ihn dabei erwischt hatte, wie er sich für immer aus ihrem Leben davonzuschleichen versuchte. Danach hatten sie nur noch in Form von wütenden Anrufen oder über ihre Anwälte kommuniziert. Eve hatte nie Gelegenheit gehabt, ihm zu sagen, wie sehr er sie verletzt hatte. Ihr Wunsch nach Rache war mit der Zeit geschwunden, und inzwischen dachte sie kaum mehr an ihn. Doch wie sie sich insgeheim beschämt eingestehen musste, hatte ihr Unterbewusstsein sich geweigert, ihn wirklich ganz loszulassen.

Nachts erschien er ihr hin und wieder in ihren Träumen. Dann liebten sie sich leidenschaftlich, auf eine Weise, die sie und Terry längst vergessen hatten. Sie hatte zahlreiche Artikel darüber gelesen, dass Paare einander ehrlich sagen sollten, was ihnen die größte Lust verschafft, doch mit zunehmendem Alter waren sie eher gehemmter, auch gleichgültiger geworden. Vielleicht erinnerten sie sich gar nicht mehr richtig an ihre Vorlieben. In ihren Träumen jedenfalls hatten sie und Will es auf runden, mit Seidenwäsche bezogenen Betten getrieben, auf Zottelteppichen, auf dem bemoosten Boden eines Birkenwäldchens oder an einem weißen Sandstrand. Am Morgen erwachte sie dann verwirrt und voller Schuldgefühle und fragte sich, was das alles bedeuten sollte.

Und jetzt war er hier. Alles, was sie ihm irgendwann hatte sagen wollen, war aus ihrem Geist wie wegradiert, ebenso ihre letzte Begegnung. Sie sah sich zurückversetzt in ihr erstes Jahr in Edinburgh, wo sie sich in der Mensa kennengelernt hatten. Damals war Will ein ziemlicher Selbstdarsteller gewesen (manch einer nannte ihn gar einen aufmerksamkeitsgeilen Spinner), der in Kilt und Cape herumlief und das lange, glänzende Haar zum Pferdeschwanz gebunden trug. Sie hatte sich von seiner exzentrischen Art und seinen Ideen sofort angezogen gefühlt. Er scherte sich nicht darum, was andere dachten. Was ich anziehe und was ich tue, lasse ich mir von niemandem vorschreiben, erklärte er. Autorität war dazu da, missachtet zu werden, Regeln dazu, gebrochen zu werden.

»Kommst du?«, hatte er gefragt und ihr die Hand hingestreckt. Es war nicht sein Lächeln gewesen, das sie überzeugt hatte, sondern sein Blick, durchdringend und einladend.

Ihre Freundinnen hatten erst ihn angestarrt und dann sie, gespannt, wie sie reagieren würde. Sie hatte ihn nochmals angesehen und dann, getrieben von einem plötzlichen, unvermittelten Drang zu schockieren, seine Hand genommen und war mit ihm fortgegangen. In dieser Nacht hatten sie den Arthur's Seat erklommen.

Seine Stimme brach in ihre Gedanken ein. Er schlug vor, zum Buffet zu gehen. Wie damals vor all den Jahren folgte sie ihm, fasziniert und sich gleichzeitig der Gefahr bewusst.

Als sie an der Rezeption vorbeikamen, hörte Eve Annas Stimme: »Gütiger Himmel, Jess! Das ist vollkommen unnötig.«

»Du hast es absichtlich getan. Wirklich typisch.« Jess rechnete an einem Konsolentischchen aus Mahagoni mit ihrer Schwester ab. Adam nutzte den Augenblick, sich davonzumachen, Dylan auf dem Arm, die Wickeltasche über der Schulter.

»Hör mal, ich weiß, dass du dich schlecht fühlst, weil du nicht da warst, als Dad gestorben ist, und dass du jetzt alles für ihn tun willst, was du kannst, aber dass du deinen Text vermasselt hast, ist doch unwichtig.« Vielleicht war etwas Wahres an dem, was Anna sagte, aber es war nicht der richtige Moment, es auszusprechen. Jess wirkte verletzt. Eve wünschte, sie könnte ihr helfen. Alle wussten, wie sehr sie ihr letztes Gespräch mit Daniel bedauerte, und die Tatsache, dass sie es ihm gegenüber nie würde wiedergutmachen können.

»Ich habe ihn gar nicht vermasselt.« Jess hob in ihrer Wut die Stimme. »Du hast einfach weitergemacht und vorgetragen, was als mein Text abgesprochen war. Die Geschichte, wie er Puderzucker in die Soße gerührt hat, war mein Part.«

»So ein Quatsch! Als das passiert ist, waren wir beide dabei. Diese Geschichte gehört uns beiden. Okay, ich weiß, dass wir ausgemacht haben, dass du sie erzählst, aber du hattest einen Blackout, also habe ich einfach weitergesprochen. Ich dachte, das ist richtig so.«

Jess klammerte sich an die Mahagoniplatte des Tisches, als würde sie sonst umkippen. Aus ihrer Hand hing der Zipfel eines Taschentuchs. »Tja, da hast du dich geirrt. Du hast mich total rausgebracht. So dass am Ende fast alles du gesagt hast. Und ich nichts.«

»Ach, sei nicht so kindisch«, sagte Anna abschätzig. »Keiner hat etwas bemerkt. Und selbst wenn, das spielt doch keine Rolle. Es ist doch kein Wettbewerb darum, wer ihn am meisten geliebt hat.«

Die umstehenden Gäste begannen schon herzuschauen, und als sich herumgesprochen hatte, dass es sich um Daniels Töchter handelte, wuchs die Aufmerksamkeit noch. Beide waren so vertieft in ihren Streit, dass sie es gar nicht bemerkten.

»He, ihr zwei!« Eve löste sich von Will. »Was macht ihr denn?« Sie packte beide fest am Arm.

Jess murmelte verlegen, es sei nicht von Bedeutung, und schüttelte sich los.

»Gerade eben warst du noch anderer Meinung.« Anna spuckte die Worte förmlich aus. »Du hast mich beschuldigt, Dads Gedenkfeier verpatzt zu haben.«

»Anna, es reicht jetzt!«, fuhr Eve dazwischen und erhöhte den Druck auf ihren Arm. »Hört sofort damit auf. Alle beide. Heute geht es um Daniel und Rose, nicht um euch. Eure Aufgabe ist es, eure Mutter zu unterstützen, nicht, alles zu verderben, indem ihr zankt wie kleine Kinder.«

»Es tut mir leid«, sagten Anna und Jess wie aus einem Munde. Jess konnte Eve nicht ins Gesicht sehen, eindeutig beschämt, dass sie so eine Szene gemacht hatten. Anna reckte den Kopf, ihre Augen blitzten herausfordernd.

»Bis jetzt waren wir alle voller Bewunderung, wie toll ihr beide das alles hinkriegt. Macht das nicht kaputt. Es muss schwierig gewesen sein, vor so vielen Leuten über ihn zu sprechen, aber ihr habt ihm eine wunderbar herzliche und lustige Hommage dargebracht. Und wer von euch was gesagt hat, spielt wirklich keine Rolle. Dan wäre gerührt gewesen.«

Anna grummelte vor sich hin, als wollte sie sagen: *Meine Rede*. Jess schnäuzte sich heftig die Nase.

Aber Eve war noch nicht fertig. »Ihr habt es gemeinsam gemacht, das ist alles, was zählt.«

»Du hast natürlich recht. Tut mir leid. Ich bin bloß durcheinander.« Jess steckte blinzelnd ihr Taschentuch weg.

»Das geht uns allen so. Und Trauer kann manchmal dazu führen, dass man Dinge tut, die man eigentlich nicht tun will.« Davon konnte in diesem Falle zwar kaum die Rede sein, aber jetzt zählte nur, dass der Sturm sich legte, bevor Rose etwas davon mitbekam.

Inzwischen war das Interesse der Umgebung an dem Gespräch abgeflaut, und die Leute hatten wieder zu plaudern begonnen. Nur wenige Neugierige warfen noch den einen oder anderen schrägen Blick herüber.

»Was ist los, Mum? Alles klar?« Charlie, Eves Ältester, trat hinter sie. Er sah gut aus mit seinen Locken und in dem an ihm ungewohnten Anzug, vermittelte jedoch den Eindruck, am liebsten so schnell wie möglich aus dem Hotel flüchten zu wollen. Die roten Turnschuhe, die unter seinen nüchternen schwarzen Hosen hervorlugten, verrieten seine rebellische Ader.

»Ja, alles klar.« Eve tat den Vorfall mit einer lockeren Geste ab, obwohl Annas und Jess' verkniffene Gesichter sie Lügen straften. »Wo sind die anderen?«

»Irgendwo da drin, glaube ich.« Er machte eine Handbewegung in Richtung Speisesaal. »Kommst du auf ne Kippe mit raus,

Anna?« Er zog ein Päckchen Zigaretten aus der Jacketttasche. Er tat so, als würde er nichts von der eisigen Stimmung bemerken.

Eve enthielt sich eines Kommentars, hätte ihm aber am liebsten das Päckchen weggenommen und in wenigen scharfen Worten die übliche Tirade losgelassen: Dreckszeug, widerlicher Gestank, ungesund.

»Total gern.« Anna holte ihren Tabak hervor und folgte Charlie ohne ein weiteres Wort nach draußen.

»Das wäre für Dan schrecklich gewesen«, flüsterte Rose Terry zu. Die Gäste hatten sich aus der Lounge in den Speisesaal bewegt, wo auf einem langen, von Anna mit Blumen geschmückten Tisch das großzügige Buffet aufgebaut war, das Jess vorbereitet hatte. Hier hatten die Schwestern einmal harmonisch zusammengearbeitet. »Buffets waren für ihn die reinste Folter. In dieser Frage konnten wir uns nie einig werden, aber wenn ich die Wahl habe, dann verzichte ich gerne auf diese schrecklichen, ewigen Essen, bei denen du neben irgendjemandem, den du kaum kennst und auch nicht näher kennenlernen willst, wie festgenagelt an einem Tisch sitzt. So stelle ich mir die Hölle vor.«

»Tja, jetzt solltest du ebenso an dich denken wie an ihn.« Terry zog mit der Schuhspitze das Teppichmuster nach.

»Ist doch besser, man kann sich frei bewegen und mit allen Leuten unterhalten. Jeder hat so viel über ihn zu erzählen.« Seit der Gottesdienst vorbei war, fühlte sie sich viel wohler. Und es hatten ihr so viele Menschen von ihren persönlichen Erinnerungen an Dan erzählt und was er ihnen bedeutet hatte. Plötzlich erfasste sie eine unerwartete Welle der Zuneigung für ihren Bruder.

Er wirkte verwundert, als sie aus dem Impuls heraus seine Hand ergriff. Dann räusperte er sich. »Schwesterherz, meinst du, wir können gerade mal reden?«

»Wie bitte? Jetzt? Kaum der passende Moment für ein Gespräch unter vier Augen.« Sie spürte, wie er ihr seine Hand entziehen wollte, gab sie aber nicht frei. Eve hatte gesagt, er sei seit der Entlassung nicht mehr er selbst, und Rose merkte das nun auch. Terry war in jeder Hinsicht geschrumpft; nicht nur, was sein Selbstvertrauen anging, sondern auch körperlich. Er hing wie verloren in seinem Anzug.

»Na, dann vielleicht, wenn das alles vorbei ist.« Energisch befreite er seine Hand.

»Das alles?« Rose verschränkte die Arme. »Lieber Himmel, Terry. Es geht um Daniel. Ich versuche mit dem, was geschehen ist, fertig zu werden. Klar weiß ich, dass du auch eine schwierige Zeit durchmachst, aber du kannst nicht erwarten, dass ich mich verhalte, als sei er bloß schnell mal zum Brötchenholen gegangen.«

Er fuhr mit dem Finger zwischen Kragen und Hals, wie um leichter atmen zu können. »Natürlich nicht. Du weißt, dass ich es nicht so gemeint habe. Es tut mir leid. Aber wir müssen wirklich über die Hotels sprechen. Darüber, was damit werden soll.« In seiner Stimme schwang Verzweiflung mit.

»Machen wir. Bestimmt«, versprach sie ihm, mitfühlend, aber unerbittlich. »Nur nicht auf Dans Gedenkfeier.«

Er seufzte, als trüge er die Last der Welt auf seinen Schultern.

»Terry, stimmt etwas nicht?« Plötzlich waren die Jahre, in denen ihr kleiner Bruder auf sie angewiesen gewesen war, wieder da. Sie, die vier Jahre Ältere, holte das Pflaster, wenn er hinfiel; sie schmierte ihm ein Brot, wenn er Hunger hatte. Einmal war er die Treppe heruntergefallen und hatte sich böse den Kopf angeschlagen. Ihre Eltern, die es mit ihrer Aufsichtspflicht ziemlich locker nahmen, waren nirgendwo aufzutreiben. Blutverschmiert und völlig verheult kamen die Kinder nach einem halbstündigen Fußmarsch beim Arzt an. Nicht lange danach war Terry dank eines reichen, großzügigen Patenonkels aufs Internat geschickt worden. »Macht einen Mann aus ihm«, hatten sie gesagt. Doch bei seiner Rückkehr war er kein Mann gewesen, sondern ein introvertierter, linkischer Teenager, mit dem sie wenig anfangen konnte. Sie war auf die Universität gegangen und hatte ihn selten gesehen, bis er Anfang, Mitte zwanzig war. »Mir kannst du es sagen«, fügte sie hinzu und schämte sich zugleich, weil sie insgeheim hoffte, er würde es nicht tun.

Er schüttelte den Kopf, immer noch auf den Teppich konzentriert. »Kann ich nicht«, flüsterte er.

»Bist du irgendwie in Schwierigkeiten?« Sie beugte sich zu ihm hinüber.

Er schluckte. »Nein. Nichts, was dir Sorgen bereiten müsste. Wir reden ein andermal.« Er entfernte sich von ihr. Bevor sie noch etwas sagen konnte, nahmen sie zwei Freundinnen in Beschlag, die ihr Beileid aussprechen wollten.

Nachdem sie noch ein paar ruhige Worte mit Jess gewechselt hatte, ging sie Adam suchen. Sie wusste, dass er ihr den Trost geben konnte, den sie jetzt brauchte. Will war immer noch an ihrer Seite und wartete.

»Ich bin beeindruckt«, sagte er. »Du hast einen internationalen Zwischenfall großen Stils abgewendet.«

»Sie tun mir so leid, vor allem Jess. Sie stand Dan sehr nahe.« Will brauchte nicht die ganze Geschichte zu erfahren.

Sie stellten sich in die Schlange vor dem Buffet, füllten ihre Teller und gingen damit zurück in die Lounge, wo sie auf einem leeren Sofa Platz nahmen. Rasch waren sie so ins Gespräch vertieft, dass sie auch eine halbe Stunde später ihr Essen noch kaum angerührt hatten. Trotzdem begann Eve sich zu wünschen, sie hätte nicht so spontan in seinen Vorschlag eingewilligt, gemeinsam zum Buffet zu gehen. Der mit Gefühlen überladene Anlass, der Wein und der Schreck über das Wiedersehen hatten zusammen bewirkt, dass sie sich, ohne nachzudenken, an Will herangeschmissen hatte. Er lieferte ihr einen herzbewegenden

Bericht über sein Privatleben. Seine Beziehung mit Martha, der Frau, für die er sie verlassen hatte, war schon vor Jahren in die Brüche gegangen. Inzwischen war er Witwer – seine Frau Lindsay war vor einiger Zeit an Eierstockkrebs gestorben. Seine Kinder Jamie und Tess waren inzwischen Teenager und lebten hauptsächlich bei ihrer Tante, weil Will als Fotograf so oft auf Reisen war. Eve war innerlich zerrissen. Einerseits wollte sie ihm zuhören, andererseits Rose suchen und nachsehen, ob Terry zurechtkam. Doch eine gewisse Anziehung (das ließ sich nicht leugnen), ja sogar Erregung hielten sie an ihrem Platz. Wenn jemand ihr vorher prophezeit hätte, sie würde so schwach werden, wenn sie ihn wiedersah, hätte sie ihn ausgelacht.

Als sie ihr Glas hob, sah sie Charlie und Anna vorbeigehen. Obwohl sie keinen Grund hatte, sich schuldig zu fühlen, wollte sie nicht, dass irgendwer auf falsche Gedanken kam. Schließlich würde sie Will ja nicht wiedersehen. Es war nur eine unerwartete, zwanglose Gelegenheit, sich wieder einmal auszutauschen. Doch ihr Sohn und ihre Nichte würdigten sie keines Blickes. Natürlich nicht. Für die jüngere Generation waren sie beide bloß zwei mittelalte Leutchen und damit unsichtbar. Eigentlich gar nicht so schlecht: Unsichtbarkeit hatte auch etwas Befreiendes. Dieser Gedanke baute sie wieder auf.

»Das ist einer von meinen.« Sie deutete auf Charlies Rücken: eine drahtige Gestalt, die aufgrund einer alten Fußball-Verletzung unverkennbar hinkte. Das Päckchen Zigaretten hielt er noch in der Hand. Neben ihm stand Anna, die sich gerade noch eine von den grauenhaft stinkenden Dingern drehte, von denen sie nicht abzubringen war. Eve verstand überhaupt nicht, warum Rose keinen Aufstand machte.

»Von deinen?« Will klang überrascht. »Irgendwie habe ich mir dich nie mit Kindern vorgestellt.«

»Wahrscheinlich dachtest du, ich würde Single bleiben und dir für den Rest meines Lebens nachtrauern. Wenn du überhaupt etwas gedacht hast.« Jetzt reichte es. Er war der einzige Mensch, der sie je wirklich verletzt hatte. Nach allem, was einst zwischen ihnen vorgefallen war, musste sie nichts mehr hinnehmen, was er sagte. Sie nahm ihren Teller und wollte aufstehen.

»Nein, so habe ich es nicht gemeint.« Er ergriff ihr Handgelenk, um sie am Weggehen zu hindern. »Ich weiß nicht einmal, warum ich das gesagt habe. Setz dich wieder, Evie. Geh noch nicht.«

Seine Berührung ging ihr durch und durch. Sie sah das Flehen in seinen Augen.

»Bitte.« Die vertraute Art, wie sich seine Mundwinkel zu einem angedeuteten Lächeln verzogen und wie er die rechte Augenbraue hob. Dieser kleinen Dinge wegen hatte sie ihm damals nicht widerstehen können.

Was auch immer sie jetzt tat, gehen oder bleiben, sie würde es sehr wahrscheinlich bereuen, das war ihr bewusst. Sie zögerte. Ohne Vorwarnung überkam sie der lebhafte Wunsch, ihrem faden Leben neue Würze zu geben. Sie sah sich um. Terry war wohl im Speisesaal. Er würde schon klarkommen. Sie wickelte Messer und Gabel aus der Serviette, lächelte und setzte sich wieder hin.

»Kennst du schon Simon Connelly?«

Jess stellte Rose jemanden vor, den sie nicht sofort erkannte. Hochgewachsen, um die vierzig vielleicht. Er sah aus wie frisch gebadet, das Gesicht glatt, das Haar mit Gel zurückgestrichen. Seinen unverkennbar teuren Anzug trug er sehr lässig. Er reichte ihr die Hand.

»Nein, ich glaube nicht.« Er hatte einen angenehm festen Händedruck, den Rose mechanisch erwiderte, die Aufmerksamkeit ganz auf Jess gerichtet. Sie war aufgebracht, obschon sehr bemüht, es zu verbergen. Rose merkte, welche Anstrengung es ihre Tochter kostete, mit ruhiger Stimme zu sprechen, und auch das nervöse Gefummel an den Jackenknöpfen entging ihr nicht. Am liebsten hätte sie sie tröstend in den Arm genommen.

»Es tut mir so leid für Sie.« Sein nördlicher Akzent hatte etwas Beruhigendes.

Sie senkte den Kopf. »Danke. Haben Sie Daniel gekannt?« Wie viele solche Gespräche konnte sie ertragen? Keines würde ihn ihr zurückbringen.

»Simon ist gerade von Edinburgh hierhergezogen. Er hat die Renovierung des Arthur geleitet«, unterbrach sie Jess. »Er ist Architekt.«

»Wirklich? Sie haben großartige Arbeit geleistet.« Mit einem Mal fühlte sich Rose unendlich müde.

»Alles in Ordnung, Mrs Charnock?« Er beugte sich besorgt zu ihr vor. »Vielleicht sollten Sie sich setzen.«

»Ja, ich glaube, das mache ich. Danke.« Mit Jess auf der einen, Simon auf der anderen Seite ging sie in die Lounge, wo sie eine leere Sitzgruppe fanden. Rose ließ sich erleichtert in einen Sessel sinken.

»Soll ich Ihnen einen Tee holen?« Simons Stimme klang warm und besorgt.

»Ich mache das schon«, unterbrach Jess und sprang auf die Füße. »Mum, ich wollte, dass du mit Simon sprichst, weil wir für das Trevarrick große Pläne haben.«

»Pläne?« Hatte Jess das schon einmal erwähnt? Rose konnte sich nicht daran erinnern. Und jetzt war ihr überhaupt nicht danach, etwas darüber zu erfahren. Das Trevarrick war so ungefähr das Letzte, was sie jetzt im Kopf hatte. Heute ging es um die Familie, um Daniel, und um gar nichts sonst. Sosehr sie das Hotel liebte, ein Gespräch über eine Renovierung oder was auch immer Jess vorhatte, kam jetzt nicht in Frage. Auf der anderen Seite des Raumes bemerkte sie Eve und Will, die sich angeregt unterhielten. Was um Himmels willen war in Eve gefahren? Rose war bislang nicht aufgefallen, wie tief ihr Kleid ausgeschnitten war. Ziemlich gewagt für eine Frau ihres Alters. Aber genau dieser Dinge wegen war Eve so amüsant: sie zog sich an, wie es ihr passte. Rose blickte auf ihre eigene, brav geknöpfte Bluse und ihr Schneiderkostüm. Bestimmt sah sie mindestens zehn Jahre älter aus als Eve. Eve hatte die Beine übereinandergeschlagen, von ihrem Fuß, den sie in der Luft kreisen ließ, baumelte ein Stöckelschuh. Rose sah ihre eigenen Schuhe an, elegant, aber im Vergleich langweilig. Will lehnte sich zu Eve herüber und sagte etwas, und beide lachten. Wie angeregt Eve aussah, so, als sei das Leben noch genauso toll wie in ihrer Jugend. So hatte Rose sie seit Jahren nicht gesehen.

»Keine Sorge.« Simon war aufgestanden und beugte sich zu ihr hinunter. »Wir können ein anderes Mal darüber sprechen. Jetzt ist nicht der passende Moment. Ruhen Sie sich ein wenig aus.«

Sie hatte nicht die Kraft, auch nur der Höflichkeit halber etwas einzuwenden. Er wandte sich ab und sprach noch kurz mit Jess, die gerade mit dem Tee zurückkam.

»Entschuldige, Mum. Ich bin so aufgeregt wegen unserer Pläne, aber es war dumm von mir zu glauben, du könntest jetzt etwas darüber hören wollen. Wir machen das ein andermal. Hier.« Sie stellte die Tasse auf den Tisch und setzte sich. Auf die Untertasse hatte sie ein paar von Roses Lieblingskeksen gelegt. »Die werden dir helfen. Ich wette, du hast noch nichts gegessen.«

Dankbar nahm Rose einen Keks und knabberte ein wenig von der obersten Schicht ab – eine alte Gewohnheit aus Kinderzeiten. »Danke. Aber hast du denn schon was zu dir genommen? Du siehst schrecklich blass aus.« Während sie den Tee trank, hörte sie sich Jess' Beteuerungen an, es gehe ihr gut. Sie habe keinen großen Hunger und hätte bloß einen dummen Streit mit Anna gehabt, nichts von Bedeutung. Obwohl sie sich ernsthaft Sorgen um ihre Töchter machte und sich darüber im Klaren war, dass dieser Tag für sie genauso schwer war wie für sie, konnte sich Rose jetzt, wo sie Gelegenheit dazu hatte, nicht ganz auf Jess konzentrieren. Alles, was sie sagte, hörte sie nur mit halbem Ohr. Unverwandt hingen ihre Augen an Eve und Will.

15

In Eves Kopf pochte es. Sie öffnete den Schrank in der Ecke ihres Büros, die als Küche diente, und nahm ein paar Kopfschmerztabletten, die sie für Notfälle dort aufbewahrte, aus der Packung. Dann füllte sie den Wasserkocher, schaltete ihn ein und spülte zwei Becher aus, die schon seit ein paar Tagen im Waschbecken standen. Aus Gewohnheit löffelte sie Instant-Kaffeepulver in beide Becher und gab Zucker in den einen, Milch in den anderen, bevor sie merkte, was sie da tat. Amy gehörte nicht mehr zur Agentur Rutherford. Trotzdem füllte sie beide Becher mit heißem Wasser. Die Extraportion Koffein würde sie über den Morgen retten.

Nachdem sie die Tabletten mit einem Glas Wasser heruntergespült hatte, nahm sie ihren Kaffee mit zum Schreibtisch. Ihm gegenüber stand der ihrer neuen Assistentin, die koffeinfrei lebte. Voller Dankbarkeit dachte sie an den Tag, an dem sie von May Flynn gehört hatte, einer vielversprechenden Verlagsassistentin, deren voriger Arbeitsplatz bei Customhouse Books Sparmaßnahmen zum Opfer gefallen war. May hatte ihr Leben verändert, auch wenn sie im Büro selbst noch nicht viel geleistet hatte. Eve spürte Amys Abwesenheit immer noch, das ließ sich nicht ändern. Amy war verschwunden und hatte all ihre Unterlagen mitgenommen, ebenso wie sämtliche kleinen Geschenke dankbarer Autoren. An ihrer Pinnwand links vom Schreibtisch hingen nun keine witzigen Postkarten mehr, keine Notizzettel, keine Fotos, die Amy bei dieser oder jener Gelegenheit mit Autoren zeigten. May hatte ein paar eigene Sachen aufgehängt, aber weniger chaotisch. Das halbhohe Bücherregal an der Wand sah aus wie ein Mund mit schlechten Zähnen, voller Lücken, die Amys Plünderung gerissen hatte. May hatte den Rest prompt umgestellt und den nötigen Ersatz bestellt, aber voll war das Regal noch lange nicht.

Eve stützte den Kopf in die Hände. Himmel, wie schlecht sie sich fühlte. Sie hätte nicht so viel Wein trinken sollen, als sie von Daniels Gedenkfeier zurückgekommen waren, aber Terry hatte sich ausgeklinkt und im Fernsehen irgendein Pferderennen angeschaut und sie mit ihren Gedanken allein in der Küche sitzen lassen. Will! Nach all diesen Jahren, und wie leichtfertig sie sich hatte hinreißen lassen. Vielleicht passierte so etwas eben, wenn man in einem schwachen Moment erwischt wurde. Ein paar elende Monate lang hatte sie für sich allein versucht, mit ihrer Trauer fertig zu werden, hatte sich so schrecklich schuldig gefühlt an Daniels Tod, obwohl eine derart tiefe Trauer um ihn eigentlich nur Rose zustand, nicht Eve. Sie bekam das Bild, wie sich Rose auf dem steinigen Weg, wo er gefunden worden war, über Daniels Leichnam beugte, einfach nicht aus dem Kopf. Sein Gesicht war hochrot gewesen, weil er, wie sie später erfuhren, fast drei Stunden ungeschützt in der Sonne gelegen hatte. Rose hatte seinen Kopf in den Schoß genommen, die lästigen Fliegen verscheucht. Das einzige Geräusch, das sie von sich gab, war ein schreckliches, geradezu tierisches Heulen gewesen, das nicht enden wollte. Zu dritt hatten sie um sie herum gestanden, reglos vor Erschütterung, und auf den Krankenwagen gewartet, bis Annas gequälte Schluchzer Eve klarmachten, dass sie etwas tun musste.

Der vorzeitige Verlust eines so langjährigen und geliebten Freundes hatte Eve tief getroffen. Nicht nur, weil sie ihn vermisste, sondern auch, weil sein Tod sie an die Endlichkeit des Lebens und die Pflicht, es nicht ungenutzt zu lassen, erinnerte. Wills unerwartetes Auftauchen hatte sie zurückkatapultiert in jene aufregenden Studententage in Edinburgh, als alles möglich schien und das Leben noch sorglos war. Mit ihm zusammen zu sein, wenn auch nur für so kurze Zeit, hatte ihr dieses Lebensgefühl zurückgebracht, trotz der Pfunde auf den Hüften und all der anderen, allzu offensichtlichen Anzeichen des Alters.

Sie nahm einen Schluck Kaffee und dachte über den bevorstehenden Tag nach. May war heute nicht da. Dass sie Teilzeit arbeitete, kam ihnen beiden entgegen – es gab May Gelegenheit, an den freien Tagen ihre Schriftstellerkarriere zu verfolgen, und Eve, ein bisschen Geld zu sparen, was nur vernünftig war.

Amy hatte ungefähr eine Woche nach Eves Rückkehr aus Italien endlich die Karten auf den Tisch gelegt. Offenbar fand sie, dass ihrer Chefin sieben Tage Schonzeit genügen mussten, um sich vom Tod eines ihrer engsten Freunde zu erholen. Eve hatte sich ins Büro geschleppt, obwohl sie sich unendlich viel lieber den ganzen Tag im Bett verkrochen hätte. Amy hatte bereits hinter einem ungewohnt ordentlichen Schreibtisch gesessen.

Sie hatte gewartet, bis Eve die Jacke ausgezogen und ihren großen Cappuccino samt dem kleinen Muffin – eine liebgewordene Gewohnheit, mit der sie inzwischen aufgrund eines Neujahrsvorsatzes gebrochen hatte – auf den Tisch gestellt hatte. Dann war sie aufgestanden und hatte sich in der Mitte des Raums aufgebaut.

Immer noch erinnerte sich Eve, wie sie an ihrem Computerbildschirm vorbei Amy angesehen hatte, die sich räusperte. »Ist was?«, hatte sie gefragt und gehofft, dass es nicht lange dauern würde, was es auch sein mochte. Zwar war ihr überhaupt nicht nach Arbeiten zumute, aber während ihres langen Aufenthalts in Italien war sehr viel liegengeblieben.

»Ja.« Amy war von einem schwarz bestrumpften Bein auf das andere getreten, während Eve sich im Geiste notiert hatte, gelegentlich zu erwähnen, wie unpassend die Kürze ihres Rockes war – er bedeckte nur knapp ihr Gesäß. Oder war es zu altjüngferlich, so etwas zu sagen? Wahrscheinlich. Störte es sie? Nein. Aber im Geschäftsleben war es wichtig, einen guten Eindruck zu machen. Sie setzte es auf die immer länger werdende To-Do-Liste, die ihren Kopf inzwischen mit Beschlag belegte und ihre Aufmerksamkeit beanspruchte. Da öffnete Amy den Mund.

»Also, Eve, es ist so ... Na ja ...« Sie hielt inne. »Es fällt mir schwer, es auszusprechen. Ich habe beschlossen, die Agentur zu verlassen.«

Eve nahm den entschlossenen Gesichtsausdruck in sich auf, das diskret aufgetragene Make-up, das perfekt frisierte Haar, die künstlich geweißten Zähne, den großen Mund, und fühlte ... buchstäblich überhaupt nichts. Vielleicht war es gar nicht so schlecht, wenn Amy ging. Ärgerlich, ja, aber sie arbeiteten ohnehin nicht mehr gut zusammen, und niemand war unersetzlich. *Außer Dan.* Die Worte hallten in ihrem Kopf nach.

»Und weshalb? Ich dachte, es gefällt dir hier.«

»Hat es auch. Aber ich muss an meine Karriere denken und glaube, hier komme ich nicht weiter.«

Eve hob die Augenbrauen, überrascht über die Offenheit der jungen Frau. »Gehst du zu einer anderen Agentur? Von Cambridge nach London?« Das wäre für jemanden mit Amys Ehrgeiz der passende Schritt gewesen. Einer der Jungs von Rang und Namen würde Amy ohne viel Federlesens vernaschen und sie dafür mit den Freiheiten belohnen, die sie sich wünschte.

»Ein paar Leute haben Interesse bekundet, aber sicher ist noch nichts. Bis du jemand anderen gefunden hast, kann ich hierbleiben.« Sie ging zurück zu ihrem Schreibtisch. Das Thema war abgeschlossen, und für den Rest des Vormittags sprach sie überhaupt nicht mehr mit Eve.

In den Wochen danach, während der Kündigungsfrist, blieb Amy dem Büro häufig aus mysteriösen Gründen fern, ohne sich auch nur die Mühe zu machen, es zu erklären. Eine Verlegerin aus Eves Bekanntenkreis hatte ihr gegenüber May erwähnt, und kurze Zeit später einigten sie sich über die Arbeitsbedingungen und unterschrieben den Vertrag. Als Amy schließlich ging, redeten sie praktisch überhaupt nicht mehr miteinander. May trat kurz vor Weihnachten ihre Arbeit in der Agentur an, was eine Riesenerleichterung war. Sie war intelligent und fleißig, lernte schnell und würde schon bald genau die Rolle einnehmen können, die Eve ihr zugedacht hatte. Die Klienten mochten sie und Eve hatte die Zügel der Agentur wieder selbst in der Hand.

Dann, vor einer Woche, war in der Presse die Anzeige einer neuen Agentur für Kinderliteratur in London erschienen: AFA – die Amy Fraser Agency, mit Sitz in Wandsworth. Auf der groß verkündeten Liste von Autoren fanden sich vier, die bis dahin Eve zu vertreten geglaubt hatte.

Der Zeitungsausschnitt lag immer noch auf ihrem Tisch. Mit einem roten Stift unterstrich sie die Namen der Autoren: die Vorhut all derer, die sie bald verlieren würde, wenn sie nichts unternahm. Wenigstens waren es Autoren, auf die Eve zur Not verzichten konnte. Sie produzierten langsam und hatten, soweit sie wusste, nichts fertig in der Schublade. Sie war ziemlich überrascht, dass Amy sie überhaupt genommen hatte, aber das Mädchen war offenbar schlauer, als Eve ihr zugetraut hatte. Amy hatte Eves Zeit der Trauer, in der sie nicht richtig bei der Sache war, ausgenutzt, um hinter ihrem Rücken die Ruhestandsgeschichte in die Welt zu setzen und sich das Vertrauen der Klienten zu erschleichen, bis die ersten eingewilligt hatten, sich ihrer neuen Agentur anzuvertrauen. Und wenn Eve nicht aufpasste, würden das vielleicht nicht die Letzten sein.

Als Eve nach dem Telefon griff, stieß sie den Becher vom Tisch, so dass er erst auf einen Papierstapel neben ihrem Stuhl und dann gegen das Stuhlbein fiel. Eine Flut schwarzgrauen Kaffees verteilte sich überall. Während sie eine der Skizzen (Gott sei Dank!) für Rufus' neues Buch mit einem Stück Küchenrolle abrieb, spürte Eve, wie sich eine tiefe Schwermut auf sie herabsenkte. Ihre Agentur befand sich im Belagerungszustand, einer ihrer ältesten Freunde war tot, ihre Kinder waren ausgezogen, ihre Ehe war alles andere als befriedigend, und Will war wieder aufgetaucht. Konnte es noch schlimmer kommen?

Sie ließ den Blick über die Aufnahmen wandern, die die Wände des Büros schmückten: ihre preisgekrönten Autoren, ihre Kinder mit Surfbrettern unterm Arm an einem Strand in Cornwall, Terry als strahlender Sieger eines Querfeldeinrennens. Das waren die Menschen, die sie gernhatten und denen gegenüber sie eine große Verantwortung trug, insbesondere jetzt, da Terry arbeitslos war. Vor kurzem war die gerahmte LP-Hülle von »Sticky Fingers« von den Rolling Stones hinzugekommen. Rose hatte Daniels engste Freunde gefragt, ob sie sich irgendetwas von seinen Sachen als Andenken aussuchen wollten. Seine umfangreiche Plattensammlung war verlockend, und so hatte Eve das Album gewählt, von dem er damals in Edinburgh, als alle anderen schon wieder für andere Musik schwärmten, immer noch begeistert gewesen war. Sie warf die Küchenrolle in den Abfall. Schluss jetzt! Wo war die alte Eve Rutherford, der das alles egal gewesen war und die nie zugelassen hätte, dass jemand sie übers Ohr haute? Was war bloß los mit ihr?

Sie ergriff den anderen Becher und trug ihn zur Spüle, wo sie, von neuer Entschlossenheit erfasst, den ungenießbaren Kaffee wegschüttete. Sie würde gegen die Schwermut ankämpfen und allen, vor allem aber sich selbst, beweisen, aus welchem Holz sie geschnitzt war.

Zwei Stunden später hatte sie über den Kaffeefleck einen Teppich gebreitet und den ungeordneten Papierkram sortiert und in Mays Ablagekorb gelegt. Außerdem standen jetzt gelbe Tulpen auf dem Tisch. Bis Rufus zum Mittagessen kam, blieben noch ein paar Stunden: genug Zeit, um die Post zu bearbeiten und ein paar Sachen zu erledigen. Vielleicht hatte sie sogar noch Gelegenheit, ein wenig in dem vielversprechenden Phantasy-Jugendroman zu lesen, der ihr vor ein paar Tagen unangekündigt auf den Schreibtisch geflattert war. Zum ersten Mal seit langem fühlte sie sich stark und einsatzbereit.

Gerade fing sie an, sich den E-Mails zu widmen, da klingelte das Telefon.

»Mum!« Millies Stimme zu hören gab Eve immer Auftrieb.

Sofort erschien vor ihrem geistigen Auge ein Bild ihrer Tochter: lange, schlanke Beine in engen Jeans, knöchelhohe Stiefel, billige schwarze Bomberjacke aus Leder, die Hände in fingerlosen Handschuhen, ein langer Schal und die Locken in einem widerspenstigen Pferdeschwanz gebändigt.

»Millie, mein Schatz. Wo bist du?« Sie warf einen Blick auf die Uhr. Halb zwölf. Wahrscheinlich noch im Bett, umgeben vom Inhalt ihres Kleiderschranks, den sie, der leichten Erreichbarkeit wegen, lieber am Boden aufbewahrte. Warum ihre geliebte Tochter sich zum unordentlichsten der vier Kinder entwickelt hatte, wusste sie nicht. Überhaupt waren ihre Versuche, ihnen die Grundprinzipien der Hauswirtschaft nahezubringen, ein kläglicher, frustrierender Fehlschlag gewesen.

»Ich will zu einer Ausstellung, aber ich wollte sichergehen, dass du den Scheck auf mein Konto eingezahlt hast.«

Während sie sprach, stellte sich Eve den Scheck vor, den sie ganz bewusst oben auf den Schlüsselkasten an der Eingangstür gestellt hatten, um ihn nur ja nicht zu vergessen. »Tut mir leid, Schatz, haben wir total vergessen.«

Der verzweifelte Seufzer, der daraufhin zu hören war, sagte Eve alles darüber, wie Millie über ihre Eltern dachte. »Ich brauche ihn für die Miete, das habe ich dir doch gesagt.«

»Es ist nicht zu spät«, wandte sie ein. »Ich rufe Dad an, er soll das heute Morgen noch erledigen.«

»Wie geht es ihm?«

»Gut«, sagte Eve lebhaft. Sie wollte nicht, dass ihre Kinder sich je um ihre Eltern Sorgen machen mussten. Das war nicht ihre Verantwortung. »Es ist gut, wenn er was zu tun hat.«

»Das klingt ein bisschen herablassend.«

»Ach ja? War nicht so gemeint.« Sie dachte an Terry, der, als sie das Haus verließ, noch in Pyjama und Bademantel gewesen war und keinerlei Anstalten gemacht hatte, sich anzuziehen. Sie rammte energisch ihren USB-Stick in die Tastatur.

»Na«, meinte Millie zweifelnd. »Wenn du meinst.«

»Aber klar. Mach, dass du weiterkommst, ich rufe ihn sofort an.«

Nachdem sie sich verabschiedet hatten, wählte Eve Terrys Nummer. Millie ging ihr dabei nicht aus dem Kopf. Das Telefon klingelte so lange, dass sie schon glaubte, er sei ausgegangen. Doch schließlich ging er an den Apparat. Ihr wurde das Herz schwer, als sie ihn mit schläfriger Stimme ihre eigene Nummer stottern hörte. Sie erklärte den Grund ihres Anrufs.

»Aber ich kann nicht.« Er klang fast panisch angesichts dieser so einfachen Bitte.

»Was soll das heißen, du kannst nicht? Du brauchst dich bloß anzuziehen und den Scheck zur Bank zu bringen. Was hast du denn sonst vor?«

»Eigentlich nichts, aber ...«

Sie hörte das leise Rascheln von Zeitungsseiten, die umgedreht wurden. Er brauchte nichts weiter zu sagen. Der Sportteil, zweifellos. Herrschaft noch mal!

»Terry, das ist nicht zu viel verlangt.« Sie sprach geduldig, als wollte sie ein störrisches Pferd in seine Box führen. »Aber ich habe heute mehrere Meetings und viel aufzuholen. Es wäre mir viel wert, wenn du ausnahmsweise einmal den Hintern hochkriegen und mir helfen würdest!«

Das war nicht nett, aber offenbar brauchte er einen kleinen Schubs.

»Na schön. Ich mache es heute Nachmittag.«

»Und warum nicht am Vormittag?« Sie gab sich keine Mühe, den Ärger in ihrer Stimme zu unterdrücken.

»Eve! Ich habe gesagt, ich mache es. Und jetzt lass mich in Ruhe.«

Sie nahm den Hörer vom Ohr und starrte ihn an. Er hatte aufgelegt! Zornig drückte sie auf Wiederwahl, aber dieses Mal wurde nicht abgenommen. Wenn sie nicht nach Hause fahren und es Auge in Auge mit ihm ausdiskutieren wollte, konnte sie nichts machen. Sie knallte das Telefon auf den Schreibtisch.

Gleich darauf klingelte es. Sie zog in Erwägung, nicht ranzugehen, riss sich aber zusammen: Sie hatte ein Unternehmen zu führen, und wenn es nicht Terry war, der sich entschuldigen wollte – was wirklich angebracht gewesen wäre –, dann musste sie den Anruf entgegennehmen. Sie konnte es sich nicht leisten, noch mehr Klienten zu verlieren. Gerade jetzt musste sie sie mit besonderer Aufmerksamkeit behandeln. Sie schaute auf die Nummer. Keine, die sie im Kopf hatte. Aber die Stimme erkannte sie sofort.

»Es war so schön, dich gestern zu sehen, Evie. Ich wollte fragen, ob du mal mit mir essen gehen möchtest. Es gäbe so viel zu erzählen.«

»Ach, wirklich?« Sie hatte das dringende Bedürfnis, es ihm schwer zu machen. Glaubte er, er könne nach Gutdünken sie erst verlassen, um sich dann wieder anzuschleichen? Sie lächelte grimmig. Tatsache war, sie wollte ihn nicht wiedersehen. Gestern war ein Ausrutscher gewesen, und jetzt hatte sie Wichtigeres zu tun.

»Bitte, Evie.«

Sie merkte, wie sie etwas unsicher wurde.

»Ich möchte dich wiedersehen.«

Während Will weitersprach, wanderte Eves Blick auf Roses Aquarell mit der Toskanaszene über dem Kamin. Wenn sie doch alle im Handumdrehen wieder dorthin zurückkehren könnten, in eine Zeit, in der Daniel noch lebte. Wie sich in vier kurzen Monaten alles verändert hatte. Wäre er nicht gestorben, hätte sie jetzt nicht das Problem mit der Agentur; Roses Töchter hätten keinen Streit; Dan würde Terry auf die Weise unterstützen, die er brauchte; und infolgedessen würden Terry und sie sich nicht bei jeder Gelegenheit an die Gurgel gehen. Und natürlich wäre Will nicht wieder aufgetaucht.

»Also, sollen wir?«

Ihr war fast alles entgangen, was er gesagt hatte. »Entschuldige, was sollen wir?«

»Lieber Himmel, Evie.« Sie hatte ganz seine aufbrausende Art vergessen, die sie nun zumindest an einen der Gründe erinnerte, warum es keine gute Idee war, sich mit ihm zu treffen. »Ich weiß sonst nichts zu sagen. Es war so schön, dich gestern zu sehen. Du hast dich kaum verändert.«

Nicht diese abgedroschene alte Phrase! Sie hätte ihm mehr zugetraut.

»Also?«

Sie zögerte. Erinnerte sich an den vollgeladenen Wagen, seinen verlegenen Gesichtsausdruck, als er erklärte, dass er sich aus dem Staub machte, seine Rechtfertigungsversuche. Schlimmer noch, sie erinnerte sich an den Schmerz und die Unruhe, unter denen sie anschließend monatelang gelitten hatte. Doch nun, da sie ihm wieder begegnet war, schien all dies so lang zurückzuliegen. Sie war neugierig. Und sie wollte, wenigstens ein Mal noch, das Gefühl erleben, das sie gestern erfasst hatte, als sie mit ihm zusammen war. Er hatte sie aus ihrem Trübsinn befreit und es geschafft, dass sie sich wieder lebendig fühlte. Und schließlich, was war schon ein Essen? Ein paar Stunden, in denen sie sich erzählten, was inzwischen in ihrem Leben passiert war, ein kleiner Energieschub, und bald würde ihnen ohnehin der Gesprächsstoff ausgehen. Und das wäre es dann gewesen.

Er hörte, dass sie unentschlossen war. »Darf ich das als Ja nehmen? Um eins im Murano? Am Dienstag?«

Obwohl die Einladung in das derzeit angesagteste Lokal der Stadt sie in Versuchung führte, ärgerte sich Eve, weil Will davon ausging, sie würde wie einst seinen Plänen sofort zustimmen. Diese Zeiten waren vorbei. Sie warf einen Blick in ihren Terminkalender. Unbeeindruckend leer für die kommende Woche.

»Tut mir leid, Will. Das ist keine gute Idee. Nächste Woche bin ich sehr beschäftigt, und nach London zu fahren steht nicht auf dem Programm.«

Er seufzte. »Evie, komm schon.« Sie hörte, dass er immer

noch gewohnt war, seinen Willen zu bekommen. Aber auch sie konnte eigensinnig sein.

»Nein. Ich fand es auch schön, dich gestern zu sehen, aber wir sollten es dabei belassen.« Ein flüchtiges, unbestimmtes Gefühl von Bedauern oder sogar Sehnsucht durchfloss sie.

»Na, wenn du es dir anders überlegst, hier ist meine Nummer.« Er schien enttäuscht, gab aber nicht ganz auf.

Beim Notieren der Nummer musste sie gegen die Versuchung ankämpfen, es sich doch noch anders zu überlegen. Als sie ihr Gespräch beendeten, blickte sie auf ihren Notizblock. Er war bedeckt mit Kritzeleien – Herzen und Sterne. Sie riss den unteren Teil des Blattes ab, zerknüllte es und warf es in den Papierkorb. Nur die Telefonnummer hob sie auf.

Unfähig, sich auf die Arbeit zu konzentrieren, ging sie zum Spiegel und starrte ihr Bild darin an. Ihr Gesicht war gerötet, ihre Augen strahlten. Mit beiden Händen zerwühlte sie ihr Haar so, dass es windzerzaust und jugendlich aussah – halbwegs. Wem machte sie etwas vor? Sie stellte sich seitlich und studierte ihr Profil. Schultern nach hinten und nach unten, Bauch rein. Nicht schlecht. Etwas fülliger, als sie gut fand, aber bei entsprechendem Licht passabel. Sie sah exakt aus wie das, was sie war: eine Frau mittleren Alters mit Familie und einem anspruchsvollen Beruf, die viel zu leicht auf Schmeicheleien hereinfiel. Die erste Liebe vergisst man nicht, hieß es doch immer. In diesem Fall aus gutem Grund, rief sie sich ins Gedächtnis. Sie versuchte zu vergessen, wie sie am Strand von Gullane nackt gebadet und sich anschließend in den Dünen geliebt hatten, und zwang sich, daran zu denken, unter welchen Umständen er sie verlassen hatte.

Zurück an ihrem Tisch, nahm sie ein paar Verträge, die mit der Post gekommen waren, und begann sie durchzugehen, riss sich zusammen und konzentrierte sich. Eine halbe Stunde bevor Rufus kommen sollte, holte sie die Kopien der Entwürfe zu seinem neuesten Buch hervor und legte sie auf den Konferenztisch, um sie mit ihm durchsehen zu können, bevor sie am Freitag die Künstlerin traf. Sie ließ den Blick durch das Büro schweifen, um sicherzugehen, dass es aussah, wie man es vom Arbeitsplatz seiner Agentin erwartet. Sie zog die blauweiß-gelb gestreiften Rollos herunter, bis sie alle auf exakt der gleichen Höhe das halbe Fenster verdeckten. Punkt viertel vor eins klingelte es.

Rufus nahm wie immer polternd zwei Stufen auf einmal. Er war stets in Eile, überholte sich selbst dauernd in Gedanken und hielt alle anderen auf Trab. Als sie ihn oben ankommen hörte, öffnete sie die Tür. Bei jeder ihrer Begegnungen wunderte sie sich aufs Neue, wie wenig er sich veränderte. Er war nur äußerlich ein Mann, eigentlich aber ein Peter Pan, der nie gelernt hatte, Verantwortung im Leben zu übernehmen. Eve war der ruhende Felsen in seinem Dasein, das Gegengewicht zu den vielen Frauen und Kindern, die in seinem Fahrwasser zurückblieben, ihn anhimmelnd oder verfluchend. Sein Haar wurde weder dünner noch grau und stand in die Höhe, wo er zuletzt mit der Hand durchgefahren war. Er trug Jeans, Turnschuhe und eine weite Jacke über einem karierten Hemd und war immer noch schlank, ziemlich faltenlos und besaß die Energie eines sehr viel jüngeren Mannes.

Einen Moment lang meinte sie Zurückhaltung in seiner Umarmung zu spüren, verwarf aber den Gedanken. Sie waren schon so lange befreundet, sie hätte sofort gewusst, wenn irgendetwas ihn belastete. »Komm rein. Ich muss dir etwas zeigen.« Sie deutete auf die Illustrationen.

Rufus blickte verlegen drein. Seine Augen schossen im Raum hin und her, weigerten sich, ihrem Blick zu begegnen. Schließlich blieben sie an seinen Schuhen haften. »Ehrlich gesagt, ich kenne sie schon.«

»Aber ich habe sie doch selbst erst seit Dienstag«, sagte sie überrascht. »Ich konnte sie dir nicht vorher zeigen, weil gestern Dans Gedenkfeier war. Bist du bei Marie gewesen?« Marie, die Zeichnerin, hatte für alle Bücher seiner Serie »Die Tiere unseres Planeten« die Illustrationen geliefert, es wäre also nicht ungewöhnlich gewesen, wenn Rufus sie besucht hätte – wohl aber, dass er es nicht erwähnt hatte.

»Nein.« Er räusperte sich. »Amy hat sie mir gezeigt. Marie hat ihr ebenfalls Kopien geschickt.«

»Amy?« Sie konnte sich keinen Reim auf seine Worte machen.

»Ja.« Er studierte die Nägel seiner linken Hand, fuhr mit dem Daumen über seine Fingerspitzen und blickte dann auf. Selbst jetzt noch war er unfähig, ihrem entsetzten Blick zu begegnen. »Weißt du, Eve, wir müssen reden.«

Nicht Rufus. Nicht dieser eine Autor, der von Anfang an bei ihr gewesen war. Sie hatten so viel zusammen durchgestanden. Unmöglich, dass Amy es geschafft hatte, ihn wie all die anderen abzuwerben. Oder etwa doch?

Eve hatte das grässliche Gefühl, dass ihr Tag gerade eine plötzliche Wendung zum Schlechten nahm.

16

Rose saß am Tisch vor dem unberührten Frühstück – eine Schüssel Porridge und ein Becher Tee –, eine Hand auf dem Kondolenzbuch. Es war Jess' Idee gewesen, sowohl in der Kirche als auch im Hotel eines auszulegen, damit wirklich jeder Anwesende Gelegenheit hatte, sich einzutragen. Sie seufzte. Das arme Kind tat, was sie konnte, um mit seinen Schuldgefühlen wegen Dans Tod klarzukommen. Sooft sie ihr auch versicherte, dass ihr Streit Anteil daran gehabt hatte, sie konnte es einfach nicht glauben. Rose schlug das Buch an der Stelle auf, wo das Foto von ihnen allen klebte, eine ihrer Lieblingsaufnahmen, die sie an jene fröhlichen Familienferien erinnerte, als die Mädchen noch klein waren. Dan stand groß und zerzaust in Schottland neben einem historischen Steinmal. Sein Lachen galt Rose, die das Foto aufnahm, während die kleine Jess auf seinen Schultern saß, die Arme um seinen Kopf geschlungen, und Anna, die er an der Hand hielt, erwartungsvoll zu ihm aufblickte. Rose fuhr mit dem Finger über das Bild, in ihre Erinnerung vertieft. Dann schlug sie die Seite um.

War *sie* bei der Gedenkfeier gewesen? S? Der Gedanke hatte Rose seit dem Gespräch mit Eve nach dem Theater gequält. Wenn ja, hatte sie sich dann in das Buch eingetragen? Sie betrachtete den Eintrag auf der ersten Seite – ein mit einem Smiley garniertes herzliches Gedenken von Benny, einem alten Freund aus der Zeit, als sie zusammen auf einer Luxusjacht in der Karibik unterwegs gewesen waren. Langsam blätterte sie weiter. Es kamen Beiträge aus allen Bereichen von Dans Leben. Aber auch von *ihr*? Gelegentlich tauchten eine Sophie, eine Suzanne, eine Sarah auf, aber das waren alles Frauen, die Rose kannte, wenn auch manche weniger gut als andere. Sie konnte sich nicht vorstellen, dass Daniel mit einer von ihnen eine Affäre gehabt haben könnte. Aber vielleicht war genau das der Punkt. Auch die größten Schufte laufen ja nicht mit Hörnern und Bocksfuß herum. Meistens sehen sie so aus wie jedermann. Äußerlichkeiten besagten nichts. In jede dieser Frauen hätte er sich verlieben können. Und jede von ihnen in ihn.

»Was machst du?« Jess betrat den Raum. Dylan, dessen Aufmerksamkeit einer kleinen hölzernen Lokomotive in seiner Hand galt, hatte sie in ein Tragetuch gebunden. Rose war erleichtert, dass ihre Tochter heute viel entspannter aussah. Über dem Nachthemd trug sie einen ausgeleierten Pulli, der ihre Figur verhüllte.

»Ich schau das gerade durch.« Rose schob ihr über den Tisch hinweg das Buch zu. »Schön, es zu haben.«

Jess wirkte erleichtert. »Das freut mich. Ich dachte, vielleicht helfen uns all diese Erinnerungen an Dad.« Sie ging zur Ecke der Arbeitsplatte und nahm einen kleinen Karton aus einem Vorrat von Babynahrung. Während sie die Milch in eine Flasche füllte und diese Dylan gab, setzte sie sich mit ihm auf den Knien Rose gegenüber.

»Es ist so seltsam jetzt, wo die Gedenkfeier vorbei ist. So endgültig.« Sie schniefte und wühlte in ihrem Ärmel nach einem Taschentuch.

»Ach Jess, bitte nicht.« Rose stand auf, um sie beide zu umarmen. Dylan streckte die Ärmchen hoch, um ihr die Lesebrille abzunehmen. Sie nahm sie selbst ab und steckte sie in die Tasche, um ihn dann auf die Stirn zu küssen. »Dad würde nicht wollen, dass du dich so fühlst.«

Jess schnäuzte sich. »Ich weiß. Trotzdem habe ich das Gefühl, es war meine Schuld. Wenn wir bloß diesen blöden Streit nicht gehabt hätten.«

»Liebling, lass gut sein. Die Autopsie hat ergeben, dass es jederzeit hätte passieren können. Ich glaube das, und du musst es auch glauben.«

»Ich weiß, ich weiß, aber trotzdem ... Ich hätte das lassen sollen. Ich hatte ja schon meinen Standpunkt klargemacht, indem ich zustimmte, dass Adam daheim blieb. Ich hätte nicht darauf bestehen sollen, noch mal mit ihm drüber zu sprechen. Er war so wütend.« Behutsam setzte sie Dylan auf dem Boden ab, wo er auf allen vieren krabbelnd seine Lokomotive herumschob, während er mit den Zähnen den Sauger seiner Flasche festhielt, die von seinem Mund herabbaumelte.

»Es gab noch viele andere Dinge, die ihn belasteten. So ist das Leben, Jess. Wir müssen alle darüber hinwegkommen. Es war niemandes Schuld.«

»Es erschien mir alles so wichtig. Meine Meinung kundzutun. Und jetzt werde ich niemals Gelegenheit haben, wieder mit ihm ins Reine zu kommen. Es ist zu spät.« Mit zutiefst unglücklicher Miene schenkte sie sich Tee ein. »Gab es wirklich noch andere Dinge, die ihm Sorgen machten?«

Rose wusste, was Jess jetzt hören musste. »Er hatte immer viel am Hals. So mochte er das am liebsten. Du weißt so gut wie ich, dass du die Sache nach deiner Ankunft in ganz kurzer Zeit hättest klären können. Er hatte dich lieb.« Sie war erleichtert, dass sich Jess damit offenbar trösten ließ, ohne genau wissen zu wollen, was ihn sonst noch beunruhigt hatte. »Und jetzt zieh dich doch an. Inzwischen mache ich Dylan ein gekochtes Ei mit Toast, und dann gehen wir zusammen in den Park.«

Als sie mit dem Frühstück und dem ganzen Zirkus, den es bedeutet, ein kleines Kind und drei Erwachsene für einen Winterspaziergang vorzubereiten, fertig waren, zogen sie los. Am Spielplatz wollte Dylan unbedingt aus seinem Buggy, er zerrte schon an den Gurten, während Jess sie noch löste. Dann tapste er zielstrebig auf die Schaukeln zu, Adam und Jess im Schlepptau.

Rose suchte sich eine Bank, von der aus sie ihren Enkel beobachten konnte, der krähte und kicherte, als seine Eltern ihn in eine Kleinkindschaukel hoben. Als sie ihn zwischen sich hin- und herschubsten, wurden seine Freudenschreie lauter und mischten sich in ihrer Erinnerung mit denen Annas, die immer noch höher schaukeln wollte. Sie war da freilich schon ein paar Jahre älter gewesen und hatte sich im Stehen mit gebeugten Knien immer weiter emporgeschwungen. Dann wieder fesselte irgendetwas, was anderswo im Park vor sich ging, ihre Aufmerksamkeit, und sie ließ die Schaukel langsamer werden und sprang ab … Rose schlug das Herz bis zum Hals, wenn ihre Tochter durch die Luft segelte, wohlbehalten landete und dann losrannte. Einmal erwischte sie die Schaukel am Hinterkopf und sie musste genäht werden. Jess hingegen hatte immer gewartet, bis man sie hochhob. Dann saß sie ruhig auf der Schaukel, ein phlegmatisches Kind, die Hände fest an den Ketten, mit leuchtenden Augen, aber fest geschlossenem Mund. Sie zeigte keinerlei Ehrgeiz, sich hoch in die Lüfte zu schwingen.

Erinnerungen.

»Alles klar, Rose?« Adam setzte sich neben sie auf die Bank, während Jess mit Dylan zu den Rutschen ging. Der kleine Junge griff nach der Hand seiner Mutter.

»Ich war ganz weit weg«, gestand sie. »Habe mich an die Zeit erinnert, als die Mädchen noch klein waren.«

»Schwer vorstellbar.« Er zog stirnrunzelnd eine Tüte Weingummi aus der Tasche seines Mantels und bot ihr davon an. Sie schüttelte den Kopf. Er nahm ein Grünes und ein Gelbes, dann ein Schwarzes, das er in den Mund steckte, und legte die beiden Ersten zurück in die Verpackung. »Sind sie immer so schlecht miteinander ausgekommen?« Sein Blick war besorgt.

Sie zog ihren Schal fester und legte die Arme um den Oberkörper, um sich zu wärmen. »So schlecht wie jetzt nicht. Keine Ahnung, was momentan zwischen ihnen abläuft, aber wahrscheinlich hat es mit den Hotels und der Frage zu tun, ob ich mich für den Verkauf entscheide oder nicht. Aber es ist noch zu früh.«

Adam starrte auf seine gefalteten Hände und klopfte die Daumen aneinander.

Rose fragte ihn nicht, wie viel er wusste. Ihr war seit langem bewusst, dass nicht nur in der Natur, sondern auch unter den Menschen ein »horror vacui« verbreitet war – eine Angst vor der Leere. Wenn sie nichts sagte, würde mit ziemlicher Sicherheit er das Schweigen brechen. Und tatsächlich, nach ein, zwei Minuten …

»Anna ist, was das Unternehmen betrifft, total irrational«, sagte er. »Sie sieht es einzig und allein von ihrem Standpunkt aus.«

»Wieso? Was ist da gelaufen?« Sie erwartete, dass er sich auf Jess' Seite stellte, obwohl sie beide ein solches Gespräch eigentlich nicht hätten führen sollen.

»Sie sind beide zu weit gegangen.« Er strich sich über den Bart, unfähig, ihr in die Augen zu sehen. »Jess bedauert wirklich, was sie gesagt hat.«

»Und zwar?« In diesem Augenblick sah sie Jess oben auf der Rutsche sitzen, die Arme um Dylan geschlungen, den sie zwischen ihren leicht gegrätschten Beinen hielt. Als sie lossausten, warf er die Ärmchen in die Luft und kreischte vor Vergnügen.

»Dass Anna egoistisch, alleinstehend und eine ganz miserable Tochter ist, so in der Art. Kurz gefasst.« Es war ihm offensichtlich peinlich, solche Dinge auszuplaudern.

»O Gott.« Rose scharrte mit den Füßen auf dem Plattenbelag. So abgekanzelt zu werden hatte Anna sicher wirklich verletzt. Bestimmt hatte sie erkannt, dass ein Körnchen Wahrheit darin war.

Sie spürte Adams Hand auf dem Arm.

»Ich weiß, dass das jetzt vielleicht nicht der beste Moment ist …« Er zögerte.

»Sprich weiter«, sagte sie. Zwar fand sie, dass er schon mehr als genug gesagt hatte, wusste aber auch, dass er oft Vernünftiges von sich gab.

Doch bevor er weitersprechen konnte, stolperte vor ihnen ein kleines Mädchen und stürzte auf Hände und Knie. Nach einer Sekunde der Stille begann sie mit hoher Stimme zu kreischen. Adam war sofort auf den Beinen, hob sie auf, tröstete sie, sah sich nach der Mutter um. Eine Frau kam von der anderen Seite des Sandkastens angerannt, ein Baby unter dem Arm, einen Holzroller in der freien Hand, und rief den Namen des Mädchens. »Ellie! Alles gut, ich komme!«

»Schau, da ist Mummy.« Adam versuchte das Kind zu beruhigen, aber sie hatte Angst vor dem Fremden mit dem langen Bart und war erschrocken über das Blut an ihren Händen.

Die Mutter ließ den Roller fallen und ging in die Hocke, nahm ihre Tochter in den freien Arm, dankte Adam, beruhigte ihr Kind. Er kam zurück zur Bank, klopfte sich den Staub von den abgewetzten Knien seiner Cordhose und setzte sich.

»Sprich weiter«, bat Rose. »Was wolltest du gerade sagen?«

»Na ja, ich weiß ja, es geht mich nichts an, aber irgendwie habe ich das Gefühl, wenn Terry und du diese Hotelsache auf die eine oder andere Weise klären würdet, wäre für uns alle das Leben einfacher. Ich weiß, dass es schwer ist«, kam er Rose zuvor, »aber es zerreißt sie schier.«

»Das sollten wir nicht ohne die Mädchen diskutieren«, warnte sie. »Und natürlich nicht ohne Terry. Aber bis Madison Gadding das Angebot gemacht hat, habe ich nicht im Traum an Verkaufen gedacht. Ich kann nicht behaupten, ich hätte kein Interesse, aber es ist ein folgenreicher Schritt. Ich will nicht ohne gründliche Überlegung alles drangeben, wofür Dan so lange gearbeitet hat.«

»Dann tu es nicht.« Wie er es sagte, klang es so einfach. »Jess hat die Chance verdient, die Daniel ihr versprochen hat. Egal, was er von mir hielt.« Er lachte verzagt auf. »Sie liebt das Trevarrick, wir sind glücklich dort. Es hat keinen Sinn, es zu verkaufen. Überhaupt keinen. Ich weiß nicht, was wir ohne das Hotel machen sollten.«

Rose saß reglos da. War es nicht genau das, was Daniel befürchtet, was ihn wütend gemacht hatte? Sie hatte immer geglaubt, Adam ginge es in erster Linie um Jess' und Dylans Wohlergehen, nicht um das bequeme Dach über ihrem Kopf und das damit einhergehende Einkommen. Doch Daniel hatte die Saat des Zweifels schon vor langer Zeit gesät, und sosehr sie sich dagegen gewehrt hatte, sie hatte in ihr geschlummert und auf den Zeitpunkt zum Aufgehen gewartet. War es möglich, dass dieser sanfte Riese von einem Mann wirklich nur an sich selbst dachte?

»Das verstehe ich natürlich«, sagte sie schließlich. »Aber ich muss auch daran denken, was für uns andere das Beste ist. Und auch für Anna.«

»Aber warum bekommt sie nicht einfach eine Hypothek oder ein Darlehen?«, hielt er entgegen. »Es ist verrückt, das ganze Unternehmen zu verkaufen, um einen weiteren ihrer Pläne zu finanzieren. Ich verstehe, dass sie das ideale Gelände gefunden hat und es sich nicht durch die Lappen gehen lassen will, aber es muss doch andere Wege geben.«

Eine Sekunde lang amüsierte Rose die Ironie, Adam Daniels Ansichten nachplappern zu hören, doch dann gebot ihr der Mutterinstinkt, ihre Tochter in Schutz zu nehmen. »Aber Adam, niemand mit einem Funken Verstand würde ihr eine Hypothek oder ein Geschäftsdarlehen geben – das ist das eine. Und zum anderen hat sie kein Geld, um eine solche Miete samt Betriebskosten zu bezahlen. Denk an all das Material, das sie wird kaufen müssen. Sie kommt ja jetzt schon kaum über die Runden.« Sie angelte nach einem verirrten Fußball und kickte ihn zurück zu seinem kleinen Besitzer. »Und sie möchte etwas Eigenes haben, schließlich sieht sie, dass Jess das Trevarrick hat. Sie betrachtet das als ihre Chance. Ich verstehe das, du nicht?«

Sie bemerkte seine Verlegenheit über seine unpassende Bemerkung. Seine Augen, die er jetzt auf seine Frau und seinen Sohn richtete, verrieten ihn. Dylan hatte im Sandkasten eine Schaufel gefunden, auf der er ritt wie auf einem Pferd. Jess sah ihm dabei zu, die Hände in die Hüften gestützt. »Es tut mir leid«, sagte er. »Es geht mich nichts an. Ich mag es einfach nicht, Jess so aufgebracht zu sehen, das ist alles.«

»Ich weiß.« Schuldbewusst, weil sie so schlecht von ihm gedacht hatte, tätschelte sie seine Hand, gerade als er die Weingummitüte wieder aus der Manteltasche zog. Die Süßigkeiten verteilten sich überall, fielen wie matte Edelsteine ins Gras. Beide beugten sie sich gleichzeitig vor, um sie aufzusammeln, und stießen mit den Köpfen zusammen.

Lachend setzten sie sich auf und entschuldigten sich beieinander. Rose rieb sich den Wangenknochen, während ihr unwillkürlich Tränen in die Augen schossen. Sie wühlte in der Tasche nach einem Taschentuch und schnäuzte sich.

»Was macht ihr denn, ihr beiden?« Jess kam gerade recht: Dylan ließ sich sofort auf alle viere nieder und half seinem Vater, scharrte mit seinen rundlichen Fingern auf der Erde beim Versuch, ein Weingummi aufzuheben. Als Adam ihm das schmutzige gelbe Ding wegnahm, begann Dylans Unterlippe zu zittern.

»Nicht doch, Junge. Wie wäre es stattdessen mit einem Eis?« Adam stand auf und schnappte Dylan vom Boden.

»Ein Eis?«, protestierte Jess. »Mitten im Winter!«

»Eis ist Eis, egal um welche Jahreszeit, stimmt's?« Adam küsste seinen Sohn auf die Wange und kitzelte ihn am Bauch, bis das Kind sich vor Vergnügen wand und die Tränen vergessen waren. »Wir sind gleich wieder da.« Er hob den Jungen auf seine Schultern und ging Richtung Ausgang. Dylan hüpfte auf seinem Ross auf und ab und kicherte.

»Wir haben nicht vor, hier zu erfrieren, während ihr weg seid«, rief Jess ihnen hinterher. »Ihr findet uns im Café.«

Adam hob kurz die Hand zum Einverständnis und schnappte sich dann wieder Dylans Bein.

Das Café, nicht viel mehr als ein großer Holzschuppen mit ein paar einfachen Heizstrahlern und Möbeln aus dem Trödelladen, bot willkommenen Schutz vor dem Winterwetter. Hinter dem einfachen Tresen, auf dem hausgemachte Kuchen und Kekse angeboten wurden, servierten ein paar junge Frauen in Mänteln, Schals und fingerlosen Handschuhen heiße Getränke.

Jess wählte einen Tisch in der Nähe eines Heizstrahlers und ließ Rose sich dort aufwärmen, während sie zwei Becher heiße Schokolade mit Sahne und Schokostückchen holte.

»Du siehst müde aus«, sagte sie, als sie damit an den Tisch zurückkam. »Komm doch mit uns ins Trevarrick, Mum. Wir hätten dich gerne da und die Luftveränderung würde dir so guttun. Die Seeluft.« Sie zog ihre Wollmütze aus, wickelte den blau und grün gemusterten selbstgestrickten Schal von ihrem Hals und hängte ihn über die Stuhllehne.

Rose zog die Handschuhe aus und begann die Sahne zu löffeln. Wie sollte sie Jess begreiflich machen, dass das Trevarrick der letzte Ort war, den sie momentan besuchen wollte? Zuhause mit ihren Erinnerungen an Daniel klarzukommen war schwer genug. Nach Cornwall zu fahren würde viele weitere hochkommen lassen. Dazu war sie noch nicht bereit. Schon der bloße Gedanke an diesen Ort versetzte sie zurück in jene Tage, als sie beide und Terry voller Energie aus dem Hotel ein blühendes Unternehmen gemacht hatten. Daniel hatte vor Ideen nur so gesprüht und sie beide mitgezogen, während er mit den Bauarbeitern schuftete, hämmerte, gipste und malte. Nichts war zu schwierig, kein Problem unlösbar. Seine Leidenschaft, aus dem Haus etwas Besonderes zu machen, war unermüdlich. Er kümmerte sich um jede Kleinigkeit, von der Positionierung der Waschbecken in der Küche bis hin zu den Wärmflaschen in jedem Zimmer. »Alle Gäste sollen es hier komfortabler haben als bei sich zuhause«, hatte er gesagt. »Wir dürfen nichts vergessen.«

»Ich weiß nicht«, erwiderte sie und genoss die Süße der Schokolade.

»Ich weiß, dass du Angst hast zurückzukommen, aber ich

will dir so gern zeigen, welche Pläne ich für das Hotel habe. Simon ist dagewesen und hatte tolle Ideen.« Jess hob ihren Becher an den Mund. Ihre Haare, elektrisch aufgeladen vom Ausziehen der Mütze, flogen ihr ums Gesicht. Ihre Wangen glühten von der Kälte draußen.

Es war für Rose schwer vorstellbar, dass das Hotel sich verändert hatte. Aber die Renovierungsarbeiten, die Dan, Terry und sie einst durchgeführt hatten, waren längst altmodisch geworden, ebenso wie ihre Einstellung, schalt sie sich selbst. Was hätte Dan gewollt? Die Antwort wusste sie sofort. Er hätte die Veränderungen begrüßt, sie so abgewandelt oder ausgearbeitet, wie er es für richtig hielt. Nichts war ihm lieber gewesen, als sich in ein Projekt zu stürzen.

»Vielleicht in einem Monat oder so.« Sie flüchtete sich in Ausreden, weil ihr bewusst war, dass Jess ihr unbedingt alles zeigen wollte, um sie zu überzeugen, nicht zu verkaufen.

»Es steckt so viel Potenzial drin.« Jess konnte ihre Aufregung kaum zügeln. »Weißt du was? Ich werde Simon bitten, dir die Pläne zu zeigen, die er für mich vorbereitet hat. Die Zusammenarbeit mit ihm hat mir wirklich geholfen, die vergangenen Monate durchzustehen. Er ist so sympathisch und weiß instinktiv, was gebraucht wird. Sein Vater ist ebenfalls vor kurzem gestorben, also hatten wir etwas gemeinsam. Wenn du die Pläne siehst, wirst du nicht mehr verkaufen wollen.«

Rose hörte das Flehen in ihrer Stimme. Der Enthusiasmus ihrer Tochter erinnerte sie so sehr an Daniel, wie er vor all den Jahren gewesen war. Er machte sie beinahe so unwiderstehlich wie ihn.

»Weißt du, wir könnten den Speisesaal erweitern und eine Terrasse anbauen. Und daneben einen Erker, aber weniger klein, als das vielleicht klingt; das Ganze wird viel heller und sonniger sein als jetzt. Sehr viel mehr einundzwanzigstes Jahrhundert. Er hat sogar Pläne für einen kleinen Swimmingpool gemacht. Du wirst sehen, es wird dir alles gefallen.«

»Schluss«, sagte Rose lachend. »Ihr braucht keinen Swimmingpool, direkt am Strand.«

»Oh doch. Manche Leute schwimmen lieber im Pool. Da ist das Wasser zum Beispiel wärmer.« Jess nahm Roses Hand. »Lass ihn kommen und sie dir zeigen, bitte.« Das »bitte« zog sie so lang wie früher, wenn sie als Zehnjährige ihren Eltern etwas abzubetteln versuchte.

Die Tür ging auf und ein kalter Windstoß fuhr durch die Baracke, kniff sie in Finger und Nasen. Adam führte einen strahlenden Dylan herein, dessen Gesicht und eine Hand mit Vanilleeis verschmiert waren. Er rannte zu Jess, die lachend ein Taschentuch nahm und ihn säuberte, während Adam sich etwas zu trinken holte. Sie sah über die braunen Locken ihres Sohnes hinweg ihre Mutter an. »Machst du es?«

»Na gut«, stimmte Rose zu. »Ich gebe nach.« Vielleicht würde es ihr leichter fallen, einen klaren Kopf zu bekommen und eine Entscheidung zu treffen, wenn sie die Pläne kannte.

17

Die Einfahrt nach London verzögerte sich, der Zug hielt an einem Signal. Neben Eve saß ein Mädchen im Alter von Millie, aus dessen auf volle Lautstärke gestellten Kopfhörern Musik mit dumpfen Bässen und schrillem Gesang bis in Eves Kopf drang. Sie legte sich eine Hand aufs Ohr, aber es half nichts. Ihr gegenüber saß ein ernster junger Mann, der in einer Boulevardzeitung blätterte. Sein Haar war mit reichlich Gel zu scharfen Spitzen geformt, und er hatte Pickel. Er kratzte sich an der Nase und bohrte dann mit dem kleinen Finger darin herum. Als er neugierig betrachtete, was er dort mit dem Fingernagel geangelt hatte, räusperte sich Eve vernehmlich. Er sah auf, ihre Blicke trafen sich, er wurde rot wie eine Tomate und verbarg seine Hand in der Hosentasche. Neben ihm hatte sich ein rotgesichtiger Bankertyp mit geschlossenen Augen bequem zurückgelehnt. Er wirkte ganz so, als hätte er die ganze Nacht durchgefeiert, einschließlich einer Alkoholfahne, die aus all seinen Poren bis zu Eve herüberwehte. In ihrer Verzweiflung wollte sie den Kopf an die Fensterscheibe lehnen, verzichtete jedoch darauf, als sie dort den Schmierfleck vom Kopf eines früheren Passagiers entdeckte.

Kein schöner Anfang für einen arbeitsreichen Tag, aber damit konnte sie sich nicht herausreden. Eve öffnete ihre Aktenmappe und entnahm ihr die Liste ihrer Klienten. Es gab zwei: Die alte Liste, nur für ihre Augen allein bestimmt, auf der diejenigen Klienten, die zu Amy gewechselt waren, mit zornigen roten Kreuzchen markiert waren, gespickt mit Randnotizen, wie sie die Übrigen halten wollte; und die neue Liste, die auch andere einsehen durften. Sie war kürzer und enthielt keinerlei Anmerkungen. Es war die ältere, der sie nun ihre Aufmerksamkeit zuwandte. Einundsechzig Autoren und Illustratoren insgesamt, von denen ihr Amy schon fünf weggeschnappt hatte.

Fünfzehn weitere hatten eng mit ihr zusammengearbeitet und würden sich vielleicht auch noch abwerben lassen. Rationalisierung hieß das Zauberwort. Wenn Eve Amys Attacke überleben wollte, dann musste sie ihre Kräfte nun unbedingt darauf konzentrieren, neue Autoren zu gewinnen, bei anderen die Backlist zu pflegen und auch den einen oder anderen loszuwerden, der sie nur Zeit kostete, aber kein Geld einspielte. Am wichtigsten war jetzt, ein paar wirklich große Projekte anzuleiern, die sie wieder ins Spiel brachten und aller Welt zeigten, dass sie es verschmerzen konnte, eine Handvoll Autoren, und sei es Rufus, an Amy verloren zu haben.

Das Arbeitsessen, das sie zwei Tage zuvor mit ihm gehabt hatte, war kurz und unerfreulich gewesen. Sie hätte das Gespräch lieber in ihrem Büro geführt, aber Rufus hatte darauf bestanden, dass alles wie ursprünglich geplant ablief. Vermutlich hatte er es sich einfacher vorgestellt, an einem öffentlichen Ort mit ihr zu reden. Damit hatte er ziemlich falsch gelegen. Beim Thai um die Ecke eröffnete er ihr dann über Tiger-Bier, einem ziemlich langweiligen Hühnchen in grünem Curry und einem verdammt scharfen Thunfischsalat mit grüner Papaya die schockierendste aller Neuigkeiten.

»Ich weiß nicht, wie ich es dir sagen soll.« Er blickte auf seinen Finger, mit dem er das Muster der Tischdecke nachzog.

In Erwartung der Bombe, die er offenbar platzen lassen wollte, schaute sie ihn gebannt an, dabei krampfhaft bemüht, sich nicht anmerken zu lassen, wie sehr ihr ein Stückchen Chili im Hals brannte. Sein Haar lichtet sich aber doch zusehends, dachte sie unvermittelt. Sie griff nach ihrem Wasserglas und nahm einen Schluck. Das Alter ging also auch an ihm nicht spurlos vorüber. Sicherlich nicht leicht zu akzeptieren für einen Mann, der immer viel jünger geschätzt wurde, als er tatsächlich war.

»Spuck's schon aus, Herrgott noch mal, Rufus. Du weißt doch, mich kann so schnell nichts erschüttern.« Das stimmte nicht im Entferntesten, aber sie war entschlossen, es mit Anstand und Würde durchzustehen. Rasch nahm sie noch einen Schluck, um den Hustenreiz zu besiegen.

Eve erinnerte sich, wie ihr ganz flau geworden war. Hätte sie den Kopf nicht auf die Hand gestützt, wäre ihr womöglich die Kinnlade heruntergefallen. Aber sie hätte es sich denken können. Ein in die Jahre gekommener, erfolgreicher Peter Pan und eine junge, skrupellose Draufgängerin – was sollte man da erwarten?

Im ersten Moment wusste sie gar nicht, was sie angesichts dieser ungeheuerlichen Neuigkeit empfinden sollte. Verzweiflung? Verachtung? Beides entsprach nicht wirklich ihren Gefühlen. Dann bahnte sich aus ihrem tiefsten Innern ein Lachen den Weg durch ihren Körper: Kein hysterisches, ungläubiges Gekicher, sondern ein herzhaftes, schallendes Gelächter. Sie sah, wie Rufus' Gesichtsausdruck von besorgt zu überrascht, verletzt und zuletzt erschrocken wechselte, und mit jedem Wandel wurde ihr Lachen lauter. Tränen rannen ihr beim vergeblichen Versuch, sich zu fassen, über die Wangen. Amy dachte sicher, sie hätte das Rennen gemacht und den großen Preis eingeheimst. Eve versuchte, ihr Gesicht hinter blauen Papierservietten zu verstecken, aber das machte alles nur noch schlimmer. Eine nach der anderen warf sie zerknüllt auf den Tisch. Der Papierberg wuchs und wuchs, und unterdessen redete Rufus auf sie ein und versuchte sie zu beruhigen. »Eve, bitte. Ich wusste nicht, wie du es auffassen würdest.« Sie bemühte sich, ein ernstes Gesicht zu machen und zu einer normalen Unterhaltung zurückzukehren, scheiterte aber ein ums andere Mal. An den anderen Tischen drehte man die Köpfe nach ihnen, einige Leute begannen mitzulachen.

Schließlich verließen sie das Restaurant. Da hatte sich ihr Lachanfall gelegt, und eigentlich war ihr nur noch zum Heulen zumute, aber sie war wild entschlossen, Rufus (und Amy) diese Genugtuung nicht zu geben. Sie konnte sich die beiden gut vorstellen, eng umschlungen auf dem großen Chesterfield-Sofa mit den Lederknöpfen in seinem mittelalterlichen Fachwerkhaus, gekauft von dem Geld, das er dank ihr verdient hatte. Sei nicht so kleinkariert, ermahnte sie sich, konnte es sich aber nicht verkneifen.

Amy sah sicherlich großartig aus in einem pinkfarbenen Bandagenkleid und mit den großen Ohrringen, die bis zu ihrem ausgeprägten Kinn baumelten, wenn sie sich katzengleich an Rufus schmiegte, begierig, zu erfahren, wie Eve reagiert hatte. »Was hat sie gesagt? Wie hat sie es aufgenommen?«

Wenn sie dann hörte, dass Eve bloß gelacht hatte, würde sie gewiss vor Wut platzen, keinen kompletten Triumph errungen zu haben.

Dennoch, der Verlust von Rufus war ein schwerer Schlag für die Agentur. Nicht nur, weil Eve mit seinen zukünftigen Werken nun nichts mehr verdienen würde, sondern auch wegen des Signals, das er aussandte. Verleger wie andere Klienten würden sich fragen, ob ihr Stern nicht am Sinken war, wenn sie Autoren, und insbesondere ihren namhaftesten, an Amy verlor. Sie stellte sich vor, wie am Telefon oder bei Arbeitsessen über sie geredet wurde. Aber sie war nicht gewillt, kampflos das Feld zu räumen.

Der vor ihr liegende Tag war vollgepackt mit Besprechungen, am frühen Abend sollte sie dann noch auf einem Cocktailempfang erscheinen. Kaum war Rufus unter wortreichen Entschuldigungen verschwunden, hatte Eve angefangen, drei solche Tage zu planen, die das Vertrauen in ihre Agentur wiederherstellen sollten. Ihr zweites Hauptanliegen war es, ein oder zwei neue Autoren ausfindig zu machen, um ihr Profil aufzupolieren. Aber wo damit anfangen?

Am Bahnhof King's Cross geriet sie in den Strom der Pendler, mit dem sie sich durch die Fahrkartenbarriere in die U-Bahn schob. Was für ein schrecklicher Tagesbeginn.

Nach ihrem ersten Termin bekam sie Hunger. Sie hatte den

Vormittag damit verbracht, Nan French, eine ihrer talentiertesten Illustratorinnen, davon zu überzeugen, dass die Agentur sich in einer kurzen Übergangsphase befunden habe, bis May eingearbeitet war, nun jedoch alles wieder im Lot sei. Eves Plan, sie für die Bebilderung einer Neuausgabe von *Alice im Wunderland* vorzuschlagen, hatte Nan dankbar und begeistert aufgenommen, voller Vertrauen in ihre Agentin.

Das Taxi setzte Eve vor der kleinen französischen Brasserie ab, die Susie Shepherd für ihr Arbeitsessen vorgeschlagen hatte. Susie saß bereits an einem Tisch und sprach in ihr Handy, als Eve hereinkam. Die beiden Frauen waren befreundet, seit sie vor vielen Jahren in der gleichen Agentur angefangen hatten, auch wenn sie danach beruflich getrennte Wege gegangen waren. Eve hatte sich darauf konzentriert, die Interessen von Autoren zu vertreten, während Susie in der Verlagsbranche Karriere gemacht hatte. Ziemlich klein von Statur, hätte man sie fast für ein Kind halten können. Aber ihr bläulich-rabenschwarz schimmernder Kleopatra-Pony und ihr Sinn für Eleganz verschafften ihr die nötige Autorität. Ihr schwarzer Tibet-Terrier schnüffelte unter dem Tisch neben ihrer Mulberry-Handtasche herum.

Susie erhob sich, als Eve eintrat, und umarmte und herzte sie kurz, ohne ihr Telefonat abzubrechen. Mit einer ungeduldigen Handbewegung signalisierte sie die Hoffnung, ihr Gesprächspartner würde zum Ende kommen, dann bedeutete sie Eve, doch schon mal in die Speisekarte zu schauen.

Endlich gelang es Susie, das Gespräch zu beenden. »Tut mir wirklich leid, ich musste unbedingt mit der blöden Tussi sprechen. Es geht um die Lizenzvereinbarungen für eine unserer Bilderbuchreihen *Die kleinen Luchse* – ach, das braucht dich gar nicht zu interessieren.« Sie trank einen Schluck Wasser.

Natürlich interessierte es Eve brennend, aber ihr war klar, dass Susie sich nur wichtig machen wollte, indem sie ihr ein Informationshäppchen hinwarf. Sie hatte gar nicht vor, mehr zu erzählen.

Bevor Eve auch nur den Mund öffnen konnte, legte Susie wieder los. »Ich habe dich seit Monaten nicht gesehen. Erzähl, wie geht's?« Sie nahm die Speisekarte zur Hand. »Aber lass uns erst mal was bestellen. Ich habe einen Bärenhunger, der Vormittag war total stressig. Der Hasenpfeffer klingt ganz gut, der Steinbutt auch ... hm, ich denke, ich nehme das Steak mit Pommes. Und du?«

Eve war erleichtert. Erst neulich hatte sie beim Essen mit Susie an ein paar Salatblättern rumknabbern müssen und war halb verhungert aus dem Restaurant gegangen. Sie würde einfach dasselbe wie Susie nehmen, das würde sie über den Nachmittag retten. »Lieb von dir, dass du mich hier fütterst, wo mir die Hälfte meiner Autoren und Illustratoren eine lange Nase dreht.«

»Nicht der Rede wert. Ich möchte wissen, was eigentlich los ist. Eve?« Susie machte ihr ein Zeichen, zuerst ihre Bestellung aufzugeben.

»Für mich das Steak, bitte. Halb durch, bitte.« Eve lief bereits das Wasser im Mund zusammen, und sie überlegte, ob sie sich ein Glas Rotwein dazu gönnen sollte. Da fiel ihr ein, dass Susie nie Alkohol trank, und sie verzichtete darauf.

Die Kellnerin kritzelte etwas auf ihren Block und schaute dann auffordernd zu Susie, die einen französisch manikürten Fingernagel über die Speisekarte gleiten ließ. Schließlich schaute sie auf und sagte: »Weißt du was? Ich nehme doch bloß einen Tomaten-Mozzarella-Salat. Die Vorspeisenportion. Ja, das wär's. Ich esse sowieso zu viel in letzter Zeit.« Susie hatte es ihr mal wieder gezeigt – nun stand sie als diejenige da, die sich in jeder Situation zu beherrschen wusste, während Eve ein Essen erwartete, auf das sie keinen rechten Appetit mehr hatte.

Susie, ein Glas sprudelndes Wasser in der Hand, tat ganz unschuldig. Vertraulich zu Eve geneigt flüsterte sie: »Schieß los, erzähle mir alles über die Agentur Amy Fraser. Die Frau ist wirklich eine Nummer, oder?«

»Also, ich hatte ja nie in der Weise mit ihr zu tun wie du.« Eve war lieber vorsichtig. Was immer sie sagte, machte vielleicht bald in der kleinen Welt der Kinderbuchverlage die Runde. Sie durfte keinesfalls aus den Augen verlieren, worum es ihr bei diesem Arbeitsessen ging: Susie zu überzeugen, vier der Backlist-Titel von Jim Palliser in ihr Programm aufzunehmen, nachdem vor kurzem das Fernsehen Interesse an zweien davon gezeigt hatte. Über Amy zu tratschen half ihr nicht, sie musste einfach besser sein als sie.

Susie plapperte ungerührt weiter. »Sie ist vor zwei Wochen bei mir reingeschneit. Ich habe sie kaum mehr losgekriegt.«

»Tja, sie vertritt ja jetzt immerhin Rufus.« Eve ließ den Satz so beiläufig wie möglich fallen, aber Susie war sofort ganz Ohr.

»Nein! Davon hat sie keinen Ton gesagt. Wie ist denn das gekommen? Du bist bestimmt stinksauer.«

»Nicht sauer, eher enttäuscht.« Natürlich hätte sie gerne Amy in der Luft zerrissen, aber es war für Eve beruflich nicht hilfreich, ihr Zerwürfnis in der Öffentlichkeit auszutragen. Viel besser war es, die Sache herunterzuspielen und zu warten, bis Amy über ihre eigenen Füße stolperte. Also berichtete sie nur knapp und sachlich, was geschehen war.

Susie ließ nicht locker. »Du kannst froh sein, dass du sie los bist, wenn du mich fragst. Niemand kann sie ausstehen, weißt du. Mit ihr zu verhandeln ist sehr anstrengend, sie verlangt immer so viel. Ich wollte dich letztes Jahr schon warnen, als uns Mary Mackenzies neues Buch von ihr angeboten wurde, aber du hattest so viel um die Ohren.«

Das war Musik in Eves Ohren, sosehr es ihr andererseits gegen den Strich ging, so mit der Nase darauf gestoßen zu werden, dass sie ihre ehemalige Mitarbeiterin falsch eingeschätzt hatte. Dennoch bemühte sie sich, Susies Geschnatter mit neutralem Gesichtsausdruck anzuhören. Obwohl sie ständig redete, war Susies Teller irgendwann komplett leer, während Eve noch am Essen war, als sich endlich die Chance ergab, das Gespräch auf ihr eigentliches Anliegen zu bringen. Sie sah es allerdings auch nicht ein, sich wegen ihres Appetits zu schämen, zumal sie das Essen, nachdem es einmal gebracht worden war, doch genossen hatte. So ließ sie sich Zeit und tat, als bemerkte sie Susies wiederholte Blicke auf die Uhr gar nicht.

Als sie schließlich das Restaurant verließen, war Eve über alles Wichtige und Unwichtige in ihrer Branche auf dem Laufenden, und Susie hatte zugesagt, Jims Backlist zu kaufen. Eve hatte sie sogar dazu gebracht, dem Jugendbuch von Mary Mackenzie doch noch eine Chance zu geben. Endergebnis: Satt und zufrieden.

So segelte sie auf Wolke sieben zu ihrem nächsten Treffen in der St. Martin's Lane. Vielleicht war ja alles weniger schlimm als erwartet. Wenn die anderen Verleger sich verhielten wie Susie, dann war Amy auf lange Sicht vielleicht weniger gefährlich, als sie befürchtet hatte. Aber jetzt musste sie sich erst einmal darauf konzentrieren, ihre bestehende Klientenliste zu stabilisieren und ihren guten Ruf zu retten.

Das Essen war so kurz gewesen, dass sie noch eine halbe Stunde Zeit hatte. Sie nutzte sie, um durch die mit Taxis verstopfte Straße zur National Portrait Gallery zu gehen. Dort war sie zuletzt vor vielen, vielen Jahren mit Will gewesen. Sie hatten ein verlängertes und, wie sich herausstellte, verregnetes Wochenende in London verbracht und sich vor einem plötzlichen Schauer dorthin geflüchtet. Nun nahm sie gleich die Rolltreppe zum ersten Stock und strich ziellos durch die Säle. Vor dem Porträt der Brontë-Schwestern erinnerte sie sich daran, wie sie einst hier mit Will gestanden hatte, Hand in Hand, den Kopf an seine Schulter gelehnt. Das war ihre schönste Zeit gewesen. Wie wäre es weitergegangen, wenn er nicht zu Martha zurückgekehrt wäre?, fragte sie sich. Ob sie immer noch zusammen wären? Doch da kamen ihr die Kinder in den Sinn und brachten sie von diesem Gedanken ab. Nein, sie wollte die Zeit nicht zurückdrehen, denn das hieße ein Leben ohne sie. Und eigentlich wollte sie die Zeit überhaupt nicht zurückdrehen, nicht einmal für einen jüngeren Terry. So schlimm war es im Grunde gar nicht mit ihm im Moment, es fiel ihm eben schwer, sich an die veränderten Umstände in seinem Leben zu gewöhnen. Sie war zu ungeduldig mit ihm, zu sehr mit ihrer Agentur beschäftigt. Aber wieso musste sie dann dauernd an Will denken?

Während sie solchen Gedanken nachhing, spürte Eve, dass noch jemand den Saal betreten hatte und ein wenig entfernt von ihr stehen blieb. Sie warf einen kurzen Seitenblick in die Richtung, und im selben Moment wandte auch die Person den Kopf. Es war ein Mann mittleren Alters, ziemlich gutaussehend, in einem am Hals offenen Hemd, gestreiftem Schal und dunklem Kaschmir-Mantel. Sie schaute ein zweites Mal hin, denn zu ihrem Erstaunen hatte sie ihn erkannt.

Will!

Sein Gesicht nahm einen überraschten Ausdruck an, der sogleich in ein breites Lächeln umschlug. Es verschlug ihr den Atem. Solche Zufälle gab es nicht im Leben. Es war, als hätte sie ihn aus dem Nichts heraufbeschworen. Sie rang um Fassung und brachte kein Wort über die Lippen.

»Eve? Was machst du denn hier? Du siehst großartig aus.« Als er auf sie zuging und die Arme ausbreitete, wich sie ein paar Schritte zurück.

Auch diesmal brauchte sie wieder eine Weile, um sich an das gealterte Gesicht, die leicht gebeugte Haltung und den kahlrasierten Kopf, der einst eine dunkle Mähne getragen hatte, zu gewöhnen. Aber die Augen hinter den Brillengläsern waren noch dieselben.

»Ich versuche nur die Zeit bis zu meinem nächsten Termin zu überbrücken.« Sie blickte auf die Uhr, erfreut, dass es ihr gelang, halbwegs gelassen zu klingen. »Ich glaube, ich muss los.«

Aber ihre Beine versagten ihr den Dienst, sie stand wie angewurzelt am Fleck.

»Ich wollte mir die Freud-Ausstellung ansehen, und dann habe ich mich daran erinnert, dass wir früher mal zusammen hier waren. Weißt du noch?« Wieder dieses Lächeln. »Erinnerst du dich, wie wir vor dem Regen hierher geflüchtet sind? Oh Evie! Seit einer Woche muss ich dauernd an dich denken.« Die Worte sprudelten nur so aus ihm heraus.

»Ich … nein … ich …« Das konnte einfach nicht sein. Sie mochten sich gar nicht. Sie waren mittlerweile praktisch Fremde. Und doch auch nicht. Sie wandte sich erneut dem Porträt der drei Schwestern zu, die sie mit unergründlichem Blick musterten. Wenn sie lange genug zurückstarrte, würde sich Will vielleicht in Luft oder in einer Rauchwolke auflösen. Irgendwas, bitte, Hilfe.

Nun stand er direkt neben ihr, den Blick wie sie auf das Gemälde gerichtet. In den angrenzenden Sälen hörte man Schritte und Stimmen. Aber im Augenblick waren sie allein, nur mit den drei Schwestern als Gesellschaft. Weder Eve noch Will rührten sich.

»Es tut mir leid.« Er sagte es so leise, dass sie es beinahe nicht hörte.

»Was, dass du dein Kissen mitgenommen hast?« Warum sagte sie das bloß? Wie dumm von ihr. Aber sie schaute nicht, wie er darauf reagierte, sondern hielt den Blick stur geradeaus. Sie hatte keine Ahnung, wo das hinführen würde oder wie sie reagieren sollte.

»Dass ich dich verletzt habe.« Er klang aufrichtig. Möglicherweise war er es sogar. Vielleicht hatte er in seiner Ehe etwas über andere Menschen gelernt, vielleicht war er reifer geworden.

Ihre Hände berührten sich. Sie zuckte zusammen, dann machte sie schnell ein paar Schritte bis zum nächsten Bild, ohne auch nur wahrzunehmen, was es darstellte. Erschrocken über die

Heftigkeit ihrer Reaktion, versuchte sie, sich zu fangen. Sonst hatte sie sich doch auch im Griff. »Nun, das ist lange her.« Sie war von sich selbst überrascht. Es war gar nicht das, was sie hatte sagen wollen. Aber Will war noch nicht zu Ende.

»Ich habe keine Entschuldigung für mein Verhalten, außer dass ich noch sehr jung und unerfahren war. Ich dachte damals, eine kurze, klare Trennung wäre das Beste für uns beide.« Er sagte das so nüchtern, als würde er über jemand anderen reden. Und irgendwie tat er das ja auch. All der Schmerz gehörte einer anderen Zeit an. Jetzt, da sie nebeneinanderstanden, fand Eve es schwierig, sich mit der jungen Frau zu identifizieren, die damals von ihm so verletzt worden war.

Diesmal rückte sie nicht von ihm weg.

»Wie konntest du jemals denken, es sei entschuldbar, mich wegen deiner Ex-Freundin sitzenzulassen?« Aber sie fragte es mehr aus Neugier als im Zorn.

»Ich habe sie geliebt«, sagte er leise, als ob dies Rechtfertigung genug dafür sei, dass er Eve das Herz gebrochen hatte. Dann fügte er ein klein wenig zu schnell hinzu: »Aber dich habe ich auch geliebt.«

Bevor sie etwas sagen konnte, summte ihr BlackBerry. Dankbar für die Unterbrechung zog sie ihn aus ihrer Handtasche. Terry.

Fuchs hat ein Huhn geholt. Bin hinterher, konnte nichts machen. Anruf von Luke. Kommt am Wochenende. Mit Freundin!

Die SMS brachte sie aus dem Konzept. Wie kam es bloß, dass sie und Terry so einfach miteinander kommunizieren konnten, wenn sie nicht zusammen waren? In letzter Zeit hatte es ständig Streitereien gegeben. Jede kleine persönliche Marotte brachte den anderen unweigerlich auf die Palme. Wie hatte es nur so weit mit ihnen kommen können?

»Das war Terry«, sagte sie strahlend. »Luke, einer unserer Zwillinge, bringt übers Wochenende seine neue Freundin mit. Muss was Ernsthaftes sein.«

»Hmhm.« Will gab einen Laut von sich, der als leises Lachen durchgehen konnte. »Irgendwie habe ich mir dich nie mit Kindern vorgestellt.«

»Das hast du letztes Mal schon gesagt«, erinnerte sie ihn etwas brüsk, verärgert, dass er das vergessen hatte. »Nun, wir haben vier.« Sie konnte den Stolz in ihrer Stimme nicht ganz unterdrücken.

»Und verheiratet bist du mit Roses Bruder! Auch das hätte ich nie gedacht. Es bleibt eben doch alles in der Familie.«

Auf einmal herrschte eine gereizte Stimmung zwischen ihnen. Sein Ton gefiel ihr nicht. Sie und Terry durften Zweifel an ihrer Ehe hegen, aber weder Will noch sonst jemandem stand es zu, an ihr herumzukritteln. »Du musst gerade reden. Martha war dein Schulhofliebchen, wenn ich mich recht erinnere. Süße sechzehn. Ich habe mich wenigstens weiterentwickelt.«

Diesmal lachte er richtig: Ein tiefes Glucksen, bei dem sie wie angewurzelt stehen blieb. »Kämpft immer noch wie eine Tigerin, die gute alte Eve. Ich habe mich sehr wohl weiterentwickelt.«

Eine unbehagliche Pause entstand. Verlegen warf sie einen Blick auf die Uhr. »Lieber Himmel! Ich muss wirklich los!« Diesmal gehorchten ihre Beine. Will begleitete sie zur Rolltreppe. Eve war sich unsicher, wie es nun eigentlich zwischen ihnen stand.

Er trat nicht zusammen mit ihr auf die Treppe. Als sie bemerkte, dass sie allein nach unten schwebte, wandte sie sich um und sah ihn oben gedankenverloren stehen. Sie gab sich einen Ruck und hob die Hand zum Abschied.

»Darf ich dich mal anrufen?«, fragte er.

»Ja«, sagte sie, ohne zu überlegen. »Ja, tu das.« Sie konnte immer noch ihren Herzschlag fühlen, die Erleichterung, der Situation entronnen zu sein. Doch darunter mischte sich auch Bedauern. Sie schob es rasch beiseite. Auf der Toilette betrachtete sie lange ihr Spiegelbild und strich sich Rock und Jackett glatt, bevor sie wieder in den Mantel schlüpfte. Alle möglichen Gedanken schwirrten ihr im Kopf herum. Was war da eigentlich gerade passiert? Ihr Leben war auch ohne Will schon kompliziert genug. Sie redete sich gut zu und knotete ihren Schal zusammen. Er rief bestimmt nicht an. Die Frage war bloß ein unbeholfener Abschluss ihrer Begegnung gewesen. Er hatte das garantiert nicht ernst gemeint.

Sie schaute auf ihren BlackBerry. Noch zehn Minuten bis zu ihrem Termin mit dem Verlagsleiter von Flying Mango Books, zehn Minuten, um sich darauf zu konzentrieren, was sie bei ihm erreichen wollte. Das war alles, was jetzt zählte. Sie rückte den Schulterriemen ihrer Handtasche zurecht, umklammerte fest den Griff ihrer Aktenmappe und trat durch den Ausgang hinaus auf die belebte Kreuzung. Dann schlug sie zwischen den Taxis hindurch den Weg Richtung Surrey Street ein.

18

Das Messer rutschte ab und schnitt in die Kuppe von Roses Finger. Ihr Fluch ging im anschwellenden Gesang der *Perlenfischer* unter. Sie drückte die Wunde fest zusammen, trat zum Waschbecken und sah zu, wie sich das Blut in den Wasserstrahl mischte. Nachdem sie sich ein Stück Küchenrolle um den Finger gewickelt hatte, suchte sie im Schrank nach Pflaster. Ihr blieb nicht viel Zeit. Um sieben begann ihr Aquarellkurs, und um halb sechs sollte Simon Conelly kommen. Jess hatte nicht lockergelassen. Eine Stunde musste ihm aber genügen, um zu erklären, was er und Jess für das Trevarrick planten.

Sie machte sich wieder daran, die Salatgurke kleinzuschneiden, und rührte dann in einer Schüssel Zucker, Salz und Reisessig an. Als der Essig durch das Pflaster hindurch in die Wunde drang, sog sie vor Schmerz scharf die Luft ein. In einer zweiten Schüssel richtete sie auf die gleiche Weise eine halbe rote Zwiebel an. Die präzise Tätigkeit des Schälens, Schneidens und Zerhackens von Gemüse übte eine beruhigende Wirkung auf sie aus. Erst war es ihr wenig sinnvoll erschienen, nur für sich allein zu kochen, aber als die Monate ins Land gingen, fand sie Gefallen daran. Jetzt, wo sie nicht länger darauf achten musste, was Daniel mochte oder nicht, konnte sie experimentieren, so viel sie wollte. Es war in der Tat ein befreiendes Gefühl, dass er sich nicht einmischte, wenn sie mal etwas Neues ausprobierte, auch wenn sie sich das nicht gerne eingestand. Wäre er in diesem Augenblick hereinspaziert, dann hätte er garantiert sofort die Musik abgestellt.

Sie summte vor sich hin, während sie das Schwertfischsteak in die Plastiktüte mit der Marinade aus Limettensaft, Olivenöl und Gewürzen gleiten ließ. So. Wenn sie dann später müde von ihrem Kurs zurückkam, war alles bereit. Sie wollte im Unterricht immer ihr Bestes geben, auch wenn es sich um motivierte

Erwachsene handelte, die bloß ein wenig Unterstützung brauchten. Aber mit vollem Magen war sie einfach zu müde.

Punkt halb sechs klingelte es. Simon stand vor der Tür, einen Strauß weißer Tulpen in der einen Hand, eine Aktenmappe in der anderen und eine Zeichenrolle unter den Arm geklemmt. Sie nahm die Blumen entgegen, bedankte sich und führte ihn in die Küche, wo sie die Pläne am besten durchsehen konnten.

»Tee? Oder lieber etwas Stärkeres?«, fragte sie und stellte die Musik leiser, damit ihr Gespräch nicht von der Ouvertüre des *Rigoletto* übertönt wurde.

»Sehr gerne Tee. Danke.« Er hängte seinen Mantel und seinen Schal über die Rückenlehne eines Stuhls, und sie brühte eine Kanne Earl Grey auf und holte eine Dose Shortbread hervor. Ihr entging nicht, dass er sich in der Küche umsah, während sie mit diesen Vorbereitungen beschäftigt war. Ihre Bilder betrachtete er so eingehend, als wäre er in einem Museum. Sie war es zwar gewohnt, dass Freunde und Familienmitglieder sich für sie interessierten, dass sie sich ein Fremder anschaute, war ihr aber fast peinlich.

»Wie geht es Ihnen?« Er hatte sich zu den Bücherregalen vorgearbeitet und studierte nun dort die Familienfotos.

Sein intensives Interesse brachte sie etwas aus dem Konzept, so dass sie nicht gleich antwortete. Sie beobachtete, wie er sich über das offizielle Foto von Dan beugte, das sie zusammen mit dem, das sie beide beim Skifahren zeigte, nach hinten geschoben hatte. Er betrachtete es schweigend.

»Mir geht es gut«, antwortete sie. Ganz bestimmt wollte sie nicht mit ihm über die Schwierigkeiten des Alleinseins reden. »Es war nicht einfach, aber die Familie hat mich wunderbar unterstützt.« Sogleich fielen ihr wieder Jess und Anna ein und dass sie unbedingt zwischen ihnen vermitteln musste.

Er trat zum Tisch und räusperte sich. »Ihre Bilder gefallen mir. Sie sind sehr atmosphärisch. Italien und Cornwall, nehme ich an.« Als sie den Tee brachte, zog er die Pläne aus der Röhre und rollte sie einmal in der anderen Richtung zusammen, damit sie sich besser flach ausbreiten ließen.

»Danke. Stimmt.« Lächelnd nahm er die Tasse entgegen und schaute sie zum ersten Mal richtig an. Es fiel ihr auf, wie müde er aussah. Sein Gesicht war schmaler als in ihrer Erinnerung, seine Haut grau, und unter den geröteten Augen zeichneten sich dunkle Ringe ab. Sie ahnte, dass er an einem schweren privaten Kummer trug, ähnlich wie sie. Jess hatte erwähnt, dass sein Vater gestorben war. Offenbar litt er darunter.

»Sie haben also Jess bei den Plänen für das Trevarrick geholfen.« Sie kam um den Tisch herum und schaute zusammen mit ihm auf die Zeichnungen.

»Ja, beiden, um genau zu sein. Daniel hat mir das Hotel schon im vergangenen August gezeigt.«

»Ich hatte keine Ahnung, dass er Renovierungspläne hegte.« Genauso wenig erinnerte sie sich daran, dass er erwähnt hätte, jemandem das Hotel zeigen zu wollen, aber vielleicht war das in ihren Vorbereitungen für die Italienreise einfach untergegangen. Alles, was mit diesem Ferienaufenthalt zu tun hatte, war ihr nur verschwommen und lückenhaft präsent.

»Ich weiß nicht, ob er es wirklich plante. Ich hatte die Fotos des Trevarrick in der Broschüre gesehen und ein paar Verbesserungsvorschläge gemacht. Da hat er mich eingeladen, mich mal vor Ort umzuschauen.«

»Jess hat nie etwas davon gesagt.« Sie war es gewohnt gewesen, dass Dan immer mal wieder kurz in einem der Hotels vorbeischaute, wenn er dort gebraucht wurde, wunderte sich aber immer noch, dass sie keinerlei Erinnerung an die Sache hatte.

Er bemerkte offenbar ihre Verwunderung und versuchte, sie zu beschwichtigen. »Ich war nur ein paar Stunden dort. Wir haben ein paar Ideen zusammengetragen, aber nichts entschieden. Jess hat mich dann vor ein paar Wochen kontaktiert und gefragt, ob ich bereit wäre, loszulegen.« Er schob die Pläne zurecht, damit sie sie besser sehen konnte. »Bitte. Sie hat mich gebeten, Ihnen alles zu zeigen.«

Rose gefiel es ganz und gar nicht, dass sie von diesen Besprechungen ausgeschlossen worden war. Jess hatte nichts gesagt, wahrscheinlich, um sie zu schonen. Aber sie wusste genauso gut wie Daniel, wie sehr Rose an dem Haus ihrer Kindheit hing. Auch wenn sie sich seit ihrem Wegzug nach London vor mehr als fünfzehn Jahren aus dem Hotelbetrieb zurückgezogen hatte, lag ihr immer noch sehr viel daran.

»Mir war nicht klar, dass die Pläne schon so weit gediehen sind«, sagte sie und versuchte, aus den Linien und Maßangaben vor ihrem inneren Auge etwas entstehen zu lassen, was als Gebäude erkennbar war. Ihr war, als würde ihr der Boden unter den Füßen weggezogen.

»Das sind nur Skizzen. Es ist noch nichts entschieden.«

»So weit habe ich es begriffen«, sagte sie mit unbeabsichtigter Schärfe. »Sie brauchen grünes Licht von mir, jetzt, wo Daniel nicht mehr hier ist.«

Er hob den Kopf von den Zeichnungen, den Finger auf der Stelle, zu der er gerade etwas erklären wollte. »Bitte seien Sie nicht ungehalten. Ich bin nur gekommen, weil Jess mich darum gebeten hat. Ich glaube, sie stellte sich das als eine Art Überraschung vor. Eine freudige.«

»Tut mir leid. Ich wollte nicht unhöflich sein.« Sie stützte sich auf ihre Hände. »Aber ich fürchte, sie müssen mir erklären, was das alles hier bedeutet.«

Sie standen so nahe beieinander, dass ihre Arme sich fast berührten. Seine langfingrigen Hände mit den sauber geschnittenen Nägeln lagen direkt neben ihren auf den Plänen. Der Zitronenduft seines Aftershaves, das sie an das von Daniel erinnerte, versetzte ihr einen kleinen Stich. Sie rückte ein Stück weg. Als er ihr in ausführlichen Details ausmalte, was Jess im Café bloß angerissen hatte, spürte Rose ein Kribbeln im Bauch.

»Damit Sie sich eine klare Vorstellung machen können, habe ich diesen 3-D-Plan mitgebracht.« Er klappte seinen Laptop auf und zeigte ihr eine stilisierte Version der Rückseite des ihr vertrauten Hotels, das hier aber ganz anders aussah. Unter einem klaren Himmel lag dort ein blauer Pool, auf einer Seite gesäumt von hölzernen Umkleidekabinen im Blockhausstil. Große Glastüren führten zu einer Erweiterung des Speisesaals. Wenn man sie zur Seite schob, öffnete sich der Innenraum zum Außenraum, oder war es umgekehrt? Rose schwirrte der Kopf. Der Saal, der zuvor eher dunkel, aber gemütlich gewesen war, wirkte nun hell und sonnig. Der Extraraum auf der rechten Seite war vergrößert und mit einem Glasdach und dazu passenden Glastüren versehen worden. Die Bar zur Linken blieb unverändert. Wenn man aufs Meer hinausschaute, wurde der freie Blick auf die vertrauten Klippen, den Sandstrand und die nächste Landzunge nur von zwei Palmen unterbrochen.

»Das sieht ja aus wie Südfrankreich.«

»Schade nur, dass ich nicht für die entsprechende Sonne sorgen kann.« Er lachte.

»Ja, das ist enttäuschend.« Sie stimmte in sein Lachen ein, und das Eis zwischen ihnen begann zu schmelzen.

Während sie die Zeichnungen betrachtete und sich von Simon die Details erklären ließ, stiegen Erinnerungen in ihr auf. Als Kinder hatten sie und Terry die Küste unsicher gemacht, hatten am Strand Drachen steigen lassen oder waren auf den steilen, von Stechginster gesäumten Küstenpfaden herumgeklettert und hatten trotz strengem Verbot ihrer Eltern mit dem kleinen Segelboot der Familie die Schmugglerhöhlen erkundet. Sie waren durch die Korridore des Hotels gestürmt, hatten sich Leckereien aus der Küche gemopst, sobald der Koch ihnen den Rücken zuwandte, und waren von einer ganzen Schar von Kellnerinnen und Barkeepern beaufsichtigt worden, wenn ihre Eltern an der Hotelbar die Honneurs machten oder abends einmal ausgingen. Über diese Erinnerungen legten sich andere, die ihr und Daniel gehörten: Lange Sommerspaziergänge, um einmal den Eltern zu entfliehen, die zu dieser Zeit nur noch selten das Haus verließen; Nächte in kalten Schlafzimmern, fadenscheinige Bettlaken und Handtücher, der leere Speisesaal und die verlassene Bar, der modrige Geruch, Streit, die wenigen Stammgäste, die ihnen die Treue hielten. Daniel, der unter der Enge seiner katholischen Herkunft litt, hatte ihre kaputte Familie sehr gemocht. Und er hatte sich in das Landleben verliebt, die Lage des Trevarrick auf einer Klippe und die langen Spaziergänge auf den steilen Küstenpfaden, die in die Wälder abzweigten, zu versteckten Schlupfwinkeln und Buchten an den Flussmündungen. Dies hatte zur Folge, dass er sich nach dem Tod ihrer Eltern kopfüber in die Aufgabe stürzte, das Hotel zu renovieren und zu neuem Leben zu erwecken.

Je länger Rose Simon zuhörte, desto mehr erwärmte sie sich für ihn. Er erinnerte sie an Daniel, an seine Liebe zu diesem Hotel, daran, wie sehr er sich für die erste Renovierung ins Zeug gelegt hatte. Manchmal war er oft erst nach einem Vierzehnstundentag zu ihr ins Bett gekrochen. Seine Leidenschaft war durch nichts zu bremsen gewesen. Gemeinsam hatten sie seine Vision verwirklicht, während Terry, der sich an den direkten Bauarbeiten nicht beteiligte, die Finanzen regelte. Angesichts der Arbeit, die Daniel in das Projekt steckte, war er damit einverstanden gewesen, ihn zum gleichberechtigten Partner zu machen. Bei dieser Arbeit hatte Rose das Hotel wieder lieben gelernt. In den Monaten nach Daniels Tod hatte sie beinahe vergessen, wie sehr. Und nun bot sich ihr eine Gelegenheit, dem Trevarrick neuen Glanz zu verleihen.

Je länger Simon redete, desto klarer wurde ihr, dass ein Verkauf des Hotels nicht in Frage kam. Egal, wie viel Druck Terry und Anna auf sie ausüben mochten, das konnte sie einfach nicht tun. Außerdem würden ihr die Renovierung und der Umbau ein Projekt geben, das sie ablenkte, selbst wenn sie nur am Rande beteiligt war. Vielleicht hatte ihr Jess ja deswegen unbedingt die Pläne zeigen wollen: Um etwas mit ihrer Mutter teilen zu können, nicht nur, um sich ihre Wohnmöglichkeit und ihren Arbeitsplatz zu erhalten. Wie klug von Dan, einen so sympathischen Architekten für das Projekt ausgesucht zu haben, und noch viel klüger von Jess, dass sie ihn wieder kontaktiert hatte. Die anfängliche Verlegenheit zwischen ihnen hatte sich längst aufgelöst. Simons Ungezwungenheit und sein Humor gefielen ihr. Er hörte ihren Vorschlägen zu und fand für alles akzeptable Kompromisslösungen, ohne sich gekränkt zu zeigen oder sie von oben herab zu behandeln.

»*Wenn*, und ich meine das mit aller Vorsicht«, sagte sie eingedenk der Einwände, die todsicher von Anna und Terry kommen würden. »Wenn wir also grünes Licht geben, wie würde dann der Zeitplan aussehen?«

Er rieb sich nachdenklich die Nase mit dem Finger. »Das hängt ganz davon ab, ob Sie es vermeiden wollen, dass die Sommersaison beeinträchtigt wird. Mit Renovierungen dieser Art fängt man normalerweise zeitig im Frühjahr an oder verschiebt sie in den Herbst, aber wenn ich gute Leute kriege, könnten wir mit dem Speisesaal und dem Extraraum noch bis Ende Juni fertig sein.«

»So schnell?« Rose hätte nicht geglaubt, dass das alles so rasch gehen könnte.

»Nun, wie gesagt, man könnte auch bis zum Saisonende warten. Das müssten Sie entscheiden.« Er zögerte. »Daniel hätte das Projekt natürlich längst auf den Weg gebracht.«

Sie warf ihm einen Blick zu, etwas überrascht über diese unsensible Bemerkung. So, wie sie ihn auf der Gedenkfeier erlebt hatte, hätte sie ihn für einen taktvolleren Menschen gehalten. Im Hintergrund spielte immer noch das Orchester.

»Sicher«, antwortete sie knapp. »Aber die Situation ist jetzt viel komplizierter. Ich muss mich mit dem Rest der Familie absprechen.«

»Natürlich. Tut mir leid. Ich wollte nicht …« Er wurde rot

wie ein Schuljunge, den man beim Spicken erwischt hatte. Verlegen rollte er seine Zeichnungen ein.

»Ich weiß. Hören Sie«, sagte sie. Er tat ihr leid. Schließlich hatte er nur seine Begeisterung für das Projekt zum Ausdruck bringen wollen, das konnte sie ihm schwerlich zum Vorwurf machen. »Mir gefallen die Entwürfe. Sie, Dan und Jess haben sicherlich jedes Detail bereits durchdacht. Aber ich kann Ihnen nicht einfach so grünes Licht geben, auch wenn ich es gern täte.«

Ein Gummiband, das er über die Papierrolle ziehen wollte, rutschte ihm aus den Fingern und schnalzte durch den Raum. Keiner von beiden hob es auf. »Ich verstehe Sie sehr gut. Melden Sie sich einfach, wann immer sie bereit sind.« Simon konzentrierte sich ganz darauf, das Papier zusammenzurollen.

»Können Sie mir die dalassen? Ich würde gerne noch einmal darüber nachdenken.«

»Natürlich.« Er reichte ihr lächelnd die Rolle. »Wenn sie irgendwelche Fragen dazu haben, rufen Sie einfach an. Ich kann sie irgendwann abholen. Eigentlich frage ich mich ...« Er hielt inne und wurde wieder rot. »Nein, Entschuldigung. Ich hätte nichts sagen sollen. Vergessen Sie es.«

»Was soll ich vergessen?« Sosehr sie wünschte, dass Simon jetzt ging, seinen letzten Satz wollte sie doch noch hören.

Er schlüpfte in seinen Mantel und band seinen Schal. Dabei verzog er das Gesicht, als würde er sich auf die Zunge beißen.

»Bitte«, flehte sie, neugieriger als zuvor.

»Ich habe Karten für das Royal Opera House am Dienstag. Gute Karten«, sagte er. Verlegen streifte er sich einen Handschuh über und zog ihn gleich wieder aus. »Eine schon lange geplante Verabredung, die leider geplatzt ist. Und jetzt frage ich mich ...« Er schüttelte seinen feuerroten Kopf.

»Ja?« Er wollte sie doch nicht etwa tatsächlich in die Oper ausführen? Schließlich waren sie sich erst zweimal kurz begegnet, und zudem wusste er, dass sie vor kurzem ihren Mann verloren hatte.

»Klar, dass Sie ablehnen werden. Das ist so unpassend von mir, noch dazu so kurzfristig, ich weiß ja, aber trotzdem, ich habe mich gefragt, würden Sie nicht vielleicht mitkommen? Ich kenne in London nicht so viele Leute, die ich fragen könnte. Da dachte ich ... Nun, Sie mögen immerhin Opern ...« Er nickte in Richtung der Audioanlage und ihrer CDs in der Ecke der Arbeitsplatte. »Aber es ist wohl eine dumme Idee.« Er wedelte abwertend mit der Hand.

Aber war es wirklich eine dumme Idee? Eine Gemeinsamkeit hatten sie bereits entdeckt: Ihre Liebe zum Trevarrick. Ihm zuzuhören, wie er über das Hotel redete, war aufregend gewesen. Außerdem, warum sollte sie eigentlich nicht mit ihm in die Oper gehen? Schließlich hatte sie selbst vor kurzem zu Eve gesagt, dass sie gerne mal wieder ausgehen würde. Er kannte ihre Familie. Na ja, immerhin Jess. Machte es das jetzt besser – oder schlimmer? Auch wenn es schwierig war, sie musste sich daran gewöhnen, von nun an Dinge ohne Daniel zu unternehmen. Und das Royal Opera House! Wann wurde sie schon zu so einem herrlichen Abend eingeladen?

»Ich würde sehr gerne mit Ihnen in die Oper gehen.« Die Worte waren heraus, bevor sie die Sache zu Ende durchdacht hatte.

»Wirklich?« Ihre Zustimmung überraschte ihn nicht weniger, als seine Frage sie überrascht hatte.

»Warum nicht? Mein Terminkalender für die nächste Zeit ist nicht gerade übervoll. Ja«, sagte sie nun bestimmt und überwand ihr ursprüngliches Bedauern, so spontan gewesen zu sein. »Ich komme gerne mit.«

Als sie an diesem Abend von ihrem Kurs zurückkam, rief sie Eve an. Nachdem sie sich empört die ganze Geschichte über Rufus und Amy und dann mit einiger Sorge die von Eves jüngster Begegnung mit Will angehört hatte, nutzte sie die erste Gesprächspause, um die Neuigkeit von Simons Einladung unterzubringen. Eve war gleich ganz Ohr.

»Hast du etwa zugesagt?«, antworte sie ungläubig und zugleich gespannt. »Du kennst ihn doch gar nicht. Vielleicht ist er der Axtmörder …«

»Red keinen Unsinn«, fiel ihr Rose, die sich die Freude nicht trüben lassen wollte, ins Wort. »Er ist sehr nett, er war ein Freund von Dan und er kennt Jess. Und er liebt das Trevarrick. Was will ich mehr? Außerdem tut er mir leid. Er trauert anscheinend immer noch um seinen Vater, und er kennt hier nicht viele Leute. Wir können uns gegenseitig unterstützen.«

»Ist das nicht ein wenig übertrieben?« Eve war noch nicht ganz überzeugt. »Der Tod eines Vaters ist doch etwas ganz anderes als der Tod eines Ehemanns, aber zugegeben, ihr habt ein paar Sachen gemeinsam. Na schön, es sei dir gegönnt. Aber du musst mir alles erzählen, ja? Was ziehst du denn an? Geh bitte nicht in Schwarz. Das musst du mir versprechen.«

»Ich verspreche dir gar nichts.« Rose hatte an das schwarze Kleid gedacht, das Dan so gemocht hatte. Das wollte sie nun für Simon tragen. Eves Phantasie ging ihr zu weit. Das war kein Rendezvous, sie waren bloß zwei Menschen, die nicht allein sein wollten … obwohl sich nicht leugnen ließ, dass sie Simon attraktiv fand. Allerdings war er mindestens zehn Jahre jünger als sie. Der Altersunterschied war aber nicht groß genug, um irgendetwas unmöglich oder peinlich zu machen. Nun doch amüsiert, wandte sie ihre Aufmerksamkeit wieder dem Gespräch zu.

Eve und Rose verabredeten, sich am folgenden Wochenende zu treffen, und legten auf. Rose aß vor dem Fernseher und schaute sich dazu eine DVD mit der Dokumentarserie *Eisige Welten* an. Aber sie sah gar nicht richtig hin, sondern hing ihren eigenen Gedanken nach. Außer der Sorge um ihre eigene Zukunft gab es noch so viel anderes, das sie beschäftigte. Sie hatte den Eindruck gehabt, dass Eve nicht über Terry sprechen wollte, und Rose machte sich Sorgen um ihren Bruder, Sorgen um sie beide. Er hatte sich stets über seine Arbeit definiert und seine Entlassung hatte ihn sehr getroffen. Und sosehr sie Eve liebte, es beunruhigte sie, dass sie wieder Kontakt zu Will hatte. Wenn von ihm die Rede war, schwang eine Begeisterung in ihrer Stimme mit, die sie von ihr schon lange nicht mehr gehört hatte und die ihren Versicherungen, dass sie sich gar nicht mehr mit Will treffen wolle, widersprach. Hätte Rose verhindern sollen, dass er zur Gedenkfeier kam? Aber mit welcher Begründung? Sie hatte allen, die Daniel gekannt hatten, Gelegenheit geben wollen, Abschied zu nehmen, und wenn sie sich das Kondolenzbuch durchsah, waren sie auch alle gekommen. Will auszuschließen, wäre nicht nur befremdlich, sondern auch unhöflich gewesen.

Und was war nun mit Jess und Anna? Ihre Beziehung hing eng mit Roses Entscheidung zusammen, wie es mit den Hotels weitergehen sollte. Und sie hatte sich entschlossen, das Trevarrick zu behalten, obwohl das Angebot, das Terry von Madison Gadding eingeholt hatte, alle drei Häuser umfasste.

»Ich möchte nicht, dass Adam ins Geschäft einsteigt, Rosie. Das darf keinesfalls passieren«, konnte sie Daniel sagen hören.

Sie nahm das Telefon zu Hand und sah auf die Uhr. Es war schon spät, aber Eve und Terry waren sicher noch auf. Er war schon immer ein Nachtmensch gewesen, schließlich waren sie beide in einem Hotel groß geworden, das erst abends richtig zum Leben erwacht war. Dann hatten ihre Eltern alle Sorgen Sorgen sein lassen, sich in Schale geworfen und waren ganz in ihrer Gastgeberrolle aufgegangen. Wenn ihre Mutter nicht gerade ihr »Nickerchen« machte, stand sie hinter der Bar in einer Duftwolke aus L'Air du Temps von Nina Ricci, Zigaretten und Gin. Ihr Vater positionierte sich unterdessen in seinem feschen Tweedanzug mit rotem Gesicht, in dem unweigerlich eine billige Zigarre steckte, an einer Ecke der Bar und unterhielt die Gäste mit abgeschmackten Witzen. Irgendwie musste Terry ja zu seinem zweifelhaften Humor gekommen sein. Als Rose und Terry zu groß waren, um von Babysittern beaufsichtigt zu werden, konnten sie überall frei herumstreunen, bis sie so hundemüde waren, dass sie in einem Sessel oder unter einem Tisch, aus dem sie sich eine Höhle gebaut hatten, einschliefen. Manchmal blieben sie dort die ganze Nacht, wenn sie nicht jemand vom Personal fand und nach oben in ihre Betten trug.

Terry ging sofort ran.

»Hier ist Rose. Tut mir leid, dass ich noch mal anrufe und dazu so spät, aber ich denke, wir sollten mal miteinander reden.«

»Dachte ich auch schon.« Er würde sicherlich nicht mehr so entspannt klingen, wenn sie ihm erst einmal ihre Entscheidung mitgeteilt hatte. Zum ersten Mal seit Daniels Tod sah sie einen Weg für sich. Simons Besuch hatte etwas in ihr ausgelöst. Immerhin gab es nun eine Möglichkeit, einige Probleme in den Griff zu bekommen und die ersten Schritte auf dem Weg in eine neue Zukunft zu wagen. So schwer es zu akzeptieren war, aber Daniel würde nun mal nicht zurückkommen.

»Ich weiß jetzt, was ich tun will.«

»Tatsächlich?« Sofort klang seine Stimme besorgt. »Nun, ich ersticke nicht gerade an Arbeit. Ich könnte in die Stadt kommen, wann immer du willst. Je eher, je lieber.«

»Na, wie wäre es dann gleich morgen? Ich unterrichte bis um vier, komm doch einfach irgendwann am späten Nachmittag.«

»Um fünf bin ich da.«

Zum ersten Mal seit Monaten ging Rose mit dem Gefühl ins Bett, ein Stück eigenes Leben zurückgewonnen zu haben. Dank Simon. Und damit war sie ihm mehr als bloß eine Kleinigkeit schuldig.

19

Terry sah furchtbar aus, ganz zerknittert, als hätte er seit Wochen nicht geschlafen. Sein Hemd hing aus der Hose. Schmierige Überreste von irgendetwas – seinem Mittagessen? – zierten den linken Aufschlag seines Sakkos. Keine Krawatte. Eve war offensichtlich zu sehr mit ihren abtrünnigen Autoren und der Rettung der Agentur beschäftigt, um zu merken, wie ihr Mann der Welt gegenübertrat. Die große Schwester in Rose streckte den Arm aus und rieb an dem Fleck. Er zuckte zurück. »Lass das, Rose. Bitte.«

Rose schluckte die Zurechtweisung hinunter und führte ihn in die Küche, wo sie Simons Pläne ausgebreitet hatte. Sie deutete auf den Tisch. »Schau dir die mal an, ich mache inzwischen Kaffee.«

»Was ist das?«, fragte er ziemlich desinteressiert. »Ich dachte, wir würden über *deine* Entscheidung sprechen.« Seine Art, das »deine« zu betonen, offenbarte deutlich seinen tiefen Groll darüber, dass zwei Drittel des Unternehmens ihr gehörten. Er hatte nicht erwarten können, dass Dan sein Drittel zwischen ihnen beiden aufteilen würde, oder? Dieser Gedanke kam ihr jetzt zum ersten Mal.

Da sie jedoch Dans Testament nicht in Frage stellen konnte, blieb Rose nur, auf möglichst faire Weise damit umzugehen. »Ich erkläre es dir gleich, jedenfalls sind das die Pläne für das Trevarrick.«

Er runzelte die Stirn. »Heißt das, du hast beschlossen, nicht zu verkaufen?«

»Ich habe beschlossen, das Trevarrick nicht zu verkaufen. Wenn du dir die Pläne ansiehst, siehst du hoffentlich, warum.« Sie hantierte in der Küche, holte die Becher hervor, füllte den Wasserkocher.

»Ich bin nicht an irgendwelchen Plänen interessiert.« Es klang ziemlich bestimmt. »Ich bin einzig und allein daran interessiert, den Deal mit Madison Gadding so bald wie möglich perfekt zu machen.«

Rose erschrak über seine Heftigkeit. Sie unterbrach ihre Arbeit und lehnte sich gegen den Küchentresen, verständnislos. »Aber warum? Was ist so wichtig, dass es nicht warten könnte? Warum Anna will, dass ich verkaufe, begreife ich. Sie hat ein Grundstück gefunden und glaubt, dass ich etwas Geld dafür lockermache. Aber du hast doch vermutlich eine Abfindung bekommen, du wirst einen anderen Job finden, und bis dahin verdient Eve ja auch. So schlimm kann es bei euch finanziell nicht aussehen.« Sie ging zum Tisch hinüber. »Schau mal. Man kann wirklich was aus dem Anwesen machen.«

»Ich sagte bereits, das interessiert mich nicht.« Er schlug mit der Hand auf den Tisch, dass Rose zurückzuckte. Terry bezog nur ganz selten gegen sie Stellung. Wenn Entscheidungen anstanden, die sie beide betrafen, hatte er bisher immer akzeptiert, dass sie die Ältere, die Klügere, die Verantwortliche war. Sie beschloss, sich nicht unterkriegen zu lassen, obgleich ihr die Wendung, die das Gespräch genommen hatte, missfiel.

»Was hast du für ein Problem?«, forderte sie ihn heraus. »Ich bitte dich nur, dir ein paar Pläne anzusehen. Ich versuche dir meine Entscheidung zu erklären und hoffe auf deine Unterstützung. Ist es zu viel verlangt, wenn ich dich bitte, mich anzuhören?«

»In diesem Fall ... ja.« Er zerrte heftig an seiner Manschette und einer der silbernen Manschettenknöpfe, die er von seinem Vater und der wiederum von seinem geerbt hatte, blitzte auf.

»Wir müssen so viel als möglich in der Familie behalten.« Sie war ungefähr sechzehn gewesen, als ihr Vater das gepredigt hatte. Zwischendurch hatte sie es fast vergessen, doch nun erinnerte sie sich wieder ganz deutlich daran, wie sie allein in der leeren Bar gesessen hatten. Ihre Mutter war nach oben gegangen, um wieder mal ein »Nickerchen« zu halten, und hatte den

Vater mit einem Stapel Papierkram allein gelassen. Sie saßen am Fenster, von dem aus sie alles überblicken konnten, sie mit einer Tasse Kaffee, er mit einem Glas Whiskey. Er versuchte die Finanzen in den Griff zu bekommen und vertraute sich ihr an. Ihre Mutter wäre gern fortgezogen, doch er sah nirgendwo sonst eine Zukunft. Und hatte vermutlich recht damit. Damals waren sie in Cornwall schon fest verwurzelt, und er wollte seine letzten Lebensjahre dort verbringen. Und nun war sie in einer ähnlichen Lage. Das Trevarrick hatte ihnen beiden zu viel bedeutet, und jetzt galt für Jess das Gleiche.

»Aber du hast ja nicht mal einen Blick darauf geworfen«, protestierte sie. »Setz dich hin, lass mich den Kaffee holen, und dann zeige ich es dir.« Es musste doch eine Möglichkeit geben, zu ihm durchzudringen.

Äußerst ungnädig kam er ihrer Bitte nach, aber sie merkte, dass er die Pläne überhaupt nicht ansah. Er legte die Hände vor sich auf den Tisch und trommelte mit den Fingerspitzen aneinander. Dabei starrte er darauf, als seien sie das Einzige im Raum, was existierte.

Sie brachte den Kaffee und stellte ihn auf den Tisch. »Kekse?«
Er schüttelte den Kopf.

»Also«, nahm sie entschlossen einen neuen Anlauf. »Was ich dir zeigen will, ist, wie Jess und Simon – er ist der Architekt, den Dan für das Arthur angestellt hat – das alte Gebäude umgestalten wollen. Ich finde, seine Ideen sind ziemlich gut und passen zum Trevarrick. Als ich sie mir ansah, habe ich gemerkt, wie sehr ich nach wie vor daran hänge. Wir können es nicht aufgeben, und überhaupt«, sie griff nach der Hand ihres Bruders, doch er entzog sie ihr und legte sie in den Schoß. »Ich brauche jetzt eine Aufgabe, und das wäre genau das Richtige.«

»Du hast deinen Unterricht. Du hast deine Malerei.« Er sah sie nicht an, aber seine Kiefermuskulatur bewegte sich, als bemühte er sich, einen Zornausbruch unter Kontrolle zu halten. Sie kannte die Anzeichen.

»Stimmt, aber das ist nicht genug. Momentan habe ich am College nur ein paar Abende und zwei Tage in der Woche. Es kann sein, dass es wegen der Sparmaßnahmen im nächsten Semester noch weniger wird, und ohne Dan habe ich viel Zeit zur Verfügung.« Wie sollte sie ihm die vielen leeren Stunden erklären, die sich so endlos dehnten? Privatunterricht gab sie nur sporadisch, und für sich zu malen tröstete sie nicht mehr so wie früher. So gingen die Tage dahin, ohne dass sie irgendetwas zustande brachte. Manchmal unternahm sie weite Spaziergänge durch die Straßen und Parks. Dabei verlor sie oft vollkommen das Zeitgefühl und merkte kaum, welche Richtung sie einschlug. Dann wieder saß sie zuhause und verlor sich in Gedanken, und die Zeit verging, ohne dass sie es registrierte. »Lass es mich dir wenigstens zeigen«, bat sie.

Er schüttelte erneut den Kopf, aber sie nahm sein Schweigen als Aufforderung, anzufangen. Als sie in Fahrt gekommen war, spürte sie, wie er ein bisschen entspannter zuhörte. Er reagierte genauso, wie sie es getan hatte, erinnerte sich daran, wie viel sie diesem Haus verdankten. »Und darum«, schloss sie, »möchte ich, dass das gemacht wird. Zum Teil unseretwegen, damit meine ich die Familie, aber auch Daniels wegen. Eine Art Ort des Gedenkens wahrscheinlich. Vielleicht klingt das sentimental, aber mir liegt wirklich daran.« Wenigstens etwas, dessen sie sich sicher war.

Terry sagte eine Weile gar nichts und fuhr sich dann mit einem langen, verzweifelten Seufzer mit den Fingern durch die Haare. »Tut mir leid«, flüsterte er. »Ich verstehe, warum du das machen willst, aber ich kann das nicht mittragen.«

»Aber warum denn nicht? Es wird alles viel schöner und besser.« Frustriert über seine Starrköpfigkeit ging Rose zum Fenster. Wie sollte sie ihn bloß überzeugen? Sie starrte hinaus in den Garten, der trist unter einem bleigrauen Himmel lag. Ein graues Eichhörnchen hing kopfüber am Vogelhäuschen und bediente sich mit zuckendem Schwanz an den Nüssen. Sie klopfte an die Scheibe, um es zu verscheuchen. Das Tier hob erschrocken die Knopfaugen, sprang dann zu Boden und huschte durch den Garten davon.

»Um ehrlich zu sein, ich brauche meinen Anteil jetzt.« Er ließ ein Geräusch hören, als hätte er Schmerzen. »Oder zumindest die Option darauf.«

»Aber warum?«, wiederholte Rose und kam zurück an den Tisch.

Er drehte sich im Stuhl, um sie anzusehen. »Ich bin in Schwierigkeiten, Rose. In echten Schwierigkeiten.«

Zu ihrer Überraschung griff er nach ihrem Handgelenk und umklammerte es so fest, dass es schmerzte.

»Du musst mir schwören, Eve nichts zu sagen. Sie darf es nicht erfahren.«

Sie entwand ihren Arm seinem Griff und rieb sich den roten Fleck, der auf der Haut zurückgeblieben war. Auf keinen Fall wollte sie in die Streitigkeiten ihres Bruders und ihrer Schwägerin verwickelt werden. Sie konnte sich nicht erinnern, ihren Bruder in den letzten Jahren einmal so erlebt zu haben; nicht, seit er sie als Junge verzweifelt angefleht hatte, für ihn zu lügen, nachdem ein Paar kitschiger chinesischer Porzellanhunde zu Bruch gegangen waren, die in der Bar auf dem Kaminsims gestanden hatten. Sie waren nicht wertvoll, aber ein Erbstück von der Urgroßmutter. Da sie wusste, wie wütend ihr Vater sein würde, hatte sie den Fußball in der Garderobe versteckt und der Katze die Schuld gegeben. Ihr Beschützerinstinkt aus Kinderzeiten kam wieder hoch, obwohl sie keine Lust hatte, seinetwegen vor anderen Geheimnisse zu haben. Ihm gegenüber unerwähnt gelassen zu haben, dass Eve Will getroffen hatte, erschien ihr Betrug genug. Aber er war ihr Bruder. Sie musste ihm helfen.

»Natürlich werde ich das nicht tun, wenn du es nicht willst. Was ist los?«

»Ich stecke total in der Scheiße.« Er ließ den Kopf hängen.

Wenn sie ihn nicht so gut gekannt hätte, hätte sie vermutet, er würde gleich weinen. »Wirklich wahr. Ich habe einen Haufen Schulden.«

Bloß Geld. Gott sei Dank. Sie entspannte sich ein wenig. »Ist das so dringend? Bald wirst du wieder Arbeit haben und es zurückzahlen können. Willst du, dass ich dir über die Runden helfe?«

»Ich spreche von etlichen tausend Pfund. Nicht von ein paar Kröten.« Er blickte nicht auf. Seine Ellbogen lagen auf dem Tisch, mit den Händen umschloss er den Nacken.

»Aber wie hast du das angestellt?« Echte Panik stieg in ihr auf. Ihre Eltern waren mit Geld sehr locker umgegangen und hatten nicht viel mehr hinterlassen als das heruntergekommene Hotel, aber nie nennenswerte Schulden gemacht. Wenn sie in finanziellen Schwierigkeiten steckten, hatten sie versucht, den Schein zu wahren, und dafür in Kauf genommen, dass das Gebäude verfiel. Rose, Terry und Daniel hatten sich dann leihen müssen, was nötig war, um es umzugestalten.

»Ich habe Geld verspielt. Viel Geld.«

Er sagte es so leise, dass sie ihn kaum verstand.

»Aber so viel kann das doch nicht sein.« Er hatte ab und zu den Nervenkitzel von Pferderennen gesucht, das wusste sie. Na schön, vielleicht etwas öfter als ab und zu. Aber auch nicht viel öfter als andere Leute. »Du bist doch erst seit ein paar Monaten arbeitslos.« Rose spürte, wie naiv sie klingen musste.

Terry schüttelte den Kopf. »Das läuft schon länger. Viel länger. Seit Jahren. Hast du vielleicht was zu trinken für mich?«

Wenn er um diese Tageszeit um einen Drink bat, musste es ernst sein. Doch Rose erhob keinen Einwand, sondern nahm ein Glas mit ins Wohnzimmer und schenkte ihm einen großen Whiskey ein. Als sie in die Küche zurückkam, saß Terry genauso da wie vorher. Sie holte Eiswürfel aus dem Gefrierschrank und gab ein paar hinein, dann füllte sie einen Krug mit Leitungswasser und stellte alles vor ihn auf den Tisch. Nun endlich setzte er sich gerade hin, fügte ein wenig Wasser hinzu und nahm einen Schluck. Seine Miene verriet ihr, dass das Schlimmste noch kommen würde.

»Warum, glaubst du, hat man mich gefeuert?«, fragte er leise.

Hatte sie einen Teil des Gesprächs verpasst, als sie draußen gewesen war? »Du bist nicht gefeuert worden«, sagte sie langsam. »Deine Stelle wurde wegrationalisiert. Das hast du uns jedenfalls erzählt.«

»Nein. Das ist die Geschichte, die mir meine ehemaligen Partner zu erzählen erlauben. O Gott, es ist so ein Schlamassel.« Er verdrehte die Augen zur Decke. »Ich konnte es keinem von euch sagen. Weißt du, ich habe mir von ihnen Geld geliehen, und Colin, der andere Seniorpartner, hat es herausgefunden, bevor ich es zurückzahlen konnte.«

»Wie meinst du das, er hat es herausgefunden? Was hast du getan?« Rose bekam einen Riesenschreck, versuchte jedoch, ruhig zu klingen.

Terry hob eine Hand. »Lass mich zu Ende erzählen. Ich … ich habe nicht gefragt. Mir war klar, sie würden wissen wollen, wozu ich so viel Bargeld brauche, also erschien es mir besser, es mir auszuleihen und zurückzuzahlen, ohne dass sie es mitbekommen. Aber sie haben es gemerkt. Colin machte mir ein Angebot: Wenn ich sofort die Schulden beglich, bevor irgendein Schaden entstanden war, und dann das Unternehmen verließ, bräuchte außer Neville, dem anderen Partner, niemand etwas zu erfahren. Sie waren sehr anständig. In so einem kleinen Unternehmen zählt Freundschaft noch was. Ich bin nicht entlassen worden, weil man mich nicht mehr brauchte.«

»Du meinst, du hast sie bestohlen?« Doch Terry würde nur stehlen, wenn er in einer absolut verzweifelten Lage war. Wenn doch bloß Daniel noch da wäre. Er hätte mit ihm geredet, er hätte Wege gefunden, ihm vielleicht sogar eine Arbeit anvertraut. Wer sonst würde das noch tun?

»Nicht im eigentlichen Sinn. Und es war nicht mein Fehler«, beeilte er sich zu versichern. »Eigentlich nicht.«

»Aber wessen Fehler war es dann?«

»Ich hatte ein bisschen Pech. Nichts, was nicht in Ordnung zu bringen gewesen wäre. Wenn Colin nicht draufgekommen wäre ...« Er brach ab.

Rose erinnerte sich, wie er in Italien vor dem Fernseher gekauert und sich nicht vom Fleck gerührt hatte, bis die Pferderennen vorbei waren. Auf seinem Mobiltelefon hatte er eine Strichliste der Kricket- und Fußballergebnisse geführt. Eve hatte oft geklagt, dass er seine Samstagnachmittage ausschließlich Sportsendungen im Fernsehen widmete. Doch Rose hatte das alles nie recht ernst genommen. Taten das nicht viele Männer?

»Meine Kreditkarten hatte ich schon voll ausgeschöpft. Das ging ganz schnell.« Er sagte es so dahin, als sei es das Selbstverständlichste auf der Welt. »Ich musste mir das Geld leihen, um meine Karten entsperren zu lassen und hätte alles schnell wieder in Ordnung bringen müssen, niemand hätte je etwas erfahren, aber dann hatte ich eine Pechsträhne ... Dabei hatte ich ein paar todsichere Wetten laufen. Ich weiß nicht, wie das passieren konnte.« Plötzlich wirkte er wie am Boden zerstört. »Du willst das gar nicht wissen.«

Rose explodierte. »Nein, in der Tat! Du Vollidiot, Terry. Du verdammter Vollidiot. Und jetzt sag mir, wie viel Schulden du hast.«

»Mehr als zweihunderttausend.«

Rose traf die Summe wie ein Fausthieb in den Magen. Sie schnappte nach Luft.

»Na ja, vielleicht ein bisschen weniger.« Einen ganz kurzen Moment lang hellte sich seine Miene auf, dann fuhr er fort. »Aber das Hauptproblem« – er schluckte und presste seine gefalteten Hände ganz fest zusammen – »ist, dass ich ohne Eves Wissen eine Hypothek auf das Haus aufgenommen habe. Sie glaubt, es sei vollständig abbezahlt. Tja, war es ja auch. Aber ich musste irgendwo das Geld auftreiben, wenn ich der Firma das Geld zurückzahlen und die Schulden auf meinen Kreditkarten begleichen wollte. Ich glaubte, ich sei ein Experte darin, wie man Schulden managt. Das bin ich nicht, wie sich gezeigt hat. Jetzt stehe ich kurz davor, mit den Raten der verdammten Hypothek in Verzug zu geraten, und dann stecke ich noch tiefer drin als zuvor.«

»Und selbst wenn ich das Geld auftreiben könnte, um dir zu helfen, was dann?« Sie sah ihm direkt in die Augen, ließ ihm keine Möglichkeit auszuweichen. »Ich werde mich nicht darauf einlassen, alle drei Hotels im Paket an Madison Gadding zu verkaufen, um deine Spielsucht zu finanzieren. Du brauchst professionelle Hilfe.«

Terry wirkte gequält. »Aber ein Drittel des Gewinns, den sie abwerfen, steht mir zu. Den kannst du mir nicht verweigern. Schau, ich wollte ja nicht in so eine Lage geraten, aber als es erst mal anfing schiefzugehen … es ist bloß ein kleines Tief. Sobald ich das geregelt habe, geht es mir wieder gut. Ich brauche niemanden. Ich komme ohne Hilfe klar. Ich kann morgen damit aufhören, wenn alles wieder im Lot ist.«

»Morgen?«, schrie sie. »Warum nicht heute? So reden Süchtige. Himmel, Terry, hörst du dir eigentlich selbst zu? Therapien sind etwas für Leute, die klug genug sind zu merken, dass sie Hilfe brauchen.« Sie war außer sich und würde nicht zulassen, dass er sich herausredete. »Ein kleines Tief? Wie kannst du so reden? Warum hast du es mir nicht früher erzählt?«

»Wie hätte ich das tun sollen? Mit Eve kann ich nicht sprechen, und du hast so viel am Hals. Ich hätte mich an Daniel gewandt. Wenn er noch da wäre, wäre es wahrscheinlich gar nicht so weit gekommen.«

»Du kannst nicht ihm die Verantwortung zuschieben.« Rose war entrüstet. Daniel wäre genauso wütend auf ihn gewesen wie sie, aber er hätte sein Bestes getan, um fair zu sein (so wie sie es auch versuchte), und hätte sich nicht erweichen lassen (was sie ebenfalls nicht tun würde). »Ich werde dein Problem nicht lösen, indem ich das Trevarrick verkaufe. Ganz bestimmt nicht.« Sie ignorierte seinen verzweifelten Seufzer. »Es muss einen anderen Weg geben.«

Terry blieb nicht mehr lange. Als sie den Kaffee ausgetrunken hatten, gab es nicht mehr viel zu sagen. Er schien erleichtert, sich ihr anvertraut zu haben, war aber immer noch entschlossen, niemanden sonst einzuweihen. »Ich habe alles im Griff, Rose«, beharrte er. »Mir ist nur wichtig, dass du verstehst, warum ich das Geld so dringend brauche.«

»Tue ich. Und ich werde mir überlegen, wie ich dir am besten helfen kann. Aber bevor ich irgendwas unternehme, noch eines«, schloss Rose. »Wenn du irgendwie da rauskommen willst, dann musst du es Eve erzählen.«

Terry sah sie fassungslos an. »Nein!«, erklärte er mit Nachdruck. »Das kann ich nicht. Du verstehst das nicht. Ich kann ihr nicht sagen, dass das Haus in Gefahr ist. Sie würde mich umbringen.«

»Das würde ich ihr nicht mal zum Vorwurf machen, aber ihr müsst ehrlich zueinander sein«, sagte Rose, die daran denken musste, wie Daniel sie in der letzten Zeit enttäuscht hatte. Doch hätte sie, wenn er noch lebte, wirklich die Wahrheit erfahren wollen? Allerdings lagen die Dinge in diesem Fall anders. »Wie schwierig es auch sein mag, Eve würde es wissen wollen. Außerdem hat sie ein Recht darauf, es zu wissen, und sie wird sicher auf deiner Seite sein. Das ist meine Bedingung. Und ich will, dass du dir professionelle Hilfe suchst. Wenn du diese beiden Dinge tust, werde ich einen Weg finden, dir zu helfen, mit oder ohne Madison Gadding.«

Er spitzte die Lippen, wog ab, was geschehen mochte, wenn er sich weigerte. Dann neigte er ein wenig den Kopf. »Ich denke darüber nach. Wirklich. Obwohl ich sie da eigentlich nicht hineinziehen will.«

»Das weiß ich«, erwiderte Rose mitfühlend. »Aber wenn du meine Hilfe willst …«

Eve fütterte gerade die Hühner. Fünf waren ihr durch den Garten nachgelaufen, flatterten um den Gartenschuppen herum oder von der niedrigen Mauer, die den Gemüsegarten abtrennte, wackelten unter den Büschen hervor, liefen gluckend hinter ihr her. Ihre geretteten Hennen. Es war ein Vergnügen, zu sehen, wie sehr sie ihre neue Freiheit nach einem halben Leben als Batteriehühner genossen. Beim Freilaufgehege angekommen, stürzten sie hinein, lärmten um die Schale herum, als sie das Futter hineinwarf, und verteilten die Reste vom gestrigen Abendessen auf der Erde. Während sie fraßen – ihre Schnäbel klopften hörbar gegen die Metallschale –, füllte sie die Tränke mit Wasser aus dem Hahn im Garten und stellte sie in die Mitte des Geheges.

Terry war nicht da. Er hatte hinterlassen, er sei nach London gefahren, und sie hoffte, dass es wegen eines Vorstellungsgesprächs war. In den vergangenen Wochen war er so schwierig gewesen, dass sie froh war, das Haus einmal für sich zu haben. Sie hatte versucht, verständnisvoll zu sein, indem sie nicht zu spät heimkam, seine Lieblingsgerichte kochte, sich nicht beschwerte, wenn er ständig Sport im Fernsehen anschaute, und indem sie ihn mit Neuigkeiten aus der Agentur unterhielt. Sie hatte auch versucht, mit ihm über seine Lage zu sprechen. Doch nichts konnte ihn aus seiner schrecklichen Lethargie reißen. Was sie zu sagen hatte, interessierte ihn nicht, eigentlich wollte er überhaupt nicht reden. Die Vorstellung, sie würden ihr restliches Leben so verbringen, ließ sie verzweifeln.

Gerade als sie in den Legekästen nach Eiern suchte, mit der Hand durch das Stroh fuhr, klingelte ihr Telefon. Ein Ei in der einen Hand, machte sie sich nicht die Mühe, zuerst auf die Nummer zu schauen, erkannte aber Wills Stimme sofort.

»Du hast gesagt, ich darf anrufen. Störe ich dich?«

»Nein, überhaupt nicht.« Sie schmierte den Hühnerdreck an ihrem Finger an den Zaun. Da sie kein weiteres Ei fand, schloss sie den Deckel des Legekastens. Dann schob sie sich hinaus und vergewisserte sich, dass der Riegel der Maschendrahttür geschlossen war. Sie war entschlossen, es marodierenden Füchsen nicht so einfach zu machen. Fürs Erste zog sie sich in die warme Küche zurück. Die Hennen kamen noch früh genug in die Legekästen, wenn sie fertig telefoniert hatte.

»Ich hoffe, du gehst mit mir essen«, sagte er. »Wir haben noch etwas zu besprechen.«

Eve ließ den Blick durch die Küche wandern, über den Kiefernholztisch, von dem nichts weggeräumt worden war. Die Tageszeitungen lagen herum, die Marmeladengläser standen ohne Deckel da, auf der Butter sah man die Spuren der Katzenzungen, die sich daran bedient hatten. Im Spülbecken stapelten sich schmutzige Teller und eine Pfanne, in der sich Terry offenbar Rührei zubereitet hatte. Über die Arbeitsplatte verteilt lagen feuchte Küchenhandtücher, dazwischen standen halb geleerte Tee- und Kaffeebecher und Teelöffel mit kalten, ausgedrückten Teebeuteln. Wenigstens könnte er ein bisschen aufräumen. Das war doch nicht zu viel verlangt, oder?

Gegen den Herd gelehnt konzentrierte sich Eve auf Will und seine Worte.

»Ich fliege nach Borneo. Soll dort die bedrohte Tierwelt und die Auswirkungen der Palmölplantagen fotografieren. Und da dachte ich, wir könnten uns vielleicht vorher treffen. Kommst du manchmal in die Stadt?«

Der Stapel Bügelwäsche erschien ihr noch höher als beim letzten Blick darauf. Der Kühlschrank war leerer. Die Schuhe an der Hintertür waren schmutziger. Das war allerdings nicht ausschließlich Terrys Schuld, rief sie sich ins Gedächtnis. Normalerweise kamen sie schlecht und recht miteinander aus und teilten sich die Hausarbeit. Aber seine Entlassung hatte ihn umgehauen, und sie war vollkommen mit der Agentur beschäftigt.

»Sag wenigstens etwas«, flehte Will. »Irgendwas.«

Sie stellte sich die Intimität eines schön gedeckten Restauranttisches vor, die Freude auf ein gutes Essen, die Gesellschaft von jemandem, der nicht gerade wie Terry in Schwermut versank und der mit ihr zusammen sein wollte. Aber sie wusste, dass es ganz falsch war, zuzusagen.

»Ja«, erklärte sie. Ihr Herz widersprach ihrem Kopf aufs Schärfste. »Am Mittwochvormittag habe ich dort einen Termin.«

Nachdem sie sich auf ein Restaurant geeinigt hatten, beendeten sie das Gespräch und Eve ging wieder hinaus, um die Hühner einzusperren, in Gedanken immer noch bei Will.

Was schadete es schon, wenn sie sich mit ihm traf? Sie versuchte das Kribbeln zu ignorieren, ein Indiz dafür, dass sie mit dem Feuer spielte. Sie tat doch nichts weiter, als um der alten Zeiten willen eine Einladung zum Essen anzunehmen. Das Leben war zu kurz, um ewig Groll zu hegen. Sie würden über ihre Vergangenheit reden, einander ein bisschen aus ihrem Leben erzählen und sich dann verabschieden. Ihr Herz zog sich ein wenig zusammen. Wenn sie Rose wieder mal traf, war das Essen vorbei und sie würden zusammen darüber lachen. Will würde außer Landes sein und sie würde ihn nicht wiedersehen. Terry würde wieder Arbeit haben, seine Stimmung würde sich bessern, weil er wieder eine Aufgabe hatte, und das Leben würde wieder in normalen Bahnen verlaufen. Die Jahre hatten sie alle verändert. Nichts war wie früher. Ein Abend mit Will würde bestimmt nicht die Welt verändern, wie Rose befürchtete. Aber nur zur Sicherheit würde sie es ihr vielleicht lieber nicht erzählen. Vorerst jedenfalls. Und ganz bestimmt würde sie Terry nicht einweihen.

MAI

20

Die einsetzende Ebbe hinterließ Rippen im Sand, Wasserpfützen und Rinnsale zwischen den Erhöhungen. Rose ging auf das Meer zu, und jeder Fußabdruck wurde sofort von den Wellen weggeschleckt. Endlich war sie wieder in Cornwall, und sie war glücklich. Die Gespenster, die sie gefürchtet hatte, hatten sich nicht gezeigt. Sie fühlte sich genauso zuhause wie immer. Links und rechts von ihr erstreckte sich der Strand bis zu den fernen Felsen, die Gezeitenmarke eine dunkle Linie an den Flanken der dahinter aufragenden Klippen. Kinder rannten hinter Bällen her, schleppten Eimer, Schaufeln und Käscher oder ließen mit geduldigen Eltern neonfarbene Drachen steigen. Draußen auf dem Meer fetzten ein paar zähe Windsurfer hin und her. Hinter ihr saßen Familien an den Klippen oder der Strandmauer, windgeschützt von grellbunten Zelten, und klaubten den Sand aus ihrem Picknick. Alles war genau so, wie es immer gewesen war.

In der Ferne hüpfte eine dürre Gestalt ungelenk in die Wellen, die Arme steif seitlich vom Körper, die Schultern hochgezogen. Anna. Rose drückte die abgelegten Kleider und das Handtuch ihrer Tochter an sich. Sie spürte den kalten Wind. Der Vorschlag, schwimmen zu gehen, war beim Frühstück vom Rest der Familie mit Entsetzen quittiert worden, doch Anna war eisern. »Das wird lustig. Die Sonne scheint. Um der alten Zeiten willen! Kommt schon!«

Doch Jess hatte im Hotel alle Hände voll zu tun – »Irgendjemand muss arbeiten, weißt du« –, Eve musste plötzlich nach Truro fahren, um in letzter Minute einiges zu besorgen, und die Cousins mussten hinten auf der Wiese ihre Zelte aufstellen. Terry brach zu einem Spaziergang auf, und Adam legte Dylan zu seinem Morgenschläfchen hin.

Wahrscheinlich, so stellte Rose sich vor, nutzte Adam seine

Stunde Freizeit sinnvoll, indem er die Schüssel aus gestocktem Buchenholz fertigstellte, die er ihr gezeigt hatte. Als Daniel noch lebte, war sie nie so lange in Adams Werkstatt gewesen. Nun sah sie erstaunt sein kleines Sortiment an Werkzeug, hörte zu, wie er sein Handwerk erklärte, verwirrt von der ungewohnten Sprache – Schrägmeißel und Spindelhohlmeißel, Bohrfutter und Zentrierzapfen –, und ließ sich die verschiedenen Holzstücke in unterschiedlichen Bearbeitungsständen zeigen. Ihr Mann, wäre er da gewesen, hätte sich nur zu abfälligen Kommentaren veranlasst gesehen. Sie aber hatte Adam, während sie die Linien und Muster nachfuhr, die Pilze in das Holz gegraben hatten, gebannt zugehört. Endlich begann sie zu verstehen, was er anstrebte: Ausstellungen in Galerien, eine Zukunft als Holzdrechsler, als Handwerker. Sie konnte den Gedanken nicht abschütteln, wie ihre Karriere als Malerin zum Stillstand gekommen war, als die Kinder kamen. Ein bisschen Privatpinselei zum eigenen Vergnügen war nicht das Gleiche wie die Ausstellungen und die Anerkennung, von der sie geträumt hatte.

Eigentlich hatte Simon ähnlich argumentiert, als sie zusammen in die Hockney-Ausstellung gegangen waren und die Kunstwerke bewundert und diskutiert hatten. Anschließend beim Kaffee hatte er erneut nach ihrer eigenen Malerei gefragt und sie dann ermuntert, wieder zum Pinsel zu greifen. »Das bist du dir schuldig. Irgendwann einmal wolltest du auch ausstellen; also, warum nicht jetzt? Es ist nie zu spät.« Sie hatte den Gedanken lachend von sich gewiesen, aber seine Worte hatten eine Saite in ihr zum Klingen gebracht. Und er war nicht bereit, das Thema fallenzulassen. Das Ergebnis war, dass sie wieder angefangen hatte, die Welt mit den Augen einer Künstlerin zu sehen; oft stellte sie sich vor, wie sie etwas auf Leinwand oder Papier bringen könnte, sogar an diesem Strand, der ihr so vertraut war.

Seit jenem ersten gemeinsamen Opernbesuch hatten sie sich mehrmals getroffen und sich einander jedes Mal ein bisschen weiter angenähert. Sie und Daniel hatten immer die leichte Unterhaltung vorgezogen, die ein guter Film bot, oder ein Konzert einer Band aus ihrer Jugend. Oder sie waren einfach zusammen daheim geblieben. Mit Simon ins Theater oder in die Oper zu gehen war eine andere Art von Vergnügen. Im Gegenzug hatte sie ein paar Ausstellungen vorgeschlagen, die sie sich gemeinsam angesehen hatten. Er war gleichermaßen interessant und interessiert. Es störte ihn nicht, wenn sie beim Abendessen oder einem Getränk über Daniel sprechen wollte, er hörte aufmerksam zu, was sie zu sagen hatte. Ihre lieben, schwer geprüften Freundinnen und Freunde hatten sich das alles schon anhören müssen, und sie war froh, ein neues, mitfühlendes Ohr zu haben. Es überraschte sie, wie schnell sie sich so angefreundet hatten. Ja, Simon war genau in dem Moment in ihr Leben getreten, als sie ihn brauchte. Mehr noch, er hatte es ein wenig fröhlicher gemacht. Erst vor ein paar Tagen hatten sie viel zu lange bei ihrem Stammitaliener gesessen und er hatte sie bei Spaghetti und Rotwein mit dem Bericht über seine fehlgeschlagenen Versuche unterhalten, mit einer Gruppe fanatischer Wanderer ein paar schottische Berge zu besteigen. So hatte Rose nicht mehr gelacht, seit Dan …

Ein Kreischen ließ sie den Blick heben. Schon wollte sie mit dem Handtuch zum Wasser laufen, aber es war nur ein Pärchen, das die Zehen in die Gischt tauchte und quietschte, weil es kalt war. Von Anna sah sie nur den Kopf auf dem Wasser wippen. Rose starrte hinauf zu den Wolkenfetzen und verlor sich wieder in ihren Gedanken, dieses Mal über den vor ihr liegenden Tag.

Als sie zum Hotel zurückkamen, war das kleine Festzelt vorbereitet, die Tische gedeckt, der Weg über die Wiese mit Teelichtern in Glasgefäßen beleuchtet. Silberne Hochzeit. Einhundert Festgäste, verteilt auf sämtliche Pensionen und Hotels in der Umgebung. Wie Eve und Terry so lange zusammen durchgehalten hatten, würde ihr immer ein Rätsel bleiben. Dank der

Kinder, eines eisernen Willens und ihrer eigentümlichen Liebe zueinander, vermutete sie. Das Fest war schon vor einem Jahr im Trevarrick gebucht worden, auf Dans Anregung hin. Solche Großzügigkeit war so typisch für ihn gewesen. Wenn er doch bloß hätte ahnen können, was geschehen würde. Ohne seinen Tod hätte Eve Will nicht wiedergetroffen, hätte sich nie auf diese verrückte, stürmische Romanze eingelassen, von der Terry nichts wusste. Rose hatte es nur mitbekommen, weil Eve sich im Gespräch verquatscht und schließlich zugegeben hatte, dass sie ihn regelmäßig traf, seit sie sich in der National Portrait Gallery über den Weg gelaufen waren. Doch jetzt waren sie alle hier versammelt, um ihre langjährige Ehe zu feiern. Nur Eve und Rose kannten die Wahrheit. Und Rose hätte lieber nichts davon gewusst. Die Geständnisse von Eve und Terry hatten sie in eine Zwickmühle gebracht. Manchmal war sie versucht, alles auszuplaudern und ihre Probleme offenzulegen, aber beide hatten sich ihr anvertraut, und sie konnte und wollte weder ihn noch sie enttäuschen.

In diesem Augenblick entstieg Anna dem Wasser, blieb kurz stehen, um sich das tropfnasse Haar aus dem Gesicht zu schütteln, und rannte dann auf ihre Mutter zu.

»Himmel, war das bitterkalt!« Sie schnappte sich das Handtuch und begann sich kräftig abzufrottieren, bevor sie es sich um die Schultern legte. »Aber es war super. Ich kann gar nicht glauben, dass Charlie und Tom nicht mitgekommen sind. Vor zehn Jahren hätten sie gar nicht lange überlegt. Du hättest auch reingehen sollen.«

Rose lachte. »Im Mai? Du machst Scherze. Keine zehn Pferde brächten mich da rein.«

»Du solltest abenteuerlustiger sein, Mum. Was gibt es zu verlieren?« Ohne jede Scham streifte Anna schnell ihren Bikini ab und zog die Kleider an, die ihre Mutter ihr hinhielt. »Man muss im Leben auch mal was riskieren.«

Rose beobachtete, wie sie die Beine ihrer Jeans hochkrempelte, und war plötzlich neidisch auf ihren straffen jungen Körper, auf ihren ungezügelten Lebenshunger. Vielleicht hatte sie recht. »Geht es dir bei deinem Gartencenter darum?«, fragte sie. »Um Risiko?«

Sie machten sich Arm in Arm auf den Weg den Strand hinauf.

»Nein. Dieses Mal wird alles klappen. Komm doch mal und schau dir selbst an, wie es läuft. Es ist einfach perfekt. Die Freipflanzen kommen auf das Gelände, und im Innenbereich haben wir die Zimmerpflanzen, Schnittblumen und vielleicht ein Café. Wahrscheinlich wird Liz mit mir oben einziehen. Erinnerst du dich an sie? Wir haben uns vor Jahren in Marokko kennengelernt.«

Rose erinnerte sich ganz dunkel an lange Haare, lange Röcke und den erdrückenden Duft von Patschuli.

»Das wird ein ganz neues Leben für mich! Mum, du wirst es nicht glauben! Ich weiß, was du und Dad von mir denkt, aber diesmal ist es anders.« Sie drückte Roses Arm, um zu zeigen, dass sie Verständnis für ihr Urteil hatte.

»Denkt« – immer noch Gegenwart, als ob ... Rose wandte den Kopf, um ihre Tochter anzusehen. »Liebling, wir denken ... dachten ... na ja, ich denke nicht schlecht von dir. Habe es nie getan. Und Dad ebenso wenig. Du und Jess, ihr seid einfach so unterschiedlich.«

Anna ließ den Arm sinken und bückte sich, um einen Stein aufzuheben, dessen glatte graue Fläche ein durchgehender weißer Streifen zierte. Sie begutachtete ihn, wog ihn in ihrer Hand. »Ein besonderer Stein. Schau, die weiße Linie ist durchgehend. Das bedeutet, du kommst einmal hierher zurück.« Sie steckte ihn ihrer Mutter in die Tasche.

»Das hoffe ich ... Aber versteh das nicht falsch«, fuhr Rose fort und fuhr mit dem Daumen über den Stein. »Ich bin froh, dass ich durch den Verkauf des Canonford das Grundstück für dich kaufen konnte. Alle drei Hotels hätte ich keinesfalls verkaufen wollen, vor allem das Trevarrick nicht, aber zum

Glück war Madison Gadding zufrieden, das eine zu bekommen. Du und Jess habt jetzt beide etwas, woran ihr arbeiten könnt und was euch an Dad erinnert. Ich glaube, er würde sich auch freuen.«

Anna hakte sie wieder unter, raffte mit der anderen Hand ihr nasses Haar und warf es sich über die Schulter. »Meinst du wirklich? Ich weiß, früher war ich ein bisschen unzuverlässig. Aber dieses Mal wird es anders sein, das verspreche ich dir hoch und heilig. Gott sei Dank haben wir Onkel Terry, der den Zahlenkram erledigt. Ohne seine Hilfe wäre ich damit nicht zurechtgekommen.«

Rose lächelte, sagte aber nichts. Sie genoss die seltene Gelegenheit, ihrer Tochter körperlich nahe zu sein. Gleichzeitig musste sie auch an ihren Bruder denken. Seine Reaktion auf die Kunde, dass sie dem Verkauf des Londoner Hotels zustimmte, war schroff, wenn nicht gar unfreundlich gewesen, aber er hatte keine Wahl gehabt, als die Entscheidung zu akzeptieren. Er hatte mehr als genug bekommen, um die Gläubiger halbwegs zu beruhigen, aber sie hatte sich geweigert, noch mehr Geld für ihn lockerzumachen, bevor er Eve alles gestanden hatte, und davon wollte er immer noch nichts wissen. Wieso sie nicht kapiere, dass er kein Problem habe, sagte er.

»Wirklich«, wiederholte Anna. »Es wird laufen. Rick ist total bei der Sache.«

Rose hatte Annas Geschäftspartner ein paar Mal getroffen, bevor sie zugestimmt hatte, sie in ihren Plänen zu unterstützen. Er war in Annas Alter, Australier und auf irritierende Weise tätowiert, aber offenbar vernünftig, und er hatte klare Vorstellungen, was das Center und seine Möglichkeiten anging. Es war Rose erstaunlich erschienen, wie nah sie einander in so kurzer Zeit gekommen waren, und sie freute sich, dass Anna endlich einen Mann zur Seite hatte. Viel zu lange war sie als Einzelgängerin durchs Leben gegangen. Der Ernst, mit dem sie sich dem Gartencenter widmete, und ihre Entschlossenheit, es zu einem Erfolg zu machen, beeindruckten Rose. Vielleicht würde Rick das beitragen, was die anderen Male gefehlt hatte, um das Projekt zum Erfolg zu führen. Sie hoffte es.

»Ihn an Bord zu haben ist genial«, fuhr Anna fort. »Wir sind ein super Team. Obwohl wir die gleiche Ausbildung haben, bin ich mit den gestalterischen Sachen besser und er hat mehr Geschäftssinn als ich. Außerdem hat er natürlich Muskeln. Aber warte, bis du die Pflanzen siehst, die wir bestellen, und wie wir das Gelände anlegen. Es wird richtig toll sein. Wir müssen nur noch Onkel Terry wegen dem Café überreden. So eine super Idee, aber bevor er nicht seine Flowcharts oder wie die heißen gemacht hat, wird er uns nicht gestatten, irgendwas anzufangen, was auch nur ansatzweise riskant sein könnte.« Sie klang ungeduldig.

»Ja, das weiß ich.« Rose lächelte wissend. »Wenn hier irgendwer genial ist, dann bin ich es, weil ich vorgeschlagen habe, ihn einzubeziehen.«

»Ja, aber er tat dir auch leid. Und er ist immerhin dein Bruder. Egal, er ist genau, was wir brauchen«, räumte Anna ein. »Aber er ist in letzter Zeit so ein Trauerkloß geworden – so kenne ich ihn eigentlich gar nicht. Weißt du noch, wie er uns früher in den Ferien jeden Abend Geschichten vorgelesen hat?« Unter ihrem Fuß knirschte eine Muschel.

Rose lachte. »Na klar! Eve und ich sind dann in die Küche geschlichen und haben den Wein entkorkt und ihn machen lassen. Wer hätte das sonst gebracht.«

»Aber er konnte das super, darum hat er es so gern gemacht. Er hat all die verschiedenen Figuren gespielt, mit lauter verschiedenen Stimmen. Wir alle sechs haben es uns auf dem Bett gemütlich gemacht und gebettelt: Nur noch ein Kapitel. Und er hat immer ja gesagt.« In Erinnerungen schwelgend, blickte Anna hoch zum Hotel, das gerade auf der Klippe auftauchte. »Kann man sich jetzt gar nicht mehr vorstellen.«

»Man schaffte es kaum, ihn zum Abendessen loszueisen. Du

warst die Schlimmste. Ich weiß noch, wie du geweint hast, wenn ich vorschlug, Eve oder ich könnten einmal lesen. Dad wusste es besser, der hat es nicht mal probiert.« Schweigen breitete sich zwischen ihnen aus, während sie den Familienerinnerungen nachhingen. Manchmal hatte Daniel darauf bestanden, mit Rose und den Mädchen anderswohin zu fahren als ins Trevarrick oder in die Casa Rosa – »Sonst werden sie nie erfahren, wie es anderswo auf der Welt aussieht«, pflegte er zu sagen. Aber die glücklichsten Ferien verlebten sie immer mit ihren Cousins und Cousinen an den beiden Orten, die sie am liebsten mochten.

Anna sprang über eine tote Qualle. »Und was ist mit Tante Eve? Sie sieht super aus in letzter Zeit. Dass sie abgenommen hat, steht ihr gut. Was ist da los?«

»Wie meinst du das?« Rose wurde sogleich abweisend. »Nichts, soweit ich weiß.«

»Ich dachte, vielleicht hat sie eine Affäre oder so.« Anna blieb stehen, um ihre pinkfarbenen Turnschuhe anzuziehen. Die Schnürsenkel steckte sie nach innen, anstatt sie zuzubinden.

»Anna! Das ist doch lächerlich. Wie kannst du so etwas sagen, wo wir heute ihre Silberhochzeit feiern?«

»War bloß ein Scherz. Schön wär's! Ob wohl inzwischen noch mehr Gäste angekommen sind? Komm, gehen wir zurück und schauen uns an, was läuft.« Anna rannte den Strand hinauf. Rose, ausnahmsweise einmal froh darüber, dass die Aufmerksamkeitsspanne ihrer Tochter der einer Mücke glich, beschleunigte ebenfalls ihren Schritt. Sie ärgerte sich, dass sie durch ihre heftige Reaktion beinahe etwas verraten hätte. Eves Geheimnis war sicher bei ihr – vorerst.

Sie gingen vom Strand aus über die Wiese auf das Trevarrick zu. Das große Landhaus fügte sich mit seinen verwitterten Mauern und dem grauen Schieferdach wunderbar in die Landschaft ein. Erbaut in den zwanziger Jahren des vorigen Jahrhunderts, war seither ein Anbau mit insgesamt dreißig Zimmern hinzugekommen, ganz kleine ebenso wie Luxussuiten, für jeden Geschmack etwas, skurril, aber stets gemütlich, und die Mehrzahl mit Meeresblick.

Jess erwartete sie schon auf der Terrasse. In ihrem engen Rock und der Bluse strahlte sie nüchternen Schick aus. Ihr Haar war zu einem ordentlichen Pferdeschwanz zurückgebunden. Aber unter dem angenehmen Äußeren spürte Rose Spannung. Irgendetwas, das nichts mit der Organisation der Feier für Eve und Terry zu tun hatte, beunruhigte ihre Tochter.

»Ihr wart so lange weg, ich dachte schon, ihr seid ertrunken.« Jess ging ein paar Schritte auf sie zu, blieb aber stehen, um ein Unkraut aus dem großen Topf mit den Stiefmütterchen zu ziehen.

»Wahrscheinlich eher gehofft«, murmelte Anna, während sie an ihrer Schwester vorbeischlüpfte, um ihr nasses Handtuch hinter dem Haus auf die Leine zu hängen.

»He, Mädchen«, protestierte Rose. »Könnten wir vielleicht mal einen Tag das Streiten lassen? Ist das zu viel verlangt?«

»Nicht meine Schuld.« Jess wandte sich ab und rieb sich die kalten Hände. »Es ist noch so viel zu tun, unter anderem die Blumen.«

Anna fuhr herum. »Ich habe dir doch gesagt, dass ich den Wiesenkerbel und diese Sachen erst in letzter Minute pflücke. Aber wenn du so nervös bist, mache ich es gleich.«

»Wie auch immer«, sagte Jess und wandte sich ab, um in die Hotellounge zu gehen. »Ich finde, es ist schon höchste Eisenbahn. Der Koch ist am Durchdrehen, weil die Hummer noch nicht geliefert worden sind – der Fahrer hat angerufen, der Wagen hat eine Panne. Sie werden es schaffen, aber es bedeutet für die Küche einen Riesenstress.«

Rose stand zwischen ihren verfeindeten Töchtern und überlegte, was sie tun könnte, um zu helfen. Sie wollte Jess nicht noch zusätzlich belasten.

»Ach, und übrigens …«, sagte Jess über die Schulter, während sie hineinging. »Simon kommt nun doch.«

»Hat er angerufen?« Rose war überrascht und ein wenig erleichtert über die Neuigkeit. Einen neutralen Freund hier zu haben, der mit den internen Schwierigkeiten der Familie nichts zu tun hatte, war bestimmt gut. Sie hatte nichts dagegen eingewandt, als Eve und Jess vorgeschlagen hatten, ihn einzuladen. Aber er hatte zunächst wegen beruflicher Verpflichtungen abgesagt.

»Ja. Irgendein Kundentermin wurde abgeblasen. Er wird gegen zwei in St. Austell sein.«

»Dann hole ich ihn ab«, bot Rose an. Nur zu gerne übernahm sie eine Aufgabe, die sie von der Spannung im Vorfeld der Feier wegführte.

»Sicher? Ich kann auch den Minibus schicken.« Rose spürte, dass Jess die Idee nicht so gut fand.

»Nein, nein. Dave hat heute Abend genug zu tun, wenn er die Leute alle in ihren Pensionen abholen und wieder hinkutschieren muss. Ich mach das schon.«

Ein paar Stunden später saß Rose im Citroën und kroch hinter einem riesigen grünen Traktor her, der fast die gesamte Straßenbreite beanspruchte. Die Fahrt zur Landstraße, die Truro mit St. Austell verband, machte ihr immer Freude, doch niemals mehr als zu dieser Jahreszeit, wo zwischen den Hecken so viele Wildblumen wuchsen. Die Narzissen waren längst verblüht, die Glockenblumen gerade im Kommen, dafür wucherte zwischen rotem und weißem Leimkraut jede Menge Wiesenkerbel. In der Ferne sah sie Felder voller Butterblumen, durchsetzt mit bläulichen Flecken – Ehrenpreis. Aber all diese Schönheit konnte sie nicht vom Grund ihrer Fahrt ablenken.

Sie klopfte im Takt von Figaros Arie aus dem *Barbier von Sevilla* auf das Lenkrad. Das war die zweite Oper, die Simon und sie zusammen gesehen hatten. Es war lange her, seit sie jemandem begegnet war, mit dem sie so unmittelbar auf einer Wellenlänge lag. Ihre so unterschiedlichen Lebensumstände hatten sie zusammengeführt: Sie, vor kurzem verwitwet, brauchte Unterstützung; er, neu in der Stadt, hatte noch nicht viele Freunde. Er war impulsiv, amüsant, intelligent – Eigenschaften, die er mit Daniel gemeinsam hatte. Wie Daniel interessierte er sich wirklich für ihre Meinung und hatte keine Scheu, seine eigene zu sagen. Sie genossen es, ihren ähnlichen Geschmack zu erkunden, denn oft verzauberten sie die gleichen Bilder und Musikstücke oder ließen sie beide kalt. Sie konnten miteinander über alles reden – und taten das auch. Inzwischen freute sie sich immer auf ihre Verabredungen.

Gerade letzte Woche war er mit ihr auf Shoppingtour gegangen, etwas, das für Daniel nie in Frage gekommen wäre. Sie hatten über Eves und Terrys bevorstehendes Jubiläum gesprochen. »Vielleicht könnte ich das hier anziehen«, hatte sie laut gedacht und an sich hinabgesehen. Sie trug nun schon zum fünften Mal in fünf Wochen das schwarze Kleid, das Daniel so an ihr gemocht hatte.

»Nein«, hatte Simon sanft, aber entschieden erklärt. »Du brauchst etwas Neues, etwas Sommerliches. Ich habe eine Idee! Wir gehen shoppen. Ich kenne genau den richtigen Laden.«

Wider alle Vernunft hatte sie sich überreden lassen. Er hatte ihre Zweifel sogar vorweggenommen und entschieden, dass er sie abholen würde. Rose, der es vor dem chaotischen Treiben in einem überfüllten Kaufhaus gegraut hatte, war angenehm überrascht gewesen, als sie in einer kleinen Boutique in der Nähe des Westbury Grove gelandet waren. »Ich kenne die Inhaberin«, hatte Simon erklärt, als er sie hineinführte. An der anderen Seite des engen Raums standen zwei Ständer, auf denen die Kleider so dicht an dicht hingen, dass Rose sofort in Panik geriet. Doch als sie vorschlug, vorher noch einen Kaffee trinken zu gehen, war Simon streng gewesen. »Nein, ganz bestimmt nicht. Wir gehen hier nicht raus, bevor du alles gesichtet hast.

Ich werde dich Jan vorstellen, die dir helfen wird, und dann gehe ich und bringe dir den Kaffee hierher.«

Nachdem alle Fluchtversuche gescheitert waren, hatte Rose keine andere Wahl gehabt, als sich den beiden anzuvertrauen. In der Umkleidekabine vermaß sie Jan, als sollte sie auf dem Pferdemarkt verkauft werden, dann verschwand sie. Fünf Minuten später kam sie mit einer Auswahl von Kleidern zurück, bald gefolgt von Simon mit dem Kaffee, den sie so dringend brauchte. Es folgte eine anstrengende Modenschau. Rose hatte sich ganz in Simons Hände begeben, der seine Sache großartig machte: entschieden, sachlich und zuvorkommend. Als sie zum ersten Mal aus der Kabine trat, schwitzte sie vor Verlegenheit und wünschte, sich nie darauf eingelassen zu haben, doch angesichts seiner sachlichen Art hatte sich ihre Befangenheit rasch in Luft aufgelöst. Bequem auf dem roten Sofa zurückgelehnt, fand er schnell zu einer Meinung: »Nein. Farbe super, aber zu kurz.« »Nein. Ganz in Ordnung, aber der Ausschnitt steht dir nicht.« »Nein. Fast, aber die Farbe passt nicht ganz.« Jedes Mal war Jan davongesprungen, um etwas Besseres zu finden, und die Auswahl wurde rasch kleiner. Als Rose schließlich in einem eleganten und doch einfachen Stück aus cölinblauer und grüner Seide herauskam, sagte er: »Ja. Das ist es! Großartiger Schnitt, und es bringt deine Augenfarbe zur Geltung. Perfekt.« Und er hatte recht.

Als sie am Bahnhof vorfuhr, sah sie ihn bereits am Schalter stehen. In seinem Anzug und mit einem kleinen Köfferchen in der Hand stand er zwischen den Urlaubern in Anoraks, Shorts und T-Shirts, die überladene Koffer in die wartenden Taxis hievten. Er kam ihr vor wie das Auge des Sturms, ganz ruhig inmitten des Strudels von Aktivität.

Sie fand einen Parkplatz, sprang aus dem Auto, winkte und rief seinen Namen. Er drehte sich um, und sofort überzog ein Lächeln sein Gesicht. Er nahm sein Köfferchen, und genau in dem Moment flog mit lautem Kreischen eine der Möwen vom

Bahnhofsdach auf. Als Rose bei ihm ankam, versuchte Simon gerade den Vogelkot abzuwischen, der die Rückseite seines Jacketts zierte. Ein paar Schulkinder, die neben ihm standen, hielten sich die Bäuche vor Lachen. Auch sie konnte sich ein Lächeln nicht verkneifen.

»Das bringt doch Glück, oder?«, fragte er, woraufhin sein Publikum erneut loskicherte.

»Das hoffe ich für dich.« Sie tauschten einen Begrüßungskuss. »Gib mir die Jacke. Wir können sie im Hotel reinigen lassen. Keine Sorge.«

»Ich will euch keine Arbeit machen.« Am Auto angekommen, zwängte er sich auf den Beifahrersitz. »Jess hat bestimmt genug zu tun mit dem Fest und alldem.«

»So viel, dass ein bisschen Vogelkacke den Kohl auch nicht mehr fett macht. Du wirst staunen, wenn du das gute alte Hotel siehst. Alles ist genau so, wie Daniel es letztes Jahr geplant hat, und heute wimmelt es von Leuten. Ich habe keine Ahnung, wer das alles ist – umso schöner, dass du kommen konntest.« Sie setzte zurück und fuhr den Hügel hinauf zur Straße, die aus der Stadt hinausführte.

»Ich fühle mich ein bisschen als Eindringling, aber am Montag muss ich hier sowieso den Bauunternehmer treffen. Wir sind schon im Rückstand. Wenn wir den erweiterten Speisesaal und die Veranda bis zum Anfang der Schulferien hinkriegen wollen, muss ich jetzt die Peitsche schwingen. Mit dem Pool und dem Extrazimmer fangen sie Ende September an, wie besprochen.«

»Ganz ehrlich, auf einen mehr oder weniger kommt es heute nicht an. Wir wissen, dass du das Hotel liebst, und es ist eine wunderbare Jahreszeit. Es wird bestimmt lustig. Anna war schon schwimmen.« Sie fuhr in den Kreisverkehr oberhalb von Asda und gab dann auf der zweispurigen Straße Gas. Fünf Minuten später sagte sie: »Ich dachte, wir könnten uns morgen vielleicht nach St. Ives verdrücken. Einer meiner Lieblingsorte.

Ich will dir dort die Tate Gallery und das Haus von Barbara Hepworth zeigen.«

Als sie auf die kurvenreiche Straße abbog, die zum Trevarrick führte, wandte er sich vom Fenster ab und ihr zu. »Gerne.«

Zurück im Hotel, zeigte sie Simon sein Zimmer und ließ ihn zum Auspacken allein. Der erste Mensch, dem sie auf dem Weg nach unten begegnete, war Terry.

»Schwesterherz, ich muss unbedingt mit dir sprechen.« Er packte sie am Arm und zog sie durch die Glastür auf die Terrasse hinaus an einen Tisch im Schutz einer Ecke des Gebäudes. Weit draußen auf dem Meer schoben sich ein paar Tanker langsam am Horizont entlang, während in Strandnähe Segelboote die Wellen durchpflügten.

Rose hatte sich seit langem auf dieses Wochenende gefreut. Es gab nicht viele Gelegenheiten, bei denen die ganze Familie zusammenkam, und dieses Jahr hatten sie zum ersten Mal entschieden, nicht nach Italien zu fahren. Keiner von ihnen hätte das so bald nach Dans Tod fertiggebracht. So hatten sie die Casa Rosa für den Sommer vermietet. Dieses Wochenende galt es also zu schätzen. Und doch hatte sie das dumpfe Gefühl, dass Terry ihr das Vergnügen verderben würde. Sie zog die Sonnenbrille aus der Tasche, streckte die Beine aus, spürte die Sonne auf der Haut und wartete.

»Es fällt mir nicht leicht.« Er rutschte auf seinem Stuhl herum und kniff die Augen gegen die Sonne zusammen.

Sie konnte sich nicht vorstellen, worum es ging. Bei ihrem letzten Gespräch hatte er versprochen, sich an die nächste Selbsthilfegruppe der Anonymen Spieler zu wenden – wenigstens ihr zuliebe. Natürlich hatte er behauptet, alles unter Kontrolle zu haben. Damals hatte sie ihm vertraut, doch jetzt fragte sie sich, ob er wohl Wort gehalten hatte.

»Ich brauche noch ein wenig Geld. Bloß ein bisschen was.« Er starrte aufs Meer hinaus.

»Wofür?« Sie war absolut kühl und bereute bereits, Annas

eindrucksvollen Überredungskünsten nachgegeben und das Canonford verkauft zu haben, bevor Terry seinen Part des Abkommens erfüllt hatte. »Der Verkauf hat dir mehr als genug eingebracht, um die Sache in Ordnung zu bringen. Was ist passiert?«

»Ich bin so ein Vollidiot. Ich habe Eve erzählt, ich hätte das Geld für die Kinder auf ein separates Konto eingezahlt, bis wir entschieden haben, was damit geschehen soll. Und das habe ich auch getan«, fügte er eilig hinzu, als er den Blick seiner Schwester sah. »Sie war so eingedeckt mit Arbeit, dass sie nicht nach Einzelheiten gefragt hat. Aber das wird sie. Zu dem Zeitpunkt war sie einfach nur froh zu hören, dass für die Kinder etwas bereitliegt. Ich habe zweihunderttausend zurückbehalten, und dann habe ich ein paar Tipps bekommen ...«

Rose erstarrte.

»... die sich aber nicht bewährt haben.« Er wedelte mit der Hand durch die Luft, als sei das seine geringste Sorge. »Also bin ich wieder mit einer Hypothekenzahlung in Verzug gekommen, und jetzt sitzt mir die Bank im Nacken. Rose, du musst mir helfen. Du bist der einzige Mensch, den ich bitten kann.«

Insgeheim hatte Rose noch gehofft, Terry würde behaupten, er könnte ganz leicht aufhören zu spielen und sich aus seiner finanziellen Misere herausarbeiten. Sie hatte der Wahrheit nicht ins Auge blicken wollen. Aber das war ein Irrtum gewesen. Ihr Bruder war tatsächlich ein Spieler. Ein Süchtiger. Er brauchte dringend Hilfe. Nicht ihre. Sie wusste, was man über Süchtige sagt. Sie müssen erst ganz unten sein, wo immer das ist, und auch dann müssen sie selbst den Wunsch haben, sich zu helfen. Sosehr sie an ihn glauben wollte, Terry hatte diesen Punkt noch nicht erreicht. Alles, was sie tun konnte, war, die ursprünglichen Bedingungen erneut zu stellen und nicht einmal zu überlegen, wie sie zusätzliches Geld für ihn auftreiben konnte, bis er Wort hielt und professionelle Hilfe suchte.

»Hast du getan, was du mir versprochen hast?« Sie fand es

schrecklich, so schulmeisterlich zu reden, aber was sonst hätte sie tun sollen?

»Noch nicht.« Sein Knie hüpfte so schnell auf und ab, dass sie eine Hand darauf legte, damit es Ruhe gab. Er starrte ihre Hand auf seinem Bein an. »Ich wollte, aber ich hatte zu viel zu tun.«

»Ach, wirklich?« Sie zog ihre Hand weg. »Zum Spielen hat die Zeit gereicht, aber nicht für den Versuch aufzuhören oder mit Eve zu sprechen?«

»Ich glaube, sie ahnt vielleicht schon was. Ich habe meine Kreditkartenabrechnungen auf dem Küchentisch liegen lassen, sie muss sie eigentlich gesehen haben.«

»Was hat sie gesagt?« Rose konnte sich nicht vorstellen, dass Eve so etwas mit Stillschweigen überging.

»Bisher nichts.« Er verscheuchte einen Kellner, der sich näherte, mit einer Handbewegung. »Aber du verstehst das nicht.«

»Ich verstehe vollkommen. Obwohl ich es lieber nicht täte.« Rose stand ungeduldig auf. »Als wir uns zuletzt darüber unterhalten haben, habe ich dir wirklich geglaubt. Wie konnte ich so blöd sein? Also sage ich es dir jetzt zum letzten Mal. Ich werde kein Geld mehr lockermachen, weder durch den Verkauf des Arthur noch in Form eines Darlehens, bis du Eve alles erzählt und etwas wegen einer Therapie unternommen hast. Schluss, aus.«

Er lachte, aber es klang eher wie der Laut eines in die Falle geratenen Tieres. »Therapie! Was redest du da? Das ist keine Krankheit.«

»Doch, genau das ist es, Terry.« Rose war außer sich vor Wut und Enttäuschung. »Und erst wenn du deine Denkweise änderst, wirst du da rauskommen. Bitte erzähl es Eve. Bitte.« Wenn Eve Bescheid wusste, konnten sie zumindest die Hypothekenzahlungen über sie abwickeln, ohne Terry direkten Zugriff auf das Geld zu geben. Was auch immer Eve mit ihrem Leben noch vorhatte – und vielleicht würde Terrys Geheimnis das ja auch beeinflussen –, zumindest würde sie das Richtige tun, bis er die Spielerei unter Kontrolle hatte.

Rose ließ ihren Bruder einfach sitzen und aufs Meer hinausstarren. Sie ging indessen Simon suchen, um ihm noch einen Spaziergang auf dem Klippenweg vorzuschlagen, bevor sie vielleicht für letzte Vorbereitungen gebraucht wurden, wenn die große Panik ausbrach. Sie jedenfalls musste jetzt Abstand von ihrer Familie haben, und die Seeluft würde ihr helfen, einen klaren Kopf zu bekommen.

21

Eve wusste genau, dass Jess es nicht ausstehen konnte, wenn sie dauernd nachkontrollierte, ob alles nach Plan lief. Aber sie musste sich mit etwas beschäftigen, während sie auf Roses Rückkehr wartete. Sie hatte das mit rosa Girlanden geschmückte Festzelt verlassen, wo Anna nun Bündel von Wildblumen zu kunstvollem Tischschmuck arrangierte. Eves Angebot, ihr dabei zu helfen, war auf brüske Ablehnung gestoßen. Das sei ihre Aufgabe, die nur sie richtig erfüllen konnte. Es war eine Freude, zu erleben, wie ernst sie ihren neuen Beruf nahm. Eve solle sich lieber um die Gäste kümmern, hatte sie gesagt. Aber beim Gedanken an die vielen Freunde, die allein wegen Terry und ihr über das Wochenende hier herauskamen, schämte sie sich. Nur sie und Rose wussten, dass die ganze Veranstaltung eine einzige Lüge war. Aber sie hatte sie nicht mehr abblasen können, das hätte zu viele Leute vor den Kopf gestoßen, die Planung war einfach schon zu weit fortgeschritten gewesen. Auf einmal sehnte sie sich nach der Unterstützung ihrer ältesten Freundin.

»Denk am Freitag an mich«, hatte Will gesagt, als sie Anfang der Woche seine Wohnung verlassen hatte.

»Wieso gerade dann?«, hatte sie gefragt, immer noch im Rausch, denn sie hatten sich gerade geliebt. »Ich denke immer an dich.«

»Am Freitag ist es genau vier Monate her, dass wir uns wiederbegegnet sind.« Er zog sie fest an sich, nahm ihr Gesicht in die Hände und küsste sie. Sie spürte, wie seine Zunge über ihre Lippen glitt. Unter seinen Berührungen fühlte sie sich wieder wie zwanzig. Wenn sie mit ihm zusammen war, verlor alles andere an Bedeutung. Und wenn sie nicht mit ihm zusammen war, dann dachte sie die ganze Zeit an ihn, überlegte, wo er gerade war und mit wem, was er machte und wann er sie wieder anrufen würde. Sie musste Terry verlassen. Aber nicht jetzt.

Er ließ einen Finger über ihren Nasenrücken gleiten und tippte auf die kleine Beule, die sie sich vor vielen Jahren bei einer Kollision mit einem Laternenpfahl zugezogen hatte. »Geh nicht. Nicht jetzt. Mir fallen tausend amüsante Sachen ein, die wir heute Nachmittag unternehmen können.«

»Daran habe ich keinen Zweifel«, lachte sie, denn sie wusste, dass sich diese amüsanten Sachen gewöhnlich im Bett abspielten. »Ich würde ja wirklich riesig gern, aber ich muss nach Hause. Terry erwartet mich dort, und Arbeit obendrein.«

»Arbeit nennst du das? Irgendwas lesen! Hat das nicht Zeit?« Er küsste sie wieder und zog sie in Richtung Schlafzimmertür. »Es sind doch bloß Kinderbücher. Die hast du ruckzuck durch.«

Leicht pikiert darüber, dass er ihre Arbeit nicht ernst nahm, entwand sie sich ihm. Doch gleich darauf lachte sie wieder. »Die habe ich schon zu lange liegenlassen. Du bist ein Schuft, Will Jessop. Ein richtiger Schuft.«

»Aber das gefällt dir doch. Erzähl mir bloß nicht, dass das nicht stimmt.« Grinsend fuhr er mit der Hand in die Tasche seines cremefarbenen Leinensakkos und zog eine edel aussehende blaue Schachtel heraus. Von Tiffany, wie sie auf den ersten Blick erkannte. »Eine kleine Aufmerksamkeit zum Dank für die bislang besten vier Monate des Jahres. Also gut, das hier ist meine Entschuldigung. Ich wollte es dir später geben, aber wenn du darauf bestehst, jetzt schon zu gehen ...«

Ihr Herz klopfte wie wild, als sie das weiße Satinbändchen aufknotete und den Deckel abhob. Der Anblick verschlug ihr den Atem. Es enthielt einen dünnen, aus Silberdraht geflochtenen Armreif. »Aber das kann ich nicht annehmen. Das ist viel zu großzügig.«

»Natürlich kannst du«, sagte er. »Und jetzt bleib noch.« Er streifte ihr den Armreif über, der im Licht glitzerte.

»Will, ich kann wirklich nicht. Ich muss das noch erledigen, bevor wir wegfahren.« Sie bemerkte den Schmollmund, mit dem er das Wort »wir« kommentierte. »Eine Autorin wartet dringend auf Nachricht von mir, ich kann sie nicht hängen lassen. Sie macht sich Sorgen, dass ihr Buch nicht so gut ist, wie es sein sollte, und ich muss sie erlösen, sonst quält sie sich das ganze Wochenende rum.«

»Deine blöde Agentur«, murmelte er. »An mir liegt dir wohl gar nichts?«

Ärger wallte in ihr auf, wie immer, wenn er sich wie ein verwöhntes Kind benahm. »Doch, natürlich.« Es klang gereizter als beabsichtigt. »Aber da Terry immer noch keine Arbeit hat, muss ich mich eben ein wenig ins Zeug legen. Und außerdem muss ich unbedingt einen Ersatz für Rufus auftreiben.«

Nun stand Eve im Garten des Trevarrick, drehte den Armreif um ihr Handgelenk und schob ihn dann wieder unter ihren Ärmel, damit man ihn nicht sah. Zuerst hatte sie vorgehabt, ihn nur zu tragen, wenn sie mit Will allein war. Aber diese Vorsicht gab sie angesichts von Terrys offensichtlicher Gleichgültigkeit schnell auf. So zerstreut wie er war, wäre ihm nicht einmal aufgefallen, wenn sie in einer silbernen Ritterrüstung vor ihm erschienen wäre. Nichts, was sie sagte oder tat, konnte ihn aus seiner finsteren Laune reißen. War es wirklich nur, dass ihm die Arbeit und damit eine Aufgabe in der Welt fehlten? Oder hatte er sie etwa bereits im Verdacht, eine Affäre zu haben? Sie hatte sich die Geschichte mit Dan und Rose eine Warnung sein lassen und bemühte sich sorgfältig, keinerlei Spuren zu hinterlassen. Nichts, was Terry getan oder gesagt hatte, deutete darauf hin, dass er etwas ahnte. Aber ihr war klar, dass sie an einen Punkt kommen würde, an dem sie eine Entscheidung über ihre Zukunft treffen musste. Sie konnte nicht ewig mit einer Lüge leben. Andere Leute kamen vielleicht mit so einem Doppelleben zurecht, für sie war das nichts. Vielleicht verschaffte ihnen das dauernde Versteckspiel ja sogar einen gewissen Kick, aber sie hielt es nicht aus, ständig in der Gefahr zu leben, dass alles aufflog. Allerdings entging ihr auch nicht die Ironie ihrer Lage. Brachte sie es wirklich fertig, nun Terry anzutun, was Will vor so vielen Jahren ihr angetan hatte? War sie wirklich in der Lage, ihm einen solchen Schmerz zuzufügen, dem Vater ihrer Kinder, den sie geliebt hatte und immer noch liebte, der sie aber nicht mehr reizte? Das zumindest hatte ihr die Begegnung mit Will unmissverständlich klargemacht.

Sie starrte auf die weiße Gischt hinaus, als sie jemand am Arm berührte. Sie fuhr herum. Rose.

»Was gäbe ich dafür, jetzt deine Gedanken zu erfahren.« Rose hatte den sechsten Sinn für Momente, in denen Eve jemanden zum Reden brauchte.

»Wo warst du denn? Ich habe dich überall gesucht.«

»Ich war ein wenig mit Simon spazieren und habe ihm die Aussicht gezeigt. Dieser grässliche alte Schäferhund an der Kirche wollte uns nicht vorbeilassen, da mussten wir einen Umweg nehmen.«

Rose lachte. Eve freute sich darüber, dass sie so entspannt war. »Schön, dass er kommen konnte.«

»Mhm.« Rose kniete sich hin, um die Schnürsenkel ihrer Sportschuhe neu zu binden. »Es ist wirklich komisch. Ich habe das Gefühl, ihn schon seit Jahren zu kennen. Ich weiß auch nicht, wieso. Er gibt mir irgendwie das Gefühl, wieder einen festen Halt im Leben zu haben. Ein gutes Gefühl. Aber worüber wolltest du mit mir reden?«

Eve holte tief Luft. Eigentlich wollte sie sehr gern über Rose und Simon sprechen. Diese anscheinend platonische Beziehung beschäftigte sie sehr. Aber in diesem Augenblick fühlte sie sich von ihren eigenen Problemen bedrängt. »Ich glaube, ich stehe den Abend nicht durch«, gestand sie. »Ich fühle mich so verlogen.«

»Für diese Erkenntnis ist es aber ein wenig spät, nicht?«, stellte Rose nüchtern fest. »Terry ahnt nichts, und solange die Sache mit Will läuft, solltest du auch alles dafür tun, dass es so bleibt. Das Theater muss weitergehen, bis du weißt, was du eigentlich willst. Mir würde es heute bedeutend besser gehen, wenn ich nie von dieser Sache mit Dan erfahren hätte.«

Eve legte einen Arm um die Taille ihrer Freundin. »Ich weiß, das ist schwer für dich.«

So standen sie eine Weile einträchtig beieinander, dann ließen beide die Arme sinken.

»Ja, in der Tat.« Rose schwieg. »Ich weiß einfach nicht, wie ich dazu stehen soll. Natürlich möchte ich, dass du tust, was dich glücklich macht, aber nicht auf Kosten meines Bruders.«

»Ich weiß.« Eve sah wieder aufs Meer hinaus und strich sich den Rock glatt. »Ich will ihm auch nicht wehtun. Ich liebe ihn. Wirklich. Aber diese letzten Wochen mit Will ... ich fühle mich auf einmal wieder richtig jung. Ich hätte nie gedacht ...« Sie sah, dass Rose das Gesicht verzog. »Tut mir leid, aber es ist nun mal so.«

Eve dachte an ihr letztes Gespräch mit Daniel in seinem Arbeitszimmer, als sie versucht hatte, ihn zu überzeugen, mit Rose zu reden. War er damals auch zwischen Lust und schlechtem Gewissen hin- und hergerissen gewesen, so wie sie, seit sie zum ersten Mal mit Will in seine Wohnung gegangen war? Rose stand neben ihr, die Arme über der Brust gekreuzt. Wie traurig sie aussah, und wie einsam.

»Aber du weißt, dass das nicht die Realität ist, oder?« Rose schüttelte den Kopf. »Vielleicht solltest du die Sache mal eine Weile ruhen lassen. Ihn wegen eines Abenteuers zu verlassen, das dir Selbstbestätigung verschafft – ist es wirklich das, was du willst? Und ausgerechnet mit Will?« Roses Ton klang verächtlich. »Nach allem, was er dir angetan hat.«

Eve nahm Roses Arm, obwohl sie spürte, dass ihre Freundin sich sträubte. »Ich hätte dir besser gar nichts erzählen sollen. Tut mir leid. Aber wenn ich nicht wenigstens mit dir reden könnte ...« Sie beendete den Satz nicht. »Außerdem, mit seinem ersten Ehemann zu schlafen, ist nicht unbedingt dasselbe wie eine Affäre haben, oder?«

»Er ist dein Ex, weiter nichts«, antwortete Rose bestimmt. »Was macht das für einen Unterschied? Natürlich ist es dasselbe. Hör zu, ich habe Angst, dass du deine Familie kaputt machst. Terry durchlebt gerade eine schwere Zeit, aber er ist bald über den Berg. Ganz bestimmt. Und dann wirst du es bereuen.«

Rose klang so sicher, dass Eve gar nicht anders konnte, als ihr Glauben zu schenken. Sie war sich des Risikos sehr wohl bewusst gewesen, als sie zugestimmt hatte, sich nach so langer Zeit von Will zum Essen ausführen zu lassen, aber inzwischen drohte ihr das Ganze zu entgleiten. Sie hatte nicht vorgehabt, die Kontrolle über ihre Gefühle zu verlieren, aber alles war so schnell gegangen, dass sie gar nicht mehr richtig mitgekommen war. Doch die Uhr ließ sich nicht mehr zurückdrehen, egal, was sie oder Rose sich wünschten. Eve seufzte. »Vielleicht hast du recht. Ich bin selbstsüchtig, und ich muss das für mich selbst regeln, ohne Terry oder die Kinder zu verletzen. Das ist das Letzte, was ich möchte. Lass uns nicht mehr darüber reden. Es ist zu schrecklich. Wir müssen uns fertig machen.«

»Du wirst also nicht die ganze Veranstaltung abblasen?«

»Nein. Das ist auch Terrys Abend. Ich werde Will vergessen und mich ins Vergnügen stürzen. Morgen fange ich damit an, alles ins Lot zu bringen.«

»Hoffen wir es.« Aber Rose klang nicht sonderlich überzeugt. Sie schlugen den Rückweg zum Hotel ein. Plopp, plopp, kam es vom Tennisplatz herüber, gelegentlich begleitet von einem ärgerlichen oder triumphierenden Ruf. Wenn Eve ehrlich zu sich war, fehlte es auch ihr an Überzeugung.

Eve war in der Dusche, als Terry ins Zimmer kam. Rosig und duftend in einen der flauschigen weißen Bademäntel gehüllt, tauchte sie aus dem Bad auf. Ihr Ehemann hatte sich aufs Bett gefläzt, seine klobigen Wanderschuhe lagen dort, wo er sie abgestreift hatte – mitten auf dem Teppich, der jetzt voller Sand war.

»Schöne Wanderung gehabt?« Sie hob die Schuhe auf und verstaute sie ordentlich im Schrank.

Er öffnete die Augen, schaute sie an und stützte sich auf den Ellbogen auf. »Sehr schön. Schade, dass du nicht dabei warst. Ich habe Sam, Minty und Pete und wie heißt sie noch mitgenommen und ihnen das Tal gezeigt. Sie waren begeistert – Wildblumen überall, und Lerchen über dem Feld am Klippenweg. Rose und Simon saßen oben auf der alten Bank – es ist schön, sie wieder mal lachen zu hören. Er tut ihr gut. Wir sind nicht zu ihnen hingegangen, es war schon spät. Pete hat am Schluss beim Anstieg hinter der Mühle fast schlapp gemacht, aber wir haben es geschafft.« Zum ersten Mal seit Ewigkeiten wirkte er wieder richtig lebendig. Doch auf einmal wurde er ganz ernst, setzte sich auf, rutschte nach hinten, lehnte sich gegen den Berg aus Kissen und Polstern und klopfte mit der Hand neben sich. »Ich muss mit dir reden.«

Eve bekam gleich einen Schreck. »Hat das nicht Zeit bis nach dem Fest? Wir müssen uns fertig machen.« Sie nahm den Handtuchturban ab und kramte in ihrem Koffer nach dem Fön. »Wir dürfen auf keinen Fall zu spät kommen, Rose und Jess bringen uns um.«

»Nein, es hat keine Zeit. Und bis zum Fest sind es noch Stunden.« Wieder klopfte er aufs Bett.

Sie hatte ihn selten so entschlossen gehört, und ganz bestimmt nicht in jüngerer Zeit. Aber er klang auch nervös. Ihr schlechtes Gewissen machte sie ihm gegenüber teilnahmsvoller als gewöhnlich, und so setzte sie sich zu ihm aufs Bett.

»Sieh mich an.« Terry legte ihr die Hände auf die Schultern und sah ihr tief in die Augen. Sie spürte leichte Panik in sich aufsteigen. Dann nahm er ihre Hände und umklammerte sie in ihrem Schoß. »Es dauert nicht lange, ich will dir nur einfach sagen, dass es mir leid tut. Ich weiß, dass ich in den letzten Monaten unmöglich war. Die Entlassung war für mich nicht einfach zu verkraften.«

»Ich weiß«, sagte Eve und drückte seine Hand. Sie wollte ihn unterstützen, fühlte sich aber schuldig.

Er zögerte, so als wollte er noch etwas Wichtiges hinzufügen, überlegte es sich dann aber. »Ich ...« Er hielt inne, legte die Stirn in Falten und schüttelte den Kopf. »Ich habe etwas für dich. Fünfundzwanzig Jahre sind eine verdammt lange Zeit, und ich möchte, dass du weißt, wie viel das für mich bedeutet und wie viel *du* mir bedeutest.«

Eve war aufs höchste alarmiert. Das klang gar nicht nach Terry. Er hatte es normalerweise nicht mit solchen Gefühlsduseleien, sie waren einfach nicht sein Ding. Aber er war noch nicht am Ende.

»Ich weiß, dass ich es dir in letzter Zeit nicht so richtig zeigen konnte.« Er öffnete die Schublade des Nachttischchens und überreichte ihr ein kleines, nett eingeschlagenes Päckchen.

Sie nahm es zögerlich entgegen, verlegen beim Gedanken an den etwas einfallslosen Silberpappel-Setzling, den sie am Vortag noch schnell besorgt hatte und der jetzt unten wartete. Wie um alles in der Welt sollten sie den nur nach Hause schaffen? Das hätte sie sich vorher überlegen sollen. Sie würde ihm noch etwas anderes besorgen müssen. »Ich wollte dir dein Geschenk später geben.«

»Das ist nicht wichtig. Öffne es. Wenn es dir nicht gefällt, kannst du es umtauschen.« Aber sie spürte, dass er fest überzeugt war, das Richtige gefunden zu haben. Ohrringe wahrscheinlich. Er schenkte ihr immer Ohrringe. Das konnte sie auch ohne sechsten Sinn erraten.

Sie entfernte das weiß-silberne Papier, das eine Schachtel enthüllte, genau so eine, wie sie ihr Will vor ein paar Tagen geschenkt hatte. Zwei Tiffany-Schachteln in einer Woche ...

»Daran kann sich ein Mädchen gewöhnen.« Sie lächelte ihn

an, wohl wissend, dass er keine Ahnung hatte, worauf sie in Wirklichkeit anspielte.

Das weiße Band hatte er schon abgemacht, sie brauchte also nur noch den Deckel abzuheben. Sie schlug ganz langsam das Seidenpapier auseinander, um die Spannung zu steigern und die Vorfreude zu genießen. Und da lag auf einem weißen Schaumstoffkissen ein schmaler, silberner Armreif, genau der Gleiche, den ihr Will geschenkt hatte.

Ihr blieb der Mund offen stehen vor Überraschung – über Terrys untypische Wahl ebenso wie über den schrecklichen Zufall. Aber er wartete natürlich auf ihre Reaktion, also schaute sie auf. »Es ist wunderschön, Terry, wirklich wunderschön.« Ehrlich gerührt und mit Tränen in den Augen küsste sie ihn. Dann lachten beide verlegen, unsicher, wen von ihnen dieser ungewohnte Augenblick der Intimität mehr erstaunte. Da fiel ihr der andere Armreif ein, der Zwilling, der neben ihrer Waschtasche auf der Ablage im Badezimmer lag, offen sichtbar.

»Nun mal halblang, meine Liebe. Es ist nur ein Armreif. Aber ich dachte, du hast etwas Besonderes verdient dafür, dass du dich so viele Jahre mit mir rumgeschlagen hast.« Stolz klang aus seiner Stimme. »Fünfundzwanzig Jahre. Und nicht immer ganz einfache Jahre.« Er machte eine Pause, doch als sie weder Zustimmung äußerte noch widersprach, fuhr er fort. »Und da ist noch etwas, was ich …«

Aber Eve hörte ihm nicht mehr zu. Sie schluchzte – ob aus Dankbarkeit oder aus Schuldgefühl, hätte sie selbst nicht sagen können. In ihrem Kopf ging alles durcheinander. Ein so großzügiges Geschenk passte einfach nicht zu ihrem stets knauserigen Ehemann, der ihr gerne Dinge wie Bettbezüge oder eine Pfanne mit Antihaftbeschichtung schenkte, weil die alte nicht mehr taugte. Sie wusste, wie schwer es ihm fiel, etwas so Persönliches und Verständnisvolles zu sagen, und das machte alles noch schlimmer. Seine Worte erinnerten sie unangenehm daran, dass sie gerade dabei war, ihre Ehe aufs Spiel zu setzen, und wie hart es ihn treffen würde, wenn er es erfuhr.

Terry schob sich an den Bettrand und stand auf.

»Wo willst du hin?« Sie schluckte, immer noch unfähig, ihre Tränen zu unterdrücken.

»Ich hole dir ein Taschentuch.«

»Nein!«

Überrascht von ihrer heftigen Reaktion wandte er sich um. »Macht mir nichts aus«, versicherte er ihr.

»Nein, nein, alles in Ordnung.« Sie wischte sich die Augen mit dem Handrücken ab, um klarzumachen, dass sie nichts brauchte, und setzte sich aufrecht hin, wobei ihr der Bademantel von den Schultern glitt. War das Hoffnung, was da in seinen Augen aufblitzte, als sie ihn wieder hochzog und fest vor ihrem Busen schloss? Bitte nicht. *So* dankbar war sie nun auch wieder nicht! »Ehrlich, alles okay. Komm her.«

Aber es war zu spät. Er war bereits durch die Badezimmertür verschwunden. Sie hörte, wie er darin herumfuhrwerkte, dann ... Stille. Eve ließ sich auf den Rücken fallen, hielt den Atem an, wartete. Jetzt gab es kein Entrinnen mehr. Dies war der Moment, vor dem sie sich so gefürchtet hatte, den zu vermeiden sie sich so viel Mühe gegeben hatte – der Augenblick der Entdeckung. Was immer in den nächsten Minuten ausgesprochen wurde, es konnte das Schicksal ihrer gemeinsamen Zukunft besiegeln.

Sie hörte die Klospülung und dann den Wasserhahn, gefolgt vom Geräusch der Kosmetiktücher, die er für sie aus dem Spender zog. Es war so weit. Die Türklinke bewegte sich und die Tür ging auf. Sie lag in den Kissen, die Augen fest geschlossen, und wartete darauf, dass er etwas sagte, unfähig, sich irgendeine überzeugende Erklärung auszudenken. Sie spürte, wie das Bett nachgab, als er sich setzte.

»Hier. Fühlst du dich besser?«

Wie bitte? Sie schlug die Augen auf und sah die Kosmetiktücher, die er ihr entgegenhielt. Sie nahm sie und schnäuzte sich. »Tut mir leid.«

»Was denn? So hast du noch nie auf ein Geschenk von mir reagiert. Es scheint dir ja wirklich zu gefallen.« Lächelnd nahm er seinen Platz wieder ein.

Ein Wunder. Er hatte den anderen Armreif nicht bemerkt. Eve spürte Tränen der Erleichterung in sich aufsteigen.

»Jetzt ist aber genug mit Heulen, Liebes.« Er tätschelte ihre Hand.

»Keine Sorge. Alles wieder in Ordnung.« Sie schob sich den Reif auf den Arm und legte ihre Hand auf seine. »Danke.« Dann küsste sie ihn sanft. Die Katastrophe war noch einmal an ihr vorübergegangen. »Jetzt müssen wir uns aber fertig machen. Wir dürfen nicht zu spät kommen. Ich gehe zuerst ins Bad.«

»Aber du bist doch gerade erst rausgekommen.« Sie ließ sich von seinem Widerspruch nicht eine Sekunde beirren. Ihr einziger Gedanke galt diesem Ding. Sie schloss die Tür hinter sich ab und schnappte Wills Armreif, der halb versteckt unter ihrer Haarbürste lag. Nachdem sie einmal mit dem Finger darüber gefahren war, wickelte sie ihn in Klopapier und stopfte ihn in einen Hygienebeutel des Hotels. Da würde Terry nie im Leben reinschauen. Zur Sicherheit vergrub sie ihn ganz unten in ihrem Kulturbeutel.

22

Die Bibliothek des Trevarrick stammte noch aus den Tagen von Roses und Terrys Vater. Vor der Zeit, als er sich hauptsächlich betrunken an der Bar festhielt und sich mit dem bisschen Geld, das das Hotel noch abwarf, die Kehle anfeuchtete, war er ein leidenschaftlicher Leser gewesen. Ein ganzer Raum war seiner beachtlichen Sammlung an Büchern zu den Themen Natur- und Heimatkunde sowie Geschichte gewidmet. Wo die Bücherregale noch Platz an den Wänden gelassen hatten, hingen Landschaftsbilder von Künstlern der Gegend, von denen einige inzwischen berühmt geworden waren. Bei der ersten Renovierung hatte Rose die Bilder hervorgeholt und sie überall im Haus aufgehängt. Sie fand, man solle etwas von den Bildern haben, anstatt sie aus Angst vor Diebstahl wegzusperren.

Als Rose Daniel zum ersten Mal ins Trevarrick mitgebracht hatte, war sie sehr nervös gewesen. Wie er wohl ihre Eltern finden würde? Die Sorge erwies sich als unnötig. Er hatte ein Faible für diese Ecke der Südküste von Cornwall, und das übertrug er einfach auf ihre Eltern. Niemand, der hier lebte und an allem, was die Gegend zu bieten hatte (oder zumindest einst zu bieten gehabt hatte), solches Interesse zeigte wie ihr Vater, konnte ein so schlechter Mensch sein. Als er zum ersten Mal die Bibliothek betrat, waren seine Augen ganz groß geworden. Er steuerte direkt auf die Regale links des Erkerfensters zu. Sie sah ihn noch immer dort stehen, hin- und hergerissen zwischen dem Ausblick über den Garten zum Meer und den Vogelkundebüchern ihres Vaters.

»Schau dir das an.« Er hatte Bonhotes *Birds of Britan and their Eggs* herausgezogen, eines der Lieblingsbücher ihres Vaters. »Von 1930, wirklich einmalige Illustrationen!« Er ließ sich im Erker nieder und blätterte voller Ehrfurcht die Tafeln durch. »Phantastisch.«

Danach wusste sie immer, wo er zu finden war, wenn er mal einen freien Augenblick hatte. Gerne vergrub er sich dann in der Bibliothek, ganz in eins der alten Bücher versunken. Seine Liebe zum Trevarrick war in diesem Raum besiegelt worden. Abgesehen von unvermeidlichen Reparaturen und einem frischen Anstrich war hier auch nichts verändert worden, als sie dann zu dritt beschlossen, das Hotel zu neuem Glanz zu erwecken. Die alten Ledersessel waren aufgepolstert worden, der Teppich ausgetauscht. Aber die Bücherregale waren unverändert geblieben, und die Büchersammlung hatte seitdem so manchen Bewunderer unter den Hotelgästen gefunden; aber niemand hatte sie so geliebt wie Daniel.

Wann immer Rose einen Augenblick Ruhe benötigte, kam sie hierher. Als Kind hatte sie sich hier versteckt, wenn ihr Vater betrunken hinter der Bar stand und ihre Mutter oben ihr »Nickerchen« machte. Als Erwachsene hatte sie gerne in den Büchern herumgestöbert, und oft war sie dann hier auf Daniel gestoßen, der etwas nachschlug, was ihm auf einem Spaziergang begegnet war oder wovon er kürzlich gehört hatte, oder einfach nur ein Buch aus seiner eigenen Sammlung hinzufügte. Sie liebte die Bücher ebenfalls, allerdings galt ihr Interesse hauptsächlich den botanischen Abbildungen. Die Hingabe, mit der sich die Künstler den kleinsten Details gewidmet hatten, faszinierte sie immer wieder aufs Neue.

Nun saß sie still im Sessel am Fenster und hing ihren Erinnerungen nach.

Als sie hörte, dass jemand die Tür öffnete, schrak sie auf. Sie fürchtete schon, sich mit einem frühen Gast abgeben zu müssen, doch zu ihrer Erleichterung war es Jess.

»Mum! Du siehst großartig aus. Ein neues Kleid?«

»Tu nicht so überrascht! Simon hat mir beim Aussuchen geholfen. Er hat wirklich ein gutes Auge. Wo hast du deins her?«

Das großgeblümte Kleid von Jess, das ihr weit über die Knie

reichte und in der Taille von einem breiten Gürtel gehalten wurde, war vielleicht nicht ganz so der Hit.

»Gefällt es dir?« Ihre Tochter drehte sich vor ihr auf dem Absatz.

»Wunderschön.« Rose war lieber vorsichtig. Jess reagierte sehr empfindlich auf Äußerungen, die sie als Anspielung darauf verstehen konnte, dass sie nach Dylans Geburt nicht mehr ganz zu ihrer früheren Figur zurückgefunden hatte.

»Fand ich auch. Habe ich aus einem Billigladen. Adam meint, ich sehe darin aus wie ein Strauß Wiesenblumen, aber mir gefällt es.« Jess ließ sich mit einem lauten Seufzer neben Rose in einen Sessel fallen. »Dacht ich's mir doch, dass ich dich hier finde.«

Rose wusste aus Erfahrung, wie anstrengend die Geschäftsführung des Trevarrick war. Dauernd wollte irgendjemand etwas von einem, mal das Personal, dann wieder ein Gast, ein Lieferant oder ein Vertreter. Man war nie wirklich außer Dienst.

»Heutzutage verirren sich nicht mehr viele Gäste hierher«, bemerkte Jess gedankenverloren. »Ich war schon drauf und dran, die Bücher rauszuschmeißen und eine Art Wintergarten daraus zu machen, jetzt, wo wir das rundum verglaste Extrazimmer haben. Ich habe da ein paar schöne Tapeten ...«

»Das kannst du nicht machen«, unterbrach sie Rose entsetzt. »Die Bibliothek hat dein Vater aufgebaut, und davor dein Großvater. Manche Bücher sind richtig wertvoll.«

»Ich weiß. Ich würde ja auch die Sammlung nicht auflösen wollen, sondern sie nur insgesamt verkaufen.«

»Was verkaufen?« Anna stand in der offenen Tür. Sie hatte für den Abend eine etwas elfenhafte Aufmachung gewählt, die ihr aber gut stand. Ihr Haar hatte sie hochgesteckt, ein paar Strähnchen fielen ihr lockig ins Gesicht. Ihr langes, fließendes, grünes Kleid mit den hauchdünnen Spaghettiträgern zeigte ihre leichte Bräune. An den Füßen trug sie minimalistische Sandalen, ihre Zehennägel waren aquamarinblau lackiert. Rose staunte wieder einmal, wie unterschiedlich ihre Töchter geraten waren.

»Ich habe dich hier hereinkommen sehen und dachte, ich frage, ob ich noch etwas tun kann. Mit den Blumen bin ich jetzt fertig.« Sie ging durch den Raum, nahm am Fenster Platz, lehnte sich ganz zurück und schlug die Beine übereinander. »Es sieht sehr schön aus. Du musst es dir anschauen, Mum.«

»Eigentlich ist alles bereit, aber trotzdem danke.« Jess ließ die Arme über die Sessellehnen hängen, offensichtlich froh, das Angebot ablehnen zu können.

»Prima.« Anna winkte jemandem durch das Fenster zu. »Millie«, erklärte sie. »In einer Lederhose! Gilt das als Abendgarderobe? Also, was verkaufen? Worüber habt ihr geredet?«

Jess nahm eine bequemere Haltung ein. Sie setzte sich quer in den Sessel, die Beine über der Lehne. »Bloß diese alten Schwarten hier.« Dabei zeigte sie mit der Hand nachlässig auf die Regale, falls Anna nicht kapierte, um was es ging.

Anna sprang auf. »Aber das kannst du doch nicht machen!«

»Fang du nicht auch noch an.« Einer von Jess's Schuhen fiel zu Boden und enthüllte ein kleines Loch in ihrem Nylonstrumpf. Sie stand auf und zupfte ihr Kleid zurecht, das an den Knöpfen spannte. »Aber seit wann interessiert dich denn, was aus dem Hotel wird? Vor ein paar Monaten wolltest du noch, dass Mum es verkauft.«

»Aber doch nicht die Bücher hier! Hier gibt es so tolle Sachen.« Anna zog mit leuchtenden Augen ein Buch aus einem Regal. Sie erinnerte Rose an Daniels Begeisterung. »Schau nur mal das hier. *Beautiful Flowers and How to Grow Them.*« Sie zeigte ihnen den grauen Leineneinband, den eine Jugendstilillustration mit drei Irisblüten schmückte, und schlug ihn auf. »Horace und Walter Wright. Herrliche Illustrationen! Das kann man nicht einfach aus einer Laune heraus verhökern.«

»Du hattest sie doch längst vergessen«, warf Jess ein, die sofort sauer wurde, wenn ihr jemand sagte, was sie tun oder lassen sollte, darin ähnelte sie ihrem Vater. »Und zwar, weil sie dich gar nicht interessieren. Aus den Augen, aus dem Sinn, so war das doch immer bei dir. Und bald wirst du auch Dad vergessen haben.« Alle schwiegen angespannt und schauten sich an, erschrocken über das, was Jess gesagt hatte. Rasch sprach sie weiter, als könnte sie dadurch ihre Worte ungeschehen machen. »Und überhaupt, das Geschäft geht vor. Wenn du jemals mit irgendwas Erfolg haben willst, musst du das endlich mal begreifen.«

»Bitte, Jess. Das war jetzt wirklich unnötig.« Rose war entsetzt, wie grausam ihre Töchter zueinander sein konnten. Immerhin hatte Jess so viel Anstand, betreten den Blick zu senken. Sie erhob sich schwerfällig, trat auf Anna zu und machte einen Versuch, sie zu umarmen, doch Anna entzog sich ihr. In ihren Augen glänzten Tränen.

»Es tut mir wirklich leid. Ich bin so müde, ich weiß gar nicht mehr, was ich sage. Nimm es nicht so ernst. Bitte«, bettelte Jess. Doch auch wenn sie es vielleicht ehrlich meinte, es kam zu spät.

»Nicht ernst nehmen?« Annas Stimme bebte. »Wie kann ich es nicht ernst nehmen, wenn du so etwas sagst? Ich werde Dad nie vergessen, niemals. Und wenigstens war ich bei ihm, als er gestorben ist.« Und sie rauschte mit klingelnden Armreifen hinaus.

Jess sah aus, als hätte man sie geohrfeigt. Rose wusste nicht, ob sie bei ihr bleiben oder Anna nachlaufen sollte. Die Stimmung war bereits feindselig genug. Woher hatten ihre Töchter bloß diese Neigung, sich ständig aneinander zu reiben? Und zwar immer zum unpassendsten Zeitpunkt, so wie jetzt. Und dennoch renkte sich ihre Beziehung auf geheimnisvolle Weise immer wieder ein. So blitzartig sie aneinandergerieten, so schnell vertrugen sie sich auch wieder. Oft hatten sie solche verletzenden Worte schon längst vergessen, wenn sie Rose noch schmerzten.

»Ich verdiene es nicht anders.« Jess nahm Annas Platz am Fenster ein. »Und ihr habt beide recht mit den Büchern. Ich weiß es ja eigentlich selbst. Das Hotel wäre nicht mehr dasselbe ohne die Bibliothek. Ich bin manchmal einfach zu voreilig, ich weiß, das ist falsch …« Sie arrangierte die Zeitschriften auf dem niedrigen Glastischchen, damit Rose ihr Gesicht nicht sehen konnte.

»Vielleicht ist jetzt, wo das Fest gleich anfängt, nicht der richtige Augenblick, das zu diskutieren.« Weitere Geständnisse konnte Rose in diesem Moment wirklich nicht verkraften. »Lass es uns auf morgen verschieben. Jetzt gehen wir mal schauen, was da draußen los ist.« Aber ihr Versuch, Jess aufzumuntern, lief ins Leere. Ihre Tochter rührte sich nicht vom Fleck.

Um sie herum erwachte das Hotel zum Leben: Man hörte Schritte auf den hölzernen Dielen, Gespräche in der Bar, Lachen. Die ersten Gäste spazierten über den Rasen.

»Mum, ich muss dir etwas sagen. Nicht über Anna – ich versichere dir, wir werden uns wieder vertragen. Versprochen. Sie wird es schon verstehen, wenn ich es ihr erkläre.«

Rose zweifelte daran, so wie sie Anna kannte. Aber sie hatte sich schon mehr als einmal geirrt. Daher erwiderte sie nichts, sondern wartete, was Jess ihr mitzuteilen hatte.

»Es geht um Adam und mich.« Schon als Kind war Jess immer leicht rot geworden, was ihr immer peinlich gewesen war, und auch jetzt bekam sie wieder glühende Wangen.

Nicht auch noch ihre Ehe. War der Tag nicht schon schlimm genug? Gab es denn in ihrer Familie niemanden mehr, der sein Leben im Griff hatte? Mit einem Mal empfand Rose solche Sehnsucht nach Daniel, dass es richtig wehtat. Aber sie musste nun ohne seine Führung und Unterstützung auskommen. So war das nun einmal. Welcher Aufruhr auch in ihrem Innern tobte, die anderen brauchten sie ruhig, sachlich und zielorientiert.

»Ihr steht noch ganz am Anfang«, sagte sie, nach den richtigen Worten tastend. »Eine Ehe erfordert viel Arbeit und Geduld. Du kannst nicht immer Mondschein und Rosen erwarten. Wenn es mal klemmt, ist die einzige Möglichkeit eine offene Aussprache.« Was für ein banales Gerede, aber es war ein Anfang.

Jess hob verwirrt den Kopf. »Ehe? Wovon redest du da?« Ein Lächeln huschte über ihr Gesicht. »Das meine ich nicht. Ich war noch nie so glücklich mit Adam wie gerade jetzt. Er ist der perfekte Ehemann. Ohne ihn wäre all das ... ich könnte es einfach nicht. Nein, es ist nur ...« Sie hielt inne und fingerte an ihrem Rock herum, als fiele es ihr schwer, zu sagen, was ihr auf dem Herzen lag. »Es ist nur ...« Sie schloss die Augen, als fürchtete sie, Rose würde sie gleich schrecklich bestrafen.

Rose wartete und zupfte dabei an der Nagelhaut ihres Daumens herum. Eine tödliche Krankheit, dramatisch zurückgegangene Buchungen, finanzieller Ruin – Katastrophen aller Art schossen ihr durch den Kopf. Dann ...

»Ich bin schwanger.« Endlich war es heraus. Die Worte fielen in das Schweigen zwischen ihnen.

Freudige Erleichterung durchströmte Rose. »Aber das ist ja wunderbar! Ein Brüderchen oder ein Schwesterchen für Dylan.« Sie nahm ihre Tochter fest in die Arme. »Und ich dachte schon, du willst mir jetzt was Schreckliches mitteilen.«

Jess lachte gezwungen. »Wunderbar, ja, nur ... nicht gerade jetzt. Nicht, wo ich hier gebraucht werde und das ganze Haus umgebaut wird und wir im nächsten Frühjahr, wenn der Pool fertig ist, eine Neueröffnung machen. Und bei Adam läuft es gerade auch prima. Einige Galerien in Plymouth und Birmingham haben Interesse an seiner Arbeit. Ich wünsche mir so sehr, dass er endlich Erfolg hat, aber bis dahin werde ich uns durchbringen müssen.«

Wie so viele wichtige Familiengespräche kam auch dieses zur Unzeit. Die Uhr tickte, und sie beide mussten sich dringend darum kümmern, dass die Party für Eve und Terry wie geplant lief. Aber Jess brauchte Rose jetzt nicht weniger dringend.

»Es gibt keinen idealen Zeitpunkt für ein Baby«, sagte sie und dachte an Annas Geburt und ihre Entscheidung, hauptberuflich Mutter zu sein. »Aber am Ende geht es immer irgendwie. Was sagt Adam dazu?«

»Adam weiß noch nichts davon.« Jess wurde noch röter.

»Er weiß nichts davon?«, wiederholte Rose entsetzt. »Aber warum hast du ihm denn nichts gesagt?«

»Keine Ahnung.« Jess begann wieder, die Zeitschriften zu arrangieren. Bloß jetzt nicht Rose in die Augen schauen. »Ich nehme an, wenn ich es ihm erzähle, wird es richtig real, und dann muss ich mich damit auseinandersetzen, was es bedeutet. Hört sich dumm an, ich weiß. Er wäre bestimmt begeistert, natürlich. Aber wir haben das nicht geplant. Und ich mache mir Sorgen, wie ich das schaffen soll, *zwei* kleine Kinder und das Hotel, jetzt, wo ich mich nicht mehr auf Dad stützen kann.«

»Aber du hast doch immer noch Terry und mich, wenn es hart auf hart kommt.«

Jess lachte. »Oh, Mum! Du weißt, ich würde mich immer an dich wenden, aber ...« Sie ließ endlich die Zeitschriften in Ruhe. »Nun ja ...«

»Ich weiß. Es ist nicht dasselbe. So geht es uns allen. Wir müssen uns da durchwursteln und eine neue Art finden, die Dinge anzugehen.«

»So ist es.« Jess räusperte sich vernehmlich. »Übrigens, mir ist schon aufgefallen, dass du damit schon angefangen hast ...«

»Ach? Was meinst du damit?«

»Nun, dass du ein paar Mal mit Simon ausgegangen bist. Ich finde das gut«, relativierte sie rasch.

»Wir sind bloß gute Freunde«, sagte Rose bestimmt, obwohl es ihr plötzlich peinlich war, ein so abgenutztes Klischee zu bemühen. »Er ist mir wirklich eine große Stütze.«

»Ich weiß. Immerhin gehst du mal aus und probierst etwas Neues. Anna und ich haben nichts dagegen.«

Was sollte das nun heißen? Dass sie vielleicht doch etwas dagegen hatten? Jedenfalls, dass sie darüber geredet hatten. Aber was erwartete sie eigentlich? Klar, egal was sie trennte, in der Sorge um ihre Mutter wären sie immer vereint. Aber das war unnötig. Sie würde ihnen nicht zur Last fallen. Auf keinen Fall. Dank ihrer Freundschaft mit Simon blieb ihren Kindern erspart, ständig dafür zu sorgen, dass sie ein wenig Abwechslung hatte. Das war doch für alle besser so.

»Euer Dad war nie sonderlich an klassischer Musik oder am Theater interessiert, es macht Spaß, mit jemandem auszugehen, der beides liebt und was davon versteht«, rechtfertigte sie sich. »Außerdem hat Simon viel Humor, und er war ein guter Freund von Daniel. Wir reden oft über ihn.«

»Klar, das tut dir sicher gut. Man merkt es dir an.« Jess ging zum Schreibtisch hinüber. »Aber da du gerade sagst, Dad war an solchen Sachen nicht interessiert – das hier wollte ich dir schon die ganze Zeit geben.« Sie öffnete eine Schublade. »Ich habe es zwischen den Zeitschriften gefunden. Er muss es dort hingelegt haben, als er zum letzten Mal hier war.« Sie reichte ihrer Mutter ein großformatiges, schmales Buch.

»Was ist das?« Rose nahm es neugierig entgegen; noch ein Erinnerungsstück an Dan.

»Das Libretto des *Rigoletto*. Warst du da nicht kürzlich mit Simon drin?«

»Ja, letzten Monat.« Sie erinnerte sich gut daran, wie aufregend es für sie gewesen war, mal wieder ins Royal Opera House zu gehen. »Aber das kann nicht von Dad sein.« Rose schlug das Büchlein ungläubig auf.

Es klopfte, und der Oberkellner steckte den Kopf zur Tür herein. »Entschuldigen Sie die Störung, Jess. Aber wir müssen wissen, wo wir die Canapés und den Champagner anbieten sollen. Auf der Terrasse, jetzt, wo der Wind nachgelassen hat?«

Jess schaute auf die Uhr. »Tut mir leid. Ich habe ganz die Zeit vergessen. Das hätte ich schon vor einer halben Ewigkeit regeln soll. Ich komme sofort. Ist das okay, Mum?«

»Natürlich, mein Schatz. Geh ruhig und erledige, was getan werden muss. Wir sprechen später darüber.«

Kaum war sie sie allein, nahm Rose das Libretto zur Hand. Daniel und *Rigoletto*? Das ergab keinen Sinn. Es hatte sie immer gewundert, dass jemand mit einer solchen Leidenschaft für Rockmusik seinen Geschmack nie über Jazz und Blues hinaus erweitert hatte. Er war an Kunst und Architektur interessiert, an Büchern und Kino, aber mit der ihrer Meinung nach großartigsten Musik der Welt konnte er nichts anfangen. Wie oft hatte sie ein Radiokonzert rasch abgestellt, wenn sie seinen Schlüssel in der Tür hörte, oder eine Symphonie am Ende eines Satzes abgebrochen, wenn sie damit rechnete, dass er gleich nach Hause kam. »Ich weiß nicht, was du an diesem Klassikkram findest. Nichts als Geschepper und Bummbumm«, sagte er gern im Scherz – gerade er, der immer noch auf Led Zeppelin stand.

Und nun hielt sie das Libretto einer der großen Opern in der Hand. »Musikalisches Kasperletheater«, hatte er so etwas genannt. »Ich verstehe es einfach nicht.« Sie blätterte durch die Seiten, die mit handschriftlichen Anmerkungen versehen waren. Das hastige Gekritzel, die bloß angedeuteten Schleifen. Das war unverkennbar seine Schrift, mit Bleistift geschrieben, aber die Worte waren gut lesbar. Es waren teils Übersetzungen, teils Kommentare zum Text.

Vielleicht hatte er das Erweckungserlebnis gehabt, auf das sie so lange gehofft hatte, ohne dass sie etwas davon mitbekommen hatte. Vielleicht war ihm auch klar geworden, wie viel Freude sie an dieser Musik hatte, und er hatte ihr eine Überraschung bereiten wollen. Sie lächelte bei der Vorstellung, wie er diese Worte gelesen haben musste, die ihm so fremd waren. Ihr Finger fuhr eine Zeile entlang: *è amor che agl'angeli più ne avvicina!* Er hatte es als »Liebe führt uns in den Himmel«

übersetzt. Dass er so etwas für sie getan hatte. Ende des dritten Akts hörten seine Notizen auf, er hatte es offenbar nicht zu Ende gelesen. War etwas dazwischengekommen? Oder hatte er es einfach weggelegt? Das schien ihr wahrscheinlicher.

Sie blätterte zum Titelblatt zurück. Dort fand sie eine mit Füller geschriebene Notiz, aber in einer anderen, feminineren Handschrift mit altmodischen Schnörkeln. Zunehmend neugierig las sie die Worte, auf der Suche nach einem Hinweis, was zu seinem Sinneswandel geführt hatte. Jemand hatte dort hingeschrieben:

Lieber Dan, betrachte dies als deinen Einstieg in die Welt der Klassik. Wir werden dir das Banausentum schon austreiben!

Die Übelkeit, die sie in den letzten Tagen mit Dan so gequält hatte, da war sie wieder. Er hatte das nicht ihretwegen gelesen. Nach all ihren gemeinsamen Jahren hatte jemand anderes es geschafft, ein Interesse bei ihm zu erwecken, wo sie versagt hatte. Wütend und verletzt schlug sie das Libretto zu. Dabei fiel ihr Auge auf eine Bleistiftnotiz auf der Innenklappe. Doch bevor sie sich überwinden konnte, das Buch noch einmal aufzuschlagen, musste sie sich erst einmal hinsetzen. Das Leder quietschte unter ihr, als sie sich in den alten Drehstuhl ihres Vaters sinken ließ.

Draußen versammelten sich die Partygäste, obwohl es erst in einer halben Stunde losgehen sollte. Jemand klopfte an die Scheibe, aber sie schaute nicht hin. Das Stimmengewirr wurde lauter, übertönt von den Schreien der Möwen.

Rose schloss die Augen, ließ den Kopf nach vorn sinken und genoss die Dehnung im Nacken. Dann zählte sie bis fünf und setzte sich entschlossen auf. Sie schaffte das. Was immer geschehen war, es war Vergangenheit. Wer immer »S« sein mochte, es war egal. Daniel bekam sie jedenfalls nicht mehr.

Sie öffnete das Libretto erneut und schlug es auf der Seite der Widmung auf. Mit Mühe riss sie ihre Augen von den Zeilen los, um zu lesen, was auf der gegenüberliegenden Seite stand.

Da stand nichts weiter als *S.ROH*. Und ein Datum – 2. *April*. S. Das Blut rauschte so laut in ihren Ohren, dass es alle Geräusche von außen übertönte. Mit einem Mal fügten sich alle Teile des Puzzles zu einem Bild zusammen.

Hastig kramte sie ihr Handy aus der Handtasche. Es glitt ihr beinahe aus der Hand, so eilig hatte sie es, in ihren Terminkalender zu schauen. Sie wischte durch die Seiten, bis sie zum April kam, und fand, wonach sie suchte. Da! Am 2. April war ihr Rendezvous mit Simon eingetragen. Er habe die Tickets schon gekauft, hatte er ihr gesagt. Monate vorher, um überhaupt welche zu bekommen. Und dann war seine Verabredung »geplatzt«, wie er sich ausgedrückt hatte, und er hatte stattdessen sie eingeladen. Zu einer Aufführung des *Rigoletto* im Royal Opera House. In einer Loge zu sitzen, auf das golden und rot schimmernde, hell erleuchtete Auditorium zu blicken hatte Kindheitsgefühle in ihr geweckt. Das Hintergrundgeräusch des Orchesters, das seine Instrumente stimmte, die Spannung und Vorfreude, das Rauschen des purpurroten Samtvorhangs. Neben ihr der Mann, der ihr geholfen hatte, wieder in die Welt zurückzufinden, der mit ihr fühlte und sie unterstützte, der so viel darüber zu sagen wusste, wie Daniel zu diesem und jenem stand. Ihr gemeinsamer Freund. Mehr als einmal hatte sie sich darüber gewundert, dass er Daniel so gut verstand. Manchmal hatte sie fast geglaubt, Daniel selbst sprechen zu hören.

Sie kämpfte gegen ihre Ungläubigkeit, ihre Verwirrung, ihren Zorn an. Dies konnte nicht wahr sein. Nicht Daniel. Nicht ihr Ehemann, die Liebe ihres Lebens. Gleichzeitig wurde ihr Simons Trauer auf einmal erschreckend verständlich. Nicht um seinen Vater hatte er getrauert, sondern um Daniel. »S« war keine Frau. So unbegreiflich es war, S konnte nur für Simon stehen.

Da klopfte es wieder an die Scheibe. Diesmal wandte sie sich um, den Blick von Tränen verschleiert. Jess machte ihr Zeichen. »Kommst du? Die Gäste sind früh dran.« Sie nickte automatisch und zwang sich zu einem Lächeln. »Gib mir noch eine Minute.«

Sie würde sicher mehr als eine Minute brauchen, um damit klarzukommen. Aber mit was? Sie hatte wieder einmal rasch und unüberlegt eine Schlussfolgerung aus gewissen Übereinstimmungen gezogen: ein Datum, ein Anfangsbuchstabe. Zugegeben, ein erstaunlicher Zufall, aber so etwas kam vor. Diesmal würde sie nicht zögern, so wie mit Daniel, sondern sofort ihrem Instinkt folgen. Sie würde ganz ruhig mit Simon reden, ihm ihre Ahnung mitteilen. Ja, das würde sie tun. Wenn Sie falsch lag, würden sie beide darüber lachen. Und wenn nicht …

Aber zuerst einmal musste sie Eve finden.

23

Eve warf einen letzten Blick in den Spiegel und drehte sich auf dem Absatz hin und her, um sich auch von hinten zu sehen. Nicht schlecht. Das Kleid betonte ihre Hüften, war aber nicht zu eng, wie es noch vor drei Monaten der Fall gewesen war. Die Schuhe waren hoch genug, um ihre Beine zur Geltung zu bringen, aber gleichzeitig nicht so hoch, dass sie Gefahr gelaufen wäre, sich den Knöchel zu brechen. Der neue Haarschnitt und die Tönung, die selbst für Londoner Verhältnisse ein Vermögen gekostet hatten (fast 200 Pfund! Das hatte sie Terry verschwiegen), brachten ihr ebenmäßiges Gesicht hervorragend zur Geltung. Manche Sachen waren ihr Geld einfach wert. Wie hatte Catherine Deneuve einst gesagt? Ab einem bestimmten Alter sollte eine Frau sich zwischen ihrem Hintern und ihrem Gesicht entscheiden, so was in der Art. Aber wer, der noch ganz richtig im Kopf ist, würde einen dicken Hintern wollen? Seit sie abgenommen hatte, sah sie viel jünger aus. Das sagten alle.

Terry war vorausgegangen, geschniegelt und gebügelt und voller Vorfreude auf das Fest mit ihren Freunden, wenn ihm auch immer noch ihre Reaktion auf sein Geschenk im Kopf herumging. Automatisch wanderten ihre Gedanken zu ihrem letzten Treffen mit Will. Sie konnte sich nicht erinnern, wann sie zuletzt so lustvoll und so oft hintereinander gekommen war. Und das in ihrem Alter. So etwas hätte sie nicht mehr für möglich gehalten. Sex war vielleicht nicht alles, aber doch immerhin eine ganze Menge. Mit Terry allerdings hatte sie sich, trotz ihres lahmen Liebeslebens, so viel anderes aufgebaut. Manchmal war es einfach, das zu vergessen. Was für ein Chaos richtete sie bloß an. Sie öffnete die Minibar und holte ein Fläschchen Weißwein heraus. Warum sich nicht ein bisschen Mut antrinken? Sie schraubte den Verschluss auf, zögerte dann aber und überlegte es sich anders. Heute Abend war es vielleicht gut, einen klaren Kopf zu bewahren. Sie verschloss die Flasche wieder und stellte sie zurück in den Kühlschrank.

Dann zog sie ein letztes Mal den Lippenstift nach, drückte die Lippen aufeinander und verließ das Zimmer.

»Hast du irgendwo Rose gesehen?« Simon stand unten an der eichenen Haupttreppe. Er wirkte entspannt, der Kragen seines Hemdes war offen.

Sie schüttelte den Kopf. »Nein, ich war oben. Wahrscheinlich ist sie inzwischen drüben beim Festzelt.«

Sie sah ihm nach, als er hinausging. Er war attraktiv und mindestens zehn Jahre jünger als Rose. War es möglich, dass sich zwischen den beiden etwas entwickelte, was über Freundschaft hinausging? Sie hätte nie geglaubt, dass Rose nach Daniel einen anderen Mann auch nur eines Blickes würdigen würde, schon gar nicht so bald. Und nun waren sie alle überrascht gewesen, wie schnell sie Simon so nahegekommen war. Wie wenig man eigentlich übereinander wusste. Irgendwie sind wir wie Eisberge, sinnierte sie: viel Masse über der Wasseroberfläche, aber noch weit mehr darunter, unsichtbar, unerkennbar.

Zufrieden mit dieser Betrachtung ging sie in Richtung Lounge. Dort wollten sie, wenn das Wetter nicht mitspielte, den Aperitif nehmen. An den in dunklem Ocker gestrichenen Wänden hingen Werke von Künstlern aus der Gegend, die Rose so gern mochte. Das Konzept, die Farbgebung des Hotels der Landschaft anzupassen, war gut umgesetzt. Kissen in verschiedenen Blau- und Grüntönen hoben die großen, sandfarbenen Sofas und Sessel hervor. Sie persönlich hätte auf die Treibholzskulptur und die Schiffsglocke verzichten können, aber geschmacklich waren Rose und sie sich selten einig.

»Eve! Wo warst du? Ich muss mit dir reden.« Rose kam durch die Terrassentür herein. Eve merkte sofort, dass etwas nicht stimmte.

»Aber die Feier geht gleich los«, wandte sie ein, während eine Kellnerin mit einem Tablett voller leerer Gläser an ihnen vorbeiging. Es blieb kaum mehr Zeit. Schon wollte sie ihr hinterhergehen.

»Es dauert nicht lange. Schnell. Komm mit.«

Die Stimme ihrer Freundin klang so drängend, dass Eve sie nicht ignorieren konnte und ihr in die Bibliothek folgte. Bitte jetzt keine schlechten Neuigkeiten. Sobald die Tür hinter ihnen geschlossen war, nahm Rose ein Buch vom Tisch, öffnete es ganz vorne und hielt es ihr hin. Verblüfft nahm Eve es entgegen und hörte zu, während Rose ihren Verdacht schilderte. Als sie fertig war, starrten die beiden Frauen einander an.

»Ist das dein Ernst?« Eve war schockiert über das, was sie gehört hatte. Wenn das wirklich ein Zufall war, dann aber ein riesengroßer. Doch irgendwo in ihrem Hinterkopf regte sich eine blasse, ferne Erinnerung: Die Zeit in Edinburgh; sie und Daniel auf einer Party; ein Gesprächsfetzen, den sie aufgeschnappt hatte; ein Vorschlag, den sie nicht guthieß.

»Ich weiß nicht, wie ich es mir sonst erklären soll. Aber es könnte doch wahr sein, oder? Daniel und Simon?« Rose schüttelte den Kopf, als versuchte sie den Gedanken loszuwerden. Sie wollte, dass Eve zustimmte. »Natürlich, ich weiß, dass viele ihn attraktiv fanden. Aber doch nicht in dieser Weise.«

Eve geleitete sie zu dem Bürostuhl. Sie brachte kein Wort heraus.

Rose blickte flehend zu ihr hoch. »Es muss wohl wahr sein. Was soll ich bloß tun?« Ihre Worte waren nur ein Flüstern. »Mir ist, als würde ich ihn noch einmal verlieren.«

Eve wollte sie trösten, ihr sagen, dass sie sich irrte, aber sie konnte es nicht. Die Büchse der Pandora war geöffnet. Fast von Anfang ihrer Bekanntschaft an war Daniels Sexualität gelegentlich Thema von Spekulationen gewesen. Damals in Edinburgh hatte sie zwei Männer über ihn reden hören, die sich sicher waren, dass er ihr Interesse erwidert hatte. Und später hatte sie auf Partys beobachtet, wie er ohne Scheu vor Blickkontakt seinem Gesprächspartner, ob Mann oder Frau, das Gefühl gegeben hatte, die einzig anwesende Person zu sein. Manchmal begleitete er seine Worte mit einem vertraulichen Zwinkern, einer Berührung am Arm, einem warmen Lächeln. Das zog die Menschen an, sie empfanden es als Privileg, sich in seiner Nähe aufhalten zu dürfen. Er wirkte gleichermaßen attraktiv wie faszinierend. Aber sie hatte sich nichts weiter dabei gedacht.

In der kurzen Zeit, als sie ein Paar gewesen waren, hatte es nie Anzeichen gegeben, dass Männer ihn anzogen. Das hätte sie doch bemerkt, oder? Gerüchte hatte sie wohl mitbekommen, Gerede, das sie ignorierte. Wenn das Gespräch auf gewisse Vorfälle an seinem katholischen Jungeninternat kam, hatte er nur gelacht und sie als normal abgetan. Solche Dinge seien unvermeidlich, wenn man pubertierende Jungen zusammensperre, Experimente und weiter nichts. Auch Rose wusste davon. Aber es war auch darüber getuschelt worden, dass er und ein Student ihres Jahrgangs sich nahegekommen waren. Nachdem Eve ihn wegen Will verlassen hatte, sei, so hieß es, da etwas gewesen. Doch das war nichts weiter als Spekulation. Keiner, am allerwenigsten Eve, wusste wirklich, was er getrieben hatte, als ihre Affäre zu Ende war und er Rose noch nicht kannte. In der Öffentlichkeit hatte er mit jedem geflirtet, ob Mann oder Frau. Obwohl gelegentlich Bemerkungen fielen, hatte sie ihn nie darauf angesprochen. Brauchte sie nicht. Sie glaubte es nicht. Es war ihr egal. Das Gemunkel über seine sexuellen Neigungen trug höchstens noch zu seinem Charisma bei. Aber sie erinnerte sich gut, dass er, bevor er Rose kennenlernte, gern allein auf Partys gegangen war, wo ihn niemand kannte. Damals hatte er wohl viele wechselnde Liebschaften gehabt, und in der Zeit war es richtig losgegangen mit den Gerüchten.

Und dann bahnte sich eine lang verschüttete Erinnerung ungebeten ihren Weg an die Oberfläche. Zwei Männer, die im

Schatten eines Türeingangs an der Royal Mile ganz dicht zusammenstehen, sich an den Händen halten, sich küssen. Sie war mit einer Schar Mädchen auf der anderen Straßenseite gewesen, auf dem Rückweg von einer Party. Einer der Männer hatte kurz in ihre Richtung geblickt, sie aber nicht gesehen. Eine Sekunde lang hatte sie ihn für Daniel gehalten. Sie hatte den Vorfall bald vergessen, denn sie ging davon aus, dass es eine Verwechslung war. Vielleicht war es aber doch keine gewesen.

»Was auch immer er getan hat, er hat dich geliebt. Das weiß ich.« Und dessen war sie sich wirklich sicher.

»Aber wissen tust du auch nichts Genaues, oder?« Rose klang, als sei sie der Welt überdrüssig. »Niemand weiß, was die anderen wirklich denken oder fühlen, egal, was sie sagen. Nicht einmal bei den Leuten, die einem am nächsten stehen, weiß man das. Wie könnte man auch? Taten sagen ja angeblich mehr als Worte, aber im Grunde sind sie genauso trügerisch.«

Wie seltsam, dass Rose nun fast die gleichen Gedanken aussprach, die Eve vorher gehegt hatte. Da saßen sie nun, zwei Frauen, mit ihren Erfahrungen aus drei Ehen mit drei ganz unterschiedlichen Männern, von denen jeder sie auf andere Weise überrascht hatte. Eve hatte sogar mit allen dreien geschlafen, und trotzdem kannte sie sie nicht besser.

»Natürlich nicht. Aber dass er dich geliebt hat, hat jeder gemerkt. Daran darfst du nicht zweifeln.«

»Natürlich zweifle ich daran.« Rose schrie es fast heraus. Ihre Entdeckung hatte sie aufgewühlt. »Er hatte eine Affäre mit einem Mann, zum Teufel noch mal!«

»Das weißt du doch gar nicht.« Eve versuchte vorsichtig, Rose zu beruhigen, obwohl sie selbst ein ungutes Gefühl hatte. Ihr war unangenehm warm, und sie öffnete ein Fenster.

»Oh doch. Es erklärt so vieles von dem, was inzwischen passiert ist. Ich muss blind gewesen sein.« Rose knallte das Libretto auf den Tisch. »Ich muss mit Simon reden. Unbedingt.«

»Aber doch nicht heute Abend?« Sogleich schämte sich Eve

dafür, dass ihr erster Gedanke so selbstsüchtig war, dass sie sich nicht um Rose sorgte, sondern um den Erfolg ihrer Party.

Rose lächelte sie mitfühlend an. »Keine Sorge. Ich werde das Fest nicht verderben.«

»Kommt ihr zwei endlich?«, fragte Terry durch das geöffnete Fenster. »Die Gäste treffen schon ein, der erste Minibus soll in fünf Minuten da sein.«

»Eve, komm und schau dir die Bar an, die wir draußen aufgebaut haben. Annas Blumenschmuck ist hinreißend.« Jess stand direkt hinter ihm, als sei alles in bester Ordnung. »Ich will sicher sein, dass es dir gefällt.«

»Tut es ganz bestimmt.« Eve tastete nach einem ihrer Aquamarin-Ohrringe. »Wir haben die Zeit ganz vergessen. Kommst du mit?«, fragte sie an Rose gewandt.

»Ich gehe einen Moment nach oben und stoße dann zu euch.« Rose schnappte sich das Libretto und ging zur Tür.

»Ach, Mum. Du wusstest doch, wann es losgeht.« Jess hasste es, wenn nicht alles hundertprozentig so lief, wie sie es geplant hatte. Mit Flexibilität war sie nicht gesegnet. »Beeil dich.«

Als Terry und Jess ihre Aufmerksamkeit dem Geschehen hinter ihnen zuwandten, umarmten sich Rose und Eve.

»Wir reden morgen früh weiter. Ich bin sicher …«, flüsterte Eve. Aber sie wussten beide, dass es so einfach nicht sein konnte.

Die Party war schon in vollem Gange. Die Hummer waren rechtzeitig eingetroffen, und das einfache, aber extravagante Mahl, das mit Spargel begonnen und mit Himbeeren (deren ökologischer Fußabdruck Terry auf die Palme gebracht hätte, aber er wusste nichts davon) geendet hatte, war ein voller Erfolg. Die Luft war mild und jede Regengefahr hatte sich verzogen. Lampions hingen in den Bäumen und Teelichter beleuchteten den Weg zwischen Hotel und Festzelt, wo jetzt der Tanz begonnen hatte. Die Cousins waren, angeführt von Anna und

Charlie, die ersten auf der Tanzfläche gewesen, zusammen mit ein paar Freunden von Eve und Terry. Jess und Adam waren bald dazugestoßen. Rose war froh, dass die Mädchen ihre Zwistigkeiten beigelegt hatten, obwohl sie überhaupt nicht begriff, wie das so schnell möglich gewesen war. Besser, sie fragte nicht danach. Mit steigendem Alkoholpegel wurde die Stimmung ungezwungener, und bald füllte sich die Tanzfläche mit »älteren Herrschaften« (wie Anna es gern nannte). Zu den alten Hits drehten sich Paare, die eindeutig höchstens ein, zwei Mal im Jahre tanzten und noch die gleichen Bewegungen vollführten wie als Teenager. Knie knirschten, als die Mutigeren unter ihnen sich beim Twist in die Hocke wagten – manchmal mussten ihre Partner ihnen wieder auf die Beine helfen. Aus dem Zelt drangen Musik und Stimmengewirr, die von Minute zu Minute lauter wurden.

Rose stand unter einem Baum und betrachtete die Szene aus der Ferne. Für sie war an diesem Abend jedes Gespräch ein Kampf gewesen. Sie spürte das Mitgefühl der Leute – »kürzlich verwitwet unter so tragischen Umständen« – über sich hereinbrechen. Eve und Terry hatten ihre Freunde offenbar gründlich vorbereitet, um bloß keine Peinlichkeiten aufkommen zu lassen. Sie tat ihr Bestes, spürte aber die Ungeduld ihrer Gesprächspartner, die darauf brannten, von ihr wegzukommen. Es war eines jener Feste, bei denen immer jemand hinter ihr stand, der interessanter war. Doch sosehr sie sich auch bemühte, heute Abend konnte sie nicht lustig sein. Sich nicht einmal anstecken lassen. Nie war ihr weniger nach Feiern zumute gewesen.

Nicht weit entfernt standen ein paar lärmende Burschen, die sie nicht kannte – offenbar ein Grüppchen, das zum Rauchen herausgekommen war. Sie schüttelten sich vor Lachen über einen Witz. Der Qualm ihrer Zigaretten hing in der Luft. Rose trat zurück in den Schatten, als sie Simon in den Garten kommen sah. Einen Augenblick lang blieb er an der offenen Zeltklappe stehen, sah sich um und nickte den Rauchern freundlich zu. Ein Mann ohne alle Sorgen. Ein Mann, der ihr zum Freund geworden war. Plötzlich erstickte Rose fast vor Wut. Wofür zum Teufel hielt er sich eigentlich? Sich so in ihre Familie hineinzuschleichen, ihr Vertrauen zu missbrauchen in einer Zeit, wo sie alle so verletzlich waren? Sie hatte an ihn geglaubt, hatte sich ihm gegenüber geöffnet, von Daniel erzählt und auch seine Erinnerungen angehört. Doch wie viel war ungesagt geblieben? Hätte er sich doch bloß darauf beschränkt, die Pläne für die Hotels zu machen, und sich ansonsten aus ihrem Leben herausgehalten. Das hätte ihm genügen müssen. Was hatte er sich bloß dabei gedacht, sie in die Oper einzuladen? War er wirklich, wie er behauptete, einem Impuls gefolgt? Oder wollte er der Familie nah sein, um auf diese Weise Dan nah zu bleiben? Daniel – seinem Liebhaber? Beim Gedanken daran wurde ihr richtig schlecht.

Bisher war es ihr den ganzen Abend lang gelungen, Simon aus dem Weg zu gehen. Immer, wenn er ihren Weg kreuzte, sorgte sie dafür, dass sie in ein Gespräch vertieft war. Doch die Anstrengung, die sie das Reden kostete, war ihr irgendwann zu viel geworden. Noch ein Wort über »einfach wunderbare« Ferien oder das x-te »absolut bezaubernde« Enkelkind, und sie hätte losgebrüllt. Sie hatte das Zelt verlassen müssen.

Simon sah auf die Uhr, wischte etwas von seinem Hosenbein und machte sich dann auf den Weg zurück ins Hotel. Er ging ganz dicht an Rose vorbei. Sie hielt den Atem an und drückte sich in den Schatten des Baumes. Er blieb erneut stehen, wandte sich halb um zum Zelt, als hoffte er etwas oder jemanden – sie? – zu entdecken. Dabei stand sie nur einen Meter von ihm entfernt.

Der Drang, aus ihrem Versteck zu springen und einfach auf ihn loszugehen, war beinahe übermächtig. Sie sehnte sich danach, ihm das feine Leinenhemd vom Körper zu reißen, ihn zu schlagen, so heftig sie konnte, ihm wehzutun, weil er ihr so wehgetan hatte. Ihnen wehgetan hatte. Weil nicht nur Daniel sie betrogen hatte, sondern auch er. Nur das Wissen, dass sie damit Eves und Terrys Party ruiniert hätte, hielt sie zurück. Außerdem wollte sie nicht, dass ihre Töchter von der Sache erfuhren, indem sie Zeugen wurden, wie ihre Mutter sich auf der Wiese prügelte. Wenn sie es überhaupt erfahren mussten.

Da er sie, halb versteckt hinter dem Baum, nicht sehen konnte, ging Simon weiter. Er pfiff leise vor sich hin, und alles an ihm wirkte so stimmig. Sie brannte darauf, diesen entspannten, aber wohlüberlegten Habitus zu erschüttern, von dem sie gedacht hatte, dass er ihr gefalle. Und er *hatte* ihr ja auch gefallen. War es möglich, dass sie sich irrte? Sie konnte sich einfach nicht vorstellen, dass Daniel sie in dieser Weise betrogen hatte. Aber alles deutete darauf hin.

Sie kauerte sich in die Hocke, denn ihre Beine versagten ihr plötzlich den Dienst. Vielleicht sollte sie Simon nachgehen, um das jetzt zu besprechen, wo alle anderen beschäftigt waren. Sie musste es wissen. Die kleinste Unsicherheit war Folter. Den Blick zum Zelt gerichtet, drehte sie den Ehering an ihrem Finger. Gleich beim Eingang sah sie Jess und Adam tanzen; sie hielten sich umschlungen und schienen niemanden sonst wahrzunehmen. Jess hatte das Gesicht zu ihm gehoben und sagte etwas; Adam blickte, den Kopf leicht geneigt, zu ihr herunter, und sein gewohnt nachdenklicher Gesichtsausdruck wich einem Lächeln. Seine Hände lagen ruhig auf ihrem Rücken. Eve kam ins Blickfeld, sie lachte, als Terry sie in einem improvisierten Jive unter seinem Arm hindurchschwenkte. Sie schienen gut miteinander auszukommen. Vielleicht hatte Eve Vernunft angenommen. Vielleicht hatte Terry gebeichtet und sie hatten reinen Tisch gemacht. Sie hoffte, dass wenigstens eins davon zutraf.

Um sie her fanden und trennten sich andere Paare – fröhlich, lachend, einander berührend, rufend und flüsternd. Paare. Rose würde nie mehr Teil eines Paares sein. Sie wollte niemanden außer dem Daniel, den sie gekannt hatte. Nicht auszudenken, dass sie mit dem Gedanken an Simon geliebäugelt hatte. Da waren Anna und Charlie, die wie aufgezogen herumhüpften; hinter ihnen Millie, Tom, Luke und seine neue Freundin. Wieder wünschte sie sich, das Rad der Zeit zurückdrehen zu können. Doch jetzt war alles anders. Zerstört. Sie war nicht die Hälfte eines vielgeliebten Paares, nicht eine aus der Menge, jetzt nicht mehr.

Sie richtete sich auf. Es wurde langsam kalt. Sie trat hinaus auf den beleuchteten Weg. Jemand winkte ihr vom Zelt aus zu. Terry. Er rief etwas, aber seine Worte gingen in Sister Sledges »We are Family« unter. Sie winkte zurück und machte sich auf den Weg zum Hotel.

Vielleicht hatten alle anderen Bescheid gewusst. Vielleicht hatten sie sich seit Jahren über ihre Blauäugigkeit lustig gemacht. Wie hatte sie es bloß nicht merken können? All die Male, wo Daniel geschäftlich unterwegs gewesen war, die Male, wo sie zuhause geblieben war, während er mit einem Freund oder Geschäftspartner etwas trinken ging. Was hatte er da wirklich getan? Wenn sie aufmerksamer gewesen wäre, hätte sie sicher Hinweise finden können. Und dann war er zu ihr nach Hause gekommen, in ihr Bett, als sei alles in bester Ordnung. Aber das war es ja auch gewesen. Ihr Liebesleben war so erfüllt gewesen, wie sie es gebraucht hatte. Es hatte sie beide befriedigt. Zwar hatte es in den letzten Jahren ein bisschen an Schwung verloren, aber passierte das nicht bei den meisten Ehepaaren? Warum hätte sie Misstrauen hegen sollen? Wenn sie doch bloß nicht aus Versehen sein blödes Telefon in die Hand genommen, wenn sie diese SMS nicht gesehen hätte, dann müsste sie das alles jetzt nicht durchmachen. Doch nun konnte sie sich vorstellen, wie Simon aus einem Impuls heraus die Nachricht geschickt, ihm spontan seine Gefühle übermittelt hatte. So musste es gewesen sein. Wie viel leichter wäre es, das nicht zu wissen. Aber nun wusste sie es eben.

Es gab nur einen einzigen Menschen, der ihr die Wahrheit sagen konnte. Sie hatte Simon ihre persönlichsten Gefühle mitgeteilt. Sie hatte ihm sogar anvertraut, wie sehr sie die Siestas an den Samstagnachmittagen vermisste, die sie und Daniel mit Sekt und einem alten Film im Bett verbracht hatten. Ihr Kopf pochte vor Wut, wenn sie an all das dachte, was sie ihm erzählt hatte. Nun musste er ihr wenigstens alles erzählen, was sie wissen wollte. Als sie zum Hauptgebäude kam, sah sie ihn durch das Fenster allein mit einem Glas Whiskey an der Bar sitzen.

Sie beschleunigte ihren Schritt.

24

Eve hatte Spaß. Die Musik war laut, der Alkohol floss in Strömen, die Leute vergnügten sich. Sie hatte keine Feier gewollt, wo man mit dem Drink in der Hand herumstand, sondern eine richtige Party. Und genau das war es geworden. Die mit Annas Wildblumensträußen geschmückten Tische standen voller Flaschen, Gläser und Kaffeetassen. Das Essen war köstlich, aber trotzdem einfach gewesen. Je später der Abend, desto lauter war es geworden, und sie spürte, dass es gut lief.

Sie hatte sich mit dem Trinken zurückgehalten, um beurteilen zu können, dass alle sich wohl fühlten. Genauso wichtig war es ihr, sich nicht vor den wenigen Klienten lächerlich zu machen, die sie eingeladen hatte. Nicht, dass sie sich darüber hätte Gedanken machen müssen. Laurie Murray, eine ihrer altgedienten Autorinnen, war bereits stark angetrunken, als sie genau in diesem Moment neben ihr vor Anker ging.

»Super Party, Eve.« Lauries Lider hingen auf Halbmast, man sah in den Falten die Make-up-Streifen, die sich dort festgesetzt hatten. Auch der Lippenstift war in die feinen Fältchen um ihren Mund gekrochen. Sie streckte die Hand aus, um die schwankende Laurie zu stützen.

»Schön, dass du deinen Spaß hast.« Laurie knickten die Knie ein, und sie sank auf einen Stuhl. Eve nahm neben ihr Platz und stellte sich amüsiert vor, was Lauries Fans, sämtlich unter fünfzehn, sagen würden, wenn sie sie so sehen könnten.

»Ja, haben wir.« Laurie winkte vage in Richtung ihres Mannes, der, ein Weinglas in der Hand, etwas erschrocken über den Zustand seiner Frau wirkte. »Aber Eve«, sagte sie, beugte sich vor, sah sie fest an und wedelte ihr mit dem Finger unter der Nase herum, »es gibt etwas, das ich dir unbedingt sagen muss.«

»Wirklich?« Eve versuchte höchst interessiert zu klingen.

Laurie richtete sich auf dem Stuhl auf. »Wo habe ich bloß meine Tasche gelassen?« Sie griff nach einem Stoffband, das hinter ihrem breiten, in ein Korsett gezwängten Rücken zu einem winzigen Täschchen führte, aus dem sie einen Lippenstift und einen kleinen Spiegel zog. Eve wartete nervös, während ihre geschätzte Autorin versuchte, die Weinflecken auf ihren Lippen zu vertuschen. Nachdem sie einen roten Fleck von ihren Vorderzähnen entfernt hatte, setzte Laurie erneut an. »Also. Ja. Ich will bloß, dass du weißt, wie froh wir sind, und ich weiß, dass das auch für andere deiner Autoren gilt, dass du diese schwierige Phase durchstehst. Ich jedenfalls habe nicht die Absicht, das sinkende Schiff zu verlassen. Und ich will, dass du das weißt.«

Eve musste lachen und ergriff ihre Hand. »Danke, Laurie. Obwohl ich nicht sicher bin, dass mir der Gedanke vom sinkenden Schiff gefällt.«

Ein verlegener Ausdruck zog über Lauries wohlwollendes Gesicht, als ihr klar wurde, was sie gesagt hatte. Sie öffnete den Mund, doch Eve stoppte sie.

»Es läuft prima, wie immer. Alles, was wir brauchen, sind noch ein, zwei neue Crewmitglieder, dann werden wir dem Sturm schon trotzen.« Jetzt hatte sie sich doch noch auf die Schiffsmetapher eingelassen.

Laurie torkelte nach vorn, um sie auf die Wange zu küssen. »Liebling, du bist wirklich wunderbar. Und dieses Kleid sieht auch wunderbar aus. Du musst mir dein Geheimnis verraten. Offenbar hast du abgenommen.«

»Tja, manchmal haben Sorgen auch ihr Gutes.« Eve entzog sich der etwas schwitzigen Umarmung ihrer Autorin. »Darüber sprechen wir ein anderes Mal.«

Aber Laurie ließ nicht locker. Sie beugte sich wieder vor, um weiterzusprechen. Eve versuchte interessiert zu wirken, klopfte aber mit dem Fuß »California Dreaming« von den Beach Boys mit.

»Mum! Auch wenn wir uns beide blamieren, magst du mit mir tanzen?« Luke war hinter ihnen aufgetaucht und streckte ihr die Hand hin. Er hatte Jackett und Krawatte abgelegt und sah verdammt gut aus. Sein Haar war zu einem hoch auf dem Kopf sitzenden Knoten geschlungen, an den sie sich einfach nicht gewöhnen konnte. Die Narbe, die von der Operation seiner Lippen-Kiefer-Gaumenspalte zurückgeblieben war, war dank seines sorgfältig gepflegten Dreitagebarts kaum zu sehen. Und groß war er außerdem.

»Wir unterhalten uns gerade, mein Schatz«, erklärte sie, als sei er sechs Jahre alt. Dabei brannte sie darauf, sein Rettungsangebot anzunehmen. So, wie sie Laurie kannte, würde das Gespräch sich immer wieder im Kreise drehen.

»Nein, macht nur«, protestierte Laurie, die sich kaum auf den Beinen halten konnte. »Ich suche Teddy.« Damit lief sie los, vorbei an den Tänzern, um sich mit ihrer besseren Hälfte zu vereinen.

Luke wiegte sich schon zu den Klängen der Beach Boys und wartete darauf, dass Eve es ihm nachtat. »Welcher Dinosaurier hat denn diese Musik zusammengestellt? Zu dem ganzen Zeug müsst ihr wohl getanzt haben, als ihr an der Uni wart.«

»In der Tat«, gab Eve zu, während sie sich linkisch in die Musik einzufinden bemühte. Sie versuchte Luke zu imitieren, kam aber nicht ganz mit. Noch ein Glas würde bestimmt helfen. Nein, lieber doch nicht. »Und um die Musikzusammenstellung haben sich Millie und Dad gekümmert. Es sollte allen gefallen, und schau …« Sie ließ den Blick über die taumelnden Paare mittleren Alters und die wenigen Vertreter der jüngeren Generation schweifen. »Es hat funktioniert.« Auch wenn ihre Freunde in seinen Augen ein ziemliches Trauerspiel abgeben mussten. Aber wen störte das schon? Sie hatten ihren Spaß, das war es, was zählte.

Luke hob seine perfekt geschwungenen Augenbrauen und schenkte ihr das Lächeln, das, wie sie voraussah, so manchem

Mädchen das Herz brechen würde. Sie gaben sich dem Tanz hin. Fünf Minuten später hatte sie die Schuhe von den Füßen geschleudert und tanzte mit ihren vier Kindern von einem Oldie zum nächsten im Kreis. Alle waren auf den Beinen. Was auch immer Luke sagen mochte, Terry und Millie hatten ganze Arbeit geleistet. Solange sie tanzte, kümmerte sich Eve nicht um ihr Aussehen. Sich mit den anderen auf der Tanzfläche zu tummeln machte Spaß. Bei einem Rückwärtsschritt stieß sie einmal gegen ihren Buchhalter, der allein tanzte, die Augen geschlossen, während seine Frau mit ihrem Agenten aus der Auslandsabteilung herumhüpfte. Ja, man musste nicht sturzbetrunken sein, um sich zu vergnügen, stellte Eve zu ihrer eigenen Überraschung fest.

Als die letzten Akkorde von »I will Survive« verklangen, trat Eve an den Rand der Tanzfläche und überließ ihre Kinder dem nächsten Stück, für das sie sicher auch wieder eine Gruppenchoreographie auf Lager hatten. Sie suchte sich ihre Schuhe und wollte hineinschlüpfen, doch die Riemen schnitten in ihre geschwollenen Füße. Rasch gab sie den Kampf auf und trug sie hinüber zur Bar, wo sie sich zu ein paar Freunden stellte. Sie ignorierte den stechenden Schmerz in ihrem rechten Knie und genoss die Glückwünsche und die freundlichen Worte. Zwischen all diesen Menschen, die ihr Leben ausmachten, fühlte sie sich gut aufgehoben. Universität, Schule, Beruf – alle hier waren in irgendeiner Weise Teil ihres und Terrys gemeinsamen Lebens.

Der Einzige, der fehlte, war Daniel. Der liebe Daniel. Wie er das alles genossen hätte. Schließlich war das Ganze seine Idee gewesen. Vielleicht wäre diese Art Feier mehr nach seinem Geschmack gewesen als das bescheidene lange Winterwochenende in der Casa Rosa, zu dem er und Rose an ihrer eigenen Silberhochzeit eingeladen hatten. Das Festessen bei Giovanni war köstlich, aber schlicht gewesen. Sie sah sich im Zelt nach Rose um, denn plötzlich wurde ihr bewusst, dass sie sie nicht im Auge behalten hatte. Jess und Anna waren auf der Tanzfläche. Doch von ihrer Mutter keine Spur.

Was auch immer ihre Freundin jetzt durchmachte, Eve wollte sie unterstützen, so gut sie konnte. Wahrscheinlich war Rose aus der stickigen Atmosphäre im Zelt an die frische Luft geflohen. Eve stellte sich vor, dass sie auf ihr Zimmer gegangen war, wie ein verletztes Tier, dass allein sein will, um seine Wunden zu lecken. Unvorstellbar, was in ihr vorgehen musste. Herauszufinden, dass dein Ehemann eine Affäre hat, war eine Sache, aber eine homosexuelle Affäre … In das Chaos aus Wut und Verrat mischten sich zweifellos Selbstzweifel und Minderwertigkeitsgefühle. Die arme Rose.

»Bin gleich wieder da.« Eve schlängelte sich zwischen den Tischen und kreuz und quer stehenden Stühlen hindurch. Auf dem Weg zum Hotel spürte sie die angenehme Kühle der Nachtluft über ihre Schultern streichen, das Gras unter ihren Füßen war bereits feucht vom Tau. Aus den unteren Räumen fielen Lichtstrahlen, während oben die Vorhänge zugezogen waren. Sie sah niemanden in der Bar oder im Speisesaal sitzen. Also rannte sie hinauf und den Gang zu Roses Zimmer entlang. Sie legte das Ohr an die Tür. Lächerlich. Was erwartete sie zu hören? Dann klopfte sie leise.

»Rose?«, rief sie halblaut. »Rose? Ich bin's, Eve. Alles okay bei dir?«

Nichts.

Sie klopfte erneut. »Rose?«

Immer noch Stille. Rose musste ins Bett gegangen sein. Sie konnte es ihr nicht zum Vorwurf machen. Sie hätte ihr eine Schlaftablette anbieten können, wenn sie daran gedacht hätte. Eve machte sich auf den Rückweg zum Zelt. Oben am Treppenabsatz, neben dem großen Ölgemälde vom Hafen St. Ives, zögerte sie. Alle hatten ihre Schuhe bewundert. Und wer nicht, würde das jetzt auch nicht mehr tun. Da konnte sie doch was Bequemeres anziehen, um besser tanzen zu können? Sie ging zurück, an Roses Zimmer vorbei, vor dem sie noch mal einen Moment stehen blieb, und eilte dann in das Zimmer, in dem sie und Terry untergebracht waren.

Schon beim Öffnen der Tür warf sie die Schuhe aufs Bett. Sie widerstand der Versuchung, sich selbst daneben zu werfen, und beugte sich hinunter, um ein altes Paar Schuhe hervorzuziehen, die sie nur für den Fall der Fälle mitgebracht hatte. Sie glitzerten nicht mehr ganz so wie früher (ihre Eigentümerin auch nicht, sinnierte sie), doch ein paar Pailletten, die schon fast abgefallen waren, hatte sie wieder angenäht, und sie würden es tun. Als sie in die Schuhe schlüpfte und ihre Füße dankbar aufatmeten, hörte sie ihren BlackBerry. Das Telefon lag dort, wo sie es liegengelassen hatte – im Bad neben dem Schminkzeug. Wer rief denn um diese Zeit noch an? Alle wussten doch, dass heute ihre Feier war. Sie überprüfte die Nummer und ließ fast das Handy fallen – Will. Und wenn nun Terry rangegangen wäre? Sie hatte geglaubt, jedes Risiko ausgeschaltet zu haben, indem sie Will unmissverständlich eingeschärft hatte, niemals diese Nummer anzurufen, außer in echten Notfällen. Aber es war ein Fehler gewesen, sie ihm überhaupt zu geben. Hatte die Tatsache, dass sie es doch getan hatte, etwas zu bedeuten? War das ein Zeichen, dass ihr Unterbewusstsein Überstunden schob? Wollte sie ganz tief im Innern doch, dass Terry es herausfand? Wenn das geschah, würde alles offen auf dem Tisch liegen. Und dann? Sie konnte den Gedanken daran nicht ertragen, wie viel Chaos und Schmerz diese Entdeckung heraufbeschwören würde. Aber Terry war nicht da. Er vergnügte sich unten.

»Hallo.« Sie flüsterte, als bestünde die Gefahr, dass jemand mithörte.

»Wie läuft's, Baby?«

Sie hasste es, wenn Will sie so nannte – aus dem Alter war sie nun wirklich raus. Er wollte ihr damit schmeicheln, doch sie fühlte sich dabei nur uralt, und er klang wie ein pensionierter Herzensbrecher.

»Ich wusste doch, dass du rangehen wirst.« Seine Stimme klang sehnsüchtig.

»Spinnst du, mich jetzt anzurufen? Dass ich das Handy überhaupt gehört habe, ist totaler Zufall. Du weißt doch, dass heute die Party ist.« Versöhnlicher fügte sie hinzu: »Wir haben ausgemacht, dass wir morgen reden, dass ich dich anrufe, sobald ich einen Moment allein sein kann.«

Sein Atem drang an ihr Ohr, als würde er das Telefon ganz nah an den Mund drücken. Ihr Magen überschlug sich. Sie setzte sich auf den Rand des Klodeckels und schloss die Augen.

»Ich konnte nicht warten.« Es war deutlich zu spüren, wie er sich freute, sie erreicht zu haben. »Das ist alles. Wollte bloß deine Stimme hören.«

Sie öffnete die Augen, nur um eine Krampfader zu entdecken, die wie ein verästelter blauer Wurm über ihr Schienbein kroch. Mit der freien Hand drückte sie darauf, damit sie verschwand, aber sie sprang immer wieder hervor. Sie beugte die Knie, um sie nicht mehr sehen zu müssen.

»Aber Liebling, du darfst mich nicht anrufen, wenn ich mit Terry zusammen bin. Das ist eine unserer Regeln.«

»Regeln sind dazu da, gebrochen zu werden, Evie. Wozu haben wir sie sonst?«

Sie hörte das Klirren der Eiswürfel in seinem Drink und stellte sich vor, wie er auf seinem weichen schwarzen Ledersofa lag, die Füße in seinen ewigen marineblauen Seidensocken am einen Ende, den Kopf, von einem Kissen gestützt, am anderen, und sein Glas hob. Im Hintergrund war ganz leise Musik zu hören.

»Egal, ich musste es einfach probieren. Und bin jetzt froh, dass ich es gewagt habe.«

Sie spürte, wie sie unter seiner Aufmerksamkeit dahinschmolz. Aber sie konnte nicht mit ihm sprechen. Nicht jetzt. Sie schielte auf Terrys Armband hinunter, das an ihrem Handgelenk funkelte, auf seine Zahnbürste neben der ihren.

»Ich habe an all das gedacht, was wir tun könnten, wenn du jetzt hier wärst.« Seine Stimme erinnerte sie an warmen, dunklen Sirup. Er gab einen leisen Laut von sich, bei dem ihr ganz kribbelig wurde.

Wenn sie doch bloß bei ihm sein könnte. Ihr kam in den Sinn, was sie nur einige Tage zuvor alles miteinander angestellt hatten, und wenn sie an gewisse intimere Einzelheiten dachte, wurde ihr ganz schwindelig vor Sehnsucht. Gleichzeitig wusste sie genau, wo sie jetzt gerade hingehörte. Zu ihrer Familie.

»Das geht nicht, Will.« Ja, sie musste streng sein. »Ich kann jetzt nicht mit dir reden.«

»Wann denn dann? Ich brauche dich hier bei mir. Du gehörst hierher.«

Eve blickte prüfend in den Spiegel. Anstatt der jungen Frau, die sie einst gewesen war, der jungen Frau, die Will wieder hervorgeholt hatte, starrte eine Frau mittleren Alters zurück. Wie kokett und mädchenhaft sie sich innerlich auch fühlen mochte, das Außen würde sich nicht mehr ändern – nur noch weiter altern. Sie legte einen Ellbogen auf den grauen Marmorwaschtisch, stieß ihre sündhaft teure Tagescreme zu Boden und stützte die Stirn auf die Faust. Das alles war vollkommener Wahnsinn, aber …

»Ich rufe dich morgen an und dann machen wir was aus. Versprochen.« Sie wusste, dass sie das Versprechen halten würde, egal, wie schwierig es sein mochte, einen Augenblick für sich herauszuschinden. Sie konnte ihm nicht widerstehen. »Ich muss jetzt auflegen. Sie werden sich schon fragen, wo ich abgeblieben bin.«

»Na, dann muss ich mich wohl damit abfinden.« Aber in seiner Stimme lag ein Lächeln. Sie hatte ihm gegeben, was er brauchte. Bis zum nächsten Mal.

Nachdem sie sich verabschiedet hatten, saß sie da und starrte ihren BlackBerry an, Überbringer guter und schlechter Nachrichten. Sie hatte sich viel zu tief verstrickt. Jede Entscheidung, die sie nun traf, würde einem von ihnen wehtun: Terry oder Will. Zwischen ihnen zu wählen war unmöglich.

Sie erhob sich und drehte das Wasser auf, um sich einen kalten Waschlappen auf Wangen und Nacken zu drücken. Nachdem sie den Schaden ausgebessert hatte, den das Wasser an ihrem Make-up angerichtet hatte, stopfte sie das lautlos gestellte Telefon in die Seitentasche ihres Koffers. Dort würde Terry niemals nachsehen. Wenn sie ihren Mann unterschätzte und er es doch fand, so gab es wenigstens keine Textnachrichten, die ihn auf eine Spur gebracht hätten. Dafür hatte sie gesorgt, indem sie Will nur von ihrer Mail-Adresse oder dem Telefon im Büro aus kontaktierte. Der BlackBerry war Notfällen vorbehalten – das glaubte sie klargestellt zu haben.

Nachdem sie die Tür abgesperrt hatte, stand sie eine Sekunde lang einfach da, den Kopf aufgerichtet, Schultern nach hinten und unten, Bauch rein, Rücken gerade. Tiefe Atemzüge. Okay. Jetzt war sie bereit, sich aufs Neue ins Gewühl zu stürzen.

Zurück im Zelt, gesellte sie sich wieder zu ihren Freunden an der Bar. Die Musik war möglicherweise noch lauter als zuvor, und es wurde noch wilder getanzt. Jemand drückte ihr ein Glas in die Hand. Ein ehemaliger Kollege von Terry verwickelte sie in ein lähmend langweiliges Gespräch über die Vorteile von Bahnreisen nach Cornwall. Hinter ihr sprachen zwei ihrer Freundinnen lauthals über eine dritte.

»Ihr Mann ahnt überhaupt nichts«, kreischte die eine.

Eve erstarrte vor Schreck. Wie hatten sie es herausgefunden?

»Wann wird sie es ihm wohl sagen?«, fragte die zweite, bemüht, sich Gehör zu verschaffen. »Er muss es doch ahnen? So etwas kann man doch nicht geheim halten.«

In Eves Ohren begann es zu rauschen. Panik packte sie mit kalter Hand, nahm sie in den Würgegriff.

»Wenn sie am Flughafen ankommen. Bestimmt nicht vorher.«

Was? Sie blickte über die Schulter. Annie, eine alte Freundin der Familie, quoll aus dem engen purpurfarbenen Etuikleid aus Satin, mit dem sie bei einer Tanzshow hätte auftreten können; sie schüttelte den Kopf, als ihre Begleiterin, eher unelegant in einem gemusterten Kleid, das Eve in einem Versandkatalog gesehen hatte, merkte, dass Eve in ihre Richtung blickte.

»Eve«, kreischte sie. »Wir haben uns schon gefragt, wo du abgeblieben bist. Ich erzähle Jenny gerade, dass Susie für Pete einen Überraschungsurlaub plant. Wenn der schreckliche Missbrauchsfall abgeschlossen ist, mit dem er gerade zu tun hat, geht's los.«

»Ist das nicht wunderbar? Wenn ich so was bei Charles probieren würde, käme er mir garantiert drauf. Er ist einfach bei allem zu schnell«, sagte Annie und lachte schallend, wobei ihr Busen wie Milchpudding wackelte.

»Wirklich?«, fragte Eve mit schwacher Stimme, als die Schlussakkorde von Coldplay abebbten. Bei den ersten Klängen einer langsamen Nummer, die Eve nicht erkannte, wurde es auf der Tanzfläche leerer. »Wie nett von ihr.« Sie wandte sich wieder ihrem Gesprächspartner zu.

»Hast du noch ein freies Plätzchen auf deiner Tanzkarte?« Terry war neben sie getreten. Die Warnsignale kannte sie gut: seine geröteten Wangen, die rosa geränderten Augen, die weinfleckigen Lippen. So sehr Terry ihr »unangemessenes« Trinken verabscheute, er selbst war auch nicht gerade ein Kind von Traurigkeit. Kurz vorher hatte sie ihn mit einer ihrer Nachbarinnen tanzen sehen, einer jungen, blonden Frau, die mit ihrem Sohn allein lebte, seit der Ehemann mit der Friseuse durchgebrannt war. Wenn Terry getrunken hatte, flirtete er gern, aber er war treu. Dessen war sie sich sicher. So sicher wie Rose bei Daniel gewesen war, kam ihr in den Sinn. Doch er wartete.

»Scheint, als sei ich frei«, sagte sie, nahm seine Hand und überließ sich seiner Führung. Anfangs tanzten sie jeder für sich. Mit Rhythmusgefühl war Terry nicht gerade gesegnet, doch seine Begeisterung wog das auf. Sie erhaschte einen Blick auf Charlie, der etwas zu Anna sagte, woraufhin sie kichernd in ihre Richtung nickte. Jetzt, wo nur noch fünf oder sechs Paare tanzten und alle außer ihnen eng umschlungen, wurde Eve langsam verlegen. Terry, der ihre Gedanken zu lesen schien, zog sie in seine Arme. Sie schloss die Augen und versuchte, nicht an Will zu denken.

»Was für ein Fest.« Sein Atem roch nach Wein, und sie wandte den Kopf ab. »Du hast alles großartig gemacht, mein Schatz.«

Gerade wollte sie erklären, dass eigentlich Jess die treibende Kraft gewesen war, doch da wurde sein Griff fester.

»Wir müssen miteinander reden.« Seine Stimme klang so drängend, dass sie ihn ein wenig wegschob, um ihn genauer ansehen zu können. Sein ernster Gesichtsausdruck verhieß nichts Gutes. Die junge, blonde Nachbarin. War es möglich, dass das Armband mehr ein Abschiedsgeschenk gewesen war? Hatte sie ihn ganz falsch eingeschätzt? Konnte es sein, dass er ihr um Haaresbreite zuvorkam und ihr verkündete, dass er sie verließ? Sie steckte so in ihrer eigenen Affäre, dass sie übersehen hatte, was sich offenbar vor ihrer Nase abspielte. Seltsamerweise spürte sie Panik in sich aufsteigen, obwohl sie wusste, wie lächerlich der Gedanke war. Die Schuldgefühle ließen ihre Phantasie wilde Blüten treiben.

»Aber doch nicht jetzt?«, fragte sie mit einer Geste, die besagte: Nicht jetzt bei der Party. »Wir haben noch das ganze Wochenende.«

Aber der Alkohol hatte ihm Mut gemacht. Das sah sie in seinen Augen. Er hatte seinen Moment gewählt und war entschlossen, es durchzuziehen. »Komm mit in den Garten, wo wir ungestört sind – bloß für eine Minute.« Er nahm ihre Hand und führte sie aus dem Zelt.

»Terry! Was tust du? Wir können die Party jetzt nicht verlassen.«

»Es dauert nicht lange, und keiner wird es merken. Hier entlang.« Er führte sie zwischen den Büschen hindurch zu einem versteckten Gebäude auf der Rückseite des Hotels. Ein kleiner griechisch-römischer Tempel, den sein Großvater vor vielen Jahren aus einer Laune heraus hatte bauen lassen. Die kannelierten Säulen und das Kuppeldach mit den Palmen, die jetzt als Silhouetten daneben aufragten, gaben einem das Gefühl, am Mittelmeer zu sein. Hier, abseits des offiziellen Gartens, war das Gelände steiniger. Überall wuchsen Büschel von Grasnelken und kleine weiße Gänseblümchen. In der Ferne hörte Eve die Wellen gegen die Felsen schlagen. Flut.

»Hier sind wir lange nicht gewesen.« Ein einziger Strahler warf ein schwaches Licht ins Innere des Tempels. Terry säuberte mit der Hand die Sitzbank. Dann lud er sie mit einer schwungvollen Bewegung ein, sich zu setzen.

Sie nahm Platz, wünschte sich dabei, sie wäre wärmer angezogen, und wartete darauf, dass er anfing.

25

Als Rose an der Bar ankam, hatte Simon es sich in einer Ecke in einem der großen Lehnsessel mit Blick zum Fenster bequem gemacht. Von hier aus sah man über das Festzelt und die Klippen hinweg in den tintenschwarzen Meereshimmel, in dem von Zeit zu Zeit der Mond aufschimmerte. Sie sah nur seinen Hinterkopf und hörte, wie er sein Glas auf den Tisch stellte und in einer Zeitschrift blätterte. Er war allein, wenn man vom Barkeeper absah, der auf einem Hocker hinter dem Tresen saß und in einem zerfledderten Taschenbuch las.

Nervös, aber entschlossen und getrieben von ihrem Zorn, räusperte sie sich.

Simon fuhr auf und schaute über die Sessellehne in ihre Richtung. Als er sie erkannte, strahlte er über das ganze Gesicht.

»Rose! Ich hatte es schon fast aufgegeben mit dir. Du warst so beschäftigt. Wenn ich paranoid wäre, würde ich ja sagen, du bist mir aus dem Weg gegangen.« Er lachte entspannt, sicher, dass es so nicht sein konnte. »Das Kleid steht dir großartig, besonders mit diesen Schuhen. Sind sie neu?« Er wartete ihre Antwort gar nicht ab. »Kann ich dir was zu trinken besorgen?« Er hob die Hand, um einen Kellner herbeizuwinken, merkte aber, dass keiner da war und ließ sie sinken.

»Ich hole mir selbst was, danke.«

Es entging ihr nicht, dass ihn ihr Ton irritierte.

»Habe ich was angestellt? Sag es mir einfach.« Er dachte natürlich nicht im Traum, dass es etwas Ernstes sein konnte, und blätterte weiter zerstreut in seiner Zeitschrift.

Sie würdigte ihn keiner Antwort. Jetzt, da der Augenblick der Auseinandersetzung gekommen war, verließ sie der Mut. Wenn sie ihn nun nach der Wahrheit fragte, würde das ihren Schlussfolgerungen überhaupt erst Gewicht geben. Und wenn sie alles völlig falsch verstanden hatte? Diese Hoffnung, so schwach sie war, lähmte sie. In diesem Fall würde sie vielleicht die ihr so kostbare Freundschaft mit Simon ein für alle Mal zerstören. Aber wenn er für ihre letzten schrecklichen Tage mit Daniel verantwortlich war, dann war sie sich das schuldig. *Du fehlst mir. Ich liebe dich. Komm bald wieder.*

Ihr Schweigen machte ihn nervös. »Rose! Um Gottes willen, was ist los?« Er warf die Zeitschrift auf den Tisch und wandte sich in Erwartung einer Antwort ganz zu ihr um.

Aber Rose ging nur schweigend an ihm vorbei und ließ sich ihm gegenüber nieder. Ihr Mund war trocken. Sie fuhr sich mit der Zunge über die Zähne und schluckte, als wollte sie gleich sprechen. Auf einmal sah sie ihn in einem ganz neuen Licht – diesen untadeligen, gutaussehenden Mann, der Daniel in seinen Bann gezogen hatte. Daniel hatte das Interesse von jüngeren, schönen Menschen stets geschmeichelt, besonders wenn sie gleichzeitig weltgewandt und intelligent waren. Simon beugte sich vor, die Stirn in Falten gelegt, als versuche er herauszufinden, warum sie sich ihm gegenüber auf einmal so feindselig verhielt.

Sie wartete und hoffte, dass die Übelkeit sich legen würde. Der Barkeeper brachte ihr ein Perrier, wobei er sorgfältig den Papieruntersetzer mit der Zeichnung des Hotels so ausrichtete, dass sie sie sehen konnte. Die Prozedur schien ihr eine halbe Ewigkeit zu dauern. Endlich verschwand er. Simon hob aufmunternd eine Augenbraue.

»Wie konntest du nur?« Sie war überrascht, wie schneidend ihre Stimme klang, jetzt, da sie ihre Entschlossenheit wiedergefunden hatte.

Er blickte sie verwundert an. »Wie konnte ich was?«, fragte er. Er hatte offenbar nicht die geringste Ahnung, wovon sie sprach. »Rose, was ist los? Erlöse mich aus meiner Ungewissheit, bitte. Was soll ich denn getan haben?« Er zeigte das Lächeln, das sie bislang so attraktiv gefunden hatte.

Aber es lag etwas in diesem Lächeln, das sie nun zum ersten

Mal sah: Ein Selbstvertrauen in seinen Charme, das sie auf die Palme brachte. Jeder Rest von Zurückhaltung schwand. Alles, was sie sagen wollte, drängte danach, laut herausgeschrien zu werden.

»Zuallererst«, fing sie an, bemüht, ihre Stimme im Zaum zu behalten, »will ich wissen, was dir einfällt, so das Vertrauen unserer Familie zu missbrauchen. Was bist du für ein Mensch, dass du so etwas tust?« Ihre Stimme drohte zu versagen. In der Hoffnung, er habe es vielleicht nicht bemerkt, biss sie sich auf die Unterlippe, dass es schmerzte. »Du ekelst mich an. Ich kann es kaum ertragen, hier mit dir zu sitzen.«

»Wovon sprichst du?« Er streckte ihr flehentlich beide Hände entgegen und legte die Stirn in noch tiefere Falten. »Du sprichst in Rätseln. Ich dachte, wir wären Freunde.«

»Das dachte ich auch, und genau deshalb tut es so weh.« Falls er glaubte, er käme davon, indem er den Unschuldigen spielte, würde sie ihn eines Besseren belehren.

Darauf erwiderte er nichts. Er schaute bloß zur Decke, schlug dann die Beine übereinander und betrachtete eingehend einen seiner Schuhe, der im Licht schimmerte. Rose wartete. Simon rutschte im Sessel hin und her, es war ihm sichtlich unangenehm, so eindringlich angesehen zu werden. Schließlich hob er den Blick, legte den Kopf schräg und sah ihr in die Augen. Seine Miene zeigte nichts als Verwunderung. Entweder sie hatte einen schrecklichen Fehler begangen, oder er war völlig abgebrüht und sicher, sein Geheimnis bewahren zu können. Sie musste direkter werden.

»Ich weiß es, Simon.« Sie sah ihm fest in die Augen. Nun huschte ein Schatten von Verunsicherung über sein Gesicht. Sie drückte die Hände so fest gegeneinander, dass es schmerzte. »Ich weiß es«, wiederholte sie und drehte den Ehering um ihren Finger.

»Was weißt du?« Er leerte seinen Whiskey und nahm eine Haltung ein, als wollte er gleich aufspringen und davonstürmen. Dann zögerte er. Sein Ausdruck änderte sich wieder, so als würde das Selbstvertrauen zurückkommen. Du kannst gar nichts herausgefunden haben, sagte sein Blick. Unmöglich.

Rose las in seinen Gedanken und seinen Gefühlen wie in einem offenen Buch.

»Ich habe immer noch nicht die geringste Ahnung, wovon du redest«, protestierte er, wenn auch weniger entschieden als zuvor.

Seine abwehrende Reaktion stachelte sie nur weiter an. Es ging in diesem Kampf um ihre Ehe, sie musste die Wahrheit erfahren, und wenn es noch so wehtat.

»Ich weiß von dir und Daniel.« Sie sagte es ganz leise, jedoch mit durchschlagendem Effekt.

Er zuckte zurück. Sein Gesicht wurde leichenblass. Er schluckte, ließ den Blick fahrig durch den Raum gleiten, sah überall hin, nur nicht auf sie. Aber er gab sich noch nicht geschlagen. Rasch hatte er sich wieder gefangen. »*Was* weißt du von uns? Du sprichst in Rätseln, Rose.« Er klang selbstsicher, sogar aggressiv, er forderte sie heraus, sich mit ihm zu messen, ihn rundheraus anzuklagen, das Undenkbare auszusprechen. Aber Rose machte keinen Rückzieher.

»Hast du ihn geliebt?« fragte sie und fürchtete sich vor der Antwort.

Er stand so abrupt auf, dass er gegen den Tisch stieß, und trat zum Fenster. Von der Dunkelheit draußen schaute sein hageres, erschrockenes Spiegelbild auf sie zurück. »Was für eine absurde Frage.« Aber seine Stimme klang müde. Das Spiel war aus.

»Hast du ihn geliebt?«, wiederholte sie. »Du kannst es mir ruhig sagen, Simon. Ich habe das Libretto gefunden. Er hat Anmerkungen darin gemacht. So habe ich es herausgefunden. Du hast mir Daniels Karte für die Oper gegeben, stimmt's?«

Er nickte knapp. Seine Kapitulation. »Ja«, sagte er. »Ja. Wenn du es unbedingt wissen musst. Ich habe ihn geliebt.«

Roses Herz schlug wie ein Dampfhammer. Sie nahm einen Schluck Wasser.

»Und hat er dich geliebt?« Wie weh es tat, diese Frage zu stellen. Aber es war jene, auf die sie am dringendsten eine Antwort brauchte. Ohne konnte sie nicht weitermachen.

Er wandte sich zu ihr um. »Ich glaube, dafür brauche ich noch einen Drink. Willst du auch einen?«

Sie nickte, dankbar, sich einen Augenblick auf seine Antwort vorbereiten zu können. Merkwürdig, nun, da sie an diesem Punkt angelangt war, wurde sie auf einmal ganz ruhig. Simon ging hinüber an die Bar und kam mit zwei Gläsern zurück. Er schaffte es nicht, ihr in die Augen zu schauen, ob vor Scham oder Wut, blieb unklar.

»Also, hat er?«, beharrte sie. »Dich geliebt, meine ich.«

Wenigstens hob er den Kopf, auch wenn sein Blick in die Ferne schweifte, als ob er an etwas lange Zurückliegendes dachte. Rose war schockiert von der Traurigkeit und Sehnsucht, die sie darin erkannte. Er schüttelte den Kopf und schaute sie wieder an. Einen Augenblick lang presste er die Lippen aufeinander, als sei er fest entschlossen, nichts zu sagen. Doch er entschied sich anders.

»Nein«, sagte er, und schloss kurz die Augen, als würde ihn die Antwort schmerzen. »Nein, ich glaube nicht.«

Roses Gedanken überschlugen sich. Das, was sie am meisten gefürchtet hatte, war also wahr. Daniel hatte eine Affäre gehabt. Aber mit Simon. Mit einem Mann. Sie war sich immer noch nicht sicher, ob es das besser oder schlimmer machte, aber zumindest war sie die quälende Ungewissheit los. Simon war »S«. Und vielleicht sagte er ihr die Wahrheit. Vielleicht hatte ihn Daniel wirklich nicht geliebt. Sie wünschte sich, das glauben zu können, mehr als alles andere. Nichts, was sie bislang herausgefunden hatte, bewies das Gegenteil. Was immer sie auch fühlte, mit ihrem neuerworbenen Wissen kam eine unerwartete Erleichterung über sie, so als würde sie auf einmal die schrecklichen letzten Tage mit Daniel verstehen. Verständlich, dass er nichts hatte zugeben wollen. Sie begriff nun ein wenig besser, was zwischen ihnen vorgegangen war. Er hatte sicherlich Angst vor ihrer Reaktion gehabt. Vielleicht hatte er sich auch geschämt. Außer ihrem Entsetzen und ihrer Ungläubigkeit hatte er bestimmt auch ihren Zorn vorausgesehen, die quälenden Selbstzweifel und den Schmerz, den er ihr damit bereitete. Aber wenn Daniel Simons Gefühle nicht erwidert hatte, dann hatte er vielleicht auch nie aufgehört, sie zu lieben. Möglicherweise war es das, was er ausdrücken wollte, als er sagte: »Es ist nicht, wie du denkst.« Sie hatte seither oft überlegt, was er damit gemeint haben mochte.

»Ich denke, du solltest mir alles erzählen, oder?« Der Zorn, der zuvor in ihr aufgestiegen war, saß nun als Knoten in ihrer Kehle, fest, aber unter Kontrolle. Wenn sie sich vorstellte, dass sie diesen Mann gemocht, ihm vertraut, sogar schon überlegt hatte, ob eines Tages aus ihrer Beziehung mehr als bloße Freundschaft werden könnte. Bei diesem Gedanken bekam sie eine Gänsehaut.

»Ich weiß nicht, wo ich anfangen soll.« Er klang völlig niedergeschmettert, so kraftlos, dass Rose einen Augenblick lang beinahe Mitleid mit ihm bekam. Aber dieser Anflug von Sympathie verging so rasch, wie er gekommen war.

»Am Anfang, würde ich sagen. Erzähl doch mal, wie ihr euch kennengelernt habt.«

»Muss das wirklich jetzt sein?« Er wies hinaus, wo das Fest noch in vollem Gang war. Rund um das Zelt herrschte Hochbetrieb. Das Grüppchen Raucher, das sie zuvor gesehen hatte, tanzte nun auf dem Rasen. In den Bäumen schaukelten die Lampions.

»Ja«, sagte sie bestimmt. Auch wenn sie es vorgezogen hätte, jetzt dort draußen bei ihrer Familie zu sein, erst musste dies hier zu Ende gebracht werden. »Wir werden uns nie mehr wiedersehen, wenn dieser Abend vorüber ist.«

Er schüttelte den Kopf, nahm einen Schluck Whiskey, atmete tief durch und begann. »Wir haben uns durch Michael Heston kennengelernt, den Eigentümer des Courthouse Hotel in Edinburgh. Er ist ein alter Freund von mir. Ich habe die Innenausstattung des Hotels gemacht. Bei der Eröffnung hat er mich Daniel vorgestellt, da er wusste, dass er einen Architekten für die Renovierung des Arthur suchte. Wir haben uns einmal getroffen, er hat mir seine Vorstellungen erläutert, und dann bin ich hingefahren, um es mir selbst anzuschauen. Wir hatten vieles gemeinsam. Aber das brauchst du eigentlich gar nicht alles zu wissen ...« Er schwieg.

Vielleicht brauchte sie das nicht, aber wenn sie Daniel und ihre Ehe verstehen wollte, dann eben doch. Ohne dieses Verstehen konnte sie die Sache nicht hinter sich lassen. Sie griff nach hinten, nahm ein Kissen und legte es sich auf den Bauch. »Doch, muss ich sehr wohl«, erklärte sie.

»Dann sage ich dir jetzt auch, dass ich ebenfalls schon mal verheiratet war. Es ist schon einige Jahre her.«

Es gelang ihr nicht, ihre Überraschung zu verbergen.

»Nur kurz«, präzisierte er, schaute an ihr vorbei und sprach schnell weiter, als läge ihm daran, diesen Punkt rasch hinter sich zu bringen. »Jackie und ich kannten uns aus der Schule, wir sind immer zusammengeblieben, und kurz vor dem Ende meines Studiums haben wir dann geheiratet. Wenn ich heute zurückblicke, dann wusste ich tief in meinem Inneren, dass ich schwul war, hatte aber Angst, es mir einzugestehen. Meine Familie, insbesondere mein Vater, wäre entsetzt gewesen. Er war ein engstirniger Spießer, Filialleiter einen kleinen Bank, einer der Honoratioren der Kleinstadt, in der ich aufgewachsen bin. Dort lief das Leben so ab, wie es sich gehört, Abweichungen von der Norm wurden nicht geduldet, höchstens hinter zugezogenen Vorhängen und verschlossenen Türen.« Er lächelte gequält. »Ich war überzeugt, Jackie zu lieben. Und ich liebte sie auch. Aber unbewusst habe ich wohl gehofft, dass mich die

Ehe mit ihr vor mir selbst rettet. Natürlich war das unmöglich. Damit habe ich Jackie großes Unrecht getan.« Er hob das Glas an die Lippen und nahm einen Schluck. »Nach ein paar Jahren konnte ich nicht mehr einfach so tun als ob. Ich habe jemanden getroffen – einen Mann, der …« Er hielt inne. »Aber auch hier sind die Details unwichtig. Nur dass ich jetzt nicht mehr verleugnen konnte, wer ich wirklich war. Die ganze Geschichte flog auf. Jackie und ich ließen uns scheiden. Du kannst dir vorstellen, wie die Leute sich die Mäuler zerrissen haben und welche Demütigung das für meinen Vater bedeutete und wie sehr er sich geschämt hat.«

»Hattet ihr Kinder?«, fragte Rose, die ganz in der Geschichte aufgegangen war und beinahe vergessen hatte, warum er sie erzählte.

Er lachte auf. »Nein. Gott sei Dank. Das hätte alles noch schlimmer gemacht. Jackie so zu verletzen war schrecklich genug. Und ihre Familie dazu. Wie vorauszusehen, enterbte mich mein Vater, und meine Mutter, die ihm treu ergeben war, tat es ihm gleich. Es blieb ihnen gar nichts anderes übrig, wenn sie wenigstens das Gesicht wahren wollten. Das war jedenfalls ihre Sichtweise. Auch wenn meine Mutter mich sehr geliebt hat, ihre Ehe ging immer vor. Ich verstehe das heute besser als damals.« Er machte eine Pause, was ihnen beiden Gelegenheit gab, an Daniel zu denken. »Mein Bruder wollte eigentlich mit mir Verbindung halten, aber es wurde ihm rasch klargemacht, dass sie in diesem Fall auch ihn fallenlassen würden. Er ist ein schwacher Mensch, der nie von dort weggezogen ist. Er wollte keine Scherereien. Und das war's dann.«

»Aber hast du denn gar nicht versucht, mit ihnen zu reden?« Rose fand es unfassbar, dass eine Familie sich von einem der ihren abwenden konnte. Das Wichtigste in einer Familie war doch die gegenseitige Unterstützung. Und Eltern mussten da mit leuchtendem Beispiel vorangehen. Aber sogleich fiel ihr der ungelöste Streit zwischen Daniel und Jess ein.

»Anfangs ja«, erklärte er, eifrig um ihr Verständnis bemüht, als er merkte, dass er ihr Interesse geweckt hatte. »Aber mein Vater ist immer ein halsstarriger Mensch gewesen, der nie etwas zurücknahm, was er gesagt oder getan hatte. Briefe an meine Mutter kamen ungeöffnet zurück. Weihnachtskarten ebenso. Wenn ich anrief, legten sie sofort auf. Schließlich habe ich es aufgegeben und bin nach Edinburgh gezogen. Ich habe sie nie wiedergesehen.«

Rose wunderte sich über den Mangel an Zuneigung, der sich in der Art ausdrückte, wie er sie »Mutter« und »Vater« nannte, und dachte dabei an den Kummer, den er auf Daniels Trauerfeier gezeigt hatte. Wie viel davon hatte wirklich seinem Vater und seiner Vergangenheit gegolten und wie viel Daniel?

»Nun ist er gestorben«, sagte Simon. »Ein alter Freund hat mich im Januar kontaktiert. Meine Familie hat es nicht einmal geschafft, es mir mitzuteilen. So schlecht ist das Verhältnis. Als ich dann anrief, sagte mein Bruder, sie wollten mich nicht auf der Beerdigung sehen. Ich sei nicht willkommen. Ich kann nie mehr dorthin zurück. Nicht einmal jetzt.«

»Und Daniel?« Ihre Stimme wurde härter. »Was hat das alles mit ihm zu tun?«

»Ah, Daniel.« Simon ließ die Schultern hängen. »Ich weiß nicht was ich sagen soll, Rose. Wir sind uns begegnet. Wir haben uns kennengelernt. Vielleicht hat er etwas von sich selbst in mir wiedererkannt. Ich weiß es nicht. Wir hatten vieles gemeinsam. Ein verheirateter Mann, der seine Bisexualität verleugnet.«

Sie widersprach. »Bisexuell? Das ist unmöglich. Das hätte ich gewusst ...« Wirklich?, meldete sich der Zweifel in ihr. Tatsache ist, du wusstest es nicht.

Er fiel ihr ins Wort. »So was gibt es öfter, mach dir nichts vor.«

»Du musst es ja wissen«, gab sie zurück. Eine billige Retourkutsche.

Er blickte sie nachdenklich an. »Wir hatten gemeinsame Interessen. Wir ...« Er unterbrach sich, weil ihm klar wurde, dass es Rose noch mehr verletzen musste, wenn er von ihren Gemeinsamkeiten sprach. »Aus Dankbarkeit, dass er mir seinen geliebten Jazz nähergebracht hat, versuchte ich ihn in die Welt der Oper einzuführen.« Er lachte wieder trocken auf, diesmal jedoch mit einem Unterton von Traurigkeit. »Er hat sich bemüht, konnte aber nicht recht etwas damit anfangen.«

Die Zuneigung, die aus diesen Worten sprach, war für sie schwer zu ertragen.

»Habt ihr miteinander geschlafen?« Die Frage platzte aus ihr heraus. Aber sie dachte es sich ohnehin schon. Sie brauchte gar keine Antwort, sie wollte nur wissen, ob es ihr half, den Mann besser zu verstehen, den sie beinahe fünfunddreißig Jahre lang geliebt hatte.

Die Frage hing noch in der Luft, da hörten sie Schritte auf dem hölzernen Boden.

»Darf es noch etwas sein?« Der Barkeeper tauchte ungerufen neben Rose auf. Er schien von ihrem Gespräch nichts mitbekommen zu haben.

Beide verneinten. Völlig unnötigerweise schüttelte er Kissen auf, wischte ein paar Tische ab, rückte Stühle gerade. Als er endlich wieder außer Hörweite war, begann Simon zu reden. »Er hat *dich* geliebt, Rose.« Es klang, als würde es ihm das Herz brechen. »Das ist die Wahrheit. Was zwischen uns geschehen ist, hat keine Bedeutung. Jedenfalls jetzt nicht mehr.«

Sie hätte ihm so gern geglaubt, gerne zugestimmt, alles sei unwichtig, und wünschte sich, ihre Erinnerungen ungetrübt und unverdorben zu behalten. Aber wie sollte das möglich sein?

»Und was ist mit *mir*?«, fragte sie, auf einmal wieder wütend. »Was ist mit Jess und dem Trevarrick? Warum hat dir Daniel nicht genügt? Was hast du dir von uns versprochen?«

Er stieß einen resignierten Seufzer aus. Längst hatte er es aufgegeben, sich zu verteidigen. »Ich weiß nicht. Vielleicht war ich eifersüchtig. Von meinem Standpunkt aus betrachtet, hatte Dan alles – ein Traumleben, wenn du so willst. Vielleicht haben du und die Familie ihn davon abgehalten, mit mir die Partnerschaft einzugehen, nach der ich mich sehnte. Natürlich hatte ich bereits Jess kennengelernt, als wir hier herausfuhren.«

»Verstehe.« Wie sie ihn dafür hasste, dass er in ihr Leben eingedrungen war und sich für immer mit ihnen verbunden hatte.

»Als er dann starb, war der Vorschlag von Jess, einige seiner Pläne für das Trevarrick umzusetzen, wie ein Himmelsgeschenk für mich. Es war eine Gelegenheit, mich ihm nahe zu fühlen, mit der ich gar nicht gerechnet hatte. Ich erwarte nicht, dass du das verstehst.« Sie blickten einander nun doch einmal in die Augen, sie feindselig, er voller Bedauern. Schon nach einer Sekunde sah er wieder weg. »Ich hatte es nicht darauf angelegt, dich kennenzulernen. Ich dachte, ich würde nur mit Jess zusammenarbeiten. Und dass es hinterher vorbei wäre. Aber sie hat mich gebeten, dich zu besuchen, und ich war neugierig. Als ich an jenem Abend kam, hast du dich an den Plänen so interessiert gezeigt. Ich mochte dich. So einfach war das. Ich hatte so viel von dir gehört, aber natürlich wäre ich von mir aus nie auf die Idee gekommen, dich kennenlernen zu wollen. Dass ich dir Dans Karte angeboten habe, war eine ganz spontane Idee. Irgendetwas drängte mich, mich um dich zu kümmern.« Er sah, wie sie bei diesem Gedanken das Gesicht verzog. »Oder dir wenigstens etwas Unterstützung zu geben, in dieser schweren Zeit. Vielleicht dachte ich, Daniel hätte es so gewollt. Ich weiß nicht. Vielleicht wollte ich irgendwie wiedergutmachen, was ich womöglich in deiner Ehe angerichtet hatte. Ich habe nicht erwartet, dass wir uns öfter als ein paar Mal sehen, aber dann haben wir uns so gut verstanden ...« Er schwieg, um ihr Gelegenheit zu einer Antwort zu geben.

»Du meinst, du hattest Mitleid mit mir?« Das war es also. Mitleid, und eine Verbindung zu dem Mann, den er geliebt hatte.

Er sah wieder in die Dunkelheit hinaus. »Nein. Du hast auf mich nicht den Eindruck gemacht, als hättest du Mitleid nötig. Anfangs hast du mir das Gefühl gegeben, Dan wieder nahe zu sein, aber dann wurde alles anders. Mir wurde klar, dass wir mehr gemeinsam haben als nur ihn. Dieses Haus zum Beispiel, und unsere Freude an klassischer Musik. Die Mahlzeiten, die sich so lange hinzogen, weil wir uns so viel zu erzählen hatten. Du warst allein und ich auch. Wir hatten Spaß zusammen, oder etwa nicht? Und wir haben einander durch eine schwierige, dunkle Zeit geholfen. Ich hasse mich dafür, dass ich nicht ehrlich zu dir war. Aber was hätte ich sagen sollen? Es tut mir leid. Wirklich. Ich wünschte, du hättest es nicht herausgefunden.«

»Warum? Damit du dein schmutziges kleines Geheimnis für dich behalten kannst? Ich hätte mich für immer und ewig gefragt, was ich getan oder versäumt habe, um Daniel Anlass zu einer Affäre zu geben, und mich damit herumgequält, wer sie wohl war. Natürlich nahm ich an, dass es eine Frau war.« Obwohl vieles von dem, was er sagte, ehrlich klang, konnte sie ihm nicht verzeihen.

»Nein, nicht deshalb. Weil Dan nicht gewollt hätte, dass du jemals davon erfährst. Wenn ich ihn nicht angestiftet hätte, wäre das niemals passiert. Es war zu lange her.«

»Warum um alles in der Welt hast du es dann getan?«, schrie sie. »Warum?« Sie merkte, wie sie die Fassung verlor, und musste sich zusammenreißen, um ihn nicht einfach zu ohrfeigen. Doch körperliche Gewalt war keine Antwort, niemals. Sie hob die Hand, um dem Barkeeper, der in ihre Richtung kam, zu signalisieren, dass alles in Ordnung war. Sie brauchten ihn nicht.

»Weil ich noch nie jemanden wie ihn getroffen habe. Weil ich spürte, dass er in Versuchung geriet, und derjenige sein wollte, der ihn verführt.«

»Das ist ja ekelhaft.« Sie war angewidert von seiner Selbstrechtfertigung. Da fiel ihr wieder ein, was er davor gesagt hatte. »Und was soll das heißen, es war zu lange her? Zu lange her seit was?«

»Seit er zuletzt mit einem Mann geschlafen hatte …«

Rose starrte ihn mit großen Augen an. Simon war nicht der Erste. War es das, was er sagen wollte? Das konnte nicht sein. Sie hatte das Gefühl, in einen Strudel geraten zu sein, der sie von allem fortriss, dass sie für sicher gehalten hatte.

»Alles in Ordnung mit dir?« Die Worte kamen von weit her, aber sie spürte seine Hand auf ihrer Schulter. Sie zuckte unter der ungewollten Berührung zusammen. Das war genug, um sie wieder in die Realität zurückzubringen. »Fass mich nicht an«, zischte sie. »Verschwinde von hier …«

»Aber das ist Jahre her, er war damals noch Student … Er hatte nicht …« Simon sprach eindringlich, er merkte, was er angerichtet hatte, und war bemüht, ihr die Wahrheit klarzumachen.

Aber Rose hatte genug gehört. »Es interessiert mich nicht, Simon. Es reicht. Bitte, geh jetzt …«

»Aber die Renovierung, das Hotel … Ich werde hier gebraucht«, widersprach er vehement, wirkte dabei jedoch verloren und ängstlich.

»Nicht mehr. Ich werde mit Jess reden. Keine Ahnung, vielleicht suchen wir uns jemand anderen, oder wir arbeiten mit einem von deinen Partnern, wenn es gar nicht anders geht. Du kannst ihm ja irgendeine Geschichte erzählen.«

»Wirst du es ihr sagen?« Seine Augen weiteten sich.

»Ich weiß noch nicht, was ich tun werde.« Sie trank ihren Whiskey aus. Er brannte in ihrer Kehle, sie musste husten. »Ich weiß nur, dass ich jetzt auf mein Zimmer gehe. Und ich möchte, dass du abgereist bist, wenn ich morgen früh herunterkomme.« Im Weggehen schaute sie sich ein letztes Mal nach ihm um. Er saß da, starrte in die Nacht hinaus, hielt sein Glas fest, ein am Boden zerstörter, enttäuschter Mann. »Ich werde allen sagen, dass du dringend wegmusstest.«

26

Die steinerne Bank war eiskalt. Eve lehnte sich gegen die Rückwand des Tempelchens und rieb die Hände aneinander. Da sie nur Sandalen trug, fror sie auch an den Füßen. Nachdem er sie hier herausgebracht hatte, rang Terry nun um die richtigen Worte. Gegen eine der Säulen gelehnt, starrte er aufs Meer hinaus, wo sich der Mond in einem glitzernden Streifen spiegelte.

Endlich brach er das Schweigen. »Hier habe ich um deine Hand angehalten.« Er klang wehmütig. »Erinnerst du dich?«

»Natürlich.« Wie konnte er bloß denken, sie hätte das vergessen? Waren sie einander so fremd geworden?

»Lang ist's her.«

Sie spürte, dass es ein schwieriger Moment für ihn war, und sagte nichts. Besser, sie ließ ihn in aller Ruhe Anlauf nehmen, für was auch immer. Vor mehr als fünfundzwanzig Jahren nun hatte er sie unter dem Vorwand, nach Doggle, der seit Tagen vermissten Katze des Hotels, zu suchen, hierhergelockt. Sie hatte bis dahin von der Existenz dieses Tempelchens gar nichts gewusst. Zu der Zeit, in der Terrys Eltern das Hotel führten, war es fast in Vergessenheit geraten. Es war komplett zugewuchert, das Dach war undicht, die steinerne Bank darin zerbrochen und in den Rissen der Bodenfliesen spross das Unkraut. Dennoch wirkte der Ort romantisch. Sie war ihm ins Innere gefolgt und hatte dort zu ihrem Erstaunen einen Teppich mit Schottenmuster vorgefunden, dazu Wildblumen in Milchflaschen auf der zerbrochenen Bank, eine Flasche Champagner in einem Eiskübel neben einer großen Schale Erdbeeren mit Sahne, dazu Schalen und Löffel. Stolz präsentierte er ihr dieses Arrangement, das sie staunend betrachtete. Erst viel später erfuhr sie, dass Rose ihn dazu ermutigt hatte – die beiden hatten schon so manches miteinander ausgeheckt. Dann war er auf die Knie gesunken und hatte um ihre Hand angehalten. Und gerührt von der Idee und der Mühe, die er sich gegeben hatte, begeistert, einen Mann gefunden zu haben, den sie liebte, nachdem sie schon geglaubt hatte, dies würde nie mehr geschehen, einen Mann, mit dem sie so viel teilte und dessen Schwester ihre beste Freundin war, hatte sie ja gesagt. Etwa ein Jahr später hatten sie geheiratet. Damit hatten sie begonnen, die guten und die schlechten Tage.

»Terry ...« Sie sprach nicht weiter. Einen ganz kurzen Augenblick lang war sie versucht gewesen, ihm ihre Affäre mit Will zu gestehen, reinen Tisch zu machen. Aber sie konnte sich gerade noch bremsen. Das hatte keinen Sinn, solange sie noch nicht wusste, wie ihre Zukunft aussehen sollte. So würde sie ihm unnötig wehtun. »Vielleicht gehen wir lieber zurück.«

»Nein, nein.« Ihr Vorschlag schien ihm einen Stoß zu versetzen. »Ich muss dir etwas sagen. Rose meint jedenfalls, dass ich das muss.«

»Rose?« Offenbar hatte er sich zuerst seiner Schwester anvertraut, aber die hatte ihr nichts verraten. Eve war der Gedanke unangenehm, dass die beiden Geheimnisse miteinander hatten. Dabei fühlte sie sich Rose seit Dans Tod näher denn je. Sie hatte ihrer Freundin alles erzählt und geglaubt, Rose erwiderte das Vertrauen, als sie sie in ihre immer engere Freundschaft mit Simon eingeweiht hatte.

»Ich musste sie bitten, mir mit Geld auszuhelfen«, sagte er, als hätte er damit schon alles erklärt.

»Was für Geld?« Sie rieb sich die Gänsehaut an ihren Armen.

»Du hast doch meine Kreditkartenabrechnung gesehen ... hast du dich da nicht gewundert?«

»Nein.« Sie hatte keine Ahnung, worauf er hinauswollte.

»Aber ich habe sie dummerweise vor ein paar Wochen auf dem Küchentisch liegen lassen. Du hast sie weggeräumt.« Er klang ungeduldig, so als wollte er ihr vorwerfen, sich absichtlich dumm zu stellen. »Ich habe die ganze Zeit darauf gewartet, dass du etwas sagst.«

Sie schüttelte den Kopf. »Ich habe sie mir gar nicht angeschaut. Würde mir auch nie einfallen.« Das entsprach nicht der Wahrheit, aber offenbar hatte sie in diesem Augenblick wirklich nicht daran gedacht.

»Aber du warst so abweisend in letzter Zeit«, sagte er verblüfft. »Ich dachte, es ist deswegen. Weil du dahintergekommen bist.«

»Terry, ich habe keine Ahnung, wovon du redest, ehrlich. Spuck's endlich aus und lass uns zurückgehen. Es ist kalt hier.«

»Es fällt mir schwerer, als ich gedacht habe.« Er lehnte den Kopf gegen die Säule.

»Wenn du mit Rose darüber reden konntest, dann doch wohl auch mit mir«, ermutigte sie ihn.

Er schaute sie an, die Arme über der Brust verschränkt, die linke Ferse gegen die Säule gestemmt. Sein Gesicht lag im Schatten, aber sie spürte, dass er angespannt war.

»Ich bin ein bisschen in Schwierigkeiten.« Er zögerte ein letztes Mal, dann sprang er kopfüber in seine Geschichte. Die Worte sprudelten nur so aus ihm heraus, Eva hatte größte Mühe, ihm zu folgen, schon als er ihr zu erklären versuchte, wie ernst es mit seiner Spielleidenschaft geworden war. Im ersten Moment begriff sie gar nicht, warum er daraus so eine große Sache machte. Wettete er nicht schon seit Jahren auf Pferde, und war er dabei jemals in ernste Schwierigkeiten geraten? Dafür war er doch viel zu vorsichtig und knauserig. Manchmal eine Wette zu viel oder auch zwei, ein unerwarteter Verlust, weiter nichts. Damit war er doch noch jedes Mal klargekommen. Aber dann sprach er gar nicht mehr über Pferde, sondern über andere Sportwetten, die rund um den Globus gespielt wurden, und zwar Tag und Nacht. Wie einfach es gewesen war, Sportwetten abzuschließen, ohne dass sie etwas davon merkte. Wie er klein angefangen hatte und die Sache dann aus dem Ruder gelaufen war. Kreditkarten, von denen sie gar nichts wusste. Eine Hypothek. Die Summen, von denen er redete, schwirrten in ihrem Kopf. Schließlich kam er zum Ende. »Also«, schloss er, beschämt vor sich hin murmelnd, »am Ende hatte ich 200 000 Schulden.«

Es trat eine Stille ein, in der sie diese Zahl zu verarbeiten suchte.

»Aber das ist ja beinahe eine Viertelmillion«, sagte sie ungläubig, als könne es nur ein Irrtum sein. Auf einmal kam ihr die Nachtluft noch viel kälter vor. Sie rieb sich die Arme und dachte daran, wie mager die Einnahmen ihrer Agentur in diesem Monat gewesen waren, wie wenig sie damit verdient hatte, dass er gar kein Einkommen hatte, und schließlich wurde ihr klar, was das bedeutete. »Terry, das ist unmöglich. Wie um alles in der Welt willst du so viel Geld zurückzahlen?«

»Darum geht es ja. Es dir zu sagen, ist der erste Schritt. Das wollte ich vorhin schon, im Schlafzimmer, aber ich wusste nicht, wie ich anfangen sollte, und dann, nachdem du dich so über den Armreif gefreut hattest, konnte ich gar nicht mehr.«

»Aber jetzt kannst du, mitten auf unserer Party?« Sie war auf einmal ganz außer sich. »Um Gottes willen, Terry! Was denkst du dir eigentlich?« Aber sie wusste, er hatte nur getan, was sie selbst schon so oft getan hatte, nämlich sich Mut angetrunken. Er hatte es so lange hinausgeschoben, bis er es nicht mehr aushielt.

»Es ist nicht toll, das ist mir schon klar.« Ihren Protestschwall ignorierte er. »Aber ich sage es dir jetzt, weil ich dich liebe, und weil ich will, dass du die Wahrheit erfährst. Ich konnte es dir nicht vorher sagen.«

»Aber das Geld ...« Sie brachte es nicht über sich, die Summe zu wiederholen. »Wo sollen wir das hernehmen? Was ist mit unserem Haus?«

»Wir«, plapperte er ihr nach und schaute hinaus aufs Meer. »Das liebe ich so an dir, Evie. Wir haben immer alles miteinander geteilt, ist es nicht so?«

Sie spähte durch die Dunkelheit zu ihm hinüber und fragte

sich, wie es sein konnte, dass sie ihre Beziehung so unterschiedlich wahrnahmen.

»Aber diesmal nicht«, fuhr er fort. »Das schaffe ich allein. Okay, mit ein bisschen Hilfe von Rose. Ich habe mich geirrt mit Madison Gadding. Sie waren doch auch an den einzelnen Hotels interessiert. Sie hat mir also schon geholfen, indem sie das Canonford verkauft hat. Sie hat es meinetwegen getan. Gott sei Dank. Und dann habe ich mir was von dem Geld genommen, dass wir für die Kinder zurückgelegt hatten.« Er verbarg sein Gesicht, aber sie spürte, dass er sich schämte. »Aber ich werde es zurückzahlen.«

»Natürlich wirst du das. Du hast das Geld der Kinder genommen?« Eve konnte nicht glauben, was sie hörte. »Und Rose wusste das alles die ganze Zeit?« Das schmerzte am meisten. Nicht, dass er ein Geheimnis vor ihr gehabt hatte. Das konnte sie verstehen. Das Geld ließ sich irgendwie zurückzahlen, dafür würde sie schon sorgen. Aber Rose!

»Sie ist meine Schwester«, sagte er, als sei es unvernünftig von Eve, unter diesen Umständen auf Roses Loyalität zu vertrauen. »Irgendjemandem musste ich es ja erzählen.«

Und mir konntest du es nicht erzählen? Aber die Worte blieben ungesagt. Eve schwirrte der Kopf. Nur langsam wurde ihr klar, welche Konsequenzen das für sie beide haben konnte.

Sie hörten Schritte, jemand näherte sich lachend dem Tempelchen.

»Mist!« Leise fluchend trat Terry vor.

Ein Mädchen kreischte auf, fing aber an zu kichern, als es ihn erkannte. »Onkel Terry! Meine Güte, hast du mir einen Schreck eingejagt!«

»Entschuldigung, Dad. Wir haben nicht damit gerechnet, dass hier jemand ist.«

Anna und Charlie. Sie suchten wahrscheinlich ein Plätzchen, wo sie ungestört einen Joint rauchen konnten. Pech gehabt. Eve lehnte ihren Kopf gegen die raue Wand des Tempelchens, deren abblätternder Putz sich in ihren Haaren verfing. Sie hob eine Hand, um sich zu befreien. Wie total kaputt ihre Ehe doch war. Sie hatten völlig aneinander vorbei gelebt, hatten beide nicht wahrgenommen, was überhaupt vor sich ging. Jeder von ihnen hatte sich zunehmend nur noch für die eigenen Dinge interessiert und völlig aus den Augen verloren, was der andere tat. Nie hätte sie sich träumen lassen, dass sie sich so auseinanderleben könnten, überlegte sie traurig. Sie hörte, wie Terry über etwas stolperte und fluchte. Da war er wieder, seine Silhouette zeichnete sich vor einer Säule ab.

»Sie sind weg«, sagte er, zog seinen rechten Schuh aus und rieb seinen großen Zeh. »Ich weiß nicht, wer von den beiden schlimmer ist, dauernd stiften sie sich zu irgendwas an.«

»Anna ist die Ältere«, verteidigte sie ihren Jungen.

»Aber Charlie ist alt genug, um zu wissen, was er tut«, sagte Terry bestimmt, zog seinen Schuh wieder an und kam zu ihr auf die Bank. Er bemerkte nicht, dass sie von ihm wegrückte. »So, jetzt weißt du es. Rose wird zufrieden sein.«

»Warum? Was hat das mit ihr zu tun?« Eve kam nicht über die unvernünftige Eifersucht hinweg, dass er Rose zuerst ins Vertrauen gezogen hatte. Schließlich hatte sie es nicht anders gehalten, als sie Rose von Will erzählt und von ihr erwartet hatte, dass sie es für sich behielt. Obwohl, dachte sie, das war etwas ganz anderes.

»Mit Daniel hätte ich sicher darüber geredet«, erklärte Terry, dem offenbar dämmerte, was in ihr vorging. »Aber er ist nicht mehr da, und ich brauchte jemanden. Und du warst in letzter Zeit noch mehr mit deiner Agentur beschäftigt als sonst ... Ich habe dich ja kaum noch gesehen.«

Das stimmte. Außer ihrer tatsächlichen Arbeit waren da noch die vielen Nachmittage und Abende gewesen, an denen sie Termine mit Autoren oder Verlegern vorgeschoben hatte, die sie aber in Wirklichkeit mit Will verbracht hatte. Sie war froh, dass die Dunkelheit gnädig verhüllte, wie sie rot anlief.

Und so viel Zeit Will zu widmen hatte wiederum zur Folge gehabt, dass sie auch zuhause mehr gearbeitet hatte. Nichts konnte sie davon abhalten, für ihre Klienten zu sorgen.

»Und Rose gehört schließlich zur Familie. Uns zusammen gehört das Unternehmen«, fuhr Terry fort. »Sie hat zugestimmt, das Canonford zu verkaufen, damit ich meine Schulden bezahlen und mich finanziell über Wasser halten konnte. Aber dann habe ich mit einem Teil des Geldes – na ja, dem größten Teil – ein paar todsichere Wetten abgeschlossen, die sich aber als Nieten erwiesen. Und jetzt bin ich wieder in Schwierigkeiten.«

»Das ist ja nicht zu glauben. Du lernst wohl gar nichts dazu. Und was ist mit Daniel?«, schimpfte sie, unfähig zu glauben, was sie da hörte. Sie hatte ihn im Verdacht, dass er ihr immer noch nicht die ganze Wahrheit sagte. »Er hat den Laden aufgebaut, die Hotels gehören ihm.« Irgendjemand musste ja für ihn Partei ergreifen. Die beiden anderen schienen völlig vergessen zu haben, wie viel Arbeit und Leidenschaft Daniel in die Sache gesteckt hatte.

»Er ist tot, Eve«, stellte Terry nüchtern klar. »Rose und ich wollen die Hotels nicht. Wir wollten sie nie. Nur das Trevarrick. Und soll ich dir mal was sagen? Er würde uns mit Freuden aus einer finanziellen Verlegenheit helfen.«

»Eine finanzielle Verlegenheit nennst du das?«, explodierte sie. »Woher sollen wir eine solche Summe nehmen? Daniel würde die Hände über dem Kopf zusammenschlagen! Wie konntest du dich bloß in eine solche Situation bringen?«

Wie hatten sie beide sich bloß in eine solche Situation bringen können? Auch diese Worte blieben ungesagt.

Er ließ die Schultern und Arme hängen. »Ich schäme mich so. Wirklich. Aber kannst du es denn nicht ein bisschen verstehen?«, flehte er und sah sie an. »Rose meinte, du könntest es.«

Eve biss die Zähne zusammen.

»Ich hatte Geld und Zeit, und es war so spannend, da habe ich alles andere vergessen. Dass ich keine Arbeit hatte, dass ich euch alle hängenließ. Ich habe Rose versprochen, mir professionelle Hilfe zu suchen, obwohl das völlig unnötig ist. Ich kann jederzeit damit aufhören.« Er streckte seine Hand aus, doch sie stand auf und beachtete die Geste nicht.

»Aber du hattest doch gar kein Geld, oder? Was ist aus der Abfindung geworden?«

Terry blickte schweigend zu Boden. Dann sagte er ganz leise: »Ich bin gefeuert worden.«

»Wie bitte?« Eve setzte sich wieder. Sie vergaß ganz und gar die Kälte, als er nun fortfuhr, ihr seine wahre Lage zu schildern. Sie konnte es immer noch nicht glauben. Wie war es möglich, dass sie gar nichts davon mitbekommen hatte? Ist doch klar, flüsterte ihr eine innere Stimme zu. Du hattest die Agentur und Will. Es hat dich überhaupt nicht interessiert. Als Terry fertig war, stand sie auf und sah ihn an.

»Und unser Haus? Es ist alles, was wir besitzen – unsere Geschichte, unsere Familie. Wie konntest du das einfach alles aufs Spiel setzen?« Die Vorstellung, das Dach über dem Kopf zu verlieren, machte ihr Angst. Und die Agentur? War sie vielleicht auch davon betroffen? Würde sie gezwungen sein, sie zu verkaufen? Aber an wen, bei der derzeitigen Wirtschaftslage? Einige ihrer Autoren waren bereits wieder von Amy zu ihr zurückgekehrt, zum nicht geringen Ärger ihrer ehemaligen Partnerin. Doch dies konnte das Ende bedeuten. »Wie kann ich sicher sein, dass das nicht wieder passiert? Wie kann ich dir jetzt noch vertrauen?« In Eves Kopf drehte sich alles. Zuerst Roses Entdeckung über Daniel, und nun dies. Wie falsch hatten sie doch beide die Männer, mit denen sie schon so lange verheiratet waren, eingeschätzt. Sie hatten sie gar nicht gekannt! Sie stand auf und machte einen Schritt in Richtung Garten, dann drehte sie sich um und sah ihn an, wie er zusammengesunken dastand, ein Bild des Jammers.

»Ich dachte, du würdest mich verstehen.«

Sie hörte kaum, was er sagte. In der Ferne brachen sich die

Wellen an den Felsen und vom Festzelt wehte Musik zu ihnen herüber. Eine Eule rief durch die Nacht.

»Ohne dich hätte ich die letzten fünfundzwanzig Jahre nicht überstanden. Und ohne deine Hilfe überstehe ich das hier auch nicht.« Er rang verzweifelt die Hände. »Rose muss das Arthur verkaufen. Aber sie will nicht. Mit meinem Anteil könnte ich wieder auf die Beine kommen. Und mit deiner Hilfe.«

»Du hättest eher mit mir reden sollen …« Eve rührte sich nicht vom Fleck. Ihr Instinkt sagte ihr, dass sie auf ihn zugehen, im Mut zusprechen, ihm helfen sollte, aber irgendetwas hielt sie zurück.

Will.

Sie waren an einem kritischen Punkt angelangt. Terry hatte ihr gerade einen mehr als ausreichenden Grund geliefert, ihn zu verlassen. Er hatte alles aufs Spiel gesetzt, was sie besaßen. Alles. Aber war das so anders als das, was sie selbst getan hatte?

»Und das alles sagst du mir mitten auf unserem Fest. Wie kannst du nur?« Ihr war plötzlich danach, wegzulaufen, so weit sie nur konnte, weg von diesen beiden Männern, um irgendwo ganz neu anzufangen. Aber das war nicht möglich.

Sie stürmte aus dem Tempelchen. Er rief ihr etwas hinterher, aber sie hört es nicht. Sie war zu wütend, um stehen zubleiben und sich noch mehr Entschuldigungen anzuhören. Jetzt wollte sie sich erst einmal wieder den Gästen zeigen und so tun, als sei nichts geschehen. Niemand von der Familie, niemand von ihren Klienten oder Freunden sollte auf die Idee kommen, dass irgendetwas nicht stimmte. Morgen konnten sie und Terry das Gespräch fortsetzen. Dann waren sie wieder nüchtern, und dann musste er ihr in allen Einzelheiten erklären, was passiert war, wie hoch genau seine Schulden waren und wie er sie zurückzahlen wollte. Sie würde dafür sorgen, dass sie die alleinige Verfügung über ihre Bankkonten bekam. Niemand, wirklich niemand würde es schaffen, ihr das Haus und ihr Lebenswerk, die Agentur, wegzunehmen.

Terry folgte ihr wortlos zum Festzelt. Die Teelichter, die den Weg beleuchteten, waren schon abgebrannt, aber die Party war noch in vollem Gang.

Terry behielt recht: Niemand hatte ihre Abwesenheit bemerkt. In kürzester Zeit waren sie wieder mitten im Trubel. Der harte Kern der Tänzer hüpfte noch wilder als zuvor auf der Tanzfläche herum, die jüngere Generation in der Mitte, ein paar unerschrockene Ältere am Rand. Über den Stuhllehnen hingen abgelegte Sakkos, Handtaschen und Schuhe lagen auf und unter den Tischen verstreut. Die etwas Zaghafteren hatten sich ein Stück zurückgezogen, saßen irgendwo herum oder standen an der Bar. Selbst im schummrigen Licht erkannte man noch den Schweiß auf den Gesichtern, und die so sorgfältig arrangierten Frisuren hatten sich weitgehend aufgelöst. Manchem hing das Hemd aus der Hose, und die Krawatten waren gelockert worden.

Eve brauchte dringend etwas zu trinken. Es dauerte nur Sekunden, bis sie ein Glas Wein in der Hand hielt und sich wieder ins Getümmel stürzte. Terry verlor sie umgehend aus den Augen, jemand schnappte sich ihn als Tanzpartner. Vielleicht wäre es einfacher gewesen, wenn er ihr eröffnet hätte, er wolle sie verlassen. Damit wäre ihr die Entscheidung abgenommen worden. Gerade wollte sie sich Helen Martin zuwenden, einer pummeligen älteren Dame mit Oberlippenbart, eine ihrer erfolgreichsten Illustratorinnen, da fiel ihr Blick auf Jess, die in ihrem geblümten Kleid nicht zu übersehen war. Sie erhob sich von Adams Knien und steuerte auf Eve zu.

»Ich bin gleich wieder bei dir, Helen«, entschuldigte sie sich.

»Brauchst du mich noch, Tante Eve? Adam geht zur Babysitterin zurück, und ich würde ihn gern begleiten.«

Eve bemerkte, dass die Kellnerinnen anfingen, die Tische abzuräumen. »Oh, aber es ist doch hoffentlich noch nicht Schluss, oder?«, fragte sie in der stillen Hoffnung auf ein Ja. Wenn die Gäste auf ihren Zimmern oder zurück in ihren Pensionen waren, dann konnte sie endlich überschlafen, was sie mit Terry bereden musste.

»Ihr könnt weitermachen, so lange ihr wollt.« Jess, die wusste, dass ihre Tante manchmal gerne bis in die Puppen feierte, lächelte. »Aber manche von uns müssen morgen arbeiten. Wenn sie jetzt anfangen, das Schlimmste zu beseitigen, dann kann der Rest bis morgen warten. Lasst euch nicht stören. Aber vielleicht kannst du die Musik leiser drehen. Nur wegen denen, die schon ins Bett gegangen sind.«

Dass ihre Nichte sie wie einen nimmermüden Teenager behandelte, fand sie albern, aber zugleich schmeichelhaft. »Keine Sorge, Jess. Ich achte darauf, dass sich alle benehmen und ihre Rollatoren ordentlich abstellen.«

»Tut mir leid.« Jess grinste sie an. »Aber du weißt, was ich meine.« Sie schaute sich im Festzelt um. »Ich habe Mum schon seit einer halben Ewigkeit nicht mehr gesehen, sie muss wohl schon nach oben gegangen sein.«

»Sieht so aus«, bestätigte Eve. Zu gern hätte sie von Rose selbst gehört, wie sie zu Terrys Geschichte stand, ganz zu schweigen davon, wie es mit ihr und Simon nun weitergehen sollte. Ach, sie steckten wirklich alle tief in der Tinte. »Geh ruhig, ich sorge schon dafür, dass es zivilisiert bleibt.«

»Danke.« Jess küsste sie auf beide Wangen und wünschte ihr gute Nacht. Eve sah ihr nach, wie sie mit Adam Arm in Arm aus dem Festzelt ging, den Kopf an seine Schulter gelehnt. Adam gab Jess alles, was sie brauchte. Wenn nur Daniel das hätte sehen können.

»Sollen wir?« Johnny Sheringham stand mit rotem Kopf, aber strahlend neben ihr. Die Fliege saß schief an seinem Kragen und widerstand allen Versuchen ihres Besitzers, sie gerade zu rücken. Die Sheringhams waren in Cambridge viele Jahre ihre Nachbarn gewesen. Pam war schwer an Demenz erkrankt und lebte inzwischen in einem Pflegeheim – mit dreiundsechzig. Das Leben konnte ziemlich unfair sein.

»Ja«, sagte sie, und ergriff seine ausgestreckten Hände, als wollten sie eine Gavotte tanzen. »Sehr gerne.« Wenn Terry in der Lage war, einen Abend lang alle seine Sorgen zu vergessen, dann konnte sie das sicherlich auch, oder wenigstens so tun als ob. Das Leben war kurz. Momentan gab es nichts zu tun, außer sich zu vergnügen. Morgen konnte sie damit anfangen, in ihrem Leben aufzuräumen. Erst einmal musste sie sich gründlich durch den Kopf gehen lassen, was Terry gesagt hatte, ihre finanzielle Situation klären und darüber nachdenken, was jetzt das Dringendste war.

27

»Ja, keine Frage, ich bin dafür, dass wir das verdammte Ding verkaufen«, beantwortete Rose Eves Frage. »Vor allem will ich euch beiden aus diesem Schlamassel helfen, in das mein Bruder euch gebracht hat, und außerdem möchte ich nichts mehr mit diesem Ort zu tun haben, der Daniel und Simon so viel bedeutet hat, mir hingegen gar nichts. Ich ertrage den Gedanken nicht, wie sie über ihren Plänen herumgeschmust haben.« Ihr Gesichtsausdruck war sehr bestimmt – eine Warnung an Eve, nicht weiterzubohren.

Sie saßen in der Hotellounge und blickten hinaus in den dichten Nebel, der vom Meer aus hereindrückte; einer jener unvorhersehbaren Wetterumschwünge, wie sie in Cornwall häufig vorkommen. Das Festzelt stand immer noch, seine Umrisse waren gerade noch zu erahnen. Die meisten Gäste waren am Vortag abgereist, und den Nachzüglern hatten Eve und Terry an diesem Morgen nachgewinkt. Sie spielten ihre Rollen gut, keiner hätte vermutet, dass sie kaum miteinander sprachen. Für mehr als einen kurzen Wortwechsel war ohnehin keine Zeit gewesen. Terry war immer noch zerknirscht und einsilbig und sehr darauf bedacht, dass niemand Wind davon bekam, was geschehen war. Das ausführliche Gespräch, das Eve mit ihm zu führen entschlossen war, würde noch warten müssen. Nach dem Mittagessen hatte er sich zu einem dringend benötigten Schläfchen nach oben zurückgezogen. Da das Wetter nicht zu einem Spaziergang einlud, hatten die beiden Frauen sich für die bequeme Variante entschieden: drinnen bleiben und Tee trinken.

Eve schenkte ihnen gerade eine zweite Tasse ein. Sie hatten es sich in den Ecken des großen Sofas gemütlich gemacht und gingen das Wochenende noch einmal in allen Einzelheiten durch. Eve hatte schon den zweiten verkaterten Morgen in Folge hinter sich und war immer noch wütend auf Terry und verärgert, dass Rose ihr nichts von seiner Spielsucht erzählt hatte. Als sie das ansprach, entgegnete Rose barsch: »Wenn jemand – wer auch immer – mich bittet, ein Geheimnis zu bewahren, dann tue ich das auch. Darum habe ich Terry auch nichts über Will gesagt. Hat alles seine Vor- und Nachteile.« Gegen dieses Argument konnte Eve nichts einwenden. Ihre Freundschaft war zwar ins Schlingern geraten, aber sie hielt.

»Ich glaube nicht, dass es wirklich so war«, äußerte Eve nun vorsichtig, während sie unwillkürlich darüber nachsann, wie es wohl eigentlich zwischen Simon und Daniel gewesen sein mochte. Aber darüber konnte sie mit Rose natürlich nicht spekulieren. »Ich kann mir vorstellen, wie schwer das für dich sein muss, vor allem, weil du dich doch so mit Simon angefreundet hattest.«

»Daran mag ich nicht einmal denken, aber das Arthur will ich jedenfalls nicht mehr. Ganz im Ernst. Der Hotelier war Daniel, nicht ich, nicht Terry.« Rose boxte in das ausgeblichene blaue Kissen, um ihren Worten Nachdruck zu verleihen. »Jetzt kannst du das Kommando übernehmen, Terrys Schulden begleichen, ihm da heraushelfen. Und wenn ich das Hotel verkaufe, kann ich mit dem Rest auch was für die Mädchen tun. Das Gartencenter läuft langsamer an als erwartet, obwohl Ricks Einfluss für Stabilität sorgt ... aber sie stehen noch ganz am Anfang. Und Jess und Adam können immer ein bisschen zusätzliches Geld brauchen.«

»Du bist unglaublich großzügig.« Eve setzte ihre Tasse ab. Das klang, als lastete sehr viel Verantwortung auf Roses Schultern. Wie sollte sie damit zurechtkommen?

»Nein, eigentlich nicht. Daniel hat mir genug hinterlassen, ich muss mich nicht ins Geschäft stürzen. Ich will die Hotels in keinerlei Funktion führen. Das Trevarrick genügt mir. Außerdem hat es mich inspiriert, Adams Arbeiten zu sehen und ihn darüber sprechen zu hören. Ich werde wieder ernsthaft mit dem Malen beginnen, bevor es zu spät ist. Simon hat immer wieder darüber geredet, und Adam hat mir den letzten Anstoß gegeben. Er hat mich sogar gebeten, ein paar Monate herzukommen, um auszuhelfen. In meiner Freizeit habe ich dann viel Gelegenheit zum Malen.«

»Wann war das denn?«

»Heute Morgen nach dem Frühstück. Jess ist schwanger und macht sich Sorgen, ob sie das alles schafft. Darum wollen sie, dass ich komme und sie unterstütze. Sie hat es ihm gestern gesagt, und er ist auf diese Lösung gekommen. Ich freue mich darauf.«

»Das sind ja wunderbare Neuigkeiten.« Eve schob sich über das Sofa zu Rose hinüber, um sie zu umarmen. Eine kleine Weile hielten sie einander ganz fest. Sie drückte Rose noch einmal kräftig und rutschte zurück in ihre Ecke. »Sie sind bestimmt überglücklich. Ich wünschte, meine würden auch endlich mal was produzieren. Bin ganz schön neidisch.«

»Aber Jess macht sich schreckliche Sorgen, wie sie zurechtkommen soll.« Plötzlich lag Angst in Roses Stimme. »Kein Dan mehr, an den sie sich wenden kann, und Simon wird auch nicht da sein, um sich um die Bauarbeiten zu kümmern.«

»Hast du es ihr erzählt?« Eve konnte ihr Erstaunen nicht verhehlen.

»Ich musste. Wie hätte ich sonst sein Verschwinden erklären sollen? Außerdem, und das ist noch wichtiger, habe ich das Gefühl, den Mädchen die Wahrheit schuldig zu sein. Es ist genug gelogen worden in dieser Familie.«

Eve begriff, dass Rose auch sie selbst meinte.

Simon war abgereist, ohne sich von den beiden Frauen zu verabschieden. Im Fach für Roses Zimmer hatte er einen Umschlag hinterlassen. Als sie ihn herauszog, war Eve dabei gewesen, doch Rose hatte ihn ungeöffnet in der Tasche verschwinden lassen. »Was immer er zu sagen hat, kann warten«, hatte sie erklärt, und ihre Miene hatte sich wieder verschlossen.

»Und? Wie hat sie es aufgenommen?« Eve konnte sich gut vorstellen, wie schwer es Rose gefallen sein musste, Daniels Verrat zu offenbaren, den er ja nicht nur an ihr selbst, sondern an der ganzen Familie begangen hatte. Bis in die letzten Wochen seines Lebens hinein hatte Jess ihrem Vater so nahegestanden. Es musste sie sehr erschüttert haben. Eve fragte sich, ob Rose richtig gehandelt hatte. War es wirklich gut, dass alles so schnell ans Tageslicht kam? Sie an Roses Stelle wäre jedenfalls behutsamer vorgegangen.

Rose zog eine Grimasse. »Er hat ihr einen Zettel hinterlassen, er müsse unerwartet geschäftlich verreisen, aber ich musste ihr einfach die Wahrheit sagen. Ich habe die ganze Nacht wach gelegen und mich mit der Frage gequält, ob die Mädchen es erfahren sollen oder nicht. Aber weißt du was? Sie sind erwachsen, und wenn sie es irgendwann von jemand anderem gehört hätten, wäre das viel, viel schlimmer gewesen. Es ist besser, sie wissen Bescheid und wir können gemeinsam damit umgehen. Sie nicht einzuweihen, hätte mich zur Komplizin in Dans Verrat an uns gemacht. Denn das war es schließlich, und damit muss Schluss sein.«

Eve konnte sich unmöglich vorstellen, wie man zu so einer Entscheidung gelangte. Wäre es nicht besser gewesen, dem Schicksal seinen Lauf zu lassen und darauf zu vertrauen, dass die Mädchen es nicht erfuhren? War Unwissenheit nicht ein Segen?

»Natürlich war sie vollkommen verstört. Zunächst hat sie sich geweigert, es zu glauben. Warum sollte sie auch? Aber nachdem ich ihr alles erzählt und ihr das Libretto gezeigt hatte, fielen ihr nach und nach kleine Anzeichen ein, die sie nicht erkannt hat, als die beiden zusammen hier waren. Es tat weh, das zu hören.«

Eve sah sie forschend an.

»Ach, weißt du, ab und zu eine Anspielung, ein Seitenblick, solche Sachen.« Rose rümpfte die Nase. »Ich kann den Gedanken nicht ertragen. Aber wenigstens wissen wir jetzt, warum Dan in den letzten Monaten so schlecht gelaunt war. Er hat wohl gegen seine Dämonen gekämpft.« Sie bemerkte Eves verdutzten Gesichtsausdruck. »Ist das zu sehr Psychosprache für dich? Jess und ich haben uns gefragt, ob der Stress, den so ein Doppelleben mit sich bringt ...« Da Eve immer noch unverkennbar skeptisch dreinblickte, gab sie auf. »Aber wenn sie es am Ende glaubt, kann sie wenigstens damit aufhören, sich für seinen Tod verantwortlich zu machen. Und das wäre immerhin etwas Gutes.« Rose nahm sich ein Stück Gebäck und schnitt es durch. »Magst du die Hälfte?«

Eve schüttelte den Kopf. »Okay, das akzeptiere ich alles. Alles, was vorgefallen ist, war stressig. Und was ist mit Anna?«

»Die habe ich noch nicht gesehen. Sie ist gleich gestern Morgen mit Charlie zurück nach London geflitzt. Hat er nichts gesagt? Eine kostenlose Mitfahrgelegenheit lässt sie sich nicht entgehen. Ich mag gar nicht daran denken, in welchem Zustand die beiden nach dem Fest gewesen sind. Wahrscheinlich sind sie nicht mal ins Bett gegangen. Aber offenbar hat Rick sie nachmittags im Gartencenter gebraucht. Ich spreche mit ihr, wenn ich wieder in London bin.«

»Und du?«

»Weiß nicht.«

Eve sah Tränen in Roses Augen aufsteigen.

»Ich haben in den vergangenen acht Monaten so viel über Dan erfahren. Da glaubte ich ihn in- und auswendig zu kennen und nun stellt sich raus, dass er gar nicht der Mensch war, für den ich ihn gehalten habe. Wobei ... dann doch wieder. Er war seinen Töchtern ein großartiger Vater. Okay, er war jähzornig und konnte schrecklich starrsinnig sein, aber das sind ja keine Verbrechen. Und mir war er ein phantastischer Ehemann. Wie ich mich fühle?« Sie seufzte schwer. »Ich weiß es einfach nicht. Erschöpft. Betrogen. Wütend. Verwirrt. Versöhnlich. Enttäuscht.

Alles gleichzeitig. Vor allem aber bin ich zornig, weil er nicht hier ist, um darüber zu sprechen und alles zu erklären. Nichts wünsche ich mir sehnlicher als das.«

Eve streckte ihr die Hand hin, und Rose nahm sie. Ein paar Minuten lang saßen sie schweigend da. Was konnte Eve schon sagen? Schließlich schwang Rose ihre Beine vom Sofa und setzte sich gerade hin. Die Anstrengung, die sie das Lächeln kostete, war unübersehbar. »Ich komme also wahrscheinlich in drei, vier Monaten wieder her. Ich werde wohl das Haus in London verkaufen und mir eine Wohnung besorgen, um einen Stützpunkt dort zu haben. Jess' und Adams Vorschlag hat mich dazu bewogen, und überhaupt bin ich ja jetzt ganz allein in dem alten Haus.«

Eve sah ihre Freundin eingehend an, beeindruckt, wie gefasst sie wirkte. »Überstürze nur nichts. Es ist noch zu früh.«

»Seltsam«, fuhr Rose fort, als hätte sie Eves Gedanken gelesen. »Die Wahrheit zu kennen ist besser als herumzurätseln, wer wohl *sie* gewesen sein mag. Monatelang habe ich mir den Kopf darüber zerbrochen, und sosehr ich mich auch bemühte, es zu verdrängen, dachte ich doch manchmal, dass ich darüber noch verrückt werde. Auch wenn sich jetzt herausstellt, dass diese *sie* in Wahrheit Simon war, ist es, als sei eine Last von mir abgefallen. Kannst du das nachvollziehen?«

Eve griff nach ihrer Tasse und schüttelte den Kopf. Wie konnte Rose bloß so ruhig und vernünftig sein? Wo waren die Wut und der Schmerz vom Samstag geblieben? Sie an ihrer Stelle hätte jetzt geheult und getobt, außer sich vor Zorn und Enttäuschung über den Verrat der beiden Männer.

»Sieh mal.« Rose versuchte es erneut. »Ich will darüber nicht mit Simon diskutieren. Und werde es wohl auch nie tun. Mit Dan kann ich es nicht besprechen. Also muss ich akzeptieren, dass es einen Teil von ihm gab, von dem ich nichts wusste. Wir alle haben unsere geheimen Ecken, zu denen wir niemandem Zutritt gewähren. Simon hat gesagt, er sei nicht der Erste gewesen, Dan sei schon in Edinburgh mit anderen Männern zusammen gewesen. Aber darüber will ich nicht nachdenken. Ich kann nicht. Jetzt jedenfalls noch nicht.«

Zu Eves Erleichterung ging die Tür auf, was ihr Gespräch unterbrach. Sie drehten sich um und sahen zwei Pärchen, die offenbar dem Wetter getrotzt hatten und jetzt einen Tee trinken wollten. Tropfnass, aber fröhlich plaudernd brachten sie den Duft der frischen Luft herein. Jess stand direkt hinter ihnen und dirigierte den Hotelportier, der einen Armvoll Holz schleppte. Was auch immer in ihr vorging, nach außen gab sie sich höchst professionell. Ihre roten Augen verrieten allerdings, wie traurig sie war.

»Ich weiß, dass es Mitte Mai ist, aber wir müssen einheizen, damit es hier ein bisschen gemütlicher ist. Ihr hattet Glück, dass das Wetter bis heute Morgen gehalten hat«, sagte sie an Eve gewandt, während sie das Anzünden des Kamins beaufsichtigte. »Wo ist Terry?«

»Gönnt sich ein Schläfchen…« Eve, der ein Gedanke kam, stutzte. »Hoffe ich jedenfalls.« Sie und Rose wechselten einen Blick, der Jess entging. Er hatte sich ja wohl nicht davongeschlichen, um zu spielen? Nicht nach allem, was gesagt worden war. Das würde er nicht wagen.

»Da hat er recht. Mir würde es auch guttun, aber ich muss arbeiten. Doch das wird sich ja bald ändern.« Sie strich Rose übers Haar. »Stimmt's, Mum?«

»Wie bitte? Wenn ich als Mädchen für alles zu euch komme?« Rose blickte lächelnd zu Jess hoch. »Ich kann es kaum erwarten. Übrigens, hast du mit den Bauarbeitern geredet, oder soll ich es tun?«

Jess' Gesicht nahm einen harten Ausdruck an. »Ich habe ihnen gesagt, dass ein neuer Projektleiter kommen wird. Es gibt Sachen, mit denen sie erst mal weitermachen können. Er hat mich übrigens schon angerufen, Roger Fanshaw heißt er. Er kommt am Donnerstag und dann sehen wir weiter.« Ihre Miene hellte sich auf, als sie ihre Tante ansah. »Und du, Eve? Könntest du nicht auch mal richtig hier Urlaub machen?«

»Momentan weiß ich nicht so recht, wie es bei mir weitergeht.« Eve bemerkte Roses kurzen Seitenblick. »Ich habe gerade ziemlich viel am Hals und kann noch nicht absehen, wie sich alles entwickeln wird.«

»Aber ich dachte, deine Agentur läuft jetzt wieder, wo May dabei ist.«

»Sie ist eine große Hilfe, das stimmt. Es ist wunderbar, jemanden zu haben, der seinen Job gut machen will, aber eigentlich andere Ambitionen hat, das Schreiben nämlich. Sie versucht nicht mit mir zu konkurrieren, so wie Amy. Aber ich muss unbedingt jemanden finden, der Rufus ersetzt. Er hinterlässt eine Riesenlücke, und ich muss immer noch viel Überzeugungsarbeit leisten, dass sein Weggang nicht den Untergang der Agentur bedeutet.«

Doch Eve und Rose wussten beide, dass es nicht die Agentur war, die Eve am meisten Kopfzerbrechen bereitete. Und die tiefgreifendsten Veränderungen hatten auch nichts mit ihrer Arbeit zu tun. Manche Geheimnisse behielt man doch besser für sich.

JULI

28

Wie jeden Samstagabend stand Rose vor der Wahl, sich im Fernsehen entweder die endlose Suche nach dem musikalischen Superstar, eine sinnlose Spielshow oder die Wiederholung eines Krimis anzusehen. Keine der Sendungen lockte sie, aber jede war gut genug, die Zeit herumzubringen. Stumpfsinnige Unterhaltung war besser als gar keine, denn sie erforderte keinerlei Anstrengung und hielt sie vom Nachdenken ab. Daniel wäre unzufrieden mit ihr gewesen. »Warum malst du nicht lieber?«, hätte er vorgeschlagen. Alles fand er besser, als die Zeit totzuschlagen. Jess' früheres Zimmer mit dem Fenster nach Norden war hervorragend als Atelier geeignet. Die Staffelei stand bereit, die Farben waren geordnet, ihr Kittel hing an der Tür. Ein, zwei Tage lang hatte sie sich damit beschäftigt, die Überbleibsel aus der Kindheit ihrer Tochter auszumisten, aber einen Pinsel hatte Rose seit ihrer Rückkehr aus Cornwall nicht angerührt. Sie hatte die darauffolgenden Wochen in einem grässlichen Zustand der Lähmung zugebracht, unfähig, für irgendetwas Energie aufzubringen. So hatte sie sich bloß zwischen Sofa, Stuhl, Küche und Bett hin- und hergeschleppt – jeder Schritt eine Mühsal – und sich mit den Fragen gequält, die sie Daniel unbedingt stellen wollte, aber nicht mehr konnte.

Sie hatte ihre Ehe nach allen Regeln der Kunst seziert, sie hin und her gewendet, versucht, ihr auf den Grund zu kommen, herauszufinden, wer Daniel wirklich gewesen war und welchen Anteil sie an dem hatte, was geschehen war. Aber ohne seine Mithilfe würde sie niemals dahinterkommen, was sie beide wirklich gemeinsam gehabt hatten. Die Vorstellung, weiterleben zu müssen, ohne das jemals herauszufinden, machte sie todunglücklich.

Sie nahm das Fernsehprogramm zur Hand, überzeugt, irgendetwas zu finden, wenn sie sich nur anstrengte. Die Träne, die auf das Papier fiel und einen Fleck auf den Sendungen bei Sky – alte Filme, Filme die sie kannte, Filme, die sie nicht interessierten – hinterließ, ignorierte sie. Sie wischte sich die Augen. Gegen diese plötzlichen Tränenausbrüche, die sogar durch so etwas Banales wie ein frustrierendes Fernsehprogramm ausgelöst wurden, konnte sie einfach nichts tun. An diesem Morgen hatte es genügt, dass ihr ein Buch zu Boden gefallen war und sie dann nicht mehr gewusst hatte, auf welcher Seite sie gewesen war. Aber was machte das schon, solange niemand sonst es mitbekam?

Erst sechs Uhr. Jeder Tag dauerte doppelt so lang wie zu Dans Lebzeiten. Auf sich allein gestellt und ohne etwas, worauf sie sich freuen konnte, zogen sich die Stunden endlos hin. Natürlich hätte sie Freunde anrufen können, aber die waren verheiratet und hatten an den Wochenenden viele gesellschaftliche Verpflichtungen, zu denen sie jetzt, wo sie allein war, selten eingeladen wurde. Die Welle von Mitgefühl und Unterstützung war im Laufe der Zeit unaufhaltsam verebbt, und nun widmeten sich alle wieder ihren eigenen Angelegenheiten, überzeugt, ihren Teil getan zu haben, und erleichtert, wieder zur Normalität zurückkehren zu können. Trotz allem vermisste sie Simon und ihre gemeinsamen Unternehmungen. Sich an das Alleinsein zu gewöhnen, war unendlich mühevoll. Sie hatte genug gelesen und von anderen Leuten gehört, um zu wissen, dass sie Geduld haben musste. Aber das war leichter gesagt als getan.

Beim Abwaschen der Grillpfanne liefen die Tränen ungehindert über ihre Wangen. Dass sie dabei »Abide With Me« vor sich hin summte, machte es auch nicht besser. Am Nachmittag hatte ein Spaziergang im Park von Hampstead Heath ihre Gedanken ein paar Stunden lang von Daniel abgelenkt. Das hatte ihr gutgetan. Doch jetzt, wo sie wieder zuhause war, drehten sie sich erneut um ihn und um Simon. Sie griff nach den Papiertüchern, die neben dem Toaster lagen – überall im Haus hatte sie Taschentücher platziert. Nachdem sie sich geschnäuzt hatte, trocknete sie die Pfanne ab und wischte sich die Hände an der Jeans ab. Gedankenlos nahm sie eines der Fotos in die Hand, die sie vor kurzem aus einem alten Album gezogen hatte. Außer diesen Aufnahmen und ihren Erinnerungen war ihr von Dan nichts geblieben. Aber zeigte eines davon auch die Wahrheit? Das wusste sie einfach nicht. Auf diesem Bild lachten sie beide, nachdem Eves und Terrys Labradorwelpe überraschend ein Stück vom Doughnut der siebenjährigen Anna abgebissen hatte. Sie starrte in Daniels Augen, versuchte darin etwas zu lesen, das ihr erklären würde, was sie jetzt über ihn wusste. Sie glänzten zwar vor Lachen, blieben aber doch unergründlich.

»Was ist bloß in deinem Kopf vorgegangen?«, flüsterte sie. »Warum hast du es mir nicht gesagt, und warum bist du jetzt nicht hier, damit wir das alles, verdammt noch mal, klären können? Ich weiß nicht mehr, was ich denken soll.«

Als sie das Foto zurückstellte, klingelte es an der Tür. Sie erwartete niemanden. Durch den Spion sah sie Anna, die sich das Haar aus dem Gesicht strich. Offenbar kam sie direkt von der Arbeit, denn sie trug ihr grünes Poloshirt und hatte Erde an den Jeans.

»Hast du schon wieder geweint?«, fragte Anna, sobald sie sich aus ihrer Umarmung gelöst hatte. Sie blickte Rose prüfend ins Gesicht, offenbar nicht bereit, sich mit etwas anderem als der Wahrheit abspeisen zu lassen.

»Jetzt, wo du da bist, geht es mir wieder gut.« Rose wartete, bis Anna ihre dreckigen Doc Martens ausgezogen und neben der Tür abgestellt hatte, und zog sie dann ins Wohnzimmer. »Und was verschafft mir die Ehre?«

»Nichts weiter.« Anna ließ sich auf den nächststehenden Stuhl fallen. »Wollte bloß mal sehen, wie es dir geht.«

Seit sie Anna von Simon und Daniel erzählt hatte, war ihre Tochter eine große Stütze gewesen, mehr, als sie je für möglich gehalten hatte. Im Laufe der Wochen war aus Annas anfänglichem Schock Ärger über den Verrat geworden. Dann schließlich hatten Trauer und Mitgefühl für ihren Vater, der mit einer Lüge hatte leben müssen, diese Gefühle abgelöst. Sie und Jess waren sich durch ihre Sorge um Rose nähergekommen. Abendelang hatte sie bei Rose gesessen und mit ihr immer wieder die gleichen Gespräche geführt. Gemeinsam hatten sie versucht zu begreifen, was geschehen war.

Doch dieses Mal spürte Rose, dass da noch etwas anderes war. Anna war so leicht zu durchschauen. Sie hielt etwas zurück, aber Rose war sich sicher, es würde nicht allzu lange dauern. Sie konnte warten.

»Tee?« Sie stand neben dem Kamin, rückte die Kerzen in den Leuchtern gerade und stellte die umgefallene Einladungskarte zu Eves und Terrys Silberhochzeit auf dem Kaminsims wieder hin. Dann überlegte sie es sich anders und warf sie in den Abfall. Ihr Bild im Spiegel erkannte sie kaum wieder – eine erschöpft aussehende ältere Frau. Sie rieb sich die Wangen, um ihnen etwas Farbe zu verleihen.

»Sehr gern. Ich mach uns einen.« Anna sprang auf und ließ Rose im Wohnzimmer herumkramen. Als sie wieder hereinkam, stellte sie das Tablett auf der unberührten Tageszeitung ab, trat hinter ihre Mutter und umarmte sie fest. Der Spiegel zeigte deutlich ihre Ähnlichkeiten – die Stupsnase, eine gewisse Eckigkeit, das Knabenhafte –, aber auch die Unterschiede zwischen ihnen – Anna, die viel an der frischen Luft war, sonnengebräunt und gesund, Rose blass und müde.

»Mum, wir wissen, was los ist, und wir machen uns Sorgen um dich.« Typisch, dass sie sofort auf den Punkt kam.

»Wie bitte? Du und Jess?« Rose freute sich, dass sie offenbar immer noch gut miteinander auskamen. Wenn die Tatsache, dass sie von Daniels Verrat erfahren hatten, zum Friedensschluss zwischen ihnen geführt hatte, dann war das immerhin ein kleiner Trost.

»Na klar. Ich finde immer noch, dass sie manchmal mehr als anstrengend ist, aber Dad und Simon ...« Sie ließ die beiden Namen in der Stille nachklingen. »Na ja, wie könnten wir nicht darüber und über dich sprechen?« Sie drückte Rose an sich und küsste sie auf die Wange.

»Und zu welchem Schluss seid ihr gekommen?« Rose war wieder den Tränen nahe. Sie zog ein Tuch aus der nächststehenden Box und schnäuzte sich.

Anna drückte sie erneut und reichte ihr ein zweites Tuch. »Na ja, ich fürchte, irgendwie müssen wir alle nach vorn blicken. Du kannst dich nicht für immer und ewig so verstecken.«

Ach, wie leicht sich die Jugend mit etwas abfand. Aber Rose musste trotzdem lächeln. »Warum sagst du nicht klar und deutlich, was du meinst, mein Schatz?« Sie setzte sich hin und nahm ihren Becher. *Abwarten und Tee trinken*, hieß es so schön.

»Okay, ja, vielleicht war das gerade ein bisschen unverblümt. Aber du weißt ja, was ich meine.« Anna beugte sich vor und studierte ihr Gesicht ganz aus der Nähe.

»Wenn du es sagst, klingt es so einfach.« Der heiße Tee verbrühte Rose den Gaumen. Sie stellte den Becher zurück aufs Tablett.

»Aber du weißt doch, dass ich recht habe, oder?«, beharrte Anna und setzte sich ihr gegenüber. »Was geschehen ist, ist geschehen. Wir können Dad nicht wieder lebendig machen. Und selbst wenn er eine Affäre mit Simon hatte, kann es doch sein, dass es nichts weiter war als das. Eine dumme Sache, wie sie in der Midlife-Crisis passiert und die nichts zu bedeuten hat. Viele Männer mittleren Alters haben Affären, weil sie sich beweisen müssen, dass sie es noch bringen. Und er hat sich eben einen Mann gesucht, na und. Wir müssen uns klarmachen, dass das keine Rolle spielt. Ich weiß, das ist wahnsinnig schwer, aber wir müssen es versuchen, sonst gehen wir unter. Sogar die heilige Jess glaubt jetzt langsam daran. Wir müssen unsere

Wut nehmen, sie in den einen Kreis der Zahl acht stecken und diesen dann abschneiden und loslassen.«

Rose lächelte mit tränennassen Augen. Da ließ wohl mal wieder die Therapie grüßen.

»Und du musst das auch tun.«

»Aber es spielt eben doch eine Rolle«, wandte Rose ein. Dass Daniel statt ihrer einen Mann gewählt hatte, spielte für sie sogar eine schrecklich große Rolle, auch wenn sie nicht recht begreifen konnte, warum. Eigentlich hätte es sogar eine Erleichterung sein können. »Ich bin offensichtlich nicht die Ehefrau gewesen, die er sich gewünscht hat. So ist es doch. Vielleicht hätte er mit jemand anderem an seiner Seite glücklich sein können.« Sie brachte es nicht über sich, »mit einem Mann« zu sagen.

»Ach Mum, komm schon.« Annas nüchterne Sicht der Dinge war wirklich erfrischend. »Wenn er das gewollt hätte, hätte er dich vor langer Zeit schon verlassen. Du solltest nicht so denken, das macht dich nur verrückt. Versuch ihn als die Person in Erinnerung zu behalten, die er für uns war. Manchmal ein unerträglicher Idiot ...« Sie schlug sich die Hand vor den Mund. »Aber er war trotzdem unser Dad. Und wie schrecklich muss es für ihn gewesen sein, dass er es nicht geschafft hat, ehrlich mit uns zu sein. Hadere nicht mit dir. Das bringt gar nichts.«

»Das sagt sich so leicht.« Rose beneidete ihre Tochter um ihre pragmatische Lebenseinstellung. Wenn sie doch bloß auch soviel Stabilität aufbringen könnte! Aber vielleicht mit Hilfe der Mädchen und von Eve ... wer wusste schon, zu welchen übermenschlichen Anstrengungen sie in der Lage sein würde? Und was wäre in Daniels Sinne gewesen? Die Antwort glaubte sie zu kennen.

»Hast du was von Simon gehört?«

»Er hat mir einen Brief geschrieben, das weißt du ja.« Sie kannte jedes einzelne elende Wort auswendig, aber ganz vorn in ihrem Kopf standen stets die gleichen vier – er hat dich geliebt. Aus irgendeinem Grund hatte sie ihn nicht weggeworfen, sondern in das verräterische *Rigoletto*-Libretto gesteckt, das sie mit nach Hause genommen und ganz oben aufs Bücherregal gelegt hatte. »Seitdem nicht mehr.«

»Ziemlich seltsam, seine Freundschaft mit dir«, bemerkte Anna nachdenklich. »Aber ich vermute, ihr habt sehr viel gemeinsam – mal abgesehen von Dad, meine ich.« Wieder schlug sie sich die Hand vor den Mund. »Himmel, entschuldige. Was mir alles so herausrutscht.«

Sie wirkte so erschrocken über sich selbst, dass Rose Mitleid bekam. »Haben wir auch, vielmehr hatten wir«, gab sie zu. »Ich habe mich in seiner Gesellschaft wohlgefühlt. Sicher und weniger einsam. Irgendwie kam er wohl wie gerufen.«

»Jess vermisst ihn im Trevarrick. Sie sagt, Roger sei nicht halb so gut – obwohl er sich bestimmt mit Simon bespricht. Außer, der hat sich vollständig aus dem Auftrag zurückgezogen.«

Was hatte das nun zu bedeuten? Sie wollten doch nicht etwa erreichen, dass sie Jess gestattete, ihn wieder in seine Funktion einzusetzen? Das würde nicht geschehen. Sosehr sie das Trevarrick liebte und sich wünschte, dass die Renovierungsarbeiten zügig voranschritten, Simon würde sie dort nie mehr dulden. »Tja, damit muss sie sich arrangieren, fürchte ich.«

»Schon gut. Reg dich nicht auf.« Anna machte eine beschwichtigende Handbewegung. »Ich wollte dich bloß warnen. Aber ich habe noch etwas mit dir zu besprechen.«

»Ich hab's geahnt.« Rose machte sich darauf gefasst, dass sich das Gespräch von jetzt an um Anna drehen würde. Ihre Tochter wappnete sich offenbar gerade für eine bedeutende Erklärung. Und da kam sie auch schon.

»Ich habe mit Rick geschlafen.« Jetzt füllten sich Annas Augen mit Tränen, und Rose gab ihr ein Taschentuch. »Das hätte ich nicht tun dürfen.«

»Aber Anna, warum denn nicht?« Rose war gerührt, dass

Anna sich ihr anvertraute. Ein Problem konnte sie nicht entdecken. Rick schien ein total netter Typ zu sein, und es wurde Zeit, dass Anna einen Mann in ihr Leben ließ. Dann durchfuhr sie ein Gedanke. »Du bist doch nicht etwa schwanger, oder?«

»Mum! Um Himmels willen. Im biblischen Alter von einunddreißig weiß ich schon, wie das mit der Verhütung geht. Neeeeein«, heulte sie, ungeduldig, weil Rose nicht begriff. »Weil wir zusammenarbeiten.«

»Ach so?« Rose verstand immer noch nicht. »Dad und ich haben im Trevarrick anfangs auch zusammengearbeitet. Wo ist das Problem? Wir hatten oft viel Spaß.« All diese Momente hatte sie seit seinem Tod heraufzubeschwören versucht.

»Das war was anderes«, widersprach Anna ungeduldig. »Ihr wart verheiratet. Das sind Rick und ich nicht. Wenn wir uns verkrachen, wie wird sich das aufs Geschäft auswirken? Es könnte in einer Katastrophe enden.«

Rose war verwirrt. »Warum solltet ihr euch verkrachen? Wenn ihr einander gernhabt ...«

»Es war eine einzige Nacht, mehr nicht.« Anna erklärte es ihr ganz langsam. »Und er hat eine Freundin.«

»Oh.« Jetzt wusste Rose nichts mehr zu sagen.

»Wir waren was trinken, um den Abschluss eines größeren Auftrags zu feiern. Liz war nicht da, darum habe ich ihn in die Wohnung eingeladen und ... tja ... du weißt ... Ach Gott, wenn ich es doch nur ungeschehen machen könnte.«

»Dann rede mit ihm«, schlug Rose vorsichtig vor. »Sag ihm, dass du alles beim Alten lassen willst. Dass du nicht willst, dass es Auswirkungen auf die Arbeit hat.«

Anna rollte sich in ihrem Sessel zusammen. »Aber ich mag ihn, Mum. Eigentlich will ich gar nicht alles beim Alten lassen. Und wenn ich mit ihm spreche, stimmt er vielleicht zu. Davor habe ich Angst.« Sie boxte mit einer Faust in die Armlehne des Sessels. »Ich weiß wirklich nicht, was ich machen soll.«

»Dann mach gar nichts«, riet Rose. Sie hätte zu gern eine

Lösung parat gehabt, konnte aber auch nur Altbewährtes bieten. »Tu nichts, bis du es weißt, und vielleicht weiß er es dann auch.«

Anna blieb nicht lange. Ihr ganzes Leben lang war sie wie ein Schmetterling von einer Sache zur nächsten geflattert. Ihr reichte schon, dass sie das Problem einmal angesprochen und nach Rose gesehen hatte. Dann war es Zeit, heimzugehen, zu duschen und zu sehen, was der Abend so brachte.

»Ich hoffe, es wird dir schmecken.« Terry rührte mit einem Metalllöffel den Inhalt eines Topfes auf dem Herd um.

Eve verkniff sich den Vorschlag, doch lieber einen Holzlöffel zu verwenden, der keine Kratzer hinterließ. Immerhin kochte er. Das war viel besser als die Fertigmahlzeit, die sie sonst eilig auf dem Heimweg besorgt hätte.

»Ja, bestimmt. Riecht himmlisch.« Doch ihre Gedanken waren mehr bei der Redaktion, mit der sie gerade beschäftigt war. Am nächsten Morgen würde sie die Autorin treffen, und dann wollte sie alle ihre Ratschläge parat haben. Das war schließlich, was von ihr erwartet wurde. Manche Autoren brauchten mehr Input als andere, und Erica Johnson war besonders anspruchsvoll. Nicht, dass Eve das gestört hätte. Sie liebte die redaktionelle Tätigkeit, half gern dabei, ein Werk in Form zu bringen.

»Bist du bald durch damit?« Er klang ungeduldig. Ein ständiger Streitpunkt zwischen ihnen war, dass sie gern am Küchentisch arbeitete, obwohl im Wohnzimmer ein wunderbarer Schreibtisch stand. Aber der Schreibtisch war zu klein. Sie breitete sich gern aus mit ihrer Arbeit. Terry fand, Arbeit gehöre nicht in die Küche.

»Noch ein Kapitel.« Sie wünschte sich, er würde sich nicht beschweren. Sie wussten beide, wie wichtig ihre Arbeit momentan für ihrer beider finanzielle Zukunft war. »Dann bin ich fertig.«

Ein Korken ploppte, und dann stand Terry neben ihr. »Ein Gläschen Wein als Ansporn. Ein spritziger kleiner Verdicchio. Schmeckt dir bestimmt.« Er berührte sie an der Schulter, ließ den Daumen kurz in ihrem Nacken ruhen und kehrte dann zurück an den Herd.

Gerade als sie den ersten Schluck nahm, klingelte ihr Black-Berry. Terry gab einen missbilligenden Laut von sich, als sie den Anruf entgegennahm, doch sie konnte ihn trotz seiner anklagenden Blicke nicht abweisen. Zum Glück war es kein Autor, der eine Seelenmassage brauchte, sondern Anna. Nach ein paar höflichen Floskeln kam sie zur Sache.

»Ich war bei Mum, und ich mache mir wirklich Sorgen um sie. Jess auch. Offenbar isst sie nicht richtig, und aussehen tut sie wie der Tod auf Urlaub.«

Eve hatte schon befürchtet, dass es Rose nicht gut ging. Es war ein schlechtes Zeichen, dass sie auf Eves letzte Anrufe hin nicht zurückgerufen hatte. Sie ließ Anna weiterreden.

»Als ich hinkam, hatte sie schon wieder geweint. Nichts, was wir probieren, scheint zu wirken. Ich habe versucht, mit ihr über Dad zu reden, aber es ist so schwierig. Ich tue mein Bestes, um sie zu unterstützen, indem ich ihr zeige, dass ich damit zurechtkomme, aber innerlich bin ich immer noch so konfus. Einmal bin ich stockwütend auf ihn, dann wieder tut er mir leid. Ich meine, wie schrecklich für ihn, dass er sich selbst nicht treu bleiben konnte. Jess geht es genauso. Und dann habe ich versucht, Mum abzulenken, indem ich sie um einen Rat gebeten habe, aber es war hoffnungslos. Tante Eve! Du bist ihre beste Freundin. Könntest du sie nicht mal besuchen? Ich weiß, dass es sie sehr freuen würde.«

Eve antwortete ausweichend. Sie wusste nicht, ob sie Terry sich selbst überlassen konnte. Nicht, dass sie den Gefängniswärter spielen wollte, aber momentan gab es offenbar keine Alternative, so gern sie sich auch mal nach London verdrückt hätte.

Als sie auflegte, servierte Terry schon das Fischcurry. Bisher hatte sie es nicht fertiggebracht, ihm von Simon und Daniel zu erzählen. Sie wollte nicht, dass seine hohe Meinung von Daniel dadurch Schaden nahm. Er hatte ihn stets bewundert und würde es nicht verstehen. Doch Rose, so viel war klar, würde darauf bestehen, dass sie ihn irgendwann einweihte. Sie gab das Gespräch weiter, ohne unnötig ins Detail zu gehen. »Meinst du, wir sollten sie für ein paar Tage besuchen?«

Er zog seinen Stuhl hervor und setzte sich ihr gegenüber. Die »Hier kocht der Chef«-Schürze, die Millie ihm zu Weihnachten geschenkt hatte, behielt er an. »Könnten wir machen. Aber warum fährst du nicht allein? Ich wäre doch bloß im Weg.« Als sie versuchte, zu protestieren, ließ er sie gar nicht ausreden. »Ich komme hier schon allein zurecht. Versprochen.«

War es klug, ihn unbeaufsichtigt zu lassen? Er würde nicht wieder spielen, oder? Nicht, nachdem er so entschlossen war, sich einen Therapeuten zu suchen und sich der Ortsgruppe der Anonymen Spieler anzuschließen. Seit seinem Geständnis hatte er größten Wert darauf gelegt, ihr zu beweisen, dass er es ernst meinte. Er konnte seine Spielsucht überwinden. Sie tadelte sich für ihr Misstrauen und schob eine Gabel Fischcurry in den Mund. Sofort griff sie nach dem Wasserglas.

»Nicht schlecht, oder?«, fragte er stolz. »Ein bisschen viel Chili vielleicht.«

Ein bisschen! Ihr hatte es praktisch die Schädeldecke weggesprengt. »Hm-hm«, stimmte sie zu und schluckte. »Ich finde trotzdem, wir sollten zusammen fahren.«

Er spachtelte begeistert. »Allein kannst du sie viel besser aufheitern. Ich glaube, das ist eine gute Idee. Und ich verspreche dir, es gibt keinen Rückfall. Ich weiß, dass es das ist, was dir Sorgen macht.«

»Wirklich nicht?« Sie hätte nicht nachfragen sollen, konnte aber nicht anders. Sie wollte nicht schuld sein an einem Rückfall, nicht jetzt, wo sie auf dem Weg waren, die Schulden abzuzahlen. Gott sei gedankt für Daniel und seine Hotels. Ohne sie ... nun ja, daran durfte sie gar nicht denken.

Er hörte auf zu kauen und sah sie an. »Ganz bestimmt nicht. Du wirst lernen müssen, mir zu vertrauen, sonst ist es hoffnungslos. Du kannst mich nicht Tag und Nacht überwachen. Ich muss das selber schaffen.«

Damit hatte er recht. So schwer es ihr fiel, sie konnte nicht ewig auf ihn aufpassen wie auf ein Kind. Es war ihr gelungen, ihren anfänglichen Zorn über seine Spielsucht in die unbeugsame Entschlossenheit zu kanalisieren, so schnell wie möglich ihre Finanzen wieder in Ordnung zu bringen. Wenn sie deswegen einstweilen auf ihre Londoner Rendezvous mit Will verzichten musste, nahm sie das in Kauf. Sie würde so lange warten wie nötig. Zum Glück war er auf Reisen gewesen, hatte also nicht auf ein Treffen gedrängt. Sie konnte Terry nicht verlassen, wenn er so am Ende war, das brachte sie einfach nicht fertig. Ihn so zu erleben hatte ihre Loyalität und Hilfsbereitschaft aktiviert. Damit hatte sie sich genauso überrascht wie ihn. Am Nullpunkt angekommen, tat er nun offenbar tatsächlich alles Menschenmögliche, um sich zu bessern. Er wollte seine Ehe retten, überzeugt, dass die Kluft zwischen ihnen nur auf seine Sucht zurückzuführen war. Von Wills Rolle dabei hatte er keine Ahnung.

Tatsächlich wollte Eve nichts lieber als Rose besuchen. Wenn sie ihr irgendwie helfen oder sie aufheitern konnte, dann würde sie das tun. Und wenn sie schon mal in London war, konnte sie auch gleich noch ein paar überfällige Arbeitstreffen erledigen. Es gab einige Projekte, denen ein persönliches Gespräch sehr guttun würde. Das Büro konnte sie beruhigt in Mays Obhut zurücklassen, und außerdem konnte Eve im Notfall jederzeit zurückkommen. Und dann war da natürlich noch Will ...

29

Will kam nicht pünktlich. Eve streckte den Unterarm aus und drehte das Handgelenk hin und her, um die Zeit von ihrer modischen, aber winzigen Armbanduhr ablesen zu können. Selbst mit ihrer Lesebrille konnte sie die Zeiger kaum erkennen. Verärgert hielt sie die Uhr ins Licht. Jetzt wartete sie schon geschlagene zwanzig Minuten und war stinksauer.

Als sie in ihrer Handtasche nach ihrem BlackBerry kramte, um ihre Mails zu checken, piekste sie sich zu allem Überfluss noch mit der Haarbürste unter einem Fingernagel. Leise vor sich hin fluchend, knetete sie die Fingerkuppe, bis der Schmerz verging.

Jetzt hatten sie sich schon zwei Wochen nicht gesehen, und trotzdem brachte der Kerl es fertig, zu spät zu kommen. Sagte das nicht schon alles über ihre Beziehung? Typisch. So war das schon beim ersten Mal gewesen. Einmal hatte sie ihm ein Glas Wasser ins Gesicht geschüttet, als er behauptet hatte, er sei zu spät gekommen, weil er unbedingt noch ein Tennisspiel zu Ende sehen wollte, und dann einen Spieler erwähnte, von dem sie wusste, dass er schon am Vortag aus dem Turnier ausgeschieden war. Danach hatte er sich gebessert – na ja, ein wenig. Aber mit der Zeit hatten sie beide vieles vergessen.

Im zweiten Anlauf fand sie ihr Handy und rief ihn an. Doch da war nur seine Stimme mit der Aufforderung, eine Nachricht zu hinterlassen. Das durfte doch wohl nicht wahr sein. Wo zum Teufel steckte er? Die Verabredung stand seit Tagen. Ihre letzten Worte waren gewesen: »Komm nicht zu spät.« Er hatte nur gelacht.

Sie rief ihre E-Mails auf, die unablässig in ihr Postfach trudelten und es in null Komma nichts zumüllten, wenn sie es nicht ständig leerräumte. Na, dann habe ich wenigstens dafür Zeit, dachte sie im Versuch, der Situation etwas Positives abzugewinnen. Eine Mail war von Rufus, er bat um ein Treffen. Sie markierte sie für später. Ein interessanter Vorschlag, aber das ließ sie sich doch besser erst eine Weile durch den Kopf gehen. Andere Mails von Autoren und Verlagen waren rasch beantwortet. Von Terry war auch eine dabei. Er hatte ihr versprochen, nach jedem Treffen mit den Anonymen Spielern eine Nachricht zu schicken.

Im Vergleich mit einigen anderen komme ich mir immer noch wie ein Amateur vor. Aber ich war da und habe Wort gehalten und nicht eine einzige Wette abgeschlossen. Keine Sorge. Viel Spaß.

Terry hatte ihr gut zugeredet, Rose zu besuchen. Er machte sich ernsthafte Sorgen um seine Schwester, und er war davon überzeugt, dass Eve helfen konnte. Natürlich konnte er nicht ahnen, dass ihr dies auch die verlockende Möglichkeit bot, Will zu sehen. Rose hatte sie erzählt, sie wolle sich mit ihm nur auf einen Kaffee treffen – ja, Herrgott noch mal, wirklich nur auf einen Kaffee! Roses Reaktion war eisig gewesen, obwohl dieser kurze Abstecher ihren langen, gemütlichen Abenden und geplanten Ausflügen keinen Abbruch tat. Eve war außerdem zu dem Schluss gekommen, dass es ganz gut war, wenn sie und Terry sich mal ein paar Tage nicht sahen. Etwas Abstand würde ihr helfen, sich darüber klar zu werden, wo ihre Zukunft lag.

Sie lehnte sich zurück und schlürfte ihren Kaffee. Das Lokal begann sich zu füllen. Sie hatte sich am Vormittag mit ihm verabredet, um Rose nicht so lange allein zulassen. Das schlechte Gewissen und die Sehnsucht, ihn wiederzusehen, hatten lange in ihr miteinander gerungen, doch schließlich hatte die Sehnsucht die Oberhand gewonnen. Sie war sogar noch früher losgezogen und hatte sich extra für diese Gelegenheit das rauchblaue Leinenkleid gekauft. Und jetzt wollte er einfach nicht aufkreuzen.

Als sie ihre Aufmerksamkeit wieder ihrem BlackBerry zuwandte, klingelte er – zu laut für die beiden Tussis im Kostüm am Nebentisch, die ihr böse Blicke zuwarfen und miteinander tuschelten. Trotz ihrer ungehaltenen Reaktion nahm Eve das Telefonat an, sprach aber mit Rücksicht auf sie nur im Flüsterton. »Hallo.«

»Eve! Nicht auflegen, bitte. Hier ist Simon.« Beinahe hätte sie vor Überraschung das Handy fallen lassen.

»Was zum Teufel fällt dir ein, mich anzurufen?«, zischte sie, und wandte ihren Tischnachbarinnen, die sich nun ganz offen feindselig zeigten, den Rücken zu.

»Ich muss unbedingt mit dir reden.« Er klang so flehend, dass sie ihm zuhörte, obwohl sie wusste, dass sie eigentlich auflegen sollte. »Lass es mich erklären. Bitte.«

»Was erklären?« Sie drückte das Handy fest ans Ohr.

»Die Sache mit Daniel. Du bist der einzige Mensch, der es verstehen kann. Du hast das doch gewusst von ihm. Hat er mir jedenfalls erzählt.«

»Das ist nicht wahr.« Doch plötzlich wusste sie, was er meinte. Sie hatte sich nicht geirrt, damals. Daniel war einer der beiden Männer gewesen, die sie vor so vielen Jahren auf der Royal Mile gesehen hatte. Und er hatte sie ebenfalls gesehen, aber nichts gesagt. Dieser Kuss. Zwei Männer, eng umschlungen im Schatten. Sie hatte sie gesehen, aber es nicht wahrhaben, den Gerüchten nicht glauben wollen. Über solche sexuellen Experimente hatte man sich damals mehr aufgeregt als heute. Er hatte sicherlich Angst gehabt, dass es das Verhältnis zu ihr und ihren gemeinsamen Freunden trüben würde. Statt es also anzusprechen, es zuzugeben oder zu leugnen, hatte er es für das Beste gehalten, einfach zu schweigen. Mit etwas Glück, so sein Kalkül, würde sie zu dem Schluss kommen, dass sie sich geirrt haben musste. Und genau so war es auch gekommen, womit beide das Geheimnis tief in sich begraben hatten. Worüber hätte sie sich auch groß weitere Gedanken machen sollen, wo er doch kurz danach mit Rose angebandelt hatte, der er vom ersten Tag an treu ergeben war? Dennoch, ihre Freundschaft baute damit auf einer stillschweigenden Übereinkunft auf, über die sie sich bis zu diesem Zeitpunkt nicht klar gewesen war. Noch nicht einmal bei ihrem letzten Gespräch hatte er ihr die Wahrheit gestehen können. Wie naiv sie gewesen war.

»Ich brauche deine Hilfe, ich muss mich mit Rose treffen.« Es klang immer noch drängend, aber auch flehentlich.

»Warum sollte sie sich mit dir treffen wollen, nach allem, was geschehen ist?« Der Mann hatte wirklich Nerven.

»Weil ich ihr helfen kann, mit dieser Geschichte klarzukommen. Wir können einander helfen.«

Seine Arroganz verschlug ihr für einen Augenblick die Sprache. Sie überlegte sich eine passende Erwiderung, als sie von einer Bewegung abgelenkt wurde. Will hatte den Stuhl ihr gegenüber unter dem Tisch hervorgezogen und setzte sich, stellte eine Einkaufstüte ab, murmelte Entschuldigungen und reichte ihr eine dunkelrote Rose über den Tisch – eine peinlich theatralische Versöhnungsgeste. Und zu allem Überfluss wurden sie nun vom Nachbartisch neugierig gemustert.

»Ich muss auflegen«, murmelte sie, lächelte Will zur Begrüßung kurz an, und wandte sich gleich wieder dem Handy zu. »Tut mir leid.«

»Dann ruf ich morgen noch mal an, damit wir das besprechen können. Selbe Zeit?«

»Nein! Auf keinen Fall.« Das Letzte, was sie wollte, war, dass er ihr hinterhertelefonierte, bis sie weich wurde. Da übernahm sie lieber selbst die Initiative. »Morgen Vormittag um zehn in der Patisserie Francine im Covent Garden, im oberen Stockwerk. Ich habe um halb zwölf einen Termin bei Bloomsbury.«

Kaum war das Gespräch beendet, bedauerte sie die Verabredung. Aber bevor sie weiter darüber nachdenken konnte, wurde ihr die Rose in die Hand gedrückt, und Will beugte sich über den Tisch und küsste sie. Er duftete, als käme er gerade aus der Dusche, noch ganz feucht und frisch. Sein Gesicht war glatt rasiert. Sein neues Aftershave roch blumiger als das vorige. Sie war sich nicht sicher, ob sie es mochte. Eine Dorne stach sie in den Finger, sie zuckte zurück und riss sich dabei die Haut auf. Die Rose fiel zwischen sie auf den Tisch.

»Das fängt ja gut an«, sagte er, als sei es ihre Schuld, und reichte ihr eine Papierserviette.

Sie presste sie auf die Wunde, steckte die Rose in ihr Wasserglas und bewunderte die samtigen, bordeauxroten Blütenblätter, die sich aus dem dunklen Kern entfalteten. »Sie ist wunderschön.«

»Als kleine Entschädigung für's Warten. Ich hoffe, du bist noch nicht zu lange hier?« Da war es wieder, dieses Lächeln.

»Keine Ahnung, ist mehr als eine halbe Stunde lang für dich? Für mich jedenfalls schon.«

Es überraschte ihn offenbar, dass sie so schnippisch reagierte. Er kräuselte die Nase wie ein kleiner Junge. »Komm schon, Schatz. Mach keine Staatsaffäre daraus. Ich kann nichts dafür! Ich bin aufgehalten worden!« Er streckte seine Hand über den Tisch aus. Aber bevor sie sie ergreifen konnte, blieb die Manschette seines Hemds an dem Glas mit der Rose hängen, das zu Boden knallte und dabei das Bein einer der Frauen am Nebentisch bespritzte.

Während ihre wutschnaubende Nachbarin abgetupft und mit einem Stück Schokoladentorte besänftigt wurde, wandten sich Eves Gedanken wieder Simon zu. Ein Treffen mit ihm würde ihr Gelegenheit geben, ihm zu sagen, was sie von ihm hielt. Sie könnte sich anhören, was er zu sagen hatte, und ihn dann klar und entschieden in die Wüste schicken, egal, was ihm als Rechtfertigung einfiel. Das war das mindeste, was sie für Rose tun konnte. Sie wusste ja, wie wichtig seine Freundschaft für sie gewesen war. Er hatte ihr eine Art von Aufmerksamkeit entgegengebracht und ihr ein Gefühl der Zusammengehörigkeit vermittelt, wie es selbst Eve als ihre älteste Freundin nie vermocht hatte. Auch aus diesem Grund war es ein so schwerer

Schlag gewesen, die Wahrheit zu erfahren. Rose hatte damit ihn und Daniel zugleich verloren. Eve wusste jedenfalls, was sie zu tun hatte. Und wenn sie ganz ehrlich war, freute sie sich darauf, sich in die Sache einzumischen – wenigstens ein bisschen.

Endlich hatte sie Will wieder für sich. Seine anfängliche gute Laune hatte er weitgehend bei der Besänftigung ihrer Tischnachbarinnen eingebüßt.

»Warum bist du so spät gekommen?« Sie konnte es sich nicht verkneifen, nachzuhaken.

»Ach, nichts Besonderes«, antwortete er unbestimmt. »Ich habe nicht richtig auf die Uhr gesehen. Es gibt noch so viel zu erledigen, bevor ich übernächste Woche nach Afrika fliege.«

Eve hatte ganz vergessen, dass er wieder auf Tour ging, diesmal ins Okavango-Delta, wie immer auf der Jagd nach spannenden Tiermotiven. Aber sie wollte sich nicht so leicht abwimmeln lassen. »Was denn zu erledigen?«, fragte sie. Ihr entging nicht, dass in seinen Augen Ärger aufflackerte.

»Bitte, Evie.« So hatte er sie immer genannt, wenn er Schönwetter machen wollte. »Wir sind nicht mehr verheiratet. Dies und jenes eben, okay? Wozu ist das jetzt wichtig? Ich bin ja da.«

Nein, es war überhaupt nicht okay. Die Zeit mit ihm war für sie kostbar, und sie wollte sie nicht vergeudet sehen. Irgendetwas an ihm war anders als sonst, aber sie hätte nicht sagen können was. Vielleicht war es nur sein neuer Duft, das neue grau und rot karierte Hemd, das er wie ein Sakko über dem dunklen T-Shirt trug, vielleicht nur ihre Neigung zum Misstrauen. Sie zwang sich, über alles hinwegzusehen und die kurze Zeit zu nutzen. Wenige Minuten später war alles wieder in Butter, das Chaos seiner Ankunft vergessen, und sie hatte seine volle, herzerwärmende Aufmerksamkeit.

»Du wirst von Tag zu Tag schöner«, sagte er, und ergriff ihre

Hand, diesmal, ohne etwas umzustoßen. »Und du trägst den Armreif. Das bedeutet mir viel.«

Eve schaute auf das Schmuckstück, das Terry ihr geschenkt hatte, und sagte nichts. Sie lächelte ihn nur an, strahlend, wie sie hoffte, und dachte an den Armreif von Will, der immer noch in dem Hygienebeutel in ihrer Kulturtasche vergraben war. Sie würde ihn nie bitten können, ihn doch umzutauschen. Zu umständlich. Zu kompliziert. Noch ein Geheimnis. Sie lenkte rasch von dem Thema ab, indem sie ihn an den silbernen russischen Ehering erinnerte, den er ihr einmal geschenkt und den sie ihm später bei einem Streit hinterhergeworfen hatte. Er war vor ihrem Haus in einen Gully gerollt. Ihre Versuche, ihn mit aufgebogenen Drahtkleiderbügeln wieder herauszufischen, waren erfolglos geblieben. Sie lachten bei der Erinnerung. Von ihrer Zukunft sprachen sie nicht, sosehr das Thema auch im Raum stand. Schließlich stellte er die Frage, die sie gerne vermieden hätte.

»Hast du schon mit Terry geredet? Über uns, meine ich?« Er heftete seinen Blick so eindringlich auf sie, dass sie sich wie ein aufgespießter Schmetterling vorkam. Um davon loszukommen, verstaute sie ihren BlackBerry in ihrer Handtasche.

»Nein. Noch nicht.«

Sie blickte ihn an und sah wieder einen Schatten von Verärgerung über sein Gesicht huschen.

»Es ging nicht. Er hat einfach zu viel um die Ohren im Moment.« Sie konnte nicht gestehen, wie sehr sie zwischen den beiden hin- und hergerissen war. Will oder Terry. Terry oder Will. Will interessierte das nicht. Auch Terrys Probleme waren ihm gleichgültig, ebenso, wieso Eve sich verpflichtet fühlte, ihn zu unterstützen, egal, wie sie sich am Ende entschied. Er wollte nicht mit ihren Schwierigkeiten behelligt werden, sondern Lösungen haben, Lösungen für sie beide. Und er wollte sie. Aber seit ihrem Fest konnte sie die zwei dringendsten Probleme nicht ignorieren, und die waren nun einmal Terry und die

Agentur – die E-Mail von Rufus fiel ihr ein, und sie begann wieder darüber nachzudenken, was er wohl von ihr wollte. Ihre Ehe zu beenden war viel schwieriger, als sie gedacht hatte.

»Evie, du hast es mir schon vor Wochen versprochen«, sagte er vorwurfsvoll. »Was soll das Ganze sonst?«

»Ich weiß, aber es ist dauernd etwas dazwischengekommen.« Eine schwache Ausrede, nicht weniger ausweichend als seine vorhin, aber mit ihm über Terrys Schwierigkeiten zu reden hätte die Untreue wirklich zu weit getrieben.

Während Will zwei weitere Kaffee bestellte, wurde Eve mit Entsetzen klar, dass diese von ihr so herbeigesehnte Begegnung im Begriff war, völlig schiefzugehen. Als ihr Cappuccino kam, stocherte sie mit dem Löffel im Schaum herum und trank nur ganz kleine Schlucke, um ihre gemeinsame Zeit auszudehnen und die Wogen möglichst zu glätten.

»Ich sehe, du bist immer noch sauer auf mich, weil ich zu spät gekommen bin, aber ich werde es wiedergutmachen.« Dabei kratzte er sich am Kopf, als überlegte er, wie. »Ich weiß. Nächsten Mittwoch treffe ich in Bath einen der Fotografen, mit denen ich nach Afrika fliege. Nach dem Mittagessen bin ich frei. Warum kommst du nicht auch, wir machen uns einen schönen Tag und übernachten dort?«

Da ließ sich Eve nicht zweimal bitten. Wenn sie es Rose nicht erzählen konnte, dann würde sie ihr und Terry eben sagen, dass sie einen Autor besuchen müsse. Und was war schon eine Nacht? Nichts. Es würde ihr vielleicht sogar helfen, eine Entscheidung zu treffen. Das gab den Ausschlag. »Sehr gerne«, sagte sie, beugte sich über den Tisch und küsste ihn.

In der Patisserie Francine herrschte Hochbetrieb, vor allem an den Tischen auf dem Bürgersteig. Es war bereits ziemlich warm an diesem Julivormittag, dem ersten Tag einer angekündigten Hitzewelle. Eve wollte ihre Begegnung mit Simon nicht angenehmer machen als unbedingt nötig, daher wählte sie einen Tisch im Innern des Lokals, ganz hinten, wo es stark nach Kaffee roch. Sie bestellte sich einen Cappuccino und widmete sich ihren E-Mails. Bevor sie gegangen war, hatten Rose und sie noch besprochen, wie sie am besten auf die Mail von Rufus reagieren sollte. Sie waren übereingekommen, dass sie ihm am besten ein Treffen in London vorschlug, und das tat sie nun. Was immer er auch vorhatte, sie begegnete ihm am liebsten auf neutralem Terrain. Wieder einmal wünschte sie, sie hätte ein Büro in der Stadt. So war sie gezwungen, Termine in den Büroräumen anderer Leute oder in Cafés zu machen. Doch es könnte alles viel schlimmer sein, sagte sie sich entschlossen. Immer noch verärgert und verletzt darüber, dass er sie so mir nichts dir nichts verlassen hatte, hielt sie die Nachricht knapp. Er hatte wahrscheinlich keine Ahnung, wie sehr er und Amy der Agentur geschadet hatten, und das gerade zu einem Zeitpunkt, als sie sehr darauf angewiesen war, dass die Geschäfte liefen. Gedankenverloren starrte sie über den Tresen hinweg, wo sich die Körbchen mit Croissants, Milchbrötchen und hausgebackenen Keksen stapelten.

Sie brauchte nicht lange zu warten, bis Simon sich durch die Tische zu ihr schlängelte. Er setzte sich, zupfte die Knie seiner mit sauberen Bügelfalten versehenen Hose zurecht und bestellte einen Latte macchiato bei der eifrigen Kellnerin, die ihm hinterhergeeilt kam. »Darf es sonst noch was sein?«

Eve schüttelte den Kopf. Sie wollte sich auf keinen Fall erweichen lassen und es ihm irgendwie einfacher machen. Nervös nestelte er an seinen aufgekrempelten Ärmeln herum und sah sich im Lokal um, bevor er den Blick auf sie heftete.

»Vielen Dank, dass du bereit warst, dich mit mir zu treffen. Ich weiß, das ist nicht einfach für dich.«

Eve dachte an Rose, die sie mit ihrer Zeitung zurückgelassen hatte. Sie hatte es für besser gehalten, ihr nichts von dem Treffen mit Simon zu sagen. Es war ein Opfer, das sie für ihre Freundin brachte. Jedenfalls redete sie sich das ein. Aber jetzt, wo sie ihm Angesicht zu Angesicht gegenübersaß, wurde ihr klar, dass es ein Fehler gewesen war. Diese Geschichte ging nur die beiden an. Sie hätte sich da nicht einmischen sollen.

»Schieß los. Rose weiß nicht, dass wir uns treffen.«

Er schien bestürzt über ihren aggressiven Ton, ließ sich davon aber nicht abhalten. »Ich hoffe, dass du sie überzeugen kannst, sich mit mir zu treffen.« Sie schwiegen, während die Kellnerin seinen Kaffee servierte. Er schüttete ein Tütchen braunen Zucker hinein und rührte um.

Sie hob abwehrend die Hand.

»Simon, das ist unmöglich. Dabei kommt nichts heraus. Mach dir das bitte klar. Rose ist eine selbstständige Frau. Wenn sie beschlossen hat, dass sie jetzt nichts mehr mit dir zu tun haben will, dann ist das eben so.«

»Ich möchte ihr aber helfen. Ich habe ihr doch gesagt, dass Daniel mich gar nicht geliebt hat, und das ist die Wahrheit. Er wollte nicht, dass sie jemals von uns erfährt.«

»Ich kann nur staunen über dich.« Sie konnte den Sarkasmus in ihrer Stimme nicht unterdrücken.

»Es ist alles so schwierig.« Die Stimme versagte ihm, doch er fing sich gleich wieder. »Du wusstest doch, dass Daniel bisexuell war. Das hat er mir jedenfalls gesagt.«

Sie versuchte, so unbeeindruckt wie möglich zu wirken.

»Aber er war Rose gegenüber absolut treu – wirklich absolut«, fuhr er fort. »Bis wir uns kennenlernten. Ich fühlte mich sofort zu ihm hingezogen. Vielleicht wollte er es nur noch einmal probieren, herausfinden, wie es wirklich um ihn stand. Wer weiß? Wir konnten über dieselben Dinge lachen, wir mochten dieselben …«

»Erspare mir die Details«, unterbrach ihn Eve scharf. »Na schön, Dan war bisexuell, und ich kann gerade noch verstehen, dass er sich nach so vielen Jahren Ehe vom Interesse eines jüngeren Mannes geschmeichelt fühlte, aber was ich überhaupt nicht kapiere, das ist, wie um alles in der Welt du auf den Gedanken gekommen bist, dich mit seiner Frau anzufreunden. Was sollte das?«

»Alles in Ordnung bei Ihnen?« Die Kellnerin stand unvermittelt am Tisch, und im selben Augenblick bemerkte Eve, dass viele Leute von ihren Papieren und Laptops aufsahen und zu ihnen herüberschauten.

»Tut mir leid. Ja, alles in Ordnung. Wenn sie uns die Rechnung bringen könnten.« Eve wollte ihm nicht mehr Zeit als irgend nötig gönnen. Die Kellnerin verschwand hinter dem Tresen, und Eve lehnte sich in ihrem Stuhl zurück und musterte Simon. Was sie sah, war ein jüngerer Mann, der sie um Hilfe anbettelte. Aber sie unterdrückte jedes Mitgefühl in sich. Die Ellbogen auf den Tisch gestützt, erwartete sie seine Erklärung. »Also?«

»Es war keine Absicht. Überhaupt nicht. Das habe ich ihr auch schon gesagt. Jess hat mich für das Trevarrick angeheuert und mich dann gebeten, Rose die Pläne zu zeigen. Das konnte ich kaum ablehnen.«

Eve verkniff es sich, zu sagen, dass er genau das hätte tun können.

»Ich mochte sie, schon als wir uns das erste Mal trafen. Nach allem, was Dan mir über sie erzählt hatte, war mir, als würde ich sie kennen. Ich hatte nicht vor, sie in die Oper einzuladen, aber dann habe ich es getan. Wir waren beide einsam, und haben einander über eine schwierige Zeit hinweggeholfen. Ich hatte das Gefühl, ihr etwas schuldig zu sein ...« Er machte eine Pause, und nahm einen Schluck von seinem Kaffee.

»Und jetzt?«

»Und jetzt ... Ich weiß, wie sie leidet, aber ich bin mir sicher, dass ich ihr helfen kann, zu verstehen, was Dan durchgemacht, was ihm ihre Ehe bedeutet hat. Er hat so oft von ihr und den Mädchen gesprochen. Deshalb bitte ich dich, sie zu überzeugen, dass sie mich treffen muss. Ich wünsche mir so sehr, dass es ihr besser geht. Bitte gib ihr das hier.« Er zog einen Umschlag aus seiner Brieftasche und schob ihn ihr zu.

Sie hielt ihn zwischen Daumen und Zeigefinger, als fürchtete sie, er könnte explodieren, dann drehte sie ihn hin und her und betrachtete eingehend die saubere, aber übertrieben schwungvolle und verschnörkelte Handschrift. »Dass es ihr besser geht«, wiederholte sie, ohne zu glauben, was sie hörte. »Du hast wesentlichen Anteil daran, dass es ihr jetzt so schlecht geht. Warum schickst du das hier nicht einfach mit der Post?«

»Wenn du es ihr gibst und ihr erklärst, wie wichtig es mir ist, dann wird sie es vielleicht auch lesen.« Er stützte die Ellbogen auf den Tisch, faltete die Hände wie im Gebet und schaute ihr in die Augen. »Bitte.«

Er sah so ernst, so reumütig aus, dass ihr Entschluss, hart zu bleiben, ins Wanken geriet und sich schließlich in Luft auflöste.

»Also gut«, sagte sie, und bedauerte es schon im selben Augenblick. »Aber ich kann mir nicht vorstellen, dass etwas dabei herauskommt. Sie schmeißt den Brief wahrscheinlich gleich weg. Aber ich schaue, was ich tun kann.«

30

Die Äffäre war vielleicht nicht die beste Wahl für eine DVD gewesen. Rose hatte so ihre Probleme damit, Kristin Scott Thomas dabei zuzuschauen, wie sie ihren vermögenden Ehemann und ihre Kinder im Stich ließ und sich in eine leidenschaftliche Affäre mit einem mittellosen Bauarbeiter stürzte, was natürlich nur in einer Tragödie enden konnte. Sie musste dauernd an ihren Bruder denken, der nun allein zuhause saß, während Eve, die neben ihr gebannt auf den Fernseher schaute, im wirklichen Leben eine Affäre hatte. Seit Eve am Vortag zurückgekommen war, hatten sie über nichts anderes als über ihre schwierige Lage geredet.

»Er ist ein Arsch.« Roses Meinung von Will stand felsenfest, seit er sie damals verlassen hatte. »Ich finde wirklich, du solltest damit Schluss machen. Das hat Terry einfach nicht verdient.«

Eve sah in die Luft und antwortete: »Ich weiß ja. Aber der Sex! Das tut so gut. Ich kann einfach nicht ...«

Rose hielt sich die Ohren zu. Sie wollte nichts mehr hören. Es war wahrscheinlich sowieso egal, was sie sagte, Eve hörte ja doch nicht auf sie, aber wenigstens hatte sie ihren Standpunkt klargemacht und sich für ihren Bruder eingesetzt. Zwar standen sie sich nicht mehr so nahe wie früher, aber sie hatte immer noch das Bedürfnis, ihn zu beschützen, wie zu Kinderzeiten. Sie hatte gehofft, Eve während ihres Besuchs zur Vernunft zu bringen, doch bislang war ihr das nicht gelungen.

Eve lag in ihrem Morgenmantel auf dem Sofa. Ein breites blaues Stirnband hielt ihr das Haar aus dem Gesicht, das mit irgendeinem Anti-Aging-Zeug vollgeschmiert war. Vor ihnen standen Tassen mit Kamille-Pfefferminztee. Sie blätterte eine alte Zeitungsbeilage durch, als ihr Handy klingelte.

»Will! Hallo!« Sie ließ die Beilage in den Schoß sinken.

Rose fiel auf, dass Eves Stimme leicht belegt und gleichzeitig aufgekratzt klang. Doch in Roses Gereiztheit mischte sich unerwartet eine Sehnsucht. Lieben und geliebt werden. Stand das nicht jedem zu? Sogar Eve und Will – wenn es das war, was die beiden füreinander empfanden. Auch wenn sie selbst solche Gefühle nie wieder empfinden würde, sie hatte sie doch immerhin mit Daniel geteilt. Eve hatte sich von ihr abgewandt, trotzdem konnte sie jedes Wort hören.

»Ich habe nicht damit gerechnet, dass du mich anrufst ... Ja, es geht mir gut ... Ich kann jetzt nicht reden, ich sitze hier mit Rose. Ja klar, wir sehen uns ...« Sie kicherte wie ein verliebter Teenager. »Wenn du das so sagst ... Mir fallen schon ein paar Sachen ein, die wir noch nicht ausprobiert haben ...«

Roses Herzschlag setzte einen Moment lang aus. Sie verließ rasch das Zimmer, um nicht noch mehr mitzubekommen. Das Verlangen in Eves Stimme sprach Bände. Wie konnte sie das Terry bloß antun? Begriff sie denn gar nicht, was für einen Riesenfehler sie da machte? Rose hatte Will nur kurz bei der Trauerfeier gesehen, doch das hatte ihr gereicht. Noch immer hatte er diesen verwegenen Charme, und zugleich hatte man das Gefühl, ihm nicht über den Weg trauen zu können. Sollte Eve doch ihre eigenen Erfahrungen machen, wenn sie nicht auf ihren Rat hören wollte. Rose stand als Trösterin bereit, so viel war klar.

»Rose! Wo bist du denn?«

Eves Stimme riss sie aus diesen Gedanken, und sie kehrte ins Wohnzimmer zurück. »Ich wollte dich nur in Ruhe telefonieren lassen.«

»Das war Will.« Eve hatte rote Wangen, und sie strahlte.

»Ach nein! Darauf wäre ich ja nie gekommen. Und was wollte er?« Wollte sie das überhaupt wissen? Sie lehnte sich in ihrem Lieblingssessel zurück, den sie mit hellbraun und fliederfarben gestreiftem Stoff neu hatte beziehen lassen.

»Die Sache ist die ...« Eve drehte sich um und sah sie an,

ohne dass man ihren Gesichtsausdruck unter der dicken weißen Maske ausmachen konnte, »er hat mich gefragt, ob ich am Mittwoch mit ihm nach Bath fahre. Nur eine Übernachtung«, fügte sie rasch hinzu.

Rose, deren diplomatisches Geschick erschöpft war, explodierte. »Um Gottes willen, Eve. Das kann so nicht weitergehen. Schau dich nur an! Du bist völlig durch den Wind, seit du hier bist.«

Eve sah trotz der weißen Maske beschämt aus. »Aber Rose, er …«

»Ja, ja, ich weiß schon. Der ach so grandiose Sex und so weiter. Ich habe es oft genug gehört. Du hast es mir tausendmal erzählt. Aber du musst das jetzt mal klären! Es geht hier nicht bloß um dich. Denk an Terry und die Kinder. Was sollen sie denn sagen? Was sollen sie tun?« Roses mütterliche Instinkte schlugen durch. Die Familie kam für sie immer an erster Stelle, egal unter welchen Umständen. »Terry ist dein Ehemann.«

Eve reckte herausfordernd das Kinn. »Aber ich habe schon zugesagt. Ich hatte keine Gelegenheit, mich mal richtig mit Will auszusprechen, bei dem ganzen Trubel. Gestern haben wir nur kurz miteinander Kaffee getrunken, und es gibt so viel zu bereden.«

Zum ersten Mal dämmerte es Rose, dass Eve vielleicht tatsächlich Terry wegen Will verlassen würde, so unglaublich ihr das auch scheinen mochte. Und je stärker sie ihr Missfallen über dieses Treffen zum Ausdruck brachte, umso hartnäckiger hielt Eve daran fest. Vielleicht musste sie es ganz anders versuchen. »Es war schön, dass du mich besucht hast.«

Eve strahlte.

»Du wirst mir fehlen. Die Gespräche mit dir haben mir wirklich geholfen, ich fühle mich schon viel ruhiger, aber wenn ich ehrlich bin, die Sache mit dir und Will macht mir Sorgen. Wenn du wirklich nach Bath fahren willst, dann tu es eben. Gönn dir ein letztes Abenteuer. Verabschiede dich. Das wird niemandem schaden.«

Eves Augen leuchteten vor Dankbarkeit, den Segen ihrer Freundin bekommen zu haben. »Sex mit dem Ex zählt nicht, sage ich immer.«

Rose streifte ihre Schuhe ab und schlug die Beine unter. »Ich weiß, dass du so denkst – ich sehe das anders. Aber egal, tu, was du nicht lassen kannst. Wenn ich du wäre, würde ich damit Schluss machen. Aber nun genug davon.«

Nachdem das Thema auf diese Weise abgeschlossen war, nahm Rose einen Ausstellungskatalog zur Hand und gönnte sich eine der Trüffelpralinen, die Eve mitgebracht hatte.

»Da wäre noch etwas.« Eve sagte es so verhalten, dass Rose gleich beunruhigt aufblickte. »Ich habe heute etwas gemacht, was dir wahrscheinlich nicht gefallen wird. Aber ... Ich habe es für dich getan.« Sie klang unsicher. »Glaube ich zumindest.«

»Ja?« Rose ließ den Katalog sinken.

Eve machte sich ganz klein und schlang die Arme um die Knie. Nur ihr Gesicht, das durch die Maske an eine Geisha erinnerte, zeigte sie offen. »Nun, die Sache ist die ... Simon wollte sich mit mir treffen.« Sie fuhr rasch fort, ohne darauf zu achten, dass Rose tief Luft holte. »Und das habe ich getan, und ich soll dir sagen, dass er dich furchtbar gern sehen will. Ich finde, du solltest ihn wenigstens anhören. So, jetzt ist es heraus.« Sie ließ sich auf dem Sofa zurücksinken und machte sich auf einen Proteststurm von Rose gefasst. Aber Rose war gar nicht nach Protest zumute, sie fühlte sich bloß müde, so müde, dass ihre Arme und Beine schwer und schwerer wurden. »Ich dachte immer, wir wollen einander unterstützen. Sich mit Simon zu treffen gehört nicht dazu. Das habe ich doch nun wirklich mehr als deutlich gemacht.« Der Katalog glitt mit einem dumpfen Geräusch zu Boden.

Eve setzte sich abrupt auf und schaute sie an. »Ich dachte, es würde dir helfen, wenn ich ihn endgültig verabschiede.« Ihre Gesichtsmaske bekam Risse um den Mund.

»Hast du das denn getan?« Eve war in ihrer Neugier nun wirklich zu weit gegangen, aber Rose hatte keine Energie mehr, sich darüber aufzuregen.

»Nein, eigentlich nicht.«

»Dann erzähl mir jetzt bitte mal, was eigentlich passiert ist.« Der Gedanke, dass die beiden sich getroffen hatten, behagte Rose ganz und gar nicht. Sie empfand es weniger als Verrat denn als Verlust. Ihre Freundschaft mit Simon, so kurz sie gewesen war, hatte ihr sehr geholfen, ihre Einsamkeit zu überwinden. Sie hing mehr an ihm, als sie sich eingestehen wollte.

»Ich habe es kurz gehalten.« Als ob es das besser machen würde. »Aber er hat mir leid getan. Irgendwas hat mich berührt. Er möchte sich mit dir treffen.«

»Ich hoffe, du hast ihm klargemacht, dass eher die Welt untergeht.« Rose hob den Katalog auf und stellte ihn zu den anderen ins Bücherregal.

»Natürlich.« Eve lehnte sich zurück, die Arme hinter dem Rücken aufgestützt, den Kopf zwischen die Schultern gezogen. Es sah aus, als wollte sie gleich aufspringen. »Aber er hat mir etwas für dich mitgegeben.«

»Himmelherrgott!« Roses Ungeduld schlug wieder durch. »Und du hast es angenommen?«

»Ehrlich, Rose, wenn du ihn erlebt hättest, dann würdest du es verstehen. Er will die Geschichte mit dir ins Reine bringen.«

»Ich würde ja gerne darüber lachen können, aber das ist so krank.« Rose lehnte sich an den Kamin und blickte ungläubig auf Eve herab. Nicht zu fassen, dass sie sich so hatte einwickeln lassen. »Er war der Geliebte meines Ehemanns. Was glaubst du wohl, wie das für mich ist? Kannst du dir das gar nicht vorstellen?« Doch wenn sie ehrlich zu sich war, war da noch etwas anderes als das mit Ekel vermischte Gefühl, betrogen worden zu sein – irgendwie fehlte ihr Simon, die Unterhaltungen mit ihm und seine Gesellschaft, ihre langen Gespräche über Daniel und die Entspannung, wenn sie zusammen Musik hörten, sein wachsendes Interesse an ihrer größten Leidenschaft, der Kunst. All diese Gemeinsamkeiten hatten ihre kurze Freundschaft stark gemacht. Anna hatte recht.

»Es tut mir wirklich leid. Ich habe gedacht, ich tue das Richtige.« Eve trat auf sie zu und umarmte sie. »Ich wollte dir nur helfen.« Rose bog den Kopf einen Augenblick zu spät zur Seite. Eine Sekunde lang klebten sie aneinander. Als Rose ihre Wange löste, war sie mit Eves Gesichtsmaske verschmiert. Beide mussten lachen, als sie es wegwischte. »Aber geben kann ich es dir ja trotzdem. Das habe ich ihm versprochen.« Eve zog einen Umschlag aus ihrem Morgenmantel.

Rose nahm ihn. »Ich weiß, du hast es gut gemeint. Ist schon in Ordnung.« Sie starrte auf die Schrift mit den vertrauten Schnörkeln. In einem Impuls hätte sie den Umschlag beinahe zerrissen, doch sie besann sich, faltete ihn zusammen und steckte ihn in die Tasche ihrer Jeans.

»Willst du ihn denn nicht aufmachen?« Eve platzte fast vor Neugier.

»Nicht jetzt.« Rose klopfte auf ihre Hosentasche. Die Enttäuschung ihrer Freundin entging ihr nicht. »Vielleicht mache ich ihn auch gar nicht auf. Können wir nun mal über etwas anderes reden? Ich will nicht mehr an ihn denken.« Sie reichte Eve die Schachtel mit den Trüffeln.

Die beiden arrangierten, sich im Anschluss an Eves Begegnung mit Rufus zu treffen. »Ein Frühstückstermin. Das wird ihm gar nicht behagen. Und Shoppen wird deine Nerven beruhigen.« Zwanzig Minuten später zog sich Rose in ihr Schlafzimmer zurück. Sie setzte sich aufs Bett und drehte unschlüssig den Umschlag hin und her, den Eve ihr gegeben hatte. Der Schriftzug ihres Namens erinnerte sie an die Widmung im Libretto. Sie betrachtete das Foto von Daniel auf ihrem Nachttisch, das sie vor zwei Jahren aufgenommen hatte. Er saß am

Tisch auf der Terrasse und legte Patiencen. Die Mädchen, nicht im Blickfeld der Kamera, hatten unterdessen verhindert, dass der Fisch auf dem Grill anbrannte. Voll Vertrauen und Liebe lächelte er in ihre Richtung. Ein Familienvater. Ein Mann mit einem Geheimnis, über das er nicht reden konnte. Aber was immer er auch getan hatte, er hatte sie geliebt. Dessen war sie sich tief in ihrem Herzen ganz sicher. Was sollte sie tun? Was hätte er gewollt?

Sie nahm einen Kugelschreiber vom Nachttischchen, zögerte kurz, und schlitzte dann entschlossen den Umschlag auf. Sie zog den Brief heraus. Beim Auseinanderfalten fiel etwas zu Boden. Sie ließ es liegen und las mit flauem Gefühl im Magen.

Liebste Rose,
ich habe alles so gut erklärt, wie ich konnte. Ich kann dir nicht sagen, wie leid mir tut, was geschehen ist. Vielleicht hätte ich von Anfang an ehrlich mit dir sein sollen – aber wie wäre das möglich gewesen? Was ich dir im Trevarrick gesagt habe, ist die Wahrheit, und ich glaube, tief in deinem Innern weißt du das auch. Ich habe nie im Traum daran gedacht, dass Daniel dich verlassen könnte. Ich habe ihn geliebt. Er hat mich begehrt – kurzzeitig. Das ist alles. Ich weiß, wie schwierig das für dich ist. Glaube mir, wir wollten dich beide nicht verletzen.

Aber deine Freundschaft hat mir viel bedeutet, und ich denke, auch dir war sie wichtig. Trotz allem hoffe ich immer noch, dass wir sie fortsetzen können. Es ist vielleicht noch zu früh, aber die Zeit wird hoffentlich die Wunden heilen, die wir dir zugefügt haben, und dich irgendwann manches anders sehen lassen.

Ich habe zwei Karten für ein Konzert im Kings Palace – Brahms.

Ich habe sie für dich gekauft. Hier die eine. Ich habe den Platz neben dir. Ich hoffe, du kommst. Aber es ist selbstverständlich deine Entscheidung.

Simon

Sie bückte sich, um die Karte aufzuheben, und drehte sie zwischen den Fingern. Das Konzert war in einem Monat. Sie fühlte nichts. Benommen schob sie den Brief und die Karte mit roboterhaften Bewegungen wieder in den Umschlag, den sie in der Nachttischschublade verstaute. Auf keinen Fall würde sie zu dem Konzert gehen. Was sie ihm antworten wollte, falls überhaupt, verschob sie auf später.

Sie ging ins Badezimmer, nahm eine Schlaftablette aus der Schachtel, die sie schon hatte wegwerfen wollen, und kehrte ins Schlafzimmer zurück. Sie zog nur die Jeans aus und schlüpfte unter die Bettdecke. Dann schloss sie die Augen und wartete darauf, ins willkommene Vergessen zu sinken.

Ein anderer Tag, ein anderes Restaurant, eine andere, möglicherweise peinliche Begegnung. Aber Eve war bereit. Sie war mit Bedacht fünfzehn Minuten früher gekommen, um ihn am Tisch zu erwarten. Rufus sollte vom ersten Moment an in der Defensive sein. Auf der Toilette überprüfte sie vor dem Spiegel, ob sie tipptopp und wie eine knallharte Geschäftsfrau aussah. Sie trug ein teures Schneiderkostüm, eine mustergültig gebügelte Bluse und Absätze von angemessener Höhe. Auch ihre Aktentasche hatte sie mitgebracht, obwohl nichts darin war, was mit Rufus zu tun hatte. Als sie zu ihrem Tisch geführt wurde, stellte sie zu ihrem großen Ärger fest, dass er doch schon da war, Kaffee und Toast vor sich. Sie beschloss, es mit Humor zu nehmen. Er kannte sie einfach zu gut.

Während sie auf ihn zuging, nahm sie ihn in Augenschein: wilde Haare, zwei verschiedene Socken, sein Markenzeichen, und ausgelatschte Sportschuhe. Amy hatte ihn offenbar doch nicht so unter ihrer Fuchtel, wie Eve geglaubt hatte. Sie konnte sich nicht vorstellen, dass ihre frühere Kollegin sich gerne mit jemandem zeigte, der so verlottert herumlief, auch wenn manche das vielleicht als ein Zeichen von Jugendlichkeit oder liebenswürdiger Exzentrik nahmen.

Rufus blickte auf. »Eve! Was haben wir uns lange nicht gesehen. Du siehst blendend aus.« Er schenkte ihnen beiden Kaffee aus der Kanne ein, die bereits auf dem Tisch stand. »Möchtest du was essen?«

Sie presste die Lippen aufeinander. Ein Fressgelage stand nicht auf ihrem Programm. »Tut mir leid, Rufus. Es hat sich noch ein unerwarteter Termin ergeben, ich habe nicht viel Zeit.«

Er lächelte. »Habe ich mir schon gedacht, dass du so was sagt.«

»Was erwartest du, nachdem du beinahe im Alleingang meine Agentur ruiniert hast? Einen warmen Händedruck und ein Glas Champagner?« Sie ließ sich ihm gegenüber nieder und rümpfte die Nase, als sie den scharfen Geruch von Schweiß wahrnahm, der sein Aftershave übertönte. Was war mit Amy los? Eve hätte nie gedacht, dass sie ihren Ehemann so verwahrlost herumziehen ließ. Ihren zukünftigen Ehemann, korrigierte sie sich.

»Muss das jetzt so zwischen uns sein?« Er lehnte sich zurück und schaute sie freundlich an.

»Ohne große Umschweife, die Antwort darauf lautet ja«, sagte sie und begann sich zunehmend wohler zu fühlen. »Ich tue natürlich was ich kann für deine Backlist, so professionell wie möglich, aber die Freundschaft hat sich wohl erledigt. Siehst du das etwa anders?«

»Ein bisschen. Du glaubst gar nicht, wie sehr ich deine scharfe Zunge vermisst habe.« Er nahm ein Stück Toast und kratzte Butter darauf.

»Das hättest du dir überlegen sollen, bevor du mit meiner Assistentin durchgebrannt bist.« Gelassen rührte sie ihren Kaffee um.

»Genau deswegen wollte ich dich ja sprechen.« Er nippte an seiner Tasse.

»Du willst mich doch hoffentlich nicht bitten, Trauzeugin zu sein.« Sie begleitete diesen Gedanken mit einem finsteren Lächeln.

Darüber musste er so lachen, dass er zu husten anfing und Kaffee über seinen Toast spuckte. »Ach herrje, tut mir leid«, sagte er und tupfte sich mit seiner Serviette ab. »Aber du bist wirklich absolut nicht im Bild.«

»Dann bring mich doch mal auf den neuesten Stand.« Eve hatte mit einem Mal eine Vorahnung, dass ihr gefallen würde, was Rufus ihr nun sagen würde.

»Ich frage mich, ob du nicht vielleicht bereit bist, mich wieder unter deine Fittiche zu nehmen.« Sein jungenhaftes Gesicht strahlte voller Erwartung. Er griff nach seiner Tasse.

Eve sah verblüfft zu, wie er sich den Cappuccino-Schnurrbart von der Oberlippe leckte. Sie dachte angestrengt nach. War das irgendeine Falle, die ihr Amy stellte? Aber ihr fiel nichts ein, was Amy jetzt noch von ihr wollen konnte. Wie auch immer, die Agentin von Amys Ehemann in spe zu sein konnte nur Schwierigkeiten und Scherereien aller Art mit sich bringen. »Rufus, wenn du das fragst, weil du dich mit Amy gestritten hast, dann ist die Antwort nein. Und außerdem, tut mir leid, aber ich denke, die Tatsache, dass du sie heiraten wirst, würde unser Verhältnis, bloß mal vorausgesetzt, ich würde wieder deine Vertretung übernehmen, außerordentlich schwierig machen. Zu schwierig wahrscheinlich. Nein, das bringt nichts.«

»Aber du verstehst mich nicht«, widersprach er und setzte seine Tasse ab.

»Dann erklär es mir.« Ja, dieses Gespräch war nach ihrem Geschmack. Sollte er sich ruhig ein wenig abstrampeln. Sie blickte ostentativ auf die Uhr.

»Amy und ich, nun … es hat nicht so richtig geklappt.« Er

fingerte an seiner Kaffeetasse herum. Bloß nicht Eve in die Augen schauen.

»In welcher Hinsicht? Beruflich oder persönlich? In ersterer kann ich mir vorstellen, dass es ihr an Erfahrung fehlte, in zweiter erlaube ich mir kein Urteil.« Das wurde ja immer besser.

»Du weißt ganz genau, wie ich das meine.« Seine Gesichtszüge verzogen sich zu einem koboldhaften Grinsen, das so schnell verschwand, wie es sich gezeigt hatte. »Zwischen uns ist der Ofen aus. Ich weiß, es hat nicht lang gedauert, selbst für meine Verhältnisse, aber sie ist fuchsteufelswild geworden, als ich es abgelehnt habe, Geld in ihre Agentur zu stecken. Ich fand das noch etwas früh, außerdem hätte es unsere Interessen zu eng miteinander verquickt. Sie hat das völlig anders gesehen und mir ein paar schlimme Sachen an den Kopf geworfen. Da wurde mir klar, dass sie mich benutzen wollte, um dich auszubooten. Sie ist so versessen auf Erfolg. Das ist es, was sie wirklich liebt – nicht mich.« In Eves Ohren klang er wie ein enttäuschtes Kind. Doch sie blieb eisern geschäftsmäßig.

»Das heißt also, wenn – wenn! – ich dich wieder als Agentin vertrete, dann wird Amy nichts mit dieser Vereinbarung oder irgendwelchen Verträgen, die daraus resultieren, zu tun haben?«

»Absolut nichts.« Er schüttelte bekümmert den Kopf. »Ich weiß, was für ein schlechtes Licht es auf ihre Agentur werfen wird, wenn ihr erster namhafter Autor wieder in seinen alten Hafen einläuft, aber mir bleibt gar nichts anderes übrig. Es geht mir um meine Bücher. Das heißt, wenn du mich haben willst, natürlich.«

Einem Autor ging seine Karriere stets über alles, darauf war Verlass. Das galt für Rufus so gut wie für jeden anderen. Seine Eskapade mit Amy war vorüber, er war wieder zu Sinnen gekommen, bevor es zu spät war. Eve war versucht, ihn noch eine Weile schmoren zu lassen, um ihn dafür zu bestrafen, was er ihr angetan hatte. Aber sie konnte ihn schlecht in der Luft hängen lassen, wenn ihr die Antwort über die Lippen drängte. »In diesem Fall übernehme ich natürlich wieder die Vertretung. Mit dem größten Vergnügen.«

Sie erhob sich, und er folgte ihrem Beispiel. Sie umarmten sich linkisch über den Tisch hinweg. Eve konnte ihr Entzücken nicht verbergen. Man musste eben nur geduldig sein, dann erntete man, was man gesät hatte. Wenn sie erst einmal Rufus' Rückkehr verkündet hatte, dann würden die anderen sicher seinem Beispiel folgen. Genüsslich malte sie sich Amys Verzweiflung und Enttäuschung aus. Eves Tag hätte nicht besser anfangen können. Jetzt brannte sie darauf, es Rose zu erzählen, und dann, nach dem Einkaufsbummel, würde sie noch mit dem Programmleiter von Perfin Books zu Mittag essen, der ohne Frage eines der größten Klatschmäuler in der ganzen Verlagswelt war. Sie brauchte ihm nur unter dem Siegel der Verschwiegenheit das Geheimnis von Rufus' Sinneswandel anzuvertrauen. Bis zum späten Nachmittag würde man dann in der Welt der Kinderbuchverlage darüber Bescheid wissen. Ach, war das Leben schön!

31

Zwei Tage später trat Rose aus der Tate Gallery hinaus in die Sonne. Obwohl sie ihre eigene Malerei vorübergehend eingestellt hatte, fand sie in den Werken anderer Künstler immer noch Inspiration und Freude. Die Munch-Ausstellung war aufschlussreich gewesen, und zum Glück war *Der Schrei* nicht unter den ausgestellten Bildern gewesen. Dieser kreischende Schädel war ihren eigenen Gefühlen zu nah, um tröstlich zu sein. Seit Daniels Tod war ihr unzählige Male danach gewesen, wie in diesem Bild die Hände ans Gesicht zu legen und einfach loszubrüllen.

Vor vier Stunden hatte sich Eve verabschiedet. Jetzt saß sie schon im Zug nach Bath. Da ihre Schwägerin mehr Probleme mitgebracht als gelöst hatte, überraschte es Rose, dass sie Eve bereits vermisste. Vor knapp einer Woche war sie angereist, schwer beladen mit einem Strauß Lilien, ihrem Koffer, ein paar Flaschen Wein und einer Schachtel Trüffelpralinen. Sie hatte ein prallvolles Unterhaltungsprogramm für Rose geplant, doch drängende geschäftliche Termine sowie ihre Unfähigkeit, Will zu widerstehen, hatten einer Realisierung im Wege gestanden. Roses Missbilligung ihrer Affäre mit Will war auf taube Ohren gestoßen. So war die versprochene Zeit der Unternehmungen und Zerstreuungen Eves persönlichen Dramen zum Opfer gefallen. Aber was hatte Rose denn erwartet?

Jedenfalls hatte der Besuch sie gründlich aufgeheitert. Den Trost von Kino- oder Theaterbesuchen hatte sie gar nicht gebraucht. Auch Eves Glauben an die heilende Kraft des Frustshoppens teilte sie nicht, ging aber gern als Beraterin, ja sogar als Packesel mit. Sie war nicht einmal sauer darüber, dass Eve sich mit Simon getroffen hatte. So gern, wie sie sich einmischte, war das eigentlich zu erwarten gewesen. Es war sogar schlau von Simon gewesen, sich an sie zu wenden. Endlich einmal hatte er nicht impulsiv gehandelt, sondern sich vorher überlegt, was er tat.

Eve war bemüht gewesen, sich nicht anmerken zu lassen, wie die Aussicht auf eine Nacht mit Will sie erregte, doch das war so gründlich misslungen, dass die beiden Frauen in den letzten paar Tagen ungemütliche Momente durchgemacht hatten, in denen keine so recht wusste, was sie sagen sollte. Ihre Freundschaft war durch die fruchtlose Debatte über Will und Terry bis an die Belastungsgrenze ausgetestet worden. Trotzdem war es besser gewesen, Eve dazuhaben, als wie jetzt in die gähnende Leere des Hauses zurückzukehren.

Auf dem Weg durch die Allee von Weißbirken zur Millennium Bridge ging ihre Freundin ihr nicht aus dem Kopf. Obwohl die Familienbande erforderten, dass Rose sich auf die Seite ihres Bruders stellte, fühlte sie mit Eve. Terry war als Ehemann sicher nie einfach gewesen, und gerade jetzt bestimmt schlimmer als die meisten anderen. Sie konnte Eve nicht zum Vorwurf machen, dass sie sich ein bisschen Nervenkitzel gönnte, wenn sich die Gelegenheit ergab. Aufmerksamkeit und großartiger Sex – eine verführerische Kombination. Sie fragte sich zum x-ten Mal, was Terry dazu sagen würde. Rose fühlte sich schuldig, weil sie ihn in letzter Zeit nicht angerufen hatte, obwohl sie wusste, dass er ihre Unterstützung brauchte – sie hatte befürchtet, sich zu verplappern und Eve zu verraten. Aber der Verkauf des Arthur schritt voran, und Terry wusste, dass bald das Geld da sein würde, um die restlichen Schulden zu begleichen. Im Übrigen erwartete ihn ein harter Kampf. Doch immerhin hatte er endlich eingestanden, dass seine Spielerei außer Kontrolle geraten war und er Hilfe brauchte. Das war schon die halbe Miete. Das und die notwendigen Schritte, um damit aufzuhören.

Bei der Brücke hörte sie ihren Klingelton. Froh, mit jemandem sprechen zu können, grub sie ihr Handy aus der Tasche und freute sich, dass ihre jüngere Tochter dran war.

»Jess! Wie geht es dir?«

»Uns geht es gut. Dylan spricht schon die ganze Zeit, ein ständiges Geplapper. Ich kann es kaum erwarten, bis du kommst.«

Auch Rose freute sich auf das Familienleben. Aber Jess klang gehetzt. Ein Anruf während der Arbeitszeit bedeutete, dass es einen echten Grund gab. Rose wartete geduldig darauf, dass sie auf den Punkt kam.

»Morgens war mir immer schrecklich übel, aber langsam wird es besser. Adam ist super, obwohl er jede freie Minute nutzt, um seine Schüsseln für die Ausstellung in Plymouth fertigzustellen. Mum, wir brauchen dich!«

Das war Musik in Roses Ohren. »In ein paar Monaten oder so komme ich, aber erst muss ich die Kurse halten, zu denen ich mich verpflichtet habe, und ein paar anstehende Dinge erledigen.«

»Da solltest du dir hier auch etwas suchen, wenn du kommst«, meinte Jess. »Ich will, dass du weiter an deinen eigenen Sachen dranbleibst.«

Rose sah das genauso. Sosehr sie ihre Rolle als Großmutter genoss und sich darauf freute, mitzuhelfen, wenn sie gebraucht wurde, legte sie auch Wert auf ihre Unabhängigkeit. »Ich werde mir überlegen, was ich tun könnte«, sagte sie. »Aber zuerst muss ich eine Wohnung finden. Im Hotel kann ich nicht auf Dauer bleiben. Übrigens, wie gehen die Bauarbeiten voran?«

»Das ist der Hauptgrund für meinen Anruf.« Ein tiefer Seufzer kam durch die Leitung.

Rose machte sich auf das Schlimmste gefasst. Sie war kurz vor der Millenium Bridge stehen geblieben. Während sie den Blick über die vertraute Landschaft zu beiden Seiten der Themse wandern ließ, merkte sie, wie sehr sie sich auf den Neubeginn freute, den Jess ihr anbot. Sie würde sich in der Nähe des Trevarrick ein Cottage suchen und in London eine kleine Wohnung mieten, so dass sie jederzeit auch dorthin konnte. Ganz wollte sie nicht auf die Stadt verzichten.

»Mum, es ist schrecklich. Roger, der Projektmanager, blickt überhaupt nicht durch. Während der ersten Arbeitsphase, als er noch nicht richtig Bescheid wusste, war das schon schlimm genug, aber jetzt will er dauernd die Pläne ändern. Ich weiß, dass die Arbeiten nicht vor Ende Oktober beginnen werden, aber er schlägt vor, dass wir den Swimmingpool verlegen und andere Fliesen verwenden, etwas sehr viel Helleres als den Schiefer, was auch viel teurer ist. Das Glas, das wir für das Extrazimmer gewählt haben, findet er ungeeignet. Angeblich stellen sie in Deutschland irgendein Glas her, das besser ist. Weißt du …«

Sie zögerte, und in diesem Moment wusste Rose genau, welche Frage ihr gleich gestellt werden würde.

»Wir brauchen Simon. Er muss das durchziehen. Wirklich. Ich bringe es kaum über mich, es vorzuschlagen, aber das Trevarrick bedeutet mir jetzt so viel. Es ist das Einzige, was Dad hinterlassen hat …«

»Nicht ganz das Einzige«, warf Rose ein.

»Du weißt, was ich meine. Aber Simon ist der einzige Architekt, dem ich je begegnet bin, der wirklich kapiert, was das hier für ein Haus ist. Ich will ihn auch nicht hier haben, aber wir brauchen ihn, bis die Arbeit in der Weise zu Ende gebracht ist, wie Dad sich das gewünscht hat. Du wirst mit ihm nichts zu tun haben müssen. Ich werde den Kontakt auf ein Minimum reduzieren, keine Sorge, aber er begreift wenigstens, was wir beide wollen und was auch Dad gewollt hätte.«

Rose stand immer noch wie erstarrt. Sie traute ihren Ohren nicht.

»Ich weiß, dass es schwierig ist«, fuhr Jess fort. »Und ich habe nie vorgehabt, dich darum zu bitten. Aber er muss ja nicht die ganze Zeit hier sein. Bloß hin und wieder vorbeikommen und den Fortgang der Arbeit begleiten.«

»Das kommt nicht in Frage«, sagte Rose, die ihr Blut pochen spürte. »Es erstaunt mich, dass du mich das überhaupt fragst. Ich weiß, dass du und Anna der Meinung seid, wir sollten nach vorn blicken, aber was das betrifft, sind wir uns einig, habe ich gedacht.«

»Ach Mum, das stimmt ja auch.« Jess' Stimme verriet ihr Mitgefühl. »Du weißt, wie wütend und aufgebracht ich über Dad war, und ich will wirklich nichts tun, was dich verletzt, aber die Renovierung muss einfach ordentlich gemacht werden. Damit muss ich mich abfinden, und du auch. Dir haben die Originalpläne auch sehr gut gefallen.«

Einen Augenblick lang saß Rose wieder in ihrer Küche und begutachtete die Vorschläge zum ersten Mal mit Simon, hörte zu, wie er begeistert und fachkundig erzählte. Eine neue Freundschaft war auf der Grundlage einer gemeinsamen Vision für die Zukunft des Trevarrick entstanden. »Ja, das stimmt«, gab sie zu. »Aber jetzt ist alles anders.«

»Nein. Eigentlich nicht.«

»Wie kannst du das sagen?«

Eine junge Frau, die einen Rolls-Royce von einem Buggy vor sich her schob, verlangsamte ihren Schritt, als sie Roses erhobene Stimme hörte. Rose zwang sich zu einem Lächeln, um zu signalisieren, dass alles in Ordnung war und wedelte mit der freien Hand zum Zeichen, dass sie kein ernsthaftes Problem hatte. Die Frau zuckte die Schultern, erwiderte das Lächeln und ging weiter.

»Ich kann das sagen, weil ich Dad so in Erinnerung behalten will, wie er war.« Es klang, als sei sich Jess ihrer Worte vollkommen sicher. »Ich muss immer wieder über ihn nachdenken, das kannst du mir glauben. Mit Adam habe ich alles, was passiert ist, wieder und wieder durchgesprochen, und er hat dafür gesorgt, dass ich die Dinge jetzt anders sehe. Am Anfang war ich am Boden zerstört, aber er hat recht. Wir können die Vergangenheit nicht ungeschehen machen, aber ich will mich auch nicht dauernd fragen, ob unser Familienleben vielleicht nicht das war, was es zu sein schien. Es war, was es war. Ich glaube wirklich, dass Dad uns alle geliebt hat, auch wenn er manchmal eine seltsame Art hatte, es zu zeigen. Seine Wutausbrüche!« Sie lachte leise. »Und er hat dich geliebt. Das weiß ich.« Sie zögerte, bevor sie weitersprach. »Seine Freundschaft mit Simon verstehe ich nicht. Ich will gar nicht darüber nachdenken, aber wir sollten versuchen, ihn uns so gut wir können im Gedächtnis zu bewahren, anstatt uns damit herumzuquälen, was hätte sein können oder sollen.«

»Es war mehr als bloß Freundschaft.« Rose setzte ihren Weg fort, hielt sich rechts und blickte den Fluss hinunter zur Tower Bridge. Woher nahm ihre Tochter diese plötzliche Reife? Wahrscheinlich war sie Adam zu verdanken.

»Aber Mum, was es war, ist jetzt egal. Verstehst du das nicht? Dad ist tot.«

»Das ist mir klar.« Ihr Ton war scharf. »Ich denke jeden Tag an ihn.«

»Natürlich. Aber wir können nicht in der Vergangenheit leben. Weißt du, was Adam gesagt hat? Weißt du nicht, klar. Nun, er hat gesagt: ›Der beste Umgang mit der Vergangenheit ist, sich davon zu nehmen, was man für die Zukunft brauchen kann, und den Rest hinter sich zu lassen.‹ Damit kann man nur gewinnen, meint er. Denk darüber nach, Mum. Ich bitte dich nur, es in Erwägung zu ziehen. Bitte.«

»Vielleicht sollten wir noch mal darüber sprechen, wenn ich nicht gerade spazieren gehe.« Die elenden Tränen drohten schon wieder, und eine vorbeimarschierende lärmende Schulklasse machte es zunehmend schwierig, Jess' Worte zu verstehen. Rose verabschiedete sich abrupt, steckte ihr Telefon weg und ging weiter in Richtung St. Paul's.

Eine Stunde später war sie wieder zuhause. Während des gesamten Spaziergangs hatte sie die Worte ihrer beiden Töchter in ihrem Kopf gewälzt. Vielleicht hatten sie recht. Vielleicht musste sie ihrem Beispiel folgen, loslassen und in die Zukunft blicken. Aber wie sollte das möglich sein? Wie konnte sie das Geschehene je aus ihren Gedanken verbannen? Doch Adams Rat an Jess hallte in ihren Ohren nach: ›Der beste Umgang mit der Vergangenheit ist, sich davon zu nehmen, was man für die Zukunft brauchen kann, und den Rest hinter sich zu lassen.‹ Wenn sie überhaupt noch eine Zukunft haben wollte, war es vielleicht sinnvoll, ihn zu beherzigen.

Sie machte sich einen Tee und ging hinauf in ihr Zimmer. Dort öffnete sie den Schrank und holte das Kleid heraus, das sie zusammen mit Simon gekauft hatte und das sie seit dem Fest nicht mehr getragen hatte. Sie hielt es vor sich, trat vor den Spiegel und bewunderte erneut seine treffsichere Wahl. Es war so ein gelungener Tag gewesen: Erst einkaufen, dann Mittag essen mit viel Gelächter. Seufzend hängte sie das Kleid wieder auf den Bügel und öffnete ihre Nachttischschublade, um Simons Umschlag herauszuholen. Am Fußende des Bettes sitzend, starrte sie lange auf seine Handschrift.

Will war schon den ganzen Tag in Bath gewesen, so fuhr Eve allein hin. Irgendwie war sie froh, für vierundzwanzig Stunden von Rose wegzukommen. Die permanent spürbare, schlecht verhohlene Missbilligung begann ihr auf die Nerven zu gehen. Sie wusste genau, was sie riskierte und wen sie möglicherweise verletzte. Wenn sie sich in Schuldgefühlen suhlen wollte, kriegte sie das allein sehr gut hin, auch ohne dass ihre Schwägerin ihr im Nacken saß. Rose sorgte sich nur um ihren Bruder, was Eve ärgerte, denn ihre Beziehung zu Rose war viel enger als die zwischen Rose und Terry. Als Erwachsene hatten die Geschwister immer weniger gemeinsam. Manchmal dachte Eve sogar, dass sie selbst das einzige Band zwischen den beiden war. So gesehen war es lächerlich, dass Rose sich jetzt für Terry stark machte.

Terry. Immer, wenn sie in den vergangenen Tagen an ihn gedacht hatte, waren Traurigkeit und Reue in ihr aufgestiegen. Wenn sie ihm erst einmal geholfen hatte, seine aktuellen Probleme in den Griff zu kriegen, und ihre finanzielle Lage wieder stabil war, würde sie frei sein. Der Verkauf des Arthur schritt wie geplant voran, und ihre eigenen geschäftlichen Perspektiven waren wieder besser, seit Rufus so unverhofft zurückgekehrt war. Terry musste nun streng auf dem Pfad der Tugend bleiben. Da er wusste, wie viel davon abhing, gab er sich alle Mühe. Dafür bewunderte sie ihn. Doch je öfter sie sich ein Leben ohne ihren Mann vorzustellen versuchte, desto schwerer fiel es ihr. Trotz all seiner Fehler liebte er sie und hätte alles für sie getan. Viele Frauen hatten weniger Glück mit ihren Ehemännern. Und sie selbst konnte auch nicht behaupten, ohne jeden Makel zu sein. Er hatte sich von ihr ziemlich viel gefallen lassen müssen.

Die durch seine Spielsucht entstandene finanzielle Misere hatte Eve bewusst gemacht, wie viel ihre Familie ihr bedeutete und wie unerträglich ihr der Gedanke war, das Nest zu verlassen, in das sie so viel Zeit und Liebe gesteckt hatte. Sie hatten ihre Kinder dort großgezogen; Millie war sogar in ihrem Schlafzimmer zur Welt gekommen, und das ganze Haus steckte voller Familiengeschichte. Das würde sie nirgends sonst finden. Auch würde sich niemand, zuallerletzt Will, gleichermaßen für das Leben ihrer Kinder interessieren wie sie. Soweit sie es jetzt überblicken konnte, fiel es ihm schon schwer, mit seinen eigenen Kindern Kontakt zu halten – etwas, das sie nicht nachvollziehen konnte.

Sie, nicht Terry, würde gehen müssen. Ihre gemeinsamen Freunde würden sich zwischen ihm und ihr entscheiden müssen. Und die Kinder? Zwar waren sie schon erwachsen, aber die Trennung ihrer Eltern würde ihnen sicher zu schaffen machen, besonders Millie, der Jüngsten. Würden sie sich nicht auch entscheiden müssen, Partei ergreifen? Vor allem, wenn sie erfuhren, für wen sie ihren Vater verließ. Wie würden sie künftig Familienereignisse feiern, ohne dass sich eine unbehagliche Stimmung breitmachte? Millies Universitätsabschluss zum Beispiel. Eheschließungen. Enkelkinder. Einen flüchtigen Moment lang sah sie Rose vor sich, wie sie Dylan ins Bett trug, seine Ärmchen um ihren Hals geschlungen und seine weiche Wange an die ihre gedrückt, während Daniel ihnen stolz hinterhersah. Darum beneidete sie sie. Weihnachten wäre auch nicht das Gleiche ohne die alten Familienrituale. Und der Sommer? Würde sie je wieder in der Casa Rosa zu Gast sein können? Und dann natürlich Terry – sie würde all die kleinen Dinge vermissen, die sie ärgerten, belustigten oder liebevolle Gefühle weckten, all das, was sie gemeinsam hatten. Ihr schwirrte der Kopf vor lauter Dingen, die sie verlieren, und Möglichkeiten, die sie gewinnen würde. Und selbst die Hühner würde Terry behalten können!

Doch mit Will erging es ihr ebenso. Wenn sie mit ihm zusammen war, konnte sie sich eine Zukunft ohne ihn nicht vorstellen. Er verstand sie, er schmeichelte ihr, gab ihr das Gefühl, alles sei möglich, er ließ das Leben aufregend und unvorhersehbar erscheinen. Mit ihm fühlte sie sich wie eine ganz andere Frau. Irgendwann war das bei Terry vielleicht auch so gewesen – es fiel ihr schwer, sich daran zu erinnern –, doch diese Gefühle waren seit langem schon im banalen Alltag und dem Stress untergegangen, den es bedeutet, alles unter einen Hut bringen zu müssen. Versuchte sie das auch jetzt wieder? Sie war gar nicht sicher, ob sie diese andere Frau, die Will in ihr freigelegt hatte und die in erster Linie oberflächlich und selbstsüchtig war, wirklich mochte. Aber es war einfach unvergleichlich, wie sie sich in seiner Gesellschaft fühlte. Das konnte sie nicht so einfach aufgeben.

Sie ging zu Fuß vom Bahnhof zum Hotel, einem eleganten Gebäude aus der georgianischen Epoche. Dort stellte sie unter dem Vordach aus Stahl und Glas ihre Tasche ab und blickte die honigfarbene Steinfassade mit den unterteilten Schiebefenstern empor. Eine Nacht mit Will, ganz ohne all die Anforderungen ihres Alltagslebens. Vierundzwanzig Stunden ununterbrochenes Vergnügen mit Zimmerservice. Vielleicht würden sie abends zum Essen ausgehen und eine Runde durch die Stadt drehen. Wenn es wirklich ihr letztes Treffen sein sollte, dann musste es wenigstens denkwürdig werden. Sie schloss die Augen in lustvollster Vorfreude, öffnete sie aber sofort wieder, als jemand sich räusperte.

»Kann ich Ihnen behilflich sein?« Ein livrierter Portier beugte sich bereits über ihren Koffer.

»Ja, danke. Ich checke gerade ein.« Ihr flatterte der Magen vor Aufregung.

Gemeinsam betraten sie die Halle und gingen direkt zur Rezeption. Will hatte damit gerechnet, etwa eine halbe Stunde vor ihr da zu sein, sofern sein Termin nicht länger dauerte.

Die Rezeptionistin blickte auf den Bildschirm und sah sie mit einem warmen Lächeln an. »Nein, Mister Jessop ist noch nicht eingetroffen. Möchten sie schon einmal das Zimmer beziehen?«

Minuten später saß Eve auf dem Rand eines in ganz hellen Blau- und Grautönen gehaltenen Himmelbetts. Auf der fast perfekt abgestimmten Tapete waren pausbäckige Putten, eingerahmt von Blumengirlanden, zu sehen. Sie fühlte sich geschmeichelt. Will hatte keine Kosten gescheut. Terry hätte immer das bescheidenste Zimmer ausgewählt. Einmal war er sogar so knauserig gewesen, eines mit Toilette auf dem Flur zu nehmen. Mitten in der Nacht hatte Eve dann, in einen Kimono gehüllt, auf dem kalten Flur herumirren müssen.

Sie lehnte sich zurück, spürte die Matratze nachgeben, entspannte sich, schnupperte an dem sauberen weißen Leinenbettzeug. Dann setzte sie sich prompt wieder auf. Will kam offenbar zu spät, aber das gab ihr Gelegenheit, sich für ihn herzurichten. Sie packte ihre Tasche aus und verstaute sie unten im Schrank, hängte das Kleid auf, das sie für abends mitgenommen hatte – nur für den Fall, dass sie das Zimmer doch noch verließen –, und legte ihre neue Unterwäsche aus Satin und Spitze in eine Schublade. Dann zog sie sich aus, hüllte sich in einen der flauschigen weißen Bademäntel und begab sich mit ihrer Kulturtasche ins Badezimmer. Sie prüfte ihr Gesicht im Spiegel, holte die Pinzette heraus und zupfte am Kinn ein bösartiges Haar aus, das bestimmt noch nicht da gewesen war, als sie sich zuletzt betrachtet hatte. Auch so eine Erinnerung an die Vergänglichkeit, die die hormonelle Umstellung mit sich brachte. Davon abgesehen sah sie, wenn sie sich noch ein bisschen aufhübschte, so gut aus wie nur möglich. Am Ende wickelte sie den Armreif, den Will ihr geschenkt hatte, aus dem Toilettenpapier und benutzte es dazu, den von Terry einzuwickeln. Dann zog sie Wills Geschenk über ihr Handgelenk. Zufrieden ging sie zurück ins Schlafzimmer, schlug die Decke zurück und krabbelte darunter, sorgfältig darauf bedacht, weder ihre Frisur noch ihr Make-up zu verwüsten. Das würde noch früh genug passieren.

Als Will fünf Minuten später immer noch nicht da war, kletterte sie wieder heraus und trottete über den hochflorigen Teppich, um ihre Tasche zu holen. Da sie sich geschworen hatte, in Bath keinen Augenblick ihrem BlackBerry zu widmen – diese vierundzwanzig Stunden sollten ausschließlich dem Vergnügen vorbehalten sein –, holte sie ihren Kindle hervor, suchte die Stelle in dem Thriller, an der sie im Zug aufgehört hatte zu lesen, und legte sich damit ins Bett. Der Wecker neben dem Bett zeigte mit großen roten Ziffern an, wie die Zeit verging. Doch da sie wusste, dass Will jeden Moment da sein konnte, gelang es ihr nicht, sich zu konzentrieren. Die Handlung war zu verwickelt, um folgen zu können. Zu jedem anderen Zeitpunkt hätte die komplizierte Geschichte sie gefesselt, heute nicht.

Weitere zehn Minuten später stand sie auf und machte sich eine Tasse Kaffee. Anstelle von langweiligem Instantkaffee stand eine Dose frisch gemahlener Columbia-Kaffee neben dem Kaffeebereiter. Als sie fertig war, wurde der Duft ihres Parfüms, der Will verführen sollte, vom Kaffeearoma überlagert, das jetzt den Raum erfüllte. Nachdem sie mit sich selbst darüber diskutiert hatte, wo sie ihn trinken sollte, stieg sie wieder ins Bett – die Laken waren sowieso nicht mehr so einladend unbenutzt wie bei ihrer Ankunft. Wieder nahm sie ihren Kindle zur Hand, und diesmal fand sie rasch in die Geschichte hinein.

Als sie den Becher geleert hatte, stand sie auf und öffnete mit sanfter Gewalt das von Farbe verklebte Fenster, um den Geruch abziehen zu lassen. Sofort drang stattdessen der unverkennbare Dunst gebratener Zwiebeln von irgendwo unten herein. Ihr Zimmer lag wohl direkt über einem Küchenabzug. Sofort knallte sie das Fenster wieder zu, aber zu spät. Im Handumdrehen hatte sich die Atmosphäre verwandelt: Vom Boudoir zum Bistro. Vielleicht war es ganz gut, dass Will noch nicht da war. So konnte sie die Luft im Zimmer wieder in den Urzustand versetzen, indem sie die Klimaanlage, die sie zu spät entdeckt hatte, ganz kalt einstellte.

Plötzlich und ohne wirklichen Grund wurde sie nervös. Sie öffnete die Minibar, aus der sie eine Flasche Weißwein angrinste. Was konnte es schaden? Sie schenkte sich ein großes Glas voll ein und ging damit zurück ins Bett. Sie nahm ihren Thriller wieder zur Hand, scrollte ein paar Seiten zurück, um noch mal zu lesen, was sie bereits wieder vergessen hatte, und zwang sich, erneut in die Handlung einzutauchen. Schließlich lehnte sie sich in den daunenweichen Kissen zurück, seufzte und schloss die Augen. Sie freute sich, dass Will gleich kommen würde. Sein Termin zog sich anscheinend in die Länge, aber ewig konnte es nicht dauern.

Als sie die Augen wieder öffnete, lag sie halb auf der Seite. Das weiße Kissen trug pfirsichfarbene Flecken von ihrer Schminke und dem Puder. Unter ihrer rechten Wange hatte sich ein kleiner See von Speichel gebildet, der allmählich in das Kissen sickerte. Schlaftrunken wusste Eve zunächst nicht, wo sie sich befand. Dann war die Wirklichkeit plötzlich wieder da. Sie setzte sich auf und ihr Blick fiel erst auf das leere Weinglas, dann auf die Uhr. Die Zahlen waren eindeutig: 18:30. Jetzt 18:31. Sie rieb sich die Augen. Zu spät fiel ihr die Wimperntusche ein, die sie für ihre Rolle als Femme fatale dick aufgetragen hatte. Da stimmte doch etwas nicht. Sie nahm die Uhr in die Hand und schüttelte sie, drückte die Knöpfe. Und doch, es stimmte: 18:32. 18:33. Wills Termin musste längst zu Ende sein. Bestimmt war ihm etwas zugestoßen.

Sie griff zum Telefon und wählte die Nummer der Rezeption. »Irgendwelche Nachrichten für Zimmer 25?«

Es herrschte Stille, während die Frau nachsah. Gleich würde alles klar sein.

»Nein, tut mir leid. Nichts.«

»Sind Sie sicher?« Sie geriet in Versuchung, sich einfach in den Decken zu verkriechen, schwang aber die Beine aus dem Bett.

»Vollkommen sicher. Ich habe zweimal nachgesehen.«

Als sie auflegte, überkam Eve ein überwältigendes und äußerst unliebsames Déjà-vu-Gefühl, aber sie weigerte sich, ihm Beachtung zu schenken. Sie verließ das vom Schlaf zerwühlte Bett und trat vor den Spiegel an der Tür. Ein Schreckgespenst starrte sie daraus an. Die vielen Pflegeprodukte in ihrem Haar hatten im Schlaf dafür gesorgt, dass es jetzt in alle Richtungen abstand. Die verschmierte Wimperntusche hatte über ihren Wangenknochen Pandaaugen hinterlassen, mit denen sie jetzt, in diesem Licht, ein wenig zu hager für eine Frau ihres Alters aussah. Tränen schossen in ihre Augen. Lass das sein, tadelte sie sich selbst. Du bist keine neunzehn mehr. Trotzdem zupfte sie eine Handvoll Taschentücher aus der Box. Nachdem sie sich geschnäuzt und wieder in einen halbwegs passablen Zustand versetzt hatte, schenkte sie sich noch ein Glas Wein ein.

Seit mehr als zwei Stunden war sie nun in diesem Zimmer. Niemand, nicht einmal Will, verspätete sich so sehr. Ihm war doch hoffentlich nichts zugestoßen? Wie sollte sie ihn finden in einer Stadt, die sie nicht kannte? Außer, er lag verletzt irgendwo im Krankenhaus. Sie wusste nicht einmal, wo dieser Termin stattgefunden hatte. Verzweifelt warf sie ihren Entschluss, einen wirklich technikfreien Tag zu verbringen, über Bord, kramte ihren BlackBerry hervor und schaltete ihn ein.

Sobald er zum Leben erwachte, sah sie eine Reihe von Mails, die auf sie warteten. Sie scrollte abwärts und fand eine, nur eine einzige Nachricht von Will. Gesendet um viertel nach drei, als sie noch im Zug von Paddington gesessen hatte, mit abgeschaltetem Telefon und in Gedanken einzig und allein bei den aufregenden vierundzwanzig Stunden, die vor ihr lagen. Nervös und auch ein wenig wütend öffnete sie sie.

Evie, mein Schatz, tut mir sooo leid, aber ich schaffe es doch nicht nach Bath. Termin abgesagt und in letzter Minute ist mir in London was dazwischengekommen, das ich unbedingt wahrnehmen muss. Ich mache es wieder gut.

Ungläubig starrte sie auf die Worte, las sie noch einmal. Und dann noch einmal. Auf einmal verlor sie sämtliche Energie. Er kam nicht. Sie hatte die ganze Reise umsonst unternommen. Er hatte gewusst, dass sie den Drei-Uhr-Zug nahm, und die Mail erst geschickt, als sie schon unterwegs war – und mehr fiel ihm dazu nicht ein. Er war zu beschäftigt, auch nur im Hotel anzurufen, um mit ihr zu sprechen. Sie lehnte sich noch ein letztes Mal in die Kissen zurück und ließ tiefer sickern, was geschehen war. Dabei wurde sie den Gedanken an ein anderes Kissen nicht los. Obwohl es über fünfundzwanzig Jahre her war, sah sie es ganz genau vor sich, samt dem speziellen, antiallergischen Bezug, wie es hinten in Wills Auto neben seiner zerlesenen *National-Geographics*-Sammlung lag. So ein Drecksack!

Sie setzte sich auf, erfüllt von einer Wut, wie sie sie noch nie empfunden hatte. Wie konnte er es wagen, sie so zu behandeln? Wenn er glaubte, sie würde das stillschweigend hinnehmen und zur Tagesordnung übergehen, dann hatte er sich getäuscht.

Sollte ihre Beziehung überhaupt funktionieren, so mussten ein paar Dinge wirklich gesagt werden. Und einen besseren Zeitpunkt als jetzt, wo sie vor Wut kochte, würde es nicht geben. Sie wählte seine Nummer und wartete. Es war nicht nötig, lange zu überlegen, was sie sagen wollte. Falls er überhaupt ranging. Wenn er es nicht tat, würde sie dafür sorgen, dass sie sich gleich am nächsten Tag trafen, um die Sache zu klären. So leicht kam er nicht davon. Es klingelte lange. Gerade als sie aufgeben wollte, meldete er sich.

»Wo zum Teufel steckst du?« Sie gab ihm keine Chance, etwas zu sagen, und merkte stolz, dass sie ihre Stimme unter Kontrolle hatte. Leise, fest, aber extrem kraftvoll.

»Will, Liebling. Es ist dein Telefon.« Die Stimme, die sie hörte, klang fern; offenbar hielt jemand Will das Telefon hin. Zweifelsfrei eine Frau – eine junge Frau mit sanfter Stimme und walisischem Akzent. Eve starrte regungslos vor sich hin. Mehr brauchte sie nicht zu hören. Es bedurfte keiner Erklärung mehr. Er konnte doch nichts vorbringen außer faulen Entschuldigungen. Sie beendete den Anruf, bevor Will das Telefon übernommen hatte.

Wie lange sie bloß dasaß, in die Ferne starrte und der Geschichte dieser Beziehung nachhing, wusste sie nicht. Natürlich war sie verheiratet gewesen und er Single, frei zu tun, was er wollte, doch niemals wäre sie auf den Gedanken gekommen, dass er es fertigbringen würde, in derart gefühlloser und erniedrigender Weise die Geschichte zu wiederholen. Hatte er gemeint, sie würde nie darauf kommen, dass er sich mit einer anderen traf? Oder hatte er vielleicht absichtlich die andere Frau den Anruf entgegennehmen lassen? Weil er wollte, dass sie es mitbekam, und zu feige war, es ihr zu sagen? Er hatte zugelassen, dass sie ohne Not ihre Ehe aufs Spiel setzte. Na schön, es war ihre Schuld. Sie hatte sich in diese Lage bringen lassen, gerne sogar, aber in dem irrigen Glauben, das, was sie miteinander wiederentdeckt hatten, würde es auch wert sein. Dieses

Mal gab es für sie beide kein Zurück mehr. Sie richtete ihre Wut nun gegen sich selbst, weil sie so gutgläubig gewesen war anzunehmen, er habe sich verändert. Sie starrte den BlackBerry in ihrer Hand an. Langsam suchte sie Roses Nummer und hob das Telefon ans Ohr.

Rose hörte Eve zu, ohne sie zu unterbrechen. Sie war dankbar, dass Rose ihr nicht mit dem Spruch »Das habe ich dir doch gleich gesagt« kam. Nicht einmal ihrem Tonfall war zu entnehmen, dass sie so dachte. Was Rose schließlich sagte, klang eindeutig und so, als sei sie sich sicher, dass Eve jetzt genau den Rat brauchte, den sie ihr gab.

»Komm zurück nach London, Eve. Du kannst über Nacht hierbleiben. Ich bleibe auf, bis du da bist. Und morgen weißt du dann, was du zu tun hast.«

»Was denn?«, fragte Eve, obwohl sie die Antwort schon kannte.

»Heimfahren«, sagte Rose. »Heimfahren.«

JULI – EIN JAHR SPÄTER

32

In der Abflughalle des Stansted Airport wimmelte es von Menschen. Eve kochte vor Wut. Ihre Kinder waren schon so lange aus der Schule, dass sie vergessen hatte, wie grauenvoll es war, in den Schulferien zu verreisen, wenn sämtliche Familien im Land um die halbe Welt flogen. Menschen drängten sich in den Cafés, feierten in den Bars, stöberten in den Läden, standen vor den Wechselstuben Schlange, liefen ziellos umher. Jeder sprach laut mit jedem – ob vor freudiger Erregung oder weil er gestresst war. Hier und da weinte ein Kind oder ließ eine Schimpfkanonade über sich ergehen, weil es weggelaufen war. Alle standen unter Druck.

Über das Menschenmeer hinweg hielt sie Ausschau nach zwei freien Sitzen. Vergebens. Sie hätte es nicht Terry überlassen dürfen, die Flüge zu buchen. Aber der berufliche Stress hatte dazu geführt, dass sie sein Angebot gern angenommen hatte, obwohl ihre letzte Reise nach Italien ein Fiasko gewesen war. Das konnte sie alles ertragen, ermahnte sie sich, wenn sie sich anschließend in der Casa Rosa entspannen konnte.

Aus der Masse der Sitzenden erhob sich ein tätowierter Glatzkopf mit einer Dose Bier. Was für ein unvorteilhafter Anblick, dachte sie bei sich, wie sich das T-Shirt über dem Bierbauch spannte, und dann noch das Hakenkreuz über dem rechten Ohr! »Terry«, zischte sie. »Da drüben. Setz dich hin. Und halte nach Anna Ausschau. Ich bin gleich zurück.«

Terry gehorchte, bahnte sich einen Weg über ausgestreckte Beine, zwischen Taschen und Kindern hindurch und ließ sich auf den Stuhl sinken, ihrer beider Handgepäck zu seinen Füßen. Dann zog er die unverwechselbar pinkfarbenen Seiten der *Financial Times* hervor und flüchtete sich in die Lektüre. Er war es gewohnt, mit Eve zu reisen, und akzeptierte schicksalsergeben, was sie jetzt vorhatte.

Eve betrat den nächsten Buchladen und durchforstete die Kinderbuchabteilung. Die Bücher waren vollkommen durcheinander, aber darum war sie ja hier: um wieder Ordnung zu schaffen … und um dafür zu sorgen, dass ihre Autoren gut platziert waren. Eine Agentin ruht niemals. Ein kurzer Blick über die Schulter, um sicherzugehen, dass die Angestellten anderweitig beschäftigt waren, und schon schob sie rasch den Buchbestand auf den Regalen zurecht, so dass Platz wurde, um die Bücher ihrer Autoren mit dem Cover nach vorn zu stellen. In der Liebe und im Geschäftsleben ist alles erlaubt, sagte sie sich, während sie Rufus' letztes Werk aus dem Regal zog und auf den Präsentiertisch legte, wo es erfolgreich einen ganzen Stapel Bücher irgendeines Erfolgsautors zudeckte. Als sie mit ihren Autoren durch war, wobei sie sich im Kopf notierte, welche gar nicht vertreten waren, ging sie so schnell wie möglich in den nächsten Buchladen, um dort das Gleiche zu tun. Nach getaner Arbeit kehrte sie zu Terry zurück. Inzwischen war der Platz neben ihm frei geworden. Mit einem Taschentuch entfernte sie einen Kaffeefleck von der Sitzfläche und nahm dann auf der Kante Platz, damit ihr Rock nicht schmutzig wurde.

Während er sich offenbar unbeeindruckt von dem Trubel in seine Zeitung vertiefte, konzentrierte sie sich darauf, Ruhe zu bewahren und tief durchzuatmen. Flugangst war ihr fremd, aber sie verabscheute all die Begleiterscheinungen von Billigreisen: wie Vieh in einen Container getrieben zu werden, um dann darum zu kämpfen, zwei benachbarte Sitze ohne verstellbare Rückenlehne und ohne nennenswerte Beinfreiheit zu ergattern, Phantasiepreise für sogenannte »Erfrischungen« zu bezahlen und von hibbeligen Kindern in den Rücken getreten oder von einem greinenden Baby in der Vorderreihe bis zur Taubheit zugebrüllt zu werden. Und das zwei Stunden am Stück. Dem Kind oder dem Baby konnte man zwar keinen Vorwurf machen, aber ihr war das alles ein bisschen zu eng und hatte zu wenig Privatsphäre.

Als ihr Flug endlich aufgerufen wurde, hatte sie sich in einen Geisteszustand versetzt, in dem sie ihren Mitmenschen gegenüber eine gewisse Wärme empfand. Schließlich, so rief sie sich ins Gedächtnis, kauften diese Leute die Bücher ihrer Autoren und hielten ihr Unternehmen am Laufen. Außerdem machten sie ja bloß Urlaub, vergnügten sich, genau wie sie selbst. Sie wollte sie nicht einfach so von oben herab verurteilen wie eine miesepetrige Menschenhasserin.

Mit Terry in der Schlange zwischen einer lärmenden Truppe von sechs üppigen Damen jenseits der dreißig (sehr gnädig geschätzt), die in rosa Glitzertops und mit ins Haar gesteckten Fühlern auf Girlie machten, und einer chaotischen Familie mit drei Kleinkindern, die ständig aus der Schlange ausbüxten, war sie bemüht, sich ihr frisch erworbenes Wohlwollen allen Menschen gegenüber zu bewahren. Eve nahm es als Charaktertest, sich nicht die Laune verderben zu lassen, und sie war entschlossen, ihn zu bestehen. Sie lenkte ihre Gedanken auf andere Dinge. Von Anna und ihrem Freund immer noch keine Spur. Aber daran konnte Eve nichts ändern. Entweder tauchten sie noch auf oder eben nicht. Sich darüber aufzuregen hatte keinen Sinn.

Zentimeterweise schoben sie sich vorwärts. Eve erschrak, als der Steward einzelne Handgepäckstücke auf ihr Gewicht überprüfte. Sie hielt den Atem an und hob ganz beschwingt ihren Koffer hoch, als sei er gar nicht so schwer, dass er ihr fast den Arm aus der Schulter riss. Sie ließ ihn ein Weilchen in der Luft schweben. Eve lächelte den Steward an, verzichtete aber auf einen Kommentar, um ihn nicht zu provozieren. Er blitzte sie an und stürzte sich dann auf eins der überreifen Girlies. Eve und Terry schoben sich an der Ärmsten vorbei, die ihren Koffer auspacken und den halben Inhalt zwischen ihren Freundinnen aufteilen musste.

Im Flugzeug setzten sie sich so, dass zwischen ihnen ein Platz frei blieb. Eve arrangierte besitzergreifend ihre Jacke und ihre Handtasche darauf – vielleicht war ihnen ja ein bisschen zusätzlicher Raum vergönnt. Dann konzentrierte sie sich auf ihren Kindle, entschlossen, keinem anderen Passagier in die Augen zu sehen. Wenn jemand den Sitz haben wollte, musste er es wagen, sie zu stören und zu fragen. So weit, so gut.

Gerade als es im Flugzeug ruhiger wurde und ihre drei Plätze gesichert schienen, wurde es an der Tür noch mal hektisch, ein letztes Paar platzte herein und wurde von der Crew rasch den Gang entlang gewiesen. Eve blickte auf und sah endlich Anna, mit fliegenden Haaren, gefolgt von einem jungen Mann in engem T-Shirt, dessen Haar zu einem Pferdeschwanz gebunden war.

»Tante Eve!« Anna blieb neben ihr stehen. »Was für ein unglaubliches Glück! Kannst du eins weiterrutschen?« Eve gehorchte. Es tat ihr leid, den Zusatzplatz zu verlieren, aber sie freute sich, dass ihre Nichte da war. Anna berührte die Hand des Mannes. »Du kommst zurecht, Rick?«

Das also war Rick! Rose hatte erwähnt, dass er kommen würde. Wobei – musste sich nicht einer von ihnen um das Gartencenter kümmern? Im Juli war doch bestimmt viel zu tun? Terry sagte, das Geschäft käme gerade in Schwung, aber am besten wusste das wohl Anna.

Ricks Lächeln räumte die Schlüsse aus, die Eve aus seinem dunklen Pferdeschwanz, den silbernen Nasen- und Ohrringen und dem verschlungenen bunten Tattoo auf seinem Arm gezogen hatte. »Keine Sorge«, erklärte er mit starkem australischen Einschlag. »Wir sehen uns in Pisa.«

»Das ist Rick«, erklärte Anna unnötigerweise, während er sich weiter hinten einen Platz suchte. »Wenn wir gelandet sind, stelle ich euch vor. Ihr werdet ihn bestimmt mögen.« Sie polierte einen großen orangefarbenen Plexiglasring am Saum ihrer transparenten Bluse.

»Ja, ganz bestimmt«, sagte Eve, die daran so ihre Zweifel hatte. »Was ist passiert?«

»Wir haben verschlafen.« Anna zog den Sitzgurt unter sich

hervor und schloss ihn über dem Bauch. »Gott sei Dank haben wir es noch geschafft. Ich bin total platt. Tut mir leid, Tante Eve, aber ich brauche dringend Erholung.« Sie schüttelte ihr Haar und strich es zurück, um es mit einer mit rosaroten Steinen besetzten Haarspange zusammenzuhalten. Dann lehnte sie sich zurück, schloss die Augen und stöhnte melodramatisch. Sie öffnete sie auch während der Sicherheitseinweisung nicht, obwohl die Stewardess mit dem blondgefärbten Haarknoten und der engen Bluse sie böse ansah. Bald war Anna fest eingeschlafen. Eve wandte sich wieder ihrem Kindle und dem letzten Teil von einem der beiden Jugendbücher zu, die am Tag vor der Abreise im Büro eingetroffen waren. Sie wollte nicht, dass die Werke oder ihre Autoren bis zu ihrer Rückkehr warten mussten, und jetzt war ein guter Moment, damit voranzukommen. Auch Terry schlief, den Kopf an die Flugzeugwand gelehnt, und ab und zu entkam seinem geöffneten Mund ein leises Schnarchen.

Rose ging vom Pool zurück zum Haus, das Handtuch um den Hals gelegt. Die Sonne wärmte ihren Körper. Mit einer Hand rubbelte sie sich das Haar trocken. Als sie an dem Tisch unter dem Walnussbaum vorbeikam, fiel ihr Blick auf das alte Bauernhaus, das im Licht des Toskana-Sommers dalag. Während sich alle anderen Bereiche ihres Lebens grundlegend gewandelt hatten, war die Casa Rosa geblieben wie immer: die warmen Töne des soliden Steinhauses, das flache Ziegeldach, die kleinen Fenster mit den braunen Fensterläden und die schweren Holztüren. Seit ihrem letzten Besuch vor fast zwei Jahren hatte sich nichts verändert. Nach Daniels Tod hatte sie das Haus an Urlauber vermietet. Terry hatte angeboten, für sie hinzufliegen, um alles mit dem Makler zu regeln und ein paar Renovierungsarbeiten in die Wege zu leiten. Gott sei Dank gab es auch Marco, ihr unermüdliches Faktotum, der sich während ihrer Abwesenheit fürsorglich um das Haus kümmerte.

Trotzdem verging kaum eine Minute, in der sie nicht irgendetwas an Daniel erinnerte. All die kleinen Dinge, die er bei der Ankunft immer erledigt hatte, nahmen ihre Aufmerksamkeit in Anspruch: die Hängematten aufhängen; den PH-Wert des Pools prüfen; sicherstellen, dass der Klärbehälter nicht übergelaufen war; die Stühle auf der Terrasse reparieren, wenn sich durch die Sonne der Leim gelöst hatte; nachsehen, ob sich Mäuse oder Spinnen eingenistet hatten; vertrocknete Pflanzen ersetzen; die Post durchsehen, die sie auf der Fußmatte erwartet hatte; checken, ob die Mieter etwas kaputt gemacht hatten.

Bei den Töpfen mit den Miniaturrosen, die unterhalb der Pergola standen, blieb sie stehen und zupfte sorgsam die vertrockneten Blütenköpfe ab. Dann wandte sie sich den Geranien zu, nahm ihre Gartenschere von der niedrigen Steinmauer und befreite auch sie von den toten Blüten, die sie anschließend auf den Kompost warf. Bei jeder Bewegung spürte sie, wie die Sonne sie weiter trocknete, bis sie schließlich auf ihre ungeschützte Haut herunterbrannte. Sie legte sich das Handtuch über Schultern und Oberarme. Bevor sie ins Haus ging, schnitt sie noch ein paar Zweige orangefarbener und purpurner Bougainvillea und nahm sie mit hinein.

Sie öffnete die Schranktür, holte zwei kleine Keramikvasen heraus, füllte sie mit Wasser und arrangierte die Bougainvillea, die sie dort aufstellte, wo Terry und Eve schlafen würden – dieses Mal in Jess' Zimmer. Sie wollte nicht die gleiche Schlafordnung haben wie beim letzten Mal. Außerdem würden Jess und ihre Familie im ehemaligen Stall mehr Privatsphäre und Platz haben.

Zufrieden, dass alles für sie vorbereitet war – Seife, Shampoo und Duschgel im Bad, frische, gefaltete Handtücher, ordentlich gemachtes Bett, Kleiderbügel im Schrank, Fensterläden geschlossen – ging sie in das Zimmer, in dem sie und Daniel schliefen ... nein, korrigierte sie sich, nur ich alleine, und drehte die Dusche auf.

Bei ihrer Ankunft hatte sie zunächst erwogen, mit Anna die Zimmer zu tauschen, um sich nicht mit den Erinnerungen zu belasten, die an ihrem hafteten. Doch zu ihrer Überraschung hatte der Raum sie willkommen geheißen, und sie fühlte sich in diesen vier Wänden gut aufgehoben. Daniels Urlaubskleidung hing noch in der verschlossenen Hälfte des Schrankes. Aber das störte sie nicht, obwohl sie wusste, dass sie die Sachen bis zum Ende des Sommers loswerden musste. Die Tasche, die er vor langer Zeit auf dem Markt bei der Medici-Kapelle gekauft hatte, hing über einer Stuhllehne, über dem Bett wachte eine Madonna mit Kind. Sie und Daniel hatten das Bild gemeinsam bei einem Trödler ausgesucht, den sie in einer abgelegenen Gasse in Siena entdeckt hatten. Das Blau des Gewands stach leuchtend aus dem Blattgoldhintergrund. Maria blickte so liebevoll auf ihr Kind hinunter, wie Rose es selten gesehen hatte. Unerschütterliche mütterliche Hingabe. Rose konnte das absolut nachvollziehen. Ihre ersten paar Nächte in diesem Zimmer waren ohne jede Störung gewesen. Es hatte zwei Jahre gedauert, aber jetzt empfand sie endlich inneren Frieden.

Sie duschte rasch, schnappte sich dann ein paar weiße Shorts, zog sich an und schlüpfte in die Flip-Flops. Ihr Haar ließ sie an der Luft trocknen. Sie hatte von der Sonne schon etwas Farbe bekommen, brauchte also nur einen Hauch Maskara und ein bisschen Lipgloss, und schon war sie fertig. Nun ging sie in Annas Zimmer. Auch dort war alles für die beiden bereit. Sie strich eine Falte in der Bettdecke glatt, zog an dem Fensterladen mit dem losen Scharnier. Das zusammengeknotete Moskitonetz über dem Bett bewegte sich im sanften Wind. Beim Verlassen des Zimmers sah sich Rose in dem Spiegel an der Schranktür. Wie die Zeit einen verändern konnte, innerlich wie äußerlich. Sie sah jetzt wieder gut aus, immer noch schlank, ihre Haut hatte den Glanz, den Urlaub verleihen kann. Seit Daniels Tod hatte sie viel geschafft.

In der Küche hantierte sie herum, räumte Sachen weg. Die

vertrauten Verrichtungen wirkten immer beruhigend auf sie. Sie arrangierte Orangen, Zitronen und Äpfel in einer Schüssel auf dem Tisch und summte dabei eine Melodie vor sich hin, als sie einen Ruf hörte. Sie wirbelte herum, eine Orange in der Hand, und bemerkte hinter sich Dylan in voller Spiderman-Montur.

»Dylan!« Sie legte die Frucht weg und ging in die Hocke, um ihn zu umarmen. Sie spürte seinen heißen Atem an ihrem Gesicht – offenbar hatte er gerade ein Thunfischbrötchen verzehrt –, während er sich vor Freude quietschend in ihrer Umarmung wand. Als sie aufblickte, stand hinter ihm Jess, ganz verschwitzt. Die kleine Daniela saß breit grinsend auf ihrer Hüfte. Die Nachhut bildete Adam, ruhig wie immer, mit seinem und Dylans Rucksack. Zu ihren Füßen war die rote Nachbarskatze hereingeschlichen und schnurrte laut zur Begrüßung. Sofort übertrug Dylan seine Zuneigung von Rose auf das Tier und streichelte mit seiner klebrigen Hand ihr Fell.

»Ihr kommt früher, als ich dachte. Nein, Dylan, das ist keine gute Idee.« Rose versuchte seine Hand wegzuziehen, als er die Katze beim Schwanz packen wollte, aber er entschlüpfte ihr.

»Ich habe die Zeiten durcheinandergebracht. Wir sind zu einer unmenschlichen Zeit von Gatwick abgeflogen und entsprechend erschlagen.« Jess ließ sich in einen der Sessel fallen. »Darf ich ein bisschen Kaffeeduft schnuppern?«

»Aber klar doch. Ich wollte gerade welchen aufsetzen.« Rose holte weitere Tassen aus dem Schrank. »Ich habe euch im Stall einquartiert, hoffentlich passt euch das?«

»Dann bringe ich unsere Sachen schon mal rüber«, schlug Adam vor. »Komm, Dylan. Lass die Katze. Wir beide gehen jetzt auf Erkundungsgang.« Er wartete einen Moment. »Sofort!«, fügte er nachdrücklich hinzu. »Vielleicht gehen wir sogar schwimmen.«

Dylan kroch unter dem Tisch hervor, rannte seinem Vater nach und rief, er solle auf ihn warten. Rose blickte ihnen amüsiert hinterher. Mit dem Frieden, den sie bisher genossen hatte, war es nun endgültig vorbei.

»Irgendwie ein komisches Gefühl.« Jess setzte das Baby auf ihr Knie und gab ihm einen Teelöffel aus der Schublade.

»Ich weiß«, sagte Rose. Wie gut, dass sie schon ein paar Tage früher gekommen war. »Aber es wird von Tag zu Tag leichter.« Sie hatte beschlossen, vor allen anderen da zu sein, um sich einzugewöhnen und dann die Kraft zu haben, ihren Töchtern beizustehen, wenn sie anreisten.

»Ich hätte das Trevarrick nicht alleinlassen dürfen«, sagte Jess plötzlich. »Ich habe dort so viel zu tun. Wir hätten nicht kommen sollen.«

»O doch, unbedingt«, entgegnete Rose ruhig und streichelte Danis Wange. »Es ist Zeit, zur Normalität zurückzukehren, und das bedeutet auch, wieder einmal im Jahr zusammen Urlaub zu machen. Dad hätte es so gewollt.«

Jess setzte zu einer Antwort an, wurde aber von lautem Hupen daran gehindert.

»Das müssen wohl die anderen sein. Die hatte ich auch nicht so bald erwartet.« Rose legte den Arm um Jess und sie gingen gemeinsam zur Tür.

Als Terry das Auto zu den anderen unter die große Eiche stellte, standen Rose und Jess schon in der Tür, um sie zu begrüßen. Eve und Anna stiegen als Erste aus. Rose umarmte erst Anna, dann Eve, als wollte sie sie nie wieder loslassen. »Gute Reise gehabt?«

»Es ist alles nach Plan gelaufen, nicht wie letztes Mal.« Eve wünschte, sie könnte den letzten Satz zurücknehmen, der sie alle an zu vieles erinnern würde. Sie wechselte rasch das Thema. »Wo sollen wir schlafen?«

Rose und Terry lächelten einander an und küssten sich zur Begrüßung auf die Wange. Auch ihre Umarmung dauerte länger als gewöhnlich. Als sie einander losließen, dachte Eve, wie viel besser Terry doch aussah, seitdem er nicht mehr so von Sorgen gequält war. Trotzdem, seine Garderobe brauchte eine kleine Veränderung. Wie war er an dieses T-Shirt geraten? Sie hatte es erst gesehen, als er im Auto seine Reißverschlussjacke ausgezogen hatte. Ein Superman-T-Shirt. Unpassender hätte ein Kleidungsstück für Terry nicht sein können.

»Ich habe euch in Jess' Zimmer untergebracht«, sagte Rose. »Die vier sind im Stall besser dran. Ich freue mich so, dass ihr da seid.« Die Worte kamen so eindeutig vom Herzen, dass Eve sich fragte, was vor ihrer Ankunft vorgefallen war.

»Anna!« Rose legte ihrer Tochter den Arm um die Schulter. »Zeig Rick doch euer Zimmer, und dann machen wir langsam Mittagessen. Keine Eile.«

Terry hievte mit vor Anstrengung verzerrtem Gesicht Eves Koffer aus dem Kofferraum. Rick sprang ihm bei und hob ihn hoch wie nichts. »Lass mich nur machen, Kumpel. Wohin?«

Anna drückte seinen mit einem japanischen Drachen tätowierten Bizeps. »Hier entlang.« Sie führte ihn ins Haus.

Eve sah ihnen nach, ein ganz klein wenig neidisch auf ihre Jugend. Warum verdarben sie sich ihre natürliche Schönheit mit Tattoos und Piercings? Sie verstand das nicht. Dann ging sie zurück zum Auto, um Terry zu helfen, der jetzt die letzten Gepäckstücke entlud.

»Ein BMW«, erklärte sie Rose, als bedürfte der Wagen einer Vorstellung. »Dieses Jahr ist so hart gewesen, aber wir haben es durchgestanden, und ich glaube, wir werden allen Stürmen trotzen. Da dachte ich, ich verwöhne uns ein bisschen.«

»Du verwöhnst dich, meinst du.« Terry lächelte sie milde an.

Rose sah Eve fragend an. Eve wusste genau, was sie jetzt dachte. Sie konnte sich auf die Agentur ebenso bezogen haben wie auf ihre Ehe. Doch jetzt war nicht der Moment, darüber zu reden. Sie schenkte Rose ein, wie sie hoffte, hintergründiges Lächeln und folgte Terry ins Haus und die Treppe hinauf.

Terry war mit Auspacken und Umziehen fertig, bevor sie

auch nur angefangen hatte, die Sachen aufzuhängen, die nun alle über das Bett verteilt lagen. Er schnappte sich ein Handtuch aus dem Regal im Bad. »Ich gehe schwimmen. Kann es nicht erwarten. Sehen wir uns unten?«

Sie holte ein paar Kleiderbügel aus dem Schrank. »Ich räume meine Sachen ein und gehe dann Rose suchen. Vielleicht schwimme ich nach dem Essen.«

Es gibt wirklich nichts Unansehnlicheres als einen Engländer, dessen Haut noch keine Sonne gesehen hatte, in Badeshorts und Sandalen, dachte sie zärtlich, als er den Raum verließ. Ein Hoch auf Sonnenbräune aus der Tube. Sie schielte auf ihren Arm hinunter – zum Glück keine Streifen! Sie verdrehte ihn, um den Ellbogen sehen zu können. Mist! Nicht ganz so gut, wie sie gedacht hatte. Na ja, ein paar Tage hier brachten das schon in Ordnung. Während sie ihre Kleider aufhängte, musste sie immer wieder daran denken, was sie seit dem letzten Besuch hier alles durchgemacht hatten. Sie war so stolz darauf, wie Terry seine Spielsucht in den Griff bekommen hatte. Ein paar Rückfälle hatte es zwar gegeben, aber die hatten keine großen finanziellen Schäden angerichtet, und er hatte sie beschämt sofort gestanden. Seine Entschlossenheit und die Unterstützung der Anonymen Spieler hatten ihm darüber hinweggeholfen. Er hatte ihr unbedingt beweisen wollen, dass er zu seinem Wort stand. Will hatte ihr die Entscheidung, bei Terry zu bleiben, schließlich leicht gemacht, aber sie bereute die kurze Affäre nicht im Geringsten. Sie hatte ihr klargemacht, was ihr wirklich wichtig war und was nicht.

Beim Einsortieren des Schmucks in die Schubladenkommode reflektierte sie darüber, dass Terry und sie fast wieder da waren, wo sie angefangen hatten. Oder sogar ganz. Von den Stürmen des Lebens ziemlich zerzaust, waren sie wieder in den schützenden Hafen der Ehe eingelaufen. Hier war alles vertraut, zwar nicht immer perfekt, aber es machte das Leben so viel einfacher. Sie hatten so vieles, was sie nicht aufgeben wollte, und sie war damit zufrieden. Doch manchmal überlegte sie immer noch, ob es wirklich genug war. Terry stellte ihre Beziehung offenbar nie in Frage. Im Gegensatz zu ihren eigenen Eltern waren seine bis an ihr Lebensende zusammengeblieben, und er ging einfach davon aus, dass sie beide das ebenso halten würden. Es stand für ihn schlicht außer Frage. Sie hingegen musste immer wieder die guten und die schlechten Seiten ihrer Ehe auseinanderklamüsern. Manchmal starrte sie im Büro aus dem Fenster und dachte über Alternativen nach, so vollkommen unrealistisch sie auch sein mochten. Aber so war sie eben. Sie konnte sich keine Beziehung mit Terry vorstellen, die nicht voller Möglichkeiten war, aber auch Enttäuschung, Kompromisse und Unentschlossenheit beinhaltete. Sie beide hatten zwar ein gewisses Gleichgewicht wiedergewonnen, aber trotzdem, trotzdem … Sie musste sich immer wieder fragen, ob eine Beziehung möglich wäre, in der nichts von alledem existierte. War das denn so schlimm?

Sie checkte ihren BlackBerry. Die üblichen Mails, denen sie sich am Nachmittag in einer ruhigen Minute widmen würde. Am interessantesten war eine Einladung zum Essen von Nick Plowright, dem charismatischen Geschäftsführer von Touchlight Films. Sie hatten sich vor ein paar Wochen bei einem Essen anlässlich einer Filmpreisverleihung kennengelernt. Er war vor kurzem aus den Staaten nach England gezogen und sagte, er kenne London nicht gut, was sie ihm im Theater empfehlen würde? Ein Musical? Die liebte er. Genau wie sie. Sie hatten sich auf Anhieb gut verstanden. Da musste sie doch anbieten, ihn zu begleiten? Alles andere wäre unhöflich gewesen. So was fiel schließlich in die Kategorie Kontaktpflege, und Kontaktpflege war sozusagen ihre Geschäftsgrundlage. Man wusste nie, was noch kam. Und jetzt schlug er ein Mittagessen vor. Da sagte sie natürlich nicht nein. Es würde nichts zwischen ihnen vorfallen. Oder doch? So viel Frau durfte man doch wohl noch sein, um ab und zu ein wenig zu träumen.

Sie schaltete das Telefon aus, verstaute ihre Kleider, räumte im Bad auf und machte sich fertig für die Sonne. Sie warf einen Blick in den Spiegel. Ihr kirschrotes Sommerkleid brachte ihr Dekolleté, das jetzt vor Sonnenöl glänzte, sehr vorteilhaft zur Geltung. Ihre Zehen- und Fingernägel glänzten in passenden Pfirsichtönen. Für eine Frau ihres Alters sah sie verdammt gut aus, das konnte sie sich ruhig eingestehen. Und sie freute sich auf die nächsten Tage.

33

Als Eve in die Küche kam, war es fast so weit, dass man alles hinaustragen konnte – die Teller und das Besteck auf dem Tablett, der Salat, der Käse, die Früchte.

»Terry ist schnurstracks zum Pool gegangen – nachdem er sich mit Sonnenöl Faktor 35 eingerieben hat. Da dachte ich, schau doch mal, was hier drin so los ist.«

»Du meinst, du hättest gern ein kühles Glas Weißwein!« Rose kannte ihre Eve.

»Na gut ... bevor ich mich schlagen lasse!« Eve lächelte und steuerte zielstrebig auf den Kühlschrank zu. »Aber ich habe mich gebessert. Wenn Terry aufhören kann zu spielen ...« Sie schlug mit der flachen Hand auf den Tisch. »Schnell auf Holz geklopft! Dann werde ich es ja wohl schaffen, meinen Alkoholkonsum etwas einzuschränken. Aber wir sind hier im Urlaub ... das zählt also nicht.« Sie fand die Flasche, nahm zwei Gläser und schenkte ihnen beiden ein. »Prost.« Als sie das Glas an die Lippen hob, waren auf der Terrasse Schritte zu hören. Ein Schatten fiel über die Türöffnung, in der sich eine dunkle Silhouette abzeichnete.

»Hallo, Eve. Gute Reise gehabt?«

Eve drehte sich um und erstarrte.

»Simon!« Sie hielt sich an der Lehne des nächstbesten Stuhls fest und stellte ihr Glas auf den Tisch. »Was machst du denn hier?« Fragend schaute sie sich nach Rose um.

Wenn Rose sich einen effektvollen Auftritt für Simon gewünscht hatte, dann hatte sie ihr Ziel voll und ganz erreicht. »Wir haben uns in letzter Minute entschieden ...«

Er kam ins Zimmer und stellte eine weißgrüne Plastiktüte vom Supermarkt auf den Tisch. »Ich glaube, ich habe alles bekommen, was du mir aufgetragen hast, obwohl mein Italienisch wirklich unterirdisch ist.«

»Es ist bestimmt alles dabei. Zur Not kann ich was improvisieren.« Rose schenkte auch ihm ein Glas Wein ein. In der Ferne hörten sie Terry, der nicht ahnen konnte, welches Drama sich gerade im Haus abspielte, seine Bahnen im Pool ziehen.

Eve stand eine geschlagene Minute stockstreif da, ehe sie einen Stuhl heranzog und sich setzte. »Ich verstehe gar nichts mehr.«

Rose warf Simon einen Blick zu. Die beiden lächelten sich an. »Ich habe ihn erst vor ein paar Tagen eingeladen. Ganz spontan.«

»Na, dann gehe ich gleich mal die Hängematten anbringen«, sagte er. »Das habe ich ja versprochen, und ihr zwei habt sicherlich viel miteinander zu bereden.«

Eves Augen folgten ihm auf seinem Weg zur Kammer, aus der er kurz darauf mit einem Hammer und den Hängematten wieder auftauchte. Er schien sich auszukennen.

»Weißt du, wo die hinkommen?«, fragte Rose und vertrieb eine Fliege von der Einkaufstüte.

»Zwischen die Olivenbäume? Wo Dan gelegen hat auf dem Foto, das du mir gezeigt hast?« Er trat zur Tür und zeigte in die Richtung.

»Ach ja, hatte ich vergessen.« Rose erinnerte sich an die Fotos, die sie am Abend zuvor betrachtet hatten. Die Geschichte ihrer Familie. Sie war sich bewusst, dass Eve sie beide mit großen Augen beobachtete.

Kaum war Simon gegangen, platzte es aus Eve heraus: »Ach! Ich wusste ja, dass ihr wieder Freunde seid, aber hier hätte ich ihn nicht erwartet. Warum hast du keinen Ton gesagt?«

»Tut mir leid. Ich hätte dich vorwarnen sollen. Den Mädchen habe ich es erzählt, aber du hast nicht abgehoben, als ich dich angerufen habe, und dann ging alles so hopplahopp. Und wenn ich ehrlich bin, ich wusste ja, was du dazu sagen würdest.« In Wahrheit hatte sie jedoch keine Lust gehabt, mit ihrer Freundin darüber zu diskutieren. »Ich habe vor ein paar

Tagen auf dem Weg hierher in London Zwischenstation gemacht. Wir gehen öfter zusammen ins Konzert oder was essen. Aber das weißt du ja ...«

Eve warf ihr einen aufmunternden Blick zu.

»Ich verbringe wirklich gern meine Abende mit ihm. Das ist so entspannend nach dem Leben mit der Familie in Cornwall. Es ist immer amüsant mit ihm, er schätzt mich und ... nun, es ist großartig, mit einem Mann auszugehen, der nicht an mir interessiert ist, ich meine, nicht *in dieser Weise* interessiert. Das macht alles so unkompliziert.« Sie überhörte Eves ungläubiges Räuspern.

Sie und Simon hatten in ihrer kleinen Wohnung am Tisch in der Ecke des Wohnzimmers gesessen. Rose war erst vor ein paar Monaten dort eingezogen, der Geruch von Farbe hatte sich noch nicht durch ihre Kocherei und die Duftkerzen vertreiben lassen. In einer Ecke standen ein paar Bilder, die noch darauf warteten, aufgehängt zu werden. Es waren jene, die sie nicht in ihr Cottage in Cornwall mitgenommen hatte. Simon hatte die letzte halbe Stunde damit verbracht, die Wohnung nach nicht genutztem Stauraum abzuklopfen. Er hatte tatsächlich ein paar Möglichkeiten entdeckt, die ihr entgangen waren. Auf einmal schien ihr winziges Londoner Schlupfloch voller Möglichkeiten zu stecken. Während er redete und redete, machte sie das Essen fertig. Bei Tisch sprachen sie über ihre Pläne für den Sommer. Doch kaum hatte sie von der Casa Rosa angefangen, hatte sie auf einmal das Gefühl, ihr würde alles über den Kopf wachsen.

»Ich kann da unmöglich hin«, sagte sie sehr bestimmt.

»Wohin?« Simon pickte mit einer Gabel das Fleisch aus einer Muschel.

»Nach Italien. Ich dachte, es sei genug Zeit vergangen und ich sei stark genug dafür, aber es ist nicht so.«

Er blickte von seinem Teller auf und schaute sie an, als wäre sie total verrückt geworden. Dazu hatte er auch allen Grund, hatte sie ihm doch gerade eben noch gesagt, das ganze Familientreffen stehe und falle damit, dass sie vor allen anderen dort ankäme. Alle waren sich einig gewesen, sich dort in diesem Jahr zum traditionellen Familienurlaub zu treffen und dann zu überlegen, wie es mit der Casa Rosa weitergehen sollte.

»Was ist los mit dir? Ich dachte, du willst unbedingt dorthin.« Er legte die Stirn in Falten und versuchte, ihre Gedanken zu ergründen. Dann griff er nach der Weinflasche und schenkte sich nach.

»Wollte ich ja. Will ich immer noch. Aber es ist mir einfach zu viel. Ich brauche etwas Zeit für mich dort, bevor sie alle kommen. Ich möchte mich erst an alles gewöhnen, damit ich Jess und Anna helfen kann, wenn sie ankommen. Aber ich habe das Gefühl, ich schaffe das nicht. Ich bin sicher, alle werden es verstehen. Vielleicht können wir es nächstes Jahr machen.«

Simon legte seine Gabel hin und ergriff ihre Hand. Sie war gerührt von seinem sorgenvollen Blick. »Hör zu«, sagte er. »Je länger du es hinausschiebst, umso schlimmer wird es. Weißt du noch, wie sehr du dich davor gefürchtet hast, ins Trevarrick zurückzukehren? Und dann ist dort alles so wunderbar gelaufen für dich. Du hast das Cottage bekommen, du wohnst ganz in der Nähe deiner Enkel und bald hast du auch den Laden. Und genauso wird es mit der Casa Rosa sein. Du musst dich deinen Ängsten stellen und einfach hinfliegen, jetzt oder nie. Außerdem, die anderen verlassen sich auf dich. Haben nicht schon alle ihre Tickets gebucht?«

»Herrgott, ich weiß.« Sie sank auf ihrem Stuhl zusammen und trank einen Schluck Wein. Da kam ihr eine Idee. »Du würdest nicht ...« Sie hielt einen Augenblick inne, bevor sie zögernd weitersprach. »Du würdest nicht mit mir kommen, oder?«

»Ich?« Er schaute sie entgeistert an. »Was würden die anderen dazu sagen?«

»Ja, komm mit!« Sie war ganz begeistert von ihrer Idee.

»Nur für ein paar Tage. Wir kümmern uns einfach nicht darum, was die anderen dazu sagen. Dass wir wieder Kontakt haben, haben sie ja bereits gefressen, wenn es auch seine Zeit gedauert hat. Ich würde dir gerne das Haus zeigen, und mit dir zusammen könnte ich es bestimmt durchstehen – wenn dir das nicht zu verrückt vorkommt.«

»Ich weiß nicht so recht.« Er versuchte sich vorzustellen, was das alles bedeutete.

»Bitte!« Je länger sie darüber nachdachte, desto deutlicher wurde ihr, wie viel es ausmachen würde, jemanden um sich zu haben, der sie wirklich mochte. Da waren natürlich ihre Töchter, aber die brachten ihre eigenen Probleme mit. Rose wollte ihnen helfen, nicht sich auf sie stützen. Damit war die Sache für sie entschieden gewesen.

Nachdem sie ihren Bericht beendet hatte, nahm Eve sie ungestüm in die Arme. Als sie sie endlich wieder losließ, strahlte Eve. »Ich wäre auch mit dir gekommen, wenn du was gesagt hättest. Aber ich verstehe, dass es mit ihm hier leichter für dich ist. Ich verstehe zwar nicht ganz, was da vor sich geht, aber ich bemühe mich, und wenn es das ist, was du willst – wunderbar. Wie haben es die Mädchen aufgenommen?«

»Nicht ganz so gut, wie ich gehofft hatte.« Die Reaktion von Jess hatte ihr einen ziemlichen Dämpfer versetzt, erinnerte sie sich. »Das hätte ich mir vorher überlegen müssen, ich weiß.«

»Du hast Simon eingeladen!« Jess war am anderen Ende der Leitung geradezu explodiert. »Er gehört nicht zur Familie. Wieso der? Ausgerechnet.«

Rose hatte nicht sofort geantwortet. »Ich weiß, das ist schwer zu verstehen für dich, aber ob es dir nun gefällt oder nicht, Simon war mir eine große Stütze.« Sie ignorierte das verächtliche Schnauben von Jess. »Was hast du mir neulich geraten? Man soll sich aus der Vergangenheit nehmen, was man für die Zukunft brauchen kann, und den Rest hinter sich lassen. Genau das versuche ich.«

»Meine Güte, Mum! Ich habe davon gesprochen, ihn wieder für die Renovierung anzuheuern, nicht davon, ihn zu unserem Familienurlaub einzuladen. Den ersten seit Dads Tod. Ist das nicht ein bisschen instinktlos?« Rose hörte, wie Dani im Hintergrund mit irgendetwas auf den Tisch klopfte.

»Finde ich nicht. Nicht nach so langer Zeit. Es ist für uns alle eine Umstellung. Und ich glaube, Dad würde es gefallen, wie die Dinge sich entwickelt haben. Es lag nicht in seiner Absicht, dass ich Simon kennenlerne, aber nachdem das nun mal geschehen ist, wäre er bestimmt einverstanden, dass wir die Bekanntschaft fortsetzen. Da bin ich mir ganz sicher. Reicht dir das nicht als Erklärung?«

Jess hörte ihr nur mit halbem Ohr zu; anscheinend gab sie Dani das Fläschchen. Das Klopfen hörte schlagartig auf. Ach, wenn man Jess doch auch noch so einfach zufriedenstellen könnte!

»Sollte es jedenfalls«, fuhr Rose fort, bevor Jess neue Einwände bringen konnte. »Er ist ein toller Mensch, auch wenn er auf eine etwas unkonventionelle Weise in unser Leben getreten ist. Bitte versuch es zu akzeptieren, wenigstens um meinetwillen.«

Jess wandte ihre Aufmerksamkeit wieder dem Telefongespräch zu. »Unkonventionell. Das kannst du laut sagen. Es ist einfach so schwierig ...« Der Rest des Satzes ging unter, da Dani zu weinen anfing. Es hatte keinen Zweck, sie mussten das Gespräch abbrechen; danach waren beide nicht mehr auf das Thema zurückgekommen.

»Natürlich ist es schwierig für sie«, erklärte Rose. »Aber es wäre mit jedem neuen Gesicht hier schwierig, egal, mit wem. Sie wird schon damit zurechtkommen«, fügte sie voller Überzeugung hinzu, auch wenn einiges dafür sprach, dass es nicht ganz so einfach werden würde. Vielleicht sollte sie mit Adam darüber reden. Oder lieber doch nicht, das wäre nicht fair ihm gegenüber. Abwarten und hoffen war alles, was ihr blieb.

»Nun, ich hoffe es jedenfalls.« Eve nahm das Tablett und ging damit zur Tür. »Sonst können wir uns auf ein paar schwierige Tage gefasst machen.«

Rose tröstete sich damit, dass Annas Reaktion positiver ausgefallen war. Ihre ältere Tochter hatte sich inzwischen damit abgefunden, was geschehen war. »Irgendwie schon irre, dass sich meine Mutter mit dem schwulen Liebhaber meines Vaters anfreundet, andererseits ist es auch irgendwie cool, schätze ich.« Sie hielt ihren Ring ins Licht und ließ ihn funkeln. »Jess wird allerdings wenig begeistert sein«, warnte sie.

»Jess hasst eben Veränderungen«, sagte Rose, jedes Wort behutsam abwägend. »Klar, es wird schrecklich sein ohne Daniel. Aber Simon wird mich unterstützen ...«

»Du brauchst es mir nicht zu erklären«, unterbrach sie Anna. »Ich will nur, dass du glücklich bist. Und auch Jess wünscht sich das, wenn auch mit jemand, den sie akzeptieren kann. Mit jemandem, mit dem du auch schläfst, vermute ich.«

»Anna, bitte!«

»Ach komm schon, Mum! Du bist doch diejenige, die alles offen aussprechen wollte. Ich sage nur, was ich denke.«

Es stimmte: Rose hatte den Wunsch zum Ausdruck gebracht, dass es zwischen ihnen keine Geheimnisse geben sollte. Manches hätte leichter sein können, wenn sie Daniels Geheimnis nicht mit ihnen geteilt hätte, aber mit einer solchen Lüge hätte sie niemals leben können. Es kam für sie nicht in Frage, ihre Kinder zu täuschen. Sie waren längst alt genug, um zu versuchen, ihren Vater zu verstehen. Und es war viel besser, diese Dinge gemeinsam durchzustehen. Dan hätte es so gewollt, da war sie sich sicher. Zeit. Das war alles, was es brauchte. Alles andere würde sich von allein ergeben.

»Was ist los?« Terry kam direkt vom Pool in die Küche, die Haare verstrubbelt, ein Handtuch um die Hüften geschlungen. Er blickte über die Schulter. »Wir haben uns unten am Pool getroffen.« Simon, der ihm auf dem Fuß folgte, hatte sich offenbar seinem Beispiel folgend eine Abkühlung gegönnt, nachdem er seinen Auftrag mit den Hängematten erledigt hatte.

Der körperliche Kontrast zwischen den beiden Männern hätte nicht größer sein können: Terry hatte seit seiner Schulzeit garantiert keine Sporthalle mehr von innen gesehen, und verglichen mit Simon wirkten seine Gesichtszüge gewöhnlich.

»Wie war das Schwimmen?«, fragte Eve, die gerade die Getränke für das Abendessen aus dem Kühlschrank holte.

»Exakt genauso wunderbar wie in meiner Erinnerung. Das hier hat mir alles so gefehlt.« Terry stibitzte sich ein Scheibchen Salami von einem Teller und schob es sich in den Mund. »Köstlich.«

Das Handy, das Terry in der anderen Hand hielt, unterbrach sie mit seinem Klingeln. Er schaute auf das Display und schüttelte den Kopf. »Flying Mango Books, verdammt. Ich habe doch ausdrücklich gesagt, dass ich im Urlaub bin. Bin gleich wieder da.« Er ging nach draußen, um ungestört telefonieren zu können.

Rose war überrascht. »Seit wann arbeitet Terry denn im Urlaub? Das ist ja was ganz Neues.«

»Er hat eben bisher noch nicht für mich gearbeitet«, erklärte Eve stolz. »Die Agentur Rutherford ist immer auf Draht, selbst im Urlaub. Er ist gerade dabei, das am eigenen Leib zu erfahren.«

»Toll, dass er wieder arbeitet.« Rose brachte den Krug mit den Eiswürfeln zum Tisch, Eve trug die Weinflasche und den Apfelsaft hinterher.

»Ja, und es macht ihm richtig Spaß«, ergänzte Eve. »Ihn und May anzuheuern zählt zu den besten Entscheidungen, die ich je für die Agentur getroffen habe. Er ist ein prima Buchhalter und versteht was von Verträgen, vor allem vom Kleingedruckten. Ich habe vollkommenes Vertrauen in ihn. Die beiden halten mir den ganzen Bürokram vom Hals, so dass ich mich voll und ganz auf das konzentrieren kann, was ich am liebsten tue.

Ich habe dieses Jahr schon zwei neue Autoren unter Vertrag genommen, und für den einen ziehe ich gerade eine Verfilmung an Land, das ist wirklich spannend. Und natürlich ist es großartig, dass wir wieder etwas Gemeinsames haben, jetzt, wo die Kinder aus dem Haus sind.«

»Es ist also alles wieder in Butter zwischen euch?« Rose hatte bislang nicht gewagt, danach zu fragen.

»Alles prima«, beeilte sich Eve zu versichern. Sie hatte beschlossen, etwas vorsichtiger damit zu sein, Rose in ihre Geheimnisse einzuweihen. Ihre Geschichte mit Will hatte ihre Freundin unverzeihlicherweise in eine verzwickte Lage gebracht, so etwas wollte sie ihr nicht noch einmal zumuten. »Die Kirschen in unserem Garten sind zwar nicht immer die größten, aber die beim Nachbarn haben auch manchmal Würmer.«

Rose musste lachen. »Du hast es also aufgegeben, über den Zaun zu schauen?«

»Nun, jedes Mädchen riskiert gern mal einen Blick«, wehrte Eve lächelnd ab.

»Was ist hier so lustig?« Jess kam mit Dylan an der Hand von den Ställen, hinter ihnen Adam mit Dani auf dem Arm. Er zeigte ihr die Blumen auf der Terrasse und pflückte ein paar Bougainvillea-Blüten für sie.

»Nichts, mein Schatz. Komm, setz dich zu uns. Es ist alles da, glaube ich. Das Brot bringt Simon.«

Wie auf sein Stichwort trat Simon mit einem Olivenbrot in der Hand an den Tisch. Rose zog einen Stuhl hervor. »Dylan, komm, setz dich neben mich.« Der kleine Junge rannte herbei und versuchte, auf ihren Schoß zu klettern. Rose hob ihn mit einem Schwung auf den Stuhl neben sich.

Eve bemerkte die gezwungene Fröhlichkeit in Roses Stimme, auch dass Jess bei der Erwähnung von Simon den Mund zusammenkniff. Sie hoffte, dass es sonst niemand bemerkt hatte, am allerwenigsten natürlich Simon selbst. Er sagte jedenfalls nichts, sondern half nur, das Essen zu verteilen und schenkte die Gläser voll. Am Gespräch beteiligte er sich völlig ungezwungen, ohne sich in den Vordergrund zu drängen, kurz, er zeigte sich von seiner besten Seite.

Anna und Rick tauchten erst auf, als das Essen bereits in vollem Gang war. Als sie händchenhaltend aus dem Haus traten, war allen klar, was sie aufgehalten hatte. Beide kamen frisch aus der Dusche und strahlten vor Glück. Anna trug einen knappen schwarzen Bikini und hatte sich lose einen Sarong um die Hüften gegürtet, Rick erschien in Shorts und mit nacktem Oberkörper. Eve hörte, wie Rose nach Luft schnappte. Sein perfekter, gebräunter Körper war ein wandelndes Kunstwerk. Die farbigen Tätowierungen auf seinem rechten Arm erstreckten sich bis zur Schulter. Der linke Arm war bis zum Bizeps tätowiert. Seine Flanke zierten chinesische Schriftzeichen, um seinen Bauchnabel schlängelte sich ein Drache. Was auf seinem Rücken zu sehen war, ließ sich nur erahnen. Eve konnte die Augen nicht von den Piercings in seinen Brustwarzen losreißen, als sich die beiden dem Tisch näherten. Da hörte sie Rose noch einmal tief Luft holen.

»Anna!«, flüsterte sie. »Was hast du getan?«

Anna stand am Tisch, die Hände in die Hüften gestützt. »Gefällt es dir nicht? Das habe ich schon vor ein paar Monaten machen lassen.« Um ihre Hüfte und über ihrem gepiercten Bauchnabel, in dem ein pinkfarbener Stein im Sonnenlicht funkelte, erstreckte sich ein tätowiertes Band aus bunten Blumen, darüber zwei Libellen.

»Spinnst du?«, fragte Jess. »Was glaubst du, wie das aussieht, wenn du neunzig bist!«

Anna warf sich schon in Positur, um ihr Kontra zu geben, aber Eve erkannte blitzschnell, dass es an ihr war, die Wogen zu glätten. Rose schien es die Sprache verschlagen zu haben, während die anderen am Tisch die Köpfe über ihre Teller senkten.

Also räusperte sich Eve. »Es ist sehr schön. Auf seine Art.«

Alle schauten überrascht in ihre Richtung. »Setzt euch doch, bitte«, sagte sie leise. »Esst was.« Sie bemerkte, wie Rick beruhigend die Hand auf Annas Arm legte, bevor sie sich möglichst weit von Jess entfernt am Tisch niederließen.

Neben Simon.

Damit waren die Kampflinien abgesteckt.

34

Nachdem der Tisch abgeräumt war, zerstreuten sich alle im Haus und im Garten und ließen Rose und Eve allein auf der Terrasse ihren Kaffee trinken. Eve hatte sich der Hitze ergeben und ihr Sommerkleid gegen einen Badeanzug und einen bunt gemusterten Sarong getauscht. Sie lagen in Lehnstühlen im Schatten des Hauses, die warme Luft des Spätnachmittags strich über sie hinweg, Insekten summten und Grillen zirpten. Aus der Ferne drang ab und zu Rufen oder Hämmern zu ihnen herüber, Anzeichen dafür, dass die Siesta vorüber war und die Arbeit an der Villa unten im Tal weiterging.

»Es war furchtbar.« Rose blickte zu Eve hinüber, ängstlich gespannt ihre Reaktion erwartend. Sie war enttäuscht. Eve lag flach auf dem Rücken, die Augen geschlossen, ihr Gesicht zeigte keine Regung. Sie sah aus, als würde sie schlafen, doch Rose wusste, dass sie wach war. »Das Essen, meine ich.«

»Ach komm, so schlimm war es doch gar nicht.« Eve schien in Gedanken ganz woanders.

»Warum sagst du das? Sei wenigstens ehrlich. Ich weiß, was du denkst. Ich hätte ihn nicht einladen sollen.« Wenigstens hätte sie Simons Angebot annehmen sollen, bald abzureisen, nachdem Jess so deutlich ihr Missfallen über seine Anwesenheit zum Ausdruck gebracht hatte. Es war purer Egoismus, dass sie sich wünschte, er würde dableiben und sie unterstützen, und damit brachte sie nun den lang ersehnten Familienurlaub in Gefahr.

Eve schlug die Augen auf, wandte sich halb zu Rose um und stützte sich auf einen Ellbogen. Sie spitzte die Lippen, bevor sie nach ihrem Kaffee griff. »Eigentlich habe ich das gar nicht gedacht, aber wenn du es jetzt so sagst ...« Sie ließ den Satz unvollendet mit dieser klaren Botschaft in der Luft hängen.

»Immerhin haben alle gute Miene gemacht. Das ist doch immerhin etwas«, kam Rose hastig Eves nächstem Kommentar zuvor. »Aber es war trotzdem so scheußlich. Ich würde den Mädchen am liebsten den Hals umdrehen. Sie könnten sich wenigstens etwas mehr Mühe geben.« Sie dachte an Simon, der sich so natürlich wie möglich verhalten hatte, nahezu aussichtslos bei Jess' barschen und unfreundlichen Antworten auf seine mit wachsender Verlegenheit gestellten Fragen. Anfangs noch offen und bemüht, hatte er zunehmend verschlossener gewirkt und sich aus dem Gespräch zurückgezogen. Anna und Rick, die nur Augen füreinander hatten, waren keine Hilfe gewesen. Sie hätten nicht einmal aufgeschaut, wenn sich die übrige Tischgesellschaft in Rauch aufgelöst hätte. »Ist dir nicht aufgefallen, wie still er geworden ist?«

»Eigentlich nicht. Aber du weißt doch, wie Jess ist.« Eve ließ sich mit einem zufriedenen Seufzer zurücksinken. »Es kann gar nicht anders als schrecklich sein. Sie wird sich an ihn gewöhnen, wart's ab.«

»Gott sei Dank sind die Kleinen da, die haben wenigstens für ein bisschen Abwechslung gesorgt.« Rose fragte sich, wann Dylan eine solch heftige Abneigung gegen Tomaten entwickelt hatte. Während er die verabscheute Frucht über den ganzen Tisch gespuckt hatte, hatte die kleine Dani mit Freuden alles genommen, was ihr angeboten wurde. Strahlend hatte sie in ihrem Babystuhl gesessen, an Gurken geknabbert und Käsestückchen in ihren speckigen Fäustchen gehalten.

»Ich bin ziemlich neidisch«, sagte Eve sehnsüchtig. »Du kannst so richtig Großmutter sein. Das ist das Dumme, wenn man Jungs hat. Wenn deren Freundinnen mal Kinder kriegen, rennen die mit ihnen garantiert zu ihren Müttern, nicht zu mir.«

»Woher willst du das wissen?«, widersprach Rose. »Sie werden dich anhimmeln. Überhaupt, was ist eigentlich mit Millie?«

Eve wandte den Kopf und beschattete ihre Augen mit der

Hand. »Sie hat ihr Leben anscheinend zur männerfreien Zone erklärt, sie hängt immer nur mit ihrer Mädelstruppe rum. Die gehen heutzutage im Rudel auf die Jagd. Keine Anzeichen von irgendeinem Freund.« Sie schwieg einen Moment. »Jedenfalls erzählt sie mir nichts davon. Ein bisschen ähnlich, wie es bei Anna war.«

»Nachdem ich mir so lange für sie einen Freund gewünscht habe, wäre mir nun fast lieber, sie hätte keinen.« Aber Rose meinte das eigentlich nicht ernst; es wäre ihr bloß lieber gewesen, Anna hätte es nicht so heraushängen lassen. Nicht alle wollten ständig unter die Nase gerieben haben, dass ihre schon etwas länger dauernden Beziehungen vielleicht nicht mehr ganz so prickelnd waren. In Wahrheit war sie erfreut und erleichtert, dass Anna jemanden gefunden hatte. Nur eins störte sie wirklich. »Aber diese Tattoos! Wie konnte sie nur ihren Körper so verschandeln? Das wird sie noch bereuen, wenn sie älter und es mit der Pfirsichhaut vorbei ist.« Kritisch beäugte sie ihren eigenen, nicht mehr ganz so straffen Arm, und piekte mit dem Finger an ihm herum.

»So ist sie halt, die Jugend. Lieben und lieben lassen, würde ich sagen.« Eve rollte sich wieder in Strandlage auf den Rücken, die Knie angewinkelt, die Augen geschlossen. Ihre Brust hob und senkte sich unter tiefen, zufriedenen Atemzügen.

Rose wurde auf einmal von Sehnsucht nach Daniel gepackt. Immer wenn sie dachte, sie hätte den Verlust endlich verkraftet, wurde sie von der Intensität dieser seltenen, aber überwältigenden Gefühlswallungen überrascht. Sie wünschte sich nichts sehnlicher, als dass er hier mit ihr auf der Terrasse wäre und mit ihr über ihre beiden Töchter redete, so, wie sie es immer getan hatten. Niemand kannte Jess und Anna so wie sie beide, niemand empfand so für sie. Wie auch? Wenn sie auch manchmal über ihre Kinder verzweifelten, ihre gemeinsame elterliche Liebe war durch nichts zu erschüttern gewesen. Sie setzte sich abrupt auf und blinzelte die Tränen weg. »Ich kann nicht mehr hier rumsitzen. Hast du deinen Kaffee ausgetrunken?«

Eve grummelte nur vor sich hin. »Hmhm. Wieso?« Sie rutschte auf dem Liegestuhl herum, als ob sie eine bequeme Stellung suchte, in der es sich länger aushalten ließ, streckte ein Bein aus und ließ den Fuß kreisen.

»Ich dachte, wir könnten vielleicht einen Spaziergang machen.« Rose war schon aufgesprungen und sammelte die Kaffeetassen ein. Sie wusste auf einmal genau, was sie jetzt brauchte.

»Um diese Tageszeit? Bist du verrückt? Es ist viel zu heiß.« Aufgeschreckt durchs Roses entschlossenen Ton schlug Eve ein Auge auf, um zu sehen, was sie machte, schloss es aber gleich wieder.

»Es hat sich schon etwas abgekühlt.« Rose gab nicht auf. »Außerdem glaube ich, es ist wirklich an der Zeit, hinzugehen.«

»Wohin? Ich kapiere nicht, was du meinst.« Nun hob Eve doch den Kopf und schaute Rose verwundert an.

»Die Stelle, an der Dan gestorben ist. Das habe ich bisher nicht geschafft, aber jetzt muss ich da unbedingt hin. Kommst du mit?«

Eve setzte sich sofort auf und schwang die Beine herum. »Selbstverständlich. Wenn das wirklich dein Wunsch ist. Aber willst du nicht mit den Mädchen dorthin gehen?«

»Ich will sie nicht dazu drängen, sie sind vielleicht noch nicht dazu bereit. Sie werden von selbst darum bitten, wenn es so weit ist.« Die Mädchen mussten auf ihre ganz unterschiedliche Weise erst einmal damit fertig werden, überhaupt wieder in der Casa Rosa zu sein. Während Anna völlig unbeeindruckt wirkte, wurde Jess von zu vielen Erinnerungen geplagt. »Ich hätte mit Simon gehen können. Ich weiß, dass er gerne sehen möchte, wo Dan gestorben ist, aber das kann ich nicht mit ihm teilen. Noch nicht. Ich muss das erst alleine schaffen, aber ich brauche trotzdem jemanden, der mich begleitet. Verstehst du, was ich meine?« Sie starrte in die Richtung, aus der Anna an jenem schrecklichen Septembertag angerannt gekommen war. Fast war ihr, als sähe sie sie auf sie zulaufen.

»Ich bin in einer Sekunde fertig. Muss nur meine Schuhe holen.« Eve stand auf und verschwand im Haus. Rose lief unterdessen nervös auf der Terrasse auf und ab. Da fielen ihr die Kaffeetassen wieder ein, und sie brachte sie hinein. Zeit genug, sie rasch abzuwaschen, denn in Eves Welt dauerte eine Sekunde stets fünf Minuten, so viel wusste sie. Da kamen Simon und Adam herein.

»Wir fahren kurz in die Stadt. Irgendwelche Einwände?« Simon wirkte wieder etwas entspannter. Er trug nun ein weites Hemd über seinen Shorts und Flip-Flops an den Füßen, und er konnte wieder lächeln.

»Wir wollen ein paar Bretter besorgen, um das Dach der Hütte am Pool auszubessern«, erklärte Adam, der in seinem zerknitterten, bunten T-Shirt einen starken Kontrast zu Simons gepflegter Erscheinung abgab. »Es hat keinen Sinn, dort Sachen unterzustellen, wenn dann den ganzen Winter Wasser auf sie tropft.«

»Schön, aber das müsst ihr doch nicht unbedingt jetzt machen, oder?«, fragte Rose, überrascht, dass Adam freiwillig die Art von Arbeit erledigte, die er auf keinen Fall jemals für Daniel hatte tun wollen.

»Was du heute kannst besorgen ...« Er klang entschlossen. »Jess kümmert sich um die Kinder. Es war ihre Idee, und Simon hat mir seine Hilfe angeboten. In einer halben Stunde sind wir wieder zurück.«

Es war Simon deutlich anzusehen, wie erleichtert er darüber war, wenigstens bei irgendjemand Anschluss gefunden zu haben. Rose hatte sich von seiner gespielten Lässigkeit nicht täuschen lassen, und sie war froh, dass Adam feinfühlig genug war, auf ihn zuzugehen. »Na dann, wunderbar. Danke. Eve und ich machen einen Spaziergang. Wir sehen uns dann später.«

Als die beiden gegangen waren und sie die Tassen in den Abtropfkorb gestellt hatte, wartete Eve schon auf der Terrasse. Sie hatte ihren Sarong gegen ein weites, lilafarbenes Kleid getauscht, zu dem sie einen breitkrempigen Strohhut und Sportschuhe trug.

»Wie viele Klamotten hast du eigentlich mitgeschleppt? Du hast dich jetzt schon zum dritten Mal innerhalb weniger Stunden umgezogen.« Rose lächelte und schaute an ihren Shorts hinunter, die sie beinahe jeden Tag trug.

»Etwas für jede Gelegenheit.« Eve war unempfindlich gegenüber Kritik an ihrer sorgfältig ausgewählten Garderobe. »Los, wir gehen. Wenn du das wirklich willst.«

»Ja, ich will es.« Es war, als würde etwas Rose magisch zu dem Ort ziehen. Die Zeit war reif dafür.

Am Gartentor hielt sie an. »Einen Augenblick noch.« Rasch lief sie über den Plattenweg zu der Stelle, wo sie am Morgen die Gartenschere hatte liegen lassen. Sie hob sie auf und ging zum Blumenbeet, wo sie eine weiße Rose abschnitt. Diese Rosen und viele andere Pflanzen hatte sie in einem lange zurückliegenden Frühling gemeinsam mit Dan ausgewählt und hierhergebracht. Die Mädchen hatten sie in einem Ferienlager untergebracht, sie sollten eine Woche später mit Eve, Terry und ihren Cousins nachkommen, während sie und Dan ohne Eile durch Frankreich fuhren und übernachteten, wo es ihnen gefiel. Ihre alte Klapperkiste war schwer mit einem Schaukelstuhl und auf das Dach geschnallten Teppichen beladen gewesen, der Rücksitz und der Kofferraum voller Pflanzen, Bilder und allem möglichen nützlichen Zeug, das man so brauchte. Sie hatten in kleinen *auberges* Zwischenstation gemacht, deren Namen sie längst vergessen hatte. Aber viel Spaß hatten sie gehabt, das wusste sie noch, sich die Weine der Region direkt aus dem Fass ausschenken lassen, sich an Omelettes und *truites bleus* gelabt, sie waren Arm in Arm durch mittelalterliche Gässchen geschlendert und abends hundemüde auf durchgelegene Matratzen gesunken, um dort zu kuscheln. Ihre größte Sorge war gewesen, dass die Pflanzen die Reise nicht überstehen könnten, aber sie hatten sie durchgebracht, und die weiße Blütenpracht war nun eine ständige Erinnerung an diese kurze, traumhafte Episode ihres Lebens.

Sie kam mit der Blume zu Eve zurück. »Winchester Cathedral, Dans Lieblingsrose«, erklärte sie und strich über die üppigen weißen Blütenblätter, bevor sie sie Eve unter die Nase hielt, damit sie ihren honigsüßen Duft würdigen konnte.

Der Weg schien sich eine Ewigkeit hinzuziehen. Ganz anders als damals, als sie in Panik aus dem Haus gerannt waren. Ein, zwei Mal wiesen sie einander auf die links und rechts aufflammenden Mohnblüten und Wildblumen oder einen unbekannten Vogelruf hin, aber beide spürten, dass sie etwas Ernstes und Wichtiges taten. Als sie um die letzte Kurve vor der Stelle kamen, an der Dan zusammengebrochen war, wurde Rose ganz unruhig. Sie verlangsamte ihre Schritte und spürte ihr Herz heftig in ihrer Brust schlagen. Dankbar registrierte sie, dass Eve pietätvoll einige Schritte zurückgefallen war. Rose blickte sich um. Nichts wies auf die Tragödie hin, die sich hier zugetragen, die ihrer aller Leben verändert hatte. Aber was hatte sie erwartet? Dass das Gras am Wegrand dort, wo Dan zusammengebrochen war, immer noch plattgedrückt war, für immer und ewig den Abdruck seines Körpers zeigte? Dass an der Stelle, wo sie sich hingekniet hatte, um seinen Kopf in den Schoß zu nehmen, und sich dabei die Knie aufgeschürft hatte, immer noch ein Blutfleck zu sehen war? Ein paar dicke schwarze Käfer zuckelten zu ihren Füßen über den Weg. Die Natur hatte Dan kein Denkmal gesetzt. Das Leben ging ohne ihn weiter, gleichgültig gegenüber seinem Tod.

Sie kniete sich an derselben Stelle hin, an der sie auch damals gekniet hatte. Oder war es woanders gewesen? Sie konnte sich nicht mehr genau erinnern. Da war nichts, was die genaue Stelle anzeigte. Sie beugte den Kopf und spürte, wie die Steinchen ihr wieder scharf in die Knie schnitten. Dann legte sie die Rose neben den Weg, damit kein Reifen sie plattwalzte und kein Fuß sie zertrampelte, so nahe wie möglich der Stelle, an der ihrer Erinnerung nach Dan gelegen hatte. Wie aus weiter Ferne nahm sie wahr, dass Eve hinter ihr schluchzte.

»Ich werde dich nie vergessen, Dan«, sagte sie, so leise, dass Eve es nicht hören konnte. »Du bedeutest mir immer noch sehr viel, und so wird es in alle Ewigkeit bleiben. Simon hat mir geholfen, alles zu verstehen.« Tränen rannen ihr über die Wangen. In der Erinnerung an ihren Ehemann überkam sie ein tiefer Frieden, der sie alles Geschehene mehr als zuvor akzeptieren ließ.

Nach einer Weile spürte sie eine Hand auf ihrer Schulter. »Hier«, sagte Eve und reichte ihr ein Taschentuch. »Ich hatte so eine Ahnung, dass wir welche brauchen würden.« Sie schnäuzte sich und trat einen Schritt zurück, ließ Rose mit ihren Gedanken allein. Aber Rose dachte an gar nichts. Sie war wieder mit Daniel vereint, spürte seine Stärke und Unterstützung. Das war alles, was sie brauchte.

Schließlich gab sie sich einen Ruck und erhob sich. Die beiden Frauen umarmten sich innig, als könnte nichts sie je trennen. Aber schließlich lösten sie sich doch voneinander und lachten über sich selbst. Rose rieb sich die Knie, auf denen die Steinchen Druckspuren hinterlassen hatten. »Was einem wehtut, macht einen auch stärker, so heißt es doch. Und soll ich dir mal was sagen? Ich glaube, ich bin tatsächlich stärker geworden. Dan fände es sicher nicht gut, wenn ich Jess diesen Blödsinn durchgehen lasse. Wenn wir nach Hause kommen, werde ich mal ein ernstes Wörtchen mit ihr reden.«

Eve schaute sie skeptisch an, sagte aber nichts.

»Na schön, ich werde es wenigstens versuchen. Und ich bin wirklich so froh, dass ich endlich hiergekommen bin. Vielen Dank. Ich hätte das mit niemand anderem machen können.«

»Ich kann schlecht sagen, es ist mir ein Vergnügen gewesen.«

Eve blickte zurück auf die Stelle, an der Dan gelegen hatte, und in ihren Augen stiegen wieder Tränen auf. »Aber du weißt, was ich meine.«

»Ja, ich weiß.« Rose lächelte ihr zu und drückte ihren Arm. »Lass uns zurückgehen. Nun kann ich auch mit den Mädchen hierherkommen, und ich kann sogar Simon mitbringen.«

»Willst du das wirklich tun? Ist das nicht ein bisschen zu persönlich?«

»Nein. Jetzt nicht mehr. Ich möchte, dass er es sieht. Ich habe ihn mitgebracht, damit er versteht, was Dan und ich gemeinsam hatten. Ich möchte, dass er das respektiert, und ich denke, das tut er auch. Er hat mir so viel von Dan erzählt, was ich nicht wusste. Er war eine viel kompliziertere, mit Konflikten beladene Persönlichkeit, als ich jemals geahnt habe. Ich wünschte, ich hätte mit Daniel mehr über seine Gefühle reden können, insbesondere über das, was er für Simon empfand, aber er hat sich offenbar geschämt und hatte Angst davor, was passieren könnte.«

»Vielleicht hättest du ihn auch gar nicht verstanden.« Eve sagte es sehr vorsichtig.

»Sicher, da hast du recht.« Rose konnte das Bedauern in ihrer Stimme nicht verbergen. »Wahrscheinlich nicht. Es hat Monate gedauert, ehe ich überhaupt damit begonnen habe, irgendetwas von dem zu verarbeiten, was geschehen ist. Armer Dan.« Ein tiefer Seufzer entrang sich ihrer Brust.

Den Rest des Weges legten sie schweigend zurück. Rose versank in Gedanken über ihren Ehemann, vor allem fragte sie sich, nicht zum ersten Mal, was er zu ihrer Freundschaft mit Simon sagen würde. Vielleicht wäre er erschrocken und entsetzt darüber, dass sie hinter die Wahrheit gekommen war, vielleicht auch erleichtert und froh, dass alles endlich heraus war. Sie glaubte fest daran, es würde ihn freuen, dass sie und Simon auf der Grundlage ihrer gemeinsamen Liebe zu ihm eine so starke Verbindung gefunden hatten.

Schon als sie sich dem Garten näherten, hörten sie vom Pool her Dylans vergnügte Stimme. Oben beim Haus hörte man Dani plärren, bis einer von ihren Eltern wohl ihrem Wunsch, schlafen gelegt zu werden, nachgab und sie verstummte.

»Tja, was nun, Pest oder Cholera«, lachte Rose, von ihren anstrengenden Enkelkindern aus ihren Gedanken gerissen. »Wohin sollen wir gehen?«

Unschlüssig blieben sie eine Weile lang stehen. Schließlich ergriff Eve die Initiative. »Ich glaube, wir haben uns einen Schluck verdient. Es ist fast halb sieben. Prosecco?«

»Gute Idee. Die Kinder werden bald schlafen. Dann können wir ans Abendessen denken.«

Als sie sich zum Haus wandten, hörten sie, wie jemand mit lautem Platschen in den Pool sprang. Es folgte ein beseligender Moment der Stille, erfüllt von dem friedlichen Gefühl, dass Rose in den letzten Tagen gemeinsam mit Simon genossen hatte. Dann platschte es ein zweites Mal. Plötzlich zerriss der gellende Schrei einer Frau den sanften Sommernachmittag.

»Jess!« Rose wirbelte herum und rannte zum Pool, dicht gefolgt von Eve. Alles andere war vergessen. Als sie über die Kuppe kamen, konnten sie das Drama sehen, das sich am Pool abspielte. Anna war im Wasser und reichte den durchnässten Dylan zu Rick, der am Rand kniete. Neben ihnen stand die zu Tode erschrockene Jess, die darauf wartete, ihren Sohn in Empfang zu nehmen. Auf dem Boden lagen seine blauen Schwimmflügel und ihr Handy.

Rose rannte zu ihnen, erleichtert, dass sie alle wohlauf zu sein schienen.

»Was ist passiert?«

Niemand sprach ein Wort. Jess drückte Dylan so fest an sich, dass er abwehrend zu strampeln begann. Anna war es, die ihr in ihrer trockenen Art Auskunft gab. »Ach, nichts weiter, Dylan ist in den Pool gefallen.«

»Ich kann schwimmen«, sagte der kleine Junge und riss seine dunklen Augen weit auf. Das Haar klebte ihm am Kopf, das Wasser rann ihm am Körper herunter. »Noch mal! Noch mal!« Er zappelte vor Ungeduld, vom Arm gelassen zu werden.

»Das lassen wir mal schön bleiben«, sagte Anna.

»Dylan, das darfst du nie wieder tun. Nie wieder. Hast du mich verstanden?«

Ohne auf die anderen zu achten, schimpfte Jess, von Angst und Schuldgefühlen geplagt, ihren Sohn aus, der sie nur verblüfft anstarrte und gar nicht verstand, womit er sich das verdient hatte. »Du darfst nie ohne deine Schwimmflügel zum Pool gehen! Das haben wir dir doch schon so oft gesagt.«

Das Kinn des Jungen begann zu beben, seine Stirn legte sich in Falten und er riss weit den Mund auf, um loszuschluchzen. Dann streckte er seine Ärmchen Rose entgegen, die ihn hochnahm. Schließlich war es nicht seine Schuld, dass seine Mutter nicht aufgepasst hatte. »Sch, sch. Jetzt ziehen wir sie schön wieder an, damit das nicht noch einmal passieren kann. Und dann kannst du wieder schwimmen gehen. Guck, wer ist denn das hier?« Rose, die sich hingekauert hatte, zeigte auf einen grünen Tintenfisch auf dem Schwimmflügel, den sie ihm überstülpte.

»Tintefiss!« Er begann zu kichern und piekte ihn mit dem Finger.

Jess hatte Anna fest in die Arme geschlossen und stammelte Dank und Entschuldigungen. »Ich weiß, es war alles mein Fehler. Wenn ich nicht gerade telefoniert hätte … Er hätte ertrinken können. Was für ein Glück, dass du da warst. Das werde ich dir nie vergelten können. Nie im Leben.«

»Ach, mach nicht so ein Theater«, sagte Anna, die verlegen wirkte, so gerne sie sonst im Rampenlicht stand. »Ich bin ja selbst froh, dass ich hier war.« Sie befreite sich aus der Umarmung ihrer Schwester und ging zu ihrem Liegestuhl zurück, wo sie sich neben Rick ausstreckte.

»Scheiß Handy. Scheiß Trevarrick«, sagte Jess und kniete sich neben Rose. »Es tut mir so leid, Dylan. Deine Mama hat so schreckliche Angst gehabt.« Sie küsste ihren Sohn auf die Stirn, und er kletterte auf ihren Schoß, um sich an sie zu schmiegen. »Der Koch hat gekündigt«, erklärte sie Rose über Dylans Kopf hinweg. »Ich war gerade dabei, ihm seine Schwimmflügel anzuziehen, als Mark mich deswegen anrief. Eine Sekunde lang habe ich nicht hingeschaut. Wirklich, nur eine. Ich habe nicht mal gemerkt, dass er reingefallen ist. Als ich das Platschen hörte, dachte ich, es sei einer der anderen gewesen. Ich habe ihm so oft eingeschärft, dass er nicht zum Beckenrand gehen darf. Anna hat ihm das Leben gerettet.«

»Gott sei Dank, dass du so geistesgegenwärtig warst, mein Schatz.« Rose schaute zu Anna. Aber ihre Tochter achtete nicht auf sie. Sie hatte sich zu Rick auf die Liege gelegt und sich eng an ihn gedrückt. Er hatte seinen Arm um sie gelegt und eine Hand in ihr Bikinihöschen geschoben, während er sie küsste.

»Herrje. Schaut euch mal die Turteltäubchen an. Geht aufs Zimmer, ihr zwei«, rief Eve. Sofort löste sich die Anspannung und alle fingen an zu lachen, erleichtert, dass jemand laut aussprach, was alle dachten. Eve saß am Rand des Pools. Sie hatte die Schuhe ausgezogen und ließ die Beine im Wasser baumeln, was auf der ruhigen Oberfläche Wellen verursachte, die sich bis zu den Schatten auf der anderen Seite des Pools kräuselten. »Ich glaube, ich gehe auch mal rein.« Sie schlüpfte aus dem Kleid, unter dem sie ihren Badeanzug trug, und glitt ins Wasser. »Komm, Dylan. Zeig mal, wie gut du schwimmen kannst.«

Rose ließ ihn los, und er rannte zum Pool. Mit seinen abstehenden Schwimmflügelärmchen sah er aus wie ein Michelinmännchen. Beherzt sprang er zu Eve ins Wasser.

»Sorry.« Anna löste sich aus Ricks Umarmung und ging zu ihrer Schwester hinüber. Rick setzte sich auf und grinste freundlich zu den vieren hinüber, dann erhob er sich von seiner Liege, sprang ins Wasser und schwamm zu Eve. »Komm, Dylan. Schwimm zwischen uns. Ja, immer schön mit den Beinen strampeln. Zeig uns, was du kannst.«

Als Jess sah, dass ihr Sohn sich in sicherer Obhut vergnügte, ließ sie sich auf die Liege plumpsen. »Mein Gott, ich bin wirklich eine miserable Mutter.« Sie ließ den Kopf hängen. Dann schob sie ihr Handy in den Schatten unter ihrer Liege.

Rose hatte schon den Mund aufgeklappt, um ihr zu widersprechen, aber Anna, die sich neben Jess gekauert hatte, war schneller. »Nein, bist du nicht. Ganz und gar nicht.« Sie streckte sich und gab ihrer Schwester einen Kuss auf die Wange. »Du hast zwei wunderbare Kinder und du bist die beste Mutter der Welt für sie. Das hätte jedem passieren können. Wirklich jedem.«

Bin ich etwa gestorben und im Himmel gelandet?, fragte sich Rose. Anna dachte tatsächlich mal an einen anderen Menschen statt immer nur an sich selbst!

»Ich bin so froh, dass ich da war und meinen kleinen Neffen retten konnte.« Anna schaute zu Dylan hinüber, der tapfer planschend versuchte, die Strecke zwischen Rick und Eve zu überwinden, und lächelte. »Ich bin mir sicher, du wirst es mir eines Tages zurückzahlen. Und wenn hier irgendjemand eine miserable Mutter abgibt, dann wäre das doch eher meine Rolle.«

Jess hob rasch den Kopf. »Du willst doch nicht etwa sagen ...«

Anna warf den Kopf in den Nacken und lachte. »Nein, das nicht. Mach keine Witze. Du musst mir noch nicht deine abgelegten Umstandskleider zusammensuchen. Aber man weiß ja nie. Eines Tages ...«

Roses erster Gedanke war, wie sich das Blumentattoo über Annas Babybauch wölben würde. Doch sie schämte sich sogleich dafür und wandte sich wieder dem Hier und Jetzt zu. Die Mädchen schwatzten lächelnd miteinander. Sie brauchten sie nicht. Nachdem so der Friede wiederhergestellt war, konnte sie beruhigt ins Haus gehen und mit dem Abendessen anfangen.

35

Es war höchste Zeit, Dylan ins Bett zu bringen, und so ging Jess nach dem Schwimmunterricht ziemlich bald zurück ins Haus. Eve folgte ihr auf dem Fuß. Der Gedanke an ein Glas kühlen Prosecco hatte von ihrem Gehirn Besitz ergriffen. Ihr Kleid über dem Arm, trug sie zudem ein paar Sachen, die neben dem Pool liegen geblieben waren. Sie folgte Jess in die Küche und stellte mehrere Becher und drei Gläser in den Geschirrspüler. Rose wusch gerade Salat.

»Ich komme dir gleich helfen«, bot Eve an. Zunächst einmal lockte aber die Dusche.

»Hat keine Eile.« Rose schüttelte die Blätter aus und legte sie in die Salatschleuder. »Simon hat angeboten, heute Abend zu kochen. Wahrscheinlich passiert hier frühestens in einer Stunde was. Wenn ich das hier fertig habe, gehe ich rauf und ziehe mich um.«

»Aber Mum, ich wollte doch den Obstkuchen backen, den Dad so gern mochte.« Jess hielt Dylan eng an sich gedrückt. Er war in ein buntes Badetuch gewickelt und sein Gesicht war kaum zu sehen.

»Könntest du den nicht morgen machen? Ich habe so eine Ahnung, dass Simon alles schon organisiert hat.« Sie drehte am Griff der Schleuder, und das surrende Geräusch erfüllte den Raum.

Eve hörte heraus, welche Anstrengung es Rose kostete, ihre Stimme unbeschwert und ruhig klingen zu lassen, obwohl sie der Widerstand ihrer Tochter gegen Simons Anwesenheit schier zur Verzweiflung brachte. Jess nahm für sich die Rolle derjenigen in Anspruch, die Daniels Andenken in Ehren hielt, so, als hätten alle Übrigen ihn vergessen. Von wegen. Sie dachte an die einzelne weiße Rose, die Rose an jener Stelle abgelegt hatte.

»Gut«, kam es etwas barsch zurück. »Dann bring ich jetzt Dylan ins Bett.«

»Warum fragst du ihn nicht einfach?«, fügte Rose noch hinzu. Doch Jess hatte den Raum schon verlassen und ließ ihre Mutter ins Leere sprechen. Rose warf die Hände in die Luft. »Dieser Urlaub *muss* einfach gut laufen. Ich weiß zwar nicht, wie das gehen soll, aber es wird so sein.« Sie nahm die Salatblätter aus der Schleuder, steckte sie in eine Plastiktüte und legte sie in den Kühlschrank. »Fertig. Jetzt eine Dusche und dann der Prosecco. Den können wir bestimmt brauchen.«

Dem wollte Eve keinesfalls widersprechen.

Terry saß auf dem Zimmer über den Laptop gebeugt. Er hatte den kleinen Tisch am Fenster zu seinem Büro auserkoren. Papiere mit gekritzelten Zahlen lagen neben dem Computer. Den restlichen Inhalt seiner Aktentasche hatte er auf dem Bett verteilt: Stifte, Büroklammern, ein Taschenrechner, sein Handy und ein Päckchen Kaugummi. Eve machte ein Eckchen für sich frei und ließ sich dort nieder, um ihre Mails zu checken. Neu war nur eine längere Mail von May, die sie über alles informierte, was sich an diesem Tag in der Agentur abgespielt hatte. Ihre Assistentin war so effizient, dass es nichts Dringendes gab, worum Eve sich hätte kümmern müssen. Die meisten Verleger und Autoren wussten inzwischen, wie verlässlich und beschlagen May war, und wandten sich daher mit allen Anliegen, um die sich Eve nicht unbedingt persönlich kümmern musste, an sie. Stattdessen öffnete sie ihr iPad und suchte das Buchstabenspiel, das sie gegen einen ihrer regelmäßigen, aber unbekannten Cyber-Gegner spielte. Terry nahm nicht die geringste Notiz von ihr.

»Hast du etwa den ganzen Nachmittag hier verbracht?«, fragte sie nach ein paar Minuten, während sie ein paar Buchstaben zu dem Wort EPHAS zusammenzog. Sie hatte keine Ahnung, was es bedeutete, aber die App akzeptierte es und belohnte sie mit fünfunddreißig Punkten. Nicht schlecht.

Er kommentierte die Störung mit einem unwilligen Laut, drehte sich aber in seinem Stuhl herum, um zu antworten. »Das, was davon noch übrig war. Ja, ich habe versucht, mit May diese E-Book-Beteiligungen zu klären. Flying Mango hat zwei Schecks mit total falschen Abrechnungen geschickt. Bei denen in der Vertragsabteilung müssen die reinsten Hornochsen sitzen! Die zu erreichen war schon fast ein Ding der Unmöglichkeit, und bis sie das dann mal kapiert hatten!« Zerstreut strich er sich mit der Hand durchs Haar.

Eve registrierte die silbernen Strähnen über seinem Ohr zum ersten Mal. Auch ihn verschonte das Alter also nicht. »Kann das nicht warten, bis wir wieder zuhause sind? Schließlich haben wir hier nur eine Woche.« Irgendwie passte es ihr nicht, mit jemandem in Urlaub zu sein, der sich dermaßen in Büroarbeit vertiefte – obwohl es ja ihre Büroarbeit war. Es war ihr lieber, wenn Terry in der Hängematte lag und genoss, was das Landleben der Toskana zu bieten hatte. Schließlich war doch sie arbeitssüchtig, nicht er. Trotzdem war sie erfreut und erleichtert darüber, dass er seine Tätigkeit in der Agentur so ernst nahm.

»Nein, kann es nicht.« Er klappte den Laptop zu und griff zu einem Stift. »Wenn ich das nicht jetzt kläre, bleibt es liegen, bis ich wieder daheim bin, und dann muss ich mich damit hetzen. In meinem früheren Büro gab es andere Leute, die mich ersetzen konnten, wenn ich verreist war. Das ist jetzt anders. Aber sobald das hier geregelt ist, war es das dann auch.« Er beugte sich wieder über seine Arbeit.

Wie viele angestellte Buchhalter arbeiteten wohl in ausgebeulten Shorts und einem T-Shirt mit der Aufschrift *Alter Sack*? Ja, jetzt, wo er nicht mehr in Anzug und Krawatte zur Arbeit ging, musste seine wachsende Sammlung von T-Shirts mit Aufdruck wirklich mal ausgemistet werden. Vielleicht würde sie das erledigen, wenn sie wieder zuhause waren und er anderweitig zu tun hatte. Möglicherweise würde sie bei der Gelegenheit auch gleich die klobigen Ledersandalen mit dem Klettverschluss entsorgen. Sie löste ihren Blick von seinen Füßen und sprang vom Bett, um ins Bad zu gehen. Als sie vorgeschlagen hatte, dass Terry in der Agentur aushalf, hatte sie zunächst die Buchhaltung regelmäßig überprüft. Dabei schämte sie sich für ihr Misstrauen, wo er ihr doch hoch und heilig versprochen hatte, dass es mit der Spielerei vorbei war. Seine Ehe mit ihr bedeutete ihm zu viel. Aber sie hatte Gewissheit haben müssen. Nicht die kleinste Unregelmäßigkeit war ihr aufgefallen. Er hatte Wort gehalten. Sie hatte mit vollem Risiko auf ihn gesetzt und nicht verloren. Das hatte ihm sein Selbstwertgefühl zurückgegeben.

Sie drehte das Wasser auf und streckte die Hand aus, um die Temperatur zu prüfen. Eiskalte Nadeln prickelten auf ihrem Arm. Dan hatte stets darauf bestanden, in seinen Häusern die besten Duschen zu installieren, aber Eve war eine kalte Dusche zu spartanisch, sogar an einem heißen italienischen Abend. Also drehte sie das warme Wasser auf, zog die rüschenbesetzte rosa Badehaube an, die Rose ihr geliehen hatte, streifte den Badeanzug ab und trat in die Duschkabine.

Sie blickte an ihrem Körper hinunter. Trotz der Spuren, die die Geburten und die Zeit hinterlassen hatten, mochte sie ihn seit ihrer Affäre mit Will viel lieber, wozu natürlich auch die Pilates-Stunden beitrugen – ihr neuestes Hobby. Ja, sie hatte wieder ein wenig zugenommen, und ja, ihr Bauch schwabbelte ein bisschen, wenn sie ihn anstupste, aber das brauchte sie ja nicht zu tun. Was sie sah, war nicht gerade unwiderstehlich verführerisch, aber immerhin konnte sie ihre Zehen noch sehen. Sie passte auf sich auf, auch wenn sie hin und wieder einer Schwäche nachgab. Obwohl Terry es immer noch selbstverständlich fand, dass sie zusammen waren, würde sie nicht stillschweigend im Sumpf des mittleren Lebensalters versinken.

Ihre Körperlotion duftete nach Nektarine, Pfirsich und Honig. So gut, dass man sie am liebsten gegessen hätte. Oder zumindest daran geleckt, dachte sie mit einem wehmütigen Lächeln, während sie sie einmassierte. Inzwischen war sie überzeugt, dass ihr Intimleben mit Terry nie wieder sein würde, wie es einmal war, obwohl es in letzter Zeit einen kleinen Aufschwung erfahren hatte. Nicht spektakulär, aber doch eine eindeutige Verbesserung. Einige der Ideen, auf die Will sie gebracht hatte, hatten sich als mehr als nützlich erwiesen. In einen Baumwollbademantel gehüllt wandte sie sich nun entschlossen ihrem Gesicht zu, trug Reinigungsmilch, Gesichtswasser und Feuchtigkeitscreme auf, um sich schließlich dezent zu schminken.

Als sie wieder ins Schlafzimmer zurückkam, packte Terry gerade seine Sachen weg. »Du hast eine Ewigkeit gebraucht«, kommentierte er. Es war keine Rüge, sondern eine bloße Feststellung.

»Viel zu tun«, antwortete sie, während sie das kirschrote Kleid aus dem Schrank holte und sich darauf vorbereitete, hinunterzugehen, so dass auch er sich in Ruhe fertigmachen konnte.

In der Küche hatte Simon das Kommando übernommen. Als sie hereinkam, hackte er gerade Zwiebeln. Rose stöberte indessen in einer der Schubladen. »Ich weiß genau, dass die Knoblauchpresse irgendwo hier drin ist. Hast du sie vielleicht gestern Abend weggeräumt?«

»Hast du mal in der Spülmaschine nachgesehen?« Simon blickte von seiner Tätigkeit hoch. Sein Gesicht glühte, er hatte viel Sonne abbekommen. »Oder vielleicht habe ich sie in die andere Schublade gelegt. Ich weiß nicht mehr.«

Rose lachte. »Du bist hoffnungslos.« Sie öffnete die obere Schublade.

Wie gut sie miteinander auszukommen schienen, wie ein eingespieltes Paar. Eve fühlte sich ausgeschlossen. Ein Klavierstück, das sie nicht erkannte, erfüllte den Raum mit leisen und lauteren Passagen.

»Kann ich was helfen?«, fragte sie.

»Schenk uns doch allen was zu trinken ein«, sagte Rose. »Du kennst dich ja aus. Übrigens, ist euer Zimmer okay? Braucht ihr noch irgendwas?«

»Es ist absolut perfekt, das weißt du genau.« Eve machte sich mit Flaschen und Gläsern zu schaffen. »Was zaubert ihr da?«

»Meine Version von Hühnchen *cacciatore*.« Simon hielt in seiner Tätigkeit inne und blinzelte ein paar Zwiebeltränen weg. »Es ist zu heiß, um irgendwas Kompliziertes zu kochen.« Wie um seine Worte zu unterstreichen, nahm er das Geschirrtuch, das in seinem Schürzenband steckte, und wischte sich das Gesicht ab, ehe er weiterschnitt.

»Kann ich auch ein Glas haben, Eve?« Jess kam zur Tür herein und ließ sich auf einen Stuhl fallen. »Es war so ein langer Tag. Dani ist sofort eingeschlafen, und Anna liest Dylan noch eine Geschichte vor. Sie ist ein Schatz.«

Eve kam ihrer Bitte nach und schob ihr das Glas über den Tisch. Wann würde Jess damit aufhören, sich zu benehmen, als wäre Simon gar nicht anwesend? Die Spannung zwischen ihnen war mit Händen zu greifen und übertrug sich auch auf die anderen.

»Weißt du noch, wie wütend Dad wurde, wenn wir sein Filetiermesser benutzt haben?« Jess richtete den Blick auf das Messer in Simons Hand.

Er hörte einen Moment lang auf zu schneiden und machte dann weiter, als hätte sie nichts gesagt. Das regelmäßige Geräusch der Klinge auf dem Holzbrett begleitete ihr Gespräch.

»Ich glaube nicht, dass wir das Messer als Museumsstück behandeln müssen, oder?«, entgegnete Rose eine Spur zu scharf. Sie zog die Knoblauchpresse aus der Schublade und legte sie polternd auf den Tisch. »Er hat es ja kaum benutzt. Dein Vater war nicht gerade ein Meisterkoch.« Dans dilettantische Versuche in der Küche hatten Stoff für so manchen Familienscherz geboten.

»Und er hat das mit dem Messer nie ernst gemeint«, erklärte Eve Simon zuliebe. »Außerdem hat er sich dauernd über irgendwelche Lappalien aufgeregt.« Sie lachte. »Wisst ihr noch, als wir einmal lange aufgeblieben sind und er in den Garten pinkeln gegangen ist? Der Rasensprenger hat sich eingeschaltet und ihn von Kopf bis Fuß durchnässt.« Sie freute sich, dass Rose und Jess bei der Erinnerung daran lächelten.

»Und als er den Liegestuhl repariert hat?« Jetzt lachte Jess richtig. »Dann hat er sich reingesetzt und das Ding ist sofort zusammengebrochen. Sein Gesicht dabei werde ich nie vergessen. Er ist richtig ausgerastet, weil der Stuhl es gewagt hat, kaputtzugehen.«

Obwohl sich Simon auf seine Arbeit konzentrierte, bemerkte Eve ein leises Lächeln auf seinem Gesicht. Offenbar hatte er eigene Erinnerungen an Daniel: einen anderen Daniel, den er nicht mit ihnen teilen konnte. Außer mit Rose vielleicht. War das einer der Aspekte, die sie verbanden? Er ging zum Kühlschrank und holte zwei Hühnchen heraus. Als er sie mit flinken, sicheren Bewegungen zu zerteilen und das Fleisch von den Knochen zu lösen begann, sah Eve, wie Jess ihn beobachtete, offenbar beeindruckt von seiner Geschicklichkeit. Dann fiel ihr offenbar etwas ein.

»Ich muss Mark anrufen und fragen, ob sie schon Ersatz für den Koch gefunden haben. Er hat für Ende dieser Woche gekündigt, und nächstes Wochenende haben wir eine große Hochzeit. Es ist ein Albtraum.«

Adam war unbemerkt in die Küche gekommen und auf Zehenspitzen hinter Jess getreten. Nun legte er ihr die Hände auf die Augen, und sie schrak zusammen. »Überlass das nur Mark, Jessie. Darum hast du ihn schließlich als deinen Vertreter angestellt, oder?«

Sie berührte eine seiner Hände und blickte liebevoll zu ihm empor. »Ja, schon. Aber ich will es trotzdem wissen. Dad hätte es auch nicht jemand anderem überlassen, sich darum zu kümmern. Er hat immer gesagt, wenn man will, dass eine Arbeit gut gemacht wird, muss man sie selbst machen.«

»Aber du bist nicht dein Vater«, sagte Adam ruhig und fest. Mit den Daumen massierte er ihre Schultern. »Du bist als Chefin anders, und alle mögen und respektieren dich dafür.«

»Das hast du schön gesagt, Adam.« Rose reichte ihm ein Bier. Perlende Weißweingetränke waren nicht sein Ding. »Genießt eure Woche und kümmert euch darum, wenn ihr zurück seid.«

»Ich halte Mark für einen sehr fähigen Mann«, schaltete sich Simon ein. Gleich darauf schien es, als bereute er seine Worte.

Jess ging sofort auf ihn los. »Was weißt denn du schon!«

Man hätte eine Stecknadel fallen hören können. Alle warteten auf Simons Antwort und das, was sie womöglich auslöste. Selbst Adams Einfluss konnte Jess' Kampfeslust manchmal nicht bremsen. Simon straffte die Schultern und blickte ihr direkt in die Augen. »Ich habe während der Bauarbeiten ziemlich viel Zeit mit ihm verbracht und ihn dabei recht gut kennengelernt. Er hat größten Respekt vor dir.« Er wandte sich wieder seiner Arbeit zu und überließ es den anderen, sich den zweiten Teil des Satzes, der ungesagt blieb, zusammenzureimen: *obwohl ich jetzt gerade wirklich nicht weiß, warum.*

»Simon hat recht.« Adam legte Jess fest die Hand auf die Schulter. Jess wandte den Kopf und sah ihn überrascht an. »Überlass es ihm. Wenn es sein muss, kannst du ihn morgen anrufen. Wenn du abends anrufst, sieht es aus, als würdest du ihm nicht vertrauen und Panik schieben. Konzentrier dich jetzt auf deine Familie.«

Das nahm ihr schließlich den Wind aus den Segeln. »Wahrscheinlich hast du recht. Es tut mir leid.« Sie legte ihr Telefon auf den Tisch. »Wo bleibt Anna? Liest sie Dylan alle Bücher vor, die wir mitgebracht haben?«

»Kannst du mir beim Tischdecken helfen?«, schaltete sich Eve abrupt ein und reichte Jess die Messer und Gabeln, die sie aus der Tischschublade geholt hatte. Es war Zeit, die Stimmung des Abends zu retten. »Lasst uns unter dem Walnussbaum essen.«

Jess nahm die Sachen und ging hinaus, Eve folgte ihr mit einem Tablett voller Teller, die Rose schon bereitgestellt hatte. Schon wieder war sie in die Rolle der Friedensstifterin geschlüpft. Vielleicht sollte sie ihre Dienste den Vereinten Nationen anbieten? Sie wartete, bis sie weit genug vom Haus entfernt waren, um nicht mehr gehört zu werden. »Jess, nun hör mir mal zu. Du musst dich jetzt entspannen, sonst verdirbst du uns allen den Urlaub, und zuallererst dir selbst.« Jess' Schulterhaltung verriet ihr, dass ihre Worte nicht wohlwollend aufgenommen wurden. Jess knallte das Besteck auf den Tisch und begann es zu verteilen.

»Aber warum hat Mum Simon mitgebracht? Die Casa Rosa ist ein Ort, wo sie mit Dad gelebt hat. Er hat hier nichts zu suchen.« Wieder brachte sie lautstark ein Messer in Position.

»Kannst du das beurteilen? Deine Mutter ist allein …«

Einen Moment lang glaubte sie, Jess würde widersprechen, aber ihre Nichte überlegte es sich anders und schwieg finster.

»Ja, ich weiß, sie hat dich und die Familie. Aber ihr müsst sie ihr Leben so leben lassen, wie sie es wünscht. Ihr könnt nicht alles kontrollieren. Daniel hat das immer versucht.« Eve hielt inne und erinnerte sich. »Du bist ihm in vieler Hinsicht sehr ähnlich, weißt du.«

Jess zog einen Stuhl heran, setzte sich hin und fingerte an einem Astloch im Holz des Tisches. »Jetzt fühle ich mich schrecklich.«

»Das brauchst du nicht. Rose versteht, dass auch du viel zu bewältigen hast. Aber wenn es ihr hilft, Simon hier zu haben, dann lass ihr das doch. Bitte. Wir haben alle jemanden. Ohne ihn ist sie allein.«

»Ich hätte nicht geglaubt, dass es mir etwas ausmachen würde. Für das Trevarrick war er so gut, und natürlich freue ich mich, dass er dort das Ladengeschäft für Adam und Mum einrichtet. Das ist eine geniale Idee und wird für sie beide ganz toll sein. Stell dir vor, Mum als Ladenmädchen!« Jess lächelte. »Aber dass er hier ist …« Sie brachte den Satz nicht zu Ende. Ihre Stimme brach.

Eve stellte die letzten Teller neben ihrer Nichte ab und strich ihr übers Haar, als wäre sie wieder ein Kind. »Es wird gut gehen, wenn alle sich ein bisschen anstrengen. Für ihn ist es sicher auch nicht einfach.«

Sie rührten sich nicht von der Stelle. Was mochte Jess jetzt durch den Kopf gehen? Eve hoffte, sie hätte genug gesagt. Natürlich musste es für Jess schwierig sein zu akzeptieren, dass ihr Vater einen schwulen Liebhaber gehabt hatte, das verstand sie sehr wohl. Und noch schwieriger, dass sich dieser charmante und weltgewandte Mann nun so eng mit ihrer Mutter angefreundet hatte. Darauf war niemand von ihnen vorbereitet gewesen. Was sie gesagt hatte, war das einzig Vernünftige. Andererseits wusste sie nur zu gut, dass die Vernunft manchmal eine Weile brauchte, bis sie in die Gehirne der jungen Leute gesickert war. Manchmal geschah das auch gar nicht, weil sie es besser zu wissen glaubten. Und hin und wieder lagen sie zugegebenermaßen sogar richtig. Diesmal jedoch nicht. Die Minuten verrannen und sie spürte, wie Jess sich zu entspannen begann. »Du bist so ein kluges altes Tantchen«, erklärte sie schließlich, griff nach Eves Hand, hob sie an ihren Mund und küsste sie.

»Wenn du das ›alt‹ weglässt, vielen Dank.« Eve nahm Jess' Arm und lachte. »Komm, wir holen die Gläser.« Der Bann war gebrochen.

Als sie in die Küche zurückkamen, empfing sie der köstliche Duft von Zwiebeln, Tomaten und Knoblauch. Terry und Anna waren zu den anderen gestoßen und schenkten sich gerade Getränke ein, um sie mit auf die Terrasse zu nehmen. Simon war damit beschäftigt, eine große Schüssel Salat anzurichten. Rose stand gegen den Tisch gelehnt und verkrampfte sichtlich, als Eve und Jess hereinkamen. Kleine Bewegungen verrieten sie: ein Heben der Schultern, ein tiefer Atemzug und ein Zusammenkneifen der Augen. Eve registrierte alles. Sie ging zum Schrank, holte die benötigten Gläser heraus und stellte sie auf ein Tablett.

»Kann ich was helfen?«, fragte Jess und ging hinüber zu Simon.

Alle fuhren mit dem fort, was sie gerade taten, aber Roses Kopf hob sich ein klein wenig, während Anna und Terry einen kurzen Blick tauschten. Nervös warteten alle auf Simons Antwort.

»Kennst du dich mit Reis aus?«, fragte er aufblickend, als sei nichts Ungewöhnliches geschehen. »Ich weiß nie genau, wann er gar ist.«

Eve bezweifelte, dass das stimmte. Niemand, der so geschickt ein Hühnchen zerlegen kann, hat Probleme bei so einfachen Dingen wie Reis. Roses Lächeln bestätigte ihren Verdacht. Umso besser, dass er das Spiel mitspielte. Er wollte genau wie alle anderen, dass sie miteinander zurechtkamen.

»Mir geht's genauso«, sagte Jess. »Aber ich wage einen Versuch.« Sie wandte sich um und blinzelte Eve zu.

Es war, als atmete die gesamte Casa Rosa erleichtert auf. Rose wechselte die CD – nun lief Ella Fitzgerald. Zu den Bluesklängen von »It don't Mean a Thing« gingen Anna und Terry lachend mit ihren Gläsern auf die Terrasse. Adam mit dem Babyfon in der Hand folgte ihnen.

»Komme ich zu spät zum Helfen?« Rick kam herein, die Haare nach dem Duschen glatt zurückgekämmt, in weiten Shorts und kurzärmeligem Hemd, das die meisten seiner Tattoos verdeckte. Wenn man die nicht sah, war er wirklich ziemlich attraktiv, obgleich Eve sich an die Piercings nicht gewöhnen konnte.

»Alles unter Kontrolle, danke«, sagte Jess, während sie den Reis abwog. »Du und Anna, ihr könnt hinterher abwaschen.«

Eve schob ihm ein Glas in die Hand. »Anna ist mit Terry und Adam auf der Terrasse. Hol dir doch was zu trinken und geh raus zu ihnen.«

»Klingt gut«, meinte er.

Rose lächelte Eve an und hob ihr Glas, während sie ihm nach draußen folgte. Eve nahm das Tablett. Vielleicht stimmte es ja, was Jess sagte. Vielleicht war wirklich endlich alles unter Kontrolle.

36

Als Rose auf einem der Parkplätze am Stadtrand den Wagen abgestellt hatte und hügelan in die Altstadt von Lucignano hinaufstieg, herrschte bereits eine brütende Hitze. Obwohl sie eigentlich früh hatten aufbrechen wollen, waren sie, Eve, Simon und Terry viel später als geplant hier angekommen. Sie hatten ausgeschlafen, in aller Ruhe gefrühstückt und gewartet, bis Simon seine morgendlichen Runden im Pool gedreht hatte. Eve hatte taktlos bemerkt, das erinnere sie an Daniels Sportprogramm, und dafür von Jess einen pikierten Blick geerntet. Schließlich waren sie losgezogen, hatten die anderen am Pool zurückgelassen, wo Adam andeutete, er wolle das Sonnenschutzdach reparieren, sich aber schließlich überzeugen ließ, damit zu warten, bis Simon zurück war und ihm helfen konnte.

An der Porta San Giusto angekommen, schob sich ihr Vierergrüppchen zwischen den zwei Cafés zu beiden Seiten des Torwegs hindurch, um die antike Stadtmauer zu durchschreiten.

»Wirklich atemberaubend.« Simon äußerte sich als Erster, als sie im Kern der kreisförmig angelegten mittelalterlichen Stadt im Schatten Pause machten. Zu ihrer Linken führte die schmale Via Roma in einem Bogen von ihnen weg. Die bescheidenen, für die ärmeren Schichten errichteten Gebäude bildeten einen starken Kontrast zu denen an der Via Matteotti, die sich auf der rechten Seite den Hügel hinaufschlängelte. Hier war die Straße breit und hell, die prachtvollen Häuser waren für den Adel erbaut worden. Dazwischen standen Buden – der Markt, der jeden Dienstag stattfand. Menschen wuselten herum und unterhielten sich lautstark.

Rose lächelte Simon an. Sie hatte geahnt, dass ihm der Ort sehr gefallen würde. Immer schon hatte sie ein seltsames Gefühl von Besitzerstolz empfunden, wenn sie Freunde hierherbrachte, fast, als sei sie selbst verantwortlich für die Gebäude mit den Fensterläden, die Kopfsteinpflasterstraßen, das geschäftige Treiben auf dem Wochenmarkt. Sie freute sich jetzt schon darauf, sie dann ins Herz der Stadt zu führen, in die gotische Kirche San Francesco und den benachbarten Palazzo Pretorio mit dem kleinen Museum.

Auf den Tischen der Marktstände mit den weißen Sonnendächern türmten sich regionale Produkte. Eve und Terry gingen voraus, während Simon und Rose sich Zeit ließen, um die Kisten voller dicker, glänzender Auberginen, riesiger, fleischiger Tomaten, Zucchini mit ihren Trompetenblüten, großer roter Rettiche, Salatköpfe, Kartoffeln, leuchtender Paprika und riesiger Basilikumtöpfe zu bewundern. Daneben gab es Stände mit ganzen Rädern Käse, Eiern, Oliven, Brot und anderem. Während Simon an einem Obststand stehen blieb und Pfirsiche, Nektarinen und Erdbeeren kaufte, behielt Rose Eve und Terry im Auge, die bereits das kleine Café auf der linken Straßenseite entdeckt hatten und nun den spärlich beleuchteten Raum betraten. Sie schienen in letzter Zeit viel besser miteinander zurechtzukommen. Eve hatte Rose die Einzelheiten darüber, wie sie gemeinsam die Schwierigkeiten des vergangenen Jahrs überwunden hatten, erspart, aber es genügte schon, sie so entspannt miteinander umgehen zu sehen.

Die Ehen anderer Menschen zu begreifen war unmöglich. Was brachte Partner zusammen, was hielt sie in der Beziehung und was entzweite sie: wie sollte man die Chemie der Anziehung je verstehen? So gut Rose auch zu wissen glaubte, auf welcher Basis ein anderes Paar zusammen war, ob das nun gute Freunde oder Menschen aus ihrem unmittelbaren Umfeld waren – Eve und Terry, Jess und Adam, ihre eigenen Eltern –, stets gab es etwas, das Außenstehenden verborgen blieb. Genau wie in ihrer eigenen Ehe. Niemand wusste alles, was im Kopf des eigenen Partners vorging. Wie auch? Niemand sollte jemals irgendetwas als selbstverständlich betrachten. Oder war sie in ihrer eigenen Ehe besonders begriffsstutzig gewesen? Manchmal kam es ihr jetzt so vor. Doch sosehr sie alles seit Daniels Tod noch einmal reflektiert hatte, war sie doch überzeugt, dass es keine Hinweise gegeben hatte. Trotz allem aber hatte er sie geliebt. Davon war sie inzwischen überzeugt.

»Die anderen sind Kaffee trinken gegangen«, erklärte sie Simon, als er aus dem Gedränge um den Obststand mit drei vollen braunen Papiertüten wieder auftauchte. »Setzen wir uns dazu?«

»Ich würde lieber weiter auf Entdeckungstour gehen. Wenn du nicht lieber ins Café willst.« Er wartete, bis eine streunende Hündin seinen Weg gekreuzt hatte, kam dann zu Rose hinüber und steckte seine Einkäufe in die Tasche, die sie ihm aufhielt. »Lass mich das tragen.« Er nahm sie ihr ab.

Nichts wollte Rose lieber, als durch die konzentrisch angelegten Straßen schlendern, die Verbindungstreppen hinauf- und hinuntersteigen, in versteckte Gärten spähen und das Straßenleben entdecken: spielende Kinder, verhutzelte alte Weiblein in Schwarz, die vor ihren Türen saßen, Gruppen von Männern, die im Schatten der Bäume auf dem kleinen Platz plauderten. »Ich sage ihnen, was wir machen, dann können wir uns in einer Stunde am Tor treffen.«

Die Zeit verging rasch. Die beiden streiften durch die kleine Stadt, besuchten das bescheidene Museum und die benachbarte Kirche und fanden sich schließlich in der Bar rechts vom Tor wieder, wo sie Espresso tranken und auf die anderen beiden warteten, die bald darauf eintrafen.

Rechtzeitig zum Mittagessen waren sie zurück in der Casa Rosa. Den Kindern, die sich bereits an den italienischen Lebensstil anzupassen begannen, hatte Jess schon vorher etwas gegeben, nun hielten sie Siesta. Simon reichte ihr die Focaccia, die sie in der Bäckerei gekauft hatten. »Ich konnte einfach nicht widerstehen.«

Jess dankte ihm und legte den mit Rosmarin gewürzten Fladen auf die Arbeitsplatte, um anschließend den Käse auf einem

Teller zu arrangieren. Rose hielt den Atem an. Der Abend zuvor war zu glatt gelaufen, um wahr zu sein. Ihre Tochter blickte auf. Ihr Blick schoss zwischen Simon und Rose hin und her, als hätte sie eine Entscheidung zu treffen. Dann erklärte sie: »Ich dachte, wir könnten Tomatensalat essen. Das ist hier Grundnahrungsmittel für Familien. Möchtest du ihn vielleicht machen?«

»Klar.« Simon schnappte sich eine Schürze vom Haken an der Tür und ging zum Messerblock. Daniels Filetiermesser ließ er links liegen. »Oder wie wäre es mit einem Brotsalat? Ich könnte das alte Brot von gestern verwenden.«

»*Panzanella*?« Jess strahlte. »Tolle Idee.« Sie griff nach dem Kanister mit dem Olivenöl und reichte ihn ihm. »Wo du Zwiebeln und Knoblauch findest, weißt du ja. Und eine Gurke ist auch noch im Kühlschrank, glaube ich.«

Er nickte und machte sich an die Arbeit. Während er Wasser aufsetzte, um die Tomaten zu häuten, summte er vor sich hin.

Essen. Einer der großen Friedensstifter. Rose hatte nicht erwartet, dass die beiden so bald eine gemeinsame Basis finden würden, aber offenbar hatten sie es geschafft. Wenn die Küche der Ort war, der sie zusammenbrachte, würde sie keinesfalls etwas einzuwenden haben. Sie hegte den Verdacht, dass der Frieden Eves Vermittlung zu verdanken war, aber sie hatte nicht vor zu fragen. Nein, sie würde es einfach akzeptieren, solange es hielt. Terry hatte sich zurückgezogen, um mit irgendwelchen finanziellen Sorgen zu ringen, die ihn immer noch plagten. Er hatte ihnen das Problem, das er zu lösen versuchte, in Lucignano beim Kaffee erklären wollen, aber sie hatte die Einzelheiten nicht mitbekommen. Es war auf jeden Fall besser, wenn er das allein auseinanderklamüserte. Eve war hinaufgegangen, um sich umzuziehen und dann schwimmen zu gehen.

Da es weiter nichts zu tun gab, schlenderte Rose in Richtung Pool, wo Anna und Rick Sonne tankten. Reglos lagen sie auf benachbarten Liegen, Inseln in einem Meer aus Kaffeetassen,

Gläsern, Sonnencreme, Büchern und Flip-Flops. Die beiden sahen aus, als würden sie schlafen, die Lücke zwischen ihnen schlossen ihre Hände. Sie betrachtete die beiden, seltsamerweise fast versöhnt mit dem Tattoo, das sich über den Oberkörper ihrer Tochter schlängelte. Neben den Drachen und anderen undefinierbaren Formen auf Ricks Armen und seinem Brustkorb wirkten Annas Blumenmotive harmlos, ja fast dekorativ.

Sie spürte einen Arm um ihre Schulter. »Wie kannst du bloß widerstehen?« Eve hatte ihren Badeanzug angezogen und führte sie an den Rand des Pools. Das Wasser war blau und fast vollkommen unbewegt, nur ein, zwei Insekten, die sich zu nah an die Oberfläche gewagt hatten, zappelten darauf herum. Bei der Hitze eine wahre Verlockung.

Rose schlüpfte rasch aus Shorts und T-Shirt. Darunter trug sie ihren Badeanzug. »Wer als Letzter drin ist, ist ein Feigling!«

Ihr platschender Synchronsprung löste erschrockene Protestrufe von Anna und Rick aus, die gleichzeitig hochfuhren, als sie mit Wasser vollgespritzt wurden. Rick nahm einen Strandball, warf ihn ins Becken und sprang hinterher. Anna folgte ihm mit fliegenden Haaren auf dem Fuß. Wieder aufgetaucht, schwamm er mit kraftvollen Zügen zu dem Ball und flippte ihn hoch, auf Rose zu. Minuten später steckten alle vier mitten in einem furiosen Wasser-Volleyballspiel. Alle kreischten und brüllten vor Lachen. Erst als plötzlich Simon am Rand des Pools stand und verkündete, das Essen sei fertig, brachen sie ab.

Sie kletterten aus dem Wasser, trockneten sich ab und gingen hinüber zum Walnussbaum, wo die anderen schon warteten. Das Essen wurde herumgereicht, Getränke verteilt, ein paar lästige Wespen verscheucht. Das Babyfon, das Jess auf den Tisch gelegt hatte, blieb stumm.

Die Atmosphäre am Tisch war sehr viel entspannter als zuvor. Rose hoffte, sie bildete sich das nicht nur ein, weil sie sich so sehr nach Harmonie sehnte. Ohne die Kinder, die sie abgelenkt hätten, besprachen sie nun, was sie unternehmen könnten, wenn es gegen Abend etwas kühler wurde.

»Also ich werde absolut nichts machen«, verkündete Eve, während sie Simons *panzanella* auf ihre Gabel lud. »Ich werde unter einem Ventilator Siesta halten und wenn es kühler wird, ein bisschen arbeiten. Hat jemand einen besseren Vorschlag?«

»Die Kinder werden bald aufwachen«, sagte Adam und klopfte auf das Babyfon. »Aber Simon und ich haben uns gedacht, wir könnten schon mal mit dem Sonnendach am Pool anfangen. Damit das mal gemacht ist.« Offenbar brannte er auf diese Arbeit.

»Wenn ich nicht gebraucht werde, hole ich vielleicht meine Farben raus und fange ein neues Bild an«, meinte Rose. »Wenn ich im Trevarrick irgendwas zu verkaufen haben will, muss ich langsam loslegen mit dem Malen.«

»Du wirst nie genug haben, um einen ganzen Laden zu füllen«, lachte Anna. »Bist du nicht ein bisschen zu ehrgeizig?«

»Überhaupt nicht. Du weißt bloß das Neueste noch nicht. Adam stellt einige seiner Arbeiten aus, und über das Internet werden wir ebenfalls verkaufen. Und auch Werke anderer Leute mit hineinnehmen. Habe ich dir das gar nicht erzählt?«

Anna schüttelte den Kopf.

»Aber alles Leute aus der Gegend«, erklärte Rose. »Das ist das Kriterium. Hast du zum Beispiel den Schmuck gesehen, den Jemma Dowlings macht? Oder Ali Kents Skulpturen aus Treibholz? Phantastische Sachen. Dinge in der Art werden wir mit ins Sortiment nehmen. Natürlich alles sorgfältig von uns ausgewählt!« Sie grinste Adam an, der ihr mit einem Nicken beipflichtete.

Die Idee mit dem Laden stammte von Simon. Natürlich war er derjenige gewesen, der sie stets aufs Neue ermuntert hatte, wieder mit dem Malen zu beginnen. Nachdem sie sich im Trevarrick erst einmal halbwegs eingerichtet hatte, konnte sie der

Verlockung nicht widerstehen und nutzte ausgiebig ihre Freizeit zum Malen. Schon bald stellte sie fest, dass diese Arbeit für sie wie Therapie war. Als Simon die Landschaften und Stillleben sah, die sich in ihrem Zimmer ansammelten, war er ganz aufgeregt gewesen. »Die darfst du nicht verstecken. Bestimmt würden sie den Gästen gefallen. Richtig edle Souvenirs.« Mehr hatte er nicht verlauten lassen, aber offenbar weiter darüber nachgedacht, denn wenig später war er mit seiner Idee gekommen. »Wie wär's mit dem Stall auf der anderen Straßenseite?«, hatte er vorgeschlagen. »Sieht nicht aus, als wäre der in den letzten Jahren benutzt worden, und für einen Hotelladen wäre das der perfekte Ort.«

Geschmeichelt, dass er ihr so viel zutraute, aber auch sicher, dass Jess den Gedanken an weitere Bauarbeiten schrecklich finden würde, hatte sie zunächst nur gelacht. Das Leben im Trevarrick kehrte gerade erst zur Normalität zurück, nachdem der Pool angelegt und das Hotel neu eröffnet worden war. Rose wollte keinesfalls Anlass zu weiteren Umtrieben geben. Mehr noch, der Verkauf des Hauses in London war abgewickelt und sie würde bald vom Hotel in ihr Cottage ziehen. Sie hatte vorerst genug zu organisieren. Trotzdem erwähnte sie ohne weiteres Nachdenken im Scherz Simons Idee, als sie eines Abends mit Adam und Jess beim Essen saß. Jess hatte wie Rose selbst nur darüber gelacht, doch Adam war gleich ganz Ohr gewesen.

»An dem Vorschlag könnte was dran sein«, sagte er nachdenklich. »Mir würde es gut gefallen, meine Sachen im Hotel zu verkaufen. Immerhin ist das lokale Handwerkskunst. Natürlich werde ich weiter für Ausstellungen arbeiten«, versicherte er Jess, die plötzlich besorgt dreinblickte. »Aber das hier könnte vielleicht für uns beide funktionieren, und anderen Künstlern aus der Gegend könnten wir ebenfalls helfen, indem wir ihnen einen neuen Absatzmarkt schaffen.«

Gegen Ende des Abends hatte er sie beide davon überzeugt, dass es so sein sollte. Jess hatte nur unter der Bedingung zugestimmt, dass Simon für den Umbau verantwortlich zeichnen würde. Wie auch immer ihre Gefühle für ihn aussehen mochten, sie traute ihm zu, etwas zu entwerfen, das wirklich zum Trevarrick passte.

»Wenn alles nach Plan läuft, werden wir Ende der Sommerferien eröffnen.« Rose sah mit fragend gehobenen Augenbrauen Simon an, der zur Bestätigung nickte. »Also ist es gut, wenn ich unserem Bestand nach Möglichkeit noch etwas hinzufüge.« Das war ebenso wahr wie die Tatsache, dass sie sich keine bessere Alternative vorstellen konnte, den Spätnachmittag zu verbringen, als sich allein in der Landschaft zu verlieren. Sie würde nicht wieder den Hügel hinauf zu ihrem Lieblingsplatz gehen, denn dort hätten sie zu schnell die Erinnerungen heimgesucht. Stattdessen wollte sie eine andere Richtung einschlagen und sehen, was sie so entdeckte.

»Da gibt es übrigens etwas, das ich gern mit dir machen würde, Mum«, schaltete Jess sich ein. »Bevor ich irgendetwas anderes tue, würde ich gern den Ort aufsuchen, wo Dad gestorben ist. Ich glaube, wenn ich das getan habe, werde ich mich hier wieder wohler fühlen. Ich weiß nicht warum, aber es erscheint mir wichtig. Und ich hätte dich gern dabei.«

Simon stand auf und begann abzuräumen, Eve schickte sich an, ihm zu helfen.

»Da würde ich auch gern mitkommen«, fügte Anna hinzu, um sich dann an Rick zu wenden. »Dir macht es doch nichts aus, oder?«

Rick legte ihr den Arm um die Schulter. »Nicht das Geringste. Tu, was du tun musst. Wenn Dylan Lust hat, gebe ich ihm noch eine Schwimmstunde. Diesmal ohne Schwimmflügel. Und außerdem habe ich ihm versprochen, dass wir im Olivenhain Dinosaurier suchen gehen.« Er machte ein Gesicht, als wollte er sagen: *Na und?*

Die anderen lachten.

»In dem Fall kann ich ja die wunderbare Dani übernehmen«,

bot Eve an. »Dann können Adam und Jess frei entscheiden, was sie tun wollen. Und mir macht es Freude.« Sie verschwand mit den Serviertellern in Richtung Haus.

»Na, dann ist das ja so weit klar. Warten wir, bis es ein bisschen abgekühlt hat, dann gehe ich natürlich mit euch hin.« Insgeheim war Rose hocherfreut. Das Malen lief ihr nicht weg. Sie hatte nicht erwartet, dass ihre Töchter so bald einen Besuch an dem Ort vorschlagen würden, wenn überhaupt. Doch mit ihnen hinzugehen, um sich gemeinsam an Daniel zu erinnern, würde ihren Töchtern vielleicht helfen, es besser akzeptieren zu können. Sie griff nach ihrem Glas und hob es lächelnd.

»Auf Daniel. Wo immer du auch sein magst. Wir vermissen dich alle immer noch, mein Schatz.«

Nach einem Augenblick des Schweigens hoben auch die anderen ihre Gläser. »Auf Dad.« »Auf Daniel.«

Rose blickte zu Simon hinüber. Er starrte auf die Tischplatte, offenbar in Gedanken versunken. Dabei drehte er das dünne Kettchen zwischen den Fingern, das er am Handgelenk trug. Dann, als hätte er ihren Blick bemerkt, hob er den Kopf und sie lächelten einander aufmunternd an.

Der durchdringende Klingelton eines Handys machte dem Moment ein Ende. Terry fuhr empor, als hätte ihn ein Schuss getroffen.

»Nicht schon wieder Mango Books! Du lieber Himmel.« Er tastete in seiner Gesäßtasche und förderte sein Telefon zutage, aber es schwieg nun. Mit einem erleichterten Seufzer nahm er wieder Platz. Anna und Rick waren damit beschäftigt, unter den Handtüchern nachzuschauen, die sie zu Boden geworfen hatten. Rose sah sich nach ihrem eigenen Handy um, erinnerte sich dann jedoch, dass sie es im Haus gelassen hatte. Dann entdeckte sie die Schuldige. Eve hatte ihren BlackBerry unter ihrem Stuhl auf den Boden gelegt. Rose nahm ihn, um ihn ihr zu bringen, doch Eve war schon wieder auf dem Weg zum Tisch, beladen mit einer Obstschale und einem Stapel kleiner Teller.

Rose warf einen raschen Blick auf die Nummer und blieb wie angewurzelt stehen. Gerade konnte sie noch verhindern, dass ihr unwillkürlich der Mund offen stehen blieb. Plötzlich waren ihre Mutmaßungen, was Eve und Terry betraf, wieder vollkommen in der Schwebe. Während sie sich noch vergewisserte, dass es kein Irrtum war, nahm ihr Eve bereits schnell das Telefon aus der Hand. »Ich sagte dir doch, die Agentur Rutherford schläft nie!«

Neben ihr gab Terry ein übertriebenes Stöhnen von sich, verschränkte die Arme hinter dem Kopf und streckte die Beine aus. »Mach keine Scherze.«

»Tut mir leid, Liebling, ich hätte es nicht mit rausnehmen sollen«, erwiderte Eve. Sie sah nach, wer angerufen hatte. Ihre Augen weiteten sich und sie wurde zweifellos ein klein wenig rot, auch wenn Rose das als Einzige bemerkte. Dann schaltete sie das Telefon aus. »Niemand von Bedeutung.« Sie schob Terry die Obstschale hin und küsste ihn auf die Wange. Er wirkte genauso erstaunt über diese unerwartete Liebesbezeugung wie alle Übrigen am Tisch, knurrte aber zufrieden und hob die Hand an ihr Gesicht.

Rose hatte keinen Zweifel an der Identität des Anrufers. Sie hatte erst gedacht, dass vielleicht einer von Eves Autoren den gleichen Namen trug. Will war schließlich ein häufiger Name. Aber Eves Reaktion hatte ihre ursprüngliche Mutmaßung bestätigt.

»Obst?« Eve reichte die Schale herum. Rose begegnete über den Nektarinen und Pfirsichen ihrem Blick und schüttelte kaum merklich den Kopf, um zu zeigen, wie fassungslos sie war.

Eve lächelte sie zur Antwort selbstbewusst an. »Die hätten nicht anrufen sollen«, sagte sie anstelle einer Erklärung. »Aber es gibt keinen Grund zur Besorgnis.«

Rose griff nach einem Pfirsich, ohne den Blick abzuwenden. Sie wäre sich dessen gern ebenso sicher gewesen.

DANKSAGUNG

Wie immer möchte ich meiner großartigen, unermüdlichen Agentin und Freundin Clare Alexander danken. Ohne sie gäbe es meine Romane gar nicht.

Ein großes Dankeschön auch an:

Meine Lektorin Kate Mills, ein wahres Adlerauge, sowie an Susan Lamb und ihr großartiges Verlagsteam – mit einer besonderen Lobeshymne an Jemima Forrester, Gaby Young und Louisa MacPherson.

Lizy Buchan dafür, dass sie mir telefonisch stets kluge Hinweise gegeben hat – zum Schreiben, zum Leben und zu allem Übrigen.

Julie Sharman dafür, dass sie (sehr oft) zugehört und gelesen hat und mutig genug gewesen ist, zu sagen, was sie dachte.

Sue Fletcher, Nick Stuart, Martin Neild und Tessa Kerwood für wunderbare Tage in Italien.

Sally O'Sullivan und Aisling Foster, die während unseres viel zu kurzen Urlaubs die ganze Zeit nach dem perfekten Titel gesucht haben.

Rebel Rebel, einen der besten Floristen in der Stadt – www.rebelrebel.co.uk

Und vor allem an meinen leidgeprüften Mann Robin, der mehr erträgt, als er verdient hat, und an unsere Söhne Matt, Nick und Spike.

facebook.com/FannyBlakeBooks
Twitter@Fanny Blake
www.fannyblake.co.uk